邻里

客家往事三部曲

钟巧云
钟兆云

著

作家出版社

图书在版编目（CIP）数据

邻里 / 钟巧云，钟兆云著 . -- 北京：作家出版社，2025. 2.
-- ISBN 978-7-5212-2956-1

I. I247.5

中国国家版本馆 CIP 数据核字第 20242JM679 号

邻里

作　　者：钟巧云　钟兆云
责任编辑：丁文梅
装帧设计：意匠文化·丁奔亮
出版发行：作家出版社有限公司
社　　址：北京农展馆南里 10 号　　　邮　　编：100125
电话传真：86-10-65067186（发行中心）
　　　　　86-10-65004079（总编室）
E-mail:zuojia @ zuojia.net.cn
http://www.zuojiachubanshe.com
印　　刷：三河市北燕印装有限公司
成品尺寸：170 × 240
字　　数：620 千
印　　张：35.75
版　　次：2025 年 2 月第 1 版
印　　次：2025 年 2 月第 1 次印刷
ISBN　978-7-5212-2956-1
定　　价：88.00 元

作者简介

　　钟兆云，福建省作协副主席。中学时代发表处女作，迄今已在《人民文学》《中国作家》《解放军文艺》《当代中国史研究》等报刊发表作品及学术论文，出版专著《刘亚楼上将》、《辜鸿铭》（三卷本）、《商道和人道》、《我的国籍我的血》、《海的那头是中国》、《谷文昌：只为百姓梦圆》、《奔跑的中国草》及乡村三部曲等五十余部，两千余万字。参与编剧的长篇电视连续剧曾在中央广播电视总台播出。作品曾入选国家重点图书出版规划项目、中宣部主题出版重点出版物，获首届中国人民解放军图书奖、首届华侨文学奖、2023年度中国好书、2023年文学好书榜年度好书、第十七届精神文明建设"五个一工程"奖等。

　　钟巧云，闽西客家农民，中国民间文艺家协会会员，福建省作协会员，武平县政协委员，武平县政协文史员，武平县党外知识分子联谊会会员，武平县作协副会长。二十世纪八十年代初中二年级时辍学回家务农，亦耕亦读中痴迷文学至今，在《北京文学》、《光明日报》、香港《大公报》等报刊发表多篇作品。与弟弟钟兆云合著乡村三部曲，并出版个人散文集《一味难尽》。曾获福建省优秀文学作品奖。

钟兆云和农民胞姐以及"客家户口本"

薛　舒

钟兆云是我的同学，2008 年从早春到仲夏，我们一起经历了鲁迅文学院第八届高研班四个半月的学院生活。鲁院的同学来自全国各地，于我而言，北京是隆重而又新鲜的地域，也许我们都曾无数次到达首都，但在北京一住就是小半年，还是第一次。想必兆云与我一样，身在客乡，心中却惦念着他的"客乡"——对，他来自福建闽西，道地一个"客家人"。我从未认识过一个客家人，直到遇上兆云。我们在同一个文学小组里学习、研讨，一起排演节目，也听他用客家话演绎小品，但我从未有机会了解他的故乡，以及那些人、那些事、那些也许与别的地方并无多大区别的烟火人生。直到 2011 年，读到他和他的二姐钟巧云合著的小说《乡亲们》，我忽然发现，在我的人生中，似乎再没有第二个"钟兆云"，让我对福建，对闽西，对武平，甚或对那个叫美溪的村庄，有了具体的认知。

人生大抵如此，大若生老病死，小则一日三餐，可是具体到那个闽西山地里的"美溪"，具体到小说中的"子云"与"子龙"，他们的亲人、邻里，以及省会福州、特区厦门辐射而来的风潮，乃至闽粤交界处的纷争与唇齿相依的日常，我终究读到了某种不一样的真实。而《邻里》，以及《客乡风月》的出世，让我更为确切地看到了于我而言十分遥远的生活，那里的人情世故、风俗传统，以及人们应对生活的态度。

依照创作时间排序，《乡亲们》是三部曲中的"老大"，彼时听到兆云说是与他的农民胞姐巧云合著，着实令我惊讶。再读小说，更是让我佩服不已。文中常常闪现着兆云的幽默与诙谐，巧云的细腻、沉静，以及绵密，也令文字时时透露出女性笔触的特征。在《乡亲们》中，我自忖能找出兆云与巧云和谐灵动而又各自闪光的部分。

三部曲的第二部叫《邻里》，全书由十八个独立的中短篇小说组成，小说中的人们都生活在美溪村，十八个故事也都发生在那个闽西山村，它们各自成章，却相互勾连，灵魂人物便是子云。而子云的弟弟子龙，常常在子云视角的叙事中出现，他是家族中最有出息的那个孩子，他生活在省城福州，却从未忘记故乡闽西，他随时以精神或物质的方式成为子云和家乡亲人们的支持者。

我有理由相信，书中的子龙，就是我的鲁院同学兆云，他符合我印象中的性格，通透、豁达、善良，乃至富有才华。便也随之联想到文中的子云，原型一定非巧云莫属，亦是善良勤劳的女性，同时兼具通达与明理、聪慧与贤良。

十八个故事，自是写下了众多乡亲邻居，男女老少皆有之。从子云和她的家人们，到泥公其人，乃至养猪趣事，也有刘爱英和她的女友们的女性主义初探，以及萍萍糟糕的婚姻生活，和女人之间的私房话……在这些故事中，闽西山村的劳作与声息以"絮絮叨叨"的方式直入读者的想象：他们要种烟叶，他们要做房子，儿女中总有懂事的、孝顺的、忤逆的、运气好的、勇于牺牲自己的；家中也总有婆媳矛盾、姑嫂之争、夫妻反目、重男轻女、分家、合家之类鸟为食亡的纷争，家庭便也因为复杂而显现社会性。那里的人们亦需要在劳作之后赌个牌来消遣，泥脚们改善了生活，女人们也不再满足于坐上麻将桌，"精布娘"也要尝试一下过去独属于男人的业余生活。她们还要探讨如何增进夫妻感情，如何提防男人"走斗"（移情别恋），如何浪漫而又不失分寸地保持相敬如宾抑或平等自由的关系。女人们经历着不同的婚姻生活，便对世间男人有了各种经验，但又只是基于自身的体验，并不完全准确，却也真实。在夫妻关系中，子云显然是一个有主见、理性的女性，她懂得进退，并善待每一个人。她不仅是《邻里》中必须存在的角色，在生活里，我相信，子云这样的女性，亦是家庭与社会的稳定剂，女性的力量恰在于这样一种沉稳和娴静。

美溪村里的人们日子越过越好了，从的确卡，到做房子，再到开小汽车，那是不同的时代。那些故事，更可能是一部改革开放史，亦是农村经济发展史的折射，是社会风俗、人情世故的一面镜子。

而最令我感动的，是开篇的《天平上的亲情》，和压轴篇《父亲在天堂》。一以贯之的子云视角，亲情叙事。我确信写作者在讲述自己的生活时总有某种莫名的羞愧，以及亲人离世的劫痛与不忍，但兆云和巧云依然冷静而全面地铺展着生活。他们不隐瞒父亲重男轻女的封建思想，也不回避在父亲丧事上略显铺张的乡俗风气，他们诚实记录，不美化，也不贬低，坦然而真诚。用兆云在后记中的话说："既不想拔高，也不想丑化，还是尽力纯天然，靠近新写实主义吧。"

文中的子龙问父亲："满，你那些年受了那么多冤枉，是怎么过来的？"

父亲说："只要自己光明磊落，无愧于心就行，人在屋檐下，咬咬牙，头一低就过去了。"

读到这里，我仿佛看见作为子龙的兆云与他的父亲促膝而谈的样子，那句话是怎么说来着？"树头摆得正，唔怕树尾摇。"——这是小说中子龙父亲说的，我相信，亦是兆云和巧云的父亲传递给子女的生活哲理。一方土地的秩序与文明，并非一朝形成，而是家教，是民风，是勤勉的客家人一代代的传承。

三部曲中的最后一部，是长篇小说《客乡风月》，讲述的是赤脚医生荣贞的一生。荣贞是主角，而他的亲人、邻居以及那些到诊所来看病，抑或只是去喝茶聊天打发时日的人们，亦是这部小说里不可或缺的人物，他们在美溪这方土地的人文景观中发出劳作与嬉戏的声音，亦是演绎着爱恨情仇的人生戏剧。小说拆解了荣贞的一生，这是一个有优点也有缺点的人，细节呈现更体现出荣贞作为一个常人的常态。借用乡邻们的疑惑，小说不断提出问题，他是一个好人吗？似乎不完全是。他是一个坏人吗？肯定不是。好吧，他就是一个人。

而小说中的乡亲邻里，大多有着他们的"小确幸"，虽然不断在遭遇挫折，也未必有什么远大的理想、高尚的言行，但你能看到他们在为生活奔忙，同时在努力捕获幸福。什么是幸福？是后院不起火，是门当户对，是十月怀胎，是儿孙绕膝，是家和万事兴，更是那么一点点"奔头"，譬如多赚了一点钱，譬如有一份好工作，哪怕是与邻里之间的和睦相处，亦是他们的"奔头"。

小说中贯穿全文的时代特征常常令我读来唏嘘。譬如那个年代的嫁妆，有闽江牌缝纫机、凤凰牌自行车、上海牌手表，这既让人忍俊不禁，又让记忆瞬间回到童年。再譬如男尊女卑的封建思想遗留，入赘到美溪村的荣贞，一辈子最大的遗憾，是想要一个孙子而终不得。这一切固然已成历史，但记录历史的，不仅仅是史书，还有如同《客乡风月》这般的民间书写。这样的记录，更能让后世感受到落地于生活的时代变迁与进步。

兆云和巧云在写荣贞的故事时，自始至终秉持着人性的角度，每一个人物的出场都表现出鲜明的性格特征。而作为第三人称叙事，文中常常隐含着作者倾向。我在小说中读到的是对一个个社会角色抑或自然生命客观而不赋予美化与修饰的表达，有时是固执而自私的生存之道，有时是互助与惠及他人的乡村道德。时而调侃与戏谑的书写方式，也让我读到了批评与质疑的意味，同时感受到作者对邻里乡亲的爱与懂得，并让一部可读性颇强的小说具备了哲思的效果。

小说终章，荣贞驾鹤西去。葬礼结束回家的路上，有人说：荣贞死了，会行医，能助人，又会比赛讲酸话，七老八十了还能拐到细妹子，一辈子本色做人、风流做事的人，还没在美溪出生呢！

有人接口：这样的人怕是绝种了！

话刚出口，就听得嘿嘿两声笑。

多么熟悉的笑声啊！说话的人面面相觑，又扭头四顾。

彼时天地茫茫，冷月无声。

阅读至此，竟有种毛骨悚然的顿悟，生老病死的意义，就这么来了。

兆云与巧云的"客家往事三部曲"，让我想到《人间喜剧》。巴尔扎克用毕生心血创作了一部由九十多个独立而又有所联系的小说组成的巨著，被称为是一部睥睨千古、包罗万象的百科全书。巴尔扎克的目的固然是研究整个社会，做社会这个历史家的书记，而这部巨著也成为人们研究法国社会风俗的样本，被称为"巴黎户口本"。而兆云和巧云的"客家往事三部曲"，之所以令我读来有此联想，便是这三部大书同样有包罗万象的特征，可以说，它是一部反映闽西乡村民俗风情与世俗生活的地方志，可谓"客家户口本"或"美溪户口本"。我们可以读到那一方土地的世情生态、民间价值以及生命观念。借用《客乡风月》中的一段话，那就是："日子虽然清汤寡水，却也有男耕女织、养儿育女的浮生之趣，在不时萦绕耳畔的笑语欢声中，按着春夏秋冬的时序运行，不急不慢、不温不火地走着……"而来自闽西山村的这一对姐弟作家，便是客家故事的传唱人。

距首次阅读《乡亲们》已过去十四年，在三部大书修订合体再由作家出版社出版的今天，再一次向兆云和巧云表示祝贺。写作是一场苦旅，而兆云和巧云，至今保留着他们最初那颗怀揣文学梦想的心，"互为文学路上的恩人"（兆云语）。在这里，请允许我向这对姐弟作家表达由衷的敬意！

2024 年 9 月 21 日于芳草寓

（作者系中国作协全委会委员、上海市作协副主席）

客山客水客家人。

在亚当和夏娃还没出现前，伊甸园之外的山早就有了，水早就有了。在客家这一族还没粉墨登场前，人早就有了，中国人、外国人，白人、黑人，汉人、满人、藏人，南方人、北方人，男人、女人……林林总总，物以类聚，人以群分。

山转水转人在转，有了客家人，盘古开天时就有的那个山、那个水，似乎也就沾上了客家的属性。什么成分，什么味儿？谁也说不清，谁也道不明。

在钟家姐弟出世前，美溪这个再普通不过的闽西客家乡村，不知存在了多少年。只因了钟家姐弟，美溪村千百年来繁衍出的名不见经传的客家乡亲，悠悠岁月里，就有了故事的流传。

——题记

目录

天平上的亲情

幸福让人易忘，苦难使人永记。

在钟家姐弟子云、子龙的记忆中，父母一向看重亲情，无论是那个遍地饥荒的年代，还是现在衣食无忧之时，亲情都摆在第一位。

姐弟都听母亲和大姐说过，困难时期，祖母曾叫她们去广东梅州叶田的四姑家求助。广东的生活比福建好，连米糠都比福建的细。母亲带着十多岁的大姐去了。小气的四姑却舍不得细糠，连粗糠也只给了小半袋。四姑丈看不下去，又拿了些细糠给母亲。四姑的脸马上乌云密布、电闪雷鸣："我们自家都饿得肚皮接后背，还装好人去接济别人。"

母亲和大姐出门前，祖母还叮嘱她们带些她爱吃的腌菜回去。见四姑这般意思，母亲不敢开口，尽力忍着，一出门，她就泪流满面、泣不成声。大姐硬气地说："我们把米糠送回去吧，饿死也算了，不要去受这种衰气，这叫什么亲姑姑？把米糠拌了喂鸡也舍不得给我们，比姑丈还小气！"一路上，大姐愤愤不平，对四姑如此无情无义恨之入骨，发誓再不去四姑家，不要再被她看衰。

"死妹子，这种时候还硬什么气？受多大的气也要忍啊！我们穷是没有尊严的，为了养活一家大小，就是跪，我也会跪出一些米糠回家，走吧，别赌气了。人穷有六亲，没办法啊，她有她的难处，别去责怪她了，不管咋样，她都是我们的亲人，怎能不去呢？细妹子人①，心可不能像针眼那样小。"母亲拉了

---

① 细妹子人：小女孩。

拉还站在路上嘟着嘴巴的大姐，然后用补丁重重的衣袖擦干泪痕，心里还在上刀山下火海般痛苦，脸上却已见笑容，她不想让外省人看到自己的脆弱和无助。

母亲这话到底是与她的秉性有些矛盾的。那年代妇女结扎，生产队分配一条上千斤的松树作奖励，劈成柴火后有专人挑上门慰问。母亲生下第四个孩子子龙后，怕又上身①，生产队不再有口粮拨，乃响应妇联主任的号召，瞒着父亲去公社结了扎，自己去自己走路回。事后，她见队里迟迟没兑现奖励，就去质问生产队长："我也割了肚子②的，为何就没有樵③配？"土皇帝支吾其词，说："队里有樵，你自己去挑几担吧。"母亲说："人家是队里主动挑上门，我家却要叫我去挑，这明显欺负人！噼哩锡削④，你这个下势⑤就不对！"那一厢不吃"嗟来之食"的母亲，这一厢却有意外的容忍度，因为什么？也许是不想断了亲情的纽带。

但此后，母亲再没去四姑家求助。四姑偶尔回娘家，母亲一如既往地笑脸相迎。她对这件事一直三缄其口，只是在大姐告诉弟妹们时，她才轻描淡写地说："在那种年代，家家都有一本难念的经，人人都有一首难唱的歌，谁都有难处，不能老是责怪别人。"

有好一段时间，钟家姐弟对四姑的寡情薄义一直未能释怀。母亲便一而再再而三地动之以情，晓之以理，不要对某一件事耿耿于怀，得饶人处且饶人，身上流着同一家血脉，什么都有可能改变，唯有亲情血脉是无法改变的，那是铁的事实。

在父母亲的言传身教和严格管教下，钟家姐弟四个潜移默化中也把亲情摆在了第一位。

钟家姐弟有七个姑姑，三年困难时期病夭了一个三姑，七仙女就少了一个，其余六个姑姑都活过了古稀，晚年生活也差强人意。如果真是"二十年后又是一条好汉"，那么三姑也早已投过了胎，早已出过世，也早已过上了好日子。姐弟印象中，父母亲从不嫌贫爱富，对小时就被抱养的七姑也一视同仁。

---

① 上身：怀孕。

② 割了肚子：结扎。

③ 樵：柴火。

④ 噼哩锡削：呸，不屑之意。

⑤ 下势：方式。

姑姑们生儿育女甚至后来升级做了奶奶，父母都和她们相处得很好，就是借钱也会安排得分分相相①，姑姑、姑丈们都非常满意，对父母亲也很尊敬，从不会说他们对谁偏心。

子云记得，细姑在世时，每年的农历五月十六日，都会亲自来为父亲过生日，并通知几个妹妹从不同的夫家赶来。细姑走后，五姑就和五姑丈经常来，他们八十多岁了，每年都会来看看光头老弟和驼背弟妹。

日渐年迈的父母还走得动时，也经常和远嫁的姐妹们走动。后来父亲得了老年痴呆，身患数病的母亲要日夜照顾他，就连女儿家也没法去了。但母亲心肠好，重情义，每次五姑和七姑来，她都会给她们一些钱，叫她们买些补品吃，养好身体，争取多活几年，多看几年世界。

过了十二月，新的一年开始后，母亲又会拿钱给哥哥，要他在新年逐个去看望五姑和七姑、大姨和小姨，就连和小姨住一块的老人，母亲也会给她压岁钱。我们曾笑过她，现在身上有几个芝皮癞②了，就有资格当救世主了。她说，我没有娭哩③了，就把她当娭哩。

大姑、细姑、四姑、六姑，一一被玉皇大帝招了去，五姑和七姑还在这个阳世占有一席之地。五姑八十多岁了，每年还会和五姑丈步行回娘家看至亲。父亲在二○一○年农历十月初八病逝，年迈的五姑和七姑都心如刀割，泪如泉涌，声声悲，句句凄，一声亲弟，一声大哥，再加上小辈的一声亲舅，就更是伤感难耐了。可父亲却已经走上了不归路，去天堂排仙位了，再不能和五姐、七妹及一群外甥拉家常了。

子龙曾开玩笑说，父亲一生广结善缘，乐于助人，相信天堂上的第一把手会看重他，给他一个好位置。那么，等到某一天，五姑和七姑去找父亲时，父亲就能为她们开启天堂之门，七仙女就还是七仙女。

姑姑多了，表亲自然也就多了起来。

钟家姐弟小时的印象中，家里常有姑姑和表哥表弟表姐表妹来。五姑和六姑家的孩子，和他们年龄不相上下，最能玩在一起。他们也很爱去六姑家，六姑嫁在较远的上赤，又是山路，每次和大人去，都是早饭出发，吃午饭时赶

---

① 分分相相：清清楚楚。

② 芝皮癞：臭钱。

③ 娭哩：母亲。照谐音也常写作娭瑞，也称娭子。

到。每次都走得腰酸背痛，大汗淋漓，脚泡毕现，发誓以后再不去了，但时过境迁，下次照样做跟屁虫。

有一次，母亲考虑要从六姑家担些树壳回来搭洗澡棚，就不让年幼的子云跟去做客。子云不依不饶，母亲走，她也走，母亲反身赶她，她就往回跑，如此走走停停，又赶又跟近一半路程了，在龙井碰到本大队的一群社员在修路，母亲便叫她们把子云捉住。看到母亲越走越远，在视线中消失，子云大哭，骂那些好事嬷①："我又不是你们的妹子，要你们多管什么闲事？"她们哄劝说："去上赤的路那么远，又不好走，细妹子人不能做腾背狗②。"有个好心的婶婶把子云带到她家，吃过午饭后又把她送回家。这件事于子云印象最深，想起来总会哑然失笑。

据后来的可靠回忆披露，子龙做"腾背狗"更绝，父母每每走亲访友，总爱把他带上。有一次，父母要去远房孝家，怕他沾上邪气，这种地方小孩子一般是不能去的，但子龙这个小小蛮牛牯就是闹着要去。父母把他关在围屋里，他却爬到大窗门上，恐吓前脚刚出门的父母："你们要是不带我去，我就从这里跳下！"父母见状，吓得魂飞魄散，回头转身打开大门，一向吝啬的父亲从口袋里掏出两毛钱叫他去买糖，才哄住了他。子龙是父母的满子，自从五六岁时掉落石桥捡回一条小命后，父母便对他格外爱怜，哪能让他从楼上的窗户上跳下？当然，子龙当时说不定是吓唬父母的，如果父母不打开楼下大门，他也不见得有小兵张嘎和潘冬子那不怕死的精神。但在父母看来，这是不能开玩笑的，万一他真的有那个胆量呢？经过了石桥事件，别说父母，连哥哥姐姐们都得对子龙礼让三分。

小时爱跟父母走亲戚这段经历，使得亲情在子云、子龙姐弟心中常驻不去，若干年过去了，依然浓烈似酒。

姐弟俩有个共识，姑姑们拖儿带女转外家③，如果没见到母亲，便坐立不安，即使父亲在家，眉宇间的那种失落感还是明显，就连那些小屁孩见不到舅妈也觉得没意思。因为客家男人一般是不会去弄吃的，特别是像他们父亲这种人。母亲就不同了，只要有人来，最差板④也会爆些糯米花或者炒些米花给大

---

① 好事嬷：多管闲事的女人。

② 腾背狗：跟屁虫。

③ 转外家：回娘家。

④ 最差板：再不济。

家吃。

在那缺衣少食的年代，炒米花是最流行的，其过程也简单，只需将米浸泡一小时，或煮饭时在半生不熟当口捞上一些，晾干后再把它炒到金黄色，放上一些糖精水，冷一下再吃，又香又酥又甜，大家莫不喜欢。

母亲善良、能干，富有同情心，胸怀也宽广，尽管家里一向都属困难户，但只要有人来，她都热情接待，给餐桌上加加料。小时姐弟嘴馋，又不太体谅父母，总是希望家里每天都有客人来，主人搭傍客①。有客人来了，他们既有希望吃到客人带来的等路②，又可以吃上招待客人平日吃不到的粄子，何乐而不为？如果家中久未来客，他们就心痒痒，巴不得客人从天而降，好让他们解解馋。

当然了，在餐桌上，母亲会用严厉的眼光警告孩子们，那意思分明是，不能像饿涝神③那样有规有矩，只顾吃，得让客人多吃点。如果孩子们乖巧听话，母亲当然很高兴，一来可以显现出孩子懂事，有规矩；二来又可以显现出母亲教育有方。但是，除大姐外，其他三个都不是那种逆来顺受的小孩，冲着母亲的白眼还扮鬼脸或佯装没看见："我们都吃不饱，哪管他们是何方神圣，凭什么在自家家里也要礼让三分？以后我们长成小个子，谁负责，谁来体谅我们？"这样一想，她白她的眼，孩子们权当没看见，甚至连照面都不和她打，照吃不误。母亲见这样，当着客人的面又不好发作，给孩子们留足了面子。

别看姐弟们人不像样，心思却不错："现在当着客人的面有吃千万别错过，客人走后，要打要骂悉听尊便，生人装个死人相就是，相信父母也舍不得往死里打我们，反正他们的竹梢子④总比敌人的严刑拷打要轻一千倍一万倍。"那时候他们看的都是战斗片子，早已崇拜那些宁死不屈的英雄，更何况上面还有哥哥姐姐当挡箭牌。

母亲上政治课时，姐弟都认了错并表示以后规矩些。为了免受皮肉之苦，先蒙混过关那是必须的，母亲也信了。下次有客人来，看着餐桌上的那些美食，姐弟又禁不住诱惑，还是外甥打灯笼——照舅（旧）。母亲对这几个虚心接受、坚决不改的家伙无计可施，只好把求助的眼神投向父亲，要他出面管教。

---

① 搭傍客：沾客人的福。

② 等路：礼物，一般指食物。

③ 饿涝神：饿鬼。

④ 竹梢子：一种专门用来打小孩的小竹条，很软，打起来痛，但打不伤小孩。

糟了，孩子们可以对母亲的鱼肚白眼视做空气，但对父亲这个上知天文、下知地理，精通古今的光头穷秀才的金鱼眼，却怕得心跳加速，冷汗直冒。尤其是子云，只要父亲的金鱼眼一暴突，她就会像小老鼠见到大花猫一样，大气不敢喘。不怕别人笑话，如果她胆敢和父亲的金鱼眼对视五分钟，心脏绝对萎缩。

　　"冇腔子①的胆小鬼！"子龙心里暗暗骂她。这个胆小妹子，从来都不敢顶撞父亲，父亲也怕把她吓成心脏萎缩，所以一般也不会把那对发怒的金鱼眼对着她，而她也只有在父亲瞪视家庭其他成员时，偷偷地瞄一眼，心还"咚咚咚"地跳个不停。子云曾心有余悸地提醒子龙："如果想长命百岁，就千万别和那对金鱼眼对视，更不要和这条高压线触碰，敢和当权长老较劲的人，肯定没有好下场。"

　　当权长老出了面，孩子们不乖都不行。但是姑姑们体谅，总会帮着说话，还给孩子们夹菜舀汤，催促多吃点，长个好身体。父母见姑姑们这样说，也不敢怎样苛刻和虐待自家的孩子了。

　　谁都知道，可怜天下父母心，如果不是生活太困难，父母是不会虐待自己的孩子的。父母连自己身上的肉也舍得割下来给儿女吃，父母之爱是最无私最伟大的。父母之所以会对孩子横眉竖眼，一是因为生活所逼，二是教育孩子要有规矩。

　　钟家四个孩子，虽然身材都不是高大威猛型的，但也没饿成瘦猴样，尽管大家都非常羡慕父亲那到老都笔直的电线杆身材。

　　子云是兄弟姐妹中最矮的一个，生完孩子后又发胖了不少，爱开玩笑的她曾不止一次冒犯母亲，说如果身材像父亲就好了，为什么却偏偏行衰运像上了你这个歪种，胖得像一座肉山？搞得自己很自卑又没面子。母亲笑骂："娘个冇用的妹子②，生你养你那么辛苦，一把屎一把尿拉扯大，到今朝日子③却来嫌弃娭哩。早晓得这样，生下来就丢到大路上让狗叼走。"

　　"好在当时没把我丢到大路旁让狗叼走，不然你就少了一个掌棺材角的孝女④。再说，爱美之心，人皆有知，哪个女人不希望自家漂漂亮亮、苗苗条条，

_____

① 　冇腔子：没男根，暗指被阉割。
② 　娘个冇有的妹子：这个不孝的女儿。
③ 　今朝日子：今天。
④ 　掌棺材角的孝女：掌：守。客家农村风俗，父母百年归仙后，要由女儿守在遗体旁。

让自家的老公十分爱慕又十分担心，让别人的老公日思夜想又望洋兴叹？"

听子云这么一说，母亲黑下脸来："你了不起，有面子和我说这样跌鼓^①的话。我警告你，我们家几代人都循规蹈矩，不曾做过亏心事，吃一夹青菜也要吹冷了入嘴。哪个要是敢厚着脸皮做出那些让人指脊梁的跌鼓事，败坏我们家的名声，我就不认你们做儿女，就当自家屙大了一堆屎。"

母亲看重亲情，更看重名节，她常常教育两个女儿在婆家要香人嘴，要坚守阵地，莫学那些歪样搭三勾四伤风败俗的，如果让人说三道四，她就没有面子来女儿家。

有时，子云故意跟她开玩笑说："如今时代变了，开放了，搭男子已不是新鲜事、跌鼓事了，讲起来还很光荣，说明你的女儿有魅力，有男人喜欢。女儿有人喜欢，你就不愁吃不愁穿了，不愁冇钱用。"

母亲说："我呀，情愿穷死，也不要这样的钱用，用了这样的钱，我一生世人^②都冇安乐，抬不起头来，脸都不知往哪搁。我要是听到什么风声，一定拿屎秆扫^③赶你们出门，你们最好给我规矩点，不要给我和你爷哩^④的脸上抹黑。"

大姐和子云本就性情贤良，又有母亲的谆谆教诲和"威逼恐吓"，纵有万千诱惑，又哪会越雷池半步，一心都想着为父母的脸上贴金。钟家这两个女婿真要谢谢他们的丈母娘。

子云偶尔会在语言上欺负老公，母亲只要听到就会出面制止。子云佯装生气，说你不要老护着婿郎^⑤，有女儿就不愁没有婿郎，没有女儿哪来的婿郎？母亲说不过她，就举起右手说："死妹子，鬼形鬼相^⑥，看我不打死你！"

子云一边躲闪一边说："你要是打死了我，他不到一个星期就会变成别人的婿郎。到时，你不但少了一个女儿，又少了一个婿郎，不会闹^⑦死也会闹癫^⑧。"

---

① 跌鼓：谐音，也常写作跌古，丢脸之意。
② 一生世人：一辈子。
③ 屎秆扫：沾上了粪便的扫把。
④ 爷哩：谐音，也常写作爷瑞，又称爷子，指父亲。
⑤ 婿郎：女婿。
⑥ 鬼形鬼相：说话、做事不正经。
⑦ 闹：伤心。
⑧ 癫：发疯。

母亲只好放下右手，笑骂一句："你娘个妹子，卖膣夹 ①，油嘴滑舌，说不过你。"

母亲的糍粑心肠和乐于助人的风格，使子云和姐姐子珍吃尽了苦头。子珍出嫁不久，因为家中困难，十四岁的子云只好噙着泪水无奈离开了学校，很快就成了生产队的小社员。紧工时要和父母一起做事，闲工时要上山割柴火，有空时母亲还要叫她帮这帮那，每到晚上睡觉时，全身都像散了架。早上鸡公头一啼，母亲又把她叫醒，她"嗯"了一声转一下身又死睡过去。母亲再叫时，她故意大声应答，以示醒了，很快又会做起背书包上学堂的梦来。透过子云的经历，子龙晓得"修地球"确实是一桩最苦的事情，由此更是发奋读书，争取剥谷壳"跳农门"。

子云一直难忘帮堂嫂数秧子的事。堂嫂没文化，不会数数，而每次脱秧又是点数记工分的，堂嫂每次都要在子云旁边，指望放工时找她帮数数。以往这个光荣任务是由我们母亲完成的，子云离校务农后，便非她莫属了。她毕竟读了几年书，当然比母亲可靠，堂嫂一副你办事我放心的模样，站在一旁看她数秧子。子云每次看到大家都回去了，自己却还被堂嫂耽搁着，心里不大舒服，再加上肚子里又在打内战了，恨不得插上翅膀飞回家，倒两碗稀饭进肚，让内战消停。再说了，家里还有一桶衣服在等着洗，能不急吗？当然了，对于子云每次"心怀怨恨"完成任务，堂嫂也会奉承两句，多谢两句，子云心里不舒服，骂一句："多谢你个头，烦死人的家伙！"可下次，堂嫂又照样会面带歉意地对她委以重任。

次数多了，子云嘴不言语，心里却在犯嘀咕，跟堂嫂成为亲人实在是亏到了家，有时难免会在父母面前发牢骚。父母不但不体谅，还加以责备："自家亲人，做得到的事有嘛要紧？就是左邻右舍也要尽力去帮，大家都有落难的时候，大家互相帮助，日子才过得有滋味。细人子人 ② 就心胸狭隘，这对你有害无益。"

分田到户后，母亲带着子云帮了这个帮那个。刚从学校回来不到两年，天天跟在母亲身后挥汗如雨，大小农活几乎样样通，自家的完成了就帮亲人

---

① 卖膣夹：卖嘴皮子。
② 细人子人：小孩儿。

们，有时也帮左邻右舍，还要去嫁出门的大姐家帮忙。一天晚饭时，她终于满腹怨气、喉咙哽咽地对母亲说："酿般做①，迟早会累死我，早晓得这么辛苦，打死我也不放下书包！"

母亲说："做事不要蛮干，累了就喘口气，休息一下，放悠一点，就能坚持到底，也不容易累着。你刚出来不久，还没锻炼出来，等时间长了，就习惯了。白天做得累了，晚上睡一觉，天光朝晨②又精神饱满了，浑身是力气了。你现在不吃苦，以后怎么过日子，劳动人民就要有劳动人民的样子，劳动哪有读书轻颜③？"

文盲母亲停顿了一下，吞下一口饭，又接着给初中生上政治课："细妹子人要有心胸，不能太惜力气，有能力就尽力帮帮有困难的人，在人家落难时帮了人家，人家会记在心中的。万一以后自家有困难，人家也会来帮我们的。亲人之间，朋友之间，人与人之间是互为依靠的。你好歹也读了几年书，怎么连这个道理都不懂，还要我教你？"母亲有点生气了。

"就晓得把我当人情，你的大道理多，我服了行吧。可在我们家落难时，他们哪个来帮过？老弟那次还是人命关天的事啊！我永远不会忘记……"

子龙那次大难不死的一幕，做姐姐的子云当然不会忘记。四五岁那年，馋嘴的子龙因为想吃猪肉，在队里宰猪场吞了一个傍晚的口水后，天黑时分和堂哥他们回家时，失足掉下石桥。当时父亲不在家，堂哥和二伯父家竟然置之不理。尽管父亲回来后去他们家兴师问罪时，他们两家也深感愧疚，并道了歉。但子云一直记恨在心，恨他们的铁石心肠，见死不救，如果不是父母长年累月积下了功德，也许子龙就没了，就没人叫她姐姐了。每每想起，子云总会伤心落泪。

母亲深知子云的心思，对她又是一番教育："过去了的就过去了，不要耿耿于怀。他们不看重亲情，你们不可学歪样，各人走得各人的路，平时多积功德，也好为子孙后代造福。老是心存怨恨，活得就累。再说，他们也认了错，只要我们以诚对待，相信他们迟早也会醒悟的，得饶人处且饶人。"

父母亲对什么人都可以宽宏大量，唯独对自家子女却异常地严厉。平时

---

① 酿般做：这样做。

② 天光朝晨：明早。

③ 轻颜：轻松。

言语，若是孩子们失口骂人一句"鬼喔"①，他们都要训斥一番。父亲就不说了，母亲这个看似普通的瞎眼②农妇，不但掌握了不少农活窍门，还积累了丰富的人生经验，拥有宽阔的胸怀，这是许多读死老师的文化人身上都缺少的优点。面对母亲的说教，子云不得不心服口服。此后，母亲教她怎么做，她便怎么做，听她的，准没错。

有如此父母，兄弟姐妹四个都健康地成长了，一向以善为本，不做偷鸡摸狗的勾当，也不损人利己，自始至终都助人为乐，终于也赢来了一片阳光。

自一九八八年三月十四日小儿出生后，子云因坐月子不听老人言，下雨天洗尿布，受了风寒，之后就一直犯病，产后头痛病患了几年，经常痛得把头撞在床沿上，到处求医问药，什么药都吃了，可一直不见好转。痛不欲生时，真想拿瓶农药喝下，一死了之。

子龙听说后，非常担心，马上给子云买了台头痛治疗仪，叮嘱她平时要多休息，不要蛮干，身体是革命的本钱，一定要好好珍惜，有了本钱，往后的生活才会霞光普照，甜甜美美。

吃了很多中草药，又用了治疗仪器，加上综合了精神治疗，子云的头痛病逐渐有了好转，终于有了自信。然而，因为劳累加上缺乏营养，其他的病又看中了子云，一种接着一种，有时几种同时光顾。她经常背着孩子和丈夫哭得喘不过气来，这样的日子叫人怎么过呀，还不如死了算了，也省得连累他们。可是老公爱她，孩子懂事又乖巧，她舍不得，又放下了手中的农药瓶。

见子云多灾多难，亲人们都很关心。大姐子珍不辞辛苦，放下田地里的活，带她去"问神"③。神婆说子云得找一棵茂盛的大树，买些香纸蜡烛、糕饼和红带子、斋盘斋果，去敬神，然后穿红衫，撑红伞，放鞭炮，回到家时家里再用鞭炮迎接。神婆还说，在茂盛的大榕树下重新出门，日后便会像大榕树那样健壮、茂盛，驱邪避怪。

大姐对此坚信不移，听人说邻村十方鲜水塘有棵茂盛的大榕树，就花钱买好了所有的必需品，强拉硬拽子云去了。大姐焚香点烛后，虔诚地跪在地上，祈求神明保佑子云身康体健，每天吃得烧菜热饭。原来感到好笑的子云，

---

① 鬼喔：鬼叫。

② 瞎眼：文盲。

③ 问神：算命。

见姐姐这么诚心，泪水禁不住地往下滚。

子云病中那些年，亲人们只要打听到哪个医生高明，绝不放过，立马带子云寻上门去。家中的草药、中药、西药，名目多得令她触目惊心，屁股上的针眼一直在隐隐作痛。那时的生活是怎样过的，连她自己都不敢去多想。子云说，在那样黑暗的日子里，哪怕是一个慈祥的眼神，一句真诚的安慰，都会令她涕泪交流，她的心被病痛折磨得比黄瓜还要脆弱。

那时电信还不怎么发达，子云和子龙也一直书信往来。每次收到子龙充满关切的书信，子云都会情不自禁地呜咽出声。她喜欢和子龙纸上谈心，更渴望收到他的书信。她把写信和收信当作一件最快乐的事，如果一段时间收不到他的信，就会有一种深深的失落感。

亲人们的关心和鼓励，让子云重拾信心，咬着牙渡过了一个又一个难关。她说，自己的生命不但是父母给的，也是亲人们给予的，如果没有那么多亲人的关爱，也许她就会失去生活的勇气，会选择逃避。

不仅娘家的亲人们关心帮助她，夫家的亲人也如此。子云在多病多灾的日子里，一直有婆婆照顾，帮助料理家事，田里地里也尽力相帮。有一次，子云要下地施肥，婆婆怜惜她，担心她挑了肥料又伤身体，就亲自帮挑，让她空着手。子云不好意思让婆婆挑，婆婆却坚持要挑，快到田边时，不小心摔了一跤，跌破了额头和嘴唇，缝了好几针。子云的惭愧和悔恨之心可想而知，无须赘言。

因为受着公公婆婆的格外关心，有人便说他们偏心。婆婆说："我家阳阳不在家，帮不上忙。子云两个孩子在读书，她身体又不好，照顾她是应该的。手心手背都是肉，我怎么会偏心呢？"

因为自己身体不争气，而让敬爱的公公婆婆受到委屈，子云的心里灌满了痛苦和无奈，深感对不起他们，发誓要一辈子对他们好，用自己的真心回报他们、孝敬他们！

然而，农村一些人现在越来越难缠，越来越多事，说出的话也有杀伤力。谁凭良心对父母或公公婆婆敬重，就有可能招来非议："得了长辈的很多好处，当然要孝敬，如果没得好处，看怎么孝顺？！"

做人难，人难做，难做人。对长辈好就是因为得了好处，这是什么狗屁逻辑啊！孝敬长辈也要有理由？凭良心做事，无愧于天地、无负于长辈就行了，不要在乎别人说什么，嘴长在人家的脑袋上，谁也奈何不得，就让人家说去吧！

子云长年患病，她丈夫从没说过一句嫌弃话，总是无怨无悔地带她看病，开车回到家里，不管有多累，都帮着料理田地里的活儿、家中的事儿。有时做旱天，他就陪她一起去放水，垫一块白膜，躺睡在大树下、田埂上。

子云和婆家的两个小叔和弟妹相处也甚为融洽，每到收割时，他们就尽量挑重担，让她挑轻担，十几年如一日，此情让子云终生难忘。

儿子们一天一天一年一年成长，子云考虑到公公婆婆分给的两间房子会不够住，加上儿子们的学费越来越高，想趁儿子们还没读初中，先建房。老公说："人工和资金都没有，怎么建？"

"现在不建，等儿子们考上初中、高中和大学时，就更难了。不挖土头不上坎，做大事有几个积够了钱？还不是像下象棋，走一步算一步？车到山前必有路，船到桥头自然直，如果不打算做屋，平时这边多花一些，那边多花一些，也不见得有钱存。有个目标，也就不会乱花钱了，儿子们越大，花费就越高，打定主意吧！"

老公松了口，子云就开始计划，有空时就着手挖泥。公公婆婆不辞辛苦，帮助挖泥、挑泥。

子龙春节回老家时，得知子云打算，高兴地说："做房子是好事，当然得帮，现在就先给你一千，等动工后再帮。"边说边从钱包里拿出钱来，递到子云手里。

子云建房的地盘是家里的菜地，当时是四家人种，公公有言在先，谁先建房就归谁，谁也不准阻拦。老家宅地呢，就归另外两兄弟拥有，各做一套。子云事先跟小叔和弟妹商量了，经得他们同意后，就动工了。菜地的两侧为别人所有，经协议，用子龙给的第一笔资助把这块地给买了下来。

在挖泥的过程中，很多亲人都来帮忙。在他们的同心协力下，第一层房子总算立起来了，因资金不足，决定分期完成，第二年倒水泥板，第三年装修后再搬过去。

第二年春节期间，刚好又是子龙回家探望父母之时，得知子云新房倒①水泥板，就问大概要多少钱。子云说可能要上万元，他便开玩笑说："我支持三千，别人的二分息，我一分就好了，等我买新房时，你得连本带息还我。"

子云晓得子龙要息是开玩笑的，但三千元没想到也不用还了。他说：

---

① 倒：铺。

"三千元就当作缴他们兄弟俩读书了。"子云事后说，当时都有点不敢相信，加上先给的一千元，共四千元。上世纪九十年代中期的四千元，对农村来说，不是天文数字也是一笔可观的数目。那时的谷子才四十元一百斤啊。而且，当时子龙出来工作没几年，加上结婚，又准备买房，她哪敢想这笔钱不用还呀！

大概是二〇〇一年吧，子云丈夫所在的车队也搞承包制，子云丈夫因没有资金承包车辆，一下子成了无业游民，后来因技术好又被人请了去开煤车，每次回到家里都黑得和非洲人一样，子云私底下笑他："幸亏不用再生孩子了，不然也会生出个黑屁股小孩。"农村人笑话那些有黑胎记的小孩，说是因为做父亲的是打炭客。

子云丈夫有个很要好的同学，力邀他合伙买十通货车。问他几个人合伙，他说三个人，还有一个是他的朋友，都交往了几年，为人处世应该没问题。

子云说："你是我老公的同学，都来往二十多年了，我们并不担心你，但不放心另一个合伙人，我老公老实，最好你要注意他。"他说："你放心，我不是那种小人！"经得同意，子云老公便从信用社贷了三万元。

车子买回后，为了方便多载些货物，又要另外加拦板。没钱，只好又求助于子龙，子龙汇来四千元，才算解决了问题。可不久就严禁超载了，如违规被捉罚款很重，可是不超载就没有钱赚，所以大家都变着法子超载。车子几次都因超载被扣，每次又都是子龙找熟人给保了出来。子云丈夫和人合伙买过三次车，但都没有赚到钱，前两次还好没亏本，而这次买十通车，不但亏了本，还让子龙花了不少心血和人情，要知道，世界上难还的就是人情债呀！

才一年多一点，就因同学的朋友不好合作以及货源问题散了伙。车子卖后，子云丈夫才分了一万七千多，当时拆了的拦板和其他物件还值一千多元，放在那个合伙人家里，被他偷偷卖掉。都是本村本屋人，低头不见抬头见，多用了一千多元也不见得大富了，少用了几百元也没有去讨吃，对方如果良心还在，心中也会留下一个疙瘩。

车子卖了，又失业了，孩子读书又要花很多钱，而且，贷款期快到了，子云丈夫慌了神。他这人虽穷，但一向怕向人借钱，子云也怕碰壁，可是总得还款吧，这么一大笔款该向谁借呢？朋友虽多，但都是穷朋友，难以从一个人身上借上两千。无奈之际，子云又只好把求助的眼神投向弟弟子龙，她首先跟弟妹说，弟妹一听，马上说："自己的亲姐姐有困难，当然得帮，你跟子龙说吧，我没意见。"

子龙帮子云丈夫还清了贷款，等于每年给他们两千多元，当时的利息钱是八厘，三万元就要两千四百元的息钱。

子云的两个儿子初中毕业后，一个考上了县一中自费，一个去技校读，房子装修时欠下的债一直没法还清，又哪有钱来还子龙呢？子云的心里一直不安心，觉得对不起弟弟。大概两年后，子云丈夫被买断了公职，补了两万多元，先还了子龙一万，留下一万给儿子们读书，并把实际情况跟子龙说了。子龙听了，不但没怪子云言而无信，还安慰她，劝她不要有思想负担，自家姐弟不要太客气，日后如有困难，尽可以找我，我会尽力而为的。听了子龙的话，子云的心里才好受些。

二〇〇七年，亲人们齐聚子龙的福州居所，为母亲过七十一岁生日。母亲看到所有的子孙都来为她庆生，非常高兴，她一生都热情好客，喜欢热闹，那两三天，脸上一天到晚都写满了笑意。

闲聊时，子龙考虑到家中三姐兄的生活都不甚乐观，就说："你们三个都不容易，我过去借你们的钱，你们都不用还了。"

大姐马上说："不行，等日子宽松了，我会还你的。我们老的还不起，小的都出来了。反正房子做了，又不用再建，秀秀三姐妹说了，由她们来还。"

子云则开玩笑说："子龙，你是不是怕我们再向你借钱，就把路口给封住了？告诉你，我们是打断了骨头还连着筋的，有困难我第一个就想到你，你逃不了的。"

子龙说："不是怕你们再向我借钱，你们如果日后确实有困难，我照样帮你们，谁叫我们打断了骨头还连着筋呢！但我希望你们今后轻装上阵，都不用我帮，这样就说明你们日子越过越好了。我说过不用还就不用还，你们不要有心理负担，只要你们夫妻恩爱，团结一致搞好家庭建设，过得开开心心，我就放心了。记住，生命是受之父母，只有一次，无论遇到什么事，都不要轻视生命，一定要珍惜！何况你们的子女都已经长大了，好日子就在前面！"

大姐说："子龙不但要让妻儿过得好，又要负责父母的所有开支，还要不断地接济哥哥姐姐们，僧多粥少，也真是难为你了！"

子云说："我看也该称赞子龙的贤内助！如果弟妹小肚鸡肠，子龙再重情，也会后院起火，导致夫妻争吵，我们再困难也不敢老是把手伸向他。"

正因为子龙妻子通情达理，老家的亲人们才会一而再再而三地向他们求助。哥哥的次女从小学到大学毕业，学费一直都是子龙交的。父母的老房因高速公路建设被征收后，补了一笔钱，父母没要一分钱，还拿出一万元给哥哥，子龙也没要一分，又另外给了七八万元，让哥哥建新房。这在村里是绝无仅有的。旁人都说，父母是兄弟姐妹共有的，父母的财产理应由兄弟平分，父母另外还要留一份作为养老资金呢。但就我们家例外。

子龙对妻子说："我们又不在乎那几个钱，哥哥没个正业，建房又要一大笔钱，我们应当支持！"子龙妻子对此毫无怨言，有人对她赞不绝口，说她实在是宽宏大量，是少有的。有人说，那是因为不缺钱。钱多不会咬人吧？有些富得流油的老板娘也不见得有如此的胸怀。

子龙妻子是个老师，善良贤惠，为人随和，尊老爱幼，回到村里，人人都夸她懂事理，好相处，不愧为人师表。子龙妻子喜欢和家里人说笑，每次回家都要在公公婆婆房间待好长时间。父母年老，爱唠叨，但她有耐心，一点也不嫌弃他们。一般年轻人，特别是在大城市生活的年轻人，都不太喜欢在老人房里待，要是有个会抽烟的老人，房间里总难免有种怪味。但子龙妻子说，老爸老妈的房间里没怪味。

老人走路不方便，子龙妻子总会陪伴左右，小心翼翼地搀扶他们，不认识的人还以为是女儿搀扶父母。看到做儿媳的对公公婆婆这么孝敬，很多人都挺羡慕我们家的老人，说他们有福气，讨了这么一个贤惠的儿媳妇。母亲连声说："那是那是，是上天有目，让我遇上了这么个孝顺的媳妇！"

别说城市里的媳妇会瞧不起农村老人，就是农村的年轻人也很多瞧不起老人。特别是住一块儿的，总会故意找碴，指桑骂槐，不但不和老人交谈，还总是横眉竖眼，冷言冷语，更别说为老人们添置衣服，购买补品了，好像自己是从天上掉下，从石头缝里蹦出来似的，也好像自己会永远年轻。子龙夫妇除了每月要给老人零用钱，每年都要为他们添置衣物、鞋袜，有时老人会说："不要再买了，我已有很多新衣服了，我老了，穿不完了。"子龙妻子还是每年替老人买，对老人说："以前生活那么辛苦，没有新衣服穿，现在有条件了，一定要让你们穿得漂漂亮亮，舒舒服服。"

子龙妻子也常为夫家的姐妹们买衣服。农村人很少出远门，而每次去了福州，她总会热情地挽留："难得来一次，来了就要多住几天。"

子龙妻子每次回夫家，都会主动买些礼物给大家。因为家里亲人多，每次带了大包小包的东西往往还不够分。最难得的是，一年中她会回来几次，即使子龙抽不开身，她自己也会带着小孩回来看望老人，一回到家，就待在老人房里和老人说说笑笑，问长问短。有她在家，气氛相当活跃，老人特别开心。她一走，老人的心里又塞满了失落感，又开始期盼着下一次见面的日子，别说老人，连左邻右舍都希望他们多回来。

晚辈们也都喜欢和她聊天，谈心事。子云次子毕业后，经子龙介绍进了一家公司，居所离子龙的家很近，做舅妈的就再三叮嘱他，有空就来家吃饭，大排档的食物没营养又花钱。好几次，小家伙们都聚在子龙家，她就天天亲自掌厨，做一大盆泡爪给他们解馋，再买回大袋小袋的水果和零食。

父母晚年能在省城一住十年，没有儿媳妇的包容和关照，能待得下去？叶落归根和兄嫂同住后，虽与他们谈不太来，但也不曾受亏待。兄嫂和姐妹之间倒也谈笑风生，经常要子云姐妹回娘家玩。子龙回来时，家里来了客人，也都是兄嫂忙前忙后，烧火煮食。

子龙的经济条件改善后，先后请父母和两个姐姐乘坐飞机旅游，让大山里的人见了世面，开了洋荤。正是有了他的孝心和鼓动，年迈的父亲才得以游览一辈子都想去看一看的北京紫禁城，登上长城做了"好汉"。

父亲从北京旅游回来的第三年离世，也算了无遗憾了。二〇一一年夏天，子龙又从稿费里拿出三万来元，请家中亲人赴台湾旅游。亲人队伍可真不小，除放暑假的妻子儿子外，还有病愈出院的母亲，以及岳父岳母，连子云和大姐以及一个外甥也被惠及到了。

子云和姐兄三个虽然默默无闻地修着地球，生活一向也不富有，但彼此的情感很好。别人的姐妹一年中最多只有在新年或做什么红白喜事时才会走动，他们兄弟姐妹则不同，平时也经常走动，也会打打电话问问。两个连襟就跟亲兄弟一样，要去岳母家了就打个电话约好一起去，如果一月不在一起吃顿饭，感觉就太久了。去谁家谁家，也常常是约好大家一起去。一年中，大家要在一起吃上二三十顿饭，一点也不夸张——他们兄弟姐妹都不是谎言专家，只有在说笑话时才会把水桶当喇叭的。

每次聚会，都搞得排排场场，宰鸡杀鸭。现在闽西革命老区的生活也是芝麻开花节节高了，别把农村人想得那么小里小气，城里人啥都得买，有时可能会更小气，而农村最近几年大手大脚惯了，在城里人那里反而吃不惯。农村人，鸡鸭都是自家养了一伙①接一伙，很多人也舍不得卖，吃糠吃谷的，一点

---

① 一伙：一群。

饲料都没有，不但口感好，吃着安全又营养丰富，来了客人一只鸡一只鸭炖上两大盘端到桌上，还要添上猪心、猪肚、牛肉、红烧肉、鸽子、狗肉，再炒上几个小菜，满满的一桌让人眼花缭乱，落筷都难。兄妹姐妹几个不管去谁家，只要有空，都会足足玩上一天，吃过晚饭再回家。姐妹几个也好玩牌，肥水不流外人田，赢的赢得高兴，输的输得甘心，小赌怡情，输赢已是家常便饭，谁也不会去痛惜那几个小钱。

子云丈夫也极重情义，每年都要带妻儿去房长叔公那里走一趟。还有一对和公公婆婆很要好的老夫妻，他一年中也要抽空去探望一两次。这对老夫妻的儿子们也会过来看望老人，平时也会打电话问问老人的身体情况。

子云的婆婆是个童养媳，才十九天就被人抱养。这位抱养婆婆的老妇人至今还在，已经九十多岁了。婆婆去世后，子云和丈夫就一直替婆婆尽孝，经常买些吃的用的给她。这位外婆很高兴，说他们懂事，不会忘恩。旁人也称说这种感恩是非常少有的，特别是在农村。子云说："百善孝为先，为母尽孝也是理所当然的事，她毕竟是婆婆的养母，养母付出的艰辛比生母多出几倍，婆婆走了，我们替她尽孝，如果她天堂有知，也会感到欣慰的，而我们也感到开心！"

正是受了长辈的影响，下代人也相当重情。

子云的孩子从小懂事，也继承了父母的良好品德，知道子云身体不好，就尽量帮着做些力所能及的事。稍长几岁时，也就十三四岁吧，田地里的事他们也和子云一起做，而且做起事来像模像样，不怕累不怕苦不怕脏。有时见母亲难受，他们就不让做了："妈，你在家休息吧，我们两兄弟去做，保证搞定，你放心吧。"时隔多年，子云的耳边还响着儿子们这句体贴入微的童语。穷人的孩子早当家。才十几岁，子云的两个儿子就很会做事了，田里地里家务事都不用吩咐，配合得非常默契，也从不像其他小孩那样鬼打鬼[①]，哥哥年长两虚岁，一向会照顾弟弟。弟弟煮洗澡水，他则去挑水，煮菜时他当厨师，弟弟打下手添柴。哥哥洗衣服，弟弟扫地晒衣服。有好书，兄弟俩坐在一起肩并肩看，有好吃的也共同分享。兄弟俩鲜有发生争执，一起睡到二十多岁，村里几乎找不到这么亲密的兄弟。

子云在给子龙的信中说："我只晓得，在那么多年疾病缠身的黑暗日子里，

---

① 鬼打鬼：窝里斗。

是亲人的爱给了我信心，因此，我一定要坚强地活下去！我要回报所有的亲人！""说实话，儿子是我心中的太阳，每当我消极悲观时，只要想到可爱懂事的儿子，我就感到有希望，我就不想死，脑子里的傻念头就会熄灭。为了亲人，为了儿子，我没有理由轻视生命，我要好好地活下去，等到那阳光灿烂的一天，过上幸福的生活！"

大姐子珍的两个女儿还在读初中时，课余常来帮身体不好的子云做事。子云的孩子还小，老公又出门开车，分家后里里外外都得靠她，尽管公公婆婆特别照顾她，但也要顾忌妯娌说老人两样心。

两个外甥女从小懂事，从没让大姐操心费神，一到礼拜天，她们就会步行半个来小时来家帮姨姨，常常累得汗流浃背。她们同一年考上大专后，和子云一直有书信往来。子云因体弱多病，有段时间很灰心，她们便不断给她勇气，鼓励她对生活充满信心，劳逸结合，困难是暂时的，大雨过后必是晴天。

看到她们经常给姨姨和舅舅写信，同学便笑："给舅写信也就算了，给姨写信，新鲜！我可是从不写信给姨的。"

"我的姨跟你的不一样，我姨疼我，我就这么一个姨。姨妈也是妈，给她写信是应该的，也是一件愉快的事。"

姐妹俩出来工作后，还经常写信给子云。后来电信发达了，就经常打电话，每次电话的头一句就问身体。那时的子云正疾病缠身，但为了让她们放心，总是把话回答得响亮一点："好，很好！"

可她们不放心，一定要她说实情，子云只好实话实说。她们听了很担心，千叮咛万嘱咐，要姨姨千万千万注意身体，千万不要自暴自弃。子云感动得热泪滚滚，泣不成声。

知道了姨姨的病情，她们只要听到有熟人回家，就会帮她买补品，买药材，一买就是大几百。那时她们刚出来在厦门工作，工资不高，又要照顾弟弟和家里，交房租扣水电，这样那样的花费除开，已所剩无几。姐妹俩就凑起来给子云买药，让人捎回，或者节假日回家探亲时自己带回。望着那大包小堆的药物和补品，子云总是忍不住地酸楚和感动。一次，两个外甥女邀子云在厦门玩了十多天，末了还要带她去做胃镜。子云当时感冒未好，又急于回家，就没去做。两姐妹还要她回去后一定要上县医院做，并从刚领的工资里拿出数百元给她做专项资金。

有一年，子云胃病，痛得经常半夜跟猴子拜天一样，在床上翻来滚去，有时吃了药也不见效。医生说："你是胃炎，又是胃下垂，很严重，要吃几个月的药，不能痛时吃，不痛时就停药，这样就治不好。"接连吃几个月的药，谈何容易！当时，子云老公的工资还不上一千，两个儿子又都在读初中，加上建房欠下的一屁股债，哪里来钱？何况一盒斯达舒就要二十元。两个外甥女得知实情，便托本村一个到厦门探亲的女孩把药带了回来。子云把药单拿来一算，共花五百多元。连吃三个多月的药后，子云苦不堪言的胃病总算治好了。

两个外甥女还经常给子云买衣服和鞋袜，也给她们的姨丈买，还要他们每年至少和大姐去厦门玩一次。每次去，她们总是花很多钱，让大家吃好玩好，子云过意不去，她们总是哄小孩一样哄她："姨，你不要这样，你那么疼我们，我们应该孝敬你。"

二〇〇五年，农历四月二十九日，子云情同母女、乐善好施的婆婆因医疗事故突然离开人世。此前一天，婆媳还一起帮弟妹扎烟，那天晚上还在子云家吃的饭，次日早上六点多钟便死在了医疗室。子云婆婆时年六十七，身体一向不错，又勤劳能干，她的突然仙逝，对于全家来说，是天塌地陷，全家人都哭哑了嗓子，哭红了眼睛。尽管如此，他们也没有听信别人的话，没有去为难那对医生夫妻，这让他们感激万分，说要记一辈子的恩。

这件事在乡村周围震撼很大。人们都认为子云夫家傻瓜，眼看就能敲上一笔，却让它从手中溜走，绝对就是跟钱有仇的一家人。也有人议论可能是私了，不然世上可能找不出这么随便的人家。

也难怪人家会这么说。在农村，在当今的经济社会，如果哪个骑摩托撞死了一只小鸡小鸭，主人也会趁机敲上一笔，何况是一个活生生的人？可天地良心，子云夫家真没有去为难他们，这样的胸怀也难怪会被人误会。这对医生夫妻深受感动，后来每年都会亲自送些钱和补品给子云公公。钱财如粪土，人情值千金，现在医疗肇事者和子云一家已成了朋友。

子云的婆婆满七没过，在县城一中读书的小儿又患上了急性阑尾炎，须马上住院开刀。那时大儿在技校读书，需交二千多元的学费，真可谓福无双至，祸不单行！子云夫妇面对接踵而来的灾难和困难，走投无路，一点主意也没有，心中灰了一层又一层，吃饭无味，睡觉不香。

外甥女秀珍听说后，马上打来电话安慰："姨，你要节哀顺变，注意身体，事情已经发生了，再悲伤难过也无济于事，对你有害无益。弟弟的学费，你就不用担心了，我会想办法，你叫弟弟把卡号告诉我就行了。你一定要化悲痛为力量，保重身体，只要身体好，馒头会有的，面包会有的，所有的一切都会有的，坚持就是胜利，有困难时你一定要告诉我们，我们会尽力帮忙的。"

一番话，感动得子云热泪汹涌而出，在电话中不禁失声地哭了。外甥女一直在安慰她，她哭了一通后，又反过来安慰她，要她放心，自己保证会注意身体，振作起来，克服困难，迎接美好的明天。

大家听说外甥女这么爱子云，都非常羡慕，说人家的女儿都没有这么孝顺。子云听了，心中甜得像喝下了一碗糖开水，感到真的很幸福，没有女儿的她却享受到了有女儿的幸福！

二〇一一年，母亲因病在龙岩市住院。已嫁到龙岩的外甥女秀明，跑前跑后，和子云以及舅舅一起照顾外婆，担心子云和舅舅日夜在医院照顾母亲会受不了，又怕医院食堂里的东西没营养，就经常从外面买些营养较高的食物过来，有机会还带出去吃饭，一下班又过来陪外婆说话，连外甥女婿也经常过来探望。母亲一直说："这次住院，累坏了细细（外甥女的小名）。"秀明亲热地说："外婆别这样说，照顾您是应该的，因为您有病才需要照顾，长这么大，我还没照顾过您呢！"母亲听了，心里才好受了些。

母亲一手带大的小孙子九九听说奶奶住院，喉咙哽咽着对他爸爸子龙说："爸，把我卡里的钱取出来给奶奶治病吧。"九九才十二周岁，却这么懂事，他还在电话里头对奶奶说："奶奶，您一定要安心治病，不要胡思乱想，花多少钱也没关系。只要您的病能治好，比什么都强。有空时，我会和爸爸妈妈回来看您的。"

母亲乐得热泪涌流，沙哑着声音说："好，好，活佬①，你放心读书，我会安心治病的，你要听老师和爸爸妈妈的话……"

让子云、子龙欣慰的是，下代人在重情重义方面并不输过自己。节假日，他们一回到家凑在一起就非常热闹，笑话连篇，互相了解各人的工作、学习及生活状况。每次回家人人都会买些礼物，给几个爷爷奶奶和外婆，并和老人们说些外面有趣的事，逗老人们开心。

子云大儿出门打工的前两天，也就是子云婆婆去世、小儿住院开刀的那年，外甥女秀珍打电话对子云说："姨，我已帮泉泉和元元租好了房子，他们

---

① 活佬：乖宝宝。

出来就有地方住了。你放心，不用操心，只要给够泉泉的车费就行。到了厦门一切我会处理，以后也不用寄钱给他，我会尽力照顾的。"

元元是子云大姑子的长子，从小就喜欢住她家。每到寒暑假，子云就叫他们兄弟俩把作业和衣服带过来住她家，直到开学。元元的父亲，也就是子云丈夫的亲姐夫，在外地工作，家中田地又少，不够吃，家中留守夫人又在幼儿园带小孩，没空管元元兄弟俩。元元听舅妈叫，高兴地说："好的，放假了，我就来，住到你厌。"

子云说："外甥准①子哩我还嫌少呢，我怎么舍得厌？你尽管住，舅妈保证不会厌你！舅妈和表弟吃什么，你就吃什么，只要你不嫌弃就行了。"

元元家里当时生活也困难，父亲又在外地，母亲精打细算，一家人经常吃榨菜，连饲料蛋都是奢侈品，就别指望吃肉了。住子云家，等当舅舅的开车回来，就一定会改善生活，最差劲也会买些猪肉回来焖糯米饭吃。

元元大学毕业后，和泉泉一起进了厦门一家私营企业。兄弟俩天天同去同回，同吃同住，不分彼此，在一起总有说不完的心里话，有时到了晚上也要说到十二点才休息。老板和同事都说："没见过这么亲的老表，我亲兄弟都没这么好。"老板是本县人，为人非常随和，对表兄弟很是照顾，每年过年回家时，都让他们坐他车回家，为的是替他们省下一笔车旅费。

元元父亲升了级，提了干，工资奖金也高了许多。两个孩子毕业出来工作后，家庭负担轻了，生活好了，对子云一家也挺照顾，经常打电话问有没有困难，要不要支持。子云夫妇晓得他是真心的，但不到走投无路，也尽量支撑着，不去麻烦他。当元元父亲得知子云夫妇还有一些贷款需要还时，就说："贷款的利息可以多买几次肉，把它还了吧。"于是帮助还清了贷款。

二〇〇九年的某一天，元元父亲打电话问了老岳父的身体情况后，问子云，泉泉准备什么时候结婚。子云说："龙龙还没毕业，哪有钱结婚？连提亲都没办法，就让他们多相处一段时间，等龙龙毕业了再结婚也不迟，他们两个也想先缴龙龙读出来了再结婚。"

泉泉和女朋友谈了快两年了，因为要负责龙龙大学的生活费，加上彼此间想多了解一些时日，就一直说不忙结婚，反正又没超龄。他们这么懂事，大人当然很欣慰。

---

① 准：当。

"不忙结婚也行，那先打算把上层的房子做起来吧，兄弟俩都长大了，结婚没有一间像样的房子怎么行？"

子云对姐夫说："龙龙还要缴学费，怎么做房子？"

"别担心，我做你们的坚强后盾，一定要先把房子做好装修好。你把卡号报给我，我马上就先存两万给你们备料，到时再支持。上层不做，一到夏天，热得都进不了房，板凳都热得不敢坐，不出门都会中暑。"

子云听姐夫这么一说，也动心了，如今什么都在涨价，做房子也是，工钱、材料不断往上蹿，上半年跟下半年就相差很远，得先下手为宜。

次年三月，子云就准备了材料，叫一个朋友帮砌砖，五月又叫了一个四川师傅帮装修。装修时，子龙给了子云两万，美其名曰是对她农忙之余坚持写作的奖励。

建房和装修下来，花了十二万多。其间，子云的两个小叔和弟妹说，要钱尽管说，多没有，一万就不成问题。子龙和姐夫也一直问，有没有困难，如有，不用客气，尽管开口，一定鼎力相助。子云说："困难当然有，但是我有办法解决，请你们放心，如果解决不了困难，我再麻烦你们。"还说，"现在都要谢谢你们了，如果没有你们的支持，没有你们周到的考虑，我都不敢想到加建上层并一鼓作气把它装修好。"他们说："一家人怎么说两家话呢？"

困难当然不少，但现在什么都可以赊账，连师傅的工钱也可以欠一部分，欠他们的不用还人情，因为他们赚了我的钱，装修好后再慢慢地一一还清。

秀珍和妹妹秀明也一直关心着子云，曾打过几次电话问姨姨资金上的事。子云也如实说了，她们说，有困难可以向她们开口。在倒水泥板要买钢筋时，子云见还差五千元，便向秀明开了口，她马上把钱汇了过来。

那个四川师傅很有经验，做事认真负责，吃住都在子云家，对子云一家的热情招待很是感动，说自从干了这活，没人会像子云家这样诚心对待一个泥水师傅，所以一定要保质保量帮助做好房子。四川师傅还对小工说，房东全家人都这么好，大家一定要负责任。在建房期间，不少朋友多次来实地考察过，对师傅的手艺和认真劲给予了高度的评价。

砌砖时，子云也是让那班师傅和小工在家里吃饭。两个小工说："真没遇过这么大方的房东，我们都做了好几年了，有些房东根本不把我们做小工的当人看，四层房子做下来，连一顿饭也没吃过。你们不但好酒好菜招待我们，还经常拿水果给我们吃，真是少有的！"他们不但当面这样说，背后也这么说。

子云说："这没什么，干活没有高低贵贱，你们这么辛苦帮我干活，招待你们是应该的，一辈子又有几次？如果不是帮我做事，你姓什么我姓什么都不晓得。要省也得从其他地方省。"

真如母亲所说，人与人之间是互相支撑的，子云越来越明白了个中道理。你敬我一寸，我敬你一尺，你敬我三分，我敬你十分，要想得到别人的尊重，首先要先去尊重别人；如果自视清高、旁若无人，就会与所有的人离心离德，那是最划不来的。付出了真心，必定能够还来真情。

孩子们喜欢热闹。子云家的孩子每次回来都要叫上大叔和小叔全家欢聚一堂，也会叫上大舅大姨他们同来。泉泉曾天真地说："要是每年过年可以和大叔小叔一起过，也请上大舅小舅，那该多好啊，我情愿不要吃鸡吃鸭。亲人们在一起过年，包些年饺大家吃，就赛过吃山珍海味了。"

要是还住在老房子里，这个愿望是完全可以实现的。但是，子云和小叔子都从老房子里搬出来了，只有大叔子还住在老房。三家人虽然相距不远，也就几十米。但农村人又有农村人的习惯，过年嘛，家家户户都忙着宰鸡杀鸭，菜香肉香，贴对联，敬菩萨，放鞭炮，锅肥碗肥，喜气洋洋，谁又愿意自己家冰冷寂静，谁又愿意自己的烟囱不冒烟，谁又愿意自己的锅碗瓢盆都不沾一点油渍？谁都不愿意去人家家里吃饭而自己家关门闭户。

农村人做利是，讲迷信，每年都要在年初一早上焚香点烛放鞭炮，祈求在新的一年万事如意，家富人和，好运相随。万一在放鞭炮时，鞭炮因故不能顺利放完或出现熄火现象，那么，这一年当中，倘有个什么闪失，比如养鸡不顺、养猪不利，都会想到这挂晦气的鞭炮，甚至会把卖鞭炮的人指责一番。总之，遇到这种情况，全家人一年都会惶惶惑惑，不得安心，巴不得这一年快点过去，来年再买一挂好鞭炮，重新发过利是。说来好笑，小时候，孩子们莫不喜欢捡鞭炮，连觉都睡不着，总是盼望快点开门放鞭炮好去捡鞭炮。大人们怕小孩子不懂事，在自己门口捡鞭炮时老说没有，就故意剪下一小挂，拆散撒在门口，这样小孩子就会说"很多，很多"。听到这话，大人们就会很高兴，很满足。

泉泉希望亲人们一起过年的愿望只能实现一小半，那就是小孩子们和老人一起去，一起来，一个晚上吃三四个年夜饭，有时六七个。几家的孩子们凑在一起碰杯换盏，一个抢着一个说话，祝福来祝福去，非常热闹。我们做大人的除了高兴，就是把世界上最美好的祝福送给他们，祝愿他们平平安安，心想事成，幸福美满。

前面说了大姐长女秀珍对堂弟表妹们的关照，泉泉以表姐为榜样，对所有的弟弟妹妹们都一视同仁，悉心照顾。这些小家伙们可以不听父母的，但很听大哥的，小时，他们只要一哭，连父母都束手无策，怎么劝都无济于事，只有大声吼骂，可是越骂越哭，越哭越骂，常常气得大人们不理他，或者拿起竹梢子往孩子身上抽。后来做大哥的泉泉一出马，三下五除二，不费吹灰之力便劝住了哭，泪水还在脸上流，就眉开眼笑地举起衣袖把泪水和着鼻涕在小脸上擦干。

再后来，只要有类似的情况，大人们便把这个吃力不讨好的光荣任务交给泉泉去完成。大人们百思不得其解："奇怪，我们劝得口水都干了，就是劝不了，你三言两语就让他们满脸堆笑，用的什么办法这么见效？"泉泉一脸神秘："这是我的专利，对不起，无可奉告。"

问几个小家伙："大哥是用什么收买你们的？"可他们守口如瓶，打死不做叛徒，只好开他们一句玩笑："长大可以送到情报局。"

泉泉本性善良，又少年老成，并且能说会道，大家都喜欢跟他在一起说笑。他不会算计别人，陷害别人，跟他做事可以放一百个心。他的为人处世令人折服，同学亲人都称他厚道，当然，不脸红地说，这要归功于母亲子云的严格要求和小舅子龙等人的谆谆教诲。

泉泉的表弟和同学说："去我大哥那里，有'四包'。"同学问哪四包，他说："包吃包住包消费包坐车。"同学一听这"四包"政策羡慕不已："哇！你这家伙真好福气，遇上这么好的表哥，我亲哥哥都没这么好！"

泉泉还是个打工族，钱并不多，原先还要为弟弟交生活费，结婚买家具装修房子又花了不少钱，但他豁达、豪爽、不吝啬，一直把亲情摆在心中最重要的位置，他说："赚了钱就是花的，钱花出去了就是件快乐的事，花不出去的钱是遗产，世上赚钱世上用！"

泉泉结婚那天，所有的亲人都大老远赶回来，五一节才三天的假，来回已花了二天，但大家都关心他的婚事，不然，辛苦不说还要花钱坐车，如果不是重情义，谁又去受这个罪？

亲情能给人生活的勇气和动力，亲情就好比客家人自己酿造的糯米酒，既香甜顺口，又让人醉在其中！

问世间情为何物

　　很小很小的时候，大人们就常说嫁老公嫁老公的，大人们无聊时总爱拿女孩子开心："长大后要不要嫁老公？"女孩子们都会毫不犹豫地回答："不要！"大人们还一个劲儿地耍笑："现在不要，长大后就要了。"

　　那时，根本不晓得嫁老公是啥意思，只觉是个很害羞的问题，被大人们耍笑一阵后，也并不往心里去，既然是长大以后的事，管它干吗？现在只要有书读，有饭吃，有新衣服穿，就是最大的幸福。

　　但是听多了大人们的调笑，稍大一点后，女孩们也就对嫁老公有了朦胧的意识。子云读小学三年级时，男女同学还是跟仇人一样，不说话，连本队的路上碰见，也只能装作视而不见。如果出于礼貌打个招呼，你就等着闲言碎语、唾沫星子压死你吧："谁跟谁搞那个，他们很合适①，肯定关系不正常。"尽管当时大家对男女之事似懂非懂，心中也纯真无邪，完全可以淡然处之，可是笑话在你耳边响起，你也不得不小心起来。谁会去捅那个马蜂窝呢？于是，大家都显得没礼貌，男的不绅士，女的不外秀，只因礼貌会给自己带来伤害，使自己孤立无援。

　　子云读初一时，父亲好友的儿子和她同班，还是同一个学习小组。其时，子云当个小组长，同学们都要把作业簿交到她这里。子云那个组都是女生，唯有父亲好友的儿子是个异类。他每次上交作业，都把作业交到其他男小组长那里，被老师好一顿批评。子云父亲和他的好友关系很铁，俩人还在一起演过

_____

① 合适：要好。

戏，唱过歌，私下里谈过，等孩子们长大后就结为亲家。后来他那片里的人一看见子云，就笑说她是他家未过门的儿媳，还故意叫她同学的名字，弄得大家都信。子云既害羞，又无力辩解，这个玩笑一直开到她定下亲事后才结束。

那年代的中学生，普遍调皮捣蛋，爱做缺德事。男同学还敢和老师唱对台戏，欺负女同学更是家常便饭。有些男同学居然用青霉素的空瓶子装上辣椒水，在橡皮塞子上捅一个小孔，插进空芯的植物管，看到女同学就往她眼里洒。中弹的女同学跑到小溪里冲洗，但眼里还是火辣辣地痛。如果哪个女生敢在老师面前告状，你就做好思想准备，接受下一次更加严峻的戏弄吧。

闽西粤东地面上，常见一种刺猬般的草籽。很多男同学裤袋里都装有这种损人的东西，上学或放学路上，一旦发现看不顺眼的女生，就快速地将这种武器往她头发上撒。等女同学含着痛含着泪水将刺猬草籽一个个小心翼翼地取下，秀发已损伤一大片，多数人却还是敢怒不敢言，除非是跑到粪坑里将伤害她的男同学恶骂一顿。

子云很少遭这般戏弄，因为在一些男同学心中，她已是"有主"的花，而"护花使者"平时虽然沉默寡言，但孔武有力，肯定是打架的好手，还是不要惹他的好。子云隐约知道这点后，虽觉怪异，但想想有这么个无形的"保护"，到底不是什么坏事，由是对学堂之路不再心存畏惧。

十三岁时，子云姐姐子珍处上了对象，是外村的。他当时就有了驾驶证，刚改革开放那时代，驾驶员无不吃香。他常提些东西上门，但一般都是天黑之后。那时保守，男女之间的来往都要在天色暗下来后进行，没人看见好像是幸运的事，一旦被人发现，好像做了亏心事。

彼时，子云对帅和酷还没有概念，只晓得未来的姐夫很中看，不让人讨厌，他还很随和，没坏脾气。他一来，家里会热闹一些，不但有"等路"，而且家里的伙食也会改善一些，最起码也有几个鸡蛋汤端上桌。即便子云做了什么错事，父母也不会当作他的面给予指责，所以子云天天都盼着姐夫来。

子云十四岁那年冬天的一个凌晨，她还缩在被窝里做着背起书包上学堂的美梦，一阵噼里啪啦的鞭炮声，夹杂着母亲和姐姐的号啕大哭声吵醒了子云。睡梦中子云还以为母亲装在竹筒里、和姐姐一起采摘野果所换来的油盐钱又被老鼠咬碎了。此前有过这么一次损失，因此子云对母亲和姐姐如此伤心绝望的哭泣很敏感。那里可能也有子云的一份买作业簿或铅笔圆珠笔的钱啊，她们哭得这般伤情，肯定事出有因。子云是重感情的小孩子，看到别人哭，总会情不自禁地跟着泪水涟涟。母亲和姐姐是子云最亲的人，子云能不"捧场"吗？于是，子云也莫名其妙地大哭起来，却不知道为啥事而哭。

十一岁的子龙听到二姐哭，也眨巴了一下眼睛，傻乎乎地跟着哭了起来。哭声穿透楼板，冲出房梁瓦片，响彻云霄，弄得窝棚里的鸡鸭也咯咯咯、呱呱呱地大声叫嚷起来。二伯母家的狗也汪汪汪地狂吠不已，楼下热闹非凡，人声杂乱。

等子云和子龙哭到母亲和姐姐的身边，才发现家里突然多了一伙人，都是陌生人，男女都有。子云以为他们又是来家里搜查什么黑武器的，但看样子又不像，他们之中除二三个提了马灯外，其余的都赤手空拳。子云迷惘了，只好傻愣愣地瞧着他们，心里不断在猜测着他们的来历。

两个大人的哭声就已经使周围的人睡不着了，加上两个小屁孩凑热闹，那场面比菜市场还喧嚣。大伯母家和二伯母家也都起来了，整个围屋都有人在走来走去，看到母亲和姐姐不停地哭，来人中有几个女人走到她们身边，劝慰道："亲家母，别哭了，男大当婚，女大当嫁，反正又不远，想子珍时，不出一个小时就到了。子珍他们也会常回来看你们的，莫哭了。你看两个细鬼子①哭得眼睛都红了，快穿红衫吧，时间快到了，别耽误了时辰。"劝说母亲的女人边说也边流下了泪。

女大不中留啊，难怪很多人都重男轻女。做父亲的和做母亲的最大区别在于，他即使会有那么一点点难过，也不会这么显现，他在姐姐出嫁和后来子云长大出嫁时说的话是一样的："皇帝的妹子②都要匹配人家，伤心难过有什么用？"

农村风俗，出嫁时一定要哭，哭得越伤心，表示你对娘家越有孝心，娘家人也越过越红火。如果哪个妹子出嫁时不伤心，哭不出来，就会招来许多闲言碎语："你看谁家的妹子要离开娘家了，一点不伤心，一滴泪都不流，这个不孝女，不指盼娘家人发达。""人家有老公嫁了，高兴还来不及呢，哭什么？娘家有什么值得留恋，人家嫁了老公，有新床新被新家伙，屙尿都会对壁笑，还哭？"

原来是姐姐要出嫁了，子云悲喜交加，眼泪流得更凶，哭声也更大。那

---

① 细鬼子：小孩子。

② 妹子：女儿。

时，子云对出嫁这件事已经基本明白了。姐姐出嫁后，就成了"别人"家里的人了，不能再和子云们一起生活了，空闲时间，不能和子云三个打"四十分"（扑克的一种打法）了。

按这里的风俗，姑娘出嫁，婆家人要派十几人来等嫁，娘家人也要派十几个人去送嫁。子云和子龙都去送嫁了，送嫁是有红包的，那时好像才一元。如果这一元不上交"国库"的话，对于姐弟来说自己就是一个富人。

目睹了姐姐出嫁的整个过程，子云幼小的心灵既感新奇又感悲伤。在娘家住到二十多岁，突然要嫁到一个陌生的地方，和一群陌生的人生活在一起，还要和一个以前不相干的男人睡一床，这多尴尬呀！是谁规定要这样的呢？真是奇怪！

姐姐是家里的主力军，是母亲的左右手。子云不知道家里少了她，日子将怎么过。子云只知道，她出嫁后，家里突然少了一个人，他们会很不习惯。姐姐刚出嫁的那段时间，母亲的泪水一直止不住，子云和子龙也不习惯姐姐不在家的日子，经常陪哭。每当这时，母亲又疼爱地劝子云、子龙不要哭，她自己也会强忍着心中的难过，用破烂的衣袖擦去姐弟眼角的泪珠。

同时，子云也为姐姐高兴，她终于有了自己的归宿。姐夫是个忠厚老实、富有爱心的人，在那个年代就有了一门饿不死的驾驶技术。深思熟虑的父亲，正是看中了他的人品和一门手艺，才答应把掌上明珠嫁给他，后来还"依葫芦画瓢"包办了子云的婚姻。

姐姐出嫁，于子云来说才是一种不幸与灾难，家里突然就少了一个强劳力。刚刚和超支户脱离关系的家，这下又和它续上了前缘，父亲和母亲早加班夜加班还是摆脱不了困境。那时子瑜刚考上县一中，子云也读初一，子龙在读小学三年级，三个都是吃死饭又花钱的主儿。而他们所住的祖屋，又已经千疮百孔，摇摇欲坠了，遇上刮风下雨，就有倒塌的可能。一家人都提心吊胆地过日子，父亲考虑到一家五条命的安全，痛下决心，打算在祖屋后面重建新房，且已动手打屋基了。

子云权衡利弊，经过一番思想斗争，咬了咬牙，我不下地狱谁下地狱？姐姐可以为这个家付出一切，难道我就不可以？女孩子读得再多也是要嫁人的，能看懂工分簿子就行了，听多了大人们的这句话，虽然有一千个一万个不服气，但又能改变什么呢？人生中的无奈和不服气过早地降临到子云身上。看来，子云除了步姐姐的后尘之外，别无选择，姐姐留下的脚头①畚箕，得由子云挑起。在读完初一的课本后，子云只好向命运低头，一个农村小女孩，无力与命运抗争。

父母听了子云的想法，并不支持："你又不是读不来，为啥要放弃？再苦再难，我们也不能再耽误你了。已经对不起你姐了，砸锅卖铁也要让你们三个读下去。"子云于心感激敬爱的父母，可父母又有几口锅几两铁可卖？女儿怎忍心让你们没日没夜地操劳？她定要助上父母一臂微薄之力，哪怕是让父母有一瞬间的喘息，她也会心安一些。

初二开学后，老师和同学见子云没去注册，就来家访。特别是班主任圣淦老师，一直对子云很关心，他说："不能因为暂时的困难就轻言放弃，坚持就是胜利，知识不怕多，只要你有信心，继续努力，考大学并不难。你是孝女，你想报答父母是对的，但放弃自己的理想和追求，那就愚蠢，你迟早会后悔。一切都可以去争取，唯有读书的机会是会溜走的，一去不复返的，我相信你的父母都不希望你放弃学业。"

老师和同学善意的劝导，让子云非常动心，父母的劝说也激励着子云："你安心读好书，就是对我们最大的孝顺。"于是，子云又回到了老师和同学们的身边，与他们共度人生中最快乐最灿烂的时光。

可是，子云人在学校里，心却经常和父母一起。看到书本上那密密麻麻的字体，子云仿佛看到了水田地里面朝黄土背朝天、挥汗如雨、不时捶腰揉膝的父亲；看到了不幸患上风湿关节炎、坐骨神经痛的母亲的艰辛。书本上的字体和公式被他们身上的汗水打湿了，淹没了，看不见了。

那半年，子云读得异常辛苦。为了削平老屋那后山，每天早上、中午、傍晚，都要挑运二十担黄泥，这是子云自己定下的任务。星期六、星期天还要上山割柴火，备够一个星期的燃料。逢上紧工时，子云还要做许多力所能及的家务，让父母回到家可以轻松些。

初二下半年，按规定要搬到上坊中学读住宿。这样一来，子云就帮不上父母了，父母就会更辛苦。老师和同学苦口婆心地劝学，都丝毫没能打动子云辍学回家帮父母干活的决心，子云毅然扛起了锄头挑起了畚箕，就这样雷打不动地加入到了光荣的"修地球"队伍。除了帮父母减轻负担外，另一个原因

---

① 脚头：锄头。

就是确保哥哥弟弟能够抛开思想负担，全身心投入到学习中，实现他们考上大学、光耀门楣的愿望。

做人就应该拿得起放得下，放弃了就不该后悔。可是，事情并不这么简单，在经过了无数次的栉风沐雨、骄阳烤晒和日复一日无休止的劳动磨炼后，子云有点后悔了，子云终于觉得，这辈子自己已将最美好最灿烂的时光错过了。古时说学而优则仕，农家孩子不多的出路中也还是读书为上。其实，子云是很想读书的，不管能不能考上大学跳出穷山沟，正如班主任所说，机会会错过，知识不怕多。

子云连初中毕业证书都没拿到，如果家里条件好些，如果不是因为姐姐出嫁了，子云也就可以继续和同学们一样，坐在学堂里充实自己。家境若差强人意的话，相信子云也能安心，能发愤图强，也许……今天的子云也许就不是这个样，或许也能为父母争一口气。后来，父母每次谈起这事，总有些自责，如果当年再咬咬牙，坚持一下，困难也就过去了。子云安慰父母说："这不能怪你们，这是时代的过错，并不是你们不让我读。"是的，这就是命，一朝落地命安排，谁也奈何不得，只能是林黛玉葬花自叹命薄。

别看子云年纪不大，也别看子云初出茅庐，平时的锻炼加上母亲和姐姐的言传身教，一接触农活，子云就深得大人们的称说，说子云肯定不会输给姐姐，是母亲的好帮手。

子云做什么，大人们都说不错，脱秧从不会被大人们说成蚂蚁爬树，从没被生产队队长拿钩子称过，也从不要三个扣一个。在工分制的年代，谁都是拼着命干，以便评上高工分。有些人干活投机取巧，不管质量，只顾工分。可生产队队长也不是盏省油的灯，他总会在社员们干活时来检查指导，每到脱秧时，手提一把钩子秤"过磅"。秧把小，或不整齐、泥巴没洗干净，都直接影响莳田①速度。到莳田时，那些把小、杂乱、泥巴多的秧苗，总是被那些速度快的人丢来丢去。有些人莳田像鬼点灯，脱秧像蚂蚁爬树，做什么事都不像样，就评不上高工分，做了几十年农活，却和刚离校不久的小丫头子云一样的工分，真是跌鼓事。

在集体干了一年多，便分田到户了，这样就愁不倒农民了，自己做来自己吃，不要服人管了。那时，子龙又长大了一些，还没住校时，力所能及的事

---

① 莳田：插秧。

也会做不少，遇到紧工他也会下田帮忙，莳田耘田，做多做少做好做歪都没有关系。

子云和母亲有计划地把家里的事情做好后，又要去帮姐姐做几天。那时姐姐有了两个女儿，姐夫开车在外，回来也帮不上忙。帮姐姐子云义不容辞，再苦再累也没怨言，想到姐姐为家里付出的艰辛，子云就浑身是劲儿。子云隔三岔五步行七八里远去帮姐姐，母亲也经常与子云担柴过去。

最让子云难以接受的是，母亲居然还要子云去帮堂哥家和二伯母家。堂哥其时有三个小屁孩，最大的男孩福福又是娇生惯养的家伙，最小的女孩刚断奶。堂哥还有个非常刁蛮的母亲和一个时鬼加番薯①的老婆。堂哥的老婆子云们叫兰子嫂，她人瘦小，又属于那种未老先衰的人，体重不到八十斤，人家笑她观音菩萨。她连元角分的钱都认不清，脱的秧十个放一堆也搞不懂，每次脱秧都要麻烦人家算，真个吃屎大的没文化！那时的妇女没几个进过学堂，子云母亲不也没文化吗，她怎么就能算呢？当然，这个光荣、艰巨又招人烦的任务都要自家亲人才有幸摊上，兰子嫂有自知之明，在那个忙得头不梳脸不洗牙不刷的年代，谁愿意浪费那金子般珍贵的时间？子云回家"修地球"后，兰子嫂每到脱秧时，挤也都要挤在子云旁边脱，为的是要子云帮她数秧秧。

兰子嫂做事差劲②，说话却让人弯腰捧腹，比如今"开心一百"的主持人还让人开心。有一次，她对子云们说："播种萝卜太快了，昨天刚播下去，前天就长出来了。"子云们听了大笑不已，她却一本正经地说："真个没骗你们，骗了你们的是狗屄个③。"这头大笨猪！

又一次，大家休息时坐一起说坐吃山空的事，她叹了一口气说："也是，上面那个直口怎么就那么会吃，什么都吃得下。"大家听了又是一阵大笑，笑完之后说："兰子嫲，子云们上面的不是直口，是横口，你的是直口，子云们不跟你争。"看到大家笑得面红耳赤，她才恍然大悟，但还要加上一句："直口横口都是口，都能吃，一样的。"结果招来一顿怒骂，有谁愿意让别人把裤裆里那见不得人的东西比成上面的那个贵口？

因为兰子嫂做事不像样，所以堂哥稍微大一点的事都要叫上子云。有时子云烦，故意找借口说家里有事不能相帮，但母亲总是说："家里的这点事我

---

① 时鬼加番薯：迟钝且笨拙。

② 差劲：差。

③ 狗屄个：狗娘养的。

来做，你去帮他吧。"子云只好一千个一万个不乐意去相帮。

堂哥做了烤房，每年都要种好几亩田的烟。种烟，上烟土，上下烤，都少不了子云，有时晚上还要帮他扎烟。扎烟就是把生烟叶三匹三匹捆在烟秆上，再担到烤房烤干，经常帮到十一二点，下雨天也不落下。割禾莳田就更少不了子云，人家都笑他，屙屎不出都找子云。这句话的含意就是，他在无节制地剥削子云的劳动力。人家还说，亲妹妹都不可能这样。

那些年，因为子云的原因，堂哥对子云家"很好"，对子云父母也比较尊敬，一天两餐都会光临子云家。后来子云出嫁了，他的子女都长大了，他就一个月甚至更长的时间都不上门。

二伯父死后，二伯母孤苦伶仃，她没有子女，堂哥全家又经常和她吵得分不清东西南北，她经常一个人跑到二伯父坟前哭得天昏地暗，寻死觅活。母亲知道后，连哄带拽把她弄回家，不但陪她伤心掉眼泪，还要赔上两个鸡蛋汤。为了安抚她可怜孤寂的心，子云又成了母亲的一个人情骰子。

子云对母亲这种大好人的范儿心存意见，心情不好时，便顶撞一两句："你叫我帮了这个帮那个，我就不累吗？你就知道拿我做人情，难道不怕把我累死吗？你怎么就不考虑我，老替别人着想？你不心疼我，我是天上掉下来的，还是地上蹦出来的？以后，我再也不做你的人情骰子了，你乐意帮哪个就帮哪个。"子云累怕了，那天子云也豁出去了，不发发牢骚，母亲以为子云老实，好差遣。

"子云，我知道你很辛苦，自家的事你要做，还要去帮那么多人，我心里也过意不去。但是没有办法呀，他们都有困难，有困难自家人不帮谁帮？人这一辈子，谁都不可能一帆风顺，有了困难，都指望有人相帮，人与人之间，就应该互相帮助，互相支撑。"

"你就知道帮助人家，那他们为啥在我们家需要帮助时，却袖手旁观呢？他们就不会这么想。"

子云只要一想起那年六岁的小弟失足掉石桥事，就耿耿于怀。当时，父亲在外地做事，是母亲在伸手不见五指的情况下，抱着人事不省的弟弟去找医生的。而伯父、伯母、堂哥却视而不见，这叫子云怎么对他们产生好感而乐乐意意帮助他们？

"每人的想法不同，各人行得各人路，大家都不能强求别人该怎么做，我们做得我们的事，他们行得他们的路，天在头顶上，它的眼睛亮着呢。别人怎么样我们别去管，只要我们自己做好了就行，做人就要胸怀宽广，不要斤斤计较，量大福才大。"

母亲是大字不识一个的农村妇女，得饶人处且饶人这么深奥的文学她不懂，但道理她懂，所以总能给子云灌输那些人生大道理。她多次教育子女，在往后的日子里尽量抛去不满和仇恨，多尽力帮助那些有困难的人。母亲宽阔的胸襟令子云汗颜，使子云羞愧难当。子云真不明白，她的这些道理是谁授予的，是天赐的吧，自己读了几年书，怎么就不懂这些呢！

后来子云常常告诫自己，不要小肚鸡肠，鼠目寸光，要向母亲学习。当子云以母亲教自己的态度去对待身边的人和事时，最终觉得，原来放下心中的不满和仇恨，眼前的一切竟是那样明媚，就像面朝大海，春暖花开，心中无比地舒畅。

子云十六岁时，就有不少人向父亲提亲，父亲总是以她年龄太小推托了，因此得罪过不少人。一年后的冬天，堂哥把子云介绍给本大队一个大队干部家，那人的儿子才十九岁，还在部队服役。

记得那年冬的一天下午，父亲给了子云五元钱，要子云步行到两公里外的市场上买肥肉煎猪油。路过村里的九驳桥，碰上大队的文书和当农技员的堂哥。那文书经常来堂哥家，也经常过来子云家听子云父亲讲故事，和父亲很谈得来。他们俩都对子云说："子云，归去了告诉你满满①，就说明天华宝两公婆②会来。"子云没问原因只点了点头，"嗯"了一句就走。走了一段路后，子云仔细一想，不对呀，平时和这对夫妻俩从不来往，明天他们要来做什么，难道……想到这里，子云突然感到高兴，难道他们是为哥哥子瑜介绍对象？有可能，子瑜已经二十岁了，还是光棍一个，自己快有嫂子了，子云高兴极了。

那是个早婚早育的年代，而且对计划生育这项工作并不重视，个别女孩生完几个孩子还没去登记，孩子们户口都没有。当时男孩要是二十几岁还没有找到对象，就会有人议论，怎么这么老了还没对象？法定年龄是男二十二周岁，女二十周岁，但大多数不到法定年龄就结婚了，到了法定年龄，孩子都几个了，都能帮助打酱油了。更可笑的是，子云有个从小学到初中的同学，刚到

---

① 满满：子云家对父亲的一种叫法，也叫满。

② 两公婆：夫妻俩。

十六岁时就单恋着她，但又不好意思说出实情，只是经常来子云家。其时，子云根本不知其意，以为他和小弟子龙很熟，他们是为了交换课外书勤走动。直到子云十八岁那年和兵哥确定关系后，他就不上家来了。先前，他家大人也为他提过不少亲，但他不答应，说不急着找对象。后来大家知道了原因，原来是在暗恋子云。他的婶子在子云母亲面前说："我家的书龙很喜欢你家子云，说你家子云不高不矮，不胖不瘦，又勤劳能干，善良本分，他谁都不喜欢，就看中了你家子云。听说子云定了亲，他伤心地哭了，变了一个人，对谁都不理不睬，好像是我们害了他。"子云听说后，才恍然大悟，他常来子云家是有原因的，怪不得每次来，见到子云都笑眯眯的，还热情地打招呼，读书时他和子云从来都不曾打过招呼。子云感到很可笑，早恋啊，才十几岁就暗恋人家，又那么笨，读了书连情书都写不出。

当然，在那时子云压根就还没往这方面去想，尽管子云在夜深人静时也曾经在脑海里描绘过自己长大后的那个"他"。但那会是在什么时候的事，却一无所知，到底到了什么时候生活中才会有个"他"，有了"他"生活会是什么样子？只顾干活的子云，实质上还是一个傻妹子，只想到哥哥到了找对象的时候，一点也没想到自己被人"算计"了。

"满，我在九驳桥见到了宝哥和富叔，他们要我转告你，明天华宝叔两公婆会来我们家。他们和我们家从来没有来往，是不是来帮哥哥介绍对象？"吃饭时，子云问父亲。

父亲一时不知怎么回答子云，支吾了好一阵，才丢了一个眼神给母亲。母亲吞下口中的饭菜后说："他们是来看你的，你宝哥把你介绍给他们的儿子了。"

"看我？看我做什么？"尽管母亲已说明原因，但子云还是茫然不解，更不知道自己已身处"险境"。

"华宝有个大子哩①，今年十九岁，还在部队当兵，是个开车的。你宝哥和华宝在大队做事，知道他们家的情况，就把你介绍给他家了。华宝听说你能干，又善良本分，把其他的媒人都推辞了，决定明天过来看看你。"原来，父亲和母亲早就想把子云"抛售"。

"你们……"子云听后蒙了，看看父亲又看看母亲，他们也觉得理亏，不

---

① 大子哩：大儿子。子哩也根据谐音常写作子瑞，也称作刺子、徕子等。

敢正面瞧子云。

说真的，子云真的不想那么早就离开父母。子云才十七岁，还小啊，何况这个家还需要子云，子云不知道离开父母会是什么样的日子。

上世纪八十年代的女孩子还很保守，看电影、赴圩，都是成群结队去，没有哪个女孩子为了贪懒坐在某个男孩子的单车后搭，情愿走路，也不去担被唾沫星子淹死的风险。队里上下年纪的女孩子近十个，每次到镇里赴圩都约好同去。天热时穿花的确良衬衫，下穿小喇叭裤，冬天大多数时间都穿花格子衫，连围巾都买一样的。姑娘们排成长队，吱吱喳喳像一群麻雀，快乐又逍遥。每次到镇里，路过的几个生产队的人都说她们是一群仙女。听说她们勤劳能干，有儿子的就早打主意来她们队提亲，十一队最是积极。当子云被十一队"订购"后，先后又有三个姐妹被该队相中。

子云和姐妹们曾经相约，到二十岁再谈对象。二十周岁是法定年龄，在娘家，她们可以自由自在，到了婆家，就没那么好过了。没有自由不好，还要看人家的脸色过日子，那多没意思。对这个约定，子云最先伸出尾手指，大家都拉了钩的，可是子云却先违约，当然这不是子云的错，是父母包办了婚姻，在没有得到子云的同意之前，就答应了人家，子云能不生气？！

那晚，子云失眠了，别以为子云有归属了才高兴得睡不着觉，要是这么看子云，那可真是太冤枉她了。子云知道，要是那个男孩不答应父母，他的父母也不可能私自做主来家，而父母为什么就不事先告诉自己呢？他们是怕自己反对吗？这是自己一生的幸福啊，自己和那人素不相识，怎么就这样草率地把自己"出卖"了？子云知道，父亲是"主谋"，母亲绝对没有这么大的主权。

生气归生气，子云真的不知道要怎么办。违抗父命？子云得去借胆，恐怕还得借十个。从小胆小怕死的子云，树叶掉下也怕砸伤脑袋，从没顶撞父亲的前科，是父亲眼里的乖妹子。父亲那双金鱼眼一暴突，子云定会胆战心惊，屁都不敢放。子云暗暗地把父亲比作猫，把自己比作猫的天敌，老鼠要是敢反抗猫的"淫威"，那必将死路一条。父亲还是家中的当权长老，是上知天文下知地理又能谈今论古的穷秀才。只要他心情好，说什么故事都会眉飞色舞，唾沫四溅，笑声飞扬，令人也心情舒畅；但要是他心情不好，他那不怒自威的神态又吓人，最起码会使子云噤若寒蝉，诚惶诚恐。

家中四个孩子，唯有哥哥子瑜最勇敢，最不怕死。子云曾经多次对哥哥的勇敢投去崇拜的眼神，子龙再调皮捣蛋，也还会怕父亲的皮带，兄弟俩也曾多次有幸得到父亲皮带的赏赐。子云确实胆子太小了，就连自己的终身大事也无力反抗，心里再多的不乐意也说不出口，子云真没用。

"你满满对他们家很了解，以前和他母亲在一起做过戏[①]。他们夫妻人很好，没什么歪刀子[②]，好相处。再说他们的儿子有一门技术，又是党员，人家自费都要去学开车，可他在部队就学会了，有了手艺，相信以后就算富不起，也不至于饿死啊。你看，现在开车的多吃香！你满满也是为你好，那么多人来提亲，他都以年龄还小推辞了，唯有这个才答应下来。现在虽然年龄小，但过二三年他退伍了，就到了结婚年龄，你满满都为你考虑好了。你要相信，父母都是为儿女好。"母亲做起思想工作来头头是道。

子云理解父母亲的良苦用心，也相信父母确实是为了自己好。子云家是中农，父亲还曾受过冤枉，虽然所有的人都敬重子云父母，也知道子云父亲是清白的，但子云若嫁到一个大队干部家，名义上会好听些。再说，如果子云反对，父亲也会很没面子。子云不能不给父亲面子，姐妹们那边，只好得罪了。子云答应了父母，不管父亲是不是为自己好，但有一点可以肯定，天下父母没有哪个会去害自己的孩子。

姐妹们知道这事后，就一起找上门来，将子云臭骂了一顿。一个姐妹指着子云的鼻子说："你自己说的，谁要是先毁约，谁就是叛徒。可是现在你自己先做了叛徒，谁先做叛徒，谁就要请大家吃饭，请大家看电影。"

子云首先违背誓言，感到对不起她们，因此并不出声辩护，由她们一个个责骂。子云理亏呀，只好在心里对她们说："姐妹们，对不起了，为了我一生的幸福，也为了父母的面子，我只能背叛你们。"

虽然后来她们个个都未过十八就相继被人"订购"了，但是只要一说起姻缘，谁都爱开这个玩笑："哪能跟你比，那是鸡屎比酱没比头。"还说子云难怪这么急着找婆家，原来是条件好，怕被人抢了去。

春天就像是屋后苦涩的松子，孕育着爱和希望的生命，它也把这些带给了子云。在刚过完年的第二天，子云收到一封盖有"义务兵免费通邮"的部队来函，是那个男孩的第一封求爱信。从此，子云的生活多了一种企盼，因为有

---

① 做过戏：演过戏。
② 歪刀子：坏心眼。

了这种企盼而变得丰富多彩起来。

说实话，第一次收到男孩子的求爱信，真的感到很幸福，甚至有点不可思议，心里也慌得不知所措。算起来，子云和他还是校友，他比子云高两届，又是本大队人，子云每次去外婆家，都要打从他家门口经过，但此前并不认识他，这不奇怪，那是个什么样的封建年代呀！

收到信后，几天来子云心里都还好像装着一只小兔子，拿不定主意，该不该回信，该不该答应他的求婚。这事对于一个保守的农村女孩来说，确实是一个难题。别说亲身体会，谈经验，就是听都很少听说，队里近十个同龄女孩，最先遇上这事的就是子云，子云去哪里取经？

再说，他们的开始又是这么特殊。别人是亲自来见一次面，说上几句客气话，如果两人见了感觉不错，就开始交往，一回生，二回熟，三回一见，猪肉炖萝卜——熟透。子云的恋爱则要靠书信完成，写信在当时并不时髦。虽平时有空就看书，记日记，但写信还是头一回，又是给一个陌生人，子云真感到孤立无援。

子云去了一个最好的姐妹家，晚上子云们睡在一头，子云把心事告诉了她。她说："听你一说，我觉得这个男孩不错，还是老实忠厚好。我们自己都是老实人，如果找个老公油腔滑舌的，心里总是不踏实。何况，他家条件又那么好，你运气好摊上了就要好好把握。他来了信，你就应该回信，抓紧回！不然他会以为你不同意这门亲事。"

听了她的话，子云就下定了决心要给他回信。

那晚，等母亲睡下后，子云又偷偷地拿出他的来信看了好几遍。现在想起来，觉得自己挺傻的，母亲又不识字，躲着她干吗？他的所谓求爱信，总共不上一百个字，只有一句能算求爱的："子云，你能答应我冒昧的求婚吗？"其余的都是客气话。

当时他也写了一封信告诉他父母，说已给子云写了信。为此他父母又特意来子云家，问子云回没回信，子云说还没有。他母亲就亲切地说："给他回信吧，他真的是一个老实头①，女人嫁老公，就是要嫁一个可靠实在的人。如果嫁了一个晃鬼②，好嫖好赌，好吃懒做，父母给他金山银山又怎么样，三下

---

① 老实头：老实男人。

② 晃鬼：不靠谱的人。

二下就败光了。相信我，我这儿子不管能不能赚大钱，有没有出息，但最起码会对你好。"说完她又拿出一张相片，"前次来忘记给你了。"当着她的面，子云不敢太放肆，只瞧了一眼便把相片随手放在桌子上。

其实，子云觉得自己挺虚伪。她一走，子云马上拿起他的相片端详起来，而且有了种一见钟情之意。相片中的他，穿着军装，威风凛凛，身高大概有一米七八，虽然还属于苗条型，却不乏阳刚之气。子云越看越喜欢，咬着下巴偷偷地笑，脸上却火辣辣的。相片中的他一直用大眼睛看着子云，好像在问："子云，你能答应我冒昧的求婚吗？给我回信吧！"

子云的心里洋溢着幸福，激动得马上找出纸笔，动手写信。对，子云不能让幸福和自己擦肩而过，要把握机会，要答应他，接受他的求婚。

能当兵，说明体检过关，身体健康；能入党又立了功，说明思想品德也过关，日后不用担心被他"炒鱿鱼"。自己不管在什么情况下，安全系数都比较高。这点，子云倒是蛮精明的。老实不一定就是坏事，调皮也不一定都是好事，农村女孩子盼望的就是能够和另一半白头偕老。日子过得好不好，那是自己的命，只要能够从一而终，就算争了一口气。

那时离婚，不但自己备受伤害，连父母都会受牵连，自己的女儿被炒还是炒人都不是件光彩的事，出门遇见人都会感到很没面子，和人家说话都得加倍小心。如果女儿出嫁后循规蹈矩，没被婆家人作弄，又为婆家添男丁，那么就算是为娘家人争了光，替他们的脸上贴了金，他们说话也就能理直气壮，走路也可以昂首挺胸。

记得子云出嫁时，母亲千叮咛万嘱咐："做人家的儿媳，不比做女儿，不能任性。一定要循规蹈矩，做事说话都要考虑清楚，在家一定要尊重老人，关心两个小叔，要香人嘴。不然，我就没面子来，不要好样唔学学歪样，你做好人，自然有人称说，我来你们家也自在些。"子云牢牢记住了母亲的叮咛，不敢有半点造次，子云不能给父母的脸上抹黑，而要贴金。

回信不久，他又来了信。这次的信长了些，用了两张纸。他说收到子云的回信很高兴也很感动子云能这么爽快地答应他的求婚，他在信中夸子云的字写得很漂亮，说子云是书香门第，而他只是个整天喊一二一的当兵老哥。哈，老实人也会拍马屁。

幼稚的子云遇上了幼稚的他，半斤八两的两个傻瓜蛋，终于拉上了天公备下的红线，就这样开始了频繁的书信来往。在三年漫长的恋爱过程中，他们一直都是鸿雁传书，互相在书信中"花言巧语"，表达着彼此的爱慕与思念，虽没有花前月下的惬意，却另有一番甜蜜。书信往来是他们谈情说爱的最佳手段，互赠照片自然也就成了他们的"见面仪式"，他们都在感谢上天的恩赐。

彼时，子龙在上坊中学读书，子云经常把写好的信叫弟弟代写信封上的邮址，然后帮助寄出。子龙回家时还会把"兵邮"带回。在子云和他的恋爱过程中，子龙是功臣。

他们的第一次见面，是在书信往来的两年后，那是一九八四年快过年时。那年他一回来，就叫他大弟给子云送一包糖。他大弟告诉子云，露哥刚回来，家里等了很多人，他脱不开身，要明天才能过来。

那晚，子云又失眠了，就要和恋爱中的人见面了，这是梦寐以求的事。两年多了，子云常常在梦中见到他，常常在心里呼唤他。如今，真的可以见到他了，那个高兴真是没法形容！但是，子云的心里又很紧张，明天见了面，该说些什么，他会说什么？虽然他们通了两年多的信，在信中无拘无束地交谈，有了彼此的牵挂和爱慕，但真人上阵，又是另外一码事，相信他也会紧张，子云的心乱极了。

当时的司机招牌如同今天的大老板被普遍看好。后来，他因工作努力，服从分配，得到了部队的嘉奖，做了司机班班长兼教练。子云是个穷人家的女孩，而且因为父亲那莫须有的罪名受过不少委屈，所以更要珍惜这段姻缘。他家是贫农，父亲又是大队干部，而且他父母推掉好几个媒人，只因为子云堂哥的夸奖，才来子云家提亲。听堂哥这么添油加醋一说，父母和子云都有点诚惶诚恐，认为攀高枝了。

见面的那天，刚好是圩日，子云和一个小姐妹同去赴圩。得知他要回来提亲，小姐妹一个劲儿地说："那要快点，买好了毛线我们快回家，不然让人家等急了可不好。"

走到九驳桥，遇到了子云屋坎下的邻居大嫂，她对子云说："子云，我刚才看到你那位了，人很高，一表人才，我们队挑不出一个和他一样英俊的后生，他的脸比你身上穿的红衣裳还要红。你的命太靓了，落脚时辰靓①，遇上这么帅的人、这么好的人家！"子云还没言语，这位大嫂又好心地说，"子云，人家和父母买了大袋小袋东西，准备去你家，你要快点回家，不要让人家久

---

① 落脚时辰靓：出生时间好。

等。"子云红着脸，点了点头。

子云和小姐妹买好羊毛线就回，路上这家伙拿子云开心，用手肘捅了子云一下，鬼笑着说："就要和他见面了，是不是乐得好比喝下了一碗蜂蜜？"

子云红着脸笑骂一句，反过来问她："你和你那位第一次见面会紧张吗？"

"当然会喽，不过，我和你不同。你们通了两年多的信，什么知心的话没说？你们有底线，没什么好怕的。再说他又不是老虎，吃不了你，你别在心里开拖拉机，也别老是脸红，莫一见面什么都没说，两人就比脸红了。"她还笑子云说，"你们的恋爱那才叫浪漫，先通信，后见面，打好了预防针。"

这家伙，在说风凉话，子云回击她："你每次看电影都有人等有人买票，下城赴圩坐在人家单车后搭上，双手抱着人家的身腰优哉游哉，想吃什么想买什么嘴皮一碰，手一指，心愿就能实现，那才叫甜蜜，才叫浪漫呀！而子云看电影、下圩，都只能和那些大婶大嫂们一块儿去，子云都后悔找上了当兵老哥，受尽冷落。"

子云她们一路说笑，很快就到村了，小姐妹不想当"电灯泡"，她说迟早都能认识，不在乎这一天，说完就狠心地与子云分手，回她自己的家了，临走时还冲子云扮了一个鬼脸。子云回报了她一个拳头。

回到家时，他和他父母已经在大厅里喝茶聊天。相约来到的还有子云父亲的同学，也就是子云那个同学的父母，他们是有意让子云长大后成为儿媳的，可听说大队干部家来提了亲，也很乐意，说对方条件好，他不能跟他们家争。说来好笑，子云倒成了他的人情。宝哥说，他做子云的媒人会被人说笑，既然没啥问题，就把媒人让给父亲的同学做。看来，那个时代，什么都可以承让。

看到他们都在大厅里，子云更紧张，不敢进大厅，而是折进了厨房。母亲正在烧火做饭，见子云满脸通红，就说："你进厨房做什么？有什么好怕的，还不出去倒倒茶！"

子云哪有那个胆呀！连厨房子云都待不久，子云怕那个人走进来！子云鼓起勇气，从厨房的过道门跃上楼梯，咚咚咚的脚步声和心里突突突的心跳声伴随着子云上楼。一进房间，子云就张开大口直喘气，子云真想不明白，见自己的心上人如临大敌，胆小到如此地步！子云知道，自己这种行为很不礼貌，很不可取，很傻很可笑，但那时的女孩子真的没现在的女孩子老刁。子云那未来的公公婆婆，就是因为听说子云老实本分才选择了子云做儿媳妇，他们怕娶上一个调皮泼辣的儿媳，会看不起并欺负他们的儿子。老实男孩讨上一个老实妹子，就会平安无事，和和气气，安安心心过日子。

子云刚上楼，气还没喘匀，他也走上楼来，子云猜准是他父母叫他上楼找自己谈话的，她紧张得头都不敢抬。

他毕竟在部队待了三四年，胆子比较大，一上楼就问："子云，你也去赴圩了？"

子云点点头，心里骂一句"废话"。

僵持了一阵子，他又无话找话地问子云怎么称呼父母。子云知道，子云怎么称呼父母，他也怎么称呼。这下，子云不得不开口："你父母没告诉你吗？"

"没有，他们叫我来问你！"

这不是故意给子云难堪吗？子云心里也明白，他们是为了给子云和儿子增加话题，子云得好好"回报"他们，于是说："我叫我父亲为父亲，叫母亲为母亲。"

"这哪有可能，你别开玩笑了。我们都谈了两年多了，我还没叫过丈门佬丈迷娭①，今天再不叫，就太说不过去了。你不告诉我，我怎好叫他们？"他有点急了。

子云也为难了，要她亲口告诉他对父母的称呼，的确有点难为情，甚至觉得难以启齿，因为她家的孩子对父亲的称呼非同一般，她从来就没有听谁这么称呼过父亲。虽然这种称呼并没有见不得人之处，而且农村人对父母的称呼都挺老土，称父亲为叔、伯、哥的大有人在，称母亲为姨婭、奶奶、伯母、婶婶、嫂的也很普遍，大家见多不怪。但是称父亲为满满，就少见多怪了。在学校时，子云小心翼翼，不敢对人说"我的满满"，子云也怕本队的同学提起这种称呼。后来，不知哪个家伙泄了密，同学们一听说这种称呼，都好比发现了新大陆。在很长一段时间里，子云被同学们耍笑得无地自容，他们一见到子云，就面带鬼笑，故意大喊大叫："满满来了，满满来了。"这个称呼，使子云倍受耻辱，子云甚至对这个称呼"恨"之入骨。为什么要叫满满，而不叫爸爸，叫爸爸多好听呀！

子云就想不明白，父亲是农民中少见的文化人，他为子云们取的名字就

---

① 丈门佬丈迷娭：岳父岳母。

非同一般，不像其他孩子的名字那样俗气、老土，而且在村里村外都难见同名，可他为什么就让子云们叫他满满？难道叫了满满，家里就会盆满钵满积谷满仓？可是自子云懂事以来，只记得家里的大小水缸才是满满的，连两担木桶也装满了水。子云感到疑惑，问母亲，为什么总是把水挑得那么多，又不是没水挑，那边的水井天天都有泉水涌出来。母亲说，家里绝对不能缺水，万一烧火时不小心，把火引出，有水就能避免火烧屋，所以水缸里一定要装满水。于是，子云力能挑水时，也把水缸灌得满满的。母亲虽然不识一字，但说出的大道理总让人心服口服，是生活给了她智慧。子云始终弄不明白父亲为什么要让兄弟姐妹称他为满满，只能认为这是为了显示智慧，连称呼也和取名字一样，来个兔嫲[①]下崽——与众不同。

在他的一再催促下，子云问："你真的不知道？"

"真不知道，知道还问你干啥呢？"

看他一本正经又着急之样，子云信他了，不是说他老实吗？在这个问题上他没有必要要滑头。

"那我告诉你了，你别笑话，我对父亲的称呼很特别，全世界都可能没有这种叫法。"子云夸张地说，事实上子云的确还没听过有人这么称呼，但或许与全世界无关。

"什么样的称呼都是挺正常的，农村人不讲时髦。你看我对父母的称呼，叫哥嫂，而称祖母为姨娅。这听起来好像乱了套，可称呼又不是我们规定的，有什么错，更没有什么可笑的。"他说得挺诚恳，挺开通。

子云就告诉了他自己对父母的称呼，他听后一点也不惊讶，好像早就知道了，说："挺好听的嘛，你们家就是特别。父亲有文化，连称呼和名字都显得与众不同。哪像我们的名字，俗气得很。"

说实话，从小子云就崇拜解放军叔叔，在电影中看到解放军那么勇敢，那么坚强，那么威武，子云就特激动。但是子云从来就不奢望能和解放军叔叔，哦，不，和解放军哥哥谈恋爱，子云好像是在梦中。今天和解放军哥哥面对面说话，子云激动、紧张，平时口乖舌甜的她在谈了两年多的恋人面前显得笨嘴拙舌，头都不敢抬起来。

"我又不是老虎，你怕成这样，你这样，我会很不安，以为自己吓着你

---

① 兔嫲：母兔。

了。"他这么说的时候，子云心里暗骂了自己一句：胆小鬼，虚伪，不是一直都在盼望这一天吗？今天见了面，怎么就怕成这样？

他们就这样有一句没一句地扯了些无关痛痒的话题，天气不热，但子云觉得额头都出汗了。子云怕人笑话他们一见面就如胶似漆、忘乎所以，就对他说："我下楼去帮母亲，你去陪他们喝茶吧。"

子云进厨房帮母亲添柴，他时不时也过来，问要不要帮忙。母亲说，厨房里头油烟大，你不要过来，还是在大厅陪你父母喝茶吧。

四天后，是大年二十九，他又一次来子云家，是来等子云去他家过年的。子云父母留他在家过了年，就催子云跟他去，说别让人家等久了。

去他家过年，只是一个形式。那时的人们有一个特点，年初一去拜年时都会关心地问一句："你的某某，来^①过了年吗？"如果说过了，人家就会说："那就好，那就对了。"要是说没来，人家就会大摇其头，"怎么会这样呢，谈了这么久，年都不回来过，是有什么地方使她不乐意吧？"因此，子云要是不去他家过年，指不定他一家人都会不高兴，过个年都会索然无味。

子云跟在他身后，踏着暮色一前一后向着未来之家而去。到他家后，他全家乐得跟捡了块金元宝似的，他祖母更是牵着子云的手久久不肯放。

到了八点钟，在子云的要求下，他拿了手电筒就要送子云回家。他母亲说就不要回去了，子云当然不，她知道留下来将意味着什么。他也不好意思挽留，挽留也没用。他临走时对子云说："明天一起去兰坑塘的战友生古家，好吗？"子云答应了，他说："那明天我过来等你。"

生古的对象和子云很熟，俨然像一个女主人。和她相比，子云觉得自己太不懂人情世故，太不够意思。生古的床上并排放着两个枕头，衣架上有她的衣服，办公桌上有女人的日常生活用品，如雪花膏、梳子、扎头发用的牛皮筋，子云明白这是怎么回事。他们四个玩得挺投机，到了下午四点半，子云说要回家了，她问子云回哪个家，子云说当然是回自己的家，他的家还不是我的家。她感到不可思议，还偷偷地问有没有和他一起过夜，子云红着脸摇摇头。

"你这人是怎么回事，什么手续都做了，就差登记领证，请客是一种形式，怕什么？"在她看来，子云应该和她一样，在对象回来探亲的十几天时间

---

① 来：去。

里形影不离，好好地享受爱情带来的甜蜜。可子云的想法不同，她觉得女孩子就应该自重，虽然他们谈了两年多，而且一切准备就绪，就差领证请客放鞭炮，但在子云看来，婚没订，就不算是他的人。

年初二，他和他母亲来子云家做客。子云家姑姑不少，姐姐和姐夫也带着孩子们来了，热闹得很。客人陆续散去后，母亲对子云说了件事。才知，他母亲对子云这种做法很不满意，说她儿子才十几天时间在家，然后又要回部队。子云却这样冷淡，什么事情该做的都做了，已经算是她家的媳妇了，怎么能这样？生古和他对象有多好，一回来就天天形影不离，同进同出，脚趾踏脚跟，牵手打脉，一看就让人放心。你家子云是不是嫌我家露巴太老实，不会说好话逗开心？母亲的回话是："不是的，我家子云其实也挺老实的，她自小到大几乎都不让我操心。他们之间的事，他们晓得该怎么处理，各人的想法不同。你放心，我看他们挺合适，没什么地方不对。"

母亲一席话，听得子云心里有点不安，难道自己做错了，真的伤害了他，自己是不是太无情了？热恋中的恋人似乎不该这样，何况他的假期不多，过几天又要走了，他这一走，彼此又只能纸上谈情，望天兴叹了。

其实，子云是有后顾之忧的。子云看过《樊梨花》这部电影，樊梨花是个清秀俊丽、文武双全的唐朝女子，由程咬金元帅撮合，和傲慢自大的大将军薛丁山结为夫妻。新婚之夜，薛丁山看到樊梨花佩带的家传宝剑上，上写樊虎之剑。樊虎是梨花之兄，是个与唐朝誓不两立的无义之徒，薛丁山因此怀疑梨花归唐有诈，逼梨花说出实情，还恶语中伤。梨花没想到会遭受这样的待遇，生气地说，既然怕我归唐有诈，何必又摆设宴会与我完婚呢？丁山毫无人性地说，我一没上门相请，二没花轿相迎，是你自己送上门来的，言罢扬长而去。梨花痛苦极了，如蒙奇耻大辱，连夜鞴马，回到了寒江关。看了这部电影，特别是薛丁山的这几句话，使子云对男女之情产生了戒备之心。子云是个挺保守的女孩，本打算在新婚之夜把自己献给他，万一情况有变，既不怕自己受到伤害，也不会伤害家人。可是听了他母亲的话后，子云心里的确有点过意不去，他们一直把她当女儿看，她在心里也早已把他们看着公公婆婆了。

父母也很看重这门亲事，母亲要子云对他热情一点，不能总是不冷不热的。子云说，刚见面不久，就什么话都说，这样有什么好？

"你们都谈了两年多了，什么话不好说，有啥话就要当面说清，不要憋在心里，人家又不是你肚子里的蛇虫①，哪能晓得你心里想什么？你这个妹子总是这样瞻前顾后！我看他挺老实的，人长得俊，又有技术，立过功，入了党，你到哪里找这么好的人？你可别得意，莫以为自己了不起，错过了机会你哭都找不到地方。"

子云心里想对他说，亲爱的，我替你感谢你的准丈母娘了，但她嘴里却对母亲说："奶②，你不是怕我嫁不出去，和兄弟分房子吧？你的女儿很差吗？听你这么一说，我真不敢告诉你我要和他分手了。"

"你说什么，要和他分手？告诉你，我和你爷哩都不会答应。都什么时候了，还这样说，你要是敢做跌鼓事，让我们抬不起头，我就不认你这个女儿，就当自己屙大了一堆屎。"

母亲一脸紧张，生气地把子云教训了一番，子云心里暗暗窃笑，脸上却不动声色。

"有技术，入了党，立过功就可以一生无愁了吗？他这人死古老实③，我和他没有共同语言，迟退不如早退，反正我和他现在都一清二白，省得以后结了婚再离婚就更跌鼓了。"子云尽量装出伤心透顶并斩钉截铁的模样。

"子云，你从小到大都一直挺懂事的，今天怎么变得这样，你要气死我们吗？他们家哪点还有嫌？你要是和他退，马上就会有妹子跟在他后面。大家都说你落脚时辰靓，找到一个好人家，你却还想和他退。"

母亲气得快要掉泪了，子云要是再"作弄"她，那就是火料子④。子云扑哧笑了，母亲看到她一脸的鬼笑，才放下了心，脸上现出了笑容。

"奶，你真是个大番薯⑤，这么容易上当。那么好的人家，我会不去珍惜吗？看在你和满满那么喜欢他的分上，我也不能让你们费心。你放心，我是跟你开个玩笑，等下就去他家，你说行吗？"

"应该，应该，你这个死妹子，我真以为你好样唔学学歪样，也不怕吓死我。去吧，去吧，不然过几天他一走，又不知道什么时候才能回来。你去了，他父母也会很高兴的。"善良的母亲，总是考虑到别人，可是这次别人的高兴，

---

① 蛇虫：蛔虫。

② 奶：音 nen，去声，指妈妈。

③ 死古老实：过于老实。

④ 火料子：逆子。

⑤ 大番薯：大笨蛋。

是要女儿付出代价的呀!

　　两年多的书信往来,和几次短暂的接触,子云对他有了一些了解。他确实是个老实头,信中写得那么动听,回到家里见到子云连手都不敢拉,更别说亲吻了,这些也许人家都不相信,其实连子云都感到有些不可思议。听了双方母亲的话后,子云觉得自己真的有点过分了,不能让他觉得自己是个无情无义的人,自己也是个正常的女孩,不能让他有思想负担。

　　那晚去他家的路上,子云就开始紧张,脚步沉重,心里矛盾,觉得自己正往温柔的陷阱走去。一进屋,他们全家都很高兴,又是倒茶又是拿水果,他们的热情令子云如坐针毡,全身冒汗。子云和他们共进了晚餐,然后又一起看了一会儿电视。当时他大弟用割松香累积的钱买了台十四英寸的黑白电视,一个生产队就他家有电视,每天晚上别人都会来他家观赏,凳子不够,来人自备。

　　边看边聊到十点钟,他们才上楼。他看着子云,然后附在子云耳边压低声音问了个令子云惊心动魄、心跳加速的问题:"晚上留下来好吗?"他说出这句话后,彼此的心跳更加清晰可闻。子云心慌得已经丧失了说话的能力,只能红着脸点点头,用最基本的形体语言表达,子云不敢抬头看他,她知道,他的眼睛里一定充满了期待与渴望。

　　他见子云首肯,就大胆走近前,一把拥她入怀,滚烫的嘴唇猛贴过来。子云来不及躲闪,他口中的小金鱼已经溜到了她的口中,和她的小金鱼交上了火。他们就这样疯狂地亲吻着,在此之前,他们连拉拉手的经验都没有,更别说这个了。

　　子云曾经遐想无数次,暗自憧憬期待的事情,就这样发生了!她有些猝不及防的茫然,有些得之意外的惶然,也有些对即将发生的一切的紧张。别说人类,就是动物也有这个本能,也有一个大同小异的开始,这并不龌龊,是一件正常的事。两人亲吻了好一阵才停下,他充满深情的眼神再次投向子云,好像在征求子云的同意,子云脸红得滚烫滚烫,羞得一头钻到他的怀里。

　　他用双手掀开了子云人生中最为隐秘、最为原始也最为美丽的一页。

　　两性对于他们来说,完全是一门新课程,准确地说,是一门充满诱惑和愉悦的新课程。他像一个生疏的水手,而子云则是一个生疏的领港员,每个混沌少年的开始都可以说是"鸭子好水搞"。

　　事后,子云哭了,哭得非常动情。他吓坏了,以为子云受到伤害。老实人也有七情六欲，也有爱，子云并不知道自己为什么哭，可能是因为终于得到了他全部的爱，也可能是因为自己已经成了他的人。但子云清楚，最主要的是自己心中有那么一个担心，担心自己会和樊梨花那样，受到嘲笑，"是你自己送上门的"。

在他的一再追问下，子云道出了这份担心，他松了一口气，笑骂："傻瓜蛋，你以为我会那么无情吗？我爱你还来不及，哪还会不要你！你这么好的姑娘我去哪里找，不会的，你一百个，不，一万个放心！"

此后几天，因为忙于走亲戚，他们连面也见不到，但心中都在牵挂着对方。

年初六，他来邀子云一起下城，看了场《五女拜寿》的电影，然后又去他大姑家。路上要过一条小溪，没有小桥，如果绕路走，还要好长一段路，而子云那天穿着高跟鞋，走得艰辛。他看了一下手表，快十二点了，大姑家可能快开饭了，他探了探溪水，并不深，就二话不说脱下鞋袜，提在手中，蹲到子云面前："来，我背你过去。"

子云不好意思，连忙倒退几步："不行，不行，这么凉的水，你会感冒的。再说我很重，你背不动，我还是绕道走吧，你赶快把鞋袜穿上。"

"没关系，在部队下大雪我都洗冷水，我没那么娇气，你也别小看我，再来一个人我都背得动。"

他捉住子云的手，让她听话，子云只好从命。他背她过小溪时，有个小孩在后头喊："你们看，你们看，那边有个解放军叔叔背妹子人①呢，那是他老婆吗？"他们听了都忍不住笑起来。

上岸后，他把子云轻轻放下，然后擦干一双大脚，穿上鞋袜，牵着子云的手说："走，大姑都等急了。"子云不好意思让人牵着，就挣脱了他的大手。

当兵的真能走，才走几步就和子云拉开了距离，他总是停下来等。子云心里过意不去，大骂高跟鞋，如果不是它，她这个经常上山砍柴练脚力的农家妹子，或许也不至于落下一大段路，搞得这么狼狈！

回家时，要经过一座山林，他见子云走得艰难，就说："我背你一段路吧，这里很少人经过，到了前面你再走一段就到了。"子云当然不可能再让他背，被人看见那多难为情啊。于是他就牵过子云的手，两人散步似的走出山林。

---

① 妹子人：女孩。

经过了一次肌肤之亲和这次过河，彼此亲近了许多，说话也随意了许多。子云问他："如果再有一个女孩子，你真的能背动？"

看着子云的一脸单纯和天真，还有诡笑，他马上说："背不动了，七仙女下凡我都背不动了，这辈子我只能背你一个。我是随便说的，你别往心里去，你看我的脚棍①跟麦秆一样细，哪来那么大的力气？"

他知道子云在吃那个"子云"的醋，所以才会那么紧张。子云被猜出心事，咬着下巴不好意思地笑了。

当然，女孩子谁都喜欢听"七仙女下凡我都不背了"，而不愿意听到"有七仙女背，背不动我也会背，累死了也甘愿"。虽是玩笑话，但还是喜欢听好话，听好话好像是女孩子的专长。当然子云相信，如果真有七仙女下凡，世上的男人都不会放弃。

那晚他跟着子云来家吃饭，然后在准岳父岳母家过了一夜，次日一起去了趟子云姐姐子珍家。

他回部队的那天早晨，子云哭了，他也哭了。马上就要分别了，他们都只有哭，真是相见时难别亦难啊！此时，他们彼此都已把对方看作这辈子的唯一，他难过地用双手捧起了子云的脸，吻去了她双颊上的泪珠："子云，你别哭了，你一哭我的心就更乱了。我也舍不得离开你，但我是军人，军人就得服从命令，请你原谅我、理解我。"安慰子云不要哭，可他自己的泪水又何时停止过，不是说男儿有泪不轻弹吗？

子云抱紧他不松手，他也抱紧子云，他们都怕一松手就失去了对方。他拍着子云的后背继续安慰："我回部队后，一个星期给你写一封信，定期汇报我的生活和工作。你在家里不要逞强，要劳逸结合。你要是累坏了，我会心疼的。为了我，为了我们的将来，你一定要照顾好自己。"

子云难过得说不出一句话，只能机械地点点头，马上就要分别了，子云有点心碎。这一分别，不知又要什么时候才能相聚，他们又只能靠书信来往互诉衷肠了。天各一方、遥遥相盼的日子，真不是滋味，子云怕自己得相思病。

时间差不多了，又要步行到六七里路远的地方搭车，他父母为了让他们多待几分钟，多说几句话，提着行李先走。他们再次用力拥抱了一次，才无奈地、难舍难分地走出房间。路上，两人很少说话，说什么呢，就这样无声地走

---

① 脚棍：小腿。

着，走着，子云的心好像被自己的脚步踩痛了，在流血。

到了伏虎车站才等了十几分钟，客车就来了。他提起行李包，和大家道别，最后向子云挥手，子云读懂了他眼里的意思，"保重啊，亲爱的子云，我会尽快给你写信的"，子云的泪水模糊了视线。

车门关上，汽车发动并"呜"的一声开走时，子云的心刹那间沉了下去，一种难以言说的失落感顿时涌上心头，子云觉得自己就要承受不了了，泪水如决了堤的洪水，汹涌而下。

未来的公公婆婆看子云这么难过，就一起安慰："子云，别伤心了，一年的时间很快就会过去。今年他可以复员了，我们回去吧。阳阳也不希望你这么伤心，他说了，一到部队就会写信回来。"

婆婆牵着子云的手，一直安慰她，她还是止不住地泪流满面。子云的心已不在自己身上了，而是附在了他身上，随着车轮的转动，离她越来越远。

子云不想回到他那个家，她要回自己的家。一路上，子云总是抑制不住地流泪，看到有人时就赶紧擦干眼泪，还努力地挤出一丝笑容，强装欢颜与人打招呼。人家问，干吗眼睛肿得红红的，子云笑着说飞进了一只蚊子，说完还装腔作势地揉了眼睛。管人家怎么想呢，子云当然知道，没有一个人会信，她也知道，自己的笑肯定比哭更难看。

一进家门，母亲正在扫地，见子云眼睛红得像核桃，就问："走了？"子云点点头，撒娇地一头扑进母亲的怀里，刚才她一直压抑着情感不敢哭出声，现在她要痛痛快快地大哭一场。

"傻妹子，哭啥呢，他总不可能为了你连部队也不回了吧。你就是把眼泪哭干，他也还是走了，快别傻了，眼泪是血做的，你也得注意一下自己的身体，你要是有个头疼脑热的，我又会伤心难过了。"

其实，母亲的话子云都懂，自己再伤心再难过，他都已经走了，回部队了，难道自己的日子就不要过了吗？真的太傻了，可我就是这么脆弱，真是自作自受啊，傻瓜蛋，子云骂了一句自己。

过了两天，他母亲又过来等子云过去。子云一走进"我们"的房间，触景伤情，情不自禁地扑在被子上，压抑着哭了起来，感情的洪水冲垮了理智的堤坝，四处横流，一发不可收拾。

他走了，带走了子云的欢乐与幸福，带走了子云的心和灵魂。在一起的日子虽然不多，但只要一想起那短暂的美好时光，子云就十分惆怅，万分伤怀，无限孤独！她整天被深深的思念包围着。

不久，叫人望眼欲穿的盖着"义务兵免费通邮"邮戳的信飘然而至，子云就像接到圣旨一般，欣喜若狂，急不可待地撕开信封。望着那熟悉的字迹，悲与喜同时涌上心头，她又傻乎乎地哭了，特别是读到"亲爱的子云，离开你已经一个多星期了，我一直在思念你，你会恨我吗？就这样狠心地离开了你，亲爱的子云，在你身上，有我的最大罪过。不过，请你放心，我会对你的一生负责。我不是那种忘恩负义之人，你给了我一切，我永远不会忘记，我会用一辈子的时间来爱你，用自己的努力使你得到幸福。子云，你一定要保重啊。我很快就会回来的，到那时，我再也不离开你了"时，子云的心又一次碎了。

此后的日子，子云度日如年，天天盼着远方来鸿，盼着他突然出现在眼前，明知这是不可能的，却像着了魔似的。每天拿出他的信和照片，看了一遍又一遍，伤心的泪水滴落在信和照片上，在上面弥漫开来，呈现出一个激动人心的画面，子云心中日思夜想的他向自己飞奔而来，口中还大叫着："子云，我回来了！"

子云把他的照片放在枕头下，让他陪伴自己度过了一个又一个漫漫长夜。多少个夜晚，她把看书、写日记作为精神食粮，白天则拼命地干活，想用劳作来冲淡对他的思念。有天晚上，她还一口气写下了打油诗《思君》：

一

抬头尽见繁星闪，眼里也有泪光现。
诗意来心情苦闷，只叹不得到君前。

二

我心惆怅不知味，但愿君心似我心。
春意不怜花无芳，蝶儿忘顾花有期。

三

今夜拿像看君面，像里神气含笑意。
无疑也有相思情，你我只有同病怜。

四

劝君莫要挂怀家，家小国大男儿志。

累时也须看春去，革命本钱当珍惜。

五

我虽不需君牵挂，闲时也莫把心迁。

平日情谊切记心，字里行间凝深情。

六

君有照片在我身，时时把君来端详。

你我同心齐向前，美好生活共创造。

七

愿君立地做磐石，痴情女子莫相抛。

贪新厌旧不可得，始终如一万年长。

八

一腔深情把君等，鸿雁片片寄相思。

泪水沾衣枕巾透，但愿千里共婵娟。

九

君是世上英俊男，而我则是多情女。

我有情来君有义，心心相印好伴侣。

十

花开自有花开时，花落也有花落日。

天长地久终有尽，情意绵绵无绝期。

看信和回信，成了子云生活中最重要也是最幸福的一部分。子龙已考上县一中，时不时也给她写信，告知学校里的趣事和生活、学习情况。她的亲姐夫在外地工作，也喜欢和子云通信，这令子云有点受宠若惊。一个国家干部和一个农民通信还说是一种享受，子云能不高兴吗？有时同一天收到他们的信，子云如获至宝，高兴得感谢上天的关爱。

如果一个月没收到他们任的来信，子云便失魂落魄，郁郁寡欢，对一切都失去了激情，只埋头苦干，她真的怕自己得精神分裂症，可就是乐不起来。

母亲看到子云这个样子，担心极了，把这情况告诉了子云未来的公公婆婆。他们把子云接到家里，看到她死气沉沉，以为身体欠佳。他母亲私下里问，是不是身体不舒服？子云说不是。她关心地说，找医生看看吧。子云说不用，真的不用，我是心里有病，这是医生能医治的吗？但子云不能这么说，这么说就掉份了。

子云老是睡不香吃不好，母亲见她累了一天却还是小鸟进食那般，万分心疼，一次竟流着泪劝她多吃一点。子云说吃不下，她关切地问是不是怀上了，子云害羞地说不是。

母亲不信，看子云的样子挺像有身孕的人，于是又把担心告诉了未来的亲家母。亲家母关心之外还多了一份高兴，慈爱地对子云说，有了身孕别害怕，这是好事，阳阳不在家，我们会尽量照顾你的，我们会像对待女儿一样对待你的。这点子云相信，在后来的日子里，子云更加明白了一个真理，其实婆婆对媳妇的关心和爱护，并不亚于母亲对女儿。

在那个早婚早育的年代，未婚先育的现象很普遍，很多人到结婚时，已经双喜临门了。

子云曾多次声明没有怀孕，但婆婆就是不信，她以为子云害羞，就要公公写信告诉他，让他写信亲自问。他真的来信了，说知道子云的处境后，非常担心和内疚，说是我害了你，如果不是我，你还是一个天真活泼的女孩。他向子云赔罪，说不管是不是怀了身孕，最好去医院检查，有了身孕也便于照顾，一定要让父母们安心。等他复员回家时，我们也来个双喜临门。这家伙，想得倒美！

此信后，两个多月未见锦书。其时，听到一个消息，说他今年不能复员，要转志愿兵，而且，部队一个营长的女儿看上了他。人家说得有鼻子有眼，不由得使人将信将疑。子云猜想，如果没这回事，人家怎么会说得神气活现，无风不起浪，刚好又两个多月没收信了，以前从来就没超过一个月。

子云蒙了，又不敢写信责问他。如果这是一个传闻，是人家别有用心，子云这般不分青红皂白就问罪，岂不冤枉了人家，人家会以为她心眼太小，判断能力太差。她心里虽然痛苦万分，但只好静观其变，他不来信，她也不写片言只语。

在没有书信联系的第七十八天，宝哥过来，手里拿了一封信："子云，你的信。"

"是子龙来信了吗？"子云心里其实特盼望这封信是他的，但碍于面子，只好这样问，她暗骂自己有时也很虚伪。

"不是子龙的，是你那位当兵老哥的。"宝哥讪笑着回答。

子云激动得心都要跳出来了，接过信后，觉得双手都有点发抖了。宝哥知趣，把信给她后就没再逗留找话。

子云急忙上楼，可到了房间里，又不敢马上拆信，得先调整一下心态，万一……万一信的开头不再是"亲爱的子云"，那将怎么办？

子云用右手拍了拍胸口，安慰自己要坚强，不管是不是绝情书，都不能倒下。如果他真的无情，我又何必有义，强扭的瓜儿不会甜，这个道理谁都该明白。但是，子云真的不相信这种事会发生在自己身上，她从来都没做过亏心事，上天不该惩罚她。这么一想，就镇静了许多，撕开信封，摊开信纸，首先跃入眼帘的是"亲爱的子云……"子云激动的泪水啊，扑簌簌滚下，所有的委屈片刻间烟消云散了，所有的担心和怀疑都化为乌有，她的心里充满了喜悦和幸福。

他在信中首先向子云赔礼道歉，然后询问近况，再后来汇报自个儿的近况。原来，部队领导派他去一个僻远的地方跑运输，因为时间紧迫，他来不及告诉子云。到那边后，工作紧张，寄信又不方便，就一直没给子云写信。归队那天，战友们邀他一起去看电影，但他谢绝了，第一件事就是给子云写信。他说："两个多月了，你一定在焦急地等我的信，说不定还在骂我是个无情无义的薄情郎呢。"信中夹了一张他在那个偏僻的山区的近照，子云猛地亲了几口，然后把信和照片紧紧地贴在胸前，好像他们又紧紧地拥抱在一起。

晚上，子云就提笔回信，告诉他自己一切都好，就是太想他了，这么久没有收到他的来信，一定是有原因的，自己并没有生气……（作者注：虚伪，真是虚伪，明明都由爱生恨了，还这么虚伪。人啊，真是个矛盾的动物！）还劝他不要担心，自己真的没有怀孕，同时她还隐去了那个听闻。

此后，一切恢复正常，他又经常来信，告知部队里的趣事。

一年的时间并不算长，何况他回部队到复员才九个月时间，可这九个月对子云来说，却好比过去了半辈子，这九个月于子云这辈子是最难熬、最失落的日子。心灵上的孤寂和日思夜想的折磨使子云茶饭不思，就是在骄阳的暴晒、大雨的沐浴、劳累的清磨中，子云都没能把他忘记。盼星星盼月亮一样，终于盼来了好消息。他来信说，不转志愿兵了，准备复员，因为他父亲已托熟人联系好了工作单位。在信中，他保证回来后就完婚，不能让她再等了，怕她等白了头，结婚后就不再离开，要和她过一辈子幸福的生活。

听到这个消息，子云的心复活了，眼前的一切突然变得更加美好。其实，子云知道他这是在哄自己，他的职业不允许他们缠缠绵绵过日子，找上了一个驾驶员，就意味着离多聚少，还得附加上担惊受怕。

一九八五年十月，他复员回来了。其实，他父母要他放弃转志愿兵的机会是错误的。尽管子云对他日思夜想，但还是支持他转志愿兵。子云说三年都等了，再等一年并不难，只要他对自己的爱不变，她可以再等。因为他父母催他回来结婚，他就把营长和教导员的好心当作了驴肝肺。

他回来后的第三天，就带着子云去县里报了到，两天后又去邻县上杭车队报到。从此开始广东、福建两头跑，一月半月回来后，便来子云家看望。

农历十二月十六日，是他们的大喜之日，有情人终成眷属。结婚时，子云已有了身孕，乡下人粗鲁，称这种情况的女人为现蛋鸭嬷。新婚之夜，他摸着她的肚子说："我们还真是双喜临门啊！"

婚后第六天，他就回到车队，把新嫁娘"晾"在这个既不熟悉也不陌生的家里，白天形单影只，晚上孤灯相伴。

多少个夜晚，子云都在睡梦中见到他，他正笑吟吟地看着熟睡中的她。有时又梦到他正搂着自己，拍着自己，哄小孩一样哄她："宝贝，睡吧，我在你身边呢！"子云就一直幸福地睡到天亮，模糊中伸手一摸身旁，空空如也，睁眼一看，才知又是南柯一梦，心里那个苦呀，就别提了。

有时，邻居家的狗吠了，子云熄了灯也会从窗户上探看，是不是他回来了，听到脚步声，子云也会认真倾听。如果知道不是他，心里就会非常难过，拿出他们的订婚照看个不停。后来，子云就把订婚照放在了床头。

恋爱三年，流尽了相思的泪，子云满以为，婚后也能和别人那样拥有声息相通的两人世界，过上幸福和舒心的日子，没承想，婚后的等待与盼望又成了生活中的一部分。回首那些望眼欲穿的日子，她的心里就像打翻了五味瓶，欲哭无泪。

后来子云对他说："从翘首盼复到望眼欲穿，我流了多少泪你知道吗？你欠我太多了，你得还我。"

他说："我慢慢还吧，一辈子还不清就下辈子再还，下辈子还不清再下辈子，这总可以了吧？"

"这还差不多。"子云撒娇地扑进他的怀里，甜蜜的心赛过热恋时，老实人有时说出的话也中听。

婚后，子云把他和子龙、姐夫的信，都从娘家搬来了。无聊时，可以把这些书信重读一遍，那时子云对信有一种特别的感情。子云喜欢看信，信能使孤寂的心灵得到安慰，得到充实；信能使她忘记孤独，忘记忧愁。子云要把它们一一珍藏起来。

当子云把一大摞信递到他面前时，心里非常得意，说我把你的信都保存起来了，以后你别耍赖，我有足够的证据。你要是敢对我不好，我就控告你的欺骗罪，让你名声受损。他笑了笑，指了指书桌最里面的抽屉。子云疑惑不解，打开抽屉一看，倒吸一口凉气，这家伙，好样的，也把子云的"罪证"从江西带回来了。这下，子云死定了，她也要对自己的谎言负责了。早知这家伙也留这一手，就不该对他轻易承诺说什么以后自己一定要做个贤妻孝媳良母，须知，要到这个地步，得花多少努力、受多少委屈呀，心胸要比一般人宽阔多少倍呀！子云死定了。

子云把这些信一并收藏起来，还把那首《思君》给他看，他看后开玩笑说："哟，原来我老婆还是诗人呢！"子云含羞捶了他一拳。

他们就这样过着聚聚离离的日子，为了生活，没办法。后来有了孩子，子云就不再孤独了，孩子给了她无穷尽的欢乐与希望，孩子是她心中的太阳。

在两人世界里，子云喜欢问他许多问题，问他喜欢过别的女人没有，看到漂亮的女人会不会动心，会不会接受漂亮女子的主动追求，如果有倒贴的女人他会要吗，等等等等。他听了，总是说"拒绝回答"。子云就缠着他强迫他回答问题："你不回答我的问题，说明你心中有鬼。"

子云不放弃对他的"折磨"。子云问："如果有个富婆愿出五十万招聘一位男伴，你去不去？"他笑着说："有这么好的事，你介绍我去？"子云说："好，如果我知道了，一定告诉你。但有个条件，五十万我得分一半。"他笑着又骂子云傻瓜蛋。

子云问他还爱不爱自己，他使坏地反问："你说呢？"

子云说："废话，你爱不爱我，我哪知道？"

他说："你说还爱就还爱，你说不爱了就不爱了。"

子云绝不让他好过："老公，求求你，告诉我，你还爱我。"

"好，好，好，爱你，爱你，爱死你了，老婆，这总可以了吧。"

子云刁蛮地说："不行，你这样好像是被迫的，好像不太情愿似的。"

他说："难道不是吗？你这个傻瓜蛋，爱不爱你行动上看不出来吗？"他说完搂紧了子云，子云幸福得又有了热恋时的感觉。

其实，子云知道，他对自己的爱一直没变，她说的才是废话，但她没有别的意思，就是想活跃一下气氛。

在他一动不动假寐时，她故意把手放在屁股后面，然后憋足气，抓紧后在他的面前晃来晃去。他就会睁开眼睛瞪一眼，道声"乱七八糟"，然后把她的手扳开。每当这时，她就吓唬他："你以为我敢不敢？"他说："你有什么不敢的！"

而他放了响屁，抓在手中吓唬她时，她可以大大地放心，因为知道他不敢："你要是敢用毒屁毒死我，我到了玉皇大帝那里也要投诉你，你敢吗？"他当然不敢。

就这一个屁字，在他们之间就有不少开心的故事。别感到恶心，也别笑话他们，要知道夫妻间多闹一些笑话，真的很开心，整天紧绷着脸，会使生活失去趣味和意义。

很多时候，她会撒娇地说："老公，我想放屁。"他骂一句"门口去"，还用手推。

"我不到门口去，天那么冷，会感冒的。我今天吃的都是好东西，有营养价值，别可惜了，给你吃好不好？"

"臭烘烘的，你自己吃吧，我不要。"

"不行，自己的屁卵①自己吃，就没有意义了。听人家说，自己的屁要给最爱的人吃才最营养。我最爱你，当然要给你吃了。"说完，她装腔作势要放到他面前，他用力把她的手塞到被窝里，然后把被子盖过她的头，让她在被窝里自食其果。

他想放屁的时候，就用拇指和食指做成一个驳壳枪的样子，然后使劲一憋，屁就爆发出来了，他会问："棒吧？"

"你这算什么，就那么一发，也值得这么炫耀？我的才棒，是连环炮，又

---

① 屁卵：屁。

响又香，看我的……"然后就放一个连环炮出来，还得意地用眼神问他，"怎么样？比你厉害吧？"

他用白眼瞧子云，还自愧不如地骂她是吃了臭鱼烂鸭和洗锅水后才成为屁王的，得到的答复是："技不如人别骂人。"

有时她要放屁时，就突然一本正经起来："老公，你别出声，你认真听，有什么声音？"

他一时会不过意来，就真的仔细听了起来。她使劲放了屁后，舒服地伸了一下腰腿，极力忍住笑。老公说，看看裤裆有没有裂开一道口子，他还生气地推开她，叫声滚蛋。她耍赖地一把抱紧他，露出一脸可怜相："老公，你别叫我滚蛋，这辈子我缠住你了，我不会滚蛋的。"他笑着又骂她老不正经，为了不污染空气，别再吃臭鱼烂鸭和洗锅水了。

"你才吃臭鱼烂鸭和洗锅水呢！"她回敬完，还唱起了他教会唱的打屁歌："一股真气，在肚子里滚来滚去，一不小心，它溜了出去。"

因为生活的艰辛、时间的推移、恋爱热度的消退，他们之间开始有了矛盾。这些矛盾，多数都是他那个鬼性格引起的。他不爱说话，又缺乏幽默感。很多时候子云跟他说话，商量事情，他都"守口如瓶"。他固执起来，雷打不动。子云好言好语，低声下气，大道理搬了个空，甚至流泪哭泣，他还是无动于衷。子云恨透了他这种性格，有时恨得她一口咬去，看到他身上的牙印，她竟不觉得有啥过分，而是他罪有应得。每当这时，他就会瞪她一眼，大骂她是疯狗。子云说："你以后再这样生人装个死人相，我把你的耳朵也咬下。"

因为他的这种性格，有段时间夫妻间的感情变得风雨飘摇，说话时也不再是春风化雨润心田，而是时暖时冷，并有了春夏秋冬之分。

有一次，他"旧病复发"，不言不语，问他怎么也不回答。子云不知道自己有什么地方得罪了他，就说："如果我有什么地方做得不对，你可以说出来，我才好改正，你不是说夫妻之间不应该互相隐瞒，而要开诚布公吗？夫妻之间还有什么不好说的呢，该批评时就批评，该表扬时就表扬，你老是这样，我会受不了的。"但是没用，他还是让人伤心地用沉默来回报子云。

子云这人没多大优点，就是比较开朗，拿得起，放得下，看得开，很知足。在她看来，一家人平平安安，和和气气，夫妻之间有说有笑，恩恩爱爱，就是世界上最幸福的人。人家豪车别墅，腰缠万贯，穿金戴银又怎么样？不也照样送走春天，迎来夏天，过完秋天，便是冬天吗？不也照样一天二十四小时地轮回，不也照样日出而起日落而歇吗？有钱有势的人难道就没有忧愁，没有苦楚，而穷苦人难道就没有欢乐和幸福吗？

子云向往浪漫，又爱搞些恶作剧，而且喜欢热闹场面，可他少言寡语，不解风情，动不动就一言不发，子云说一万句一千句都不能让他开口，有什么大事他都不拿主意，充当旁观者，不协助"工作"，这令子云大伤脑筋，大为泄气："你这人真没劲儿，你看电视上都要办'开心一百'的节目，你怎么就这样死气沉沉呢？这样过得多无聊啊！人家会以为我们吵了架，就算吵了架，也没必要这样呀！"

他这种性格，差点让子云做出傻事。如果不是因为有两个可爱的儿子，有自己爱着的父母亲人，她真的就在这个世界消失了。

一次，因为闹矛盾，子云一气之下把所有的信统统搬到门口的禾坪里，狠心地将它们付之一炬，还连累了弟弟、姐夫和外甥女大秀小秀的信。看着那些充满情爱、充满亲情的信在地上变成灰烬，她心里掠过一阵难言的痛楚，心也被那些火焰烤得有点灼热。

后来，子云懊悔莫及，恨自己，恨自己冲动，恨自己愚昧，怎么可以这样做呢？那是他们爱情的见证呀！那里有他们的甜言蜜语，有他们的山盟海誓，如果能够珍藏起来，等以后他们老得走不动时，可以戴上老花镜，将这些充满思念和牵挂的信当成珍贵的书籍拿出来阅读，重温当年的温馨。这件事一直让她耿耿于怀，特别是有一次他又"旧病复发"时，她生气地说："你说会让我得到幸福，会用一辈子的时间来爱我，可是你却用这种态度对付我，你这个骗子！"

他说："我说过吗？谁来证明什么时候我这样说过？冤枉人也要有证据呀，现在是法制社会。"

"你赖皮！"子云气愤极了，肠子都悔青了，没有了证据，他就理直气壮起来。

"你才拉鼻①，人家没说过的话偏要赖在人家身上，我要控告你犯了诬告罪。"

看到他一脸的赖皮样和幸灾乐祸的神态，子云真想一头撞在墙壁上。她耐着性子说："老公，你在部队这个大熔炉里，又走南闯北了那么多年，见了

---

① 拉鼻：流鼻涕。

那么多世面，电视和书籍也看了不少，怎么就不开窍呢？生活中如果缺少风趣与幽默，就像煮菜没加调料，别每天紧绷着脸好不好？我会受不了的，就算是我们闹了矛盾也别这样，我主动搭讪了，你也不可以这样对我。"

无语……每次闹矛盾，都是子云主动和他说话。有时，子云下定了决心，要以其人之道还治其人之身，她要报复。可是女人的心总是软的，想到夫妻之间连语言都无法沟通，吃饭时总听吧唧吧唧声而脸上却糊了糨糊一样，睡觉时一个朝里一个朝外，如果不小心碰到了，好像碰了电，这样活着多没意思啊！这样一想时，她又软下心来哄小孩一样哄他，说些笑话让他开心。

"老公，你老实说，你喜欢看我笑还是喜欢看臭脸？"

他说："当然喜欢看你笑。"

"既然你喜欢看我笑，那你就要给我信心，给我勇气。如果你总是这样，我真的连在你面前撒娇的勇气都没有了。"

子云费尽心机要将他培养成家庭开心一百的合格人，但至今为止，他还是个不及格的学员。但她不会灰心，也不会放弃，而决心加倍努力，孺子可教，他已经有点进步了。

他们两个人的年龄加起来已有九十了，如果真的改变不了他，子云也会转头改变自己，让自己尽量迁就他，适应他。有什么办法呢？既然有缘走到一起，就该包容他的缺点，欣赏他的优点，无怨无悔地陪着他一起叹息，一起欢笑，无论是贫穷还是富贵，都要不离不弃，相伴到老。

其实，正如乡亲们众口一词那样，子云老公是个好人，他虽然不善辞令，无法表达心意，但心地善良，不要滑头，忠孝两全，他一直爱着子云。这点，子云心里非常清楚，在她被病魔缠身的十多年中，他都不曾嫌弃过，她也一如既往地爱着他。在他们二十多年的夫妻生活中，有过不少的矛盾，但更多的是关爱和牵挂，幸福和欢笑。

子云老公经常出门在外，但绝不拈花惹草，是个属于下班回家的第四类男人，有人主动投怀送抱他都不曾动心，因为他心里装着子云。而子云，无论是在年轻无知时，还是步入中年后，也曾拒绝过几个男人的诱惑。在子云和老公的词典里，没有背叛，只有忠诚与信任。

在婚姻保卫战打得如火如荼的新时代，善良的子云，不止一次地为全天下的夫妻祈福，但愿如花美眷们都能在每天的分秒中，从家庭中得来无形的补给，相亲一世，相爱一生。

依依婆媳情

　　普天下的婆媳，全因姻缘牵。同在一个家，恩义并用，相处合道，便形同母女，反之则反目成仇。世上婆媳，十有六七应了那句"不是冤家不聚头"，矛盾百出，闹得鸡飞狗跳，全家老嫩大细①没一个安心日，家道焉能兴旺发达？

　　常言道，媳妇熬成了婆。既然多数女人都有媳妇熬成婆的一天，为何不及早给自己留条后路呢？你不把婆婆放在眼里，放在心上，势必造成恶性循环，使家庭失和，夫妻失义。做媳妇的，既然爱自己的老公，为何吝于对公公婆婆尽孝道？没有公公婆婆，哪来自己生命的另一半？人生都有双重父母，夫妻理应对这双重父母一视同仁。要想夫贵妻荣，家和万事兴，断断忽视不得婆媳关系，否则，富贵花间露，荣华草头霜，皆无法长久。

　　无论乡下，还是城市，很多媳妇都认为公公婆婆不是生我养我的，凭什么要去孝敬他们、侍奉他们？为什么要和老公一样称呼他们？个别媳妇还说，又不是我父母，我喊不来，于是公公婆婆在她们口中成为"老鬼"。

　　有人批评，刁蛮的媳妇还振振有词："老鬼就是老鬼，本来就是！"

　　"那么等你老了，讨了媳妇，也这样喊你，你会乐意吗？"

　　"这有什么不乐意的，难道老鬼还能变成嫩鬼？"

　　对这样一个没有情理的媳妇，谁还会有什么好说的？

　　有关婆媳之间的故事，子云打小就从母亲和祖母身上耳濡目染，出嫁前

---

① 老嫩大细：老人小孩。

还听母亲多次讲述。祖母生有"七仙女"，除了老三病殁，其余六个都活得健康，各组家庭。祖母是个很难缠的人，稍不顺心，就说我要去女儿家，每个女儿家住几天。母亲晓得她的德行，知其吓唬人已成习惯，但也不敢和她对着干，在子云和兄弟姐妹们还小的时候，祖母曾无数次用轮流去女儿家住来威胁。子云母亲总是甜面笑鼻地煮上两个荷包蛋端其面前，细言细语地说："姨娅①，现在冇空，等紧工过了，你再去姐妹家吧。你现在要是去了，几个细鬼子咋办？我总不能放下人工来带他们吧？我得多挣几个工分呀！姨娅，你大人有大量，不要和我一般见识，我有什么地方做得不对，你就多包涵包涵吧！"母亲温和的态度、诚恳的语言，打动了刁蛮的祖母，接过碗吃下荷包蛋后，像糊了糯糊一样紧绷的脸开始松弛，母亲又可以放心地去挣工分了。

那些年，夫妻俩终年朝加班夜加班，还是无法与超资户脱离关系，与余粮没有一丝一毫的亲近。小时，子云笑过父亲，为什么要叫维良，而不取个余良（粮）的名字呢？父亲笑笑，母亲则笑骂她不正经，冇上冇下。既然要多挣工分，就不能与刁蛮的老人抗衡，穿开裆裤的子云、子龙姐弟，还得指望她照顾呢！

子云常听母亲说："老人家心情不好发发脾气是正常的，如果和她对着干，又能得来什么好处？只有对她说好话，说软话，她才会乐意，老人的心也不是铁打的。"子云和弟弟子龙后来常有感叹，正因为母亲的善良贤惠，使父亲在外地烧石灰、在深山割松香时没有后顾之忧，也使姐弟得到了祖母的照顾，不用捡鸡屎吃，不用捡吃别人嘴里吐出的甘蔗渣和番薯皮。

子云二十岁出嫁后，母亲善良贤惠、吃苦耐劳、助人为乐的品性又在婆婆身上再现。婆婆是个童养媳，出生十九天就被抱养了，后来在扫盲运动中进过识字班，和母亲一样学会唱识字歌。

女：

> 我名张大姐呀，今年二十一。
> 日里爱做水②呀，夜里爱读书。
> 读书真真好呀，人人爱来读。

---

① 姨娅：母亲。
② 做水：劳动。

读书识了字呀，家中才和气。

老公你睡目①呀，我去读夜校。

家中事爱理呀，大细爱带好。

男：

老婆你放心呀，快去读夜校。

家中事我会理，笔墨爱带去。

读书爱认真呀，写字爱细心。

读了书识了字，买卖唔自愁。

老婆你放心呀，路上爱小心。

下了课快快归，路上莫停留。

天光爱做水呀，夜里休息好。

老婆你放心呀，我不难为你。

归到家唔自愁，我就来打门。

读书识了字呀，道理才分相。

　　子云的母亲和婆婆以前就熟，彼此知根知底，不然父母也不会一听他们家来提亲，就马上把她推销出去。子云父亲不知拒绝过多少提亲者，因此还得罪了人。

　　子云这辈子最庆幸的一件事，就是两位母亲——生母和婆婆，不仅善良质朴、勤劳能干，还尊老爱幼、通情达理，这让她的生活有了个好的开始。

　　母亲极爱面子，在子云出嫁前，诲人不倦："到了婆家，一定要香人嘴②，不能坏外家③的名声，莫让人说我们教育无方。要是让我听到有人说你不贤不孝，我就无脸去你家。只要你做好了，能得到大家的称说，我去你家时，就是吃一夹菜也有香有甜。嫁到夫家，一要循规蹈矩安守本分，二要尊老爱幼助夫成功，三要勤俭持家不惹是非，四要待人友善助人为乐，五要常念恩不记仇。"

　　当时，子云听得瞪大了眼睛看着母亲。母亲被看得一脸茫然，莫名其妙："你眼睛瞪得铜锣般大看着我做什么？难道我讲错了？"

　　子云反问："老妈，你到底读了几天夜校？"

---

① 睡目：睡觉。

② 香人嘴：嘴上讨喜，或让人家表扬你。

③ 外家：娘家。

"才两天。"

"鬼才信。"

"不信问你爷哩。"

子云真的不敢相信，才两天夜校，就让母亲学会了不少歌词，还懂得了用这么深奥的人生道理来说教女儿，防止女儿误入"歧途"。这让她这个只差一年就可以拿到初中毕业证的人感到脸红。出嫁前，子云一直和母亲睡一床，母亲常和她说往事，讲解人生大道理。她的人生大道理都是生活中的积累和提升，让子云佩服得五体投地、自愧不如。

当然，子云有时也可以巧舌如簧将母亲驳到恼羞成怒，操起锅铲恨不得将她一铲子敲死，还会骂一句"膣咁老"，意思是爱顶嘴、嘴上不饶人。农村人粗鲁不文明，常把别人的嘴当作膣^①来骂。子云一听母亲这样骂，就会冇上冇下，嬉皮笑脸地反驳："我才十多岁，你已经四十多了，你的膣才老呢。"说完马上开溜，以防自己被扣在母亲的锅铲子下。

不过，子云的心里边一直是敬佩母亲的。正因为有母亲的谆谆教诲，她才得以与夫家的每一位成员和睦共处，互敬互爱。

子云为人妇、为人母前十年，老公经常出门在外，家中除祖母、公公婆婆外，还有两个小叔子，大的比她小一岁，小的少她四岁。小叔子都很勤快，也很敬重嫂子，有时连做衣服都会征求嫂子的意见，并放心让她选布料，直接送到裁缝师那里。

子云有身孕后，家人都不让做重活。田头地尾、灶头锅尾，婆婆忙前忙后，有时祖母身体不好，还得照顾她。子云体谅婆婆，就把全家人的衣服捡到小溪里洗，但婆婆总说："不用你洗，等我有空了，我来洗。"子云每每偷偷地捡去洗，祖母和婆婆晓得后，都会一前一后来帮忙。

和娘家祖母一样，子云夫家这位祖母也是个刁婆。她人长得矮小，但声音奇大，发起火来，全家人屁都不敢放，连当过干部的公公都拿她没办法，简直就是家中的慈禧太后。每当祖母发火骂人时，婆婆总是细言细语地劝导、安慰，叫她什么都不用管、不用做，就等吃，想吃什么说一句，保她如愿。这时，祖母也就熄了火。

---

① 膣：女阴。

婆婆每次赴圩，都少不了祖母的礼物，有时忘记了，还会转过头去买。有一次，卖糯米糖的听说她买"等路"是给老人吃的，一个劲儿地夸赞："我卖糯米糖卖了好几年，大家都是说买给细鬼子吃，就听到你一个买给老家娘①吃，你这么孝敬老人，我送你一大块。"

婆婆说："我怎么好意思呢？"

卖糖者说："像你这样的媳妇世上少有，如果你不嫌少，就收下吧。"话说到这份上，婆婆只好收下。这事一直在村里村外传为美谈。

子云闻听此事，也决心继承婆婆的优良传统。每次出门，总忘不了给老祖母大小一个礼，有时钱用光了，就向同伴借，或者回家后补给祖母一些钱，并说明原因。祖母在食品和钞票之间，更喜欢后者。其时，家门口常见来往的小贩，很多小孩把缸里的米偷了换糖粄和糯米糖吃。所以，只要有钱，不用赴圩也可以买到东西吃，老祖母一看到钱就会笑得很开心。

公公曾是大队干部，本来就没做惯什么苦活，吃不了什么苦，家里的重活都落在婆婆肩上，后来儿女们渐长，这才轻松了许多。却不料，才几年光景，又要给陆续到来的孙辈们做"长工"了。

子云做母亲后，就深得婆婆的悉心照顾。那时已是农闲，但因孩子生得太辛苦，挣扎了两天才出生，折磨得她半个月了还下不了楼，吃喝拉撒都在房里，房间味道可想而知。正餐和点心一日五餐，都由婆婆送，还要帮倒尿桶，洗脏衣服，给孩子洗身子，洗尿片屎片，等等。子云心里过意不去，但无能为力，老公开车在外，无法分身照顾，晚上也是婆婆陪睡。

坐完月子，子云虽然还是头重脚轻，全身软绵无力，但坚持下楼和家人一起吃饭，一是让婆婆轻松些，省得为了照顾她而跑上跑下，二是为了活动活动筋骨，吸收吸收新鲜空气。那时，农村还没有大量养猪，还没改名"全猪屎"②，空气很好，只要在门口一站，就会神清气爽。要是把孩子抱下了楼，一般都是婆婆抱着他吃饭，在他吃饱后小叔们就抢着抱。因为是头孙，又长得可爱，全家人都非常喜爱，个个争着抱，在外劳动无论多苦，回到家中一看到小孩，就不晓得累了。

子云同婆婆商量，想赶在大叔讨老婆前完成生两个小孩的任务，这样，

---

① 老家娘：老婆婆。

② 全猪屎：泉州市的谐音。

等大叔讨老婆有了孩子，她家的就会跑会走了，大儿也可以帮助带弟妹了。婆婆认为有理，支持子云把大儿的奶断了，把节育环取出。

于是，子云在大儿三虚岁那年，又做了一次母亲，还是小子，限名龙龙。小儿出生后，大儿就一直跟公公婆婆睡。婆婆不仅照顾子云的第二个月子，还照顾她做绝育手术后的那些日子。对这无微不至的关爱，子云铭记在心，决心日后一定要好好孝敬她。

小儿是正月里头出生的，当时天气奇冷，天天下着牛毛细雨。那时没有风干机，小孩的尿片都只有在煤灶里烘干。在一个下雨天，婆婆带大儿出去玩耍时，子云不听老人言，偷偷地捡了尿片去洗。晚上就开始发烧，十个手指头如针刺一般疼痛。产后病很难医治，子云的身体开始很差，时常患病。老公不在身边，有些话她又不好意思对公公婆婆讲，心情异常苦闷。母亲面前她也不愿讲，怕她伤心难过，只好独自一人承受。

子云天天愁眉苦脸的样子令公公婆婆很担心，他们一有空就来她房间问长问短，或叫小叔他们陪她打扑克，婆婆一个人带俩小孩。这样，子云的日子才好过一些，度日如年的感觉也少了些。

即便如此，长期如影随形的病痛，让子云的世界一片灰暗。公婆、小叔再好，有些话也不好意思诉说，加上身边缺钱，自卑心很强，只觉得自己有苦无处诉，脸上也就没有笑容。

一天中午，老公回到家，见子云脸色难看，问是不是不舒服。子云如实相告，老公说："现在月头①太大，我很困，想睡一下，到四点后，你叫醒我，我带你去医生那里看一下。"结果，他一觉就睡到了吃晚饭时，子云叫他才醒。子云晓得他太累了，没有责怪他，他过意不去地说："睡过头了，我实在是太困了，你为啥不及时叫我？"还说，"吃过饭我带你去看。"

老公走了半个月才回家，婆婆体谅他开车辛苦，决定晚上杀两只家养鸽子改善生活，刚好也给子云补补。其时，子云做结扎手术还不到两个月，也正需要进补。

可是，子云平时都吃不下一碗饭，家养的又是嫩鸽子，吃起来很腻，她实在没有胃口，只勉强吃了半碗饭和两块鸽肉，差点还呕吐起来，赶紧走开了，因为难受，脸色一定不怎么好看。婆婆以为她不乐意，丢下饭碗走到门

---

① 月头：太阳。

口，毫不客气地数落开了："子云，你摸着良心想一想，我有什么地方对不起你？我已经尽心尽力了，可你还是天天臭着脸，我把心肝挖给你吃了，你还把它当狗肺。你也是做母亲的人了，以后也会讨生媚①，我就不信你会有比我更好的心肝去对待她。你天天臭着脸，生人装个死人相，别人会以为我们亏待你了。如果今后两个生媚都和你一样，这日子还要不要过了？"

这是子云入门后第一次被婆婆数落，而且还是当着聚少离多的老公面，子云眼泪一下子哗哗而出，但她咬着牙，一句不回。她恨自己不争气的身体，心有委屈，但没人理解，婆婆这样说她，她无力也不想为自己辩解，婆婆也许是太累了，想借儿子回来之机发泄发泄，做媳妇的理应承受。子云想，只要我一直举着免战牌，婆婆也奈何不得，很快就会停止挑战，如果自己像个泼妇一样一句顶十句，那么一家人都会不安心，这样不但让全家尴尬，还会影响感情，惹人家笑话，这是她最不愿意看到的事情。子云记得做结扎手术不到二十天时，带两个儿子回娘家住了几天，回到夫家，祖母马上指桑骂槐，说她一个七十多岁的人还要忙这忙那，要是火发起来，也什么都不理。子云听得出祖母的弦外之音，一般人做绝育手术，都要休养两个月以上，可她还不到二十天，祖母怎可这样？！但她不想顶撞。她记住了母亲的话，绝不能刚来几年就和家人动肝火、引战端，她只有忍，只有委屈地偷偷流泪。到了割禾时，子云虽然才休养一个多月，却硬气地下田了。对祖母她尽了孝心，对婆婆她当然也得尽孝道，再大的委屈也只能忍。

正在吃奶的小儿瞪着眼睛看着子云，时不时地还会"嗯嗯"几声，小家伙似乎也晓得妈妈受了委屈，他想逗妈妈开心呢！

果然，见子云一句不回，婆婆说了几句，便知趣了，止口了。子云这才抱着小儿上楼，一到房间，放好儿子，便扑在枕头上低声抽泣起来。老公饭后上楼，一出口就批评："你也是，老人家一片好心，你却不领情，你这样对得起她吗？"

子云一听，泪水流得更凶，她用手捂着嘴尽量压抑着不哭出声。老公还在批评，她也不回一句，只任泪水打湿了枕头。老公半个月没回，她有再大的委屈也不想跟他吵。她是个软柿子，母亲教会了她忍受，但没有教她用舌头、唾沫和语言来战胜别人的本事。她把孩子抱到床中间，让孩子当了挡箭牌。

---

① 讨生媚：娶媳妇。

见子云伤心欲绝，他可能良心发现，意识到自己错了，遂闭了嘴，用手扳子云的身体。子云狠心地摔开他的手，固执地不转身，她恨他，在她最需要安慰的时候，他不安慰一句却还来批评，她吃不下鸽肉难道也有错？

"也许我不该批评你，但我又能怎么样呢？嫂①是大人爷娭②，我不敢对她不敬，何况她也是出于一片好心。你不吃鸽肉，她心里当然不好受，她说你几句也是因为爱你，有什么错呢？"

子云不能再忍了，最起码要让他晓得她心里有苦，身上有病，要让他晓得她不回一句，并不是傻，只是要忍让而已。

她猛地转过身，怒视着他，恨心恨肺地说："你只晓得母亲应该孝顺，难道老婆就不该爱护吗？你晓得吗，我每天都吃不下一碗饭，油腻的东西一吃就想吐。嫂说我，我一声不吭，你们难道还有意见？我身体不好，身上又没钱，天天头昏脑涨手脚发软，连个诉苦的人都没有，小家伙晚上又老哭，我睡不好觉，困都困死了，还笑得来吗？你回来了，说好带我去看病，可到吃饭了还得我来喊，你天光日子③一走，又不晓得什么时候回来。我晓得嫂是想发泄几句，我不是一句没回吗？你不表扬我反而来批评我，你怎么就不想想我的感受？"说完这些，子云在心里为自己喝彩："我终于可以用三寸不烂之舌'打倒'别人，维护自己了，我不是呆子，别以为我好欺负！"

在这个村子里，还没有哪个媳妇能在婆婆的指责怒骂下停锣息鼓，但子云做到了。她知道，婆婆虽然没有错，自己也没有错啊！就算有错，基于当时的表现，也应该安慰和表扬，而不是批评了。

老公见她的泪水像决堤的河那般不断涌出，慌了，说："对不起，我错了，原谅我好吗？"

子云无语，心里已然原谅了他。他尽孝没有错，她也不是那种死乌搭瞎④之人，她也不希望自己的老公只尽忠不尽孝，她希望他是个忠孝双全的男人，忠和孝少了哪样，她都不会那么爱他。她只是"恨"他不会做中间人，其实她的心很软，老公的一句好话就能够收买她。

她曾经问过他："如果我和其他女人一样，对你父母不尊重、不孝敬，三

---

① 嫂：客家地区有以"嫂"称呼母亲的。
② 大人爷娭：父母大人，这里专指母亲。
③ 天光日子：明天。
④ 死乌搭瞎：蛮不讲理。

天两头就和他们吵，你会怎么样？"

他说："你不是这样的人。"

她说："我要是这样的话，你肯定会把我休了。"

他笑而不答，但她知道，在他心里"孝"字比"忠"字更重要，她对此也很高兴。

子云并没有记恨婆婆，多年过去了她旧事重提，并不表示记恨，只是还没有忘记这事而已。婆婆其实也一直把她视为女儿，后来再没有舍得责骂，子云身体好时，也一直尽力做着一切能做得到的事情。

子云的大叔子娶亲一年后，公公婆婆因负担太重，商量着分了家。家里的餐具、农用具和日常生活用品，分给了子云一家。家里养了三头猪，其中一头两百多斤了，另两头才一百多斤，公公说："老三没讨老婆，这大的一头猪就留给他，其余两头你们各一，房子你们各两间，也就够住了。我们没本事，没什么家业，以后分了家得靠你们自己。虽然分了家，但大家还是要团结，有困难大家都要互相照应，我们是一家人！"

公公婆婆分什么子云都乐意，唯独在分谷子一事上认为不合理。分家时，她家四口人，大叔和弟妹尚没生育，还是两口人，但也一样分到了五箩谷子。子云当时心里不太舒服，我家明明多了两张嘴，为什么也才五箩谷子？虽说他们人小，不用多少饭吃，但总有嘴要吃饭吧，每人分一箩也还说得过去，否则就太不公平了！她不敢对公公婆婆说，就在老公面前提及，老公说："能接上下半年就好了。"她就不言语了，说得也是，过不了多久，又要秋收了，绝对饿不死的。

子云从来都没想过分家的事，也害怕分家。自己孩子大的四岁，小的才两虚岁，老公又不在家，分家后怎么过？她对自己一点信心都没有，不晓得分家后能不能将孩子带好，把家庭搞好，她看不到前途。但"家委书记"既然发了话，她没有理由阻止，何况树大分枝，家大分家，也是自古至今的惯例，公公婆婆的理由已够充分："为了大家都有事业心，分了家大家还会互相扶持，互相关照！"这互相扶持、互相关照，似乎是对子云而言的，她不由得又为之振奋！

事实证明，分家后，公公婆婆及祖母还是一如既往地帮子云照看孩子。老公是长子，子云是长媳，彼时家中小孩少，祖母还带得动。每次子云出门做事，只要吩咐一句就行了。婆婆和祖母总是说："你要做什么就去做吧，总要有个人来带细鬼子。"农村媳妇有哪个没背过孩子做过事？让子云一直骄傲的是，她从来都不用背着孩子出门做事。

分家后，公公婆婆跟老三住一块儿，老三的媳妇讨回家后，他们还在一起过了二三年。祖母过世后，公公婆婆为了方便自由，就单独过了，却还是尽量帮助还需要他们伺服的孩子。

对三个媳妇的月子，婆婆都尽心尽力照顾。不过，老两口单独过时，因有田地，又要上山砍柴，就不可能像当初带子云的孩子那样无微不至了，有人便故意在子云的妯娌面前搬弄是非，说婆婆两样心。不过，也有人会讲公道话："当官的都要讲理，他们也有田有地，也要做很多事情，他们作田耕地，一方面也是为了减轻你们的负担。他们的日子也要过，哪能放下所有的事来帮你们带孩子呢！你们嫂哩①的孩子他们带大了，是因为当时没分家。手盘手背都是肉，做爷娭②的不会两样心，只是情况不同而已。你们莫听人家的鬼话！"

公公和婆婆体谅子云，经常帮她放水。子云过意不去，也无奈地壮起胆去山沟沟里放水。

去山沟沟里放水，要过一段很长的山路。山上有不少新旧坟墓，有许多大小树木，路上遇到一同放水的人还好办，有时黑咕隆咚的一个人也没有，子云骇得心都快跳出来，不敢看山上，只低头看路面，好像到处都埋伏着坏人和鬼魂，就是不小心用眼角的余光去瞄一下树木，好像那边还蹲着一个人。山沟沟里的旱田，让她吃尽了苦头，也锻炼了不少。

分家后那几年，子云身体一直不见好，老公又在外奔波，遇到旱天，最让她头痛的是山沟沟里那些旱田，白天去放水③，几乎都徒劳。像她这种树叶掉下来都怕砸伤脑袋的胆小鬼，最怕的就是与人争执，要是和人吵架，绝对是强盗打官司——场场输。

有一次放水，人多，一路分下来，到了子云的水路，形同牛尿。子云想从上边一条水路上多分一些，但那人死活不肯多分，子云就壮起胆子和她说埋，她蛮横无理还口吐脏言："谁叫你们家里的人病手指头，捡勾④时捡到了水尾田，活该累死也放不到水，活该旱死！"子云听了很生气，虽说这抓阄时自

---

① 嫂哩：嫂嫂。
② 爷娭：父母。
③ 放水：引水灌溉。
④ 捡勾：抓阄。

己还没嫁来，但现在成亲人了，哪能让别人骂成病手指头呢？

她心平气和地说："你也莫这样死乌①，同样是共产党分的田，同样要缴征购，谁都有水尾田，如果都像你这样，水尾田的人还要不要过日子？做人总不能这般霸道吧！都是邻里乡亲，大家都要养大子女，老人家讲得冇错，酒都要分开来喝，莫讲这人人都有份的水。再说，我家的人病手指头，你能得到什么好处？"

这次她豁出去了，决心要和这泼妇理论理论，不然下次她还会这样蛮横无理。

对方怒目圆睁，气势汹汹，用手比画着下身说："跟我膣来讲，你以为你多读了两年书就能用大道理来说服我？我偏不吃这一套。我就是要蛮横无理，我就是让我的稻子浸死，也要让你的稻子旱死，我就不多分给你，你又能拿我怎样？"

子云实在想不通，一个还不到三十岁的女人，怎么就会和五六十岁的大婶大娘一样，会用下三烂的动作和语言？人家不感到脸红她都觉得脸红呢！

子云自问对得起邻里乡亲，嫁来这里后，一直与人为善，从未与人发生争执，就是在放水方面，也情愿吃亏，大不了，花多一些时间，少分一点就少分一点，犯不着为了一点小事与人吵得面红耳赤，大家低头不见抬头见。因为她的谦让，大家也就对她很客气。

可眼前这个女人，却是得寸进尺，以为子云好欺负，回回放水都想大份，子云也就算了，不想和她理论，总有放够的时候。如果这次她不这么下作，要她"跟我膣来讲"，她也不会再和她对着干。

子云决定和这个无耻的家伙"决一死战"，就是死在她的淫威下，也为自己争了一口气，也让自己做了一回不怕恶势力的硬骨头。于是，她毫不客气地用锄头去挖堵住了自家水路的石头和泥块。对方见状，却一屁股坐了下去，用肥硕的屁股堵住了水路。

"你有那个胆量就用脚头②把我砸死，这些水就都归你了，你就会撑死了！你动呀！你砸呀！你怎么不动了，晓得死了吗？"

子云呆了，真不敢相信，世上还有这样一个不要脸的女人！先前有人说

----

① 死乌：不讲道理。
② 脚头：锄头。

过放水时有些小孩子这样，她都半信半疑，今天眼见为实。她感到悲哀，为眼前这个泼妇。

上头几个也在放水的村民，听到这边有争执，就走了过来。子云不想让她们看到自己夺眶而出的眼泪，不想让她们看自己的笑话，扛起锄头转身就走。遇到这样的人，她成了一块软豆腐，斗不过人家，但三十六计走为上却还记得。跟这疯狗一样的女人怄气，她觉得不值，她情愿不要面子和骨气，"闪狗不是傻瓜，当软①不蚀肉头"，她理解这些话的含意。早死就早死吧，总比被人气死强。

几个人在指责"水霸"，连她的亲嫂子也加入了指责："你每次都这样，就不觉得过分吗？你把大家都得罪了，以后就做臭屎鸡②吧，做人总这么自私，把谁都不放在眼里，看你的路以后怎么走！"

"鬼喔般做什么？我的路怎么走关你们屁事，既然心肠好，怎么不把你们的那份让给她，装好人也不要在我面前装。"她说完，还轻蔑地"哼"了一声。

做旱天，当然大家都要放水，谁都不可能让正在灌浆的稻子干旱，但谁也不会像她那样霸道。子云清楚，这仗义执言的几个人，自家的水加起来也大不了多少，却能为了她而不惜和水霸对阵，这令她很感动。

子云回到家中，婆婆问："这么快就回来了，今天放水的人很少吗？"子云喉咙哽咽，眼里噙着泪，说不出一句话来，只对婆婆摇摇头。她不晓得为什么，在别人面前能控制住情绪，但在婆婆面前却没法控制，甚至还想扑到她的怀里撒娇。婆婆晓得子云肯定又遇上了"水霸"无功而返，就吩咐公公，叫公公去那边看看是谁那么无理，让她的媳妇受委屈哭着回家。

公公曾当过多年的生产队干部和大队干部，威望不小，大家也都敬重他，在他面前，就是心里不服，表面上也不敢造次，何况公公是个"理论家"，他说出的道理没人敢反驳。

公公应声前往。那几个女人还在和"水霸"驳理，因寡不敌众，"水霸"时不时才回骂一句，而那几个却像说相声样你一句我一句指责开来。"水霸"一向蛮横无礼，目中无人，早已如石子扔进公厕——激起了公愤（粪），大家私底下早已商量好，找机会杀杀她的威风。

---

① 当软：退让。
② 臭屎鸡：孤家寡人之意，谐音也写作臭死鸡。

后来子云才知，那次她愤然走后，"水霸"马上站起来，移开屁股，三下五除二便用泥巴堵住她的水路，让水都流进了自家田里。那些人一见这动作，马上走到她面前，七嘴八舌地命令她：

"快把子云的水路打开，她虽然怕了你回家了，但水还得流进她的稻田。她怕你，我们会怕你吗？她的水路是比你的远，但你的水路不也比我们的远吗？你不让她好过，难道我们就会让你好过？"

"就是，今天要是堵住了子云的水路，我们也堵住你的水路。"

"要是你不听，我们几个就是用裤袋子也要把你绑在松树上，不镇压镇压你，你会一直以为大家都怕你。"

公公到田边时，子云的水路一直没有断水，这让他感到不可思议。几个正直的村妇告之实情，还当着"水霸"的面说："老队长，以后叫子云不要太老实了，老实人吃亏多，某些人把欺负老实人当作专利，其实也是纸老虎一个。""老队长你回去，不用在这边守着，叫子云也放心，今天我们包她的田里有水。"

公公回来告知此事，子云和婆婆笑得都很开心。子云从心里感激她们，世上真是好人多啊！

子云妯娌间，公公婆婆并没有两样心，对子云照顾得全面一些，除了她身体和老公不在家两大因素，还因为她遇事能忍，从不和老人争执、计较。自出嫁以来，她就把公公婆婆视若亲生父母。她总是想，他们批评自己，必有他们的道理，作为子女，要多从自身找原因，多为父母着想，多为父母分忧解愁，而不该和他们对着干，更不能把他们视做老古董、老顽固；其实，他们吃的盐比自己吃的米还多，过的桥比自己走的路还长，他们的人生经验是丰富而值得借鉴的。

每年新年一过，婆婆就要张罗祭墓一事。那时生活还处于困顿状态，又有不少墓地，几十块钱也常常令婆婆愁眉苦脸。子云看了心里也难过，后来她突发奇想，对婆婆说："过了年①开始，由我带头，我们三家轮流办好祭墓的一切物品，你们老人家就不要再管这事了，只要带着我们去就行了。"

公公婆婆一听，很高兴，但又担心行不通："这样当然很好，只是不晓得她们怎么想，会不会同意。每年祭墓也要花一笔钱，大家都不宽松。"这里指的她们，是两个小的媳妇。

---

① 过了年：过完春节，也指明年。

"这有什么，三年才轮上一次，我相信她们会赞成的，再困难，我们年轻人也比你们老人家宽松，少买几次肉吃，就省下了，莫愁，这事我跟她们说。"

子云和大叔小叔弟妹们一说，大家都很乐意。这样，每年祭墓的事就不用公公婆婆操心了。

遇上紧工时，看到别人家的秧苗插下去了，婆婆会着急，看到人家的稻子收割了，婆婆心里也不安心，但她从不说出来。每到这个时候，子云就安慰她说："嫂，你莫急，只要你的秧苗可以莳了，我们几个会把你的先完成，只要你的谷子饱满了、金黄了，我们几个会把你的先割回来。"子云还会主动给弟妹们做工作："我们一定要把老人家的事情先搞分相，省得他们担心。"子云还说，一直以来并不是我们在帮老人，而是老人一直都在帮我们，都说老人家一百岁不死，也在为子女操心着，这是实在话。

每天早晨，子云和弟妹们去溪里洗衣物前，都会吩咐老人看好孩子，看好煤灶。有时煤灶上铝煲里的水同时滚了，公公婆婆就会弄得手忙脚乱；如果煲里的饭煮好了，几个媳妇还没回来，他们就更不知所措了，不知要先帮谁把米饭弄起来再放到锅里蒸。

那时，孩子多了，总爱凑热闹。人家正在苦恼，他们偏偏赖着要抱要背。忙不过来时，公公婆婆就吩咐长孙帮着哄弟弟妹妹。长孙懂事，体谅老人，对爷爷奶奶说："我家的饭我来搞定，你们去把大叔和满叔的搞定就好了。"但公公婆婆怕他烫着，不让他去做。

有一年秋天，婆婆帮二儿媳切地瓜时，不慎把手切伤，鲜血直流，送到医疗室缝了三针。但她毫无怨言，还自责自己做事不够老成，把手弄伤，害大家伤心。

某年，子云患严重胃下垂，做不了重活，婆婆就包揽了她的一切家务和田地里的事。一次施肥，婆婆不让子云挑肥，坚持自己挑肥去施。子云过意不去，跟在后面同去。婆婆挑着几十斤的肥料走前面，子云拿了一个施肥用的盒子走后面，心里的难受劲儿不言自明，可医生有吩咐，她连洗澡水也不能提，更别说是重活。

过一处小木板桥时，婆婆被一块松动的木板勾了一下，一个趔趄栽倒在地。子云吓得马上上前扶起婆婆，看到婆婆额头出血，嘴唇边也裂开了一个口子，她心疼地哭起来，心里大骂自己无能，连累了婆婆。她顾不得收拾散落一地的肥料，先把婆婆送回了家，让小叔载去看医生。

子云也顾不了医嘱了，婆婆被送去上药后，她又返回出事点，拾掇散落一地的肥料，挑至田边施下。回到家时，看到婆婆的额头和嘴唇上的白纱布，她的眼泪夺眶而出，哽咽着说了一句："嫂，对不起，都是我没用，害得你受了伤。"

婆婆看到她难过的样子，轻松地说："没事，没事，一点小伤，过几天就好了，你放心，我没那么娇贵。"

可子云怎能释然呢，这都是自己的罪过呀！尽管婆婆眉都未皱一下，但子云能体会不到她的伤痛吗？！

经历过生死搏斗生下儿子后，子云算是体验了做母亲的一切痛苦，开始在老公的生日那天慰问婆婆。而每到子云生日那天，老公也必然会慰问岳母。自己的生日，是母亲的难日。受着这么个家教影响，儿子们到了生日那天，也会打个电话对子云说："妈，今天是你肚痛的日子，感谢你给了我生命！"子云有了儿媳后，每到大儿生日那天，媳妇也总会给她一个红包。她当然不在乎钱财，而在乎媳妇的孝心和心意。子云度己及人，婆婆和母亲也是这样，在乎的是自己的心意。她只要有机会，就会对周围人说："记住了，自己的生日是母亲的难日，到了这天，请对母亲说句感谢吧！"

在村里，可能还没有哪个媳妇能像子云那样做到这一点，婆婆每次和人说起，总是笑眯眯的。那些大婶们都很羡慕她，那些听婆婆说过这事的大婶们还在子云面前说起这事，也多次在子云母亲面前夸奖她教女有方。子云母亲听了很欣慰，嘱咐女儿要再接再厉。

母亲和婆婆很投缘，她们不但早就相识，还都是个善良质朴的农村妇女，从没什么歪心眼。母亲来看子云和外孙时，两位亲家母还睡一床，整晚都在说往事，不时开怀大笑，弄得隔壁的子云也睡不着，很想睡到两位母亲身边。

子云做新房时，所有的亲人都帮了忙，公公婆婆不但为她出主意，还帮助打土方、挑泥、扛石头。整层房子做下来，公公婆婆累得蚀了几斤肉头。房子总算做起来了，可子云一家欠下了一笔债，婆婆一直安慰子云："做了大事，少人一点钱有关系，莫急，只要身体好，钱是人赚的，总有一天会还清，大家做屋都没存够钱。"

搬到新家后，子云加配了一串钥匙，给婆婆一串。婆婆没想到她会这样做，问为什么要给她钥匙，子云说："万一我有事不能及时回家，你就可以帮我喂猪，喂鸡鸭；万一我身上钥匙丢了，我就可以去你那里拿，这样就不至于做门背狗①。"

婆婆一听，心里比吃下一碗蜂蜜更甜。农村有些媳妇，小气加迂腐，老是把门锁上，怕公公婆婆或兄弟梓嫂的小孩去她家偷东西，去粪坑里拉泡屎尿都要随手锁门，害怕屙屎回来家里就少了这少那，对任何人都缺乏信任，仿佛别人都可能是小偷。子云会把一串钥匙交给婆婆，说明对她信任，婆婆当然高兴。这在当时也是件不容易的事，因此，婆婆又有了一件值得炫耀的事了。

路遥知马力，日久见人心。在一起生活了几个年头下来，婆婆就晓得子云的肚量比别人大，不会斤斤计较。因此，她的猪不够吃了，就会问子云家里还有没有糠。子云说有，让她自己去装，还叫她装些谷子去粉碎了一起用来喂猪。婆婆没想到子云会这么爽快，竟然还会让她装谷子去，迟疑了一会儿才说："那我就不客气了。"子云说："自己的媳妇，不用客气。"

村里不少媳妇把公公婆婆当小偷防，不但门锁得紧，还把米缸之类的东西做上记号。子云一向反感这些做法，亲人之间不应该防来防去，而要互相信任，再说，子女如果对父母需要的东西实行封锁，那还算是亲人吗？这样活着多累啊！

在老家时，子云和妯娌们出门都是不上锁的。她们互相照看孩子，各人教育各人的孩子，从没有因为孩子的事而引起舌战，也不会因为鸡鸭跑来吃了自家的鸡食而大伤和气。出门赴圩买了食品，每个孩子都有一份。公公婆婆从没为这些鸡毛蒜皮的事伤脑筋，子云常和弟妹们说，公公婆婆都是很爱面子的人，我们不想削他们的须菇②。

子云多年来身体一直不好，公公婆婆很是担心，对她在语言和行动上确实是多了一份心，连妯娌们也开玩笑说他们偏爱子云。婆婆说："如果子云老公在家，我也不会多一份心去关心她，她老公不在家，身体又不好，别说我们，你们兄弟梓嫂也应该加一份心去关心她。花有百日红，人有千日好。每个人都有疾病，有疾病时自家人都不关心，谁来关心？"

给婆婆招来了"两样心"的说辞，这让子云心里不太舒服，发誓要比弟妹们对老人更有孝心。以前分家后还没另做新房时，家里有点好吃的，子云都会

---

① 门背狗：意指回不了家的人。

② 须菇：胡子。

吩咐孩子们提前通知老人不用另外煮饭。老公开车回家,每次都会买些酒菜回来加餐,并把老人和几兄弟的家一起叫上。

分家那些年,公公婆婆和最小的儿子过。子云老公每次领了工资,都会给他们五十元。征求子云意见,子云说:"别说五十元,就是几百元都应该。"

上世纪九十年代的五十元,是个可观的数目。子云不仅从没阻拦过,还吩咐老公给婆婆买补品。公公婆婆自己单独过时,她常买些东西给他们,后来搬到新家,有了好吃的也从未落下他们。如此一来,又让人有了一种说辞,说婆婆对子云偏心,子云当然会对她好,如果不是婆婆对子云好,子云也不可能对婆婆这么好。子云想,别人怎么说,我不在乎,我只要问心无愧就行,尽孝不需要理由。

建房的债还没还清,儿子们又上了初中、高中,子云的身体一直不见好转,家中又没什么收入,全靠老公那点工资。等到大儿到外地读技校,小儿到县城读一中时,老公那点工资连儿子们的生活费都不够了。日子过得清汤寡水,尽管这样,到过年时,子云还是对老公说:"过年了,平时给不了老人几个钱,这下说什么也得给老人家一点年料钱。虽然困难,但就是借,我们年轻人也容易些,长短一块布,大小一个礼。"

老公听了,当然高兴,拿出二百元让子云送到老人手里。公公婆婆是真心体谅子孙的,说:"两个细鬼子读书要花很多钱,你身体不好又要花钱看病,债又没还清,就不要给我们钱了。等以后日子好过了,我们收了也心安些。"

子云说:"现在日子差劲儿,就给这么一点点,等以后日子好过了,我们就多给些。你们就收下吧,这是我们的一点心意。"

婆婆还是不想收,子云就用激将法:"是不是嫌少了?"她知道,婆婆当然不是这种人。

子云家里每来客人,婆婆总是忙前忙后。有时客人们在家打麻将,一大家子,加上客人,得做两桌饭菜,婆婆总是无怨无悔地忙碌。饭后,子云要帮着收拾碗筷,婆婆说:"你陪客人玩去吧,我来洗。"子云过意不去,说:"嫂,你老是这样,迟早会把我们惯坏。有活大家一起做,做完一起了[①],这样多好,老人家不是说'两人吃的饭一人吃会撑死,两人做的事一人做完会累死'嘛,可你总把好吃的让给子孙,把干活的事留给自己,这也太辛苦了!"

---

① 了:休息,玩耍。

"这有什么辛苦？又不是上山斫樵①。"

说起斫樵，婆婆最在行，她做惯了，总是闲不住。农忙一过，她就天天上山砍柴，每次的柴火担都要比年轻人的大，她的柴火间总是满满的。天晴或落雨，儿媳们没柴烧时，她就会从自家的柴火间里搬一捆送来。

婆婆年纪渐大，日子过得却还这么艰辛，子云挺担心，怕她上山时不小心受伤，怕她柴担过大不小心摔痛，要这样就得不偿失了。于是她和老公商量，再辛苦也要让婆婆用上电，电费替她支付。老公听了，欣然同意。可婆婆体谅地说："现在我还做得来，又不用做什么大事，而你们都有细鬼子读书，又要做事业，你们的担子更重，不用担心。等以后日子好过了，我自然会让你们负责！"

婆婆的胸怀如海一样深，如大地一样宽，子云感动之余，对老公说："我们做子女的，不能那么自私，认为理所当然，我们也得为老人家减轻一些负担。"后来，家里来了客人，子云就以身作则，有鸡杀鸡，有鸭杀鸭，还出钱买菜。几次下来，大弟妹学了样。再后来，小弟妹也学了样。后来，来多少客人都不用公公婆婆愁了，大家都帮忙，都出钱。客人来了，见到这团结互助的氛围，莫不竖起大拇指。公公和婆婆私底下称赞子云带头带得好。

农村不少人家，都是短命嫌短命子挂嘴边，整②歌唱。但子云婆家就没人敢骂这些粗话。公公婆婆都是文明人，从不骂人，也从不说粗话。在他们的眼皮底下，做媳妇的又哪敢放肆骂老公骂儿子！公公是出了名的臭面。以前子云很怕他，但自踏进了这个家门，公公都未曾大声吼过她一句，也未曾在外人面前说过她的不是。对公公，子云也一直把他当作父亲看待。

"我们一定要孝敬老人家，等日子宽松了，让他们吃好穿好，过上幸福的晚年，把以前的损失给补回来。"子云不止一次这样对老公说，并下过决心。然而，事与愿违，就在好日子初见曙光时，婆婆却猝然长逝。

那是二○○五年的农历二十九，那天天气晴朗，可对于子云全家来说，是最阴沉、最痛苦、最不幸的一天。婆婆躺在医疗室的木板凳上，面色青黄、嘴唇乌紫，一动不动地任由医生摆布。子云闻讯赶到，看到婆婆的样子，顿时

---

① 斫樵：砍柴。

② 整：当。

感到天塌了下来，地在不停地旋转。她的心碎了、腿软了，趴到婆婆身边，双手扶着她的脸，摇晃着她的身躯，撕心裂肺地哭喊："嫂，嫂呀，你可别吓我，你可别吓我呀！你睁开眼睛看看，你的子云来了，你的子云来了呀！你睁开眼睛看看我呀！嫂！"

可是，无论她怎样哭喊，婆婆始终没有睁开眼睛看子云，没有睁开眼睛看看她的老伴、养母，还有儿子媳妇们。舅舅开了拖拉机过来，子云和家人抱着婆婆上了拖拉机，在奔往医院的路上，大家一直哭喊着。

医生听了婆婆的心脏，告诉家人们一个最残酷的事实。子云一听，双脚一软，跪在医生面前哀求："医生，医生，救救我的婆婆吧，她是世界上最好最好的婆婆，我们不能失去她，救救她吧！"

医生无限同情地说："不是我不救，她的心脏已停止了跳动，华佗再世也救不了了。"

子云不信，敬爱的婆婆怎么就这样走了呢？她抓起婆婆的手，企图用自己的手拉住她，把她从死神那里拉回来，她多么希望这是一个噩梦呀！

当拖拉机载着婆婆的遗体回到村里时，所有的人无不失声痛哭，没有人会相信，一个关心大家、帮助大家、受人敬仰的好人，会突然仙逝。子云更是无法接受这个事实，在婆婆离开人世的前一天，她和婆婆还一起为小弟妹扎烟①，两人边扎烟边说笑。子云对婆婆说，等公公感冒好了，去圩上买羊肉炖给他们吃。婆婆说："别花那些钱了，感冒是小事，冇关系的。"

子云说："感冒好了就要及时补转去，以后少感冒一次就能省下不少钱，你们别心疼钱，这点小钱我还出得起。身体是革命的本钱，有了好身体才能赚到钱，告诉我，你喜欢吃什么？"

婆婆说："我不喜欢吃羊肉，要买就买鸽子吧，要稍微老一点的，嫩鸽子吃起来很腻。"

子云说："好，买了鸽子炖上高丽参，保证吃了天天行得走得，老虎尾巴都拖得住。"

婆婆听她开玩笑，也开心地笑了。

那天，在县城读高中的小儿子放月假回来，子云就去买了些肉，提前告诉婆婆，晚上不用煮饭，在她家吃。下午，子云的大叔子也摘了几担烟。累了

---

① 扎烟：码烟叶。

一上午的婆婆，就在傍晚帮二儿子扎烟，扎到快八点了才来子云家吃饭。子云还叫大叔子他们不用煮饭，索性也来家吃。那晚她还焖了一大盆糯米饭，香喷喷的。婆婆一向喜欢糯米饭，没想到，这竟是她的最后晚餐。

饭后，大约十点左右，婆婆告诉公公说不舒服。子云得知，赶紧过去，看到婆婆眉头紧锁，一副难受模样，忙问："嫂，你怎么样，哪里不舒服？"婆婆说胸口难受。子云赶紧打了个电话给医生朋友，医生很快就来了，检查后为老人打了一针。子云和弟妹们轮流为婆婆轻揉胸口，医生开玩笑说："没事，死不了的。"

考虑到大家都很辛苦，大叔子他们明天还要上烤，要早起下田摘烟叶，婆婆就吩咐大家都回去休息，说她感觉好多了。子云她们又坐了一会儿，才在她的催促下各自回家。

次日天刚亮，子云不安心，早早去向婆婆请安，顺带把公公婆婆的衣服捡去一起洗。婆婆说："好是好多了，但不完全舒服，是不是再打个电话叫医生过来打一针？"子云说好，捡了衣服就回家，找出医生朋友的电话叫他再辛苦一趟，然后就去小溪洗衣服了。

子云小叔子起床后问候婆婆时，医生还没到，公公就让他用摩托载母亲送村医疗室。子云洗好衣服刚回到家，大叔子气喘吁吁地跑来说："嫂的情况不妙，得把她送医院。"子云心一紧，放下衣桶马上就和大叔赶到医疗室，立马就被痛苦笼罩了。

婆婆就这样突然离开了！她含辛茹苦，为儿孙操劳了一辈子，没享过一天清福，儿孙们还没来得及报答她，就已经阴阳两隔了！子云多么希望老天是在吓唬他们，是在跟他们开一个玩笑啊！婆婆不是自私的人，她不会抛下一家人不管的，不会过早把痛苦留给家人的，子云一直都在说服自己，幻想着奇迹出现：婆婆突然站起来，脸含微笑，怜惜地为她抹去泪水，说自己好好的，没事了，不要哭，甚至像昵称别人一样，开玩笑喊子云一句"六狗芝"。

可是，心碎了，泪干了，声音嘶哑了，婆婆再也听不到子云的哭喊了，再也不会怜惜子云，当子云遇到难题时，再也听不到婆婆的安慰与开导了，再也没有机会在婆婆面前哭诉了。一个修桥补路、热心助人、善良能干、积德行善、受人敬重的好人，就这样悄悄地离开了人世！

那年，婆婆才六十七岁，她平时身体很好，除了风寒，几乎没什么大病，怎么说走就走了呢？婆婆是菩萨心肠，无论对谁，都充满关怀怜爱，无论对谁都一视同仁，笑脸相迎。她从来都不会看衰人家，嫌弃人家，哪怕是乞丐，婆婆都会施舍和同情。婆婆不仅是个好邻居，更是个贤妻、孝媳、良母，是妇女的典范。所有认识婆婆的人都在为她惋惜，说好人不该就这么快走了。婆婆去世后不久，村里一位八十多岁的老人泪流满面地对子云说："你家娘①是世上少有的好人，不该突然就走了，阎罗王肯定是找错人了，应该是我这个老太婆代她去的！"子云听后，伤心难过得无以言表。

在失去婆婆的日子里，全家都沉浸在无限的悲痛中，几天几夜，儿孙们守在她的遗体前，哭得撕心裂肺，眼睛红肿，跪得膝头出血。本来身体就不好的子云，还昏过去两次，让医生挂了两次点滴。那几天，是全家人最苦情、最悲痛的时候。

婆婆去了天堂，子云常常都会做梦，梦见婆婆。婆婆的音容笑貌、一言一行，在子云的梦里是那样清晰，子云常常就哭醒了。

满七未过时，子云三天两头都在夜里梦见婆婆。她梦见和婆婆一起上山砍柴，路上很滑，她拉着婆婆的手，感觉婆婆的手冰冷冰冷的。她梦见和婆婆一起做事，她讲故事，讲笑话逗婆婆开心，婆婆听后哈哈大笑，笑得泪涕迸流，笑骂子云"广古搭花寮"②，还骂子云"六狗芝"。她还梦见两人一起赴圩，梦见一起去做客。还梦见她离世的前夜，子云为她轻揉胸口，她体谅地说："现在好多了，你也累了，早点休息吧。"

那一年里，子云梦见婆婆，分不清这是痛苦还是幸福。她清楚，婆婆的魂儿也是关心自己的，还在为她那不争气的身体担心，不管这是痛苦的惩罚，还是幸福的相见，子云都希望能在梦中和婆婆相见。

照农村的习俗，人走了，在那年的年关，孝子贤孙要办好三参、香纸蜡烛、斋盘果等，去墓地里和过身的长辈分年，意思是阴阳两间不相关了，已经彻底分清了界限，不要再来骚扰阳间的人了。

新的一年开始后，婆婆就很少托梦给子云，子云想，婆婆是怕她承受不了啊！尽管婆婆走了七个月，但子云没有忘过她，只要一踏进公公的房里，看到婆婆的遗照，就会忍不住泪水滂沱，失声痛哭。平时只要有人提起婆婆，子云都会伤心难过，泪水夺眶而出。

---

① 家娘：婆婆。

② 广古搭花寮：乱编故事。

每次见到婆婆的亲妹妹满姨，子云都有种针刺般的疼痛。满姨的音容笑貌、言行举止，像极了婆婆，看到她，子云就像看到了婆婆，对婆婆深刻的怀念就油然而生。

子云嫁到夫家二十年来，和婆婆一直情同母女。婆婆自那次"冤枉"她而她没顶撞后，就再没说过她一句不是，人前人后总是夸奖子云，说懂事、孝顺、大方、不会鸡肠小肚。村里很少有像子云和婆婆这样，相处了这么多年却从未吵过架的婆媳。因此，听了婆婆的夸奖，那些婆婆级的大婶们都非常羡慕，说亲生母女也不过如此。

婆婆和母亲，只是称呼上的区别，但她们的关心和呵护却是相同的。子云情真意切地说，婆婆对她的爱，比起母爱来也毫不逊色。

婆媳相处，要多一份理解，多一份宽容，一个巴掌拍不响。人与人是互相的，只要多看到婆婆的优点，多从自身找缺点，婆媳相处就容易多了，开心多了。如果互相揭短，如老人们说的那样，"家娘讲生媚①，讲起来唔想②归；生媚讲家娘，讲起难难长③"，那么婆媳间永远跨不过那条沟，心里就会有一种怨恨，永远忘不掉那难堪的陈年旧事。

子云和婆婆之间，正是因为有理解、有忍让、不记仇、常怀恩，所以能和睦相处。老公也对子云钟爱，绝不拈花惹草。儿子学样，从未对子云说过一句不尊重的话，连刚过门的媳妇也很有孝心。

婆婆离世已近八年，子云还在深深地怀念她。直至今天，只要一想起婆婆，看到婆婆的遗照，她就泪水涌流，心如刀绞般疼痛。每年祭墓时，还未到婆婆的坟前，她就感到心痛了，泪水就开始流。到了她的墓前，双膝一跪，就会千篇一律地哭喊："嫂，你怎么就走了呢？你怎么就那么狠心呢，你怎么就不再坚持呢，就要过好日子了，你却狠心地丢下我们走了，把痛苦和怀念留给了我们！嫂呀，你睁开眼睛看看你的儿孙，他们都来了，他们一个个长大了，一个个懂事了，如果你不走，你就可以享福了，嫂！你是不该走的呀！"随着子云这一开哭，全体子孙一齐跪在婆婆的墓前大声哭喊。

一年又一年，子云对婆婆的怀念丝毫没有减退。子云不止一次对着婆婆的照片说："如果你不嫌弃，下辈子我还做你的媳妇！"

---

① 生媚：儿媳。

② 唔想：不想。

③ 难难长：没完没了，难熬之意。

母和子

    子云二十岁那年，大概是刚到十月，晓得自己怀孕了。说不清是羞涩、害怕还是高兴，她连母亲和老公都没有告诉，因为刚领结婚证，准备十二月办酒入门。当时农村政策比较宽松，很多人都生了两个孩子，做完绝育手术后才去领结婚证，结婚登记时顺带着就为孩子办户口。也有不少女子生完孩子后一起嫁到男方家里，像子云这种情况，被人戏称为现蛋鸡嬷①。

    子云并不像其他妊娠期女人那样恶心呕吐，只是感觉手脚发软，心烦意乱，常常无缘无故乱发脾气。慢慢地，就被母亲看出来了，她关心地问她是不是有身孕了，她才不得不承认，为此母亲还责怪她不该瞒着这事，更不该有了身孕还坚持上山砍柴，干那些粗重农活，倘若发生个什么意外，那可就害了自己。

    嫁进婆家，就不能为母亲减轻负担了。那时烧不起煤，煮什么都是烧柴，母亲又患风湿关节炎，痛起来常常连走路都困难，子云总想着趁还未出嫁，帮着她多砍些柴火。听母亲这么一说，她才开始害怕了，此后就再没去远处的山上砍柴了，只在屋后弄些松树上掉下来的松针。

    老公和公公婆婆知道子云怀孕的事后，都非常高兴，选好了良辰吉日准备婚事。农村人迷信，到迎娶这天，婆家把早已准备好的小孩衣服连同礼物送到子云家，让她把两件小人衣围在肚子上。新娘出嫁，都要在内衣上插上九枚针，针头向上四枚，向下五枚，说是辟邪，子云出嫁却没有插针，因为父亲

---

① 现蛋鸡嬷：带蛋的母鸡。

有本很旧的百草经书，让她带在身上，说是可以百毒不侵，妖魔鬼怪都近不了身。一般人还不能享受这种待遇，子云算是幸运。父亲那本百草经，保存至今已成传家宝。

子云出嫁那晚，已于六七年前为人妇的姐姐没有回去，她要在第二天一早送妹妹到婆家。那晚姐妹俩一宿未眠，坐着一直哭，母亲也是一直哭，好像女儿要嫁到很远很远的地方。常听老人们说，愿做娘家三朝辛苦女，不做婆家一日闲生媚，意思就是嫁到婆家后会受婆家人的虐待。所幸的是，子云嫁到婆家后，全家人都对她很好。因为她是长媳，又怀有身孕，公公婆婆视若女儿，两个小叔子也很尊重，七十几岁的老祖母更是疼爱有加。

子云老公工作的单位在邻县，结婚六天后就出门了，奔波在闽粤赣边各个角落。那时他开的是货车，从这边载货到别省，又从那边带货回来，碰到货源缺时，还得在异地等上好几天，来回路途遥远，甚为辛苦。子云初来乍到，很不习惯，不是常跑回娘家就是与孤灯相伴，常常泪湿枕头。尤其是在晚上，只要听见狗吠声，她都会趴在窗户上竖起耳朵听，多么希望能听见那熟悉的脚步声经过窗下，然而，期盼总是紧跟着失望，让人饱受折磨。

好在子云有看书的爱好，当孤独来临，便找一本书，从书中寻求乐趣，书成了她的精神食粮，只要一看书，时间就过得快，孤独和烦恼也就烟消云散。她还有写日记的习惯，每天把自己的悲与欢都记在日记本上，这样，时间过得又更快些。

摸着肚子里的孩子，肚子里的孩子似乎也能理解母亲的孤独，一天天顽皮起来，又是蹬腿又是伸拳，把肚子给撑大了，似乎告诉母亲，他就要来了。肚大难看三尺前，这话真不假。怀孕期间，子云总是头晕，腹痛，手脚发软，无精打采，嘴也馋了，经常想吃这个想吃那个。有一次老公回来，带她去乡镇妇幼保健室去检查，医生说胎位很正常，夫妻俩都很高兴。当时是三月天，在那时的农村，就已经有李子卖了。长在李树下的子云，一直很喜欢吃酸李，怀孕了就更是馋得口水直流，她想，买两斤也能吃得一个不剩啊。可那"不懂事"的老公却关心地说，这么酸的李子，吃了不好。任她怎么赖，他就是不买，拖着她回家。子云是三步一回头看着那李子摊，急得直掉眼泪，恨不得狠狠地咬上老公一口。

公公婆婆都是通情达理之人，都有些文化，非但不让子云干活，还常弄些有利于孕妇和孩子的食物给她进补。子云没胃口，偶尔为了让他们高兴才勉强进食。生活本不宽松，老公又这么"不懂事"，所以她想吃些什么，一般都是不能如愿的。因为老公长期不在身边，有些话也不能对公公婆婆说，这日子真是伤心难过啊！

老公怕子云孤独，有时也带着她出门。农历七月初，子云头晕手脚软，腹痛加剧，老公回来后就又带她去检查。经验丰富的老医师严肃地说，不能再东奔西跑了，孩子将在七月中旬出生。

农历七月十二，子云感到更加不适，之前的腹痛变成腰痛，连书都不想看了，有朋友过来坐坐，她也一样无精打采。晚上就痛得更厉害，半夜还搬个椅子坐在房门口。两个小叔子白天割松油，晚上又去看电影了，公公婆婆又在对面正堂住，所以没有一个人知道她的痛苦。次日早晨婆婆起来做饭时，听见她直哼哼，问她是不是做噩梦了。一向细心的婆婆那时候也不知道啥原因，知道儿媳分娩时间到了，竟还粗心地这么问。直到早饭时间了，见她还没下楼，就上楼来看，见她满头汗珠一脸痛苦，才知道是要生了。婆婆慌了，赶紧叫公公去喊接生婆，自己则手忙脚乱地把小孩的东西全拿出来洗干净放日头下曝晒。

接生婆很快就来了，说："吊腰①的一般很快就生，可你昨天就会腰痛，怎么现在还不见动静？"当时子云已经是痛得脸上发白了，可羊水却还没破。

不知道是老天考验还是孩子在折腾，接生婆放下了手里所有活，守着子云一天都没回去，母亲也来了。子云痛得咬破了嘴唇，一点力气都没了，可整整一天过去了，任她撕心裂肺地叫，顽皮的孩子像是钻到妖怪肚子里的孙悟空，就是不出来。母亲看自己女儿这般苦情，忍不住哭了。生儿不知娘辛苦，生女才来报娘恩。未出嫁时，子云曾在自己生日时买上一斤鸡蛋饼干与母亲一起庆贺，而此时此刻，才真实体会到母亲生孩子时的痛苦。以后的二十几年，每逢自己生日，她都不忘买点东西给母亲。老公生日时，她也总不忘买些礼物或包个红包给婆婆。这理所应当的事，却收获了许多赞美。

第二天，凌晨一点多钟，老公从龙岩装了运往广东的货路过姑姑家，因次日要早走，本想留住在邻村靠公路边的姑姑家，姑姑告诉他："子云白天腰痛，接生婆都去了，现在不知是否生了，再晚你也得回去看看。"

老公回来时，子云已是精疲力竭了。他坐在子云身边握着她的手，给予

---

① 吊腰：腰痛。

鼓励。接生婆说，这么捣蛋，一定是个哪吒三太子般的人物。又经过两个多小时的可谓垂死挣扎，凌晨三点多，孩子出世了，是个男孩。老公一直紧紧地抱着子云，汗水早已湿透她和他。

那个年头，女人生孩子都是叫接生婆到家里来，因为医院生孩子费用较高，一般人家付不起，而接生婆则是由你给多少一个意思，所以那时生孩子就相对有一定的危险。

因为快二十年没有添丁，加上头胎就生个白白胖胖的长孙，公公喜不自禁地买了一大挂鞭炮，全家人都沉浸在喜庆的气氛之中。孩子的外公听说后，也甚是高兴，特地从大老远赶过来，给孩子取名立新，意思为破旧立新，子云感到挺好。但公公排了一下小孩的生辰八字，说他缺水，名字中应该有水，如此能平平安安、健健康康成长。当时的党支书听说后，就赐名金泉。

金泉在子云肚子里头一直不安分，总是搅得她坐立不安，未想一生出来却安静了许多，健健康康，日见日大，属于那种比较好带的孩子。家里就他一个小孩，又挺可爱，全家老少都很喜欢，时常是抢着抱。小叔在天气冷的时候更是抢着要背，说是背着小孩，就不冷了。去哪里做客，也总是被抢着抱，特别是天冷的时候，头上戴顶兔帽，更加惹人喜欢。

一周半岁的时候，子云带他回娘家，晚上没回，半夜大伙都睡了他却醒了，把她摇醒了说："妈妈，我害怕，有猪猪。"当时子云睡意正浓，没去理会，他却越抱越紧又说了一遍，子云便说："这只有你和妈妈，没有猪猪。"他很紧张，抓紧子云说："真的有猪猪，你听。"这时子云才认真听了一会儿，忍不住笑出声来，原来那是大楼上传来的父亲呼噜声。

儿子出生后的两个月，子云就被通知放了环。一次住在娘家，婆婆亲自从家里赶来，说有个过路客子①来了，听说是邻县人。当时子云就打起了如意算盘，两个小叔子一个二十一，一个十八，很快也就结婚了，趁他们没结婚，加上公公婆婆身骨硬朗，不如再生一个完成任务，等小叔子们结婚时，自己的两个孩子都带大了。

那时计划生育已被普遍看重，生了两个就要做绝育手术，生三个就要罚款。子云的公公和老公都是党员，公公又是大队里的干部，干部家属还得起带头作用。当时儿子还没断奶，环取下后三个月子云再次怀孕，没办法只能让他

---

① 过路客子：专门为乡下女人取环的医生。

断奶了。

农村人小孩断奶也有讲究，哪个月能断，哪个月不能断，即使断也得在月尾，说是比较容易断。断奶的时候不让子云见儿子，哪知道小家伙一断奶就一直哭，哭得子云心乱如麻。过了几天，她实在想见见，就偷偷从门口看看，结果还被他眼尖看见，又是一阵大哭。断奶后金泉就由婆婆照顾，因为婆婆对他特别疼爱，倒也养得白白胖胖。

金泉出生十九个月后，第二个儿子出世了，后取名金龙。那是一九八八年三月份，农历正月二十七。二十六晚上吃完饭，子云又吊腰了，接生婆很快就来了，和生金泉时一样地痛。她再次经历九死一生。次日早上六点多就生了，与生大儿子的四十几个小时相较之下，小儿子善良许多，只让她痛了十几个小时。

第二天，母亲来看望子云，回去后告诉父亲说子云又生了个男孩，父亲说："又是男孩，半孤老。"农村人说有儿无女半孤老，有女无儿是全孤老。父亲说，没有女儿，百年归仙后连个守棺材角的人都没有。子云倒是也希望有个女儿，女儿贴心。当然，这又不是挑担子有得挑，是男是女都是娘身上掉下的一块肉，她都疼。

小儿子出生时正逢雨季，尿湿后的尿布总是洗了晒不干，便拿到灶上去烤。可煤灶上烤干的尿布垫在小孩的屁股上很糟糕，导致娇嫩的屁股上都是红点点，再尿的时候就痛得直哭。小儿刚出生就不好好睡，搞得子云很疲惫。婆婆要带金泉，老公又不在家，这小家伙子云只好自己带。更糟糕的是，生了两个儿子后，肚子时常会痛，身体也差了许多。

一次下毛毛雨，婆婆带着金泉去邻居家串门，小儿子尿布用完了，子云捡着这些尿布去溪里洗，因只戴了顶斗笠，不小心就淋着了雨。到了晚上，十指就像被好多蚂蚁咬似的，几天后还发烧打摆子，几床被子盖着都不管事，整个月子都在病痛中煎熬，一次起来走动还晕倒在地。

按农村风俗，小孩快满月时，就要带到比较亲和比较老辈的亲戚家里报浆酒，就是送一壶酒和一块猪肉，送去后，对方也会在酒壶中装一壶米和两个鸡蛋当做回礼。而这些报了浆酒的人家，喝小孩满月酒时包的礼也会相对重些。

小孩满月后，子云的病情加重，医生一直为她打针开药方，但都不见好。加上生病的缘故，又不能吃鸡肉和蛋，营养跟不上，导致自己身体差，儿子身体也很弱，屁股上的小红点也一直没好，瘦得皮包骨，小脸长长的。子云看在眼里，疼在心里。

小儿子身体素质较差，动不动就感冒发烧，一感冒就转支气管炎，呼吸跟拉风箱一样，为此总打些青霉素。后来只要一带他进医疗室，他就吓得大哭不止，指着门口就要子云抱他离开。病总是治不好，带着他求医看病的日子，子云的心更是如刀割一般痛，也不知流了多少泪。

一直到了五六岁时，金龙的身体才有所好转。而这短短的几年间，他打的针吃的药却比一般这个年龄段的小孩多得多。正因为这样，他似乎把药当作了零食，再苦再难以下咽的中药，他不用和水就可以吃下去。这还不是头疼的事，令人担心的是，他吃药吃成了习惯，没病都到处找药吃。子云的身体一直不好，有时候还同时吃好几种药，于是药片、药丸在桌子上，抽屉里到处可见。起初她一直奇怪怎么药经常会少，后来发现金龙竟然坐在床上津津有味地吃，顿时傻眼了。是药三分毒，更何况他还同时吃多种药，吃过量的药。制止后她开始把药藏起来，他却像一只小老鼠一样，藏在哪里总有办法偷到。后来用箱子锁起来，慢慢地他长大后才改掉这个习惯，不过他吃药不怕苦甚至不用水却至今如此。

金泉四岁、金龙两岁时，大叔子结了婚。按当时的习俗，子云一家和公公婆婆就分了家。第一次开伙食，正逢大热天，早上就已经气温很高了，加上煮的热粥，又没有电风扇，金龙不肯吃，一直啼哭，金泉忙俯身过去用小手为弟弟扇风，嘴里哄他："龙龙莫哭，哥哥给你扇风，哥哥都不怕热，等爸爸赚了好多钱回来，买个电风扇，我们就不热了。"

老公不在家，子云又不习惯单独生活，看到金泉如此举动，真是一肚子辛酸却又感到欣慰，热泪夺眶而出。金泉看后，急了，忙又坐过来帮她扇风："妈妈，你怎么也哭了？是不是你也热啊？那我也帮你扇风。"

厨房里摆一张四方桌子，两张高脚凳子，兄弟两个各坐一张。吃饭的时候，饭碗放在桌上，他们刚好可以端着碗，舀到桌子上的菜。金龙两岁便不用大人哄着吃饭了，舀了饭菜把碗端给他，他就可以自己吃，非常乖巧。虽然如此，他吃饭却非常慢，一口饭进嘴嚼半天就是不咽下去，又总喜欢看着别人吃饭，自己嘴里吃着，小眼睛却时常盯着桌上和别人碗里的饭菜，典型是那种吃着碗里的看着锅里的，所以每次吃饭都是最后一个吃完。大叔子的媳妇香香时常过来坐，看见他这样总喜欢逗他玩，说他是小奶猪崽，吃饭最慢。但他都不介意，有时越说他越慢越开心，但是每当香香故意捡一粒他掉在桌上的饭粒要往嘴里塞时，金龙立刻就大哭起来，泪流满面，香香再放下饭粒，他又止住泪不哭了，目不转睛盯着香香看，生怕她又去捡他的饭粒。香香见他不哭了，又去捡那饭粒，他又哭了，再放下又不哭了，香香如此反复，金龙也反复如此。香香总说："这小气鬼，就一粒掉桌子上的饭糁①都进不了别人嘴，还是自己的亲婶婶。"他越是这样，香香就越是爱逗他玩，每当此时，总能让人笑痛肚子。时隔二十多年，提及这事，还能令人开怀，把他逗哭，再把他哄笑了，就这么简单而已。

日子过得清苦，但大儿子金泉天真活泼，总有些令人啼笑皆非的怪事能逗你开怀一笑。大概五岁那年，邻居家的一男孩子过来玩，虽然比金泉小一个月，但个头却高出一个头不止。婆婆刚好和几个坐一块儿的乡亲们笑谈着这事，未料到金泉小小年纪却好胜心强，拉着比他个头高这么多的男孩硬是要一比高低。邻居那男孩凑过身来，金泉却闪开，拉着他的手就到了屋檐下，叫人家站屋檐下谷坪里，自己则站在上面，压着那男孩的肩膀就叫众人来看："奶奶，奶奶，你快看到底谁高一些？"看着那男孩满脸委屈，大伙却笑得无语。如此不公平的比较，正合了那句"人在屋檐下，不得不低头"。

金泉属虎，听老人们说，太阳出来和下山时出生的是恶虎，他则是凌晨三点多出生的，应该是只善良的虎，可他不到两周岁时就总喜欢抓住人就咬，这让子云很伤脑筋。和他一起玩耍的小孩常有被他咬的，凡是被咬的小孩无不哭得昏天黑地，因此时有人来家投诉。子云也不少吓唬他说："以后再像癫狗②一样咬人的话，就把你牙齿都撬了。"这家伙是满口答应，属于那种虚心接受坚决不改的类型，没两天，牙一痒了又到处咬人。表姐晓娟就曾被他多次疯咬，隔壁邻居家大他一岁的小女孩，只要一看见他拔腿就跑，躲得远远的。金泉直到四五岁了，这恶习才慢慢变好些。

三月天插秧时，金泉趁着曾祖母一个不留神就偷溜了出来，跑到田坎上来看插秧。那月份雨水多，新筑的田坎又烂又滑，也不知道他这么小的一个孩子怎么就能跑到这里来，还站在那里不时指指点点地点评谁插得快，谁插的秧直。

---

① 饭糁：饭粒。
② 癫狗：疯狗。

小叔子逗他玩说："泉泉，我们都帮你插秧呢。你满叔肚子里没什么油水，你快回去搞点油水，不然大叔和满叔就不帮你干活咯。"

大伙忙着干活倒也没注意他，也不知道什么时候就跑回去了，没过一会儿，听见他喊："满叔满叔，赶快起来吃呀！"

小叔子就问："吃什么啊？"

"你不是说肚子里没有油水了吗，我舀了下来给你吃啊！"

听金泉一本正经地说，大伙都直起腰来看。只见他两只小手各拿一支筷子，筷子上全是白花花的猪油。因为天气冷，猪油都结成冻，筷子搅搅能沾上许多。见他满脸天真，小心翼翼地盯着筷子，生怕将油晃掉地上了，那情形，逗得附近所有人都开怀大笑，有的人笑得眼泪都掉出来了。那小家伙一脸疑惑，还一直催促着叔叔赶紧起来吃油。

"才子，真是个才子。"小叔子哭笑不得，怎么他就能想到搞点油下来呢？

傍晚回去后，祖母告诉子云说："以后要把油放高点的地方，泉泉什么不好搞去搞油，浪费了油不说还脏了衫裤，我要追他又追不到，跑得狗都冇咁急①。"子云笑着告诉她这事，八十岁的老祖母听了，笑得差点没喘过气来。

金泉虽然从小顽皮，是个出色的惹事棍②，却也很懂事。一天早晨，子云见老公外地开车回来，就把家里剩下的两个鸡蛋煮了。吃饭时，老公将两个鸡蛋夹给两个小家伙吃，他们却像是事先商量好了似的，把碗塞到桌子底下，都说："爸爸你开车很辛苦，你吃吧，等下回鸡嫲生了蛋再煮给我们吃。"不管老公怎么劝怎么哄，兄弟两个就是咬紧牙关说不吃就是不吃。还有一次，公公身体不好，子云把家里不到两斤的鸡给宰了，把两个儿子叫到身边交代一番。等到炖鸡闻到香味时，两个小家伙就跑去隔壁邻居家里玩去了，爷爷磨破了嘴皮子才唤他们回来吃了点。那时候生活困难，有两个鸡蛋吃就已经很不错了，鸡肉就更难得端上桌，即使养了鸡也舍不得吃，大都是拿去外面卖。想想儿子一个五岁，一个三岁，就能如此懂事，子云无比欣慰。

金泉六岁那年，该像这岁数的其他孩子一样进幼儿园了，但他很不习惯，总是想赖，每天都是家人用竹梢赶着他去。他背着小书包在前头走，大人挥着竹梢后头跟着，很有放羊的味道。家人一掉头，他就不远不近地跟着往回走，

---

① 跑得狗都冇咁急：跑得比狗还快。
② 惹事棍：爱弄出事端的人。

简直肺都要被他气炸。直到送他进了教室才能回去，不然一定是你前脚到了家，他后脚就跟了回来。可送到了教室还不算完，他拼命拉住你的手不放，非得让你和他坐一块儿，等下课了一起回去。农村人天天干活，哪里有这个闲工夫陪读？

那个时候，几乎每天都是用尽软硬各种办法哄他去上学，他肠子直了倒是愿意去，肠子一弯，软硬兼施都不管用。有时，祖母拿些糖果哄着他上学，他满口答应，等糖一到手塞进裤兜里又不去了。全家这么多人，天天都哄着他上学，还哄不去，想不出个好办法都很头疼。好不容易他一次高兴自己去了，半路碰见子云在田里脱秧，一起劳作的一位妇女开玩笑地说："泉泉，你妈妈在这里，你不叫她给钱买好吃的啊？"金泉顿时停了脚步，掉过头来就找子云要一块钱。子云下田里干活刚好没带钱，就哄着他说中午放学回来再给他。他不依，任怎么哄怎么劝就是不改口，非得要那一块钱，气得子云提起棍子就打，他还是认准了理了非要不可。子云就想不通这孩子脾气怎么就这么倔，拿他没办法，却被气哭了。那妇人看一句玩笑话搞得母子两人田边哭，很不好意思。

这么一闹，一上午都过得差不多了，索性就不要去学校了，子云拖着他回家，把他往猪圈里一关，锁了起来。猪虽然个头较大，但吃了就睡，都不会咬人，所以六岁的孩子关进猪圈倒也不担心。每次把他关猪圈里他就怕，一看两头百来斤的猪又脏又臭，还不停地嗷嗷叫，可把他吓半死，拼命哭，还说不是不想去学校，只是现在大伙都去了，没人一起去会迷路。找这么堂皇的借口还是不能消子云的心头气恼，一狠下心扭头就走了。想想一家九个大人，竟然没有好点的办法来对付一个乳臭未干的臭小子，真是失败。

当时猪圈的门都是用一根根木板横竖交叉搭成，门框缝隙相间十几公分，手能伸出来，头和身子却出不来。他被关猪圈后，小手攀着木板求援不成，哭了一阵见没人理会，知道哭是不管用了，倒冷静下来，蹲在那左掰掰右掰掰，见木头能动，就找了块最松动的木板开始动手用力去拆。费了九牛二虎之力，总算拆了一块下来。这种门只要拆一块下来，那门缝就够一个小孩爬出来了。可恨的是这小子拆完出来，竟然还将拆掉的木板原样装回去，完了就不知跑哪儿玩去了。

子云中午干活回来，看猪圈里不见人影，锁却还好好地锁着，大伙都下田里干活去了，问问也没人放他出来，一个中午没找到人，这可就把她急哭了。直到一点多，他领着一群小伙伴来参观现场，看他指手画脚给那些同龄伙伴演讲事情经过，并教他们以后碰见此类情况要多动脑、想办法脱离险境之类，那神情好不得意。经刚才那一吓，子云这气也生不起来了，想想也为儿子这种临危不乱的小聪明才智感到哭笑不得。这事竟还到处被传为笑谈，没几日附近就已尽人皆知，大伙也都夸赞金泉小小年纪捣蛋是捣蛋，但也确实聪明灵活。

与大儿金泉的顽皮捣蛋相对，小儿金龙脾气性格刚好相反。天天待在一块儿，因此常常是哥哥惹祸弟弟遭殃，惹事了见要挨打，金泉一溜烟跑得比兔子还快，而金龙则常常做了替罪羔羊。一天中午，大人们都午休了，他却带着弟弟跑到鸡圈里，一只母鸡正在孵蛋，他倒好，把那母鸡抓了用根绳子绑在凳子腿上，接着就把那十几个鸡蛋抓来一个个敲在地板上，用棍子云搅那蛋黄。等祖母听到母鸡咯咯乱叫跑过去看的时候，两兄弟蹲在那玩得正开心。看着这满地敲碎的鸡蛋，祖母气得是蹦蹦跳，当时的鸡蛋很是金贵。金泉眼见惹祸了，撒腿就跑，偏偏这金龙年纪小跑不快，被祖母逮住就用竹梢狠狠地抽。祖母岁数大了眼睛花，也看不见孩子手脚上都是血印，边骂边打。金龙哭得厉害，子云午睡被吵醒，看他被打得这么惨，心疼得直掉眼泪。

当然，更经常的是见大人一抓竹梢，金龙便躲在爷爷奶奶身后抱着脚不放，小眼睛一眨一眨地盯着你看，令你心一软不忍心下手。而金泉则是拔腿就跑，跑不掉的时候就干脆站那不动，典型的一个宁死不屈的硬骨头。抽他几下他不哭，问他下次还敢不敢这么顽皮，他就是头一撇不理你，任你打断了竹梢打累了手腕，他都不会承认错误。其实，孩子是娘身上掉下来的一块肉，打在儿身上，痛在娘心头。每当此时，子云多希望他能跑啊，可他脾气一上来却连躲都不躲，打死也不低头，一滴眼泪都不掉，倔强得让子云想起小兵张嘎。她想，要是儿子生在那个年代，也一样是个顶天立地的小英雄。

一年过去了，金泉不爱上学的情况一直没能得到改观。全家人也为此头疼了一年，子云更是为他流尽了眼泪。

为了提高大儿子上学的积极性，子云和老公决定把只有五岁的小儿子金龙送进学校。当时六岁的儿童才能进幼儿园小班，为此学校主任还不肯收。好在金龙长得较高，甚至已经超过了哥哥金泉，再加上校长本是朋友，就破格收下了。

金泉有了弟弟相伴，责任心强了，整天牵着弟弟的小手带着去上学，负起了作为哥哥的一种责任，从此以后，就再也没有赖着不上学了。而金龙本性就乖巧听话，大人怎么说，他就怎么做，加上有哥哥伴着，上学倒是没让家里费神。弟兄俩从幼儿园开始每天同去同回，一直到初中毕业，看着他们相亲相爱，做母亲的当然高兴欣慰。

两个儿子慢慢长大，学校的教育固然重要，但家教也不容松懈，而家教则是应该言传身教，这才能让孩子铭记于心。生活贫苦，饭桌上别说有什么山珍海味，就连猪肉也是少有，除非有客自远方来，才去买些肉招待。但凡有点好吃的，子云都不敢落下公公婆婆两位老人，即便是煮一锅新鲜的稀饭，都要叫来共享。久而久之，兄弟两个也养成了习惯，只要有点好吃的，不用吩咐，都争相跑去告诉爷爷奶奶，或者端着送去。

一年中秋，好姐妹送来一盒月饼，兄弟俩像土匪一样抢着去拆开盒子，见儿子这么没有礼貌，见盒月饼就这么嘴馋，子云有些恼火。刚要教训他们，没想到弟兄俩竟然每人挑一个跑出房门送往爷爷奶奶厨房去了，听见婆婆咯咯笑声子云才恍然大悟，原来弟兄俩是急着给爷爷奶奶送好吃的。送完月饼兄弟俩回来了，又要去抓那月饼，子云故意制止说："月饼就这么几个，你们把月饼都给爷爷奶奶吃了，剩下几个不够分怎么办？"兄弟俩一愣，放下手，都说："那我们的那份就给爷爷奶奶吃，我们不吃了。"子云的好姐妹看见，直夸赞兄弟两个年纪小小却这么孝道。

一次子云买了两只鸽子，还没杀呢，兄弟俩就要去告诉奶奶晚上过来吃，不要另外煮饭菜了。子云拉住哥俩说："爷爷奶奶都不知道买了鸽子，要不这次不要告诉他们，我们每人多吃一些多好啊！"兄弟俩很是诧异地盯着子云看，金龙就一本正经地说："妈，你不是说要孝顺爷爷奶奶嘛，有好吃的怎么能自己偷偷吃，不叫他们呢？"金泉则更是夸张："爷爷奶奶要是不一起吃我也不吃，这样子吃了一定肚子痛，拉肚子。"兄弟俩那个教训的口吻和一脸不高兴的神情，让子云笑得直掉眼泪。晚饭时，她把这事告诉公公婆婆，二老都叹没有白疼这俩小子。

别以为就都这么乖，金泉却还跟小时一个样，不是省油的灯，三天两头不惹祸就浑身不自在，似乎不挨点打就皮痒。这天大伙都下地干活了，趁婆婆不注意，他却拿了根绳子，把刚孵出来没两天的十几只小鸡一只只绑住腿，串成一串牵着玩。母鸡急得咯咯叫，他带着金龙和几个堂弟却高兴得不得了。婆婆发现后，急得就骂："这些蛮牛牯，鸡子①都要被你们搞死了。"一边还扬手要打人。这种情况，金泉是不会跑的。他是人小鬼大精得不得了，知道婆婆一向疼爱子孙，从来都不舍得打他们，他又是长孙，还没断奶就由她一手带大，对他就更是疼爱有加了。为了以示惩戒，婆婆就说："你这么蛮，等会儿我煮茶叶蛋，弟弟们都有吃，就你冇得吃。"金泉听了咯咯笑："我又不会馋，你以为我会哭着要吃啊！"

等鸡蛋煮好，每个弟弟各发一个，就金泉没份。几个弟弟吃得津津有味，本以为会馋着他，没料他却一点不动心，或者说一点不担心，还时不时说："鸡蛋又不是仙丹，吃了不能上天，也不能长高长大，顶多就屙堆屎，你莫以为我会哭。"婆婆是又好气又好笑，最后无奈，见治不了他，只好把鸡蛋给了他。

他三下五除二吃完后，抹抹嘴，说："咦，不是讲我冇得吃吗？现在都吃到肚子里了，我早就猜到你不会那么过意得去，也晓得你讲话总是冇算数，讲冇吃又吃。细玉媚②，你怎么老是骗细鬼子呢？骗龙龙还差不多，可你骗不了我。"这臭小子得了便宜还卖乖，吃完蛋这么嚣张不说，竟然还敢直呼奶奶大名。婆婆竟是哭笑不得，无言以对，等晚上吃饭时说起，家人无不笑得前俯后仰，都说是你自己惯坏了他，如今都治不了他了。

要说金泉，还真就是婆婆惯的，因为对他疼爱，凡事都依他，即使犯了错误惹了祸，都从不加责罚。金泉捣蛋是捣蛋，但对奶奶也是爱之至深。婆婆去世时，金泉更是哭昏在烧纸的火堆里。金泉由婆婆一手带大，什么事都跟在婆婆屁股后头。婆婆酒量甚好，特别爱喝些米酒，每每酿酒取酒来尝时，都会顺便让金泉也尝尝，因为米酒较甜，金泉倒是喜欢。一两岁的时候是用筷子蘸些酒让他舔，三四岁的时候就用汤匙舀些，五六岁的时候，金泉竟然自己就会去舀酒来喝，等七八岁的时候家里酿的米酒他已经能喝个两三碗不醉。公公不好酒，而老公和金泉酒量都还不错，看来正是遗传了婆婆。

一直以来，金龙都似乎只是一个配角，跟着哥哥上学，也同样跟着哥哥闯祸，看上去是文静胆小的一个孩子。虽如此，金龙却极有正义感和同情心。院子里的老公鸭欺负小鸡了，他虽也怕，却会毫不犹豫地用他小小身躯挡在小鸡雏的前头。

---

① 鸡子：小鸡。

② 细玉媚：小一辈的人都这么叫婆婆。

金龙爱看书，看书时总是特别认真，全身心地投入到书中去。记得一次，金龙大概就十一二岁，兄弟两人坐在沙发上看书，子云端了一盘花生就坐在对面茶几上吃。一看见母亲进房，金泉马上放下手里的书就蹦过来吃，他的心性属于那种比较心急浮躁的。而小金龙仍然看得入神，压根就不知道母亲进了这个房间，并且还和哥哥就坐在他对面两米不到的地方剥花生吃。眼看一盘花生都快吃完了，子云才叫他来吃花生。他抬起头来看看，很是郁闷："有花生吃你们都不叫我？"

兄弟两人渐渐长大，铆足了劲儿比学习好坏，成绩虽不能说数一数二，但三好生、优秀少先队员之类的奖状却也贴满了一墙。他们懂礼貌，尊老爱幼，这点一直得到众乡邻夸赞。不少小孩歧视老人，嫌弃那种嘴合鼻扁[1]的老人。更有甚者，看见体形矮小、行动不便的老人，还翻白眼，骂"老死佬"。有时候热心的老人家做了点吃的，召唤外头玩耍的小孩子来吃，有些小孩不吃也就算了，还嫌弃老人邋遢，做的东西也肮脏，这样很伤老人自尊。这哥俩却从来不会，小小年纪已经会顾及老人家们的感受，看到老人砍柴回家或者挑水什么的，更是尽全力帮助，想办法给老人送回家去。

有一阵子，子云身体一直很差，有时候还同时患几种病，整个人就成了药罐子。病痛总让她感觉自己拖累了家庭和孩子，几次老公出长差时，她不免都有轻生的念头，可每每想到两个孩子，便有万般不舍。

穷人的孩子早当家。兄弟俩也知道母亲身体不好，十一二岁的时候已经能承担很多家务事了，扫地、挑水、做饭，甚至连衣服都能自己洗。金泉这个年龄炒的菜味道也不差，个别家常菜已经能和成年人的手艺一较高下了。那时候用大锅炒菜，两兄弟配合默契，哥哥切菜弟弟刷锅，哥哥掌厨弟弟加柴，总能在子云干活累了回到家时供饭，吃完饭锅也不用刷，碗也不用洗，兄弟两个全包了。

用上液化气后，做饭炒菜时就用不着金龙加柴了，往往金泉做菜，金龙则坐在厨房看书，随时准备打打下手。

金泉做的葱花煎蛋非常好吃，一次煎蛋，吩咐弟弟去屋后拔两棵葱回来。金龙应了一声就捧着书出去拔葱了。姜、葱、蒜这些炒菜常用配料，子云家都种在屋后十几米的地方，需要时随时就可以去弄点，还花不了两分钟。金泉算

---

① 嘴合鼻扁：人老不中看之样。

好了时间，刷了锅，起了火，放了油，蛋都煎好了还没见弟弟回来。没葱就没葱吧，煎的蛋也能吃。等金泉把碗筷饭菜都端上桌了，还没见金龙回来。子云和金泉走出去看，傻眼了，金龙左手捧着书，右手提着两棵剥得干干净净的葱，怎么看都别扭，太阳底下就站在那一动不动看得入神，想是看到什么精彩的地方了吧。子云看了他一会儿还不见有动静，跟雕像似的就杵在那儿了。金泉受不了了，叫他："龙，你怎么才拔两棵葱回来啊？"

金龙这才回过神来："不是你叫我拔的吗？"

金泉很郁闷："我是叫你拔葱啊，但两棵'光棍司令'怎么行啊？"

金龙立马复述金泉的原话："你自己这么说的：龙，去屋后拔两棵葱回来。"

见金龙这么一本正经，子云顿时笑了，油然想到"最喜小儿无赖，溪头卧剥莲蓬"这句古诗，这孩子头脑简单，就一根筋。

兄弟俩家务事做得出色，田里地里也是两个好帮手，插秧、放水、施肥、割稻子，样样都干得利索。碰到种豆子或种花生，兄弟两人自己就能搞定。眼看他们越来越懂事，子云对生活又有了重新的认识，病痛并不可怕，有子如此，自己还有什么不满足的？

农村人说话，嘴里难免总带些脏话，客家语言里，骂人的那些话慢慢地成了人们的口头禅，"短命鬼"一词是最普遍的口头语言，而骂小孩则是"细短命子"。两个儿子生长在文明家庭里，公公家教甚严，子孙多人，没一个会爆粗口，甚至连一个会抽烟的都没有，这倒是成了一桩美谈。

也许那是仅有的一次，金泉八九岁时吧，也不知金龙什么事没能听从金泉，他就骂弟弟"细短命子"。子云听见，过去用力拧他嘴角："为什么骂弟弟？"

他不假思索地回答："他不听我的话，难道我不能骂他？"

"再不听话也不能这么恶毒地骂弟弟。"

"别人的弟弟妹妹不听话，他们都这样骂，我为什么不能骂？我不听话的时候，你们不但骂我，还把我关在猪栏里呢。"

小家伙这么理直气壮，还这么记仇，小小年纪就大官压小官，这还得了？丈夫出门在外很少回来，加上本身性格就是个不善言辞的闷葫芦，即使回来了也不会找孩子沟通。子云不包揽也不成，特别是这个年龄，所谓学好三年学坏三朝。她苦口婆心给他解释"细短命子"是什么意思，而骂人这种行为是恶劣的，是对人极大的不尊重，作为学校的好学生、家里的好孩子，连外人都能尊重，怎么能欺负咒骂弟弟呢！她还告诉他，以前的人一生就六七个，兄弟姐妹都很多，而你只此一个弟弟，加上堂弟堂妹总共才六个，作为大哥，更应该爱护弟弟妹妹们。

事实证明，父母的言传身教是最好的教材。从那以后，金泉完全以一个大哥的身份对待弟弟妹妹，个个都疼爱呵护，而弟弟妹妹们也同样尊重甚至崇拜这位大哥。

两个儿子一直都不会口出脏话，只要一骂人，子云就拧其嘴角，所以，在众多的农村小孩中，算是比较有口德的。

邻居也有同样年龄的一对兄弟，常常为点吃的或芝麻小事争吵不休，大的骂小的："短命子，死乌龟，出门遭车撞，游泳碰水鬼……"小的骂大的："你也是短命子，死爹死娘死全家，死得一只黄毛鸡子都不剩……"小孩这么无知，其父母听见却只是责备几句，付之一笑。

一次，这孩子母亲跑到子云家，看兄弟俩有商有量，互敬互爱，就一本正经问子云："你家一日三餐都吃什么啊？"

子云莫名其妙："吃饭喝粥，还有什么仙丹吃？"

又问："用什么米煮啊，怎么煮啊？"

子云就觉得好笑了："硬米谷，煤煮半天都不熟。"

她就说："那就奇了怪了，同是煤煮，我们吃的米还比你好，可怎么你家的细鬼子就这么懂事，两兄弟跟双胞胎一样要好？我家那两个，有吃就跟狗争屎一般，做点事就你推我阻，整天狗相咬，我真是命都会短。"

同样的水土同样的学校教育，区别的是不一样的生长环境而已。

金泉组织能力极强，同年龄段的十几二十个小孩都喜欢跟着他一起玩，爬山游泳踢球野炊之类的活动天天都能轮流着换。金泉特别喜欢去小溪边野炊，带着十几个孩子浩浩荡荡的，谁家拿锅，谁家拿碗，谁家出多少米，谁家出多少油盐，俨然像个一家之主，总能安排得妥妥当当，伙伴们也都服帖。

家门前那条小溪清澈见底，鱼虾也很多。村里人都在这条小溪上游挑水下游洗衣，农田灌溉放鸭子之类的也都在这条溪里，可以说一村人都喝着这溪里的水长大。

野炊并不是有锅碗油盐就够了，于是他们就想到了溪里的鱼虾。在金泉的带领下，一些人堵住小溪中段，再一部分人拦住上游的水源，再将堵起来的这段慢慢放水，让水流进农田。水放敛①了，那些鱼虾就全跑不了了，每次总能抓到不少，也总能吃顿美味可口的河鲜粥。可是问题也来了，洗衣服的人洗着洗着就没水了，小鸭子游着游着就上不了岸了，农田里刚插的秧都浮起来了，于是又有骂声不断："谁这么缺德啊？"

兄弟俩顶多也就闹腾点这事，不至于跑去偷别人家的果子，挖别人家的地瓜。从小到大，也从来没有人到家里投诉说兄弟俩偷了人家东西。既然惹不出什么大事，也就由着他们。

子云总自以为自己的家教很好，两个儿子都很懂事听话，却也百密一疏。

上世纪九十年代末，农村赌博的恶习已经慢慢渗入大部分人群，不管白天黑夜，人多人少，只要没事干，都爱聚在一起赌博。子云有时闲着无聊，一来二去也学会了赌博。大儿子金泉则是那种聪明得对赌博一看就会的歪才，大人在赌，他则好奇站在一旁看看。虽然子云每次都训斥他不准看，远离赌桌，却万万没想到，这小子一学就会。一起的好多小孩也都一个赛过一个，有时真不得不佩服孩子们的灵活劲儿，脑子个个这么好用却没用在正路上。

村里几个同龄孩子聚在一块儿，也就开始偷偷地小赌起来。金泉上初中后，成绩一落千丈，不知情的子云还开玩笑说："这是祖传的，你爸兄弟几个也是越读越归②，你这代还是一样，家中冇书种。"

金泉一句应答："书也越读越杂③了！"

金泉成绩一直上不去了，等子云发现他迷上赌博时，为时已晚。为此，她始终认为是自己害了他，倘若不是风靡一时的赌博风气，倘若不是自己那么爱赌，倘若不是她的不够重视不够警惕，怎至于儿子的成绩到今天这地步！

为了不让家人怀疑，金泉赌博时都是带着弟弟金龙同去。对老实本分的金龙，子云从来都不怀疑，所以，怎么都不会想到金龙会去赌博那种地方，而他却偏偏就跟着哥哥去了，作为保护伞的角色为哥哥隐瞒。金泉虽爱赌，却也深知这是错路一条，终究会害了自己的前程，只是已经难以自拔。所幸的是，即使金龙时常跟随在旁，但金泉却管得很严，自己赌却不准弟弟沾边。而金龙则对哥哥言听计从，说不准赌就不赌，为了不出卖哥哥，常常在桌边看书或

---

① 放敛：放干。

② 越读越归：越读越差。

③ 杂：复杂，多了起来。

干坐。

金泉连简单的中考都名落孙山，便在校复读一年，与弟弟金龙同届，再考时仍然不中。而金龙虽然少读了一年书，却比哥哥整整多出两百多分，考上县城的高中，金泉则去了市里一所职业学校。

小学中学，兄弟俩都同去同回，那时已盖了新房挪了地方，老公常不在家，子云最盼望的就是兄弟俩回来时的那句"妈，我们回来了"，还有吃完饭上学时的那句"妈，我们读书去了"。突然间，兄弟俩都去了远远的县城和更远的市里，除了寒暑假，平时只有在放五一、国庆之类的长假才能回来一次，她再次回到了十八年前，那种连个说话人都没有的日子。还是孤单的感觉，还是病恹恹的身体，日子过得了无生趣，时常站在门口眺望远处山坡上的路口，总是空余失望。

儿行千里母担忧。两个儿子虽然没有在千里之外，但子云还是非常挂念担心。金泉性格外向，喜欢交朋结友，为人处世方面让子云大略可以放心，可是万一交友不慎，那就一失足成千古恨了。金龙则性格内向，不善言辞，子云又生怕他被人欺负，他人又老实得过分，就算让人家给卖了，估计还得帮着给人数钱呢。

两个儿子几乎每个礼拜都打电话回来。可怜天下父母心，每次电话里，子云总是不厌其烦地唠叨。金泉虽然当初学会了赌博，但好在其他恶习都不沾边，这让子云稍稍安心了些，而金龙虽然成绩不是非常优秀，但也一直不会落后，思想品德方面就不用怀疑了。所以，子云想想也满足了，总以"比上不足，比下有余"来自我安慰。

兄弟俩在外读书都比较节省，每次放假回家总是用省下的零花钱买点好吃的给爷爷奶奶。公公婆婆都很高兴，虽然只是一些小礼物小零食，却是两个孙子的一片心意。

"现在我们没有钱，只能买这些低档的东西给爷爷奶奶，以后等我们赚了钱，一定买好多东西给你们。"两个儿子的言行，公公婆婆听了很是受用。

"你们的心意爷爷奶奶都知道，但是你们现在还在读书，少花这个钱，等你们长大赚了钱再孝顺爷爷奶奶也不迟。"

公公婆婆的这句话，两个儿子一直铭记于心。金泉毕业考试那天，急急打电话回来，兴奋地告诉奶奶："奶奶，我就要毕业了，可以出去上班赚钱了。"

学校准备分配，一批批安排工作，对此，金泉激动不已，激动自己很快就可以把爷爷奶奶喜欢的那些东西买回家里，实现自己的诺言。

天不遂人愿，就在金泉打电话回来的第二天，婆婆却因医疗事故离开了人世。

婆婆一向助人为乐、修桥补路、行善积德，为子孙更是操劳辛苦了一辈子，突遭不幸，于子云一家无疑是个晴天霹雳，所有村民也莫不为之扼腕。大儿金泉与婆婆的感情更非一般祖孙能够比拟，这一噩耗是他二十年来遭受的最大一次打击。看着他从学校赶回"咕咚"一声跪在奶奶面前哭得撕心裂肺，看着他送奶奶去火化、昏厥在火葬场，子云为婆婆心酸，也为儿子心痛。

事隔多年，每年扫墓，金泉跪在坟前总是哭得那么悲恸，每次总是最后一个离开坟头。子云知道，婆婆的死至今仍是他心头最深的伤痛、最大的遗憾。

福无双至祸不单行。守孝还未过七[1]，金龙因阑尾炎住进了医院，正可谓"家里守着孝，外头又跟着热闹"。家里走不开人，子云夫妻只能偶尔去趟县城的医院住一两日，好在金泉和外甥在医院守了一个星期。满七那天在坟头，更因他们兄弟俩的一个电话惹得子云辛酸流泪不止。老人们常说，"有时不用神仙保，冇时神仙也保不了"，婆婆待子云如同己出，子云嫁来后婆媳间从未红过脸，更遑论吵架，失去至亲的痛苦，非言语所能比拟。

金龙身体刚复原，就面临高考。高中三年，他的成绩一直中等，班主任说重点考不上，本科没问题，如果发挥得好那又另当别论。子云对他的要求并不高，能考上本科也就心满意足了。成绩出来后，分数是够本二，却因报错了志愿而名落孙山。对于饱受磨难的家庭来说，这无疑又是沉重的打击。

在众人的鼓励下，金龙选择了复读，来年再考时却一样没能考上重点。看着儿子心灰意冷样，子云心里也很难受，只能强忍着泪水安慰："努力了就好！"

金泉走上社会后，工作再忙，每周也必打一两个电话回来，千篇一律地问候老人们身体是否健康，也常常聊及工作和生活上的趣事，偶尔有压力时也会向母亲吐露。作为母亲，子云只能给予精神上的支持，给予鼓励和安慰。他天生的性格让他和同事、朋友都相处得很好，工作上也基本不用操心。让子云感到不可思议的是，这穷小子，竟然很快就带回了一个真的算得上是如花似玉

---

[1] 守孝还未过七：指守孝未够七七四十九天。

的女朋友，她的心灵美也是打着灯笼难找。后来才知这还是他中学时的女同学，套金泉的话来说，要先抢购，免得被人捷足先登。其貌不扬又没过硬文凭的这小子，真不知是如何赢得美人芳心的。他们订婚后，子云把未来的儿媳妇当成了女儿。父亲过世时，子云这还未过门的儿媳妇也和金泉从厦门赶回尽孝，想来真可以告慰父亲，子云不会是他当年担心的"半孤老"，有了这个胜似女儿的儿媳，百年归仙后还怕没有个"守棺材角的人"？

金龙进一所大专学校就读后，一样每周都会打电话回来问候。他的性格虽然还是不善言语，但比起小时已好了许多，偶尔还会说个笑话逗逗大人，所谓不鸣则已一鸣惊人，某些话总能让人开怀一笑。他今后的路会怎样，子云心里没个谱，但古话云"儿孙自有儿孙福""傻人有傻福"，祝愿他能沾上这份福。

金泉、金龙年龄虽然都不大，却也经历了人生中不少的酸甜苦辣、悲欢离合。在这喜怒哀乐中更练就了自信与笃定，更懂得人生的意义，更懂得该如何珍惜自己，善待他人。子云始终相信，他们能克服生活和工作中的各种困难，成为社会的有用之材。

两个儿子虽然普通得不能再普通，但在子云心中，却永远是最最心爱的宝贝。

泥公的前半生

1

泥公大名富华，上世纪六十年代初生人，上有两姐，下有一弟，名副其实的"夹老牯"[①]。

泥公母亲村里人都叫她罗媚，连着生下桂香、桂莲两姐妹后，家娘、家官[②]都很不乐意，以为她只会生妹子，每天都着牛骂马[③]，连她老公文叔都不太开心，因为他家一直单传。这个心情罗媚当然也理解，但生儿生女又不是她可以决定的，不比挑担斫樵，自家想砍就砍，想摺就摺。

好在连生两个女儿后，就来了个带把的。家娘一改往日的臭脸，对罗媚好了起来，天天笑口不抿。罗媚坐月子时，家娘对她很是照顾，还吩咐儿子要买多几响的鞭炮。为了奶水足，老人还亲自煲了二三次花生猪脚汤给生媚吃，这可是天大的恩情。

泥公的问世，给这个家带来了许许多多的欢笑。毕竟生了个有把柄的，做爷娘的自然很有成就感，满月时，把所有的亲戚朋友都请来了，杀鸡宰鸭，还做了好几簸箕的薯粉丸招待。大家也真心地祝贺他们家喜得"状元郎"。

如果文叔和罗媚之间不再有结晶，那富华真要集万千宠爱于一身了，但谁也控制不了谁，两年不到，罗媚的肚子再结硕果，又有把柄，取名富强。富

①　夹老牯：夹在中间、两头不讨好的人。

②　家官：公公。

③　着牛骂马：指桑骂槐。

华一岁多了还不会说话，做祖母的就说他可能太泥①，就叫他泥公，后来叫惯了，富华的大名只在读书注册时才用得上。

两个弟弟相继出世后，大姐桂香并未失宠。这个家虽说有重男轻女的传统，但因为桂香大几岁，不但能照看弟弟，还很会做事，所以上至祖母下至父母都一直非常爱她。桂香仗着这层庇护，动不动就威胁老弟老妹："不听话，你们的衣服就自家洗！"到了这种时刻，三个小家伙都不会还嘴。再大些，两个男孩子就不怕她了，他们知道洗衣服是女人的事，姐姐不洗，还有母亲，哪用得着自己动手？当桂香再这么威吓时，他们都笑起来，说："谁叫你这么好事把我们的衣服捡去洗？我又没有叫你洗！"气得桂香大骂他们没良心。桂莲可不敢这么说，她常听母亲说："当软一点不蚀肉头，自家捡来安乐！"

闲来无事，姐弟四个常在一起打扑克，两男对两女，输了就从没用的废作业簿上撕一条长长的纸，舔口唾沫贴在嘴唇上，名曰"贴须菇"。谁都不想贴须菇，这是牌技问题、面子问题。打牌时间一长，如果牌技太差，不但嘴唇上，就连小脸上都会贴满须菇，去屙尿前也要先算出脸上的须菇，以防输者卖调皮，在屙尿时撕下须菇丢进尿桶里。桂莲和富强的牌技较差，且常常出错，因此招来桂香和泥公的恶骂。姐姐骂妹妹短命嫲、死笨蛋、大番薯，哥哥骂弟弟细短命子、吃屎大个、瞎目狗。桂莲生性胆小，不敢还嘴，只一个劲儿地认错。富强被骂得委委屈屈，泪水盈眶，嘴唇上的纸条被鼻腔和口腔中冲出的气吹得左右摆动，煞是滑稽。做父母的看了既好气又好笑，他们当然不会充耳不闻，坐视不管。桂莲和富强一见父母出面修理姐姐、哥哥，心里很得意，你们总是以大欺小，可你们大得过爷哩娭哩吗！

泥公仗着是家中的大男孩，一向霸道，为所欲为。桂莲生性胆小，几乎不与他抬杠，因此彼此间倒能相安无事。老弟就不一样了，他到八九岁时，骨头开始硬了，敢于向"恶势力"挑战了。可因为小泥公两岁，力气处于劣势，结果成了常败将军，于是便做娇②哭到父母面前。文叔和罗媚听小儿子哭得伤心，就骂泥公没个哥哥样。泥公气呼呼地说："爷哩娭哩亲满子，以为我是夹老牯，就欺负我，我可不怕你们！"

文叔一听，双眼暴突，活像个突眼金鱼。他每次发火，家庭成员都会被

---

① 太泥：意指不大灵活，泥读去声。

② 做娇：撒娇。

他的金鱼眼吓得大气喘不匀。

"娘个火了子、死老棺材^①、大目田鸡，翅膀还没硬，就敢顶撞爷娭，爷娭辛辛苦苦养大你，缴你读书，你读了几个瞎眼字，就是用来顶撞爷娭的吗？"

文叔以为他一发火，泥公也会停锣息鼓，可万万想不到，看过不少战斗片和红小鬼连环画的泥公，也有不怕死的精神："你们就晓得护着麦尾拐^②，他一鬼喔你们就信，我欺负他什么了，他少了一块皮还是断了一根骨头？羊膣肉^③一般般，随便动了一下就喔天喔地^④做娇，还不是仗着有你们的得意？以为我好欺负。"

最后一句，泥公是压着嗓门说的，但文叔的耳朵很灵，听到后更是大发雷霆："娘个火了子，还有理了，看我不打死你才怪。"文叔说着东张西望找"凶器"，可没找到那种打得人痛却打不坏人的竹梢子，他就和众多的农村父亲一样，顺手解皮带。

桂莲见状，在心里暗暗催促："泥公大笨猪，快跑呀。"见老弟面无惧色，一副大义凛然视死如归的模样，她吓得闭上了眼睛，猜测着泥公身上的痛法。

泥公的性格有点像小兵张嘎、潘冬子，眼看自家的身上就要开花了，不但不逃，反而用充满怨恨的眼光瞪向父亲的金鱼眼，并且还往自家身上煽风点火："你打吧，要打就往死里打，打死了我好让你多吃两碗饭，撑死你。"末了，又说了一句刺人心窝子的话，"打死了我，你也逃不了，不捉去枪毙也会捉去坐关房^⑤。"

听罗媚偷偷地透露，文叔十几岁时，村中一股土匪被解放军追得屁滚尿流，就藏在他们家的后山。文叔的父亲受到胁迫，给土匪送过吃的和穿的，后被人揭发，捉去坐了几年关房。父亲几年的牢狱生活让文叔蒙羞，受尽歧视，因此对坐关房几个字特别敏感，一听到就会血脉偾张，周身不适。在校期间，桂香、桂莲和弟弟也曾被人骂过"劳改犯的孝子贤孙"，被骂成"兔崽子"，隔了一代他们都还感到跌鼓，莫讲是文叔。

---

① 死老棺材：意指不知好歹的人。

② 麦尾拐：最小的孩子，满子。

③ 羊膣肉：意指娇嫩不经捏。

④ 喔天喔地：哭天哭地。

⑤ 坐关房：坐牢。

文叔的伤疤被自家的儿子一句话刺得血肉模糊，他眼中的怒火简直比火焰山的还大，不及犹豫就把皮带抽向泥公。

"啪"的一声，紧接着又是"啪"的一声，桂莲吓得赶紧溜回房间，生怕父亲的皮带会突然飞向她，她胆小得连向父亲替老弟求情都不敢。躲入房间后，桂莲心惊胆战地数着"啪啪"声，她都在怀疑自家的算术能力。反正"啪"一下，她的心就抽紧一下，脑袋就晕一下，她以为泥公的求饶声会随着皮带的"啪啪"声传到她的耳朵里，然而，她失望极了，她始终没有听到日后可用来讽刺老弟的求饶声，她反而又担心极了。连着"啪啪"了几声，她倒听到了罗媚的哭腔："莫打了莫打了，你真要把泥公的魂魄打散把他打死吗？他还是个细鬼子，不懂事，你莫听他鬼喔，要打就打我吧，啊！"

文叔当然不会打她。正是三月莳田的农忙时节，如果将她打坏了，不但少了许多工分，还要花钱医治，对当时的农家人来说，五毛钱也是个天文数字。他心里责怪的是，罗媚的求情和挺身护儿的举动到底迟了些，如果她早求情早挺身，泥公身上就少几皮带的赏赐。要不是因为天气冷，身上衣服穿得多，泥公身上也许早就布满血印了，挺不住这顿暴打了。如果泥公不是刺痛了他的心，不再煽风点火，让自家下不了台，文叔也不会痛下狠手。莫说儿子不多，就是再多的儿子也舍不得让牛踏死啊，何况在那个年代儿子多就可称命好，声音也大，旁人也不敢欺负，邻居家有什么好事都会叫上他，而有女没儿的就只好靠边站了，什么事情都轮不上，跟人对骂也不敢大声。

文叔听到罗媚求情心里可高兴了，见她挡在泥公面前就更高兴了，他顺着这个台阶下来，一边系皮带一边故意威胁泥公："下次再敢有上有下顶撞大人，我定饶不了你，曼人①求情都有用。"

文叔丢下话走后，罗媚马上掀开泥公的衣服看，泪水直淌，虽然没有皮开肉绽，但已有红印："泥公啊，你这个不怕死的蛮牛牯，咋就这么硬直呢，少说两句会死吗？你还不晓得你爷哩的脾气？还敢引火烧身！你公呆②坐关房的事他一直放不下，这是他一生中最大的耻辱啊，他最怕被人提起，以后可不能这样了，不然打死你都有可能。爷娭打自家的子女，跟打狗一样，不会捉去枪毙的。"法盲母亲的好言相劝，令人哭笑不得。

---

① 曼人：谁，哪个。

② 公呆：爷爷。

"我又没说他，我只是将话驳话，他自家疑心生暗鬼，以为我说了他，打死就算了，打死了我他就白养了，打死了我他……他也不好过。"泥公差点又要脱口而出坐关房或枪毙的话，但身上的痛告诉他，挨抽的滋味确实不好受，何况看到母亲伤心难过的样子，他也不忍心。

罗媚把泥公拖进自家的房间，脱下他的上衣，拿出真茶油轻轻地抹在那些红印上。真茶油是用山上的茶仁榨出来的油，大凡蚊虫叮咬、烫伤、头疼脑热、肚痛、牙痛、咽喉痛、长痱子、冻疮，或手背裂开了口，用之都有良好的治疗效果，村里几乎家家户户都备有。

泥公后来和小伙伴们一起玩时，说起这次挨打的经历，还颇为得意，自封钢铁战士，不屈不挠。

2

泥公小时常与家人抬杠，读了几年书后，变得文绉绉的，其他人听了不由得佩服起来，但在罗媚那里就变成了鸭子听雷公。她是个文盲，泥公的咬文嚼字于她是白粉画白墙——白搭。她有时会讨教桂莲和富强，有时也会向文叔讨教，但他们的解释还是令她似懂非懂。

农家孩子到了八九岁就能帮家里干些力所能及的事情，老人们嘴里常说"一岁娇，二岁娇，三岁捡樵①娭子②烧"，也就是穷人的孩子早当家之意。特别是女孩子，到十一二岁就很会做事了。那时候的孩子，特喜欢那有甜有香不顶事的几句表扬。人们私底下还说，小孩子就喜欢牛刨子刨，牛刨子一刨③就乖得让大人不用费神。也是啊，女孩子到了十三四岁，挑水、洗衣是早上必须完成的任务，中午和傍晚从学堂回到家，书包一扔，就去山上割柴火，平时扫地喂鸡、煮洗澡水、洗碗筷，每样都让父母放心。

桂香读到小学四年级后，因家中困难太多，就辍学了，很快成了家里的好帮手。尽管父母一直宠爱她，可毕竟是女孩子，迟早会被扫地出门。没有"实权"的她，管不了泥公，因此受了不少委屈，也招来泥公不少的怨恨。

① 捡樵：拾柴。

② 娭子：母亲。

③ 牛刨子一刨：意指表扬。

有年暑假，泥公和母亲、桂香同组，被分配耘田。泥公卖假^①，桂香看不惯，提醒他并教他要如何做，因为做得不好，被队长查到，是会扣工分的，这会害了全组人。泥公却不听，还说她多管闲事。于是，姐弟俩你一言我一句大吵起来。姐弟俩都说了些过分的话。桂香说："日后你就是当了大官，我讨吃也不讨到你面前。"泥公说："以后你嫁了大户老公，我也不会去你家。"旁人都说泥公太刁，罗媚也批评了他，泥公生气地吼道："你们别气势汹汹，合起伙来欺负我！"罗媚不懂"气势汹汹"是啥意思，文叔耐心讲解后，她说："读了儿年书，就会欺负我了，半桶子水也想淹死人。"但她心里还是高兴的，有知识就是好啊，什么都懂。后来她和大伙说起，令大家啼笑皆非。

泥公的懒是文叔和罗媚宠出来的。对泥公，文叔和罗媚本就不指望他做作田哥^②，而希望他日后状元及第，光宗耀祖，所以也就不太去管他，看到他拿出书本在装模作样地看，还夸他用功。桂香看不惯他那个大少爷的样子，经常责怪他。但他却像偏头狗，充耳不闻、诈痴诈癫。

泥公吃东西从不承让，见到好吃的，不管三七二十一，头一低，其他人就成了空气。桂香心疼父母，看到他这样"独吃"，气不过，说他几句，他就怒气冲天："鬼喔般做什么，我吃东西也要你多嘴，爷哩娭哩都没说什么，你多事做什么？我又没吃你的份！"

毕竟是家里的长男，父母特别顺着他，还对桂香说："男孩子，胃口好，想吃就让他吃吧。"桂香听了，火气更大："我好心疼你们，你们却总护着他。"后来她也不说什么，遇到这种情况，就拿白眼瞧他。泥公装没看见，照吃不误，还在心里说，你白你的，我吃我的，我们井水不犯河水。

泥公不尊重大姐，连二姐都想"征服"，让她接受他的调动。桂莲不想多生事端，又因生性胆小，于是对他几乎唯命是从。但老弟富强就很难被"征服"了，他名字中的那个"强"字，就意味着强中自有强中手。他也是硬骨头，犟牛一头，不但不服从命令，还学会了顶嘴："好笑，我凭啥要听从你的指挥？你算老几？你连爷娭的话都不听，连阿姐都不理，我凭啥要做你的狗腿子，让你说东就东、说西就西？"

泥公没招，只能对这个还不到十岁的死硬分子实施坚决"镇压"，从房间

---

① 卖假：弄虚作假。

② 作田哥：耕田郎。

追出房门，又从房外追到房里，从楼下追到楼上，追得嘡锣战鼓①，搞得整个生产队都能听到。桂莲常被这种场面吓得不敢喘大气，又不敢告诉父母，生怕泥公会降罪。

有一次，泥公见老弟又不听话，就拿了一根担柴火用的竹杠"追杀"，富强被追来追去，体力不支，最后不幸被"俘"。泥公用竹杠压住他的双肩，恶声恶语地问他下次听不听话？读了二年书的富强，自称是个宁死不屈的"红小鬼"。富华见老弟也和自己一样是"英雄好汉"，心里暗自赞叹，只给了些轻微的惩罚，就放了他，警告以后定要以他为中心，如果这样，定不会亏待他，否则就有得苦头吃。富强听后，只"哼"了一声。

桂莲见小弟如此坚强勇敢，打死不做软骨头，心里除了佩服，更多的是害羞，自叹弗如。但她也会找借口，以男女有别来自我安慰，这样，心里就会好过一些。

一天，父母下地了，桂莲上山砍柴了，富强也和几个小伙伴去打虾公②了，说是要在家里做功课的泥公，就偷偷炒起米花来。大功告成之际，富强回到了家，在门口就闻到了米花的香味，高兴地叫嚷："这下有米花吃了！"

泥公听到富强的叫嚷声，马上铲起一碗放到挂在壁上的菜篮子里，而把留在锅里的那些，来个兄弟均分。富强说："哥，咋炒这一点，都不够塞牙缝！"

泥公说："多炒点家里的米又接不上，爷娭又得去别人那里借。想吃米花过过瘾就行了，也不能自得嘴③。"泥公一脸持重，他的深谋远虑得到了富强的钦佩：是呀，粮食紧张，三餐煮饭的米都经常接不上，哪能多炒米花吃呢？他哪晓得泥公其实留了一手。

有件事说起来更好笑。一次，泥公趁父母和姐姐在外干活，把母鸡刚下的蛋给煮了，让在家的富强负责添柴。富强难得地听话，以为煮了蛋，兄弟俩每人一个。谁料，煮好后，泥公把蛋和汤分开，然后把汤碗端到老弟面前，还警告他不准说出去。富强虽然不服，但也只好把汤喝下，如果和牛高马大的哥哥斗，恐怕连汤也喝不到。

母鸡到下蛋时，大人们一般都会在早晨先摸摸鸡屁股，心中才有数，到

---

① 嘡锣战鼓：震天动地之意。

② 打虾公：捕虾。

③ 自得嘴：随心所欲地吃。

了傍晚再去鸡窝里捡蛋。那天早晨，罗媚像往常一样也摸了鸡屁股，有蛋，很是高兴，可捡蛋时，鸡窝里却空空如也，昨天留在那里的连同今日的蛋都不翼而飞。母鸡虽然不会说话，但有灵性，只要昨天下的蛋还在窝里，它就不会挪窝。老鼠叼蛋，塞住门路，狡猾的老鼠肯定也不会去做傻事，让自己进不了洞门。

罗媚很奇怪，就问谁捡了蛋。没捡的心中坦然，马上回答说没捡。心怀鬼胎的泥公也很肯定地说，我一向不喜欢捡蛋。这倒是真的。当母亲的眼光投向小儿子时，他正犹豫要不要说实话，突然感觉到一束充满火气的热流洒到自己身上。他一抬头就读懂了哥哥眼中的意思，"你要是说了，我就对你不客气。"富强当然不怕他，但怕父亲的皮带会惹是生非。富强在心中权衡了一下利弊，母亲如果追究下去，他觉得做人还是诚实一点为好，因此只有背叛哥哥。但出乎意料，母亲并没有穷追不舍，这般宽宏大量让他做了一回守口如瓶的乖弟弟，他暗自叹了一口气。

那段时间，兄弟俩出奇地好，富强好像改变了一个人，一直很听话，让大家莫名其妙，做父母的却感到欣慰。他们一向主张以和为贵，平平安安，只要一家人身康体健，和和气气，哪怕是吃糠咽菜，也是一件幸福的事，家和才能万事兴。

一段时间都风平浪静，大家也清静了一段时间，以为那轰天轰地的追逐已经过去了。没想到，一天不知啥原因，兄弟俩又闹翻了。争吵中，富强大骂泥公："娘个自私自利的独食大伯[1]，煮了两个蛋，一个都不给我吃，就让我喝汤，还不准我说出去。"

看到富强那个委屈样，大家都忍俊不禁。做父母的当着大家的面指责了泥公，泥公脸红起来，但还不忘白上老弟几眼。

泥公和富强虽然率性顽皮，但一向遵守"三大纪律八项注意"，不像村里其他小孩，动辄偷摘人家的桃李和枇杷，偷砍人家和生产队的甘蔗，偷挖番薯。他们也从不与人发生口角，只在人家骂他们是劳改犯的孙子时，才会和对方争执、较劲儿。

---

[1]　独食大伯：大伯在这里作"大王"之意，独食大伯意指独食鬼。

3

从小学到初中，泥公的成绩一向不错，而且写得一手好字，但凡学校要出墙报或黑板报，一般都是他的份。老师和同学看到他龙飞凤舞的字迹，赞不绝口。但他个性很强，不愿做的事打死弗为。读小学五年级时，上午九点半左右要做广播体操，校长一般都叫泥公领操。一天，泥公因被父母责怪了几句，心情不好，在队伍前对校长说："校长，我今天没心情领操，你还是另请高明吧。"

校长说："领操的人怎么能天天换？你心情再不好也得领。我是一校之长，我叫谁领谁就得领。"语气中带着强迫的味道。

"那就对不起了，从今天开始，我不干了，谁授予你可以强人所难的权力了？让大家随着广播做不是一样吗，凭什么非要强迫人领操？"泥公据理力争，巧舌如簧，令所有的同学傻了眼。

"富华，你太目中无人了，连校长的话也不听，站出来！"班主任像揪犯人一样把泥公揪上了台。

"站出来就站出来，我又没做坏事，只是不想做自家不愿做的事，有什么好跌鼓的？你们再对我施加压力，我就去教育局告你们摧残祖国的花朵！"泥公愤愤说。

校长只好叫了另一个学生出来领操。泥公就站在台上冷眼旁观。

身为一校之长，竟被小萝卜头炒了鱿鱼，面子往哪里搁？有了他这次"造反"，以后说不定就会有更多的人学样，这是个多么危险、糟糕的事啊！校长越想越气，被一个学生当众羞辱，这是前所未有的事，这家伙，怎么就会有反骨？他狠盯着班主任骂："你是怎么教育学生的？"

班主任是个马屁精，自家班里的学生得罪了校长，就等于自家得罪了校长，哪儿能成？诚惶诚恐之下，他在上课前花了几分钟把泥公狠狠地训斥了一番，并宣布撤销他学习委员的职务。泥公对此很不屑。

但是，泥公却得到了教导主任老张的欣赏，并被大夸一通："富华同学，勇气可嘉，敢于向恶势力抗争，值得大家学习！"

校长一贯专横，教导主任看不惯，因此他们一直合不来，有时为了一些鸡毛蒜皮的事也吵得天翻地覆。

此事后，校长和教导主任口角时，教导主任就说："莫以为你是学校里的一把手，就自以为是，全校哪个不晓得你的拉尿床[①]，连学生都不服？作为一把手，你得到了人心吗？"作为同行，作为领导，如此离心离德，形同仇人，岂不悲哀？学生怎么会喜欢上这样的领导？对教导主任的夸奖，泥公更加不屑。

泥公胆子特大，某年生产队有个大叔患恶病死在外头，按村里的风俗，死在外头又不上寿者，不准再抬到厅堂里，得在三岔路口停放。那大叔的尸体装在一口黑漆漆的棺材里，停放在孩子们上学的必经之路。村里几个年龄和胆子不相上下的学生哥学生妹都结伴绕道而行。泥公骂他们是胆小鬼，死人又不会翻生[②]，怕什么？他们就回击道："我们是胆小鬼，你大胆，那就从那里过吧。"

泥公说："从那里过就那里过，我就不信他会翻生站起来吓我。"不需再激将，他果真从棺材边路过去学堂。"向前！向前！向前！！！我们的队伍向太阳……"嘹亮的歌声刺破了学生妹学生哥的耳膜，在万籁俱寂的晚空中飘荡。

晚自习回家时，这支向着太阳的队伍只有泥公一个人，又从那边经过了，嘹亮的歌声再次在晚空中飘荡。精力旺盛的看家狗，听到歌声也"汪汪"不已，鸡鸭也"咯咯咯""呱呱呱"地欢叫起来。穿梭在夜空中的月亮，把光芒照在他那毫无畏惧、勇往直前的身躯上。

泥公确实是个男子汉。他上初一那年，大拇指无名肿毒，因为拖的时间长了，得住院开刀。当时有个熟人的妹子，脚趾也患了无名肿毒，住在同一病房。他们两家大人还开玩笑说，一个病手，一个病脚，这么有缘，以后可结为夫妻。泥公手术后发炎，天天得消毒换纱布，手掌边还留下一个洞沿。看到医生把纱布使劲地塞进洞沿，然后又拖出来，女孩的父亲腿都软了，站不住，扶着墙壁才退到妹子的病床上坐下。而泥公硬是咬住牙关，哼都不哼一声。

这个男子汉，身板不算瘦弱，却中看不中用，一怕太阳，二怕雨淋，三怕劳动。上初中后，晚上要读晚自习，早上则很迟才起床。男孩子没什么事好做，上有父母，下有姐姐，浇菜洗衣的事都无须他出手。分田到户后，他在暑

---

① 拉尿床：底细。

② 翻生：复活。

假偶尔也得干干活，但耐力不够，每次劳动都不管三七二十一提前回家。罗媚和桂香要他再坚持一下，做完了大家一起回家。他扔下一句："要坚持你们坚持，你们多做就多吃点。"可是到了有好吃的，他又不管不顾，头一低大家成了空气，桂香的白眼又白瞟了。

泥公有时懒得连扫把跌倒也懒得扶起，做一些轻松活也总喊腰酸腿痛，他发誓要跳出这个累死人的穷山沟。

一次耘田，他做不到二个小时又叫苦连天，罗媚说："报酱油的人都还没到家，又喊腰痛了。"泥公不解其意，说罗媚乱用词语。罗媚解释后，泥公心里说，这文盲，看不出还有这见解，道理还这么深奥。

"报酱油的人都还没到家"，这话是专门笑话那些年纪太小就喊腰酸腿痛的人，意思是说这小孩满月没过就叫苦连天喊腰痛。

文叔家人口不多，生产队按人口分给他家的谷坪就不宽，而且离家又远，每次晒谷都成了一个问题。有时挑着谷担回家，走到半路就下起了雨，这样谷担就越挑越重。由此这般，文叔和罗媚每次也只晒几担谷，特别是六月天，一会儿太阳一会儿下雨，经常使晒干了可以入仓的谷子又出了水。

一次，也是六月天，文叔在谷坪里晒了五担谷，突然间乌云密布，雷声大作，罗媚和文叔就少有地叫十六岁的泥公帮忙收谷和挑谷。谷子都装进了箩中，泥公又扒拉倒给父亲一些。才几十斤的担子，他还是挑得气都喘不匀，走一段停一段，而文叔人虽贼瘦，挑了满满的一担干谷在他面前还能健步如飞。桂香笑他体重多于谷担的一倍却这么差劲儿，而父亲的体重远远少于谷担，却能健步如飞。泥公恨得白她一眼，"关你屁事"脱口而出。在吃和卖嘴皮子上从不让步，在劳动方面却甘居人后，这就是泥公的德行。

文叔曾告诉泥公一个最朴实的道理：人，要靠平时的锻炼，才能吃得了苦，挑得起重担，有所作为。但泥公当作耳边风，依然如故，以至于后来做什么事都不像样，不是虎头蛇尾就是前怕狼后怕虎。

4

桂香待字闺中时，因为会管泥公，他便恨得牙痒痒。她一出嫁，这个不知天高地厚的家伙就自顾自偷着乐。他哪里晓得，如果大姐不出嫁，这个家就有可能多分一担粮，多买一斤猪肉，可他就晓得少了一个管事婆，自家过得就自由了一些。后来，文叔和罗媚都说他是个晓算唔晓除、索米交番薯①的笨蛋！

桂香出嫁两年后，桂莲也放弃了少女时代唯一的美好时光，辍学回生产队挣工分，减轻大人们的负担。当然，很难得到父母的资助，也是原因之一。一次，桂莲的铅笔写秃了，那时还在读小学三年级，她要父亲给五分钱买支新铅笔。文叔不给，她只好跟在他屁股后头，一直跟到对面的晒谷坪，他还是不给。桂莲忍不住哭了起来，但又不敢说父亲两样心，就一直哭，哭得眼圈都红了。一起晒谷的人对文叔说，你家桂莲哭得这么伤心，读书没铅笔怎么行，快点给她吧，要不然上学就迟到了。文叔才万般不情愿地满足了女儿这个小小愿望。家里确实太难了，桂香出嫁后，家里又和超资户续上了前缘，如果要继续缴三个人读书，困难就更大。桂莲是女孩，辍学的事非她莫属，"我不下地狱谁下地狱"，父亲是不可能让两个弟弟辍学的，光宗耀祖得靠他们这些带柄的。"女孩子，读得再多再好日后也是要嫁给别人的，读到能看懂工分本子就行了。"这是大人们的逻辑。桂莲含泪离开学校，告别知识的天堂，踏上了"修地球"的征程，从此改变了命运。

桂莲紧工时天天和大人们一起干活，有时也跟着加班加点，到农闲时，又天天和姐妹们去很远的地方砍柴。因为芦萁②霸地方，而木柴占地面积小，她们都舍近求远去砍木柴，有时也就近割些芦萁或耙些被风吹落的松针作为烧火煮饭的火引子。看到堆成小山样的柴火，父母很高兴，她们也很有成就感，柴火多，也是一种财富，连着下他个一月半月的雨，也不愁吃生米。农家姐妹们因长期锻炼，个个练成了跑步健将。

一天，桂莲和姐妹们又去远山砍柴，因为柴担过大，路上就停停歇歇，到正午一点钟还没到家。罗媚便叫放月假回来的泥公前去接应，帮她挑一段，她知道女儿今天刚好有"特殊情况"。姐妹们都挑累了，担子重，山路又难走，可以说是寸步难行了。远远看到泥公来了，桂莲乐得都快哭了，一个不小心，被地上突出的石块绊了一个狗吃屎，跌破了膝头，鲜血直流。

泥公走近后，也不安慰，反而说："再挑重一点，有你跌的份，不怕死，

---

① 索米交番薯：偷了米来交换地瓜，意指笨。
② 芦萁：一种常见柴草。

看你怎么长高。"

桂莲既痛又委屈，泪水扑簌簌落下，可还不敢还嘴，万一得罪了他，他一生气掉头就走，自家又受伤了，柴担怎么办？她已经精疲力竭了，可离家还有一大段路呢。

姐妹们放下柴担，坐地休息，心想自家如果也有人来帮挑一下，那该多好啊！看到桂莲一瘸一拐地跟在泥公屁股后面，往家的方向挪，羡慕之余，心里不无失落，怪怨自家的家人没有爱心。从未上山砍过柴的人，根本就想象不出那种艰辛，砍柴人在精疲力竭时，莫不希望有人能帮助挑上一段路，哪怕是只十几步路，也会感激涕零的。

泥公起先看起来还挺像样，那么重的柴担挑起来还能头高笔直①，桂莲心里暗自高兴，如果每次砍柴泥公都会帮自己挑一下该多好啊！可是，她的白日梦还在做，泥公已停顿不前了，放下柴担，回头骂了句："死挑烂挑，山上柴火多的是，为啥不一起弄回来？不听警告，以后包你变成矮腟嫲②。"说罢，头也不回地走了。桂莲流着泪，咬紧牙关，挑起柴担，艰难地往前挪。

桂莲回到家时，都快脱神了。罗媚看了，心疼至极，大骂泥公是个吃死阎罗王的，连小女人挑得起的担子他一个堂堂男子汉都挑不动。此后，无论父母怎么劝怎么骂，泥公发誓不做傻瓜挑夫。

高大的泥公，还真不能和娇小的桂莲比。桂莲十几岁就离开了学校，做什么事都打上了时代的烙印，在乎多快好省，在乎人的评说。不怕风吹日晒，不怕蚊咬蚁叮，只要能赢得大人们的夸奖，就是无上光荣。姐妹们在劳动时，都较着劲儿干，看谁干得又快又好。上山砍柴，天天比赛谁的担子捆得漂亮捆得粗大，哪里还会去考虑长不长个儿的问题？

桂莲不敢调遣泥公，但为了不让富强成为懒虫，就夸奖奉承他，让他帮着做事。富强有时在她的"牛刨子"刨了后也很听话，但肠子一弯，"牛刨子"就起不了作用。他这家伙，心情好时让人恨不得亲他几下，有时又恨不得想扇他几巴掌，稍大点还会仗是父母的满子不理不睬，甚至草蟒撩鸡公③，恶人先告状，动不动就在父母面前做娇。一次因不听话，桂莲说一句，他顶十句，惹得桂莲火起，不顾后果一巴掌扇去。桂莲功力不强，竟也一掌见血。富强边

---

① 头高笔直：昂首挺胸。
② 矮腟嫲：矮女人。
③ 草蟒撩鸡公：自不量力，以弱欺强。

113

哭边用衣袖擦拭鼻血："我一定告诉爷娭，你把我的鼻血打出来了，让爷娭也把你的鼻血打出来，你等着！"

桂莲吓得不知所措，后悔不该打他，她上前要为他弄干净鼻血，却被富强一把推开。富强的小脸和衣袖上都是鼻血，后来这小家伙不知听谁说过，冷水可止鼻血，就打了一勺冷水，用小手泼在脑门、胸前，然后仰起头，撕下草纸塞住鼻子，很快就止住了血。桂莲在佩服他的聪明时又稍微安了一下心，那天她一刻也没停，把家中的事情都做好了，她要将功补过，争取宽大处理。

吃晚饭时，桂莲一直忐忑不安，答非所问。文叔和罗媚感到奇怪，以为她是做事累了，责怪泥公和富强不帮阿姐做事。泥公不晓得桂莲打了富强，因为富强在父母和泥公回家之前已换下衣裤，身上看不到任何罪证。这让桂莲都感到意外，这好像不是富强的个性，他一直以来都是"恶人先告状"的，今天怎么了？

桂莲几次都想"自首"，但又没那个胆量，她偷偷地瞟过几次富强，但富强却当没看见，自顾自地吃着饭菜。吃饱后，他碗一放下筷子一丢，张口说："叔，我告诉你们一件事……"

桂莲一听，心都要跳出来了，刚扒进嘴里的饭都吞不下去了，她的手都快拿不住碗筷了。她很想抢在富强之前将自家的罪过和盘托出，坦白从宽，但她已经没有那个勇气了。

"今天老师表扬我了，说我不但成绩进步很快，而且能尊敬老师、团结同学，老师要同学们都向我学习呢。"富强一副沾沾自喜之样，让文叔和罗媚笑得合不拢嘴。

据桂莲后来说，那次她把富强打得流鼻血了他都没在父母面前告状，一是因为被老师表扬了，二就是同情二姐。因为桂莲只比他大三岁，就已经修起了地球，帮父母、帮这个家赚工分，他才没有向父母告状。父母也曾对泥公和富强说过，二姐的放弃，是为了日后他们的前程，你们兄弟俩一定要感恩，有空时多帮二姐做事。

两个弟弟中，桂莲比较喜欢富强。泥公骄横自大，目空一切，富强懂事乖巧，能设身处地考虑到别人的处境和付出，并不是他没有揭发她，她就要为这事感恩戴德，那次他也确实太过分了，她才会扇他一巴掌。事后桂莲曾问他为什么不打小报告，他说："我确实该打，如果你不是忍无可忍了，也不会打我，你为全家付出了很多，你很辛苦，我不应该那般顶撞你。"桂莲听罢，感动得当场流下了泪。此后，桂莲再也没打过富强，他也再没顶撞过姐姐。

泥公和桂莲从没吵过，但因为泥公的性格，使他们之间有了一道鸿沟，桂莲有什么事都不想和泥公说，但和富强却很说得来。

富强读高中时，寄宿县城，不能经常回家，就常和桂莲通信。桂莲在信中要他不要惦念家中，不要有思想负担，要轻装上阵、刻苦读书，要自强自立，为自己和家里争光。富强则关心她注意身体，不要蛮干，做什么事都要量力而行，照顾父母的同时也要照顾好自家，平时也要放松放松，去看看电影，看看书籍。富强回家时也会带些精神食粮给桂莲，丰富着她的农家生活。

5

泥公是"文革"后第一批以优异成绩考上县一中的乡下学生，当时全校只有两人，他为此得意了好一阵。

泥公在县城读书时，常把奖状领回家，文叔和罗媚都很高兴。桂莲也暗自欣慰，如果自家的放弃能换来弟弟的前程似锦，也值得啊！桂莲以为泥公必能日后成才，必能光宗耀祖，以为他必能为家人争光。

其时，他们家的祖屋已经破烂不堪，摇摇欲坠了，遇上刮风下雨，家中可以盛水的坛坛罐罐全都上阵，但有时还造成水漫金山。文叔和罗媚愁眉苦脸，一家大小提心吊胆，晚上睡觉都不安稳，怕一声"轰隆"自家就到了"老家"。泥公有时放月假回家也不敢在家里过夜，借宿同学家。如此这般，文叔咬咬牙，决定建新房。

一九八〇年，泥公高考那年，他家房子正在建造中。身心交瘁的文叔，拿着泥公屡屡要钱的信，忍不住破口大骂："唔晓爷娭死活的家伙，只晓得要钱，明知家里这么困难，还要做屋①，就不会省着用？钱、钱、钱，就晓得要钱，自得意②房子做了一半我也不做了。"

高考成绩揭晓，泥公以数分之差落榜。这对于一个千疮百孔的家庭来说，绝对是个沉重的打击。读三年县一中，谁都晓得要花不少钱，如果不是分田到

---

① 做屋：建房。

② 自得意：若按自己的性子来。

户，文叔可能又会是超资户。文叔常常唉声叹气，该借的能借的地方都借了，这种借债还债债还债的日子，比暗室里穿针还难过，他已经下不了面子再向人家借钱了。

分田到户后，美溪村家家户户都种上了几亩烟叶。文叔家的烟叶钱连同卖鸡鸭卖猪的钱，大部分都花在泥公兄弟身上，常常是入不敷出。三个拼着命干活的人，餐餐过着牛马一般的日子。有时桂莲望着桌上的清汤寡水，毫无生气，只是为了不让父母伤心，才装作轻松样，多盛一些白米饭，三下五除二扒进嘴里，强行咽下，然后跑上楼扑到被面上呜咽出声。她不是为自家难过，而是担心父母，为了这个家，父母的头发白了，背也驼了，罗媚的风湿病更加严重了，而文叔也经常闹些小病，身子骨一年不如一年。

分田到户头几年，因经验不到家，浇烟草多用碳肥，加上烤烟又无经验，有时下烤一看，统统都烤成了黑不溜秋的油子叶，连烤烟秆子的钱都不够。一些脾气不好的农户，当众把烟叶撕毁，骂声吃屎大的，连烟都烤不好。烤房的主人听了，心里也难受，很是内疚，是啊，大家忙活了大半年，等到有收入了，当然都指望烟叶能烤好，能多卖几个钱，所有的指望都在烟叶上啊，可如今化成了泡影，能不生气吗？但话说回来，烤烟是水火生意，谁都不能称师傅。烤烟房的主人自家更难过，因为整个烤房的烟大部分是他家的，别人搭烤的也就那么几秆子，谁都可以想象烤房主人是怎样的心情。以前种几亩田烟，几乎卖不了几个钱，累得天天蚀肉头。遇到下雨天摘烟叶，桂莲和父母就只能淋着雨，雨水流进眼里眼睛都睁不开，流到嘴里就当开水喝，那个苦啊，事非经过不知晓。

和众多不甘落榜的人一样，泥公希望父母能让他回读，准备来年再搏一次。光耀门楣，靠的是带把的，文叔思虑再三，痛下决心，就是砸锅卖铁甚至卖血也要让长子回读，不让他回读，说不定他这辈子都会心存怨恨。于是，泥公再次坐回到学校的桌凳边，在那里躲风避雨，设计着锦绣前程。而桂莲天天栉风沐雨，流着汗水，在田地山坡上摸爬滚打，这就是农村贫苦家庭中男孩与女孩大不相同的命运。

年近二十的桂莲，到了爱臭美和谈婚论嫁的年龄，可因为长年累月的辛苦劳作，人又瘦黑，一直无人问津。看到名花有主的姐妹们格子衫裹着的婀娜身段，桂莲心里酸楚得很。她体谅父母的难处，心里痒痒的很想也拥有一件格子衫，但又不好意思向父母开口。后来，还是做母亲的明察秋毫，瞅出了她的心思，向家中的当权长老提了意见。为了调动她的劳动积极性和安抚她不平静的心，文叔难得地慷慨起来，花五块钱剪了块布，请裁缝师傅为桂莲量身定做。桂莲有了心仪已久的格了衫，下城赴圩才好意思和姐妹们一起走。

一年时间，在大家日复一日、咬紧牙关、节衣缩食的时光中流逝。高考揭榜后，泥公再次与大学擦肩而过，全家的梦想再一次破灭。桂莲心里还想着，如果泥公考上了大学，父亲的班她会"接"，因此，女孩子一般不学的牛活，她也硬是学会了，因为她不忍心体弱多病的父亲再做重而又重、累而又累的牛活。既然命运没伸出友好之手，使她无力与大学攀缘，那就勤勤恳恳，踏踏实实地做一个"地球工人"吧。

二度落榜，泥公心里极为难过，又一次沉重的打击使他在后来的一年里，几乎不沾农活。他心里非常不甘，还一直做自学的努力，准备到时再考。可到了高考那段时间，不知什么原因，他却放弃了。也许这就是命，不甘也得甘，一朝落地命安排！

泥公回家务农之前，桂莲还有个想法，如果泥公跳出了穷山沟，为了继续扶持小弟，她就招郎入赘，照顾父母一辈子。泥公心不甘情不愿地回来"修地球"后，她这个想法就没有了，牛活她也不做了，原本这就不是女孩子的事，就让他去接父亲的班吧。

落榜后，泥公被公社招去当了两年代理文书，后来又不知什么原因又被扫地出门，也许是他这人没有那个命，也许他实在太骄傲。

6

桂莲处对象半年后，泥公也经人介绍拍拖起来。那女孩家似乎很中意泥公，交谈一阵后，就把他们带去的东西给煮了，叫他们吃了暖身子。农村风俗，如果男女双方见面后没意见，女方才可以把男方带去的肉食下锅，大家一起吃，否则就让男方家原封带回。泥公常去女方家，不久也把女孩带回来了。此时，富强已入县一中读书，要花不少钱，加上建新房的债务没还清，泥公和那女孩虽然交往了半年，却一直没办法上门提亲。文叔整天又愁心愁肺起来。

那时讨个生媚进屋，光"奶补钱"就要六百九十元。定亲那天，要办齐九担礼物去女家，以示九九长。钱财不会从天上掉下来，怎么办？文叔左思右想，决定把泥公定亲之日，放在桂莲定亲之日。桂莲婆家不是也要挑九担礼品来提亲嘛，收下后转头就可以叫自家的亲房叔伯挑到泥公的准岳父家。这在别人看来是个两全其美的办法，在桂莲看来却是糟糕透顶，她感到了前所未有的委屈和痛楚："为什么什么事情都要让我来承担？"

桂莲婆家挑了九担聘礼来，其中一担是给女孩子的衣服和鞋袜雨伞，另外，婆家还买了一块当时很流行的海鸥表给女孩。可这块定情手表桂莲看都没看一眼，就被转移支付了。她对父母不满，对泥公不满，可又不得不含泪忍痛。

最无力抗争的就是农村女孩。在不少贫苦人家，有些男孩子到了三十岁都还是光棍司令，这让做父母的很是焦急，他们想尽一切办法，甚至不惜牺牲女儿的幸福，把女儿作为交换工具，就是你把女儿嫁我家，我把女儿嫁你家。桂莲曾亲眼目睹，两个女孩子对嫁，一方的家庭很贫困，且男孩老实且老相，而女孩自家的条件要好一些，于是，这个女孩在迎亲那天从早哭到晚，泪水都快流干了，可又有什么办法呢？为了哥哥能娶上老婆，不嫁也得嫁呀！后来姑换嫂之类的事情就陆续有人效样，有人在背后说笑，说这样的话怎样称呼，是称嫂子还是称小姑？有了细鬼子又怎么称呼？这真是大伤脑筋的事。桂莲的牺牲与这样的"献身"相比，又算得了什么呢？桂莲这样想时，心里又好受了一些。

农村习惯，在媳妇归门之前，要先把女儿嫁出。这样，桂莲就出嫁了。文叔为桂莲置办了几样嫁妆。桂莲为了给父母脸上抹金，把平时积下的一百多元也交给了父母，让他们多买了两样东西：一个电风扇和台灯，二张藤椅。这在当时，也算是排场的了。婆家亲戚朋友都称文叔、罗媚疼爱女儿，桂莲听了，心里乐得要命。

桂莲出嫁不久，文叔就叫人看了日子，决定为泥公完婚。可是，泥公却不辞而别。

"娘个拗豹子①，也不晓得他是怎么想的，日子都定好了，他却不晓得死到哪里去了，费②他一个人的事都会费死，读书不晓得读到哪个膣格啦③去了！"

桂莲每次转外家，文叔都会在她面前发牢骚。桂莲心里着急，但还是尽

---

① 拗豹子：逆子。

② 费：操心。

③ 哪个膣格啦：哪里。

力劝解："叔，你也莫急，说不定过几天泥公就回来了，他也不是吃屎大的，做两个钱也没那么容易，花了那么多钱哪能就算了呢，不是还要一百多工[①]吗？来得及，你要是急坏了身子就划不来了，想开一点吧。"

桂莲在泥公房间里发现了他的日记，也许泥公是故意要让家人看到，因此并不把日记藏起来。从日记中可见，泥公有难言之隐。原来，经过近一年的交往，泥公发现她不爱说话，"文静"得近乎古板，与之相处，这对于生性活泼且好动的他来说，无异是痛苦之事。这女孩文化不高，而读了十多年书的泥公说起话来常常文绉绉的，令她懵懵懂懂，答非所问。性格不合，更没有共同语言，这令泥公很伤脑筋，他想逃婚。

过了大约一个月，桂莲收到了泥公的一封信，他说他在厦门打工，不晓得要什么时候才能回来，结婚的事先搁下，不要担心他。信中要桂莲把一切都告诉父母，还要桂莲常回家看看。

泥公的不辞而别，让那个叫菊花的女孩很伤心，她来文叔家打听过几次泥公的去处，又找桂莲问泥公在哪里打工，还说是不是他不喜欢她了，想把她甩掉。桂莲不敢对她说实话，只好送上安慰："不会的，可能他是想赚了钱回来讨[②]你。"

迎亲的日子越来越近，泥公还是不见踪影，文叔写了封信催他回来，也无济于事。他说自己年龄不大，不用急着结婚，男儿志在四方，他要在外面闯一闯，兴许能闯出一些名堂。

"像他这样的人，做什么事都是新打屎缸三日样[③]，他要是能闯出名堂，鸡鸭都有衫裤着[④]了。"文叔气呼呼地说，泥公这家伙，打小就没让他省过心，难怪他会这样打落[⑤]他。

农村规矩多，定了亲，每个节日都要送东西去女方家，那叫送节，过年时也要送年。而节日何其多也，五月节、七月节、八月节、九月节[⑥]、国庆节，送节都会送穷啊！因此定了亲，男家借钱也要把女孩讨回家，这样就省得送节

---

① 工：日子。

② 讨：娶。

③ 新打屎缸三日样：意指做什么事都没有恒心。

④ 着：穿。

⑤ 打落：奚落，看轻。

⑥ 五月节、七月节、八月节、九月节：指端午节、中元节、中秋节、重阳节。

了。某年重阳节，村里一定亲女家以为是尾节，男家必定会去送节，因此只摘了些自家种的菜，肉就等着男家送。偏逢男家的外公过身①，没法送节，当时又没电话，害得女家左等右等，家里又来了不少客人，到上午十一点半，还不见动静，而左邻右舍都在散碗筷准备吃饭了，女孩的父亲只好骑上单车去买肉，随便煮了几样招待客人。后来准婿郎去了，被丈母娘劈头盖脸臭骂一顿，还说看不起他们家就明说，要退婚趁早，不要这样作弄他们，害他们丢尽了颜面！

文叔想早些把生媚讨回家，一可省下不少钱，二可为家中添一个劳力，这个算盘他不会错打，他本来就像只狗条子②。

文叔和罗媚每天都早出晚归，风吹日晒，雨淋雨笃③。到了晚上，他们只要一说起泥公就吵，怨来怨去，一段时间下来，头发白了，背更驼了，人更瘦了。桂莲一天转外家见了，心疼极了。

桂莲来找姐姐桂香献策，桂香又能想出什么办法呢，只是说："你多读了几年书，用词恰当些，写封信给泥公吧。"

桂莲说："叔都写了，他还不回来，我写顶什么用？"

"试试吧，叔写信时肯定三言两语了事，你呢，可以写清楚一些，把家里的情况都说明白一些，相信泥公不会是铁石心肠，会动心的。"

桂莲想了想，花了一夜的时间写了封自以为措辞恰当的信：

> 富华，得知你在厦门打工，心里已放心了许多……男儿志在四方，这不假，但是你的情况不同，因为你已定亲，虽已知晓了你的某些苦衷，但可否听我一句劝？她不喜欢说话，这是她的性格所致，当时你不是夸她文静吗，也许时间长了，年龄大了，人脉熟了，她自然就会和大家说说笑笑。不管怎样，她都是你自己看中的，她已把自己交给了你，你不可以把终身大事当儿戏，要做一个负责任的男人。
>
> 况且，父母已定下了婚期，你这样一走了之，非男儿所为，更非孝儿所为。父母为了你的婚事，愁得头发白了，背更驼了，以前

---

① 过身：去世。

② 狗条子：精明之人。

③ 笃：淋。

他们很少吵架，但现在一谈起你就互相埋怨。

看到他们长吁短叹、愁眉苦脸、无精打采的样子，我心里难过极了，所以就写了这封信。

弟弟，鸟有反哺之义，羊有跪乳之恩。难道你就一点体谅父母苦情的情义都没有？父母含辛茹苦将我们养大成人，为我们操碎了心，我们到了尽孝心的时候了，应该设身处地为父母考虑难处了……

该说的我都说了，相信你不是个铁石心肠的人，收到信后，希望你尽快回来。

就此停笔。

二姐桂莲于一九八四年五月六日夜

信寄出后不到半个月，泥公就回来了。他说收到二姐的信后，很感动，也很内疚，说二姐是一介女流，却可以为亲人付出那么多，毫不计较个人得失，而作为七尺男儿的自己，从未考虑父母的困境，总是这么自私，我行我素，想起来实在惭愧。

泥公回来时，家里正在吃晚饭。见泥公提了个包回来，罗媚高兴得流下了泪水。文叔心里也很高兴，但他是男人，比女人沉着，见老婆左问右问，就说："回来了就好，回来了就好，有什么话，有空再说，快去煮几个荷包蛋，兴许他也饿坏了。"

听说泥公回到家了，桂莲就和老公去看。泥公当着桂莲老公的面拿出了三块手表，说，为了他，桂莲连定情手表都可以割舍，现在他要给她一块回报，要桂莲自家挑选。

桂莲不晓得手表的价值，泥公就给了她一块最好的，说是钻石的。桂莲很高兴，同时又为自己的信起到了作用而兴奋，她看到了父母久违的笑容，看到了自家的价值。

桂莲有了块钻石表，常在人面前炫耀。可好景不长，可能是泥公和菊花说了手表的事，菊花有意见，要泥公把钻石表要回去。泥公有点不好意思向桂莲说明，几次话到唇边又吞了回去，但善良的桂莲看出了他的心思，就把手表塞进他口袋，说："乡下人，戴什么表都一样，又不用出远门，能看出时间就行。"

泥公红着脸把桂莲的定情表完璧归赵。接过定情手表，桂莲高兴得喉咙哽咽，说不出话来，这才是自己的，终于物归原主了！老公看出了她的内心，拍了拍她的双肩。尽管在她过门[1]时，老公又给她买了一块海鸥表，但这一块是她的定情表，她看都没看一眼就被转移支付了，如今，这有着重大意义的东西握在自己的手中，她能不激动吗？

激动过后，桂莲对泥公也产生了同情。一个男人，连支配一块手表的权力都没有，这点小事也要和未来的老婆说，说明他没主见；而菊花还没过门就如此这般，说明她小气、心眼也小。桂莲不能不为泥公婚后的日子担忧，事实证明，她的担忧并非多余。

文叔和罗媚晓得此事后，对泥公好一番批评："你怎么能这样对待阿姐？她为了这个家付出了这么多，为你付出了这么多，如果不是她，这座房子也许都做不起。从打屋基开始，她不知累倒了多少次，遇到下雨塌方，半夜还得起来挑泥。你想想，你挑过几担泥，捡过几个石头，你阿姐离开学堂又是为了谁？你的老婆还是她换来的呢！可你倒好，一块手表都看得这么重，你对得起阿姐吗？"泥公听了，不发一言，愧疚至极。

7

泥公婚后第二年，老婆菊花顺利产下一女，全家人都很高兴，毕竟近二十年没有添丁了，生女也有三两福。重男轻女的文叔也很高兴，亲自为孙女起名小欣。

家里有个产妇，文叔和罗媚就更累了。其时富强又在县一中读书，只有在放月假时才能回家一趟，帮上父母一臂之力。

罗媚除了田地里忙活，还要照顾产妇，常常累得喘不过气来。有时桂莲转外家会帮母亲做些事，但她也已有孕在身，罗媚不让她干重活，只帮做轻松活。罗媚如此尽心尽力照顾菊花，菊花却不动心，在她看来，婆婆照顾生育期的媳妇，是理所当然的事，不必感恩戴德。

---

[1] 过门：出嫁。

罗媚是个善良朴实的农家妇女，没什么歪思想，不会横肠吊肚[1]，实在没什么可嫌的。有时她早上起来做饭，听到小孩哭了，还会把小孩背上，边煮饭边扫地。小孩一到奶奶的背上，就不哭不闹。罗媚挺体谅人，她说："带着小孩睡不好觉，我们辛苦点，让菊花多睡会儿。"

一天上午，懒惰的儿媳八点多了还没起床，孩子饿得直哭。罗媚干活回来，便悄悄进屋抱起小孩，弄了些米糊。菊花起床后，见家娘正给孩子喂米糊，就像个泼妇一样走上前，一把夺过小碗摔在地上，接着从罗媚怀里抱过小孩，大声斥责："你是想毒死我女儿吗？"

罗媚吓呆了，愣了好久才反应过来，说："菊花，你怎么这样说话呢？她是我孙女，我亲都来不及，怎么舍得毒死她？"

桂莲见状，也蒙了，世上竟有这般不识好的人！但她不敢指责菊花，她唯有难过地安慰母亲。受着母亲的影响和教诲，她也不想多事。

目睹此情景的还有另外一个人，那是一个常来文叔家聊天的邻居。他和文叔谈得来，每次有空，便会来文叔家。那天他吃过早饭，来文叔家刚好看到了菊花这一"杰作"，他也惊呆了！

罗媚如此体谅菊花，孰料不被领情，还遭这样恶骂，她难过得流下了泪。

那天，菊花早饭也没吃，就捡了换洗衣服和小孩的衣服回了娘家。

见女儿哭着回来，亲家以为受了欺负，火冒三丈，不问情由，马上动身兴师问罪。路上碰到文叔那邻居，邻居据实相告，亲家掉头就走，回家大骂女儿："娘个火了嫲[2]，咁难讲[3]，敢跌我的古！"他命令女儿马上回婆家，并向婆婆赔礼道歉。

泥公也知道情由，却不加以制止和劝导，导致后来老婆和父母间没有良好的沟通，"讨了老婆忘了娘"，说的就是他这种人。

泥公根本就不像是读死过老师的人[4]，却从未把父母的养育之恩挂心头，如果他本身做得好，老婆又何至于这样"死乌搭瞎"？

不久，菊花以合不来为由提出分家。文叔和罗媚晓得她的真实想法，富强马上就要高考，万一考上了大学，几年的学费会让家中喝不起排骨汤，更别

①　横肠吊肚：蛮不讲理。

②　火了嫲：不孝之女。

③　难讲：蛮不讲理。

④　读死过老师的人：意指不听话、不晓理、气死老师。

说吃上猪肉。

泥公和父母分家后，仍住老房子，看到桂香和桂莲去，能闪则闪，从来都不曾留两个姐姐吃一顿饭。有一次，姐妹俩去帮泥公莳田，正碰上菊花家锅台煮花生，桂香还掀开锅盖看了一眼，心想这下有花生吃了。没想到，中午闲聊时，菊花只字不提，更别说把花生装出来让两位大姑子品尝。桂香和桂莲心照不宣，罗媚私底下也只能骂一句小气伯姆[1]。

桂莲从侄儿侄女口中得知，菊花经常会弄些粄子吃，但每次都特意做几个小的给家娘、家官吃，自家吃的都比较大。小孩子不懂事，常当作泥公他们的面告诉老人："我们吃的都是大的，你们吃的是小的。"泥公和菊花当场就赏一个巴掌过去，以后他们就警告孩子们不准再做叛徒，谁做叛徒谁就没得吃。但小孩子都守不住秘密，在泥公他们不在家时，又告诉了老人，还学样警告老人不准做叛徒，弄得文叔、罗媚哭笑不得。

富强上大学时，罗媚的风湿病已相当严重，有时走几步路就痛得汗如珠落。文叔想尽了办法，只要听说什么可以医治，他总要咬紧牙关买回家，一直以来也尽量帮着做家务。

富强在省城的学习和生活费用不低，文叔和罗媚就种了几亩的烟叶。遇到大风大雨，夫妇俩也要下田稼穑，湿气之重可想而知。长期以往，罗媚站在禾坪地也像站在刀尖上，还得经常上山砍柴，如此这般，再灵验的药又有什么疗效呢？

富强看到父母和姐姐那么辛苦，总想施以援手。就是在大学的几年里，只要放假回到家中，莫不体谅父母和已出嫁的两位姐姐。正六月的天气，热得连狗都想钻到山洞里避暑，但富强也不会偷懒，还上两个姐姐家帮助割禾、挑担、打谷。那时没有电动打谷机，机器打谷都要脚踩，甚是辛苦。看到富强满头大汗、脸色通红，桂莲很心疼，很过意不去，但富强的一番话却令她一生难忘："细阿[2]，你别这样，想起你的付出、想起你的艰辛，我更惭愧。你只比我大几岁，可你吃的苦比我多出一百倍。想当年，你无条件放弃上学，让我和哥继续深造，而你却要受风吹日晒的苦，无论刮风下雨、电闪雷鸣，都要和父母一起辛勤劳作。没有你的付出，那几年，我和哥又怎么能在学堂里避风遮

---

[1] 小气伯姆：小气鬼。

[2] 细阿：小姐姐。

雨？"桂莲一听，幸福和酸楚的泪水便夺眶而出。她怎么也想不到，富强的心里一直没有忘记她的功劳和苦劳。

8

菊花生第二胎时，罗媚因为身体原因，已无法一天不落地照顾菊花的月子。菊花就记在心里，动辄责怪罗媚没有照顾好她，而邻居家谁谁谁坐月子，家娘连一块尿片都没让生媚洗。菊花总在罗媚及桂莲面前夸别人的家娘好，在她眼里罗媚一无是处，因此在罗媚生病时，她也有理由不服侍，连衣服也不帮洗。

邻里乡亲都晓得罗媚是最能体谅别人难处、情愿自家吃亏的大善人，还是个知足常乐、给点阳光就灿烂的老好人。本队的老嫩大细，都喜欢找她拉家常。谁有困难，只要她力所能及，都尽力相帮。别人怎么会相信菊花的一面之词呢？因此每当菊花控诉罗媚时，大伙都说，你家娘对待别人都如此和善，怎么会恶薄自家的生媚呢？有人还说，菊花心眼小，目光短浅，总记人之过、忘人之善，和罗媚相比，相差孙猴子的一个跟斗！

菊花生病或两公婆闹脾气时，菊花就不起床吃饭，罗媚总会去她房间问长问短，还把自家都舍不得吃的鸡蛋煮了，亲自端到菊花床前，细声细语劝她："人是铁，饭是钢，就是有天大的事也要吃饭，吃了饭才有精神。"

罗媚做得再好，泥公和菊花都没在人前称说过，更别说以她为榜样，善待周边的人了。泥公的肚腹好比泥人，毫无心肝。有人在背后议论他，读了那么多书，却连一个文盲都不如！

泥公和菊花一样，自私惯了，平时买了水果，就直接上楼，有了好吃的，也习惯背着父母独享。和众多自私鬼一样，他们在房间里放了一个电炉，专门开小灶。小孩子不懂事，会把吃过的好东西说出来。但罗媚和文叔从来不外传，罗媚只会在两个女儿面前说说，说完，又吩咐她们不要出门嚷嚷。

泥公的女儿也曾在两个姑姑面前泄露秘密。姐妹俩心里极不舒服：泥公做人怎么能这样？老婆、子女是亲人，父母难道就不是亲人？没有父母，又怎么会有我们？子女是我们生命的延续，父母是我们生命的前身，这么简单的道理，读了十多年书的泥公为什么就不懂呢？如果不是罗媚的警告，桂莲真会控制不住找泥公理论一番。

罗媚的劝说让桂莲感动一生："桂莲，老人家常说，甲娭短，甲嫂长①，我已经老了，保不了你一世。你和你老弟生媚②的日子还长呢，以后爷娭走了，你和阿姐都要进老弟的门，富强又在外面。我们受点委屈算不了什么，你千万要忍气，什么事都要装着不晓得。"桂莲当时就为母亲的大度流下了泪。

生下一女一男后，因为儿子有点痴，说话常流口水，泥公和菊花就商量着再要一个。文叔和罗媚都支持他们"躲猫猫"。计生办的经常来家，把家里值点钱的东西都搬走，实在没东西可搬时，就用晒衫裤的竹杠把瓦片捅了，拆下楼板。一到下雨天，整座房子就成了"水漫的金山寺"。

泥公和菊花东躲西藏了一年，如愿以偿地带个把"驳壳枪"回家，一家人乐得合不拢嘴。文叔买了一挂大鞭炮，和几个二响炮，在屋门口一放，大家就晓得他家又添了丁。那天下大雨，因为家里的瓦片被计生办的人捅了不少，整座房子成了"水漫的金山寺"，但文叔什么都不在乎，有了孙子乐得他嘴都合不拢，有意给孙子取了个孙权的名字。孙权是三国时代的一代霸主，连曹操都说，"生子当如孙仲谋"，文叔喜欢看《三国》《水浒》，对古代人物很了解，希望自己的孙子今后有权有势。泥公和菊花却不喜欢此名，给儿子取了个超龙的名字。龙是皇帝的象征，泥公希望自家的儿子超过皇帝。

有了超龙后，泥公变得勤快，什么重担苦水③都不怕做，连淘牛粪、猪粪也亲力亲为，大家都夸他不怕苦不怕累。年近不惑，他也只有认命了。

桂莲很惊讶，原来八十斤担子都挑不动的泥公，如今一满担湿谷一百三四十斤，他连挑几担也不见汗珠，脚步轻盈，一大袋湿谷，他不费气力也能往肩膀上扛。桂莲有点喜悦，也有点欣慰，环境造人，泥公终于可以撑起一个家了。

9

富强参加工作后，叫父母少耕一些田，也不种烟叶了，只莳一些禾，够

---

① 甲娭短，甲嫂长：甲，和、同之意。意指和母亲相处的时间短，和嫂子或弟媳相处的时间长。

② 老弟生媚：弟妹。

③ 重担苦水：重活。

吃就行。富强说："你们辛苦了大半辈子，现在是该享福的时候了，等我有了能力，你们就不用再作田了。"

在弟弟考上大学前一直主张分家的泥公夫妻，这时又劝说父母合住，同吃一灶，说的是为弟弟面子着想，有个完整的家对外好听些，其实，他们夫妻精打细算，尽人皆知。此后，泥公的三个孩子读书，富强能不扶持？

文叔对合家不太乐意，但罗媚考虑事情比较周到、长远，劝说文叔："如今我们是还有自理能力，但迟早我们会老，现在会做事时不跟他们一起过，到老了不会做时想跟他们住一块儿，也许他们就不要了。富强夫妻在大城市，虽然不嫌弃我们一起过，但人老了，总要叶落归根，有疾有病，家里也方便，既然他们提出来一起过，我们也不能只考虑眼下的自由和方便，要为以后着想，你说呢？"文叔心软了，文盲妻子的大道理都说到这份儿上了，他怎好对着干？

合家后，文叔和罗媚的一切开销就由富强负责。如此这般，桂香和桂莲放心了不少，富强夫妻也少了一份牵挂。泥公的子女渐长，需要很多钱缴学费，富强就尽力扶持，桂香和桂莲也尽量相帮。

菊花眼见大家对她和泥公都不错，慢慢地，对家中亲人也亲近起来。两个姐姐和姐夫去了，也有了笑脸，并会热情招待了。文叔和罗媚看在眼里，感到高兴。

然而，事情并没有那么简单，生活也不尽如人意。文叔、罗媚和泥公他们一起过了一年多，就因各种原因再次分家。菊花和老人间缺乏语言的沟通，又爱记小事，不善宽大为怀，心中缺乏理解，而泥公不但不加开导，甚至也对老人横眉竖目、大声吼喝，从未受过这种气的文叔决心自家过。不管罗媚如何劝说，他只报以"要过你跟他们过，我一个人过"，罗媚无奈，只能跟老头风雨同舟。

泥公在忠与孝之间，选择了忠，而把孝丢出了门口。

富强工作十五年后就由一个实习医生提拔为医院的领导，这让文叔全家很欣慰。富强身上有泥公所不具备的优点，同是一母所生，但泥公一向骄傲自满，目中无人，没有主见，喜欢吹大炮，而且喜欢把水桶当喇叭，头上安风扇——好出风头，和父母兄弟姐妹之间缺乏沟通，让人不想接近也害怕接近。

富强成了家有了房子，就把文叔和罗媚接到身边。富强的妻子丽丽相当的通情达理，不然，文叔和罗媚也不可能在那个人生地不熟的地方一住十年。

10

有段时间因生活所迫，泥公也曾去煤窑干活。"一人打炭^①，全家享福"，意思很明白，煤窑干活工资高，出了人命，能补上几十万，全家就享福了。文叔却横竖不赞同，说自己以前发过誓，生活再困难也不去煤窑干活，下一代也不准去，去煤窑做事，等于向阎罗王借钱用，危险随身带。所以，泥公在煤窑只干了几个月。

泥公也曾凑份子和人合伙开过煤窑，后因几个份子间闹矛盾，就又散了。听说泥公分到了几万块钱，但是否属实，连桂莲都不知道，因为泥公从来就不会跟他家人说实话，他家人也问不出。旁人只知道，有段时间他说话的口气很不同，有点狂，像个有钱人，这角佬^②，向来如此。

后来竞选村干部，读过省重点高中的泥公当上了调解员。自此后，他又变懒了，什么都怕做了。菊花大骂他懒虫。一届落选后，他整天无所事事，东溜西走，他待得最长的时间，就是赌博堆，一赌起来，老丈人来了他都可以视而不见。

泥公一向好赌，且十赌九输，身上有几个芝皮癣就狂得不知天高地厚，一块钱一局的"金花"^③，他觉得是酒鬼喝汽水，不过瘾，起码要五元以上的。斗牛^④也是，小的不来，一开口就说："来大一点，我有钱，你们分些去。"

泥公是公认的胡鸭^⑤，赌起博来不知进退，连自己姓甚名谁也忘了。每次赌博，他都拥护"三光政策"，人光、钱光、天光，而且喜欢吹大炮，令人听着反感。他不但喜赌五花八门的扑克，押六合彩也很大手，波段，大小，合数单双，生肖，尾数，这些专门术语和操作方式，他一学就会。有一年，大家押红波，个别人还生在红旗下，死在了红波下。泥公把煤窑分的钱也用来赌红波，虽然有幸没死在红波下，但这番折腾，他的钱已所剩无几。

---

① 炭：煤。

② 角佬：家伙。

③ 金花：一种赌博方式。

④ 斗牛：一种赌博方式。

⑤ 胡鸭：意指逢赌必输的傻瓜。

泥公还是个酒徒，每次喝了酒和人赌博，昏昏沉沉时，人家换了扑克也不知道。人家都说，像他这只任人宰割的胡鸭，就是自己会印钞票，怕也来不及。桂莲听到后，对姐姐桂香说："真不敢相信，泥公会这么糟糕！当初为了他能读书，能考上大学，我们做出了多大牺牲，谁知他到头来竟是这么一个人！"

泥公管钱，就像老鼠管仓，越管越光。要是一喝酒，更是米汤洗头——糊涂透顶。有好几次他都与人吵架，有次还把人弄伤，气得那人大骂："莫以为你很了不起，莫以为你有一个当院长的老弟，就认为大官大户了。迟早有一天，我要把你弄到连你老弟都无能为力（意思要杀了泥公），看你还怎么刁！"吓得文叔和罗媚就差没有向那人磕头。那人还是泥公的酒肉朋友，经常有来往呢！

泥公对交友，曾有秘籍传授儿女，曰："人要交①，贼要交，鬼也要交。平日里把贼和小鬼也当成正常人看待，他们到家来了好生招呼，即使不屑，也闷在肚里别表现出来，这样，他们即使想偷也不偷你的了，想使坏也会手下留情了。交接②人千难万难，得罪人一句罪。"此言甚有道理，只是，他常有交友不当之叹，也常常逾矩自毁心得。

命中注定，泥公的一生充满无奈。

11

随着一年三百六十五天、一年四季二十四个蛤蟆节的轮转，泥公也经历了风风雨雨，尝尽了酸甜苦辣。要养大三个子女，在没有正当职业、没有固定收入的农村，是有困难的。尽管富强不断扶持，但泥公的生活还是显得捉襟见肘，加上泥公和菊花管理田地的经验不足，粮食方面就算宽松，但也无法多赚一笔油盐钱。

自从"六叔公"③光临农村千家万户后，泥公又好上了这门赌博。他买"六合彩"既勤又猛，只要解到了他自认为的"特码"，就敢把明天的米都全放下

---

① 交：结交。

② 交接：结交。

③ 六叔公：农村对六合彩的一种戏称。

去。一夜致富的愿望虽然常常落空，但他不死心，如果卖了烟、卖了谷，有了几个钱，就敢吹大炮，失去分寸。单双、大小、波段、生肖、尾数，这些专门术语和操作方式，他一学就会，比读书时的那些公式容易多了。不搞"六合彩"，自家属什么都不晓得，子丑寅卯辰巳午未申酉戌亥，还有金生水、水生木、木生火、火生土、土生金、金克木、木克土、土克水、水克火、火克金等等，又怎么能背得滚瓜烂熟？背这些比背乘法口诀都轻松呢！在农村，"六叔公"谁不喜欢？连那些不识字、不会解诗的伯婆叔媚，都想把一担谷子变成四十担。

泥公半辈子，几乎没一件事做得出色，由于田间管理差，年年都与增产无缘。桂香去帮忙割禾时，见泥公的稻子不是肥料不足、禾苗密度不够，导致减产，就是病虫害过不了关，除草剂没到位，稻田里杂草丛生，谷穗拉奪，割禾时影响速度，忍不住就责嫌几句："两公婆都是老作田的人了，怎么还一点经验都没有？你们看，周围人家的稻子都很靓板①，怎么就你们的成这样子，你们是怎么管理的？难怪老是减产。"

桂莲心里当然也和姐姐一样看不惯，但她晓得菊花心眼小，不好说话，不会乐意接受批评，便忍住不言语了。

镇上工业区招工后，菊花也和很多女人去做事，一个月勤快一点，也能挣上一千多元。她们的工钱是按件计的，做的是棉袄、帽子、大衣。

阳春三月莳田时，泥公因老婆不能请假，而秧龄已到，水田也准备好了，没办法就请桂莲帮忙脱秧莳田。桂莲前几年因为患上高血压，老公不让她再耕田，但泥公既然有求，她岂能不帮？

桂莲到了秧田边一看，头都大了，整个人都蒙了：这哪是秧呀？草比秧还多，施下去的肥料都让草给吸收了，秧怎能长好？

"泥公，播种子时为啥不用除草剂，两亩的田，这点秧哪够？"

"当时以为用了地膜就不会长草，哪晓得还是长出了这么多草。没办法，只好莳宽一点了，到时施多一些肥。"

桂莲真想说，你作田也有二十多年了，怎么还这般不开窍？可她没敢说出口，怕这样说了他会叫她滚蛋。一向胆小怕得罪人的桂莲只有忍着。

桂莲一边脱秧一边拣草，一边气恼："这样的活儿也有面子叫我来做，我

---

① 靓板：漂亮。

从来就没做过这样的活儿，在生产队我都没看过这么多的草！有空赌博都不提前把草拣掉，真是够懒，真不晓得是怎么耕田的！就是让快八十岁的老父亲来耕田，也许还不至于这么糟！真是文不文武不武，就会赌博，赌博也不精通，老做胡鸭、扶贫队长，冇安乐命还冇赌命！"

脱了三个多小时，气恼了三个多小时，桂莲才把秧脱完，接着又把草弄干净了。虽然全身酸痛，但还是过意不去想帮他莳完。她把秧苗装进畚箕，挑到田垄里一看，泥公莳得尺乘尺^①。秧苗长势原就太差，没有分叉，宽度又莳这么大，隔远看，几乎看不出田里已插上了秧，走近看像鬼点灯。当年生产队的劳动强手桂莲气就上来了，放下柴担说："我头痛，回去了，你慢慢莳吧，今天莳不完明天再莳。"

遇上做旱天，泥公也经常晚上出门放水。倘若看到有人赌博，他把水拦下到田里后，也就去吊吊金花，一吊就忘了自家要放水，只看手中的牌是不是金花，有没有三条。等到散了场，再想去放水，水早已流进了别人的田地。

说起放水，泥公有个故事。

某年大旱，大家都怕自家的稻田旱死，就放下所有的事情，日夜放水。可是田太多，水路又远，水尾田的人家几乎都放不了多少水，有时熬了一个晚上还分不到一点蝉子尿。正是禾苗灌浆的关键时刻，泥公也是心急如焚，有一天他趁大家吃晚饭时就去拦水，水一拦下，还没到田，他就看到几束手电的光亮向水路这边走来。"哼，又想等装^②。"泥公非常气恼，看来今夜又要熬到天光了，连续熬了几个穿心夜的泥公，恨不得这几个人都有病，走不得路。

那几个人说说笑笑很快就要过来了，泥公急中生智，随手捡起一根长棍，脱下自家的白衬衣，迅速跑上山，然后用木棍撑起白衬衣，又快速地奔下山。

"啊！你们看！那……那……"一个叫荣秀的女人失声惊叫。

"鬼叫什么？是不是看到了鬼，真会被你吓死！以后再不和你一起来放水了。"一个叫巴头牯的男人骂道。男人就是胆大些，另一个女人一听荣秀大叫，早已吓得走不动了。

"你们看，看那山上是……是什么？"荣秀发抖了，手指向山上。

"白尸老大^③！白尸老大！"另一个女人看到了远处一团白色影子快速奔

---

① 尺乘尺：太宽，密度不够。

② 等装：坐享其成。

③ 白尸老大：白色鬼影。

来，第一个反应就是"白尸老大"。

巴头牯一听她恐怖的尖叫，骂道："又是鬼喔，哪里有白尸老大，你们吃错了药吗？好好的，哪来白尸老大？吓死人也会犯法的。"

荣秀已经迈不开步了，她向来胆小，从不敢一个人晚上出门放水，旱死就旱死，田旱死总比人被吓死强，今晚若不是有伴，任她老公怎么赶，她也不会来的。没想到，第一次晚间出门放水就遇到了"白尸老大"，以后饿死算了，晚上坚决不出门放水了。荣秀吓得控制不住，裤裆里早已尿湿了，幸亏是晚上，大家看不清，不然真是跌鼓死了。

"哇！真、真个有……有白尸老大，快，快……回家。"

三个人一边往回走，一边又向后看。荣秀一脚踩空，掉到了田坎下，巴头牯和另一个女人赶紧下去把她拖起，见那"白尸老大"没追过来，就松了一口气。他们看到路上有人来放水，就说："别去了，别去了，有白尸老大，我们都吓回来了。"来人一听，也赶紧和他们打道回府。

说起夜间放水，不少人还心有余悸。不管是黑咕隆咚，还是月色朦胧，夜间放水都是无奈之事。特别是山沟里的田，山上树木很多，乍看都像有个什么在那里蹲着，只等你一上前，就冲过来把你怎么样。胆小的人夜间放水都不敢东瞧西望，越瞧就越恐怖，有心脏病的人万万不要夜间出门放水，莫紧水没放到，人就被吓回了"老家"。

那晚，因为有月亮，那形状隔远一看，真的好恐怖。泥公想到这个鬼点子，也真服了他。那晚他把所有稻田都灌满了水。回去跟老婆菊花一说，菊花笑得泪水直流，后来又把这事说给子女听，子女再说给大家听。泥公被大家笑骂了一顿，荣秀晓得后，对泥公说："要是把我吓死了，我就找你做老公！"

12

文叔、罗媚在省城富强家真正过上了幸福的晚年，直到文叔感到身体渐弱，怕不能叶落归根，才提出回老家住。其时，他们家的房子因高速公路建设而被征收。

村里人都说，泥公是全村最省心的一个人。旧房拆迁，合着猪舍、果园、田地征用，泥公拿到的补贴到底有多少，只有天知地知他知。别人家的补贴，父母兄弟平分，甚至连嫁出门的也给点安慰奖，但泥公却自家独占。做新房时，父母还给了他一万，富强前后也给了十来万。

近三十万哪，泥公自出了世也没见过这么多钱。当然，作田老哥没几个一下子就有这么多钱的，如今行了狗屎运，一下子成了"富农"。

泥公财大气粗起来，和人赌博动辄就说："我钱多都能压死你。"有人回敬："如果不是行狗屎运，如果不是命靓①摊上了个好老弟，你一生世人都见不到这些钱，你算是什么货色，二流子一样，正事不做傻打怪②。"

因为孩子们都出门在外，泥公田地多，就算管理不好，粮食方面也还算宽松。没钱赌博时，就用摩托载上两蛇皮袋去卖，口袋里有了几个钱，又可以打开天窗说亮话了，赌博凳没钱坐不得。

泥公和菊花过惯了两人生活，老人一回来，就不甚习惯了。他们和老人的关系虽不太僵，却也有失柔和。富强经常回来探望老人，每次临走都吩咐兄嫂要善待老人，泥公每次也会说"我知道，你放心"，可每次都是阳奉阴违。

因为要让泥公和菊花关心和尊重老人，桂香、桂莲、富强一直努力地用自己的真心去换取他们的真情。泥公每有困难，他们都尽力支持，只是泥公和菊花都不知感恩。

文叔和罗媚渐老，且身体都不好，文叔八十岁那年又患上头痛病，严重贫血，常常突然头晕目眩摔倒在地。罗媚身兼数病，不但要洗他们自己的衣服，还要做一些家务，照顾文叔。

文叔年轻时脾气不错，很少对罗媚发火，可到了快去玉皇大帝那儿报到时，却动辄发火，还嫌罗媚爱管闲事，总说："我的事你少管。"罗媚想，我不管谁管？她只有在女儿转娘家时才有个倾诉的机会。她是个坚强的老人，也是个家丑怕外扬的老人，家中的事，她都只在女儿面前诉说。遇上别人打探泥公和菊花的事，她总说："他们对我还可以，年轻人自有年轻人的做法，跟我们老人家肯定有相差，我们什么都不懂了，就等吃等死了。"

文叔在一次高烧后，烧坏了脑子，本来就不甚灵光了的他更加糊涂了，说话颠三倒四，时而让人伤心落泪，时而又逗得人捧腹大笑。罗媚尽心尽力照顾他，可他一点都不领情，还经常气得她直流泪。

---

① 命靓：命好。

② 正事不做傻打怪：游手好闲之意。

文叔这样了，泥公也不体谅罗媚，还经常恼她。菊花一天到晚也不跟她说话，有时罗媚主动搭讪，他们就呵斥她多管闲事。

富强夫妻平时电话也打得频，询问老人的身体情况，罗媚总是说："你们放心，人老了，也就这个样子了。"当问到兄嫂对他们怎么样时，得到的回答也是："差不多，比上不得比下有余，有这个样子对我们，我们也知足了。"罗媚每次在女儿面前诉了苦，却叮咛女儿不要告诉富强夫妇，富强事多，可别影响了他的工作和情绪。桂莲每每慨叹，老母亲身兼数病还是只考虑到子女，真是个伟大的母亲，虽箩般大的字不识一个，但她的胸怀，她的人生大道理，比起泥公这个高中生有过之而无不及，泥公夫妇怎么就无动于衷呢?!

泥公在家养了不少鸡鸭。罗媚自己出钱买饲料喂养小鸡小鸭，还坚持每天打扫卫生。罗媚把打扫的鸡屎鸭屎全装进蛇皮袋，嘱咐菊花有空时挑去肥田地。菊花一直在拖，拖到下雨时，蛇皮袋里的鸡屎鸭屎被大雨淋湿了。太阳出来后，罗媚再次把鸡屎鸭屎倒出了晒干，然后重新入袋，吩咐泥公他们把它们弄到田地里，可泥公他们理都不理。如此这般地折腾，到了晚上，罗媚便全身疼痛，睡不着觉，好几个晚上都是青眼到天光。在半痴呆的老伴面前，罗媚已不可能得到安慰，女儿又不能天天在身边听她诉苦，有时她也忍不住在泥公和菊花面前提起，还是小心翼翼的。泥公和菊花的鼻孔同出一气："做了会这痛那痛就不要去做，莫咁好事！"罗媚说："我不做谁做，半年我不去铲，你们也不会去铲。"泥公和菊花就闪开了，他们和罗媚一向是说不上三句话的。

桂莲也劝过母亲，为儿女辛苦了一辈子，现在是享福的时候了，不要再去做这些事，珍惜自己的身体要紧，争取活到一百岁。她说："话是这么说，可是养了鸡鸭，我不喂谁去喂，等他们喂，肯定饿死。有时我把米糠拌好了，叫他们端上去喂，他们应都不应一句，装没听见，我又只好自家端上去。"每次在桂莲面前诉了苦，罗媚又会安慰桂莲，要她不用担心，她自家会注意点。

周围上了年纪的梓嫂叔媚都喜欢和罗媚搭脚头①。听别人诉说家丑，罗媚总是好言相劝，从不把自家的"丑事"倒出来。她这种扬长避短的做法后来被大家称说，也同样被人说闲话：

"外面的子哩②生媚是有咁好③，每次回来我们也看得见，但身边的子哩、

---

① 搭脚头：拉家常。

② 子哩：儿子。谐音也写作子瑞。

③ 有咁好：有这么好。

生媚是好是坏我们也看到了，在她家就从来没听过他们对老人有好言好语，更别说叫她一声'姨娅'，当着我们的面都这样，没有外人的时候指不定还会对他们吼吼喝喝呢！"

"罗媚就是个爱面子的人，她就怕跌鼓。泥公和菊花对他们再刻薄，她也能忍，背地里却伤心得流干了眼泪，有一次就被我撞见，她却说是被老头子气的。"

"罗媚这样做也是对的，在外面把子哩、生媚讲得当不得一块青菜，他们听到了就会更恨心。现在很多年轻人比老年人更记仇，以后我们也要学精点，忍耐性强一点，受了委屈自家忍着点。老了，不中用了，由不得自家了，苦就有得受了。罗媚还好，家里的不贤孝，外头还有贤孝的。"

"听讲①泥公和菊花对老人家不太和气，但对兄弟姐妹还可以。他家兄弟姐妹对他们不好的话，想必泥公和菊花也不会对他们好。不过，对父母都不好的人，尽好都八点②。"

"长期住一块儿，事情就会多，矛盾也会多，大家都差不多。老人家一块儿过，加减大，人来客往多，负担重，又不方便。现在几多③年轻人喜欢老人一块儿过？"

"说得也是，唉！世道如此，也不能怪他们，反正我们老人家也要珍惜自己，不能老指望年轻人。"

几个老人在背后议论罗媚，又为所有的老人感叹。生儿育女，辛苦了大半辈子，到后来却又不敢把希望寄托在子女身上。

大千世界，比泥公还泥公的人多的是，做父母的又能怎么样？

13

桂香、桂莲每次回娘家，都有种刀割般的疼痛。姐妹俩每次去，文叔和罗媚都很高兴，每次要回家时，罗媚总说："不能归太久，要多来。"看到老母亲恋恋不舍、泪水在眼眶中打滚，姐妹俩的心就一阵阵绞痛，泪水也不由自主

---

① 听讲：听说。

② 尽好都八点：再好也好不到哪里去。

③ 几多：多少。

地滚落。这辈子，她们陪母亲流了太多的泪。

泥公这些年对两个姐姐还不错，她们也知足了，尽管泥公有许多地方对不起她们，她们也不会去计较，姐弟一场，惜缘为上。菊花对她们也热情多了，但桂莲一想到父母，就乐不起来。

有一年正六月的中午，桂莲和老公提了水果回娘家。泥公坐在厅堂跷着腿喝茶，文叔在床上呼呼而睡，却不见罗媚。听到屋后有母亲的声音，桂莲就跑过去，只见罗媚扶着墙在喘大气，衣裤上全是鸡屎鸭屎和泥巴。桂莲晓得母亲肯定不小心摔了一跤，跌到烂泥沟里了，就赶紧上前问："姨娅，你跌痛了吗？哪里受伤了？"

罗媚说："好在没跌死，不然现在就见不到我妹子了。你别担心！"

桂莲明显看到母亲满头大汗，泪水盈眶，脸色苍白，忍不住大哭起来，抱着母亲不松手，好像一松手她就会在手中消失。那次，她发了大火，大声哭骂："养养养，养什么鸡鸭？等下我把它们统统扫死！"

罗媚吓得赶紧捂住她的嘴说："妹呀，你莫这样，被你老弟他们听到了可不得了。"

其实，桂莲这次就是故意要让他们听到的，看到母亲这么辛苦，她确实忍不住了。桂莲哽咽地对母亲说："你现在只有自己珍惜自己，他们连话都懒得跟你们说，老爷哩又成这个样子了，我们做女儿的，不可能天天待在你身边，陪你说话。老爷哩需要你照顾，你一定要先照顾好自己，我要你活到一百岁，有爷有娘金元宝，冇爷冇娘墙头草，为了我们，你一定要好好地活着。"

百善孝为先，万恶淫为首。父母不亲谁是亲，不敬父母敬何人？千两黄金万两银，有钱难买爷娘身；活着不尽儿女孝，死后排场瞎胡闹！父母生时不敬重，奉神奉鬼有何用？一旦抛离便不归，死后空劳拜孤坟；爷娘爱子路般长，子爱爷娘有多长？摸着良心想分明，自家也要做爷娘。泥公对父母，缺少的就是孝心，缺少的就是情感沟通。

罗媚对泥公夫妻虽有许多不满，但在桂莲面前，总是谆谆教诲："爷娘如今已经老了，保不了你一世。甲娘短，甲嫂长，杨梅花，百岁爱外家。以后我们死了，啥事都要靠你弟弟两公婆搭帮，外家外家，外家就像葱花韭菜，可以放香你。我晓得你孝顺爷娘，心疼爷娘，但千万不能得罪他们，你以后转娘家，要进他们的屋。再说，你们才四个兄弟姐妹，有啥事都要有商有量，不要让人家笑话。"

罗媚宽宏大量，令左邻右舍受益良多，她虽然不识一个瞎眼字，但比起某些读死老师的文化人，识得的人生大道理又何止千百倍？

而泥公呢，尽管读了不少书，看过许多电影电视，但他认为那些都是别人无事可做，为了赚钱瞎编一通的。看他这样，你就知道他对人生是何样的理解。他喜欢交朋结友，但所交多半是酒肉朋友，来往几年后，就又相逢不下马，各自奔前程了。不敬父母生什么儿，难不相扶结什么友，急不相济成什么亲，可是泥公并不明了这些道理。

在情义和金钱之间，泥公重钱轻义。这点丝毫没有得到文叔和罗媚的真传。

罗媚重情，新春佳节，看到亲人来了，煞是喜欢，牵手打脉，问个不停。文叔姐妹多，罗媚对文叔的姐妹一视同仁，所有的姐妹也都喜欢她，常拖儿带女回祖家，有空时住上一二晚。富强工作几年后，罗媚身上也不缺钱了，常常拿来接济穷亲戚。文叔和罗媚年岁大了，再重情也无法和亲人走动。文叔有一个姐姐，年迈体弱，也没有办法出门了，两个妹妹虽然少文叔好几岁，但人民公社时过度劳累，拖儿带女又难解温饱之急，体质一落千丈，年老后仙丹都没法补。老人都盼望有亲人常来，文叔的妹妹们有时还会回娘家来看望，每次罗媚都会偷偷地塞给她们一些钱，她们非常高兴。罗媚自己有两个阿姐一个老弟，他们也会来走亲戚。后来因为要时刻照顾文叔，罗媚就二门不迈，连女儿家也不去了。但重情的她对亲人常记挂于心，每次有亲人来，都会自己出钱让泥公去买菜买肉。一到新年，罗媚会交给泥公几百块钱，叫泥公和菊花抽空去探望在世的姑姑、姨姨和舅舅，能顺带的就顺带。罗媚体谅他们的难处，都是年迈之人，跟儿子住一块儿，没有主权。罗媚吩咐泥公，去后和老人们聊聊天、问问生活情况，要他们注意身子，就说她很牵挂他们，但因要照顾文叔走不开，给了礼物或红包后就回家，千万不要留在他们家吃饭，省得麻烦他们。钱是被泥公接去了，却又变成了他的赌资。

罗媚没有心眼，以为自家出了钱，泥公他们只要跑一趟，相信他会实现她这个小小愿望的。后来，罗媚听大姑子小姑子说："人一老，总是盼望外家有人来，可是左等右盼就是不见影子，只好自家来见外家兄弟。"说完还喉咙哽咽起来。是啊，都是七老八十的人了，见了一次算一次，这次见了，指不定晚上睡觉就永远醒不过来了。一经交谈，罗媚才知泥公的作为，伤心可想而知。

罗媚人老了，眼睛和耳朵都不太听使唤了，但老人家都有一个通病，就是唠叨。她没听懂时会问泥公什么事，泥公没好气地说一句"探事"①。她没听清，再问一句，泥公就翻白眼，还凶巴巴地说："老人家那么探事做什么？"大有好话冇多讲的意思。

罗媚总认为，自家付出了真心，泥公和菊花会对她客气，可是无论她做得再好，他们还是没有多大改观。有一次她见泥公又拿白眼白她，少有地发了大火："以后你再这样，我就不跟你迁思②了！我是你的娭哩，不是你的敌人，辛辛苦苦养你这么大，别说得你们一双鞋、一件衫，就连好言好语也得不到，你们就冇怕被旁人责嫌？"泥公哑口无言，毕竟自家理亏。

话虽这么说，可泥公习惯成自然，好像不拿白眼瞧父母，眼睛就不对劲儿。文叔在家很少搭事，所以较少被白眼触伤，而罗媚却比较好事，过后又会主动搭讪，白眼就老在她身上飘落。她嘴上说不再跟你客气，可又有什么办法呢，总不能挖下他的眼珠吧？只好在自己心上放着一把刀。

14

正如村里人所说那样，泥公其实很有福气，父母都七八十岁的人了，平时虽然小病不断，但几乎没大事，属于省心省钱的那种。自他有记忆起，广州亚运会时，文叔才住了几天医院，但连大小便都能自理。

"爷娘爱子难难长，子爱爷娘唔得死。"③这话显然武断了点，并不是每个做子女的都巴不得爷娘早死，其实世界上的孝子孝女有不少，但希望爷娘快死的也大有人在，尤其是在爷娘年老病多的情况下，就有了爷娘早死早安乐的思想，"久病床前冇孝子"说的就是这层意思。

文叔住院时，因为一时没查出什么大问题，泥公又是闲人一个，就由他在医院陪护。文叔固执，和医院不太合作，有时还跟医生对吵。泥公从未被约束，整天自由自在，在医院住了几天，就跟坐关房一样，牢骚大发："真个发

---

① 探事：好管闲事。

② 迁思：客气。

③ 爷娘爱子难难长，子爱爷娘唔得死：父母恨不得子女快点长大，子女恨不得父母快点死。

誓^①，这老头固执得要命，怎样劝都不愿打针，还敢和医生吵，再住下去，我都会得精神病，从六楼跳下去。"

子女尽孝之累，与父母养育之苦岂能相提并论？父母一生都把儿女当宝贝，可儿女几曾把父母当过宝贝。父母是天日，没有天日儿女怎样做人？父母是大树，大树底下好乘凉，没有大树的庇护遮阴，儿女又怎么长大成人？才几天工夫，何以就失去了耐心，甚至到了寻死觅活要跳楼的地步？

罗媚在电话里一听泥公说这话，好不心酸，说："你爷哩八十多岁了才第一次住院，你却这样说话，想想以前带大你们的苦，你这算得了什么？以前你们有点小毛小病，我们就睡不着觉，得常^②半夜喊天光，吓得我们割肉都不晓得痛。"

关于老爷子的照顾问题，罗媚对桂莲说："你弟不可能守着老爷哩，晚上也不可能睡病房，三餐有端给爷哩吃就谢天谢地了。像他这种人，是不可能为父母尽大孝的，要他侍奉于左右，那是狗想豆腐骨吃^③。"罗媚的猜测没错。桂莲一晚和老公骑了摩托去医院，发现病房里空荡荡只父亲一人，谁知道泥公是看同学了还是在外面赌博了？！

文叔出院不久，罗媚也累倒住院了。桂香因为在省外带小孙子，就由桂莲照看母亲，家里的文叔则由泥公和菊花照顾。泥公不用在医院待着，自然高兴。

罗媚身患数病，而且几样病都疼痛难耐，一向坚强的她，到了这时也忍不住哼哼出声。罗媚每做一项检查，光上床下床都要半条老命。看到她这么痛苦，桂莲忍不住就会抱住她哭："母啊母，我愿用我二十年的寿命来减轻你的痛苦。"罗媚却安慰她："傻妹子莫哭，这点痛痛不死我，你哭又哭不好我的病，眼泪是血做的，莫让血白流。"

住院部和门诊部有段距离，做彩超时，从住院部三楼到门诊部三楼，罗媚和桂莲走了半个多小时。罗媚不让桂莲背，硬是咬着牙一步一步挪到那里。陪护的当时只有桂莲一人，做那项检查要积尿，桂莲买了瓶"营养快线"后，又跑回病房端了一大杯开水，跑来跑去，原本患有高血压的她，也不免力不从心，满脸通红地坐在母亲身边直喘气。罗媚看到女儿大汗淋漓，心疼地说："莲

---

① 发誓：发狠。

② 得常：经常。

③ 狗想豆腐骨吃：意指不可能之事。

子，太辛苦你了。"桂莲说："和你带大我的苦相比，这算不得什么，现在是到了我报恩的时候了。"

桂莲高血压加熬夜，睡不好觉，加上担心母亲，又传染上了感冒，好不容易换来了菊花。但她回到家才两天，菊花就催她快去医院。在打针吃药的桂莲说："现在我还很不舒服，你再坚持一个晚上吧，明天下午我再来。"

菊花没好气地说："你来不来是你的事，你不来我就回去了。"

接着，泥公又打来电话："你今天去医院吧，菊花没空，要回来。"

桂莲说了一句："让她再坚持一个晚上吧……"话没说完，话筒那边就传来嘟嘟嘟的忙音。桂莲伤心极了，心想："哦，父母有事你就想得着我，父母再大的家产卖了，你想过我吗，说过一声吗？当年我家庭那么艰辛，你征地补偿得了这么多钱有请我吃一顿饭吗？"泥公和菊花的行为确实让她伤透了心，要不是心疼母亲，那天她是不会拔下针筒就赶往医院的。

在医院里，罗媚牵挂文叔，对桂莲说："我不在家，你爷哩就糟糕了。"桂莲安慰说："你自家都泥菩萨了，还对爷哩念念不忘。你放心，泥公和菊花在家，他们不会让他饿死，换洗的衣服总会帮他洗。"

桂香从省外回来，到医院轮值，换下桂莲。一天晚上，桂莲和老公去看文叔，结果门被锁了。文叔耳朵背，叫了几声也没回应，桂莲就打电话给泥公，泥公说他去一个朋友家了，父亲睡了，没事的。桂莲就和老公去食品店买了几包盐和一包餐巾纸，在食品店的旁边有一堆人在"斗牛"，桂莲无意中发现泥公正在做牛庄，桂莲心中的一股无名火顿时直冲脑门："赌博就赌博，为什么要说谎？父亲睡了，你在周围玩玩，这还可以理解。我和阿姐在医院轮流照顾母亲，你倒逍遥自在，还要骗人！"

桂莲很想走到赌博堆揪出泥公责问一番，罗媚的话又在耳边响起："甲嫂短，甲嫂长，'杨梅花，百岁爱外家……'爷嫂保不了你一世，我们走了（死后），你就要进老弟的门，再大的事，你都要忍……"桂莲迈不开步了，泪水夺眶而出。

桂莲镇静下来后，相隔远远地给泥公打了手机："泥公，你马上到医院去，老姐患有高血压，再在医院待着会受不了，你去照顾几天，我的头痛犯了，这几天也去不了。"

泥公说："不行，我和朋友要商量事情，走不开，你叫老姐小心点，我明天再去换下她。"不等桂莲回话，就把手机挂了。泥公在打电话时，用手做了一个手势，叫大家闭嘴。桂莲晓得他的鬼习惯，后来也有人告诉了她，说那晚泥公输了两千多元，还是从富强那儿骗来给罗媚治病的钱。

罗媚出院后，桂莲一周去看两次。一天她吃过早饭就去，准备帮母亲洗衣服，她怕母亲逞强，病没痊愈就在大冷天洗衣。桂莲发现母亲不在房间，就大喊了一声，听到母亲在楼上，就直奔楼上阳台而去。

罗媚一听桂莲上楼，就慌里慌张地关了门，准备下楼："不要上来，不要上来，我也下楼去。"

桂莲不管，她推开门，直奔阳台水池边，发现水池里放着一堆衣服，都是文叔的，有几件还是双重衫。桂莲一看，肺都要炸了。洗双重衫，连年轻人都觉得吃力，何况罗媚刚出院，又患有肩周炎和风湿病，这不是雪上加霜吗？生儿育女，为的是老了病时有人照顾，可……

桂莲哭了，一边洗衣服一边流着泪。罗媚见她这样，安慰她说："妹呀，你莫哭，我还做得到，冇关系的。你不是说平时也要锻炼锻炼，不要让筋骨太快收缩（萎缩）吗？"

罗媚说得轻松，桂莲却忍不住了，嚷道："太过分了！真是太过分了，老人有病也不帮洗衣服！你这叫锻炼吗？双重衫浸湿后重得连我都拖不起，不是有洗衣机吗？不帮你洗，起码也要教你用洗衣机呀！"

"你莫那么大声，莫让人听到了，他们也没空，我洗洗冇关系！"罗媚总想息事宁人。

"冇空冇空！他除了时间多，还有就是谎话多，他会冇空，全世界的人都会冇空，赌博才冇空！"

桂莲焉能不知，乡村医生对母亲的病都深表同情，曾当面对泥公说："泥公，你娭哩的病不轻，又身兼数病，感冒了还要自己洗衫裤①，着了凉病就更难治好，不是买了洗衣机吗？为什么不帮她洗？千万不要再让她自己洗了。"泥公嘴上应着，却是卫生口罩——嘴上一套。

那天，泥公回来后，桂莲破天荒地大着胆子责备他："娭哩的病还没完全好，你们不帮她洗衣服，为什么也不教她用洗衣机，万一着了凉病又加重，如何是好？"

要说泥公没教过罗媚使用洗衣机，那也不客观，但他只教了一遍，罗媚

---

① 衫裤：衣服。

再问时，他就金口难开了。这么科学的电器，就是有文化的年轻人也要对着说明书琢磨一番，何况是七八十岁的文盲老人。老人对泥公如此这般的教法当然不开窍，她在富强家住时都会用洗衣机，但不同牌子的洗衣机使用方法不尽相同，老人又不敢贸然使用："电器家伙，贵重东西，随便乱用，万一弄坏了就衰死了。"

罗媚一生爱干净，也爱美，住院时，她把换下来的衣服装在红塑料桶里，提到房间里。桂莲回娘家看望文叔时，发现它们还原封不动地躺在那里，桂莲又把它们捡来洗了，边洗又边流泪：父母为子女操劳了一辈子，吃尽了苦头，只有在富强工作后才过上好日子，到了晚年还坚持为子女们做力所能及的事，可是，作为子女，在她住院时连她的衣服也不问津，这是为什么？

这就说明，菊花在家里，进都没进过文叔的房间。泥公进去了，不可能没看到桶里的衣服。他只想尽忠，不想尽孝。按理，就是菊花不知道，泥公也应该叫她把老人的衣服捡去一起洗。况且，泥公可以把自家两公婆的衣服丢进洗衣机里，为什么就不可以将老人们的衣服交给洗衣机？洗衣机是富强为了减轻罗媚的负担才买的呀，泥公他们是怎么想的？桂莲再次为泥公担心了：泥公和菊花生有两个儿子，万一以后娶回的生媚也学歪样，他们会有何感想？

15

泥公的小儿子超龙初中就开始厌学，和父亲大吵一番后，干脆出门打工了，七转八转，来到表哥也就是桂莲儿子小武手下做事。

超龙身上能看到母亲菊花内向的一面，也能看到父亲泥公懒惰和不负责任的一面。他喜欢说谎，也喜欢赌博和上网聊天，如此青出于蓝胜于蓝，真让人痛惜。不管上网还是赌博，他都和父亲一样，鲜有节制，少有时间观念，到次日上班时，工地上找不到人那是家常便饭。表哥小武多次苦口婆心地劝导，也曾威吓过他："再这样不听话，我就开除你。"

他看到表哥发了火，就一副改过自新的神态："我以后保证不会了。"看到表哥，他就像老鼠见了猫，说话小声小气，斯斯文文，令人怜惜，过后却又外甥打灯笼——照旧（舅）。小武对此非常恼火，自己能管手下那么多员工，却对自己的表弟无计可施。他多次跟桂莲说起，说自己的耐心都到了极限，桂莲总劝他再耐心一点，因为表弟还小。

小武说他已经够有耐心了，可自从表弟来后，他就一直没有省过心。生活上，小武给了最大限度的照顾，没钱给钱，没衣服鞋袜也给买，还经常叫他一起开伙食，免费吃饭，省下的钱他却用来上网。小武给他上了不少政治课，他的头也点得快成小鸡啄米，可就是改不了坏习惯。

要知道，桂莲家生活也一直处于困顿状态，桂莲病了十多年，家里没啥收入，全靠老公一人微薄的工资独撑，经常得靠借钱渡过难关。小武读了三年技校，毕业后进厦门这个公司，通过努力，才赢得老板的欣赏。小武工作后，弟弟小荣还在读大学，每月的生活费也都要他负责，不能说没有负担，但他还是尽能力帮助表弟。

一次，小武提早下班，路过一家网站，发现表弟又在那里上网。回到住处，他和女朋友说起，女朋友说："先别指责他，晚上看他怎么回答，老实不老实。"

晚饭后，小武不动声色地问表弟："老弟，你今天上班了吗？"

"去了，我不上班干什么？"

"在哪个工地？"小武又问。

"在同安，某某工地。"

"真的，没说假话吧？"

"我骗你干吗，不信你问谁谁谁。"

小武还是不失态，他的镇静令女朋友自叹不如："那么，在某某网站，第几排，第几个位置，坐在那里的是谁？"

表弟一时语塞，低头不敢正视表哥，浑身不自在。小武这下才生起气来变了脸色："就算我求你了，给我一点面子好不好？已经有不少人在我面前告状了，如果你不帮我，我又怎么去管理其他人？连你我都管不好，我还有什么面子去管他们？我不是呆子，你不要总是用谎言来作弄我，我的忍耐也是有限度的！"

小武还教育他说，做人要诚实，要勤恳，不要三句一上就谎言百出，做事不要三天打鱼两天晒网，如果总是这样吊儿郎当，不负责任，又怎么磨炼你的心志，久而久之，就成了晃子①、废人！

桂莲很欣慰，因为小武一直重视内修，端正自心，心不外求，又总能以

---

① 晃子：不靠谱之人。

善良、以真情来感化谎言，以仁爱来感化怨恨，以施舍来感化吝啬，料想超龙定能受其影响，有所长进。

泥公听说后，也直夸外甥管教超龙有方。有段时间，他和菊花为超龙的不当行径伤透了脑筋，也曾狠揍过不成器的儿子。儿子能在外甥手上脱胎换骨，能不让他欣慰吗！

16

子女们都不用泥公费心了，家中老人名下的一切开销又都由富强负责，按理泥公的日子应该很好过了，可他没有手艺，又不好好耕田，坐吃山空。因为把房屋征收来的钱赌去不少，建新房后还欠下一笔外债，时不时有人打电话催债，住在闹市区开销又大。菊花见泥公不出门做事，就自己去工业区上班，一个月也就千把块钱。

富强回家时，曾多次不客气地指责过泥公，说他不像样，太不尽孝道。桂莲去年下定了决心，动笔给泥公写了一封长信，和他来了次纸上谈心。此后，泥公多少增加了一点孝心，文叔的药每次都是他给配的，就是他在外头和朋友吃饭，过后也会回家配药，亲自送到老人手里，看着他吃下去。泥公也曾买过一些药和补品给老人，但小钱出了，大钱他是舍不得出的。

罗媚说："我的要求不高，医药费、营养钱和零用钱都由富强两公婆负责了，我不想别的，泥公、菊花他们吃什么我也吃什么，只是希望一家人说说笑笑，不要面作作人①。泥公和菊花就狠心有时几天都不跟我说话，有时我主动和他们说，他们不但不理，还常拿白眼瞧我，这是一家人吗？根本就像仇人，一年到头，也听不到他们几句好言好语。"

这点桂莲很清楚。婆家离娘家比较近，她常去看望父母，老人的水果她包了。有时老人要买什么，要吃什么，她和桂香尽量尽快满足他们。

女儿有女儿的难处，和父母接触多了，或关心多了，也会引起兄弟梓嫂的不满和怀疑。农村有句老话："三日去一次，当得狗上灶。"意思就是去的次数多了，会不受欢迎，甚至讨嫌。桂莲就曾听泥公夫妻当着父母的面说："是

---

① 面作作人：绷紧脸，过分严肃样。

呀，子哩生媚冇用，妹子才有用，什么东西都买给你们吃。"这样的话在农村很普遍，桂莲怕影响姐弟感情，装没听到。有不少做儿媳的，看到姑子对父母好，就说肯定得了什么好处，不然不可能这么对待父母。要说得好处，泥公才是得了多多好处的，但他别说尽孝，连语言都无法沟通。

如果尽孝非要得到好处，那又算什么孝道？对父母好，为的是报恩，虽说父母之恩我们就是用三辈子也报不完。要说得好处，泥公得的好处最多，但他尽的孝心够吗？连语言都无法沟通，海参燕窝又算得了什么？泥公也是三个孩子的父亲了，如果以后他的子女也这样不跟他们说话，他受得了吗？

文叔和罗媚喜听梅县山歌，看黄梅戏，村里很多老人常去他们家乐乐，有时还会对换着片子看。泥公和菊花常会发些零星怪话，说吵死人，听着讨厌，比狗屎还讨厌，又消电[1]。

一次，罗媚忍不住以牙还牙，以理驳理："我们不看电视做什么？我们老人家又不会赌博，老人家看看电视你们就这么讨厌，可是你们打麻将、打扑克，经常捶凳拍桌，声音一个赛过一个，三更半夜还在打，这不吵人吗？一散场，天光朝晨还要我打扫卫生，搬好桌凳。我都没说过什么，你们年轻人的肚量怎就那么小？什么事都容不下！"

罗媚这次也豁出去了，再忍着他们就会以为我傻，看来也得给他们一点颜色瞧瞧。罗媚的反驳令泥公瞠目结舌，无言语对。

旁人也说，泥公夫妻对老人太过分，如果不是有富强撑住，文叔和罗媚早就不在人世了，就算还在，他们的日子也会像暗室里穿针——难过。好多人都这么评论。

17

尽孝本是人子的天职，现实生活中，逆子似乎总比孝子多，而逆子的报应说该让人警醒。打雷时，逆子当有惶恐心理，因为为恶者常遭人如是詈骂："你这么恶，迟早会被雷公打死。"善良和孝道之人，在再响的雷面前也会面不改色、安之若素。

---

[1] 消电：浪费电，耗电。

报应也好，巧合也罢，村里曾真实再现因果之例。有个老人病在床上起不来了，子哩、生媚毫不关心，每餐只端一点饭给他吃，肉就见不到了。从人民公社"遗留"下来的老人，在生产队撑大了肚皮，半碗饭根本解决不了问题。但子哩、生媚怕他吃多了屎尿也多，无论老人怎样相求，他们都不予理睬，还骂老人"大吃鬼"。

一天，这位老人不但饥肠辘辘，而且口渴得厉害。饭是盼不到的，但开水既可充饥又可解渴，他就央求子哩一碗凉开水给他喝，回答却是没有开水。

"自来水也好，我都快渴死了！"

"自来水也没有。"子哩狠心地说。

"那尿也好……"老人带着哭腔再次央求。他怎么也想不到，自家的子哩这般寡情。

"你自家不会屙来喝吗？"不怕雷打火烧的子哩说完，拍拍屁股抬脚走了。

又饥又渴的老人发起了高烧。次日，子哩把半碗早饭端到他床前，老人不像从前那样，一听有饭吃了就眼睛发亮。他见老人没有动静，便把饭放到床头柜上，用手在他的鼻孔旁试了试，然后说："你看来是要去阎王爷那里报到了，我送你去中山（火葬场所在地）吧。"

命若游丝的老人连瞪眼的精神都没了，但还是硬撑着说："我……我还不想去……去中山，你……你带我去……去医院……吧……"

"看你这个样子都冇救了，还去什么医院？我可没那么多闲钱为一个冇希望的人医疗，反正你都八十多了，是当割的'禾'了，早点去中山，省得花了钱又救不活，别害我们还债。"

农村人把老人的死说成是"当割的禾"，意思是老人该死了。

老人就这样死了，死时眼睛睁得铜箩一般大，他是死不瞑目啊！这就是自家一把屎一把尿含辛茹苦养大的子哩！

老人死后不久，那个逆子在一次帮人装修房子时从几米高的竹架上重重摔下，摔断了腿，成了残疾。福无双至，祸不单行。老人的周年未过，逆子的老婆突然又疯了。原先她是个勤劳能干的精明人，却成了个天天骂街的人，天天都在出自家的丑，说谁谁谁和她有一腿，说她的大儿子是她和某某某所生，女儿又是和某某某所生，搞得大家笑弯了腰。一些品质不好的人，还将她拿来取笑人家，见她一到，就说："跟你有关系的人来了。""她叫你了，你干吗不应答她？"

报应终于降临，虽有所觉悟，却为时已晚。

无独有偶，邻村也有个被演绎的故事。一个老太婆在病床上躺了数年，子哩、生媚同样怕她多屎，不给她吃饱，每次宰了鸡鸭，也没她的份，怕她营养好死得更慢。老人鼻子灵，每次都能闻到鸡鸭的香味，强烈要求吃上几块肉，哪怕是喝上几口汤。生媚说："有饭端给你吃就已经够好了，你还想吃鸡肉鸭肉，出过世你再吃吧。"

老人说："你们这么过分，等我死了你们就晓得报应。"

老人死后不久，做生媚的突然在半夜操起菜刀，将自家砍伤，在县医院住了一个多月。逆子买了香纸蜡烛前去问菩萨。神婆点燃一支香，请"天神"下凡间，给他查家运后，说："你们在老人还生时，对她太恶薄，神一定要惩罚你们，好让你们记心。"可是记心又怎么样？老人已经死了，下辈子她也不会找这样的人做子哩、生媚了。

大家都说这就是报应，只是不知为什么现在还有不少人虐待老人，难道他们真不怕报应吗？

泥公对这个身边事，也是持指摘态度的，他是有是非观的人，只是从没把这类事往自己身上联系。有段时间，他甚至有些冲动，想把这事写出来。

泥公当然没有动笔。真能写好？写后真能发表？他在肯定和否定中，很快就否定了自己。他就是这么个大事做不了、小事不想做的人。

泥公本来也是个书料，可是他这人太不谦虚，骄傲两字使他的命运之船驶向了另一个港湾。这就是命。泥公的命，不信也得信，不服也得服！

睡不着觉时，泥公也会睁着失神的眼睛望着天花板，自己的一生，也许就只能这样按部就班，这辈子，没有什么大作为、大动静了，只能做路边的小草了。唉！他觉得自己活得憋屈，活得落伍，说有多狼狈就有多狼狈。可有些时候，只要跟那些更窝囊的人相比，他又觉得自己活得挺惬意、挺自在，没人管制他。也是啊，人家溥仪都能过普通人的日子，而且过得踏实，何况自己？人这东西啊，该认命时就得认命，该低头时就得低头，命苦不能怨政府！

比上不足比下有余，做人就要知足常乐！早过不惑、渐近天命的泥公，时常这样安慰自己，说服自己，不然又能怎么样？

养猪及其他

图改善生活，人人勤养猪

在中国，猪一直以来便是国之生计、民心所系。子龙小时，也曾与猪结下了不解之缘，还因此衍生出些许悲欢之事，且慢慢道来。

二十世纪七十年代初开始记事的子龙，实在想不起来是哪年哪月哪日才有口福吃上了猪肉。他只记得，家里一直很穷，穷得有时只用开水煮菜，油是稀罕之物，稍微宽松时，也就那么可怜兮兮的一丁点油星。还是母亲会当家，把挂在菜篮里的一小块肥肉往大锅里擦几下，算是煮菜用了油。

集体核算时，社员们大都养了猪，到可以宰时，紧工前或农忙后，搞庆功会或逢年过节时，还须生产队开社员大会通过。宰猪后，自家只留一些肉，其余的按人口分配，二三五两不等。他家六口人，最多时也不超过三斤肉。因为穷，就连这么一点肉，他们也很少享受。记忆中，母亲把每次分配来的几斤猪肉，都叫大姐子珍和其他困难户一起拿到邻省广东大坝子卖高价。所谓高价，就是由七角六分变成一块四或一块五。当然，由两块一角能变成四块二或四块五，就能换来食盐和其他急需的食用品，倒也划算。

那时年少不懂事，子龙就常埋怨母亲太会当家，到嘴的猪肉，又要让姐姐拿去卖，心里委屈得不得了，曾含泪央求母亲和姐姐把猪肉留下，让他们解解馋。可母亲哄他们说，生产队经常会有猪肉分配，这次没钱买盐和火柴了，就卖了吧，过不了多久别人家就有猪宰，分配给我们后就自己吃了。

其实，那时要间隔一两个月才宰一只猪，这次卖猪肉的钱买了盐之类的日常生活品，能用到下次分配猪肉的那天吗？那么，下次的猪肉还不照样另作他用。一两个月才宰一只猪，可箩般大字一个不识的母亲，也可以用"经常"两个字。母亲是个文盲，对"经常"两个字根本就没什么概念。

子龙心里非常委屈，甚至有点怨恨母亲，总是那么"无情""狠心"地剥夺了孩子们的口福。然而，心中有再大的怨气，也不能发作，只写在脸上。母亲虽是文盲，但挺精明，一眼就能看穿孩子们的心事，总会安抚人心："别闹，下次我保证不再叫姐姐卖猪肉了，保证让你们吃个够。"

笑话，就那么一点猪肉，能让我们吃个够吗？全家六口人啊，即使那天父亲没回来，也有五口人，那时油水不够，一个人真有得吃的话，两斤猪肉都不在话下，哪比如今，三餐都有肉吃，都吃腻了，想吃萝卜青菜。

母亲都把话说得这么好听，孩子心中再委屈，也不能顶撞家中的二把手。其时父亲在外地烧石灰，母亲就是家中的一号人物，也就是兄弟姐妹四个的最高领导，再想吃猪肉，也不能去触母亲这根"高压线"，何况母亲要姐姐把猪肉拿到广东卖高价，也是为了家中生计着想，情有可原。

因为好处多多，家家户户都想养猪。养猪不但能给家里带来一笔可观的收入，也给家里积了不少肥，尽管当时猪粪不能私自利用，但猪粪可换来不少的工分，猪尿还可以浇菜。子龙和二姐子云小时曾无数次看过大人们淘猪粪的场面。在集体的矮房前，平地搭个三脚架，架上吊着一把大锤子秤，专门有一人在那里称猪粪，一人记斤两。别看农民土里土气，但脑子却一个比一个精。为了给猪粪增加重量，多一点工分，有人想方设法不让猪尿外流。要是人家说，你家的猪粪太湿，他会说，那是我家的猪尿多，我有什么办法？如果称猪粪的公报私仇，你也会吃亏，明明是一百多斤的猪粪，他也会报个九十斤。记斤两的也是。个别精明的妇女，不放心，明明不懂秤星，不认字，但也会不懂装懂，装模作样地凑近前去看秤星，瞧斤两。她天真地认为，自己装装样子，男人就不会乱使坏。农村有句话叫做"三个精布娘①抵不上一个傻男子"，有一次，男人故意使坏，把秤星放错，把斤两报少，考验女人。如此这般报错二三次后，见那女人都没吭声，就认定那女人只是装装样子而已。

猪粪用在菜地里，菜长得快也长得好，地里头如果经常用猪粪施肥，地质就越来越好。菜种下后，用人尿或猪尿牛尿一浇，很快就绿油油一片，长势

---

① 精布娘：聪明女人。

喜人。于是，猪肉和蔬菜都成了绿色食品。

精明的人家，到了大猪快出栏时，就提前买一只小猪回家先养着，以免大猪宰杀后，家中断猪，造成剩菜剩汤没处去。其实那时又哪里有什么剩菜剩汤，只不过有些洗锅水和洗碗筷的泔水。那时粮食欠缺，掉到地上的饭粒都会用手指捻来吃，碗里几乎看不到一粒饭了，还恨不得伸出舌头再把碗舔一遍。

社员们都特别重视养猪，猪一餐吃不饱，心里就慌，甚至自家也吃不香，生怕好不容易养大的猪得病而死。那样的损失，对于当时的人们来说，简直如天塌如地裂，死了猪比死了老人还伤心。有人说："人老了，是一种负担，是当割的禾了，死了，老人也安乐了，子女也轻松了，而猪死了，破不起这个财。"一只猪带给这个家多少好处，谁也没有仔细算过，可能连最认真的，子龙那一度当过生产队记工员的父亲也没去算过。但是，在那个温饱都成问题的年代，死一只下蛋的母鸡，对于农民来说，也是破财，全家人都会脸上带霜，何况是猪？

好生伺候，猪也任逍遥

五谷丰登，六畜兴旺，这是农家的企盼。每年春节，村民们的粮仓和猪舍牛栏鸡棚，总见贴上写有这番内容的大小红纸，折射出寻常百姓最基本的美好愿景。

愿景归愿景，人都会有个三长两短，何况六畜？再说，猪算是六畜中的宝，一旦出问题，肠子都会悔青的。一次，一个叫华英的大婶家，猪得水肿死了，她哭得差点脱神，听说她的公公婆婆死时，她都没有这么伤心过。因为她婆婆一直嫌弃她，说她脸大头大屁股小，只生女娃不生男童，害自己儿子成了半孤老，因此一直对她指桑骂槐。公公婆婆在世时，华英度日如年，巴不得他们早日去阎罗王那里报到，死时华英心中暗喜，但为了埋旁人眼，硬是从眼里挤出了两滴蝉子尿①。

大家把猪当作摇钱树，不精心伺候才怪。那时喂养猪没现在轻松，喂猪是件麻烦事。三餐喂猪时，大人们常用刚煮过菜的锅煮热水，其时煮菜的余火

----

① 蝉子尿：眼泪。

尚未熄灭，煮热水还绰绰有余。热水煮好后，就冲到猪食桶里，把事先放到桶里的猪食搅拌几下，就可提去喂猪了。有些猪不好伺弄，非要另外弄些食盐或细米糠作为调料，它才肯给面子"哒哒哒"下嘴。

小时，子龙就特讨厌喂猪。父母和姐姐没空时，就把猪汁桶提到猪栏门口，打开猪栏门后，先舀一勺到猪食槽，然后就让他喂，吩咐他不能离开，以防猪跑出来。他只好死死地守住猪栏门，猪要是企图窜逃出来，就用勺砸它的头。

有些猪不好喂，挑食，冷又冷不得，热又热不得。当子龙一勺一勺把猪汁舀到猪食槽时，它不高兴或猪汁不对口时还把槽给拱翻，有时溅得人浑身都是猪汁。子龙要不是看在母亲那句"过年时卖了猪为你们做一身'的确卡'新衣服"的分上，真想一勺砸死它。因此，对猪的恨转变成对"的确卡"新衣服的期盼，高高举起的勺子，随着自己的一声慨叹，无奈地放下。后来想起，觉得自己真是比猪还笨，明明晓得全家的希望都在猪身上，而且一勺也根本砸不死它，却还有这个想法和举动，真是笨到家了。

更可气的是，猪根本就不曾理会他的这些举动，它照样要吃就吃，不吃就拱翻，似乎对他说："我是宝，能给你一家带来许多好处，你们家想过好日子，完全指靠我呢，你敢砸死我吗？"看着它那带着挑衅的眼神，子龙只能装腔作势地比画一下勺子，而这畜生根本不吃这一套，眼睛眨都不眨，只一个劲儿地嗯嗯唔唔，他只能把嗯嗯唔唔理解为"你砸呀，你砸呀，砸死了我，你的新衣服谁给你？"那时，子龙才觉察到，猪原来并不笨，只是不会言语而已。

养猪偷懒不得，天气再冷也得先为它准备吃的。子龙清楚地记得，母亲和姐姐经常冒着大雨，戴着斗笠，穿上蓑衣，去菜地里摘猪妈菜、黄衣菜，割番薯藤[1]。还把芋苗和野生芋切成小段段，放在大锅中煮烂后，挖一个坑，中间再放上一些米糠，用余火焖上一些时候，再用锅铲翻转，直至锅中什物搭配均匀，然后取出放在一个专门存放猪食的小缸里，让猪吃上几天。

为猪准备食物，热天还好，要是寒冬腊月，或遇上雨天雪天，那真是苦不堪言。大人们说，猪没了吃比人没了粮食更揪心，因为人没吃时可以去邻居家里借，而猪没有吃的，总不可能也去邻居家借吧。

---

[1]　番薯藤：地瓜藤。

为把猪肉盼，险些小命丧

说到吃猪肉，子龙有过一个最为痛苦、至今都无法忘怀的往事。五岁那年，队里养的猪在他家对面禾坪里宰杀。他家六口人，按每人半斤算，分配三斤猪肉。因为是下午四点才开杀，等到分配完，已是傍晚。虽然无法再拿到广东大坝子卖高价，但因家里穷，母亲就决定不要那三斤分配来的低价猪肉，打通孩子们的思想后，决定做薯丸子吃。

尽管吃不上猪肉是件非常失落和难过的事，但有米粄和薯丸子打发，对小孩子来说，也算是一种补偿。虽然两者不能相抵，诱惑力也相差太远，但是，谁都没那个胆量去否定母亲的决定。因父亲在外，母亲的最高旨意，连最捣蛋的哥哥子瑜也只能小声嘀咕："每次都舍不得让我们吃猪肉，骗了一次又一次，把我们当猴耍，太过分了，也不怕馋死我们。"

那次做薯丸子，给子龙的印象最深，打击也最大。是晚，母亲和哥哥姐姐都忙着做薯丸子，都急着吃，所以大家都没有注意到他还没回家。当有人飞跑过来说，你们家的子龙回家过拱桥时踩空掉下，母亲和大姐子珍当场大哭起来，飞也似的跑到石桥下。找到子龙时，子龙已昏迷不醒，吓得她们心都跳到了喉咙口。母亲抱着子龙对着夜空哭喊："上天，救救我的儿子，保佑我的儿子吧，下辈子让我做牛做马都行，只要我儿子没事……"在子龙坠落的身旁，有块百多斤的大石头，如果……母亲过后说起还心有余悸。

坚强的母亲很快镇定下来，她强忍悲痛，对子珍说："你快点回家照顾弟弟和妹妹，我抱子龙去赤脚医生那。别怕，我们家一向循规蹈矩，没做过亏心事，上天不会亏待我们的，子龙会没事的。"说完扭头就走，那时，天色已完全黑了下来，黑得伸手不见五指。

就这样，母亲一人抱着子龙，凭感觉深一脚浅一脚地往医生那里跑，她那时的心情有多焦急，可想而知。赤脚医生原是军医，退伍回来后，大队让他在队部开了一个药房，离子龙家有四五里。他很有经验，一向也很敬重子龙父母的为人，一番小心查看后，告诉心急如焚的母亲："你家子龙只是轻微脑震荡，右臂骨折，并无大碍，你放心，我有空会来你家检查，你男人不在家，大忙天的，也不用那么辛苦大老远抱来。"

这次后，子龙幼小的心灵，在奢望吃到猪肉的同时，又产生了一种莫名的恐惧和憎恨。如果不是猪肉，他就不会私自跑到对面禾坪里去，看着别人家的大人都提着猪肉兴高采烈地回家，他们家的孩子跟在大人屁股后，争着嚷着要提猪肉，不时还回头瞧他一眼，意思很容易理解："我家有猪肉吃，而你家穷，没猪肉吃。"他这才会难过地只想着吃猪肉，过桥时不留神一脚踩空，差点没了小命，还害一家人流了不少泪。

度过了多少个风风雨雨的春夏秋冬，这件事都一直在钟家人的脑海中徘徊。子龙出来工作后，曾写了这个故事，在报刊上发表。姐姐读后还伤心难禁，失声大哭，吓得她的儿子也莫名其妙地跟着哭了起来。

这事后，队里再宰猪，母亲就尽量满足孩子们，不再叫姐姐全部拿去卖，多少留一些给长身体的孩子们吃。

政策翻新，激活养猪法

不管是农村还是城镇，政策好了之后，养猪变得容易多了，吃猪肉的机会较之从前也多了起来。

分田到户后，每家每户更加重视养猪，还养牛，养鸡鸭，养兔，以改善生活。养了再多，也不怕会被当作资本主义的尾巴割了。养牛只需人工，不用喂，可以赶到山上吃草，冬天草枯了，还可以用稻草喂养。家庭联产承包责任制让每家每户都有田有地，稻子收割时，把稻草扎成把，晒干后捆好堆放在柴火间，这就是牛过冬的食料。那时猪和牛一般都关在同一个圈里，这样，稻草既可以用来喂牛，又可以让牛和猪都不会受冻，还可以变成农家肥，可谓一举三得。

稻草不够用，子龙就和子云一起上山割草，晒干后也丢进猪圈里。那种年代，就堆放柴火和稻草也得有两间房子。子龙父亲聪明，把稻草缠在屋后的松树上，再用一块薄膜围好上端，这样一来，就是下大雨，也只有露在外面的稻草会被淋湿，太阳出来后又被晒干，到了要用时，从最下面拖出，下面的拖出后，上面的自然会慢慢地往下滑落。后来大家都学他的样，称他是诸葛孔明再世。在贫困状态的生活中，很多农户连人住的房子都远远不够，哪还有空房做柴火间，父亲这个办法真的让不少农户解决了大问题，他们一直夸子龙父亲

153

脑袋瓜子好用。

当家做主了，大家的脸上都堆满了笑容，不再受人管了，自己有了自主权，因此劲头十足，不但耕好了田，年年亩产达千斤，还开了不少荒地，用来种植旱作物，比如番薯、芋子、薯子和甘蔗。但相对来说，种番薯的还是占多数，因为番薯可以充作粮食，又可以当成水果，番薯藤还可以用来喂猪。一次喂猪时，子龙顺手把有虫口的生番薯丢过去，这家伙竟吃得有滋有味，再丢，再吃，比人还贪嘴。

母亲是个勤劳质朴的农村妇女，虽是文盲，但不乏精明，也很会持家。她总是把番薯分门别类，把那些被锄头弄坏了的和那些有虫口、牙签般大小的放一堆，先蒸了吃。人不能吃的就用手抓烂，用来喂猪。用番薯喂，猪长膘快，油分也多，肉质非常鲜甜。不过，种番薯最讨厌的就是切番薯藤。每年到了霜降，就要抓紧把番薯藤割下，切成细段，越细越好，晒干后装进麻袋，存放好，作为猪过冬的存粮。那时的农民，闲来无事时，不是比钱多，而是比谷子多、杂粮多、番薯藤多、六畜多，这些多了，就是万元户，就是实打实的富户。

前面说了，子龙怕喂猪，尤其是那些不好喂的猪，每次都弄得他一身臭烘烘的。有些猪一不顺心，就会把猪食槽拱翻，有的还连着把猪食桶也拱翻。这种时候，他裤子上就会有花纹展现，他恨不得用勺砸烂猪头。当母亲问起猪吃饱了吗，他总是骗她说吃饱了。后来，有不少人为了"安全"起见，就不再用木头做的猪食槽了，而用水泥砌个槽，喂猪时就不怕被它拱翻了。当然，也不是所有猪都这么讨厌，有些猪也很乖，舀一勺它就吃一勺，从不浪费、糟蹋粮食，也不惹主人生气，就是一桶猪食分两次倒食槽，主人走开，它也不会跑出来，吃干净后就躺回原处。

农闲时，大家凑在一起讲闲话，说来说去说到猪身上：做猪最轻松了，不用劳动就可以吃得饱饱的，而且吃饱就睡，越睡主人越喜欢，给的吃的就更多。农村有句话说"猪撑大，狗撑坏，人撑变田拐[1]"，说猪吃得越多，长得就越快，这样不劳而获，就是一年后被人宰了也甘愿。人活得多辛苦，做生做死[2]，风吹日晒，雨淋霜打，总是拼着命干，就是不用睡觉也有做不完的事，

---

① 田拐：青蛙。

② 做生做死：辛苦劳作。

要是儿女多了，到终还是衣不遮体，食不果腹，一百岁命长又有啥意思。

男人们说，做猪也要做猪哥①，猪哥因为要配种，所以营养要充足，吃得既多又好。更可恶的是，他们说做猪哥可以和许多猪妈交配，多惬意啊，做鸡也要做公鸡。女人们笑，做人你们也是公的，还有什么后悔的。他们说，做人最没意思了，只能和自己的老婆交配，不能随心所欲，下辈子一定争取做猪哥。

子云不爱吃肥肉，以前肚底很差，吃点油腻的东西就会闹肚子，要是贪吃这些，肚子里马上会难受，恶心，翻江倒海，甚至上吐下泻。因此，每次家里宰了猪，父亲就把猪心留下，用一个大口杯蒸，有时让一家人共享，有时强迫她一个人吃掉。子云对猪心情有独钟，猪心还在锅里蒸时，散发出来的香味已令她垂涎三尺，还没烂就想把它消灭。

随着科学养猪的普及，也为了保证人人都吃上猪肉，饲料猪便大行其是。现在城镇居民菜篮子里的肉，已鲜有农民自家养的六畜。猪肉也不例外，所谓家猪，农民自家养来自家吃，很少拿去出售。以前煎猪油，只要锅里没水了，肥肉放进去，油就嗞嗞嗞地冒出来了，现在煎猪油，如果不事先放些油下去，肯定粘锅，这就是家猪和饲料猪的差别，至于两者的味道，那更不消说了。

政策好了，为了增强农民的经济效益，提高农民的生活水平，上面大力支持农民养猪，甚至还为母猪买保险。如果母猪得病死了，一只可补千元。又发动猪农做沼气池，一个沼气池补一千多元，另发一个气灶。做沼气池既可减少污染，又可省下不少钱。有些猪多的农户，每天都有烧不完的气，还可以卖给别家，一个月十元二十元，关系好的则慷慨相送了。

因为上头的大力支持，农村大到几百米，小到几十米的猪圈，忽如一夜春风来，纷纷筑起，随处可见。大家不断发展，多到几百上千头，少到几十或几头，多的人家还专门养几头公猪，公猪还可以另外为主人赚钱，每交配一次五十元以上，如果交配不成功，没让母猪怀上，又要重新交配的话，只需再交十元。

时代变更到今天，养猪不再采用最原始的喂养方法了。养猪的程序改革了，每次只要将拌好的饲料倒到猪栏里就可，你只要站在外面看看猪有什么不对、吃不吃得饱就行。猪栏里装了感应器，口渴了猪就会过去喝水，根本不用

---

① 猪哥：公猪。

像以前那样，另外加水。

因为采取了不知是科学还是"拔苗助长"的饲养方法，大大缩短了猪的生长期。以前用最古老的喂养方法，往往需要一年甚至一年半才可出栏，现在一般都不用超过半年以上。不过，因为养猪成本不断提高，顺利还好说，一旦行衰运遇上猪瘟，比如五号病、过热病，那么，辛辛苦苦养的猪，连同你赚大钱的梦想，就会一江春水向东流，你哭都找不到地方。

养猪顺否，时运尤关键

养猪养猪，养猪能让你笑，也能让你哭，这是所有养猪户的共识。

子云的小叔就养了几十只猪，光母猪都有近十只，而且都买了保险。他养猪多年，已积累了足够的经验，大事小事都不用再求兽医。平时猪有什么小病，他都亲自打针、喂药，所以也赚了不少钱，还做了沼气池。小叔的姨子开了饲料店，专门从事饲料批发，小叔他们就从她那里赊账买来饲料进行简便的现代化喂养。一般人赊账要比现钱贵几分，到了猪出栏时，再去结账，赚多赚少就知道了。

某年冬，一场突如其来的五号病，使他亏损三万多元，几十只快出栏的大猪死的死，没死的也低价处理掉。母猪也死了好几只，幸好还有两只坚强的母猪留了下来，作为他东山再起的资本。实非"猪坚强"，而是因为关在子云屋后的烤烟房里，每餐由子云喂食，不然，保不保得住那还是个谜。猪瘟传染性强，如果不隔栏，不换人喂养，就别怀有侥幸心理。

"养猪也要看运气，要是运气不好，猪老是得病，长得又慢，可以出栏时，猪价爆跌，没猪卖时，猪价却一直上涨，你恨不得用气筒将它吹大。养猪时间长了，什么样的情况都可能碰上，要是得病死上几只猪，本钱不亏掉就已经阿弥陀佛，屙尿对壁笑了。"一次说起养猪赚不赚大钱，子云的小叔这样说。

"就是，亏本的时候你们没养猪的在那偷打冷笑，遇到五号病、过热病，我们全家都吃不香睡不好，从兽医那里一拿就是好几百元的药和针，给猪吃了药打了针，还不管用，你们真不知道那个滋味，手脚都软软的。"

另一个猪农这样一说，大家都笑了。

"鬼喔个[1]，如果养猪不赚钱，你们为啥养这么多猪，连屋前屋后都舍得做猪栏？你放心，我不会向你借钱用。"一个叫美兰的少妇说。

"农村人，有什么办法，出门打工又不可能，总要想个办法让日子过下去，养猪虽然也是赌博生意，但人生就是一种赌博，种烟也是赌博。不管怎么样，总得搏一搏吧，搏一搏单车变摩托。"子云小叔接上美兰的话音说。

农村人没出门搞副业，光靠卖烟卖谷子，的确难以维持生活，如果要缴一两个小孩读书，那就有困难了。养猪若能避开猪瘟，一般情况下都有赚，只是赚多赚少的问题。

不管是子云的娘家还是夫家，养猪的历史悠久。老百姓也有丰富的养猪经验，大多数小病一般能搞定，使得养猪成为本村独立的支柱产业。这对于调整产业结构，振兴农村经济，提高农民的生活水平，无疑是一条重要的途径。当然，养猪也并非易事，首先要精通猪的类型与品种，猪种的选育与杂交利用，猪的营养与饲料，猪场的规划与建设，仔猪生产、肉猪生产、猪病防治、养猪生产的经营管理，还要去了解市场，分析市场，适应市场，另外得有一定的经济基础。

选种猪，前后脚要直，要高长，饲料方面，开始时用叫槽料，要驱虫，到三十斤左右用小猪料，再驱虫，到七八十斤时转中猪料，一百八至二百斤转怀孕料。母猪发情二至三次后，让公猪配种，到二十天后要看母猪会不会发情，如会，就要再交配。交配成功后，一百一十六天就会下崽。母猪下崽后，要打缩宫素，小猪崽要用烂衫烂裤擦干净，用灯照。下完崽的母猪三天后打生血素，七天后再打一次，喂哺乳料，还要打两天青霉素。小猪十八至二十天要打水肿疫苗，二十五天要打猪瘟疫苗，三十天后断奶。从叫槽料吃起，肉猪到了一百斤左右要转大猪料，到二百斤以上就可出栏。

子云的小叔曾二三次要她把房前的一大块地用来建猪舍，子云断然反对，这块地离住房只有二三米，不管养猪多赚钱，她毫不动心，说："我们活着，就是为了过好每一天，如果在房前筑猪舍，那蚊子爸蝇一大到晚在你眼前头顶嗡嗡叫，菜碗一上桌，得有一个人专门驱赶它们，这叫什么生活？我情愿苦一点也不想在房前屋后建猪舍。"

对房前屋后春笋般冒起的猪舍，是新农村建设中头痛的话题。不少猪舍

---

① 鬼喔个：讲鬼话。

距离住房只有两三米。子龙有个中学同学的猪舍和厨房还连在一起，其兄长的猪舍更绝，就建在新房的厅堂门口，大概只有二十步远，而且就在老弟的屋后五尺左右。去这个同学家，最让人难受的就是猪舍里面散发出来的馊粪味，前后都有。这个同学家的门和窗户都一直关着，预防蚊蝇飞进，后来做了纱窗，有了些空气飘进，也还带着粪味。在他家，蚊子苍蝇像直升机到处乱飞，飞到头上身上，嗡嗡作响，总是让人防不胜防，难受至极，要是咬上你一口，就会让你一天痒得直挠挠，风油精搽了也没用。最头痛的是，到了吃饭时，那些令人作呕的小东西马上会光临菜碗，赶在人前先尝鲜。有时菜还在冒热气，那些可恶的家伙根本不识趣，在上面来回盘旋，一不小心就扑进了菜碗里，做了冤死鬼。

这些年，养猪趋势日益高涨，有些没有地盘的人，就去贷款买地，建猪舍，买猪种。经济不允许，没有场地又怕风险的人，就只好看别人赚钱，看别人笑，也看别人破财，看别人手软脚软、愁眉苦脸。

猪瘟终有时，人病不可恕

二十世纪九十年代前，美溪村和全国众多乡村一样，还是山清水秀，鸟语花香，如今污染严重，环境质量一泻千里，除工业因素外，养猪是要负一定责任的。

有的人养猪并不规范，又不负责任，加上上头没人制止，到了猪瘟散播时，就把死猪到处乱扔，瘟鸡瘟鸭也是，最多的地方就是附近的小溪。他们企图让水把它们冲走，可是如果半年不下雨，那些死猪死鸡死鸭就一直浸泡在那里，直至腐烂。一些流浪狗吃了，竟当场暴毙。由此可见，死猪死鸡死鸭之毒，多么可怕！

更让人发指的是，不少屠户为了几个钱，竟不顾别人的健康和生命，把埋到泥坑里的死猪挖出，割下它身上的瘦肉，低价卖给肉丸老板。黑心老板将之打成肉丸后再行出售。还有，哪家有几百斤重的母猪死了，打个电话，就有人以五十一百的价钱运走。猪农为破财伤心不够，还愁这死猪无法处理，这下有人肯出五十一百把死猪运走，有几个不乐意？死猪运走就行了，管它拿去做什么、打什么丸。听说这些死猪运往邻省一些地方后，被一些黑心老板用科技手段加工做成肉松、猪肉罐头和火腿肠。

农村因为没有卫生处理站，每到三禽六畜发瘟病时，就到处乱扔，因此腐烂物越积越多，猪瘟鸡瘟持续不断。长期以往，搞得原来山清水秀的乡村都臭气熏天，苍蝇蚊子大量繁殖，越养越大，越长越凶，都快成它们的天下了！它们在街头巷尾像芝麻般撒开，猖狂至极，不管白天与黑夜，都在侵犯人们，弄得你恨不得一巴掌拍死它，把它剁为肉酱。大家开玩笑说，如果世上有人收购苍蝇蚊子就好了，大家恨它们就像恨日本鬼子一样。

上年冬，因为天气变化，五号病残酷无情地光临了许多猪舍，令许多猪农血本无归。有个才二十几岁的饲料店老板被养猪户所杀，就是因为养猪户的猪得了此疫，几百只猪只剩孤零零几十只，付不起那饲料钱，当饲料老板一次又一次上门逼债后，他心灰意冷，感到前途无望，难振雄风，于是动心起念，把他诱入房中杀死，大卸八块，装进蛇皮袋，与死猪一起丢到深水潭里。后经公安局侦查，被捉拿归案。糊涂啊糊涂，才八万多块钱，要自己搭上一条性命，值吗？钱是人赚的，有人就能赚到钱，而生命只有一次。

也不能怪饲料店老板不通人情，他们卖饲料，大都是贷款，又都是赊账，如果都因为猪得了五号病就一分不给，那么，即使有家底也挡不住啊。若买卖双方互相体谅，多少付一点，也许悲剧就不致发生。

有些猪农还蛮横无理地说："我的猪都得了病死光了，肯定是你的饲料有问题，还想向我要钱，我不叫你赔就够客气了，你再逼我，我就跳楼了。""饲料是买给猪吃的，要等东山再起后，赚了钱再给你，哪有可能将卖烟叶卖谷子的钱用来付饲料钱？"饲料店老板听了这些鬼话，只能暗叹倒霉。

现在的人都像狗条子一样精，买者和卖者亦然。你买我的东西不给现钱，我就多算几分钱，我贷款的利息钱就得从你们身上出。买者也有算盘打，反正你多算了我几分钱，就要跟我比命长，我就跟挤牙膏一样每次还一点点，我要赖你又能怎样，又不能杀了我，夺我家产。农村有句典型的赖皮话："少人一千，脑袋一偏，少人一万，脑袋　点。"也是，欠你越多钱，你越要客客气气对他，这时候，他是爷，你是孙。没办法，东西不赊账，又怕货没销路，赊了账又怕钱拿不回来。

五号病刚过去半年，过热病又像青雾一样弥漫乡村大地。这次过热病持续时间很长，整个乡镇几乎都没有净土。每天都有人用摩托车或拖拉机、工具车载死猪，有些到了百斤以上还没死的，猪农便把它们低价出售，便宜也有便宜钱，一死，就一分钱也没有了。

子云的小叔说起这事，长吁短叹："每天做又做得半死，一回到家看到猪一伙一伙趴下，莫说眼泪，心脏病都会得，每天都吃不香睡不好，干起活来手绵脚软。"

有个叫水牯的中年男人说："一进猪栏，看到猪趴下了，心里就跟猫抓似的，这好在也是天亏，要是人为，我就是没有了脑袋，只要还有脖子我都要跟他拼了。"水牯还开玩笑说，"猪得了过热病，连跟老婆搞鬼事①都没了心情。"

有个叫华英的少妇，老公在外地煤矿干活，家里养了几头母猪和几十只肉猪，肉猪每头还不超过一百斤。猪死后，她就用摩托车把死猪运走，一次，伤心加难过，劳累加慌张，费了九牛二虎之力把死猪搬上摩托车后搭，刚要跨上摩托，摩托车却倒了下去，她也跟着倒下，伤心得大哭。邻居听她哭得如此伤心，走出门口观看，又不能上前劝慰，更不可能帮她。因为过热病传染性强，大家都小心翼翼的，生怕把病带回家。那段时间，他们都不敢出门去邻居家玩，就是遇上亲戚朋友家做好事歪事，都尽量不去，只把礼捎去。

现在有些人心肠特别坏，自家的猪得病亏了血本，巴不得别人家的也死光光，大家的猪都死光，心里才舒服，不然就不公平，套用这里的俗语说，"跌落屎缸②平臭③"。

圣古养了几十只猪，因为周围的人家都是外组人，他家也可以说单门独户，几百步远才有人家。当时，别人的猪都死了不少，唯独他家还没有扔死猪。有人就眼红，趁他一家莳田时，把一只近百斤的病猪弄到他的猪栏里。圣古中午回家喂猪时，发现猪栏里多了一只猪，见那只从天而降的猪能吃会喝，便没舍得把它赶走扔掉。几天后，他家的猪身上开始出现红色，耳朵上呈现紫色，也不去吃饲料。他心慌起来，马上去兽医那里告知详情，原先他也一直给猪用药，打了预防针，这下加重药量，一算花掉六百多元，但都无济于事，只半个月时间，猪栏便被清洗一空。一家三口大哭一场，大骂那个坏心眼的恶人，世上骂人的言语都骂尽了，但又好比狗吠月亮。圣古怀疑是他的冤家作的恶，但无凭无据的事又不能找人家算账，只好强忍恶气，伺机报复。

当今社会，饲料食品吃多了，人也变得越来越坏，越来越恶，有时结下

---

① 搞鬼事：指房事。
② 屎缸：粪坑，茅房。
③ 平臭：同臭。

了梁子，就会想尽一切办法报复人家，不是用老鼠药拌米粒将人家的鸡鸭毒死，就是用除草剂将人家的烟草稻苗蔬菜洒死。还有更可怕的，就是把你家种的菜洒上微毒农药，让你一家吃了上吐下泻肚子痛，住进医院洗肠洗肚破大财。一想起这种小人，就如身处寒宫，因此，一定要记住这句话："宁得罪君子也别去得罪小人。"

圣古的猪死光后，他的怨气迅速在脑里肚里膨胀。他睡不着觉，也想着去报复人家。听说，他这伙猪卖了时就娶媳妇进门，时间定在元旦，本来可以一分不借的，现在却每一分都要借，他能不气吗？他咬牙切齿地对一个本队的朋友说："我敢抓实①，那只病猪就是卫古那个短命相②扔到我猪栏里的，那段时间他每天都往外扔死猪病猪，这个死唔倒个短命相，害我花了六百多块钱买猪药，还一只都没保住。我准备讨生媚的钱都打了水漂，这个仇不报，我就不是我爷娭屙个，总有一天我也要弄到他一家哭都没地方哭，我要让他破更大的财！"

圣古的朋友叫桂华，大家叫他桂子腔。听完圣古的话，桂子腔说："冤冤相报何时了？再说，你又没有亲眼看到，哪能随便冤枉人家？就算是他咁歪心③，他也不是呆子，他会承认吗？无证无据的事千万不要在别人面前乱说，以免人家做两面扇，在他面前添油加醋，花舌缭鼻④送小心。现在的人，爱⑤你好的没几个，盼着你倒霉、等着看你笑话的却多的是。即使有这么一回事，自家心中有数就行了，以后小心一点，自家一家人也要多想一想做人的方法，都五十多的人了，还有几十年光景？人生在世，不就是求一个平平安安，清清白白，无愧于心吗？不是说做人做得好，屙屎都不用蹲下吗？"

圣古家平白无故多了一只猪，后来导致猪栏不留一只的事，很快就在周围传开了。大家都笑圣古贪财，把人家扔在路边还没死的病猪赶进自家猪栏，以为是别人家的猪栏门没关好，跑出来的好猪。

也有人这么议论，圣古周围都是外组人，圣古一家又都爱贪小便宜，手脚也不太干净，大家都天天扔死猪，而他家的猪还在天天嗷嗷喂喂，等着主人去喂，人家当然怕他发财。要知道，当大家的猪栏洗空后，还有猪的就行好运

---

① 抓实：肯定。

② 短命相：短命鬼。

③ 咁歪心：这般坏心。

④ 花舌缭鼻：无事说事。

⑤ 爱：希望。

了，肉价肯定会翻一倍，人家眼红也是正常的，何况圣古一家都不是好货，别人闯到他家的狗呀鸡呀鸭呀几乎都有去无回，被他们"关门打狗""瓮中捉鳖"后成了腹中美餐。他们一家的贼名早已远播，如今圣古的儿子已近三十，问过多少人家的女儿，但一听说他们的名号，马上摇头拒绝，上梁不正下梁歪，如此家风，怎能教育好下一代？

正可谓"养猪大如山老鼠，头头死"，圣古这次遭遇了猪灭门事件，很气愤，好不容易从外县买了一个姑娘，正准备请客，却破此大财，能不伤心吗！

做人千万别做亏心事，做人就要做个清清白白人，好比葱花拌豆腐，无愧于天地，无愧于心，这样就不怕天上打雷，地下鬼敲门。圣古如果不作恶在先，哪里会遭人报复，被一只扔到猪栏里的病猪破了大财？过热病和报复心如同无情的龙卷风，把他的猪全部卷走，怪谁？是谓"天作孽，犹可恕，人作孽，不可活"。

过热病狂袭时，所有猪农都愁眉苦脸，找不到笑容，有时笑也比哭更难看。已经破了财的，心痛得哭都哭不出，哪还笑得出？屈指可数还没破财的，每时每刻也都在提心吊胆，不知道衰运啥时光临。他们说，那段时间过得真不知叫什么日子，心里好像放了一块大石头。

此病来时，猪肉方圆数里无人问津，一个多月没吃猪肉的人左右都是，所以那时猪肉价不好。过后一段时间，因为许多猪舍被清洗一空，猪肉价又会大幅提高。

猪肉涨了价，市场上便充斥着注水猪肉。曾有记者在生猪注水窝点直击那残忍的一幕：一人先用一个一米长的钩子钩住猪上颚，紧接着将一个方形的铁框塞进猪嘴里一转，整张猪嘴就被完全撬开了。随着猪的惨叫声，另一名男子将一根塑料管塞进猪的肚子里开始注水，几分钟工夫，猪肚子渐大。休息一段时间后，再用同样方法向生猪肚内反复灌水，然后不管其死亡还是奄奄一息，立即宰杀卖给肉贩子，流通进市场……

但愿阴霾散，人间有福音

猪肉涨价，大家把吃肉的目标转到鸡鸭身上，可是一到十月，鸡瘟鸭瘟又来，小溪里到处又是死鸡死鸭，又开始臭气熏天。本来打算把这些鸡鸭养到过年时，可卖，可宰，新年招待客人不用愁。可是，人会算，天会断，上天不保佑，饿死你都有。其实不要怨天不要怨地，一切都是自作自受，如果大家不把死东西乱扔，何至于此？要怪就怪大家没有卫生常识，也怪上头不重视。

养猪提高了农民的生活水平，这毋庸置疑，但给农村带来的重大污染也有目共睹。卫生环境搞不好，病毒传来传去，持续不断，损失就会越来越大，养猪到底能不能给猪农带来福音，还真是一言难尽！

另外值得关注的是，与前些年长盛不衰的养猪大军相比，当今不少养猪户闻猪丧胆，很多人已经抽身退出了这个市场，局势变得不容乐观。不但养猪户的热情从沸点一夜骤降，前些日子高调进军养猪业的企业也持观望姿态，不敢贸然行动。为什么？因为养猪的风险更大了，经不起赌。

除了前面提到的养殖环境越来越差、疫病经常光顾、猪肉安全问题成堆等情况外，养猪成本持续走高也是风险之一。由于调控力度薄弱，饲料价格持续走高，养猪的成本一升再升，而猪肉的价格却起伏不定，时升时降，养猪户的利益一再受损。二〇一一年初时，包括玉米、豆粕等饲料原料成本大幅攀升，其同比增幅达到20%，这推动养猪盈亏平衡点由去年的每斤六元增加到七元。成本上去了，但猪还是得养，这样一来，猪肉价就涨了，买猪的纷纷指手画脚，怪罪猪农不通情达理。买不起猪肉，买鱼肉、鸡肉、鸭肉总是可以吧，因此众多买家半途中转了方向。可怜的猪农，赔了夫人又折兵，不仅猪卖不出去，连那些老顾客都一哄而散，少来光顾了。这哪里是猪农们不通情达理了，分明是这成本涨得太不给力了。

养猪资金缺乏亦是个风险。依目前市场来看，在生猪养殖方面，无论是银行还是保险公司，提供服务的意愿都不强。不提供服务也是理所当然，谁让现在的养猪风险这么大，本都捞不回来？这使得众多中小规模养殖户在资金遇到困境，或者出现大规模疫病风险的时刻，只能选择退出这个行业。

不过，目前不少猪农仍坚守岗位，也积极采用集约化和规模化养殖，不仅使生猪的产量和价格保持相对的稳定，减小波幅，同时也便于上头的管理和疫病的防控，保证肉品的质量。但愿不久之后，历史的大风能将这些阴霾吹散，以食为天的芸芸众生都能早日吃上可口平价的猪肉。

赌博风云

秋收前的一天上午，八点刚过，络绎不绝的人群和小车、摩托车，从各条乡村小道直通大洋组细狗家。

车上坐满了人。那些怕坐车的女人们，个个提着美观大方、鼓鼓的精致小钱包，一路神采飞扬，说说笑笑。惹得路人纷纷用好奇的眼光打量她们，心里不停地猜测她们的身份和来历，更想知道那些小车和摩托车到底去细狗家干什么。奇怪！没听说细狗家要办大喜事呀，好像他家也没什么大人物啊，可今天怎么了？就是办什么大喜事客人也不会这么早就来呀！

"爱英，你晓得细狗家办什么喜事吗？你看这么多人这么多车子都去细狗家了。"眼尖的玉珍看到本组的刘爱英扛了镢头从田里走来，张口就问，希望从她那里得到正确的答案，以熄灭自己的好奇心。

"我告诉你了，你给我多少信息费？"刘爱英故意吊她胃口。

"改天我中了奖请你吃饭。"玉珍晓得她是卖关子卖上了瘾。

"中了一块钱的奖也请我吃饭吗？那有什么好吃的，我可不想领你这个情。"

"不中奖也请得起你，只要你想吃，只要我们这里有的，我都可以满足你那个小肚皮。靠你那张嘴，吃不穷我。"

"记住你说过的话就行了。我告诉你，那是赌博队伍，今朝日子到细狗家赌，是一个叫标古的男人介绍的，提供场所给五百，烧火煮食的工钱两百。如果他家不煮，庄家另外叫人也是两百。这么轻松就能赚的钱，我想细狗的三个生媚肯定会煮，一个人有六十多块，就煮一餐，做小工有那么轻松吗？"

刘爱英是个消息通，大一点的新闻一般都是从她那播放出来的。她见多识广，不会被那些榨不出多少油水的农田捆死。以前把田地看做命根子，一有空就上开荒下开荒，开荒开荒，开了再荒，现在才叫荒，连分给的田也在荒。

有那么一段时间，泥脚们也大呼勤劳致富的口号，打破"日出而作，日落而息"的惯例，天蒙蒙亮就起床，天黑了还在田地里，日子不够夜子①凑，头不梳脸不洗，天天累得直不起腰，面黑得好比松光樵②，可大家死做烂做也不见自己信用社的存折上有扩增，没见饭桌上有鱼肉出现。没种过田的城市人根本无法体会农民百姓的艰辛，他们吃着碗里香喷喷的饭，却不知这白花花的饭到底是树上结、地下长还是藤上长的。当然，这也不能笑话他们。各行各业，常常是隔行如隔山，人家精通的，你也一窍不通，彼此彼此，谁也别笑话谁。

时代不同了，改革开放了，但也只有那些有头脑、有胆识、有冒险精神又有些小本钱的人，才会抓住机遇，才能把"三斤狗"变成"三叔公"③，而那些还没死先怕臭、前怕狼后怕虎的胆小鬼，是永远富不起来的。

连爱英都不安于现状了，以前她可是个精明能干、吃苦耐劳的女强人，如今她可不想守住那份做死人的烂土地做得整个人都黑不溜秋。她胆儿大，有生意头脑，只耕那些属于自己的田地，从不去租他人田耕，平时有空，就养精神，到了烟草快下烤时，就去做烟草生意，把买来的烟叶重新分门别类，然后运到邻近的广东大坝子卖。广东的烟叶价钱一向比福建高，不少烟农担了几十斤烟叶走山路去那边，为的是多卖几块油盐钱。后来烟草公司严禁走私烟草，派出烟警设路站岗，一旦发现即予没收。爱英没办法，于是闲了下来。

村里人一旦没事干，往往就会染上赌博歪气。爱英本来就不是绝缘体，打理好家中的一切，她也会跟几个熟人朋友去场子里赌一把。她有赌命，十赌九赢，而且能把握分寸，见好就收，不是那种见了寿衣也想要的贪心鬼。她每次赢了几百就马上走人，从不在赌场逗留片刻。她说赌场上太刺激，多看一眼都会收不住心，赌友们都说她精赌。

---

① 夜子：晚上。

② 松光樵：能出松油的木头。

③ "三斤狗"变成"三叔公"：源于客家俗话"无钱三斤狗，有钱三叔公"。

今天来了一大群赌友，引得她马上就从田坎上下来。她刚才是去看田里还有没有水，快收割了，得让田干着，不然割禾时湿哒哒的很讨厌。她洗好一双泥脚准备回家拿上几百块钱也去战斗，所以当玉珍问她时，她马上就能让她知道真相，她实在是对这支"游击队"太熟悉了。

刚才来找玉珍"搭脚头"的香玉，从没见到这么壮观的"游击队伍"，她几乎不敢相信，这些人真的是来这边赌博的。

"你不信也得信，他们就是一群赌博队伍。我带你去见识见识怎么样？还有饭吃呢！"爱英说。

"我们不赌也可以在那吃饭？"香玉又问。

"只要你想吃，不感到别扭，当然可以，而且很排场，有鸡有鸭，还有猪肉、牛肉、肉圆、排骨汤，像做好事一般。"

"看那阵势，也有上百人吧，这么多人，怎么近得前？细狗也没有这么多桌凳吧，碗筷也没这么多，那还不得去借？"玉珍问。

"这个你就别操心了，他们想得特别周到。你没看到有几辆工具车吗？工具车上都是桌凳碗头碗筷，反正吃饭用的工具他们一样不缺，他们把酒肉蔬菜、油盐味精和配料、矿泉水、扑克都带来了。"爱英说。

"连这些也置办了？想得真周到。"香玉又一次惊讶了。

"他们专门以赌为生，当然得置办桌凳、碗头碗筷、电饭煲和厨具，不然到谁家也不可能有这么多的家什，要借就麻烦了。"爱英说。

"你说提供一个厅堂就可以得五百块钱？这也太好赚了吧。要是这样下去，哪还用耕田种地，干脆就出租厅堂了。我的厅堂也愿意长期出租，还种啥子烟，养啥子猪？"香玉再次摇了摇头表示不信。

"一个巴掌拍不响，光你愿意有什么用，关键是人家不要你的厅堂做赌场。"

"为什么？我的厅堂比细狗家的明亮、干净，装修才两年，他的还是老时式的泥瓦房呢。"香玉不解。

"他们选择场所，一要好出山，二要偏僻一些，三要门前谷坪阔一些。"爱英解释说。

"为什么？"香玉和玉珍还是不太理解，为什么没有这三个条件就不要呢？

"好出山就是万一被派出所的晓得了，有人来捉时，就可以跑到山上，虽说这个可能性较小，因为他们在派出所有人，但也是防患未然。偏僻一点，是考虑人多声音大，特别是当庄家统吃或统赔时，大家都会大声起哄，怕被外人听见了影响不好。第三个原因就不用我详说了吧，那么多人和车子，如果没有宽一点的门坪，怎么行？"

香玉茅塞顿开："哦！原来赌博也这么多讲究。我就奇怪他们为什么不到你家赌，原来是嫌你家的门坪不宽。"

"这些开销谁出？"玉珍问。

"当然是庄家出，他们除了伙食，还要雇人把关，付车子工资，每天奉陪的彩民一天还会发一百块钱，车夫工资三百，路口把关的一百五，他们一天就要花出几万块。"

"我不信，几万块，他们家开银行吗？我一年的收入都不如他们一天的花销，这些钱从哪儿来？"香玉瞪眼了，玉珍摇头了。

"嗨！你不信的事多得很。羊毛出在羊身上，这些钱还不是从彩民身上赢来的。场子是几个老板开的，庄家又是另外一回事。你有钱也可以去坐庄，坐庄的就是庄家。如果庄家统吃一次，就得往那个钱箱里丢进两百块钱，那箱子里的钱就是每天的活动基金。"

香玉和玉珍都是个只晓得作田耕地、省吃俭用的农家妇女，平时有人叫打麻将，输掉几十块钱都心痛得喉咙哽咽，恨不得从凳子上摔下跌死算了。她们把钱看得至高无上，因此，只要有胆量和大家扎堆，总会成为大家攻击的对象。她们也乐意做大家的笑料，反正有个伴，不会做"臭屎鸡"。当然，面对攻击，她们也振振有词："做冇省般快，细水要长流。"

她们省惯了，恨不得把一分钱劈成两片用，穿了十多年的衣服，都舍不得丢掉，大家都笑她们都过了几个时了，还穿得有盐搭味①。一群女人在小溪里洗衣服，看她俩的内衣内裤都破得不成样子，还要洗来穿，就笑她们："豆腐袋都烂得漏豆腐渣了，奶罩子都露棉花了，还要穿，你想省来带入泥窟吗？"

女人们没事凑在一起说笑时，如看到她们穿的衣裤有了小窟窿，就会毫不客气地再撕它一下，逼迫她们不得不换上好的。一次，一个叫玲秀的女人眼尖看到香玉的大腿内侧缝裂开了，便向一个叫细香的女人使个眼色。细香立刻会意，走到香玉身边，一把抱住了她，玲秀趁机上前攥住她裤缝边往下一撕，

---

① 有盐搭味：有滋有味。

香玉的裤缝随着一声"哒哒"的悦耳声裂到了腿肚子上。她又气又怒，大骂一句："你们神经有问题吗？要撕我的裤，我又不是男人，想屌①回去找你们的老公，撕我裤子干吗？"

一起了耍②的几个女人笑得眼泪直流，她们也一起进攻香玉，要去撕她的另一边裤脚。香玉拼命护着，口中大骂："娘头③神经病，再作弄我，我要发火了！"

大家不怕，一边动手一边笑说："你要发火了，我们就是帮你脱裤子泼冷水，让它熄火，不然半昼半夜④，你老公又不在家，我们又不会做那个事。你不要骂，我们不但为你破旧立新，还让你熄火，多谢我们才对。"

自此，玉珍、香玉这两个女人都服天服地了，再也不敢图凉快、穿烂衣服了，要是再图好洗、图凉快，被这些胆大妄为的女人看到，又会狗头上长羊角——出羊（洋）相了。

日子越过越好，加上子女又都出来打工了，老公在煤窑上班工资提高了不少，一个月下来也有四五千块。在大家的带领和劝说下，她们慢慢地改变了人生观，开始注重衣着，讲究营养，调节生活，还学会了打麻将、斗牛、吊金花，只要不大赌，就乐得参加。

"今天他们来了这么多人，这么个赌法，是不是赌九点半⑤？人太多，是不是分几桌赌？"玉珍问，她是个问事（屎）问到尿桶底⑥的人。

"不要开几桌，就一个大圆桌，他们是斗死牛，不是活牛。"

"死牛？什么叫死牛，我怎么听都听不懂？哪个短命鬼发明的赌博，名称多，连斗牛都有死牛和活牛，真是太多花样了！"玉珍又说。

"死牛和活牛的区别就是押多少赔多少，没有翻倍。"

爱英的耐心解释，让玉珍和香玉恍然大悟。以前大家都斗活牛，活牛的意思就是灵活的，你可以押，也可以不押，如果你押了十元，那么六点以下只要比庄家的点大，就赢十元；如果是七点和八点，你就可以得到二十元，九点

---

① 屌：操。

② 了耍：玩耍。

③ 娘头：这些。

④ 半昼半夜：不早不晚之意。

⑤ 九点半：一种两张牌的玩法，比点大。

⑥ 问事（屎）问到尿桶底：刨根究底。

就可以得到三十元，牛就可以得到四十元，这就叫翻倍。死牛就不用翻倍，押多赔多，但有一点就是庄家必须K吃K，就是说，如果庄家手中的五张牌是K牛，你即使是KK牛，也没用。庄家手中的一张K，就可以吃你手中的三张K，所以庄家就占了这个优势。

"我们可不可以去赌赌？他们让不让我们赌？"香玉听了，跃跃欲试。

"当然可以，虽然庄家怕本地人去赌会引发家庭闹剧，影响赌场，一般不欢迎本地人参加。但你确实要赌，他们也不会赶，其实他们也怕闹事，不是怕打不过人，他们当中有些是二流头，手机一打，很多二流子都会来，他们车上也放了很多凶器，以防万一。当然，如果平安无事就最好，哪个庄家希望出事，出了事对谁也没有好处。"

"车子上有凶器？什么凶器，是刀还是枪？你这么一说，我都冒冷汗了，太恐怖了！"玉珍差点就要尿裤子了。

"一讲相打都会吓散魂魄，平时看到争放水有人相打我都怕得要命，莫讲还是那些二流子，又有凶器。"香玉也变了脸色，右手轻轻拍了拍胸口。

"你们也莫吓死，他们又不是什么凶神恶煞，二流子也是从娘胎里钻出来的，他们也不会乱来，只要不去伤害他们，他们也挺讲义气的，别把他们想得那么恐怖。再讲斗牛最公正了，比九点半好多了，九点半有限制，只能瓜分桌面上的钱，而且要从大点，钱多的先发。如果这样，那小点和钱少的就有可能吃空气，而斗牛就不用担心了，他们统赔，冇限制，押少也有得赔，这个就不用担心了。"

"爱英，听你这么一说，我安心多了。既然这么公正，我们也去赌一赌？"香玉转头问玉珍。

"试试就试试，他们都不怕，我们怕什么！"玉珍雄心顿起。

"我先提醒你们，赌这个一定要精功一点，要看好后再下注，要走鸿门，千万不要斗死牛就做死牛仔，跟长龙会跟得人脚软。下注时你要记住你下了多少，要看住自己的钱，当看到前面坐着的人开始拿钱，眼光注意到你的钱时，你就把手伸出去，就会拿给你。在这种场合，你们千万别大吵大闹，这样的话会被老板和庄家骂，甚至不再接受你的投注。如果你的钱没看住，被人拿走了，老板会赔给你，但不能发生第二次。"爱英讲解得够详细了。

"这么多人，我们能走近吗，怕看都看不到吧？"香玉说。

"这个我就说不清了，但如果早一点去，肯定近得前，迟了就难说。最前面的一排全部坐下，第二排的就站在他们的后面，再后面的就全都站在塑料凳子上。其实他们也很有秩序，如果看中了哪一注，你就把钱叠好，丢下去，万一丢得不好，前面坐着看牌的人就会帮你拿好，连庄家也会和气地问你投哪一注。真的，他们也都很和气，根本看不出一点凶气。"

爱英吞了口唾沫，又接着说："赌博场上，根本看不到小票，统统都是'红鲤鱼'①，连'青子蛇'②都看不到。有些人赌博非常凶，一押就是几千元，连吃几次就立刻走人。他们这是豪赌，好像丢下去的不是钱，是树叶子。"

"那你押多少？"香玉问。

"这个说不定，最多的时候我押过五百，我没有那个钱，也没有那胆量，一般我赢个几百也走人，输也输几百。赌博得有分寸，我从来不在那里看，一看心痒痒的又想赌，一赌就会上火。小赌怡情，大赌伤身，一定要有自制力。"

"我们从没赌过这么大的，不如也去赌一次？碰碰运气，也沾沾你的财气。玉珍，走吧！"

"走就走，不赌也去看一看。"

"真要想去现在就去，站在这里说什么也不如亲自去看看。不过，你们要是被老公骂了，千万不能说是我鼓动去的。"

"我们又不是吃屎大的，再说外面我们又不去赌，只在本地玩一玩。他要是知道了骂我，我不回嘴就是。"香玉说。

"人生本来就是一场赌博。赌博也不是件跌鼓事，只要有分寸，不去外面赌，不借火根钱③，不大赌，不把自己赌掉就好。人生不赌博，真的就太单调了，要是叫我戒赌，我情愿戒老公。"爱英开玩笑说。

"我老公也好赌，以前结了钱，经常就在结账那天把一个月辛辛苦苦做来的血汗钱赌个精光，回到家时就像毒晕了的鸡鸭一样，垂头丧气。我要是说他几句，他就把矿灯帽丢过来。他每次输了钱就对我发火，说是因为我姓巫，带给他这么多晦气，要是姓红就好了，那一切都会红红顺顺。"香玉气恨恨地说，"我说你也太死乌了，我的姓害着你什么了，你自家冇赌命，还怪我的姓，屙屎唔出怨屎缸门。他说你姓什么不好，偏要姓巫，哪怕是姓朱（猪）、姓杨（羊）也好。娘个死乌搭瞎个男子，每次一赌都输精光，还拿我出气。我叫他

---

① 红鲤鱼：这里指百元大钞。
② 青子蛇：这里指五十元面钞。
③ 火根钱：高利贷。

拿钱搭适人情①，他就说你自家去。卖了烟卖了谷，都在他手上，我哪有钱？以后可要学精一点，如果连买卫生棉、买水果都要向他要，那就更糟糕。我们女人也要留一些私房钱，以防万一，公有婆有不如自家有啊，这样的老公靠不得。"

"越讲越远了，到底去赌博还是站在这里闲谈？你们不去我可要去了，再等他们就收庄了，我把镬头拿回去。"爱英边走边说，"赚钱要紧，废话改天再讲。"

细狗家热闹得很，门前谷坪里摆了好多车子，也有很多人在那里聊天，这些人是不参赌的，他们专门负责接送彩民，每天庄家发给三百元，还包吃。爱英她们前脚刚到，便听到有人打电话给一个司机，司机说："好，我马上就来接你们。"

细狗的厅堂里早已围满了人，根本近不前。她们三个只好又退了出来，走到细狗的大儿媳菊招的面前。菊招正在洗菜，她告诉她们："今天上午庄家很旺，动不动就来牛。我劝你们不要去赌，等庄家落风时再去捡几百块钱……"

菊招话音未落，厅堂里又一阵哄笑，除了爱英和菊招，玉珍和香玉被弄得莫名其妙。

"庄家又统杀了，才会这么大声地笑。刚才我也去看了一下，彩民的点再高也没用，下注却下得少，等到彩民下注多时，庄家的点却恰到好处，一点都不浪费。有一次，彩民的都是大点，二门三门都是九点，四门的还是九牛。庄家一看也慌了，那次桌面上可能有四五万，我看有个男人就押了一万，因为他前一次刚吃了五千，就连本带利投到四门，一看四门是九牛，他乐得要命，如果这次吃了他就走人，等庄家的牌翻开一看，庄家的是 K 牛，'国家免检产品'，几个老板乐得大喊大叫。那个男人又拿出一万，分两次投下，结果又被庄家扫了去。他又向庄家借了两万火根钱一次就投下，一看才三点，我看他额门上马上冒汗了，这么小的点，谁也会没有心情，以为肯定又要被庄家扫走。要是我，心脏病都会吓出来。没想到那一次庄家的点还没过三，那个男人又笑了起来，马上就把火根钱还了，却要出一千元的利息钱，真是高利贷啊！"菊

---

① 搭适人情：包礼、送礼。

171

招索性停下手中的活儿，跟她们说得唾沫星子乱飞，飞到了菜篮里。

"这种赌法，像我们这些人哪个赌得起？如果有心脏病，真的看都不要去看。刚开始时，我看到他们这般赌法，也吓得心都快跳出来，赌过几次后，就不会了，反正他们赌他们的，我赌我自己的，别去关心别人赌多大，看住自己的钱就是。胆子是练出来的，只要自己学精一点，不要太贪，赢了几百就走，输了也不要老想着去盘本，手气不旺时，有可能会泥沟里盘沙鳅①，越盘越深。人要有理智，斗牛和九点半确实不是随便赌的，很容易上火，一旦失去理智，走火入魔，就会连银行里的钱都取出来赌光，很多人连屋都赌掉了。"爱英说。

"今天上午你们就莫去赌了，庄家的牌风确实很旺，不信你问她们。"菊招扭转头指了指厨房里的两个弟妹，"如果下午手气差，我会打电话给你们，我现在没空陪你们聊，要去帮忙了。"菊招说完就站了起来。

"去吧，你去忙吧。我们不赌，等会儿就回家，早点煮来吃，下午早点来。"爱英说。

"不要回去，这边吃吧？"菊招热情地说。

"不要，我们不好意思，这么多人，我们回去也方便，随便吃一点就行了。"

细狗的厅堂里，人满为患，连楼梯上都站满了看热闹的人。因为庄家很旺，彩民们的脸上都看不到阳光，只有沮丧，而几个庄家却满脸笑意，时不时又齐声喝彩、捞钱、叠钱，一万一万弄好后再用橡皮筋扣好。

"机不可失，时不再来。你们没有胆量到外面赌，就趁这几天也豪赌一回，赢他个千把块钱，一年的水果钱和卫生棉的钱就有着落了。"爱英开玩笑说。

"赌博冇包赢，莫把自家的钱都输光光了。"香玉也开了句玩笑。

"乌鸦嘴，你病嘴吗？怎么一讲出来的话就令人听了生厌，以后你少开口说话，反正冇人讲你是个哑巴。难怪你老公会说你，不说话时像病嘴，一开口一句话就会让人吐血，真是衰嘴。"玉珍骂道。

"莫听她的，她讲惯了衰话，就失灵了。"爱英说，"她嘴惯我们耳惯！"

"迷信头子，这样一讲难道就灵验了？真有那么灵验，我把那些跟我过不

---

① 盘沙鳅：摸泥鳅。

去的人都骂死，把世上的恶人都骂死。"香玉说。

"你不迷信？那改天天一亮我就在你大门口骂你，你不赶我走才怪。"

三个女人边走边说，边说边走。

玉珍吞了下口水又说："说得也是，大家当然也晓得说得再好也枉然，可就是爱听好话。大年初一去拜年，每一句都是恭维话，什么恭喜发财、身体健康、万事如意、鸡鸭成群啦，好话说上一卡车，就连喝一杯茶也要说是发财茶，男人抽一支烟也说是发财烟。要是一进门就祝人家多灾多难、破财得病、养猪得'五号病'养鸡养鸭又发瘟屙痢，看人家会不会拿屎秆扫赶你走？要是这样，别说糖果，连自来水都不给你喝，一年到暗①，万一死了只黄毛鸡子，人家都会怨怪你，一生世人都跟你冇话讲②，看到就会弯着走③，哪个不怕你这个瘟神、衰嘴的人？"

爱英和香玉听了，哈哈大笑，笑得差点流泪。爱英调好心态后说："玉珍嫲说得一点冇错。人就是这样奇怪、这样矛盾，心里明知道说这些好话根本带不来福音，可就是喜欢听好话，听到好话总会眉开眼笑，心情舒畅。如果说好话真能好运相随，财丁兴旺，年初一我饭都不吃，麻将不打，年也不拜，一开门就开始讲好话，讲到转点④。"

"去年年初一，我们家开门的鞭炮响了几下就不响了。老公想再点着，我叫他不要再点了，结果一年到暗都冇安冇乐，稍微有点什么就怨年初一的鞭炮不响。"香玉说。

"其实也不单是我们乡下人迷信，喜欢听好话。城里当官的更加迷信，更加喜欢吹捧，什么官运亨通、步步高升、更上一层楼，什么发财啦，事事顺心啦，家富人和啦，也听得心花怒放，世道如此，有什么办法？"

玉珍咳了一下，似乎对人的矛盾、奇怪的心理难以理解。

爱英停下脚步，说："好了，我到家了，我要抓紧喂猪，吃了饭后要早一点去看庄家的手气咋样。你们去不去？去的话早点来，我在家等你们。"

"去，怎么不去呢？既然到了这里我们也去赌一把，外面又不敢去，怕被老公炒了。"香玉说是这样说，心里却晓得，就是在本组赌这个死牛，万一被

---

① 一年到暗：一年到头。

② 冇话讲：不说话，意为绝交。

③ 弯着走：绕弯走。

④ 转点：第二天凌晨。

老公晓得了，也准会挨骂，但她不怕，她从小就有很强的冒险精神。

香玉的老公自高考来了通知书却没钱坐车后（他自嘲的）就一直在煤矿做事，从徒弟到师傅，从一千元到四五千，现在又做了班头，从其他人的工资中又能得到百分之五的带班费，到了年终，整个班的工人还会送年礼。如果积极不旷工活儿又好做，一个月多时拿过五六千，日子过得很滋润。但他不但好赌，且好色，特别是在子女都初中毕业就和学堂拜拜走进社会后，他那些积谷防饥、天晴防落雨的概念就荡然无存，他说："吃光用光，身体健康，努力赚钱，快乐花钱。哪能把辛苦赚来的钱当遗产，还要害子女为争遗产大伤和气？"

什么都想得通了，就吃好穿好赌好嫖好，既然来到了这个世界，就要在这个世界上潇潇洒洒走一回，过一过神仙的日子。他一向宽于律己，严以待人，自家好嫖好赌，却不准老婆外出赌，也不准坐别的男人的摩托车。香玉无奈之下，买了辆女式摩托，自己学会了。

香玉说："男女平等，你都可以经常去外面赌到三更半夜，我白天赌赌小的为什么就不准？"

他说："男女永远都不可能平等，女人要是不顾家庭不顾廉耻，到处乱跑勾三搭四，不但会被打断脚骨，还会被杀头。"

有时候他连自己都说服不了，这样说到底是对还是错，男女有了婚外情，到底是男的错还是女的错？花心和贞烈哪个才是正确的人生态度？他是希望别人的老婆都水性杨花，眉目传情，这样他就有更多机会和更多花哨不一的女人云里雾里，但他绝不允许自己的女人有半点差池，他看不惯她抚姿弄态，也不喜欢她和别的男人说说笑笑。如今时兴跳舞，很多女人都去学，他坚决反对她去，说在舞池里最容易出事，他把自己的女人看成一颗糖，担心一不留意就被哪只馋猫给偷吃了。

香玉曾多次据理力争，企图在他那里争得一席平等宝地，但她的抗议得到的往往是惩罚，巴掌和拳头经常和她的肉体相碰。后来，她从电视里看到"识时务者为俊杰"这句话，尽管她从小练就了一身的英雄虎胆，但临到中年时却来了个大变样，连她自己也想不到为何会有如此跨度的让步。她是不想让老公任意拿捏，可那又怎样？莫讲打不赢他，就算打赢了他又讨得了好吗？被人当成笑料不说，还要去照顾他，害他又没法上班，这种有百弊而无一利的事，她不想再做了。

当他看不惯她或者赌输了心情不好找碴时，她就尽力不去冲撞他这头发疯的公牛、瞎目的狗，由着他骂，咬着牙，生人装个死人相。她晓得在他火气头上要是再去顶撞，跟他拼命，无疑是狗咬雷公惹天祸，她可不想再冒着生命危险再去碰这条高压线，只有默默地做着家务，连哈欠都不敢打出声。

如果有子女在场，他们会为她打抱不平，伸张正义。现在的孩子，说出的话句句在理，条条是道，让大人们无法反驳，哑口无言。

"爸，你怎么像条疯狗那样乱咬人？你怎么这样没素质，你这样骂妈妈，她哪里有错？你倒像一个没教养的人，你每次赌输了就拿妈妈出气，你不觉得自己很过分吗？即使妈妈有什么不对，你可以心平气和地和她说啊，妈妈可以包容你所有的错，你为什么就做不到呢，你是个男人吗？你不觉得丢人我都觉得脸红呢！"

他理亏得无言以对，末了只嘟囔一句："我辛辛苦苦赚钱缴你们读书，却只学到了教训老子的本领。"

因为有了儿子的支持和体谅，香玉心里甜甜的，她感到欣慰，她继续让步，她不想让儿女们为难，只要自己做出让步，战争就再也没处挑起，让他一个人自编自唱自演，看成功率有多高，没有了配角，戏就无法演下去，既然她挂出了免战牌，再挑战就没有什么意义了。从此，他们家里也开始风平浪静，除了赌博和嫖货的事偶尔令人感兴趣议论一会儿，吵架相打几乎绝了迹。

有人私底下问香玉："你吃了什么降火药还是降暑茶，怎么火气一下子就没有了呢？这不像是你的风格呀？"

香玉苦笑着说："如果我真要和他厘清谁对谁错，那么我可能死了一百次了，我就是以死相向，他也改不了赌博和嫖货，我又何必呢？反正是他自己辛辛苦苦做来的钱，他自己都不心疼，我心疼啥？他又不识我的好，我也不要他养活，子女大了能自食其力了，管他呢，总有一天他会回心转意，睁一只眼闭一只眼做独眼龙也未必就是坏事，反正没离婚他还是我老公，出门赴圩走亲戚他只能带我去，那个逍嫲①总是个地下的，不能公开身份。平时也乐得清爽，少洗一件短裤呢！她道，就让她得子宫癌，得阴道炎、宫颈炎、附件炎吧，看她能撑几年？她老公真正是个乌龟头，老婆搭了男子还喜欢上了绿帽子，这种

_____

① 逍嫲：淫妇。

175

人真是软骨头，我看戴鬼壳①更合适！"香玉气恨恨地骂完，又往地里连呸几下口水。

香玉只想活得平淡，活得轻松，她不想夺取政权，也不想巩固政权，她只想夺取自由，巩固家庭，巩固地位，为了子女，也为了自己，她必须忍辱负重，必须含悲忍痛。说是想通了，但只要想到自己的老公经常和别的女人共渡爱河，再大量的女人也会心中泣血，眼中流泪，难道天底下还有哪个女人会为老公有外遇而拍手欢呼？

香玉认为，和老公的斗争，不用搞得电闪雷鸣，山崩地裂。同桌吃饭、同床共被的人何必要拼个你死我活呢？这样活着多累，多痛苦啊，这样的人生有什么意义呢？

于是，她决定改变自己，改变生活，她决定先牺牲自己，以换取日后的幸福生活。她选择了让步，选择了和平，选择了自由。她的忍让，得到了子女的认可，得到了亲朋好友、左邻右舍的称赞，同时也得到了花心萝卜的好感，他就是手再痒、心再硬，到了这步田地，英雄不失用武之地，但已没了用武之理。他从此也不再控制家里的财政大权，卖了烟卖了谷子，都由香玉掌管，因为他十分清楚，女人都比男人爱家，对家庭更负责任，更晓得细水要长流，至于倒贴外家那就免谈了，有时一起转外家，他都乐意花的钱，她倒叫他省一点。后来，他又放开了管她打麻将的一手。家里人打麻将也是小打小闹的，输不死人，何况她已学精通了，不会老是输了，他只叫她不要去外面赌，说她赌不过人家，外面的人有时会做手脚。

香玉自身和家庭地位的转变，让玉珍和爱英都自叹弗如。

"走了，走了，再迟又要靠边站了！"香玉吃过饭后，吩咐家娘把猪喂了，她自家却来到爱英家催促她。

"玉珍还没来呢，说好了要等她的，哪能先走？我打个电话催催她，这个时鬼②，到底要不要去？"

爱英刚掏出手机，玉珍就来了。香玉拿眼白了她一下，开起了玩笑："认人不到认狗就到③，以后有事要喊人，就讲她坏话，保证比叫她更快。"

---

① 鬼壳：面具。

② 时鬼：反应迟钝之人。

③ 认人不到认狗就到：说曹操曹操到，这里含戏谑、轻视。

"好，好，好，我是狗，你是人，就让你赢，这样你总满意了吧？"

"莫一照面就狗相咬一样，快走，再迟真又要靠边站了！"爱英笑骂她们的同时，不忘也占上一些口头便宜。乡下人，说话粗鲁，不讲文明已是习以为常，见多不怪，大家都一样，喜欢把人叫六畜。而且，那个被人比着六畜的人还沾沾自喜：我们是同类，我是狗，你也不是人，有那样的命做狗也不错，做狗起码不用做生做死，只守守家门，还能得主人尊重，吃得也好，不用再吃屎，狗最终还是改了吃屎。

三个女人一边斗嘴，一边嘻嘻哈哈来到细狗家。菊招见到她们又来了，就笑着对她们说："刚上场，抓紧进去，不然等下又近不前了。今天下午我也要去碰碰运气，我把碗筷洗好，把东西收拾好就来，你们先进去占位置。"

听菊招这么一说，她们马上就进场，场子还是像上午那么热闹，人头攒动。爱英有熟人，热情地叫她们站在她旁边，她们就这样挤进去了。

开始发扑克牌了，庄家叫大家抓紧下注。爱英不下注，她要先探探庄家的牌风，又要先探彩民的牌风，看把钱押在哪一注才有赚。

刚才在路上，爱英再一次提醒玉珍和香玉，不要马上下注，要先探探，下注要机动灵活，不要非在一棵树上吊死。

看了大约十五分钟，爱英对她们一使眼色，她们就开始动作起来，抖抖索索从裤袋里掏钱。乡下人不讲时髦，有几个钱也是装在裤袋里，箱有柜有不如口袋里有①。不像那些城市人，手里提个大包，大包里装着钱包、手机和其他要随身带的物品。

看到爱英掏了一张"红鲤鱼"丢到第三门，玉珍和香玉也把"红鲤鱼"投下，就在丢钱的一刹那，她们的心里同时"咯噔"了一下，平时一天输掉一百块，晚上睡觉都不安稳，现在就那么一丢，一百块钱就不知是谁的了。玉珍很后悔把钱丢下去，很想拿起来塞进口袋里然后离开这个是非之地，但已经来不及了，庄家都发扑克了。

每注五张牌发好后，彩民马上看牌。第三门三点，玉珍和香玉斗过活牛，看得出点数，她们一看是三点，心想这么小的点，一百块钱肯定是改姓庄了。第二门是七点，第四门是二三四五六。"牛，六牛。"玉珍和香玉念出了声，大家都看她们这两个新客。六牛是倒数第二小的牛，在庄家的牌还没公开时，谁

---

① 箱有柜有不如口袋里有：意思真正拥有，使用起来方便。

都不敢保六牛有没有赢的可能，但毕竟是牛，把握也大一点。玉珍和香玉都后悔投错了地方，就连爱英也认为应该投到第四门去。

庄家看完三注彩民的点数后，才开始开自己手中的牌。全场气氛一片紧张，特别是把钱投到第三门的人，心都快跳出来了。

虽然第三门的牌风一直很好，点数总是恰到好处比庄家的点大一些，所以彩民们总是走鸿门，在第三门一直下注很多。但这次第三门下注可能不止五万，而第二门、第四门加起来还不到三万。庄家心里念起了阿弥陀佛，只要来个七牛，就可以统杀，一盘就差不多八万，即使不能统杀，那么来个四点也还有钱赚，吃二门赔二门四门也不怕了。

旁边合股者也说："不能统杀，有四点吃得到第三门就还有钱赚。"

发牌的那个人也挺紧张，他放下牌，搓了搓双手，然手屏住呼吸，一张一张地看。全体彩民也都紧张地看庄家的神色，巴不得自己的钱在桌子上翻倍。

赌博场上冇亲疏，爷亲娘亲也不如钞票亲，公有婆有不如自家有。彩民盼望庄家输，庄家指望彩民输，大家都想赢，不想赢钱谁会学赌博？哪怕是赢几块豆腐钱也好。

这些人都是一群经验丰富的老赌棍了，手中的牌他们看不到，但庄家没戴面具，他们完全可以从他们的脸色上琢磨庄家手中的牌是大点还是小点。要是庄家紧锁眉头，说明他的点无法把桌上的钱没收；要是眉开眼笑，大呼小叫，嘿嘿，对不起了，亲爱的彩民们，掏钱吧，希望有的是。

"真个病手，最小的点发给自家，一家①都杀不倒，才二点。"庄家一看牌，脸色马上变了，丢下扑克，退下。

刚才还摩拳擦掌叫统统拿下的合股者，此时此刻如见了火的蜡烛，软不拉耷了。

"看错没？"旁边一个合股的女人就是不甘心，她又重看了一遍被那人丢下的牌，确实是二点，也叹了一口大气，把牌翻过来。大家一看，三八九，四八，才二点。彩民们高兴极了，玉珍和香玉的一颗心终于回到了原位。

几个庄家忙着发钱，一共发去七叠多，也就是七万多，发得他们手脚发软，额头冒汗，臭屁乱放。

---

① 一家：一注。

发了几盘扑克就赔了十多万，那个发扑克的庄家连同那副衰扑克牌一起被换下了。

庄家有个不成文的规矩，发牌者如果手气不好，老是赔钱，不到十盘就自觉撤换，人换扑克也换。他们一共带来几条扑克，换下的扑克就丢到一只蛇皮袋里，谁要谁去拿。

香玉和玉珍见爱英把刚才投出的钱连同赢来的钱一起投到第四门，也就跟着投出。跟着爱英准没错，她有经验。因为爱英曾告诉她们，一般大点都是跟着大点来的，有吃的时候吃到你吐，有吃的时候会让你的钱袋或裤袋干瘪瘪的。

等到一开奖，她们俩一起大喘了一口气。玉珍更夸张，不停地用右手拍着自己的胸口，心里在说："还好，还好，还有九点，九点算是很高了。"最后几个字她竟然说出口来。

玉珍觉得爱英就是有经验，看来赌博也确实要见风使舵，不能蛮赌，这次要是有吃，等下就不能再下注了，赢了三百块钱就够了，不能太贪，莫把自己的钱都贪进去了，赌博不能凑准数。这么想着的时候，她偷偷地捏了一下香玉，悄声说："不要再赌了，莫紧庄家的牌风一起，连我们的老本都搭进去，赶紧走吧。"

香玉本想再赌一两盘，听玉珍这么一说，也怕把老本赌掉，"你这张乌鸦嘴，有一句好话，一出口就像化粪池里的水，臭不可闻。"骂完，又问爱英，"我们不赌了，你呢？"

"我再赌两三盘，你们先回去吧。"

"一起来一起回，我们在门口等你，保佑你多赢几百。"

"又不是上山斫樵，你们先回去吧，不用等我，这么近的路，还怕我会迷路？"

庄家赔完钱，又在大声吆喝着："下注，下注，再不下注就迟了，大家赶①庄家的牌风乌②，赶紧下注，等我们牌风一旺，你们就没有机会了啊。下注，下注，莫把钱握在手中不愿放，放到桌面上才有机会让它生蛋，把钱握出水，

---

① 赶：趁。
② 乌：黑，不顺。

单车永远不会变成摩托。"

庄家一边洗牌，一边开着玩笑催促，全堂哄地一阵大笑。

"还单车变摩托呢，都快输得买不起油盐、买不起节裤子^①了，想要有人和你们赌，就要温柔一点，好心一点，把彩民统统搞趴下了，还有哪个跟你们赌？"有人也开起了玩笑。

"我们公平公正赌博，靠的是牌风和运气，你们不想赢钱不会和我们赌，我们不想赢钱也不会来开场子。我们一天都要花费好几万，这些钱从哪来？当然是想从你们身上赢，但我们不做手脚，完全靠运气。你们五张扑克，我也五张扑克，照对^②。你们那么多彩民，每人输一些，我们好做事。钱财嘛，好聚不好散，生不带来死不带去，输了钱也不要灰心丧气，有的是机会，今天输了明天再来，除非地球爆炸，不然我们都会赌到底。"

"彩民输光了拿什么和你们赌？老婆又才一个，又老了，没人要。借你们的火根钱又要利息，到时还不起还要一天加百分之五的利息，搞不好到时利息比头还大，要是一直还不起，手脚还会被你们砍掉。"一个大胆的彩民说。

世道变了，确实有还不起钱被砍手的例子，今年有人借了火根钱无法偿还后便逃债到了外省不敢回。放火根钱的人说："逃得了今天逃得了明天吗？总有一天要回来，回来后我不要钱了，我要他的一只手。"有女人借火根钱到时还不起的，就用身体相抵。因为赌博，不少家庭破裂了，孩子变坏了，那些失去理智走火入魔的人，无论是父母兄弟姐妹的劝说，还是共枕人和子女亲戚朋友的提醒，都无法改变单车变摩托的渴望，最后落得众叛亲离，家破人散，人财两空。自古以来十赌九输的道理终究不能唤醒他们的戒赌心理。

"还有没有人要下注，我要叫人端牌了。"

就在唇来舌去的口仗中，桌面上又立起了三堆"红鲤鱼"。有些叠好了的钱，被后面站着的人七手八脚投到桌面上的钱一碰，不整齐了，坐着看牌和坐庄的人便帮忙重新叠好。

"端牌，没人下注了就端牌。"庄家催促道。

"我来端，我端一个独古给庄家。"一个叫六姑的女人两手交换着挽起了衣袖，笑嘻嘻地端了牌，"叭"的一声放到庄家面前。

---

① 节裤子：内裤。

② 对：比。

就在庄家要翻牌的时候，爱英又投下二百元在四门。刚才投了三百在二门，如果这两家都有吃，她也就收手了。

庄家笑着问她："阿姨，要不要再下？下得多就赢得多，莫要等下后悔啊！"

"不要了，你又不能保证有吃。"爱英笑得比阳光还灿烂，心比蜂蜜还甜蜜。

见没人再下注，庄家翻开牌，四方块，他手脚麻利地把牌从四门发过去发过来。

彩民的牌很快就翻过来看了，庄家看后再看自己的点，又是一脸的沮丧，但还是努力地从各条神经、血管中挤出一丝笑意，比哭还难看的笑。刘备的江山，哭出来的，如果能把桌面的钱哭到自己的腰包里，他也一定会努力地哭，比唢呐班帮孝子孝孙哭亡魂还更卖力，更装模作样。

几个庄家又一起发起钱来，他们也都一脸的沮丧、一脸的无奈，有的在低声说："看来今天不好赌，大钱吃不到，总吃小钱，吃小赔大就亏死了。"

马上有人接连送上嘲笑："坐庄也不可能每天赢钱，总有阴沟里翻船的时候，前段时间赢饱了，总要对彩民有点回报。""从桌面上扫钱的时候手脚特快，特麻利，发钱的时候就脸拉得老长，手脚僵硬。"

"将心比心，要是你们的钱被我们吃了，你们的心就不疼？不过，我劝在座的各位，玩笑归玩笑，输了钱不要灰心，有的是机会，荷叶上的露水，流过来倒过去，坚持就是胜利，财去人安乐，只要身体健康，钱是赚得回来的。"一个股东在旁给大家打气。

"这些话留来安慰自家吧，我们不用你安慰，既然上了贼船，就赢得起输得起。"

其实，在场的人们，都像洞庭湖里的麻雀，经过了风浪的。他们打虾公，买烟抽，水里来，火里去，天天在赌场上混，练就了一身赌胆，早就成了钢铁战士。

第一天在细狗家，上午赢下午输，庄家平本，有些彩民输。像爱英一伙下午去的，一般都赢了钱，到下午四五点钟，全部撤退。

"明天他们还会来吗？"香玉问爱英。

"肯定会来。我们还去不去？"玉珍抢在爱英的前头回答。

爱英说："他们说好了在我们这里赌五天，这几天我都要去。你们要不要去由你们，我不好邀，赢了钱还说得过去，万一输了，你们老公会怪我。你们要去就从我家过。"

"我看他们把桌凳都搬走了，以为他们今天没赢钱就不来了。"香玉说。

"他们都是赌上转①的人，在哪里赌都不可能包赢，莫说今天他们没输，就是输了他们也会来，桌凳来时他们还会带来，反正有车子很方便的。"爱英说。

"我明天还去，老公就是晓得了也不会真跟我离婚，最多骂几句，又不是没骂过。从小我就是在骂声中长大的，骂是风吹过，既不痒又不痛，要骂就让他骂吧。"一说到赌，香玉就是一副豁出去了的样子。

"下午你赢了多少？"玉珍问爱英。

"我一共赢了九百，你们呢？"爱英其实赢了一千四，但怕她们哄哄出去，又让大家说她有赌命，不用做事②都过得比别人滋润，所以没有实话实说，反问她们赢了多少。其实她心中有数，她们每人赢了三百就走人了，这也很好，投注了两下就有三百，做小工都要七八天呢，要是天天都有三百入手，岂不乐哉！

"我们胆子小，才下了两盘，看那阵势心里都蹦蹦跳跳，看他们赌博真不是钱，好像是树叶子。他们都很有钱吗？"

"也不一定有钱，只是赌惯了，一两百的赌也不是他们的风格，他们喜欢速战速决，不想耗太长的时间。"

"我想睡觉了。"玉珍揉了揉眼睛，哈欠连天。她有一个习惯，晚上十点前得睡觉。

听说玉珍想睡觉了，她们不约而同地看了一眼客厅墙壁上挂的大镜，镜里面有时钟。

"哦，都超过十点了，难怪有人把哈欠打得响屁一样。"香玉开了一句玩笑。

两个从未大赌过的女人，因为尝到了甜头，就要爱英明天等她们。

"要去就早一点起床，莫跟老公搂得那么迟。早一点到场争到第二排站的位置，下注和拿钱都方便些。因为人多，有时一不注意，自己的钱有可能被人

---

① 赌上转：到处赌。

② 做事：干活。

拿去，虽然庄家会赔，但老是错出自身，吵吵闹闹也不好，坐着的人也很烦。他们坐着也不轻松，要帮庄家递钱，你们也看到了，他们每次有钱分都搞得手忙脚乱。"

"八点我们就来你家集合，保证不迟到。"香玉对爱英说。

这帮赌博队伍在细狗家连赌四天，本来说好五天的，因为一直做赔本生意，最后一天不得不转移。他们说这个地方穷山恶水，有利彩民不利庄家。

四五二十，四二得八，厅堂费加烧火费一共二千八百元。细狗三个儿媳负责烧火，细狗便把每天说好的工钱即二百元给她们三个人分，一人每天分到六十多元。她们希望细狗能再拿出一百元来，好歹三个人每人每天有一百。

"老鬼就爱钱，也不知存那么多钱做什么，又带不到泥窟里去，真是个守财奴！以后老了走不动时别理他，让他有钱也买不到东西吃。"

"真没见过这样小气的老鬼，人家的老人看到孙子孙女读书都会给些零用钱。他倒好，从未给过一分钱。"

"两个老鬼自家吃好穿好，给你们让你们多赌赌吗？你以为他们傻啊，真是的。"

三人私底下的议论被细狗的老婆听到了，担心以后她们真不管他们，晚上进了房间，就对细狗说："细狗，每天多拿一百块钱让她们分吧，又不是各类人①，自家的子哩生媚，有什么要紧？以后老了有疾病了还不是要指靠她们？现在我们一分钱都舍不得给子孙，莫紧到了走不动时，她们真会连一口开水都不给我们喝。现在我们的日子也过得去，又不用做什么事业了，儿女们要缴细鬼子读书，负担重些，我们自家少用一点吧。"

"你莫咁②好心，老思量③她们，可她们识好吗？全部给她们，她们也不识好，烧火煮食一天才两百，我们又都帮了忙，我不要一分钱已经对她们够好了，还想我的厅堂费？厅堂是我朝干夜干做的，她们凭什么想得这份钱？娘头乌头虫子④，想得天真，想她们小心⑤我们，去喜马拉雅山吹冷一些吧，难道你

---

① 各类人：别人。
② 咁：这么。
③ 思量：体谅。
④ 乌头虫子：忘恩负义之人。
⑤ 小心：孝顺。

忘了她们是怎么'孝顺'我们的？"细狗气恨恨地说。

"冇要紧，我们做爷娭的，本来就是为了子女，一百岁不死也是操心子女，我们付出了那么多，真要得不到她们的小心也没办法。只要我们做好了，我们就有说辞，也问心无愧，左邻右舍也看得到。即使她们对我们不好，她们也是做了爷娭的人了。屋檐流露水，点点不差池。给吧，钱有啥要紧，只要没有是非就好，反正过一段时间他们又会来这里赌。"

细狗是出了名的小气鬼，平时心眼小得过不了一枚针，他是那种天天捡钱都还嫌少，睡在棺材里伸手死要钱的主儿，就是把全世界最大的银行送给他，他也是个填不满的耗子窟窿。说上天说下地，他也舍不得把做小工要十天才能得到的四百元钱，拱手相送给这几个白眼狼。

他老婆好话说尽，连劝带哄，大道理搬了个空，把周围的例子比完，细狗就是不听。见老婆还要说，他就报以一声大吼："你莫再鬼喔了，你喔到天光喔到暗①，我都不会听你的，除非你让月头从西边出，我才可以考虑一下，否则闭上你的嘴，要再说，我当你是放屁！"吼完，仰头便睡。

她见自己的苦心劝说，又是韭菜炒葱，白搭，便摇了摇头，沉重地叹了一口气："你娘个老鬼，真个冇救了，怎么讲都讲不分相。难怪大家都形容你走路看脚趾，不顾前面，再把钱看得天般大，日后准有你吃亏的时候。"

她还在低声说教，耳旁却响起了震动玻璃窗子的呼噜声，她又"唉"了一声，然后不再言语，其实她的每一次充满哲学的哄劝都是瞎子点灯——白费蜡。她在无奈中对往后的日子充满了忧虑："这老鬼，怎么就这么固执呢？还说女人头发长见识短，我看你才鸡肠小肚，心胸狭隘，鼠目寸光呢！"

细狗三个生媚中，菊招最大，已到了豆腐渣的年龄了，虽然她的一子一女都出来打工了，生活也过得有滋有味，但她也从小受家庭环境的影响，把钱看得比天大。嫁到细狗家后，二十年来耳闻目睹了公公的守财奴形象，看到他把钱财和亲情划分得十分详细明了，她也"受益良多"，遇到细狗有病住院要她带头出钱时，她便振振有词地说："我又没得你好处，做末个②要我带头，我多分了一分田还是多分了一分地，有分的时候有谁想到我最大？哦，到了要出钱时，就要我带头，这是天上掉下来还是地下冒出来的理？我都泥菩萨过河自

---

① 喔到天光喔到暗：从天亮哭叫到晚上。

② 做末个：为什么。

身难保，我天光朝晨都冇油煮菜了，谁给我钱？你还让不让人过日子了，你自家的钱不会取出来看病吗？"

大个①带来有好样，细个②学样更糟糕，中间的生媚说："大又不是我最大，细又不是我最细，她们愿出多少我也出多少，保证不会输给她们。你放心，只要她们同意出钱，我这边一万个没问题。"

最小的生媚说："大个带样，细个学样。常言道，爷哩娭哩惜满子③，可做满子的多分了一双筷子还是多分了一个破碗？她们大的不出钱，我也没开银行。不想死得早，自家出钱医。"

细狗听了，如身处烤房，每一根神经、每一条血管都被烤得热辣辣难受。讨了个生媚教坏了一个儿子，这些白眼狼，婆了老婆忘了爷娘，都怕冇老婆见面，人人都吃老婆的软饭，个个都听老婆圣旨，与其怪别人没能教育好妹子，不如怪自家行衰运养了几个白眼狼。

无奈之下，细狗一咬牙，忍痛揣上存折，在县医院住了一个星期，花掉四千多，出院时根据农村合作医疗法报销了近二千。

那次住院，他们既不出钱，也不出人工去医院照顾，个个推七推八，不是说没空，就是说身体不舒服，再就是说没有钱搭车，总之他们有一汽车的理由。男人要去煤矿上班，女的要理家，这都是事实。

生儿育女，为的是防老防病，可真到了关头，却都有理由不去照顾，细狗能不气？一出院，细狗就成了疯狗，指着他们大骂："娘头乌头虫子、拗豹子，唔怕雷公打死个，爷哩有病不出钱也就算了，也不来照顾一天，这么恶对待爷哩，看你们以后娘般④做人，枕头垫高一些，认真想一想自家过分不过分，你们也有老的时候，不怕报应你们就继续这样做人！"

他怎能不气呢！记得头胎出世时，一听接生婆说是妹子，他把抓在手中的雄鸡都放飞了，把火浇灭了，半个月不曾进房。那时老婆起码流了一大勺的泪水，不然她现在也不会老是眼痛。而三个儿子出世，再累他也要跑几公里外的小店买一挂鞭炮庆贺一下，再穷也要买上一只鸡公几个鸡蛋给母子补身子。如今有病，一个星期都是老婆和妹子在身边照顾，妹子跑前跑后，细声细语，

---

① 大个：大的。

② 细个：小的。

③ 爷哩娭哩惜满子：父母亲最爱小儿子。

④ 娘般：怎么。

给钱给物。细狗想到以往自己重男轻女，亏待妹子，心里就不好受。从未流过泪的他，在医院里被妹子悉心照顾，感动得热泪盈眶。子得爷娭女得食，可是妹子连食也没得到，每次转外家，水果、补品、肉菜，都是她带来的，每个月还会给他们一些零花钱，她可是连一块瓦都没有分到的啊。然而，妹子的孝心非但没打动几个弟妹，还换来了背后的连篇鬼话："哼，我就不信她会这么孝顺，肯定得了不少好处，老鬼有几个钱，肯定给了她不少，以前老鬼这么作践她，她会不记恨？"

细狗自那次得病住院后，就看清了形势，不再指望能得到他们的孝心，趁早存些钱，以后老了不会走动时，电话一打，人家会送来，死了他们要是不理，臭也臭他们。公婆就是公婆，只要有公有婆，什么事就不愁了，以后得对老婆好些。还有妹子，这次如果不是她，自己都不知什么样子了。

细狗开始吃好穿靓了，有钱存来做什么，又不能带走，死后还不是会被那些乌头虫子拿去？说不定还会为了这些钱鬼打鬼。我绝不能留火根钱，免得让他们为分家产打斗，自家两公婆养好身体，多活几年，多看几年世界，好死不如赖活，活着就是好，死了就烧成了一撮灰，谁晓得还有没有来世？

本来庄家说过，外面赌一段时间，还会再来。细狗高兴地答应了，一天五百元收入，还可以蹭一餐饭吃，真是天上掉下来的好事，一年多来几次，还用得着种烟吗？

只因细狗不愿意多拿出一百元钱，菊招说："要是再来，不能进我的卫生间。"那么多人，不准进卫生间，这是一个比吃饭还更大的问题，特别是那些有钱人，叫他们去细狗的土粪坑里拉撒，准保一个月吃不下饭，你以为现在是什么时代？

菊招就是这样和细狗摊牌的："厅堂是你的，但卫生间是我的，我有权利不让人进。"

细狗生气地说："你人都是我买来的，还说卫生间是你的。"

"好，我是你花钱买来的，那我问你，你当初给我爷娭多少钱？我现在全部还你，然后桥归桥路归路，你的生死与我都无关。"

这是人话吗？细狗真想扇她一巴掌。

细狗亲自去找庄家，要求庄家再来他家赌。庄家听到了他们家吵架的原因，就对他说："你们家都是鸡肠小肚，把钱看得高于一切，爷娭和子女应该互相体谅，多用几块钱又大户（富）不起，有什么要紧，就连这点小钱都斤斤计较，有什么意思？你们要是没商量好，我们不会再来，又不是没地方，没有卫生间拉撒比有桌子吃饭更糟糕。"

细狗诺诺，回家后厚着脸皮找菊招谈，说只要她同意他们进卫生间，他也可以让出一百元。菊招说："你让出一百元又不是给我一个人，我才三分之一的补偿，她们也有份。我不要，一百元都给我我也不要了，说出去以为我贪点财，三十多块钱还不够我一个星期的水果钱。"

细狗一听，火冒三丈："娘个冇教养的妇人家，爷嬷有也会目热[1]，冇天冇日的短命嬷，就爱自家有，早晓得娘般冇世情道理，我让子哩当和尚也甘心。要不是你没带好头，小的两个也不会这么忤逆。你记住，不要忘记，你娘般对待我们，迟早会有报应，你的子女也会学你的歪样！"

菊招听了，暴跳如雷，伸出右手指点着家官[2]骂："老短命相，等到我讨生媚，你的骨头都打古了，你看不到了！娘个老短命相，真个冇道理，你做的厅堂有权利让人来赌博，哦，我做的卫生间我就没有权利不让进？这是哪来的道理，亏你长到六七十岁了！平时你们大家都用我的卫生间，我都倒贴纸，还要搞卫生，我都忍得快爆炸了，换作你们，早就锁住不让进了。"

"子哩是我生养的，你是我花钱花心思讨来的，你们人都是我的，别说卫生间我们也帮忙做了，就是你们所有的东西我都有份，我说要进就要进，打官司你都赢不了我。"

"你讲得那样刁，你试试看，你要是敢进我的卫生间，我就让你死在卫生间！"菊招的胆子真是全组榜上有名。

"好呀！你娘个冇教养的短命嬷，冇上冇下[3]的野炭嬷[4]，我现在就进去，看你敢不敢砸死我，没有胆量砸死我，你就不是人屙个[5]！"

细狗听菊招说出如此忤逆的话，如捅破了纸灯笼，眼中尽是火，骂完就往卫生间走，他这是病重不治病——打了死主意。

"老短命子，敢骂我野炭嬷，你也不是李家的正牌货，你以为我不晓得

---

① 目热: 眼红。
② 家官: 公公。
③ 冇上冇下: 没大没小。
④ 野炭嬷: 女性野种。
⑤ 不是人屙个: 不是人生出来的。

吗？你是你娭瑞搭①男子搭来的，你应该姓王，我早就晓得了，只是念在你是我老公的爷哩分上，才给你留了面子，是你自家逼我骂出来的。我是野炭嫲没错，我姓兰，我娭哩死了老公，后来改嫁到王家继父那边，这又不是件跌鼓事。你那个王姓爷哩还是我继父的堂叔呢，当了生产队长，成了土皇帝，你娭哩为了多分一些口粮，少做一些苦水，就讨好他，和他有了一脚，被老公晓得后就休了她，之后才嫁给了你这边的爷哩，当时她已有一个月的身孕了，你那边还有一个哥哥和阿姐，对不对？你娭哩有没有告诉你，要去寻那边的哥哥姐姐？”

"滚，你给我滚远点，从今朝日子起，我就当没有你娘个生媚！"细狗听她一一道出家丑，气得差点吐血，没想到这家伙大量掌握了他的有关秘史，如果晓得，他也不会这么骂她，这辈子他引以为耻的事竟然被生媚知晓！以往和人相骂时，有人曾含沙射影骂过他不姓李，他也曾被人骂过"野炭子"，但这是以前的事了，这么多年再没有人这么骂他，他也忘了自己确实不是李姓血脉。自从晓得了身世，他就开始看不起母亲，更可怜继父爷，看上了一个不贞的女人，还得为这个女人承担责任，让人笑话，说他运气好，讨了一个现蛋的老婆。继父倒是对他不错，他对继父比对母亲也好得多。

"真个笑死人，你叫我滚我就滚吗？你没有权利！要是你子哩叫我滚，都没这么便宜。请神容易送神难，我就不滚，你能把我怎样？"

"菊招，你也太过分了，再怎么着，他也是你老公的爷哩，他娭哩有错怪不得他，就算他是旁人，也是长辈啊，你怎么就没一点规矩呢？何况我们一向也没有恶薄②你。莫讲③我们还是你的家官、家娘，就是旁人也不要逼人太甚，你这样冇上冇下，难道认为很光荣？"

细狗的老婆一向做好人，有架吵，总是让细狗冲锋陷阵当炮灰，儿子媳妇再不对，她也总劝细狗退让一些，自家人没必要搞得跟仇人一样。今天她实在听不下去了，现在的年轻人怎么就那么忤逆呀！记得自家从不敢对家娘家官这么不敬，就是家娘不好时，她也不敢去揭她的丑。

"他骂我野炭嫲，等于骂我的娭哩，他可以骂我的娭哩，我为什么就不可以骂他的娭哩？他的娭哩早就骨头打古④了，怎么骂都听不到了，可我的娭哩

---

① 搭：勾搭。
② 恶薄：虐待。
③ 莫讲：别说。
④ 早就骨头打古：死了很久之意。

还眼睁睁的，她要是听到娘个老鬼骂她，以后她还有面子来吗？我又不是娭哩搭男子来的，随娭哩改嫁到外地的又不单是我，他凭什么要来作践我，他一个野炭子有资格作践我吗？"

"娘个短命嫲，今朝日子舍了这六十多岁的命，也要和你拼了！"

菊招确实太耗油，她看到公公气得操起了门口的一根木棍冲向自己，却不躲不闪，一副宁死不屈的神色。她不想给他台阶下，她倒要试试这老鬼的胆量。如果打死了她，不用偿命，那么她相信他会打死她；问题是，现在是法制社会，打死了人是要偿命的，他就不敢了。他是最怕死的人，身体上有点小毛病都急着要去看，他舍不得死。

"老头子，你又吃了炸药吗，火气这么大？你一个六十多岁的人了，打得过谁？你怎么跟小辈一般见识？正牌货也好，野炭子也罢，这都不是我们的错，是上辈人作的孽。我们做人没有偷偷啜啜 ①，欺欺骗骗，靠自家的双手做来养大子女，大家都看得到，当软也不是当别人的软，何必就要针锋相对呢？你不怕人家说笑，我还怕人议论呢，少讲两句难道会蚀肉头？"

做婆婆的名义上是在劝老公，实质是在说教儿媳妇。菊招是盏耗油灯，她当然心知肚明。

细狗其实也真的不敢对菊招下狠手，只是吓唬吓唬她而已，他认为一看到他操木棍，她肯定会落荒而逃，如果这样那该多好，他不但又可以骂她怕死，还有一个台阶下。可菊招这家伙真他妈的不是人，竟眼睛都不眨一下，如果不是老婆及时拦下了他，抢下了木棍丢到门槛下，他真不知会怎样收场。他暗喜老婆给了他一个漂亮的台阶，于是就坡下驴，让老婆牵着骂骂咧咧地回自家的房间。

"老短命子，你不是要砸死我吗？不要走呀，有本事你把我砸死，让你子哩做光棍呀，冇胆子砸死我的是狗屄个！"

菊招的忤逆，实在是本组所有儿媳妇中名声最狼藉的一个，她越骂越凶的劲儿令所有人都甘拜下风。刚才躲在一旁坐山观虎斗·的妯娌，已经由喝彩转变为指责，刚刚还在佩服她，一下子又讨厌她了，这样一个骂人的能手，以后还是少惹她为好。

"娘个短命嫲，帮子哩再讨一个老婆我也甘愿，今朝日拼了这条老命不

---

① 偷偷啜啜：偷偷摸摸。

要，我也要代你爷娭教育教育你，不然真以为我怕了你！"

细狗骂完，屁股便已离开刚坐下还没有屁味的板凳，准备冲出去和她决一死战，被老婆和两个下楼劝架的小儿媳拦下。

"老头，老头，熄熄火，熄熄火，你吃盐比她吃米多，过桥比她走路多，莫跟她计较，越吵越伤心，她爱骂就让她骂吧，骂累了她自会停下，我们老了，还有几年活头？她的日子还长呢，不改鬼性，看她怎么做人？"

"娘种冇上冇下的女人，就爱①有报应，天在头顶上，就爱保佑她以后也讨一个比她难讲②的人，替我们报仇！"

细狗一边骂，一边用火柴根一样的手指往菊招那边指点。他希望她有报应，也希望自家还能看到，看她能有什么绝招对付刁蛮的儿媳。他一定要多活几十年，亲眼看到她被儿媳虐待的情景，那肯定是一件大快人心的事，如有那么一天的话，他一定吊目光③，要举杯欢庆！

这样想着的时候，细狗停下了对菊招的谩骂和诅咒，转向老婆，语重心长地说："秀子嫫，从今朝日子开始，我们两个老鬼一定要合合适适④，商商同同⑤，养好身体，争取活到一百岁，看一看娘个短命嫫有什么好下场。"

"我呀，不想活到一百岁，这样的日子，活到七十岁我也嫌命长，你不感到累你就活吧，有的是苦日子让你过。"细狗的老婆大家都叫她秀子婶，今年六十有三，和细狗是同年婚，属牛的，活该做生做死还受苦。

细狗的另两个儿媳，在他们大吵大闹的时候，躲在房间里偷笑，后来听到要拼命了，怕出人命，才无可奈何地下楼准备劝架。其实她们倒希望口仗继续，这样的话，就有较好的对比，她们既可毫发无伤地坐山观虎斗，又能落得个比菊招好的名声。

晚上老公从煤矿回到家里，她们便迫不及待地将白天的经过，添花摘叶地分别告诉他们，然后再阐述自家的见解：

"老鬼也真是，太小气，每天拿出一百不就天下太平了吗？又不是各类人，自家生媚，肥水不落外人田。这样膣毛小气，我们忍得下，自有人忍不

---

① 就爱：就应该。

② 难讲：不好说话。

③ 吊目光：幸灾乐祸。

④ 合合适适：如胶似漆。

⑤ 商商同同：好好商量。

下。这样一吵，鬼都不敢再来赌，莫讲五百块，一分钱都得唔到，活该做死！不然一年来得几次，哪还用种烟，出售厅堂也用不完。娘个大番薯，真是'晓算唔晓除，索米交番薯'①。绝好，就爱吊目光！"

"嫂哩也真不怕死，看到老鬼操根木棍冲过来，闪都不闪，要是我，肯定吓死。她骂的那些话，打死我都不敢骂，听她骂出老鬼的身世，我都吓得心咚咚跳，要是让我和她对骂，那绝对是新华书店买纸——包输（书），我情愿当软一点，闪狗不是傻子，看那架势别说骂，吓都会吓死。"

把白天的好戏如是这般告诉老公后，她们又把头摇得像拨浪鼓，她们想不到嫂子胆子这么大，到底是在娘家练就还是嫁来这里为人妻为人母后练就的，她们不得而知。改天有空探一探，总之以后小心为妙，毕竟生活在同一片蓝天下，生活在同一个屋檐下，还有幸成为梓嫂②，天天低头都能见到，指不定哪天就会为一些鸡毛蒜皮的事和她较量一番。

在细狗和菊招大吵之后，隔壁的邻居第二天便把这事添油加醋传播了出去。一传十，十传百，一时间，众说纷纭，口碑不一。跟细狗有过隔③的在菊招面前送小心④，说老人家存那么多钱干什么，老了病了还不是要子女负责，说不定是把钱给嫁出门的妹子了呢，不然她会那样小心曾经作践过她的爷哩？

和菊招争放过水、吵过架的，又在细狗两公婆面前装好人："再怎么着爷娭也是天日啊，哪有这样做生婿的？就算没有生养她，也是你们花了一腔心事，花了一大笔钱讨回了她。家官的身世也不该由她骂出来，这事我们大家都晓得，可平时也没人这样说。你们也太善心了，换着我，早就去投⑤她外家了，哪有这样的小辈？爷娭有疾病不出钱不照顾，有了点收入就目热，还想分？真个冇一点世情道理！"

细狗两公婆当然也晓得，现在的世道，家里只要有点风吹草动，很快就会搞得鸡飞狗跳、满城风雨，送小心做好人的也会光临你家，关心你安慰你一番，鼓动你一番，巴不得你家天天有笑话。这些人都是新闻爱好者，她们只是用嘴，用那个三寸不烂之舌去播报家长里短，因为他们不是记者，不会写出来

---

① 晓算唔晓除，索米交番薯：不会打算，因小失大之意。

② 梓嫂：妯娌。

③ 过隔：过节。

④ 送小心：虚情假意，讨好。

⑤ 投：投诉之意。

在报刊上刊登。

真可能是生活太单调，大家就有了一个不怀好意的想法，希望天天都有新闻，越刺激越好。不过，这样的新闻尽量不要发生在自己家里，否则，自家的什么事儿都会变成丑闻，一旦发生什么争执，在劝人的时候，总会有一句"算了，算了，少说几句吧，别让人笑话了"。在劝人时，有些假好心的人自己就在笑话人家了，在路上就开始传播新闻了。

细狗也不是吃屎大的，尽管他非常非常憎恨大儿媳，却对某些"好心人"的安慰、劝解、打抱不平的侠义心肠显得格外警惕、厌烦，特别是对平时挑拨离间的"好心人"爱理不理，心里还会讽刺一句，别尽在我面前充好人，还是留点精神安慰自家吧，你家的儿媳妇也善不到哪里去，自家屁股都擦不干净，还好意思帮人家擦。

爱英、香玉、玉珍和菊招经常凑在一起打麻将，虽然偶尔会发生一些口角，但都是因为放炮[1]或因钱的出入不对而引起，过后又照样嘻嘻哈哈。放炮放炮，那还不是你放我我放你放来放去。再说年轻人跟年轻人之间，赌鬼与赌鬼之间，共同的语言多些。大家都有老人，每个老人都有不少的毛病，有些年轻人扎堆时总说老人的坏话，比谁家的老人难讲，谁家的老人有钱，谁家的老人扎手[2]、干净、疼子孙，有时比来比去，就觉得自己家的老人最懒尸[3]，最冇钱，毛病最多，最让人讨厌。

爱英好赌不错，但她一直都是把家里的事做好后再去的，赢了钱多少也会给公公婆婆一些钱，也不尽说老人的不是，所以她家老人也不会说她好赌，也尽量帮着做家务。特别是她婆婆，只要爱英说"姨娅，我去赌博了"，她就会说"去吧，去吧，家里的事你放心，多赢一些钱回来"。

听到菊招和老人吵架的事后，爱英和香玉私底下找上菊招大说一通。

"菊招，你也是，就为这件小事和老人家吵得天昏地暗，男女大小远近皆知，这对你有啥好处？老人家不舍得出就算了，再说一百块钱中你只能得到三分之一，你何必要去做歪人？老人家有收入也是好事，他们有钱，生活费可不用你们负责，有疾病时还不一定要你们出钱，这不是天大的好事吗？莫犯傻

---

① 放炮：放给人家和牌。

② 扎手：勤劳。

③ 懒尸：懒惰。

了，老是和老人家吵，有末个搭煞①？大家一说就说你难讲，自家做了晚辈，也要做前辈，将心比心，以后也遭自家的生媚这样对待，你会怎么想？一个人一辈子就那么几十年，得饶人处且饶人，别把自家老人当仇人，做做子女的榜样，为以后铺一条阳光大道吧。"

"就是，以前我也老觉得自己的老人家最碍眼，后来一想通，一个巴掌拍不响，别说老人家，我们后生子人②也一身毛病。老人家是牢骚一些，但你别去理他，他们说上一会儿自会感到没趣，就会停下。有吃我们少吃一点，好话多讲几句，钱财宽松一些，卖了烟卖了猪给他们一点，他们就会乐得嘴都合不拢，做事也不会累。总结了经验后，打麻将赢了时也给他们十头八块，他们也就不再管我打麻将了，他们子哩要说我几句，他们也会护着我。对付老人一定要用软办法，你付出了真心绝对能换来真情。以前老人跟我住一起，我不习惯，很讨厌，现在不同了，对他们好一点，声音放温和一点，他们开心，我们也高兴，出门不用关门，在家可以睡懒觉，不想做的事情他们会帮着做，我乐得轻松。虽然负担大些，但赡养老人是天经地义的事，把他们当作自己的爷娭，就不会觉得他们这也不好那也不对了。其实说起来家娘家官比爷娭更爱我们，我生三个孩子，加上结扎，还有平时的头疼脑热，都是他们照顾我的，爷娭要是来照顾我，嫂哩就说把户口迁到妹子家去。我生孩子时我爷娭抓了两头鸡公来，嫂哩也说，把屋子、家产都搬给她吧。做妹子的，就是可怜，爷娭再大的家业，连一块瓦都得不到。爷娭多来几次，嫂哩都以为我得了好处。想想也伤心，唉！嫁出的女儿，泼出的水，一点不假。家娘家官再不好，最起码分了两间屋子给我们，还帮我们带大子女，他们存钱也是为了减轻我们的负担。跟老人家越斗越糟糕，对他们好一点，他们也很容易知足的，你试试看，保证有用。"

香玉一口气说了那么多，菊招却说："没用的，我家老鬼对他再好也没用，他不但小气，而且惜力。有一次我要割禾，叫他帮我扫谷坪，等我谷子挑回来时好晒，他应都不应，别说扫。"

"你想剥削他的劳力，就要对他好，你也不要开口闭口就叫他们老鬼。别说他们，我们听着都感到不舒服。老人家也不图子女对他多孝顺，平时和他有

---

① 有末个搭煞：有什么意思。

② 后生子人：年轻人。

讲有笑，有吃不会忘了他，也不要对他凶，他们就知足了，其实老人家比我们后生子人容易知足。你做卫生间，他们那么大年纪了也都帮了帮，让大家用用有啥要紧？你这么一闹，庄家不来了，你连烧火煮食的工钱也没有了，现在哪有这么轻松的小工，半天就六七十元？我要是有这么好的条件，保证举双手赞成，老人家有钱就不会向我们要。"爱英说。

"就是，他们天天在你们家赌多好，你们也可以不用种烟，就帮他们烧火，省得那么辛苦。在这边赌，又可以让我们也捡上百把块钱买水果吃，就让他们用卫生间吧，免得断了你们家人和大家的财路。"香玉开玩笑说。

"你们不晓得，他们当时帮我做卫生间，是要用我的卫生间，不然没那么好心。我非常讨厌他们和我共用卫生间，卫生纸我得倒贴，卫生我得花很多时间搞，而且四家人近二十个人不是你忘了冲马桶，就是他忘了冲马桶，现在来一大伙，倒贴纸和打扫卫生我还可以忍受，我就是怕人多，'发洪水'的女人也多，万一把卫生棉丢进马桶，就麻烦了，卫生棉很难腐烂。我哥哥的马桶就是因为把卫生棉冲进去然后堵塞，叫人修，花了不少钱。再讲我家老鬼有分相，一讲就讲厅堂是他做的，钱应该归他，那卫生间是我花了那么多钱做的，我不让大家进难道就错了，这是哪来的道理？"菊招愤愤地说。

婆说婆有理，公说公有理，要是包青天还在世，或许也无能为力，爱英和香玉不好再说什么，她们只好悻悻而回。

此后，大家在一起扎堆的时候又多了一个重点话题，大家互相发表意见，各持己见：菊招和细狗如果都各让一步，也不至于吵得昏天黑地，红面赤耳，差点发生内战；如果细狗不吝啬，大方一些，从那五百元中抽出一百元让三个生媚分，或者作为打扫卫生间的捡费，菊招肯定也会心满意足，甜面笑鼻，一家就会风平浪静，甚至连全村都风平浪静，少一个争执的话题。问题是，他们一个是针，一个是钻，他们不想让生活太单调，不想让大家缺少话题，他们非要给大家的生活添加色彩，谁又奈何得了？八仙也没这个法度吧。

这么轻松赚钱，细狗不想放弃，当庄家在邻村赌时，他又亲自出马去找庄家说明情况，说他和生媚说好了，二百块钱作为烧火的工钱，三个生媚平分，他再拿出五十元作为打扫卫生间的工钱。庄家说，现在已经有好几家都叫他们去，等这几家轮流完后才能轮到他家。细狗这时开始后悔了，他害怕庄家不再去他家赌。

果然，庄家在一个叫上丰村的地方一赌就是两个多月，因为那边的人都想得到这笔钱，如果庄家不去某家赌，某家就说去派出所举报，庄家就每家每户都赌三天，他们还开玩笑说，万一有人举报派出所，派出所有那么大的关房吗？要抓去，全部抓，谁也笑话不了谁，跌落屎缸平臭。因此，庄家再也没有来过，其他几个开场子的，也没有来。

爱英有空时，继续去外面碰碰运气。玉珍和香玉吃到了甜头，也想去，但怕老公骂，就没去成，她们只好又打打麻将了。

爱英后来告诉大家一个故事，邻村有个叫萍香的饮料店老板娘和一个叫招玉的服装店老板娘，一天没有顾客，约好一起去场子里赌，因为每天都听隔壁的人说今天赢了多少，前天赢了多少，她们心痒痒地就上了贼船。

两个老板娘做彩民时赢了一万多，俩人高兴极了，这么好赚的钱怎么能不去赚呢？在店里经常半天也不见来鬼一个，在场子里赢他一万八千太容易了！她们决定第二天再去。

次日，两人骑了摩托车又骈，她们商量说，她们第一次去场里赌就旗开得胜赢了钱，说明运气好。今天去跟老板说一声，让她们坐庄，赢他个十头八万够半辈子守店，老板当然会同意，反正坐庄又不是白坐的，得交税，每统吃一盘从中抽出二百交场子费，也叫活动资金，赌博也有赌规。

没想到头天坐庄，她们便输了十一万多，下午才二点就收了场，那晚她们私底下议论，明天再去盘本，但不能让老公晓得输了那么多，他们晓得了肯定骂死，幸亏这些钱是自家平时积下的。

第三天，俩人又各取五万去坐庄，结果又买牛输精光。俩人慌了，心里不知怎么办才好，再去又怕再输，不去又失去了盘本的机会，十万元就这样打了水漂，不甘心哪。

第四天，服装店老板娘坐在那里发呆，饮料店老板娘走到她面前也没反应。

"喂……"

"喂，怎么，想不开吗？想不开就从四楼跳下，前面不远处又有农药店，就这点钱也打倒你了吗？开了二十年的店，十万元算是从牛背上拔了一根毛，反正这些钱也是从顾客手中赚来的，闹什么？"

"难道你不会闹？"

"闹什么，轻松赚钱，快乐花钱，钱输都输了，万一闹出病来就更不值了。"

"说是这样说，可是两天就输掉十多万，除了第一天做彩民时赢的，还输十万，十万哪，也不是摘来的树叶子，说实话，我只要一想就心疼，老公晓得了也不晓得会怎样。唉！都怪自家心肝太雄，想一天致富。"

"要不要再去盘本？赌博也不可能每天都有赢，也不可能天天都输钱，再取五万去碰碰运气吧，说不定这两天输的就又回来了。"

"好吧，去就去，反正店里生意也不好，有时一天都冇鬼上门，我都笃目睡^①了。我身上没有现钱，去信用社取了才有，你呢，取了吗？"

"我取了五万，你去取吧。我回家换身红一点的衣服，让我们红红顺顺，连本带利赚回来。赌博不能一身乌，不然老是小点或独古，今朝日子搞死彩民，让他们把我们的钱都吐出了。"

等钱取出来，俩人共骑一辆摩托又去了场子里。她们到场时，有个庄家刚好收了庄，她们听说那个庄家赢了十多万，很高兴，以为今天坐庄的都会赢钱。

她们家里供了神明，出发时她们也都在神明面前烧了香，在神明面前念叨了几句："大神大佛，救苦救难的观世音菩萨、财神菩萨，保佑我们吧，保佑我们今朝日子赚大钱。"

早就听说了，有时不用神明保，冇时神明保不了，她们怎么就这么糊涂呢，怎么能对这些大神大佛寄予厚望呢？那天，她们又输了个精光，彩民们笑得合不拢嘴了，都在议论这两个老板娘太背时，牌风太乌。

有个彩民说："有一盘，我投下了一万，结果才独九，你们说会不会吓死？没想到，她们的独七、独九还有钱入，真个会笑死。"那个男人说着说着便笑得口水都往下洒。

她们坐了三天庄，输掉十六万多。这事被她们的老公晓得了，大骂了一通，然后叫她们在离婚协议书上签字。

"这还了得，以后再这样关了店门，我还开什么店？好赌这个，家门都会赌掉，赌得到好日子来吗？十赌九输，你看哪个赌博的人大户^②起来了？晚上有空时，打打小口^③的麻将，只要不影响身体，我都不阻拦。可你居然鬼迷心窍，关了店门不做生意去赌大的。签字，离婚，明天就去，不离我迟早会被你赌得卖房子。"

---

① 笃目睡：打瞌睡。

② 大户：富。

③ 小口：小钱，小彩头。

她们也懊悔极了，可是，水淹田园再筑坝，牛上田坎扯尾巴，太迟了，她们也曾对着镜子骂人，自骂自，其实她们事后也清醒了，赌博这条路，是吃过晚饭走路，越走越黑，更像牛踩烂泥路，越踩越糟糕，真的不能再去了。

一听说离婚，以往一直不怕老公的她们，如今都低下声来："以后我保证不去赌这个了，我发誓，如果说话有算数，再去赌这个，我就被雷公打死，被车撞……"死字还没说出口，就被喝住了。

"好了，你也别发誓发绝①了，反正你记住今朝夜晡②讲的话就行了。我可以原谅你一回，如果再去赌大的，皇帝求情都有用，别说子女。"

女人说精也不精，说傻也不傻，她们一听说要离婚，就马上打电话叫子女出面求情，叫家娘家官出面。本来就是威吓她们的男人，在接完求情电话后，心就软得跟豆腐一样了。

两个老板娘早在回到家时，就凑在一起商量好了对策，任凭老公怎样骂，都不能像平时那样刁蛮，只要一个劲儿地认错，发誓加保证，老板娘的位置终归会穿草鞋拿拐杖走泥路——稳稳当当，加起来都快一百岁了，他们离了我们，也不好过，都娶了生媚快做公呆了。不过，我们离了更不好过，早就是豆腐渣的年龄了，谁还要？忍！一定要忍！再难听的话也得忍下！别看她们外貌不怎样，心计却不差，为了日后的幸福，她们也会花半天去装喇叭——让它响（想）得远！

男人其实也不是真的就是赶鸡下河，往河里逼，只是平时她们太刁，说不得她们几句，这下她们犯了错，得借机镇压镇压，不然真快反上天了。他们也凑在一起密谋了老半天，喝了一壶酒，最后决定，让她们吃吃苦头，去工业区做工，让她们晓得赚两分钱过日子的艰辛。

男人有心计，女人也不是省油的灯。她们是答应了老公去工业区做工，去实践实践做的滋味，说她们也想穿有底的鞋，脚踏实地，重新做人。私底下她们也有一套，从工业区下班回到家，尽量不做家务，就说很累，而且一定要装出非常疲劳的样子，说话一定要有气无力，晚上要碰她们的时候，也不要配合他们，就说很累，看他们能硬到什么时候？

两个女人商量来商量去，又怕抓了芝麻，失了西瓜。特别是饮料店的老

---

① 发誓发绝：发毒誓。

② 今朝夜晡：今晚。

板娘，特别担心，因为自从她被调到工业区做工后，老公第三天就请了一个刚从学校出来的细妹子，万一自己冷淡了老公，老公和其他男人一样，搞上这个细妹子，那就真的是打烂水缸当瓦片——太不合算了。现在的细妹子，只要有钱，她什么都会答应，至于面皮，她们也不晓得值不值钱，自家有时又要夜班，子女不在家，就老公和细妹子在家里，什么事情都有可能发生。

饮料店的老板娘萍香想来想去，还是粪坑里开刀——文（闻）不得武（舞）不能，这下才是哑子吃黄连——有苦说不出了，权衡利弊，终于决定，为了长久的打算，只好吞下铁枝，硬着心肠，一切还是按原计划运行，该忍还得忍。落难时节不能刁难老公，先巩固地位，做一段时间的奴婢再说，如今是接受严峻考验的关键时刻，不能像砍了头的竹子——节外生枝了，如果再刁蛮，那就真是冬天卖凉粉——不识时务了，难保不会被老公扫地出门。到那时，家娘家官和子女都不会再出面为自家求情。要想重新得到老公的看重，就得冷水泡菜，慢慢来，委屈一段时间再说吧。

唉！一失足成千古恨哪，我脑子进水了吗？非要去蹚这趟浑水？想当初，我们何等威风，吃好穿好玩好，老公又对自家千依百顺，不敢对自家横眉竖眼，对于小打小闹一天也输不了几百块钱的玩法从不干涉，就快五十岁了，从未控制家中的财政大权。自子女从学校出来工作后，自己就是家里的财政部长了，要不也没有那么多的私房钱，可自己还不满足，还想安乐赚钱。谁料想，一个星期不到，既做彩民又做庄家，结果不仅输掉近二十万，还落下一个把柄给老公。如果赢十几近二十万，也许就不会有今天的下场了，也许这辈子都不至于在工业区打工了，唉，威风扫地了。

两个老板娘，只要有空，就走到一起唉声叹气，你看我，我看你，然后又苦笑又摇头，又自我安慰又相互安慰，安慰完后突然一下子又掉到五味瓶，尝尽酸甜苦辣涩，一段时间里好像是从东岳庙走到城隍庙——横竖都像见了鬼。

世上什么药都发明了，连癌症都有治了，为什么后悔药还没有发明出来？两个老朋友加老赌友在上班的时候，都会抽空聊上几句，关心关心，做得惯吗？会不会手软脚软，心疼头晕？

"你说会不会？可是都到这地步了，会又能改变什么呢？一想到存了半生世人的钱几天工夫就没有了，我就心如绞痛，手脚发软，恨不得钻在汽车轮胎下，你呢？你肯定比我更严重，平时看你打麻将输掉二百块就面红耳赤，喉咙哽咽，就要哭起来的样子。"

"会，当然会心疼，我想如果他再逼我，我就从四楼跳下，或者买一瓶速灭威，速速死了算了，快二十万了，打工一个月才一千多块，还得赶时间，加夜班，受人管，都快五十岁了，想不到还要来打工。那么多钱，打到死也赚不回来了，我们咋就那么笨呢？有凳不坐非要站着，活得轻松自在了还偏要给自家找不愉快？我们是吃屎大的吗？都快做娭毑①了，还鬼迷心窍，难道更年期的女人真是会头脑简单，没有理智？都是那些短命庄家，如果不是他们，我们哪会去赌这种死牛？"

"好了，别发牢骚了，张天师下海——莫怪鬼，人家也没有强迫我们去，莫屙屎唔出怨屎缸门，自家意志不坚强只能怪自家，东吴招亲——就只一回吃亏，以后打死也不去赌这死牛了，老老实实做个本分人，安安心心打工吧，改造好自家，争取宽大处理，早日脱离苦海。"

不知谁说过，人不贵于无过，而贵于知过就改。人非圣贤，孰能无过？

她们在工业区打了半年的工，可是还没有被老公重新看重，也没有召她们回去打理店铺的迹象，她们心里再有气，但也不敢发作，只好待在工业区继续改造。

政策宽松，生活渐渐好过，泥腿子们也开始想"下海经商"了，天天跟着庄家屁股后头，像极了从电视上看到的游击队。运气好时，投注一次就能赚到一年辛苦入仓的谷钱，菜和肉也有了着落。作田耕地，日子不够夜子凑，一天到晚做得腰酸背疼，还赚不了几个钱。大家都认为作田最辛苦，最不划算，虽说国家给农民兄弟免了税，还有一点补贴，但再怎么补贴，谷价再怎么提，也提不过农药化肥。物价的提高，就目前的情势，不能不令人担忧，再过二十年、三十年，还有没有人作田？如今的年轻人都发誓不再作田，到大城市去发展了，等到这些作田的中年人变成了老年人，他们没有能力作田，谁又来接他们的班？他们在城里待惯了的子女会想到回农村？

由好几帮庄家发起的赌博风潮，一波比一波狂热、欢腾、刺激，赌徒们已经失去了理智，已经走火入魔，已经不顾一切了，家人的劝说和哀求都动摇不了他们要让单车变摩托、摩托变汽车的决心，输了钱，晚上就躺在床上辗转

---

① 娭毑：祖母。

反侧，唉声叹气，放屁打嗝儿，没一点好心情。赢了钱，行路打酷笑，厕尿吹口哨，晚上吃夜宵，欣赏蓝蓝的天空，云端里穿梭的月亮和闪闪的星星，体味有滋有味的人生，而且愈来愈坚信胜利与致富只能靠赌博，人生本来就是一场最精彩的残酷的赌博，幸福生活只能由自身创造，只耕那些死田烂地，永远脱不了贫，永远致不了富，只要自家活得开心，何必去理会那些规劝和非议，各人有各人的活法，我凭什么要和你的人生观相同？

他们早已经不住赌博的诱惑，经不住风吹日晒的考验了，只要一想起白天在大雨或骄阳下弯腰弓背雨淋淋笃挥汗如雨的情景，就头皮发麻，心有余悸，遇上个旱天，还得熬夜放水，顾了这头顾不了那处，天天和人争放水，天天和人吵杀，既伤身体又伤和气，真他妈的冇一点合算。

就这样欢笑着、闹腾着、哀叹着、伤心着，东奔西走，没日没夜地赌着，一直赌了好几年，直到陈屋有个叫陈发贵的大赌博头子被抓，甚嚣尘上的赌博风才暂时停了下来。

陈发贵被人称为赌王，有一年他赌赢了上百万，房子、小车和所有的家具也都是高档货，他不知足，带上几十万元又去深圳开赌场，结果老本赌光了还欠下了两百多万的赌债。他的赌友为了让他重振旗鼓，又再借钱给他，叫他回到家里赌，于是他就在家里开了场子，和几个关系好的赌友合伙，在家里没日没夜地赌，分红和场子费不断流到了他的腰包里，他还了不少赌债，开始又有了生气。因为他不还一个远房亲戚的钱，便被这个远房亲戚告上了法庭，陈发贵被抓进了关房，几个月后被合伙的赌友保出，和那远房亲戚大吵了一出，扬言说所有的赌债还清后才考虑他。

陈发贵走出关房后，其他赌友又慷慨解囊，再次鼎力相助，他们心里也希望他东山再起，还清他们的赌债。如果不这样，陈发贵很难从阴沟里爬起，那自家以前借给他的钱也就打水漂了，反正怎么赌也是赌，这下把赌注押在他身上了，这也是跪着养猪——看在钱的分上。如果他能东山再起，自家的钱有了着落，在他落难的时候帮了他，他又会一辈子记在心中，天大地大，最大的就是人情这个大债。

那段时间，庄家赌风很旺，没出一个月，就又活跃了起来，才开了四五年的车子又换了辆新的，又开始吃香的喝辣的，过着神仙般的日子了。去年年夜饭后，放了足足一个小时的鞭炮、烟花，把大家轰得心烦意乱，头昏脑涨，连家里的鸡鸭牛羊猪狗兔都吓得乱撞乱叫，惶惶惑惑，以为地球爆炸了。

陈发贵是个赌博头，和二流子们也打得火热，一次因仗义和另一伙从县上来的二流子打架，被一个二流子砍了几刀，胸前留下了几道血沟，治愈后，又被人举报，再进宫。

连他的亲人都不晓得他进了几次宫，只晓得他一向吃好穿好，受不得委屈，就一直买好烟好肉送进去给他吃，后来又直接把钱存进去，让那边的人买给他吃。

兄弟姐妹、亲戚朋友开了一个会，商量着每人出些钱把他赎出来，他的赌友也愿出钱保他，可是因为几种案子在身，无法保出，听说要判刑，判多久，现在还没有定下来。

一向心高气傲、目中无人的陈发贵，在关房里不知作何感想？九点半、斗死牛的赌博风潮能不能就此平息？

这样一个家

"晚上带你去吃夜[①]，去不去？"庆阳人没进屋，嚷声先至。

"去，当然去，有夜吃为啥不去，我都一年多没吃上永福古请的饭了。"

"哟，一说有夜吃，就眼睛放光了，而且人更聪明了，一猜一个准儿。"庆阳开玩笑说。

"哼，我是谁呀，不聪明早就被你炒了。"

"既然有约，那就早点来去吧，平时没空，难得一聚，可以多玩一会儿。"庆阳提议，子云当然举双手赞成。

因为没有再耕田，时间上比较好安排，每次去朋友家，只要庆阳在家，夫妻俩一般都最先报到。

下午四点到了永福古家，见其他朋友还没到，永福古和庆阳就都掏出手机催他们快来。永福古的老婆珍兰忙着把花生糖果端出，洗手泡茶，大家边喝边聊。一泡茶还未喝完，其他朋友就接踵而至，大家说说笑笑，互相祝福，还问最近的手气好不好，买六合彩有没有中奖。对"六叔公"，大家都有点兴趣，一块钱二块钱都会玩一玩，赚不赚钱没关系，反正不搞大，小打小闹的，富不起败不下，重在参与。

饭桌上，男同胞喝酒费时间，女人们因为不喝酒，很快便退席了。喜欢饭后散步的子云提议大家一起走走，萍萍和五妹赞成，另两个姐妹不喜欢散步，就在珍兰家聊天。她们三个都还耕了田，珍兰还种了十亩田烟，彼此有共

---

① 吃夜：吃晚饭。

同语言；而子云三个没耕田的，跟她们在一起，听那些种烟的经验之谈，已是鸭子听雷公。

一出门，姐妹们就无所顾忌地聊开了，是五妹先开的口。五妹在吃饭时，看到萍萍和她老公永老有说有笑，就向子云投来了一个眼神，子云会心地向她点了一个头，没想心有灵犀在这桌面上用上了。萍萍和她老公关系一直不好，这让作为朋友的子云和五妹很是担心，生怕他们最终说声拜拜，所以目睹他们今晚的表现，就打心眼里高兴，总算雨过天晴了。话题就是这样开始的。

"萍萍，刚才吃饭看你和永老有说有笑，真是高兴！"五妹真心实意的开场白，首先得到子云的共鸣。过去几年，萍萍一直不和永老同来子云家，说跟他一起去朋友家，看到人家夫妻相亲相爱，她就想大哭一场。永福和永春是不出五服的兄弟，但每年聚会，萍萍几乎都要缺席，偶尔参加了，也是自己走路过来，饭后很快又回去，令大家有种失落感。

"那是做做样子而已，出门要是都吵，那就真的是无可救药了。再说我已想通了，吵也吵不出头，心如死灰也许对我最贴切。唉，我和他之间的事，写成一本书，绝对畅销，让所有女人同情、落泪。你们也许不清楚，这几年，其实连我自己都不晓得自己是怎么过的日子。"萍萍叹了一口气，沉重的气氛立时像夜雾一样罩上来，子云和五妹顿感脚步沉重。

"走呀，怎么不走了？"在萍萍的催促下，子云和五妹无奈地又迈开了步子。

"不是我无可救药，总要跟他吵，我也希望像你们一样，两公婆合合适适、有讲有笑，特别是子云两公婆的感情，在我们这帮朋友中，是最令人羡慕的。可我家这位是酒精中毒了的人，出门看起来像模像样，其实真是糟糕透顶，无可救药。按说像我们这种条件，生活应该充满阳光，可他到现在还欠人家十多万，而且这些钱的去向，我一无所知。"

"怎么会呢？这些年你们又没搞什么建设，除了缴两个细鬼子读书外，没投资做什么生意，而且听说你家兄弟姐妹又都大力支持你。"五妹听说永老欠人家这么多钱，眼睛都瞪大了，月光下，子云看出了她的疑惑。

"莫讲你们，连我都不相信，我问过他几次，为什么会欠人家那么多钱，都用在什么地方了。可他生人装个死人相，从不回答。为此，我跟他不知吵过几回。"萍萍气恼地说。

"你们现在开了饭店，就尽量不要吵了，吵吵闹闹总不是办法，自家伤了和气还被人笑话，太不值了，家和万事兴，要想做好生意，就要商商同同。"子云也趁机插上了嘴。

"这个道理我也懂，我更清楚，这是我们最后一次机会了，这次再做不好，赚不了钱，那么这辈子就休想爬起来了。可是，有些时候，我实在忍受不了，我都忍了快十年了，连我娘家的亲人都说，我过的简直不是人过的日子。你们知道吗？自从开了饭店，来吃饭的大都吃了饭就走人。我一问谁买单，人家就说你家永老还少①我钱呢，抵账！以前我还可以赊账，可如今他们都不会赊给我了，都说你家永老还欠我那么多钱，都不知猴年马月才能还。我也能理解，借了钱给别人，却要他跟人比命长，换着谁都会怕。我问他们，我家永老啥时欠你的钱？他们说，都好几年了。更气人的是，每天早晨要去买菜，他就手一伸，钱拿来。我说好笑，你又没有交钱给我，吃饭又都是抵账，哪来的钱？这样，他就不去买菜了，没办法，不买菜就无法营业，我只好又打电话向朋友借，向兄弟姐妹借，可每次借来的钱用完后，他又不去买菜了。你们说，我们做的这是什么生意啊，只有付出，没有收入。"

"怎么会欠人家那么多钱，这些钱到底花在什么地方？"子云和五妹不约而同地问。

"我不止一次地问过他，可他生人装个死人相，咕都不咕一句。听他们说，他每次借人家的钱都会说，不要告诉我老婆。我佩服他，借钱的手段确实了得，每次借钱并不是几十几百，而是几千甚至上万，到今天我还不晓得他借的那么多钱花到啥地方去了。我后来估计赌博赌掉了，前几年不是都在赌红波、赌单双吗？有不少人还生在红旗下，死在红波下。真想不到他输了那么多钱还想得开，意志那么坚强，就没有死在红波下。要是他也死在红波下，今朝日子我也不会活得这么苦。"

子云和五妹听她这一说，心里堵得慌。在她们心里，无论怎么样，老婆都没有理由诅咒老公死的，夫妻过日子，哪有不磕碰的？牙齿和舌头也有磕碰的时候，关门几件事不去管他，就是开门七件事，有时也会成为吵嘴的导火索。不少夫妻为了一件芝麻小事，也会争吵不休，罩箩从底起，只要是还留存在记忆中的事，他们都不会放过。这有什么意思，只会加重药量，危害夫妻感情。居家过日子，如果斤斤计较，互不让步，那么战火就无法消停。

---

① 少：欠。

过去，子云也曾和老公赌气，原因多是因为他闷葫芦不说话，她左劝右说，磨破了嘴皮他就是不松口。她想不通，非常恨心，问他："你刚才还好好的，为什么一下子又不和我说话了？我什么地方做错了，可以提出来，我好改。"

······

"夫妻过日子，就要有商有同，说说笑笑，互相尊重，更要有批评与自我批评，也要有给人增强信心的鼓励和表扬。可是，我做得再好，你连良心话都不曾说过，更别说表扬和鼓励了。而我有什么地方不对，你就心里不乐意，就不和我说话，这样对我不公平。夫妻之间的感情，好比煮大锅菜，是要经常添柴的。"

······

口水干了，他就是闷不作声。耐心没了，恨得子云一口咬下去，他手臂上立即显现出了几个牙印。

"你是癫狗吗，怎么乱咬人？"老公痛得开了"金口"，终于蹦了几个字出来。

"骂人叫你不回答，活该！"看到他手臂上的牙印，子云心里一点过意不去的念头也没有，还威胁他说，"以后还这样对我，我就这样咬你，你骂我癫狗就癫狗。"他白她一眼，她能从他目光中读出恨意，但子云不管，还哼了一声。

后来，他还照样对子云的话不屑一顾，可子云不能真的老是这样咬他呀，那不真成癫狗了？而且，有次跟母亲说起咬他的事，母亲责骂她，说不能像狗一样咬人，牙齿是有毒的。看到母亲紧张之状，子云大笑一阵后也觉过分了。

但他老这样，子云也感到委屈，生气的话也得老调重弹："跟你说话好比对牛弹琴，就是对着大石头说话，也有回应，你怎么比大石头还死板？"

······

得改变策略了，对付他这种人，得有耐心和充分的技巧，不然你就是生闷气钻牛角尖也会累死。后来，子云不再生闷气，每当他旧病复发拒绝说话时，她就故意冤枉他偷了自己的钱，或找他的碴儿，但不管怎样，都得适可而止，见好就收。慢慢地，她便成功地改造好了他。

再后来，夫妻间的感情又和好如初。为了长久的幸福，子云所付出的艰辛和所受的委屈是多么令人心酸，但能够改变他，她心里还是很高兴。再说，一个内向型并有点木的人和一个外向型且有点蛮的人生活了二十五年，容易吗？

子云总结了经验，男人和女人永远不可能平等，所以女人也要学会忍。每当他发火时，她就不再跟他急，也不像其他不怕死的女人一样勇往直前，来个鱼死网破的决斗。她可没那么傻，一夜夫妻百日恩，日子还得过下去，何必要一个针一个钻地拼死拼活呢？当软一点蚀肉头，等风平浪静了，再跟他讲道理，相信他也会认识到错误的。

萍萍听子云说完，叹了一口气，说："可是我老公没用啊，我也曾多次心平气和地跟他说过人生大道理，他也一句不回答，他已经酒精中毒了，顽固不化，冇救了，神仙都改变不了他了，我对他已经失去了信心。不是我想再嫁，而是娘种老公实在没有看头，我和他早就有名无分，没有沟通了。说句不好听的话，如果有个男人看中了我，对我好，跟我说几句好话，说他喜欢我，我真会动心，就算是骗我，我也会答应的。我太久没有感受到男人的这种温情了，你们别笑话我，不是我太逍①，有时候想想，因为他这样对我，我才会有连儿子、面子都不要的念头。"

是女人都晓得，嫁了老公却得不到老公的爱，那是件多么痛苦的事。子云就对老公说过："只要你对我好，生活上困难一点，对于苦出身的我，根本不是大问题，我对物质生活没有太高的要求，看重的是精神生活，我要夫妻恩爱，我要一家平安，我要一生享受家庭的和和美美。如果老公不爱我，儿子们又不听话，我会看不到阳光，丧失生活的信心，每天山珍海味我也会感到淡然无味。这样的黑白人生，活一百年又有什么意义呢，苟且偷生而已！"子云深知，老公虽然在语言上永远过不了关，但内心是爱自己的，她今生已无悔！

五妹说："我和文华没你们浪漫，吃过晚饭一起去散步，他也不会和我说什么好话，但他挺老实，没做对不起我的事，反正一辈子也就这样平平淡淡地过了。"

子云笑问："听人家说你有段时间怀疑他和谁有暧昧关系？这可不行，无风无影的事不能胡乱猜测，这样会影响公婆感情的。自己的老公自己知，会不会走斗②、偷吃，做老婆的最清楚。即使有这回事，说明你有责任，发现这样

---

① 逍：轻浮。

② 走斗：移情别恋，与别人相好。

的事，一定不要大张旗鼓，搞得满城风雨，这样的话，更会适得其反。男人最讨厌女人什么事都嚷嚷出去，让他没面子，所以就更恨心。"

"我不相信你的量度①就那么大，到了老公有货嫲②还能放得下。"五妹转过头对子云说。

"老公有问题，一般来说老婆也有责任。要是我老公真有问题，也许我会痛苦得发癫，但我首先会从自身上找原因。不过，除非捉奸在床，不然我是不会胡乱怀疑的，我相信他跟他相信我一样，都是'信得过的产品'。"

十多年前，有个同事加朋友想喝子云老公的离婚酒，在子云面前乱说一通，说她老公没钱归屋，是因为有了货嫲。那个跟车的女人在挡风岭翻车后，经追问，承认当时翻车的那个驾驶员头天晚上和她有几次云里雾里的作业，致使第二天精力不支，从几十米高坠到深谷，造成十死九伤的重大事故，驾驶员和她都幸免于难。驾驶员被开除，并被送进了牢房，判了二年。那跟车女人还供出了几个和她有过关系的男人，其中一个就是子云老公。"整个车队几乎都在议论这事，说你老公看起来老实，没想也会挑大粪偷屎呢，看来人不可貌相，海水不可斗量，这话太对了。"那个朋友说得有鼻子有眼的，一点开玩笑的痕迹都看不出，很多人都以为有好戏看了。没想到，子云根本就不信，回家后也没跟老公谈起，很快就忘了。

过了一段时间，那朋友问子云老公："你老婆骂你没有？"子云老公稀里糊涂，丈二金刚摸不着头脑："好好的，冇事冇头③骂我做么事④？"

"我跟你老婆说你有货嫲了，当时我百分百的严肃、正经，一点开玩笑的样子都没有。我已经作弄了好几个妇人家，我不信你老婆会如此沉着，不追问你。"

"真没有！再说，我老婆可不是那种见风就是雨的人，除非她亲眼看见，以后你省点精神吧，可别再去唆弄她。也劝你以后不要再去唆弄其他妇人家，莫真个害人两公婆离婚，不是每个女人都会这么理智的。呵呵，我老婆对我的信任那可是雷打不动的。"

子云老公回来后，问她是不是真有其事，她说是，但都忘了。

---

① 量度：肚量。

② 货嫲：情妇。

③ 冇事冇头：好好的，没来由。

④ 做么事：干什么。

"你怎么也不跟我说？那家伙还说想喝我们的离婚酒呢。"

"我一点都不信，要真有这回事，他即使会当面这样对我说，也不可能当那么多人的面这样说啊。我又不是呆子，就那么相信人家的鬼话，能唆弄我的人还没出世呢！"

"那我真要多谢你的信任了，老婆！"老公第一次当面感谢子云。

"你老公有时也挺浪漫的，看了他发给你的短信，真是肉麻得令人嫉妒，真看不出来。"五妹和萍萍都曾看过子云老公发给她的短信，那也是一次在萍萍家吃过晚饭后散步时，子云给看的。没想她的炫耀，竟让她们嫉妒得要命，还要子云老公教教她们的老公。子云当时的心情，有点像初恋的少女。

"闷葫芦难道就不该有浪漫吗？这是什么逻辑？我老公是闷葫芦这没错，但讨了我这个活泼分子调教他，他不浪漫都不行。"子云得意地说。

"娘般调教？教教我们，让我们也浪漫浪漫。"她们笑着围在子云身边。

"你们是吃屎大的吗，这也要人教，跟老公睡目要人教吗？大番薯！"子云笑骂，尽可能营造一个良好氛围。

五妹笑道："跟老公睡目癫嫲① 都会。"

萍萍摇了摇头，说："冇用，我老公怕是连神仙也调教不好了。他跟大家都有说有笑，人也很随便，又大方，没有哪个会说他小气。可我们之间就是浪漫不起来，我对他早已死了心。讲起来很伤心，前几年我不是住市医院开刀吗，一个多月啊，他竟然连个电话都不打。你们替我想一想，我当时是什么心情？讲实话，我连死的念头都有了，要不是兄弟姐妹一直在无微不至地照顾，我真不想活了，连老公都不关心，活着还有什么意思？我姐见我住院这么久，而他连个电话过问一下都没有，非常生气：'你这是什么老公啊，干脆离婚算了。'我姐当时伤心得都哭了……"

如水的月华下，子云看到萍萍一脸的泪水。

"在我开刀之前，大哥就存了一万块钱到我的折子里，对我老公说：'萍萍开刀要多少钱我都会出，你只需多关心关心她就可以了。'那次住院，因我大哥的关系，才花了七千块钱，连营养费他都存够了，我二哥和姐姐妹妹每人也给了两千。第二次住县医院，一直是我二哥照顾我，他天天细声细语，帮我买最好吃最有营养的东西，脏衣服他都带回家让我二嫂洗。同房病友羡慕我，对

---

① 癫嫲：疯婆子。

我说，好福气啊，嫁了这么一个好老公。我说不是我老公，是我二哥。她们不信，说哥哥哪有这么好的，她们还说，不是老公那肯定是情人，除了老公、情人，谁有可能这么好。她们还问，不是老公，那你老公呢？我一听，伤心得差点就要流泪了，但我极力忍住，说老公开店，抽不开身。说实话，开饭店是挺累挺忙，但不管有多忙，日里头①没空，夜晡②总有空吧，市医院那么远，还说得过去，但在县里住院，就怎么也说不过去了，骑摩托也只需四十分钟。如果有感情，老婆有病，哪有一个电话都不打的，他这样对我，我又怎能不恨他！"

"真个没想到，你家永老是这样的人，你不说我们真不知道你受了这么大的委屈。我家文古虽然不喜欢跟我嘻嘻哈哈，甚至有时还对我吼吼喝喝③，我顶撞两句，他就目火闪天，但也不至于像你永老那样。有次我痛经，在床上打滚，大汗直冒，他二话不说把我抱上摩托，带到合作医疗室，打了一支止痛针，吃下一个芬必得，很快就止了痛。要说我怀疑他，那也是听别人说，有个跟车的女人，长得好看，人又来得，生性又风骚，以前曾跟一个做生意的男人走了，后来那男人搭上了一个比她更好看的，就把她踢了，害得她成了驼背子睡觉——两头不接席。现任老公是个好吃懒做、不务正业的角儿，还经常打她，她跟车是因为她哥有份。这样的女人，有个男人随便开句玩笑，也能勾到。你们说，文古出车时，又要在外面过夜，能不担心吗？"五妹的语气中带着深深的忧虑。

"我听人家说，有段时间你都想放下家中的一切要去跟踪他，有这么一回事吗？"子云笑问。

"有。每次他换了班，不是马上就回来，都要在外面逗留到晚饭时才回，打电话他又不接，我非常生气，真的想什么都不管，天天就跟在他身边，看他还怎么甩掉我。"

"笨蛋，男人要甩掉女人还不容易吗？牛腔的故事还不明显吗？屙个尿屙个屎，就把跟着他的老婆甩掉了，让他老婆在车子上干着急，而他却在跟货嫲寻欢作乐。莫去做这种傻瓜，再说冇风冇影的事也别胡乱猜疑，更不要听信谣言。我看你家文古也不是吃屎大的。"子云劝五妹要有自信，要相信老公，不是每个男人都花心。

---

① 日里头：白天。

② 夜晡：晚上。

③ 吼吼喝喝：大声说话，吼叫。

"这种事又看不到火烟，男人不管多么老实，都不要过分相信，得防！"萍萍对子云的话持反对态度。这个被老公伤害了的女人，心肠更硬，根本不相信世上还有好男人。

"难道你连你哥哥也不相信？"五妹问道。

"我两个哥哥目前都还是好男人，但我不敢保以后会不会变坏。"

说着说着，萍萍又说到了老公永老身上。她说，兄弟姐妹考虑到两个孩子，都叫她不要离婚，但他们都晓得她过得不如意，因此一直都在全心全意帮她。大哥每年快过年时就把钱存进她的卡里，就连孩子的学费都存够，每次朋友送的烟酒茶，他都首先考虑到她。近几年，店里的好茶好烟好酒不少都是她哥送的，"有一次大哥回家，特地来我家看望，带了五条大中华、三条灰狼、两罐大红袍、三瓶五粮液给我，说开饭店主要是打开门路，门路开了生意就会慢慢好起来，这些茶烟酒，该送谁送谁，别心痛。"

萍萍的话不容置疑，因为她大哥在某县当副县长，有权力，很多人求他办事，收的礼也多。

有一年过年前，她哥给母亲五条中华烟，要她送给舅舅。但她母亲认为，舅舅已年迈，不必抽那么高级的香烟，就把这五条好烟送给了萍萍，却自己掏钱买了几条红狼送给自己的兄弟。几天后，萍萍发现烟少了一条，便责问永老，永老不回答。萍萍说："你要把烟送给谁，起码得征求一下我的意见，可你不但不征求，连烟的去向都不让我晓得，你这样做，对得起我哥我妈吗？"他还是一言不发，萍萍非常生气，丢下狠话，"以后再有好烟好酒，你不许乱送，你没有这个支配权。"

"你们不知道，他这人有多糟糕！有一年，我妈拿了两万块钱叫他帮她存，结果那钱又不知被他花哪去了，等我母亲有病需要急用时，一分钱也没有了。我妈不敢告诉我，怕我跟他吵。一次我妈和我姐闲谈时，被我无意听到这事，可我妈和我姐还一直安慰我，花了就花了，两万块钱算不了什么，没关系，你回去千万别跟他吵，不然他会以为我们背后说他坏话。两万块钱，就当是帮细鬼子交学费，只要你们合合适适，有商有同就行。说出来不怕你们笑话，每过完元旦，我就开始提心吊胆，我最怕过年，每年过年，大家都喜气洋洋，而我都是目汁绑饭①。记得是二〇〇五年的一天晚上，他从一个酒鬼朋

---

① 目汁绑饭：眼泪和饭吃。

友那里喝酒归来，十二点多了，我已经睡了，他喝得烂醉，满身酒气，走路都打脚偏。他从口袋里掏出一千块钱说：'我有一千块钱，够买一副棺材，你去买吧。'说完把钱丢到我脸上。我一下子惊醒了，他这是在诅咒我啊！那一夜，我哭到天亮，年二十八大家都赴圩买年货，可我就在床上躺到过年。那年的年夜饭，如果不是怕两个细人子和家娘家官吃不下饭，我都不想起来，说实话，那几天我连死的心都有了。"

远处蛙鸣悠扬，姐妹们却无语凝噎。

"二〇〇七年的中秋节，他斗牛赢了上千元，回来就扬扬得意，把钱举到我面前，甩得叭叭作响：'这不是钱吗？我也有钱了，这不是钱吗？凭什么就说我没钱，叫花子也有三到[1]好运行，我这不是行好运了吗？你看看，我有很多钱。'当时，我正在搞电脑，开始学跟人聊天，不想理他，我晓得他又喝多了尿脚[2]，傍酒疯赢了点钱就到我面前显摆。我把头转向哪里，他就把钱举到哪里，我忍无可忍，手一挥，没想到把他手中的钱挥落在地。他立刻眼睛喷火，一巴掌扫过来，一边还大骂：'你娘个短命嬷，一直骂我不会赚钱，一直看得我那么衰，我有了钱你又把它打在地上，你想死了吗？想死就去喝乐果……'"

萍萍说到这里，忍不住呜咽起来，而子云和五妹早已听得心胆俱裂，眼泪潸然。三人停住脚步，抱成一团，哭了一通，直到看到远远的有手电筒的光线在这里晃来晃去，这才忍住。子云使劲地握了握萍萍的手，意思是要她坚强。其实，她已经够坚强了，要是换了子云，也许早就和这种人生告别了。所以，子云和五妹都打心眼里佩服，一种震撼心灵的佩服，子云无法用语言去安慰她。

此前，子云耳边也经常响过永老的事，和萍萍说的相去不远，哪能不信她？尽管知道她有时仗着大哥有权有势，口头逞威，但也晓得，那是因为永老实在不争气。关于借钱一事，子云早就有领教，永老曾用她家的贷款证去贷款，叫永福古担保。都是朋友，子云和老公立马答应，但他要他们不把贷款之事告诉萍萍。第二年，款是如期还了，却要求继续用他们的贷款证贷款，数目还多了一万，同样要他们不要告诉萍萍。这样的言行让子云很不放心，朋友有

---

① 三到：三次。

② 尿脚：黄酒。

困难，应当帮，就是现钱也该帮，但他贷款连老婆都不让知道，这就有问题了，两万块钱不是小数目，为防万一，最好要写张欠条。子云老公认为这样不好，"要是不写欠条，我就不签字。"当时贷款，两万块以上得夫妻俩签字，否则无效。子云也问了信用社主任，他说，不怕一万，就怕万一，有张欠条比较稳当。子云老公无奈，只好叫他写了欠条。

这次，永老没及时还款，信用社打电话催子云夫妻。他们要他赶紧处理，他说已跟信用社主任说好了，等几天就还。几天后，迫于借不到钱，他只好叫萍萍去借，萍萍才知贷款一事，本不想理他，因过期还款要算利息，无奈只好去她姐姐那里借了两万元。

五妹对萍萍说："要不是你提到永老借钱不让你知道，我真不想说，以前他从我老公那里借了四千元，当我老公要和人合买车子时，问他要，他却说没钱还，到现在还没还清。这事你知道吗？"

"我不知道，他借谁的钱从不让我知道。别说你们，连借我娘家的他都瞒着我。我有个同父异母的姐姐，讨生媚做好事时，永老主动表示帮助买菜，会便宜很多。他长期和菜贩子们交往，这点倒是真的。可我姐给了他一万五，买菜只花了不到七千元，剩余的钱不知去向。后来我姐才跟我说起，你们说气不气人？我亲姐做五十大寿时，也是他一手操办买菜，余钱也落入了他的口袋里，成了他的赌资。毕竟是亲姐，她一句也没跟我说，两年后，我才从我妹子那里知道。

"那一次他打我，我咬着牙死活不还手，也不躲，我想这样的日子活着也没意思了，任由他打死算了。我相信，当时他也打累了，直到我撑不住晕倒在地，他还指着我骂，被刚回家的小儿听到。小儿看到我口鼻流血，吓得大呼小叫，他父母和老弟生媚听到哭喊声，跑着来到我家，见我晕倒在地，都大骂永老，打老婆打得这么狠心，真是遇着鬼了。我有个非常要好的朋友，叫春英，比我小一岁，叫我萍姐，是中学老师，就住在我屋后，她听到后也马上赶过来，并打电话给她的堂妹春红，春红提了药箱不到十分钟就来了，这些都是我醒来后春英妹告诉我的。我娭哩听到后，抱着我哭得肝肠寸断，说早晓得这样，当初嫁不出去也不嫁给他。"

萍萍又一次呜咽出声，子云和五妹转而安慰她。

萍萍哭了一会儿，强行忍住，右手拍了拍胸口，调整了一下情绪，接着诉苦：

"去年暑假快结束时，我大哥打了个电话给我，说往我卡里存了一万六千块钱，是明明的学费和生活费，店里如果周转有困难，随时打电话，或去老妈那里拿。等到我儿子交学费时，发现卡里的钱没有了，儿子告诉我时，我一下子就气炸了，什么钱都可以用，但孩子的学费怎么敢动呢，就是苦得冇钱买盐也不能打学费的主意啊！我知道这钱肯定又是被永老花掉了，我不敢跟大哥说，只好打了个电话给二哥，二哥听了也骂永老太不像话，然后又安慰我，叫我莫急，书还是要读下去的，现在他手头没那么多，过了今天他会存到明明的卡里。要说店里的生意，我姐夫也尽了一番心意，他不是有很多有头有脸的朋友吗？只要听说要去外面吃饭，就会把他们介绍到我这里。说实话，如果永老晓得珍惜，凭着我娘家兄弟姐妹的关系和帮助，很快就会脱离困境的，坏就坏在他这个深潭填不满。"

　　"也是，像你家的兄弟姐妹真是世上少有的，我们也都听说了。我刚刚还跟子云说，你有那么多有钱有义的兄弟姐妹，她也有个有钱有义有名气的老弟，就我有依有靠，我真的挺羡慕你们，这下听你一说，觉得你也过得不怎么开心，可看你还这么乐观，真是难为你了！"

　　听五妹说完，子云白了她一眼："五妹，你也真是的，你怎么就冇阿冇傍①呢，你买车子时你小郎子②不是一次就给了你五万吗？莫失本良心③。"

　　"我是说我外家那。"五妹争辩道。

　　"外家婆家不是一样吗？都是兄弟姐妹。"子云最讨厌那种把婆家娘家分得那么清楚的人，成了夫妻，除了称呼，亲人是共同的。

　　家家都有一本难念的经，人人都有一首难唱的歌。活在世上，哪个没有烦心事？每个人的活法不同，人生观不同，其实人活着开心最重要，不要老是和人家攀比，人比人，气死人。以子云的人生观，人家有钱穿品牌，吃香的喝辣的，我没钱就穿低档些，吃糠咽菜就是了，何况如今再差劲儿也不用吃糠了，人家一星期买十次肉，我买一次还不行吗？反正现在多是饲料食品，吃多了反而不好，我要减肥，要多吃素。有钱人也有愁心事，别跟人家比银行有几位数，要是发生地震光荣牺牲了就什么都空了，所以趁现在吃得走得，还是多想开心事，享受享受，等到背驼眼瞎耳又聋时，就等死了，别老跟自家过不

---

①　冇阿冇傍：没人帮助、无依靠之意。

②　小郎子：小叔子。

③　莫失本良心：别没良心。

去。拿客家话来说，"穷人不消多，有两甲米就会唱歌"[1]，这跟时髦的"给点阳光就灿烂"是同一个意思。

"永老这个人肯定脑子进了水，我外家一直在帮我们，可他非但不珍惜，还毫无感恩之心。前几年，我大子哩中考分数不够，我大哥一个电话就让他到了县一中，把学费也给交了。到他高三那年，我去县城照顾，我二哥连打扑克赢来的钱都交给我，说要把伙食搞好一点。可有人却说，永老每个月给我们母子两千元，让我们享受，其实他总共也没给过两千。高三那年，几乎都是我二哥出的钱。前几年，我二哥赚了二十多万，买了辆新车，原先那辆旧车就送给我们了，说也可以方便永老头菜，当时，二哥连车保险也给交了。我照二哥的意思，从老妈那里拿两万块钱当着嫂子的面给他，免得嫂子心里不平衡。有了车子，买菜是方便多了，可很快我就恨上了心，永老开始经常下半夜回家，而且经常和别人在外面喝酒，每次都喝得分不清东西南北，也有人经常把车子借去，我们还要倒贴油钱。我说他几次，他装聋作哑，我发火了，让二哥把车子拿回去，再这样下去，他不会出事，我都会被气死。永老这人爱车，却不珍惜车子，开了一年多，他保险都不交，问他，他说，又不出远门，买什么保险？二哥听说后，说车子的保险怎能不买呢？不怕一万就怕万一，于是他又帮交了保险。他听我说永老经常喝到半夜回家，一怕出事，二怕我们吵架，就对永老说，这车子都开了快十年了，刹车都失灵了，我看还是把它卖了吧，到时再买一辆新的。听说有新的，永老才把钥匙交给我。我二哥把车子卖了二万九千多，却都存到了我的卡里。说实话，我的兄弟姐妹是世上少有的，他们生活都比我好，所以有点什么好处，首先想到的都是我，我两个子哩读书，他就从不操心，连过问都不过问。永老见新车一直没能买回来，就对我说，你看你二哥，说得好好的，车子卖了买新的，可到现在提都不提，钱也没给你吧。看他对我二哥不友好，我不得不道出实情，但他到现在还心存怨恨。"

萍萍絮絮叨叨说来，像是个怨妇，却不讨人嫌，倒让人一洒同情泪。

"永老有一件事更对不起我，有次他跑到我好友家，竟对她说：'你心肠好，萍萍一有困难就向你借钱，可如今你建房需要那么多钱，她会借给你吗？一分钱都不借，她这人，失本良心，乌头虫子，以后你可要小心，别被她骗得团团转。'我朋友在他走后，马上打电话给我，说如果不跟我说，她都会气癫

---

[1] 穷人不消多，有两甲米就会唱歌：两甲米，两升米。意即容易满足。

214

气吐血。她气急败坏地说：'萍萍，你这是嫁的什么老公啊？你运气怎么就那么差？这样的男人都让你撞到了。'听了她原原本本的相告，我真是冬天吃冰块——凉透了心，心里头灰了一层又一层。他竟然在我的背后捅刀子，我东借钱西借钱还不是为了他这个家！嫁了这个没出息的老公，不但连累了娘家，也连累了朋友，我这是造的什么孽啊！如果不是因为被他败了那么多钱，我会弄得那么辛苦吗？不要说支持朋友，就连及时归还朋友的钱也成问题啊，而每次家里急需用钱时，他就装死人相，当撒手掌柜。有时我也真想不闻不问，可细鬼子的学业总要完成吧，店里的营业总不能停下吧，所以不得不又厚着脸皮左借右借，能借的都借了，不能借的也借了，可他还这样！见我伤心得说不出一句话，朋友还安慰我说：'你别这样，我相信你不是那种知恩不报的人，你有困难，我也晓得，不然我早就向你开口了。没关系，建房是要很多钱，但也不在乎那么几千块，久钱有久用，还不起没关系，朋友之间不必斤斤计较，天长日久，不在乎一时半刻。'她还叮嘱我，回去不要责骂永老。"

世上竟有这样的老公，这过的是什么日子啊！

"今年元宵节，听到那么多鞭炮和烟花声，也许你们都不会相信，这个神经病当着我的面，用手指做成驳壳枪的样子，向天发声：'叭、叭、叭，总有一天，我要把你外家的人统统消灭掉。'恐怖吧！这些年，如果不是我外家，他连尿脚都喝不起，可他这人不知恩图报也就算了，反正我外家也不指望他报答，他却恩将仇报，说出这些遭雷打遭火烧的鬼话来，他是人吗？根本就不是！每个新年，人家都有外家的亲人来热闹，而我几乎都冷冷清清，我何尝不想请亲人们来吃顿饭？可永老每到过年时就要跟我吵一顿，我心情不好，我外家也挺理解我。不过，为了埋旁人眼[1]，为了安慰我，他们每个新年都会来一下。我大哥大嫂也会来，但他们提了大吊小吊的东西，喝几杯茶就走，从没在我家吃饭，就连喝的茶都是我大哥送的。我大嫂每次回家，都把最好的礼物送给我。今年他不知发了什么神经，主动邀请我外家，这是破天荒的事，我外家的叔叔舅舅都来了，一共坐了四桌。却因为他贪小便宜，收了一个开食品店朋友送的几箱过期啤酒，害得我叔瑞[2]和二哥喝后住进了医院。我母亲要大家千万不要告诉我，我是后来才知道的，你们说气人不气人？为了让我高兴，我

---

① 埋旁人眼：做给他人看之意。

② 叔瑞：叔叔。

215

的亲人却遭了这样的罪，要说吃，他们什么没吃过？"

说着说着，萍萍又哽咽起来，子云给她递上纸巾，她擦了擦泪水后，又一怀怨艾地说了下去："他的那个德行啊，三天三夜也说不完。他有个深圳打工的同学，有一天他老婆春英打电话过来，当时永老正忙，我接的。她一开口就说我没良心，借钱时好话说尽，讲好了第二年便还的，可到现在都四五年了，提都不提起，打电话问永老，他接都不接。我莫名其妙，问她我什么时候借你的钱了，她说你家永老向我老公借的，说是借来给你治病，当时以为同学有困难，应该帮，第二天便存到永老卡上，他还说，最迟第二年便会还给我们。我们不要急用也就算了，可现在我们要买地盘，却找不到他，电话也不接，这是什么意思？做人是这种做法的吗？我问她，永老借了你们多少钱？她说两万。我告诉她，我那年治病是我大哥出的钱，连营养费都给我存够了，永老一分钱也没有出。"

五妹愤愤不平地接过话来："老是让你背黑锅，这样的老公真可恨！"

"二〇〇八年，我家官卖了一块地盘，十三万多，永老从他爷哩手上拐①到六万，当时说是要买车子。车子没买，钱却不知去向，他两个老弟生媚晓得钱被他拐去六万，很不满意，对我说大哥这人也太自私，爷娭是三兄弟的，要负责三兄弟负责，有好处也要三兄弟平分，大哥不能一个人就享受六万。我说这些钱莫说用，我连一分钱也没见，这些话你们跟他说去。她们不信，说这么多钱你怎么不知道？我说，你们的大郎②是什么样的人，你们又不是不晓得，如果我说了假话，今天我就过不下去！她们见我说出了这话，也就信了。"

三人来来回回走了好几趟，有时索性停下，站在原地听萍萍诉苦。子云和五妹一直都是听众，偶尔才发几言，听萍萍一一道出永老的"罪行"，听得她们心惊肉跳，冷汗直冒，庆幸自己没遇上这种男人，要是遇上，这辈子就和幸福快乐无缘了。

月华似水，对影成三人。

眼看快走回永福家，萍萍又提议再走一趟，子云和五妹都说好，姐妹们难得在一起，萍萍还有许多委屈要在姐妹们面前一吐为快，难为她受了这么多

---

① 拐：连哄带骗。

② 大郎：老公的哥哥。

的苦，在朋友面前倾诉一通，心里也许会好受些，子云和五妹没有理由不答应她。原先她们都认为，她仗着外家兄弟姐妹都有钱，都那么关心、帮助她，就养尊处优，看不起老公，和老公比高低，今夜听了她的一番话，觉得太对不起她了。尽管子云知道，夫妻之间关系处不好，或多或少她也有责任，但现在，她已改变了看法，萍萍即便有错，也是永老逼出来的，也许他真的是喝多了酒，以致酒精中毒，不然也不会变态。

萍萍接着说："你们不知道，这些年，我流干了眼泪。我母亲对我说：'萍萍，你流了一桶泪，我就流了两桶泪，你那是人过的日子吗？要不是有两个细鬼子，干脆离了算了，早离早安乐。'我大哥不同意我离婚，说离婚会影响两兄弟。我们夫妻经常吵骂，其实早就害了两个子哩，原来兄弟俩的成绩都非常理想，但这些年受家庭环境的影响，成绩就直线下降了。那次永老把我打晕在地的事，我一直瞒着母亲，后来不知是哪个告诉了她，她听到后伤心得大哭一场，泪水未干就冲到我家，指着永老骂：'你这个没良心的家伙，我们家哪样对不起你，我妹子做了跌鼓事吗？就让你这么狠心下得了手！打死了她对你有什么好处？以后你再打她，她不和你离，我都叫她和你离，嫁给你这个乌头虫子，算是倒了八辈子霉！'我大子哩也看清了他爸的面目，对我说：'老爸这样对待你，对待我们兄弟，今后别想得到我们的孝敬，妈，你受的苦太多了，我都知道了。'那回，我抱住大儿子哭了个痛快。"

萍萍说，因为钱一过永老的手就会去向不明，她便和他作了分工，他管买菜，她管账；他管煮，她管端盘子、收拾。只是，她定好了的价钱，每样他都要减少几块，说了几次，他都不听，她非常生气："像这样做生意，还不亏到家？充好人有什么用，日子到底还要不要过下去，生意还要不要做下去？有一天共做了十桌，上午六桌，晚上四桌，可只有三桌收了钱，其余的都说抵账，你们说气人不气人？他没钱买菜，就手一伸'钱拿来'。我有时确实也发了火，我又没有搭上大款，哪来的钱？我又没百万，像你这样，就是有百万也会败光！年前我和他相打①的事，你们也听说了吧，搞得满城风雨，那次我已经画好了面，就要做戏了，我也不顾一切了。"

子云说："我是听说了，但到底是怎样引起的，就不得而知了。从别人嘴里听到的，肯定经过了加工，不可全信。"

---

① 相打：打架。

萍萍说："有个以前的朋友，是兵哥，说要来店里吃饭，一共四个人，当时说由他买单。开始时是来了四个，后来竟增加到十几个，永老把冰箱里的东西都煮光了，三十多块钱一瓶的红酒都喝了两箱，啤酒也喝了两箱。他们一伙吃到晚上十点多，个个喝得跟红虾公似的，喝酒猜拳，嬉戏打闹，碰杯换盏，搞得整个包间杯盘狼藉。两个小工又回去了，他们走后，害得我一个人收拾。完后我问他，那个人买单没？他说没。我忍不住又问，那到底哪个买单？他说算我买单行不行！我说如果都这样，这个店名不如改个慈善机构好了。他听我这样一说，就大喝道，不就几百块钱吗？鬼喔般做什么？我一听，火冒三丈，操起门边的扁担就要投向他，他吓得抱头鼠窜。我这回下了决心跟他拼了，他在前面跑，一边喊救命，我在后面追，一边骂败家子。我家娘家官听到后，马上出来看究竟，听到我骂的话，他爷哩也操了根木棍追赶他。这个家伙，人贼瘦，可跑起来比兔子慢不了多少，一下子就不见了踪影。说实话，我要是能追上他，定会一扁担砸死他，这种人留在世上会害很多人都冇安乐。短命相，出到世来害人，害得我没过几天好日子，如果不是我外家的亲人那么关爱我，如果不是有两个懂事的子哩，我早就死一百次了。"

　　爱情和亲情不能兼而有之，但只要还拥有其中的一种，心中的生命之火就不会熄灭，对生活就还有看头，如果没了爱情和亲情，活在世上岂不是行尸走肉？

　　三个人又走了一个来回，说着说着又走到了永福家门口，赶紧擦干眼泪，调整心情后转换话题。五妹说，这段时间手气不好，输掉了几百块钱。子云说，这段时间不知为什么，老是睡眠不好，早上起来总是头昏脑涨，整个人都没一点精神，都快得精神分裂症了。萍萍说："我家有一种睡眠散，是由五种名贵中药研成的粉末，我吃了挺有效果，要不，去我家拿？"子云当然说好，也许每个人都遭过失眠的罪，那简直苦不堪言。

　　三个人走进永福的客厅，看到四个男同胞在打麻将，跟他们打过招呼后便又说说笑笑地去了萍萍家，这次聊的大多是轻松好笑的话题。

　　萍萍教导她们说，做女人不要太对不起自己，不要跟快乐讲条件，女人一到四十就经不起折腾，想开一点，人生在世，要劳逸结合，不要心太大，如果你拼着命去做一个人人称说的劳动者，你就得付出代价。

　　她告知一个好笑的故事：

一天，四位老师在一起打麻将，有个姓王的老师，不接老婆电话。朋友说，老婆打来了电话为什么不接，快十一点了，也该散场了。

　　"接什么，肯定是叫我归屋①了，她发烧，我回去后又不能动她，再讲一看到她那烂得装不住豆腐渣的豆腐袋，和露出奶头的奶罩子，就兴趣索然，腔都硬不起来。"

　　他们听了，大笑起来："哈哈哈，你这家伙也太没素质了，为人师表，竟连这种话也说得出口，不怕闪了舌头吗？"

　　"这有什么？我这是实事求是，我嘴里说的和心里想的是一回事，不比你们假斯文，心里怎么想，嘴里不敢说，其实男人和女人也就这么一回事，大家都一样。讲实话，我老婆以前可是个可人儿，只不过不懂得保养，不懂得珍惜自己，每天死做烂做②，天天累得头不梳脸不洗，钱是赚了不少，但身体搞坏了，三十出头的人就成了大妈。每次想跟她合适③一下，她总说累，有时我不管她累不累，想要就要，她却闭上眼睛一动不动，害得我一点兴头都没有。"

　　"娘个短命鬼，公婆之间的事也说得出口，脸都不红。要是我老公这样说，我就把他的嘴缝上。看来要教你老婆镇压镇压你了，太不像话了！"这位叫玉英的女老师，便是萍萍的朋友。

　　"就是因为太爱做，又不够浪漫，老公叫她去跳舞，她说没那闲心，搞得他在舞场上认识了一个细妹子。那细妹子冇爷哩，娭哩改嫁后她跟公呆住，因缺乏教育，才十七八岁就跟男人睡了。王老师人挺帅，也挺会勾细妹子，他们的地下工作也做得保密，直到两年后，他们两公婆和好后才说出来的。"

　　那个叫玉英的女老师有次和王老师的老婆说了一个多小时，把那次麻将桌上王老师的话原原本本地倒了出来。她老婆一听，脸红得像猪肝，大骂老公酸夹货④，下流十八贱。她打死也没想到，作为老师的他，竟连这种话也可当着大家的面说出来，让人家笑话。

---

① 归屋：回家。
② 死做烂做：劳动过头。
③ 合适：亲热。
④ 酸夹货：下流坏。

"你也不要满不在乎，虽说男女之欢不是三餐粥饭，列不上日程，但这确实也是一件大事。男女合成一个家，除了能够在生活上互相照顾，也为了传宗接代，能够维持家庭幸福的最重要的一件事，就是男女之欢，这是生理需要，没什么好笑，无论男人还是女人，如果对方在这种事上无能为力，那么这个家就不是一个完整的家。所以，夫妻生活是维持家庭幸福的关键，老人家不是说，塘里没有水，就养不活鱼。你只晓得做，老公就管不住，而且你一而再再而三地拒绝老公，有时还例行公事一样敷衍了事，迟早会将老公送到别人怀里。你不是经常打电话催你老公回家吗？他一看你的电话就掐掉，当着别人面说别理她，一看到她，目珠就乌三寸①，还自作多情。每次都是我们不打了，他才无奈回家的。你一定要注意一点啊，再这样拼着命干，迟早你连一个哭的机会都会错过。"玉英老师说。

"那不扎手做怎么行，难道年纪轻轻就等吃了吗？家里没点收入怎么行，靠他那点死工资好做什么，有老有细②，扎手做了有吃就谢天谢地了。"

玉英老师说："我也没叫你等吃，我只是叫你别拼着命干。你看你，才三十多岁，就跟中年阿姨一样，一脸的黑斑，难怪你老公看到你会冇兴头。我是叫你少作③一些田地，如今可不是六七十年代，守住一份土地就守住了一份希望，而是守住了老公就守住了你的幸福和依靠，到老你都不愁吃不愁穿。好好保养自己，也要学会体贴老公，做死做活又怎样，能值几个钱？你老公手气不好打麻将一次就能输掉好几百甚至上千，要是去打九点半，也许一年的工资都不够他一个晚上。"

玉英老师还说："听我的准没错，着衫裤着洋气一点，但不能不伦不类，里面的也不能含糊，其实里面的更要性感一些，别穿得跟烂渣一般，让男人一看就讨厌。三分人才七分打扮，一打扮变阿旦④，衣服穿端庄一点，人就会变得精神。"

---

① 目珠就乌三寸：意谓讨厌见。
② 有老有细：家中有老小。
③ 作：种。
④ 阿旦：漂亮人物。相当于戏剧中的花旦。

"听你这么一说，真的要爱护一下自家了，过去只晓得做，以为做事不用穿得那么新，旧一点比较容易洗，天天做得腰酸腿痛，一讲做鬼事就感到害怕，难怪老公骂我性冷淡，跟六七十岁的老太婆一样。"

王老师的老婆说完，连自己都觉得过意不去，旋又道："你哪天若有空，麻烦陪我去买几件像样一点的衣服，既然他不喜欢我死做烂做，我也花些心思打扮打扮一下。"

"这就对了，我敢担保，只要你稍微一修饰，你老公保准会对你刮目相看，以后麻将都会少去打，你就等着瞧。"

"真的如你所说就好了。"

星期天，她们便相约一起去了镇上的超市，她自己选的，都被玉英老师贬得一文不值，这件太土，那件太洋，有点不伦不类；而玉英老师选的又太贵，虽然美观大方，但真要让她把帮人挑水泥的小工钱拿出来买名牌穿，她实在心痛。她省惯了，一直以来都穿惯了十几或几十块的衣服，最多的也不超过一百块，一说要好几百的衣服，她就心绞痛，说她人卖了还不值好几百呢。

"你这人怎么这样死心眼，这样作践自家，人家一只猪种都卖好几百，你难道还不如一只小猪种？"玉英老师真生气了。

"那就随便选两件好了，我最怕买衣服，又是脱又是穿的，试来试去都出一身臭汗了。我这人穿惯了便宜衫裤，看人家穿啥样的衫裤都好看，自家穿什么都不好看。"

"来都来了，哪能随便买，试衣服又不用钱，花了钱如果选了件穿着别扭的，划得来吗？"

挑挑选选，终于挑了两套中意的，加起来七百多块，吓了她一跳，心疼得愣在那里半天没回过神来，找了钱都不知道接了。

看她这样，玉英老师忙推了推她："你心疼钱了是不是？人赚了钱就是花的，辛辛苦苦赚的钱不花做什么，存进银行，替你子孙存，要是你的子孙是个败家子呢？人活一世，不就要活得开心一点吗？赚了钱又不舍得花，那不成生死佬①吗？"

---

① 生死佬：笨蛋之意。相当于戏剧中的花旦。

她说得入情入理，她听得怦然心动："对呀，我哪样会输过别人，我干吗要活得那么累，干吗要跟快乐讲条件？"她这么一想，下了决心，从此以后决不再跟幸福讨价还价，她又要玉英老师帮她选内衣内裤，她要让自己从里到外都簌板新^①。

自从听了玉英老师的话，她整个人都变了样，一下子年轻了好几岁。她老公感到奇怪，这个一向以来买卫生棉都挑最便宜的女人，怎么一下子却穿起名牌来了，从里到外都不含糊了？这可不是她的风格呀，以前曾多次说过她，叫她要注意形象，不要穿得一点讲究都没有，别给他丢脸。她总说："我每天都要做事，穿那么新干什么，不露肉就行，再说，我循规蹈矩的，丢什么人？"

真所谓三分人才七分打扮、一打扮变阿旦，此后，王老师每天看到她，眼睛都亮了，心情也好了，开始和她有说有笑，晚上也不经常出门了，就连跳舞也收敛了不少，再后来，他就不再和那个细妹子来往了。他也想明白了，老婆又不比别人差，和细妹子偷情固然刺激，但总是冒险的，要是被学校领导晓得了，不开除也会批评，到时脸往哪儿搁？本校有个老师就是因为在老婆身上找不到快乐而搞了一个神经不太正常的未婚女孩，把人家的肚子都搞大了，被对方父母告上法庭。那个老师不但被开除了公职，还罚了款，判了十年刑，一想到这，王老师就有些后怕了，额头出汗了。他也晓得，自己再不悬崖勒马，回头是岸，那个同事的下场便是自己的翻版。

夫妻俩都想透彻了，后来就跟刚结婚时一样，陪出陪入，王老师经常带着老婆出门了，还教会她打麻将，每月领了工资都如数交给她。他清楚地知道，老婆虽然对人生观有不同的看法，但绝对不会错用一分钱，把财政大权交给她，尽可放一百个、一千个心。

萍萍说："现在王老师的老婆少耕了一些田，又懂得保养了，不用化妆就和以前的她判若两人，夫妻的感情也好了。这样看来，妇人家真个有必要拼着命死做烂做，划不来，自家做得腰酸腿痛，芝面癞乌^②，老公不喜欢，何苦

---

① 簌板新：崭新。
② 芝面癞乌：面黑。

来着？"

三人走走停停，说说笑笑来到萍萍家。她带大家来到房间，指着衣柜里的衣服说："我的衣服都是几百块钱以上的，那些低档货我看不上眼，我的内衣内裤也挺讲究，别说破损，就是松紧带松了我都扔掉。"她还说，她现在喜欢上了上网聊天，现在和一个叫大哥的人很聊得来，她还喜欢跳舞，说完便跳了起来，子云和五妹看得目瞪口呆，没想到她的舞姿这么优美。

子云和五妹都是保守派，萍萍的生活方式比较先进、开放，她说出的话她们连想都不敢想。

她当着她们的面上网和"大哥"聊上了，虽然错别字很多，但看她聊得这么开心，子云和五妹也跟着高兴。的确，她能够采取这种生活方式，从阴影中解脱出来，重拾信心，她们都高兴。作为多年的朋友，她们更希望他们夫妻和好如初，同心协力把家庭经营好。

她却说："和好如初那是痴心妄想，他不喝酒，头脑还正常一点，一喝酒就变态，这辈子就这样了，反正他不管我，我不管他，我们井水不犯河水。"

子云说："夫妻间如果真到了井水不犯河水的地步，换作了我，我不晓得还有没有勇气将就下去，名存实亡的婚姻，意义何在，幸福何在？"

五妹也诡笑道："鬼讲个，真个这样那多没意思，白天还好说，晚上睡在同一张床上，没话说，那时间怎么过，怎么打发？他又还这么年轻，想你的时候怎么办？"

"莫去讲这些了，我们早就没有沟通了，他和人打牌，我和人聊天、跳舞，回到家头一挨枕头就什么都不晓得了，还会发生什么事？"

"好了，别说这些了，我们快点回去吧，明天他们两个还要出车，不能玩太晚。"子云和五妹的老公都是司机，得让他们早点休息。永老几年前也一直开车。

萍萍当然也晓得开车的人要休息好，说："要回去我也不拦着你们，我去拿药，吃了包你一夜睡到大光，朝晨起米精神饱满。"

"不会是春药吧，你可别害我哦！"

子云开玩笑说，五妹和萍萍不由得大笑。五妹语带羡慕地说："像你们两公婆的感情这么好，哪里用得着春药？"

"你们感情也很好啊！不过感情再好岁月却不饶人，我们老了，那种事做不来了，还是让你们年轻人多做吧！"子云故意倚老卖老，并伤感地叹了一声。

"屎胚①和腚有多远？多了一二岁就想老年猪肉吊，级都还没升，就讲老了，好哇事②！"萍萍捶了子云一下，子云夸张地大叫一声。

"春药"拿到后，她们就往外走。

"后天他们有空没？问问你们的老公，后天晚上来我家吃饭，都二三年没来了。"萍萍送她们到门口时盛情发出邀请，似乎还舍不得她们离开。

子云和五妹说，刚好后天下午他们都有空。

"那太好了，后天晚上就来我家，你们两个吃过午饭后就来。"

"好！"子云和五妹如开会呼口号，异口同声。

那天刚吃过午饭，萍萍就打来电话，要子云和五妹先行过去。子云说想睡一会儿，等老公回来后同去。她骂道："现在是什么天气，也要睡午觉，不怕肥得出油吗？小心老公休了你！"

"嗨，我老公就喜欢我肥一点，说舒服一点，太瘦了反而不好。"

"反正你们要是到了吃饭时才来，一定要罚酒。"萍萍无奈，放电话之前发出了警告。子云说："可以，要是吃饭时才到达你家，我由着你罚，决不赖皮。"

风里来雨里去混了四十多个光阴的子云，虽谈不上老奸巨猾，但说灵活机动似乎并不过分："哼，想罚我的酒，你就搬了梯子上天吧，门都没有！"子云要是约五妹提前一小时过去，你萍萍有理由责罚吗？

下午三点，庆阳下班回来等子云，说文华和他一起回来的，现在去接五妹了。子云告知午饭后萍萍打电话催促早去之事，他拍着胸脯说："罚酒怕什么，有我呢！"子云气得用力捶了他一下："你这个酒鬼，就晓得酒。"

"你骂错了，儿子明明封我酒仙，怎么在你这里却成酒鬼了？仙和鬼天差地别，不能相提并论，你不能随便改换封号。"

庆阳年轻时就对酒情有独钟，经常不当狗熊当英雄，喝到现场直播、神魂颠倒、分不清东南西北。有一年大年初一去文华家，几个朋友都年轻气盛，把酒当开水喝，结果喝得鬼头鬼脑，躺在文华床上，把床当粪坑，有人还把水

---

① 屎胚：屁股。
② 好哇事：好意思。

桶当尿桶，搞得臭气熏天。毕竟都是好朋友，又是大年初一，五妹不好乱发脾气，只能对着坛子打屁（放屁）——憋气。那天刚好下着米头雪，天气冷得令人直打战，害得她还要提了床单去小溪里清洗。回家后，子云把老公奚落了一番，但他已经蒙了。年初二晚上，朋友们又来家里，几个不怕死的酒鬼凑在一起又喝了个烂醉，都想不起自己是何许人也。有两个还在子云家过的夜，次日早晨醒来，便逃之夭夭，连招呼也不打。

有一次，庆阳在朋友家里喝酒，明明是晚上十点钟回家的，到凌晨四点才到家，还把单车弄丢。吓得父母赶紧拿了香纸蜡烛去屋旁的伯公亭，恳求伯公显灵，为他化灾化难。还在大楼上的定光古佛、观音娘娘、关帝老爷的神像前磕头跪拜，把楼板磕得咚咚作响。庆阳回到家中时，头脑还不太清醒，一身像个泥猴子，衣服没脱就躺在床上。子云气恨交加，但又不敢发作，赶紧烧了一盆热水，为他擦洗，换下脏衣裤。

庆阳母亲在大神大佛面前祈求完后，端来一碗清水，用手洒了几滴在他身上，在他额头上用力揉擦，口中念念有词："大神大佛下天庭，下到弟子家中来，弟子大子魏庆阳，今日遇到邪魔鬼怪身不适，恳求大神大佛化灾化难保平安，所有强神恶鬼离身旁，头中有病头中除，脚中有病脚中除，心中有病心中除，身中有病身中除。"然后大喝一声，"大神大佛在此，所有强神恶鬼妖魔鬼怪统统走开，我子庆阳百病消除，一觉睡到天大光！"看到家娘如此举动，子云差点大笑出声，但一怕得罪神明，二怕得罪神明的弟子家娘，只好尽力忍住。

有一阵子，农村人迷信几乎到了愚蠢的程度，别说是人，就是家中养的某种动物得了病，大嫂大婶们也会带着香纸蜡烛和一泡茶到伯公亭，祈求伯公显灵，为家里化灾化难，回去时还把供在伯公面前的茶带回去给病人或病鸡病鸭喝，还说得神乎其神，说喝下伯公喝过的茶就没事了，让你信又信不得，不信又不行。其实，那次庆阳并不是撞上了邪魔鬼怪，而是喝多了酒，大脑不听指挥了，在回家的路上冶游了几个小时后，酒意醒了些，才找到了家。子云闻到了酒味，心里有数。

庆阳屡教不改，有酒照喝，答应了少喝点，到时却又控制不住，即使子云在他对面坐着也形同虚设，他连个照面都不和她打，反正回到家里，你要骂要打悉听尊便，我酒喝多了，倒头便睡，我有的是绝招，你如果过意得去就把我拖下床，酒醒后我连错误都不承认，一句"下次我会注意点"便能蒙混过关。

这家伙，真拿他没办法。

子云有时非常生气，骂道："你这个割掉耳朵钻进酒缸的酒鬼，到底有没有为我母子三个着想？"

"喝酒通筋活血，强身健体，怎么就不为你们着想了？这怎么又能混为一谈呢？人生连酒都不喝，哪还谈什么幸福快乐？酒是要喝的，老婆和子女也是要爱的。"他故意一字一句地说，还用手摸了摸并没有胡须的下巴，难得看到和听到他如此调皮和赖皮的动作和语言，子云实在发作不得。

"酒喝多了伤身体，而且又不安全，你经常出门在外，令我非常担心，万一有什么闪失，你让我和两个儿子怎么过日子？所以，如果你言而有信，如果你真的爱我们三个，就要尽量少喝酒，再好的酒也是少喝有补，多喝有害啊，广告上不是说不要贪杯吗？"

看到子云的泪水在眼眶中打转，他的心终于软了，答应以后尽量不喝醉。

曾经问过他，在酒和老婆儿子之中会选哪个。他笑而不答，反问："你认为呢？"

"你肯定选择酒，《水浒传》里的武松、鲁智深、李逵，哪个不是把酒排第一。"

"莫把我看得那么无情无义。"

每次去亲戚或朋友家喝酒，子云总会不厌其烦地提醒他尽量控制，他也都会爽快地答应，但往往一到酒桌上，"朋友难得几次聚会，人生难得几回醉"又成了他无法遵守承诺的借口。

这次，子云又严肃地说："听话，老公，晚上不要喝那么多酒，回家时要骑摩托，你得让我有安全感。"

"好，老婆大人，我听话就是了，保证不喝醉，也保证'背'着你安全到家。二十多年了，你还不相信我是一级驾驶员的技术？每次出门都像嘱咐细鬼子一样，我命好都快做公了。这些年，我几时喝醉过？难怪别人把妇人家比作拖斗，这个比喻实在太精确了。"

"你是我老公，你要对我的三辈子负责，为了三辈子的幸福，我毫无条件要把你管紧点。你是酒鬼，只要有酒喝，别说老婆，爷娘都不管。我管你，说明我在乎你，关心你。"要说耍赖皮卖嘴皮子，庆阳哪是子云的对手？"你也别烦，除非你撕毁合约，不然我管定你了！"子云歪着头看着他的眼睛说。

"好、好、好，你管，你管，你想管多久就管多久，我服你管还不行吗？"他笑着说完，然后拍了拍后搭，让子云快上摩托。子云愉快地坐上后搭，靠在他宽厚的后背上。

子云听出他的话意，他说保证不喝醉，意思就是控制到不喝醉的程度上，但并不代表少喝。他以为子云没听出来，子云警告他："如多喝半杯，当着朋友的面我给你留面子，回家有的是办法整治你。"听到妻子咬牙切齿的警告，他不再吱声。对这割掉耳朵钻进酒缸的家伙，决不能心太软。这些年，在子云严格管理和连劝带哄下，效果还是明显的，以往那些现场直播的洋相已经少了又少，甚至灭迹。加上他年纪渐长，又重回公司开客车，新的交通法明确规定，酒后驾驶，要负刑事责任并开除职务。老婆的话可以当耳边风，可交通法规，借他这位曾经的优秀共产党员十个胆谅他也不敢造次。

"叭叭"，一到萍萍家门口，庆阳便按响了摩托车喇叭，萍萍马上从柜台出来。

"家伙头①，骗死人不要坐牢，讲好吃过午饭就过来，却现在才来。你看都几点了？"萍萍把子云好一顿抢白，还指了指墙壁上的时钟。

"冇办法，要等老公下班后归来'背'我，总不可能走路过来吧。何况，也得给你和永老充足的时间浪当昼②，培养感情。"她抢白子云几句，子云还以玩笑。

"哈，浪当昼？我都好像没有听过，感到十分生当③，它是用在你们感情好的人身上，我们这伙朋友中，只有你们才有资格浪当昼。像我们，夜晡头睡在一起都嫌碍人，都恨不得开铺④了，哪还有雅兴浪当昼？"

"别老说我们感情深，其实我们也经常闹矛盾，只是没告诉你而已，再说感情再好也没有机会浪当昼，他每天都要走车，哪有机会陪我浪当昼？"子云装出一副可怜相。

"喝茶，吃糖果花生，莫讲浪当昼了，再讲我都忍不住要哭了。"萍萍泡好茶，倒了两杯放到子云和庆阳面前，然后打开事先准备好的糖果盒，拿了一个糖果对子云说："这种糖很好吃，你尝尝。"子云说不喜欢吃糖，她就说，"那

---

① 家伙头：你这家伙。

② 浪当昼：午休。

③ 生当：陌生。

④ 开铺：分开睡。

就吃蕃豆①，本地蕃豆，十块钱一斤。”

"好，你别太热情，我自己想吃什么就会吃，别把我们当贵宾，这样我会不自在，我打个电话催一下五妹。"子云边说边掏出手机打，"喂，五妹，你还不来吗？我已经到了，萍萍说再迟一点来，就要罚三杯了。"

"我们已在路上，十分钟后就到。"五妹的声音很大，萍萍也听到了。

"叫永老不要煮太多的肉类，多点素菜，别太铺张，搞得大圆桌都放不下，吃不完又要浪费，花了钱财又花精力，还把人吃成肥嫲肥古，再肥都滴油了，睡目都要扎钢筋床了。"

这些年，生活好了，农村人办喜事都兴讲究了，什么高档次的茶烟酒肉都搬上了桌，而且样数十七八种。客人回去了，主人望着那些剩菜，心疼不已，叫上亲房叔伯帮吃，两三天还吃不完，有的变味变质一倒了之，真是暴殄天物！

"我晓得，现在大家肚里的油水足，吃啥都斯文了，我们随随便便煮几样菜，不客气。"

子云连连称好："现在的肉除了自家养的，大都是饲养的，少吃为好，多吃素寿命长。"

"怎么，你怕死吗？"

"那当然。尽管我还很穷，但不在乎钱多钱少，我这人比较看得开，比较重视精神生活，容易知足。我老公爱我，儿子懂事，亲人们关心我，朋友们看得起我，我感到自己很幸福，也活得有意义。现在的世界好比万花筒，丰富多彩，多活一年就多看一年世界，何乐而不为？死有什么好，眼睛一闭就什么都没了，不是说好死不如赖活？阎罗王爱到了②唔奈何，要是阎罗王不来找我，我们千万别傻乎乎地找上门去。"说完这些，子云还哼唱了一句"生活真美好"，逗得萍萍大笑不已，庆阳也无声地笑了。

"跟你在一起，真是开心一百！"萍萍由衷地说，看到她笑得如此开心，子云焉能不快乐！

其实，子云也曾经灰心过，也曾经认为自己是世界上多余的一个，在十几年来生活艰苦、负担深沉、疾病缠身之时，她对生活失去过信心。如果单是

---

① 蕃豆：花生。

② 爱到了：看上了。

来自生活上的负担，当不会让她消沉，丧失勇气。她是贫苦人家的孩子，有足够的毅力去承受，但却无法忍受疾病的折磨、精神的压力，有段时间真想一死百了，彻底解脱，但亲情和爱情使她下不了决心。是亲情和爱情挽救了她，让她幸福地活到今天，真正体会到生活的美好，有了人生苦短的感悟，她要好好地活着，为亲人，为自己，她没有理由轻视生命，她要珍惜每一天，她要开开心心过好每一天。

"有老公得意，有子哩孝顺，当然想活一百岁，像我就不那么想。老公是变态人，谈不上感情，就是今朝日子会死，我也不会伤心，人一死就什么痛苦都没了。"

看到萍萍那看破红尘的神情，子云真为她难过："别那么悲观好不好？其实，再过一两年，岁数多些，你老公晓得想了，就开心了，子哩又大了些，懂事多了，你的好日子也快到了。莫急，人人都有过哀伤，大家都有开心日，比我们困难冤枉的人多的是，人应该知足，才会常乐！"

闲聊了一会儿，五妹和文华，发添和儿子剑平，庆忠两公婆，还有永福、珍兰带着孙子安安也陆续来了，大家互相问候，互相打趣，客厅里一时便热闹了许多。除了庆忠和庆阳不太爱说话，其余的都是话匣子，说起来没完没了，都尽量提高音量，唯恐自家说的别人听不到。平时各人有各人的工作，难得有机会聚在一起，有了机会哪个不想一吐为快？

永福的孙子安安和发添的儿子剑平在同一所小学，也就是发添现任老婆春秀就教的小学读书，剑平读五年级，安安读一年级，两个小家伙都是耗油的灯。

剑平指着安安告诉大家："他在学校里很蛮，经常被老师罚站，罚擦黑板。有一次抢女同学的鸡毛球玩，被几个女同学打了一顿。还有一次上课时用小刀割女同学的头发，女同学发现后头一偏，结果小刀把她的耳朵划了一条血口，出了好多血，女同学痛得大哭，他被老师罚站了一节课。好在是我妈，要是其他老师，还得罚扫地呢。还有很多坏事，我都忘了，永福伯伯，你们一定要好好地教育他，教他以后不能老是欺负女同学。"剑平揭发完毕，剥了花生投到嘴里，动作幼稚却潇洒，看得大家一阵大笑。

发添在前妻死后不到一个月，便把春秀"骗"到了手，当时大家都佩服他手段好，老婆死后还不到满七，便拐到了一个，而且还是个细妹子，又是个老师。按他家的条件，的确不能让细妹子心仪，一厅二间的破旧泥瓦房，一个七十多岁的老母和一个八九岁大的男孩，还有老婆治病欠下的一屁股债，他自家又没有正当职业，照别人说的，除了那条腿，他就没啥像样的了。可春秀还是鬼迷心窍地跟上了他，而且不顾父母、兄嫂、姐妹的反对，毅然投进了他的怀抱，做起了后妈，令人费解。

春秀是名老师，自从她来到家里后，饭桌上不时会涌现许多学校里的趣事，因此剑平也就知晓了很多低年级同学的坏事，在今晚有了揭发安安的机会。只见安安狠狠地翻了翻白眼，一言不发剥糖吃，也许他还不清楚面子值几毛钱一斤，也许他有自知之明了，无论是块头还是力气自家都处于劣势，恨归恨，自家没有条件跟他决斗，君子报仇，十年不晚，等着瞧，以后我有了"本钱"，定要让你为今天的胡说八道付出代价！

"安安，哥哥说的都是真的吗？你真的不听话？爷爷奶奶一直教你不要欺负女同学，你怎么就不听呢？以后可不能这样了啊，要是再被同学的爸爸妈妈告状就不好了，听到没有？"珍兰严肃地对安安说，她还告诉大家经常有人去她家告状，搞得她很是头痛。

为了安慰安安幼小的心灵，为了让他心里好受一些，子云笑着对剑平说："看来你也不是什么好学生，你怎么能当着大家的面揭发低年级的同学呢？按辈分他得叫你叔叔呀，又是校友，我就不信你就没有欺负过女同学，看你的样子，说不定比你爸小时候更捣蛋。"

说话时，子云看到了安安的笑脸，他在感谢她。

"我怎么会不是好学生呢？每次发奖状都有我的份儿呢，而且是三好学生的奖状，墙壁上都快贴满了，不信你问我爸爸。"剑平偏着头，得意扬扬的样子令大家忍俊不禁。

"你那些奖状，肯定是走后门走来的，学校的老师看在和你妈妈同事的分儿上，才发给你的。我左看右看你都不像三好学生，倒像一只偏头狗、捣蛋鬼。"五妹也接上了话。

"对，对，一定是这样，一定是走后门走来的。你爸爸当年考试每次都咬烂笔头，吃鸭蛋（得零分），他生下的人，怎么可能是三好学生？骗人的。"几个男同胞也开起了小孩的玩笑。

"才不是呢，才不是呢，骗你们是小狗，不信你们去问我老师，就晓得是不是走后门走来的。"剑平人虽小，但是挺沉得住气，大家这样开他的玩笑，他一直在为自家争辩，并没有像某些小孩子一样哭鼻子，他还对发添说，"爸，我的奖状不是走后门走来的，对不对？"

"当然不是，我子哩是凭真本事得到的，别跟伯伯阿姨们较劲儿，他们是逗你玩的。"

"哎，剑平，问你个问题，你可得老实回答。"永福笑眯眯地问。

"你问吧，我保证老实回答。"毕竟是十几岁的小孩子，天真烂漫的同时还掺杂着许多幼稚的成分，哪晓得大人们的阴险毒辣，大人们的挑战岂能轻易接招？

"你现在懂不懂勾细妹子也？你爸像你这般大的时候，早就会勾细妹子了，他勾细妹子功夫绝了，随便一勾就到手，有其父必有其子，这点你不会输给他吧？"

"我还这么小，现在才读小学，还要读初中、读高中、读大学，我不会去勾细妹子，老师晓得了会开除的。不过，有个女同学说和我在一起很开心，经常跟着我，可我不喜欢她，她好像是一只跟屁虫。"

"哈哈，就晓得你跟你爸一样有女人缘，十多岁就有细妹子紧跟了。"永福听了剑平的话，大笑起来，大家又跟着笑，搞得萍萍放下手中的事情也过来凑热闹。

永福喝下一杯茶后，意犹未尽接着说："你爸爸读书时勾细妹子一档[1]，不漂亮的他不要，一勾就勾最靓板的。你爸脑子好用，就是聪明没用对地方，要是用对了地方，你爸也有可能进清华北大的门，所以你不能学你爸的歪样。"

永福说起笑话来一板一眼，编的谎话也跟真的一样，大家使劲儿憋住笑。其实，大家心里都明白，那个时代，男女同学基本上都跟仇人一样，就连本队的同学都不敢交谈，老师为了防止学生搞小动作，把男女同学搭配成同桌，男同学就用削铅笔的小刀在桌子上画一条三八线，如果女同学在做作业时无意超过了三八线，便会得到铁拳的赏赐。子云就曾被同桌赏过不少拳头，一次在忍无可忍之时，见他带老弟来上课挤坐并越过三八线，她站起来一把掀翻了凳子，兄弟俩同时摔了个狗吃屎，同学们哄堂大笑。男同学狼狈地爬了起来，第一个反应不是扶起哇哇大哭的老弟，而是要把子云捣成肉酱。看到他眼露凶光，子云吓得拔腿就跑，幸亏是属马的，有日行千里之"本事"，才幸免于难。那节课子云不敢再上，后来老师听说了，把他们批评了一番，各自写下检

---

[1]　一档：一流。

讨书。子云把此事告诉小弟子龙，子龙邀了一伙同学，当面警告他如以后若胆敢再欺负子云，就对他不客气。男同学是溪对面的，要过美溪村的地盘，虽是本村人，但毕竟在美溪的地盘上，此后，他就对子云客气了许多。子云事后想起，也觉自家过分，他是有"罪"，但"罪"在其身，他老弟是无辜的，不该去伤害他。

剑平老刁根，他看看这个又看看那个，看大家都一本正经的神态，他那好奇的眼神里混含着似信非信的余光，转头问："爸，永福伯伯说的是真的吗？"

"别听永福伯伯鬼喔，他是谎话大王。爸爸上学时连跟女同学说句话都会被唾沫星子淹死，你不要相信他们。爸爸没考上大学，是因为不努力。"发添怕影响自己在儿子心里的形象，极力辩解。

大家难得凑这么齐，有机会在一起就都耍嘴皮子，过分的玩笑大家也都一笑置之，并不放在心里。

和剑平逗笑了一阵子，大家话锋一转，又转到了自家身上，感叹岁月不留人，一晃眼半生世人①就过去了。

"自家捡鸡屎吃的情景恍如昨天，却不知不觉升级做了公呆，想起来真是伤心。人的一辈子真没意思，细鬼子时不懂事，一切都要听爷娭的；长到二十岁左右又爱讨老婆，有了老婆又冇自由，拖男带女不得安乐；子女大了又要缴他们读书，省吃俭用自家连节裤子都买不起，他们不服管了又要操心他们；升了级做了公呆还要帮他们带细鬼子，等到把一个个孙子孙女带大，自家又骨头硬化了冇翘水②了。原以为子女大了就享福了，咳，到了阎罗王那里才算有福享。"永福感慨万千地说。

"也是啊，现在都快半百了，算起来也没享过几天的福，劳劳碌碌半生世人，也没吃好穿靓，这人吧，过的是啥日子，看有些人过得潇潇洒洒，也没见他做什么。老人家讲的真冇错，劳劳碌碌也吃粥，哀哀懵懵③也享福。"发添说完，还伤感地摇了摇头。

"做人就是这样子，有钱的有到死，冇钱的苦到死，世界何其公平？做人冇意思，后生世人④你就去做猪，吃了睡，睡了吃，多好！"五妹对发添说。

---

① 半生世人：半辈子。

② 冇翘水：没精力。

③ 哀哀懵懵：清闲自在的意思。

④ 后生世人：下辈子。

发添说："做猪有啥意思，关在猪栏里门都不出，外面再精彩的世界都一无所知，半年一过又成了人类的盘中餐，我不做猪。"

"你也太笨了，做猪就要做猪哥，做猪哥多好，不但命可以多长几年，还可以经常和猪嫲①交配，皇帝也不过如此，后生世人我就准备做猪哥。"文华一直不语，到了节骨眼上，一席话让大家笑得前仰后合。

"色鬼，难怪五妹会担心你在外面过夜时和卖票的（指随车的女售票员）混在一块儿，听你这话，你有可能已经背叛了老婆。"子云笑骂。

"背叛老婆我是没这个胆，我老婆说要是晓得我在外面有货②，就把我的命根子斩来喂花鸭，那不成太监了，太监还有什么快乐？活着既想好吃又想安乐，那做猪就是最安乐的了，做猪就要做猪哥，做了猪哥既快乐又风光，东家出西家进，又有车子坐，每交配一次，主人还会弄好料给它吃，为的是养精蓄锐，几自援③！"

"莫当着细鬼子的面讲这些酸之酸夹的事，讲我们做细鬼子的事情还比较好笑。以前我们也是很捣蛋的，那时生活困难，温饱都成问题，记得那时经常去偷挖番薯，偷折甘蔗，偷摘桃子李子之类的果目④更是不消说，还没完全成熟就开始打主意，睡目不着⑤都想着偷摘。有次我和本队一个男生天还没亮就去偷摘人家的桃子，那人大喊一声捉贼，那男生胆子小，吓得手都软了，掉下树，摔断了脚骨，杀猪般号叫。我也着了慌，跑去喊他的家人，他们把他送到镇医院，回来后找上门去和那人大吵一顿，经大队干部从中调解，医药费他家出，营养费自家出。"

"爸，那你呢？"剑平问发添。

"我？当时看他掉下树，我是有点慌，但你爸可没那么傻，偷摘几个桃子又不犯法，好吃的东西哪个不馋？莫讲是以前，就现在看到好吃的也会摘上几个尝尝，这又不会跌鼓，他们也不会撬开我的嘴叫我吐出来，最多就鬼喔几句，不过，脸皮厚点就风吹过了，打是不敢的。他吓成那样就太跌鼓了，真是胆小鬼！后来我再也不去邀他了，邀他一起去做贼，肯定坏事，我可不会再

---

① 猪嫲：母猪。

② 有货：有个相好。

③ 几自援：多舒服。

④ 果目：果类。

⑤ 睡目不着：睡不着觉。

冒险。"

发添喝了一口茶，又说："后来他们两家又因为争放水大吵过一次，从此结下了梁子，三年没讲过话，到现在他们还记恨在心。斗冤了的牛牯难和解，连细鬼子都不来往，实在好笑。"

"就这点小事搞得老死不相往来，也太小肚鸡肠了吧！"庆忠这时也插了一句。

"大家都这样劝过他们，但他们就是听不进去，有啥法子？"发添说。

这事传开后，再看到有小孩偷摘果子，东家就不敢大呼小叫了，而是好言劝他们小心下来，想吃就摘几个吃。但有些小气鬼也还会去小孩父母面前告状，骂他们教子无方。更有甚者，他们还会洒农药，在树上钉钉子、涂大粪，有人为了省下农药钱，也会装腔作势背上喷雾器喷上一圈，里面其实装的是水，但大家看到他洒农药，再也不敢去摘，谁敢拿自家的性命开玩笑？

"嗨，讲起小时候，有几个没有偷摘过东西？我就偷摘过桃子、李子。读五年级时，一次晚自习，回家时和三个同伴偷折了二十条甘蔗，每人五条，扛回家时都喘不过气了，老弟老妹乐得喊哥哥的声音比甘蔗还甜。"永福说起往事，更是感叹不已。

"拿归屋下^①，你爷娭就不会骂吗，他们就甘愿做接贼赃？要是我家大人晓得我偷了人家东西，不打得我断手断脚也准会把我骂得脱层皮。"文华说。

"嗨，他家大人没你家大人笨，子哩一人偷了东西归屋下，一家人都可以享受，表扬都来不及呢，哪里还舍得骂？"发添开玩笑说。

子云白了他一眼："'花鸡嫲养花鸡子，大个带来冇好样，细个带来浪和尚。'^② 做父母的自身言行不端正，甘做'三只手'，怎能教育好子女！"

"我十几岁时也偷挖过别人的番薯，偷时非常顺利，没想在自家家里蒸时，出门做事的爷娭看到家里冒烟，以为家中细鬼子搞火，烧着了烂屋子，吓得两脚的泥都没洗就跑回来，看到我和老弟老妹在吃半生不熟的番薯，便抢下责问我是哪里来的。那时的细鬼子没现在的老刁，随便一个谎言就能蒙混过关，使自家免受皮肉之苦。我在他们面前连谎也没办法撒，加上着慌，一句话也没回答，口中的一大口番薯还没吞下去。其实不用回答，爷娭就能猜个八九

---

① 拿归屋下：拿回家。

② 花鸡嫲养花鸡子，大个带来冇好样，细个带来浪和尚：意指上梁不正下梁歪。

不离十。我爷哩是个火暴性子，可能他从小就是吃火药长大的，不由分说拔下墙上准备用来惩罚我们的竹梢子，狠狠地往我身上抽，好像我不是他的血肉，是我娭哩搭男子来的。他一边死命往我身上抽，一边还骂：'火料子，跌人跌鼓个，三餐饿了你吗，要去偷？我叫你偷，我叫你偷，我打死你娘个三只手的家伙，我们家世世代代都清清白白，吃一夹青菜也要吹冷了才吃，没想到了你这里就学会了偷，看你还偷不偷，看你还做不做细贼古子？！'"

趁文华喘气之时，子云问："你当时喔^①了吗？"

"去！那时看多了战斗片子，对那些宁死不屈的英雄很是崇拜，特别是看到那些小英雄，如潘冬子、小兵张嘎等等，心想要是我也能像他们一样那该多好，他们连敌人都不怕，何况自家的爷哩，他总不可能把我当敌人吧，不然他怎么会用那打得很痛却打不坏人的竹梢子？当时我勇敢，一声不哼，他打得累了才停下，放下竹梢子时还骂一句'火料子，厚皮古'。我心里在冷笑：'哼，我都还没痛死，你倒累死了。'我的老弟老妹却吓得跟死了爷娭一般，以为下面要轮到他们皮肉受苦了，不晓得一般要打就打大的，就算是小的做了坏事，也是怪大的没带好，骂也骂大的。我非常不服气，大的什么都要做，又要带老弟老妹，又老是挨打挨骂，太不公平了，那时起，我就恨透了爷娭。更可恶的是我细老妹子，她一边喔还一边揭发我：'番薯是大哥偷挖的，不要打我们，呜呜……'她那时才四岁，不晓得爷娭不会瞎专政，她根本没必要为自家辩白，四岁的细妹子怎么会去偷？见爷哩打累了把竹梢子重新插回墙壁缝隙中，鬼喔了几句就停下，一停下又一个劲儿地往嘴里塞番薯，气得我很想跳过去抢下番薯丢到猪泔桶里。我被爷哩打得东躲西闪，免得让竹梢子打在同一块皮肉上，她却还当着我的面吃得津津有味，你说气人不气人？"

文华满脸怒气，好像身上还有一条条被竹梢子抽的血印，还在隐隐作痛。

"他到现在还和他爷娭没什么话说，三句话说不过就吹胡子瞪眼，他们也很少在一起。"五妹说。

"你也不能这样记爷哩的仇，爷哩严格管教你，是为你好，要不是当时管得这么严，说不定你今朝日子是个出了名的'三只手'，像你这种人，抢银行都有胆量。"永福跟他开玩笑说，他小时偷东西回家父母不管，害得他到现在还心痒痒地想偷，看到好的都想据为己有。

---

① 喔：哭。

"鬼才不会记恨，我们大的责任大，太爱做家务，又爱上山割芦萁，反正力所能及的事情都要做，还要带老弟老妹，犯些小错误就往死里打，教育细鬼子也不用如此狠心吧？再讲减轻他们的负担完全靠我啊，要是我，我就舍不得打这样的子哩。"文华恨心地说，他说一直和父亲无话讲，就是因为他以前下手狠，不留情面，现在只要一想起来，身上还隐隐作痛，血印就会浮现。

那回，他想到自家一人做贼，拿回家老弟老妹吃得又甜又香，吧唧吧唧，过后却来揭发，让自家一人受苦，他就气不过。有天晚上，母亲给他上了堂政治课，虽是文盲上课，却也一针见血，很有穿透力："还细①偷针，大了偷金，越偷心肝越雄，养成了坏习惯，以后就很难收手，坏了名声，长大后连老婆都讨唔到。人怕出名猪怕壮，成了有名的贼古，走到哪里都会让人指着脊梁骨骂，以后连子孙都还会受到牵连。"诸如此类的话听多了，他晓得做贼不是件光彩事，后来有人来邀再去偷时，他虽然心痒难挠，但还是忍住了，老弟老妹倒是希望他去，这些没良心的家伙，倒想坐享其成，大饱口福。

那时代的小孩，或多或少也都做过一些偷鸡摸狗之事，没办法，为了解决肚子和嘴巴的需求，总会绞尽脑汁搞七搞八，如果没被人发现，就会一直心存侥幸。个别捣蛋者，还会把吃剩的桃仁李核用草纸或书本纸包好，丢到人家的厅堂里，主人见桃李让人偷摘了还要这样受人家戏弄，少不得一顿臭骂，可那些缺德鬼听了却在偷笑。

男同胞们一个接一个说了小时偷东西的罪行，女同胞们可没胆量坦白。说实话，小时因嘴馋，子云也曾和小伙伴趁人家下田干活时偷摘过梨，后来一直将这事引以为耻。

子云这人实在不能做亏心事，人家做了亏心事能心安理得，可她不行。记得有一次下雨打雷，可能就是想起了小时偷摘过人家的梨，使睡目神瞧不起她，身旁的老公呼噜打得和雷公相差无几，且有节奏。她烦得要命，用手肘捅他一下，他便停下，可一分钟过后，又骤然响起。如此这般捅了他几次，还是不能阻止他，她气得打了他一巴掌，他"嗯"了一声，眼睛睁开，手摸了一下脸颊，转了一个身，照睡不误。看他这阵势，子云忍不住大笑起来，他被吵醒，拧开开关，睡眼蒙胧地问："鬼笑般做什么？癫了吗？"子云忍了很久才止住笑，道："你这家伙打呼噜也要和雷公比赛吗？吵死人！"他说："我打了

---

① 还细：还小的时候。

呼噜？别乱冤枉好人，我怎么没听到？是你自家做了亏心事睡不着，却怨我。"子云知道他是开玩笑的，不跟他计较，但是她实在不是做亏心事的料，她也不想做，以致一晚失眠。

庆阳等大家抖搂完罪行，慢条斯理地说："你们这些家伙，原来都是死贼古，还有面子讲出来，好哇事吗？"

诉说完自家的光荣历史后，大家情绪特别高涨，连剑平都静下心来听。听庆阳这一说，矛头就都指向了他："你是干部子女，思想高尚。我们是贼古，可如果当时不做贼古，今朝日子哪有这个命来和你这个高尚人物做朋友？"

"就是，要不是偷些杂七杂八的食物来填饱肚子，也许我们的骨头早就打古了。冇办法，为了生存，总得想些办法。要是那时的日子跟现在一样，要是我们也是干部子女，我们也犯不着去做贼古，也做一个高尚的人，做一个优秀的共产党员。"

剑平天真地问发添："爸，你们那时偷了生产队和私人的东西，会不会被老师罚站？生产队是谁呀？"

"生产队是一个集体，就跟你们学校一样，学校服校长管，生产队服队长管。那时还没分田到户，大家一起干活，有分时大家一起分东西，这就叫生产队。我们偷了东西，他们不但会到爷娘面前告状，还爱告到学校里，害得我们被老师批评被同学取笑。不过，他们也得不到好处，我们会变本加厉，睡不着觉时也在想办法损害他，有时吃够了还要装一袋回家偷着吃，甚至还要故意大摇果树，让他卖不到几块油盐钱。他们看到了，气得吐血，跺着脚大骂，什么屙脓刮赤哩①的话都骂。我们听到还拍着手偷着乐，把缸里的水当酒喝，表示庆贺。即使他有怀疑，冇证冇据，又能咋样，由着他骂也损不了我们一根毫毛。不是说'打是皮上过，骂是风吹过'吗，我们做细鬼子时也确实讨厌，搞得大人冇安冇乐。那时细鬼子又多，一出门都成群结队，哪像现在，计划生育只准生一个，一个小组一年都出生不了两个。"

发添讲完自己的光荣历史，自嘲地大摇其头。这家伙小时肯定伤透了父母和老师甚至左邻右舍的脑筋，现在说起来还哈哈笑。

大家说笑了好一阵，萍萍过来说："准备吃饭了，大家洗手。"

等大家走到大圆桌边，看到满桌子香喷喷的菜肴：鸡公蒸灵芝，啤酒焖花

---

① 屙脓刮赤哩：粗话，骂人得恶疾之意。

鸭，羊肉煲红枣，芹菜炒牛肉，狗肉煲，红烧鱼，红烧排骨，红烧肉，还有几个青菜。永老是厨师，常被做好事的人家请去掌勺，所以经他巧手煮出的东西不但鲜嫩，还香甜可口，令人食欲顿生。

各就各位后，发添说："煮这么多，吃得完吗？莫太浪费，吃得完就行。"说完吞下一口口水，好像吞下一大块狗肉，他吞口水的咕噜声大家都听到了。

"饿得慌了就抓紧动手，又没老人家在场，都是后生子人，怕什么？年轻人不要有太多规矩，没人会笑你猴急，装啥斯文，把口水当狗肉吞岂不更跌鼓？来，多吃几块狗肉，回去老婆更喜欢。"永福说完，笑着把狗肉煲转到发添面前，大家又是一阵大笑。

"来，女士优先，让他们废话讲完了再吃。我中午都没吃，就准备在这里多吃点。"子云边说边把筷子伸向青菜盘，她长得胖，不能以肉为主食，得多吃素。

"来，来，来，大家一起动手，别那么客气，客气解决不了问题，还浪费口舌。"发添说完，已先夹了一块狗肉丢进大嘴里，一个劲儿地说"香，真香！"他素来话多，有狗肉吃还不能消停。

席间大家把酒敬来敬去，祝福的话说了一大堆。朋友们很久没在一起，在一起时有说有笑，又可以大饱口福，开心绝对百分百。

大家吃了一会儿，趁永老煮完了坐上桌，子云开始发言："我们大家转眼间都已四十有余，升级的升级了，没升级的也快了，人生苦短，我们都要好好珍惜人生中的三大情——爱情、亲情、友情。如果三大情中少了一种情，人生就没了意义。来朋友们，为了这缺一不可的三大情，我们干杯，但愿我们之间的爱情、亲情、友情，与日月同辉，与天地共存。"

"啪啪啪"，有人竟对子云的发言鼓起了掌，夸她的发言太有水平，说她不愧是文人之后。子云受之无愧，朋友们既然这么赏识，她心中当然高兴，喜悦之情溢于言表，也不怕别人笑她脸皮厚。

酒足了，饭饱了，大家离席喝茶。有人提议，朋友们一年难得几次碰头，既然凑到一起，不如把身上的钱也凑到一块，玩斗牛，由店老板坐庄。发添说："有细鬼子做拖斗，我得先回家，要玩你们玩。"他的话立即得到永福两公婆的赞同。

既然这样，大家也就兴趣索然，再说庆阳和文华明天又要出车，得休息好。天下没有不散的筵席，再长久的朋友也终须一别。

萍萍在送大家出门时，低声对子云说，刚才你说的一番话，永老要是能听懂就好了。子云说我就是说给他听的，但愿他能听懂。

萍萍恋恋不舍地送了一程又一程。子云说回去吧，天在下小雨呢，送君千里，终须一别，总不可能把我们送到家，又让我们再送你回来。

她停下，对子云和五妹说："他们要出车，你们平时有空也要经常来玩，不要一年就来一次。朋友之间经常走动，我离不开，想来玩时，你们就一起来，跟你们在一起，很开心。"

"好的，好的。"子云和五妹边走边回答，同时还在心里默默地祝福她。

子云有心做好事佬，过些时候便怂恿庆阳设家宴。见除萍萍外，其他朋友都夫妻同来，子云就问永老："萍萍怎么没有来？"永老说："我不管她的事，反正我来了就行，她上天下地都与我无关。"

子云说："怎么能这样呢？我昨晚打电话约她，就是要让她告诉你，她也答应了。要不是我老成①，叫庆阳再电话通知你，你可能也不会来了。"

"是啊，不知不怪罪。今天我去乡下烧火②了，万金为他九十岁的老爷哩做寿，请了四十多桌。接到庆阳的电话我刚煮完，把所有的事情都交代小工了。我一定要过来，朋友之间，平时没空，既然约好了，就要尽量凑齐。"永老说的倒是真话，只要朋友有约，没有特殊情况，他从不落下。

永老似乎看出了子云的心思，说："这些年她有几次和我一起到朋友家？我的朋友家她不去，她的朋友家我怎么能去？"

子云听了，很遗憾，也很无奈。

晚饭后，永老最后一个离开，对子云和庆阳说："她不来我来了也是一样的，我对她已不抱什么希望了，反正都由着她，她走多久我也不会在乎。"

子云伤感地说："你们真就这样了吗？儿子都二十多岁了，你们这样对他们伤害多深啊！我觉得你们都应静下心来，别那么固执，调整调整一下生活吧！这样活着多累，多没意思啊！"

"怎么调整？冇办法了！"永老好不灰心，一副河水不犯井水的样子。

永老说罢出门，准备发动摩托回家，庆阳抬腕看了下手表，说："再坐一

---

① 老成：想得周到。

② 烧火：做厨师。

会儿吧，才九点，还早呢！"

子云也感到话没讲透，也跟着帮腔挽留。永老想了想，点上一根烟，又和庆阳折回了厅堂，边走边说："冇意思就冇意思，反正今生也就这个样子了。她因为老伯哩①有指点②，就得意扬扬，瞧不起人，经常在我面前说她没用过我一分钱，你们信吗？她老伯哩也不是一开始就有指点，以前她家也挺困难，她爷哩得了癌症无钱医治时，我一下子拿出三千元给他医病。这事他们早就忘了，那时候的三千元有多大你们也清楚，我说过什么吗？现在她老伯哩给了她再多钱我也没见过，反正我没用他的钱。"

子云说："你这样说话也不对，老伯哩给她钱，听她说都用在你儿子读书上了，每年过年她老伯哩也支持不小。听萍萍说，就她大老伯哩、阿姐老妹手里也被你们刮了不少钱，她娭哩的钱她也用了不少。照这样算，你们的生活应该很宽松了，为什么还会少人那么多钱，是不是前些年赌红波赌输了？"

"我没赌红波，但老实说，是买单双买死了。那年不是大家都买单吗？我输掉了十多万，她也输了，但她不承认，还说没输。"

"输就输了，以往的事也不要再去追究了，但你们都要互相理解，共同努力。谁都有缺点，谁都有优点，夫妻之间就应该取长补短。你们俩个性太强，彼此间缺少关心和理解，谁都不当软。其实，得饶人处且饶人，这话你们也应该晓得，半生世人都过去了，剩下的日子还是要好好地珍惜啊！我们作为朋友，多么希望你们活得开心，活得轻松。"

"唉，无力回天了！你们不晓得，她和上流社会的接触多了，唱歌跳舞、旅游、逛超市、买名牌，哪项不热衷？我累得半死，她儿时思量过我？我请小工她都不来帮。有时我要去朋友家吃饭，她还要指示我把菜煮了再去。你们想想，这个妇人家像什么样，自家吃的青菜也要我煮，我又不是她的奴隶，凭什么要听她的！讲实话，她不去我的朋友家，她约了朋友到家来，我也不理睬，看她怎么煮来吃。"

永老拧熄烟屁股，叹了口气："我朋友多，却被她说成狐朋狗友、酒肉朋友。有时我晚点回家，她就说我去货嫲那里了。有一次，连她母亲也这么说我。我一狠心，就买了一挂鞭炮、一包香，跪地发誓，说我若有外遇，便死

① 老伯哩：哥哥。
② 有指点：有名堂。

在车轮下。你们说，一个开车的人会这样发誓吗？可她们还是不信。不信就不信，反正我不会因为这事而去喝农药。以后再这么冤枉我时，我也就说，是又怎么样，你说有就有，你敢对我怎么样？"

"这么说，她都冤枉你十多年了，现在你改行做厨师了，她该不会冤枉你吗？"

"怎么不会？！不过我已懒得理她了，就算是我有了货嫲，她也要负很大的责任，谁叫她这般瞧不起我，时常搬出有钱有势的外家来镇压我，使我抬不起头来。讲实话，我没有货嫲实在是太对不起我自家了。每次她老伯哩回家，前来看他的来人一多，就都要叫我去煮食。她们一家都看不起我了，以前哪会？人有了权势，都会狗眼看人低。最让我气愤的是，有一次晚饭后，大家都坐在客厅里喝茶，她老伯哩拿出几条大中华，每人发两包，就我没有，你们说气人不气人？"

"你那个时候不是没抽烟吗，不抽烟还发烟给你干吗？这点你就别去记恨了。你家里的好茶好烟好酒，你敢说不是她老伯哩送来的？如果连这么点小事都要记恨，那么你就量度太小了。要说你和萍萍之间会弄到今天这地步，说起来你们俩都要负责任，是你们自家不珍惜，互相伤害，剥夺了自己的幸福，也剥夺了儿子的幸福。你儿子没考上清华、北大，都是被你们害的，你们把关系搞得这么僵，所有的亲戚朋友都不安心，你们太对不起大家了。"子云毫不客气地说。她是个重情重义之人，她多么希望所有的亲人和朋友都平安幸福，和和美美啊！她多么希望能用三寸不烂之舌说服永老和萍萍，劝他们回头是岸、和好如初，把下半生过得像模像样。可是，她作了最大的努力，还是难见其效，她自责自家太无能了，没能将这对变态夫妻拉出冷库。

永老还在痛斥萍萍和她娘家人的罪过，子云听得心生痛，担心自家受不了，找个借口，上楼玩电脑了。

庆阳向来都是老好人一个，既不会指责朋友也不懂得劝慰朋友，偶尔插上几句，也无关痛痒。可是这回，子云听到他对永老说："睡不着觉时，垫高枕头想一想，自家错在哪里，这样斗来斗去到底值不值？"

子云不在场，而庆阳又不是个善谈专家，永老很快觉得没趣，不到十分钟就告退了。

庆阳上得楼来，一进房门便叹："真搞不懂，这俩人到底是吃什么饭，怎么就这么倔，这样下去有意思吗？"

子云冲他摆了摆手，不想再谈论他们的事了，免得影响现在的心情。

子云曾促和过几对恨心恨肺闹着离婚的夫妻，还成功调解过不少梓嫂、婆媳、兄弟之间的争执，以致有人说："像你这么好的人，怎么就没当个妇女代表、人大代表？大家真是瞎了眼！"但在永老和萍萍面前，她感到很失败。这两个冥顽不化的家伙，真不晓得是哪根筋接错了！这一次再听永老那番话，她算是把他们看透了，她不想再作任何努力，就让他们公说公有理、婆说婆有理去吧！

同在屋檐下

禾鸲子，是闽西乡村的土叫法，学名谓之麻雀，奇小，奇好享受。小到用滚水烫后，煺去鸟毛，大概也就跟成年人的拇指那般大小；享受就更甭提了，即使虫子泛滥了，也不肯振起短小的翅膀觅食，只愿跳跃着低头啄食目光所及处人类晾晒的谷粒。

青山逶迤、绿树弥望的山村，禾鸲子飞舞成群，似也将鸟性饱满完整地感染给了一位叫林菊英的村妇。她可说是由外而内地像！首先是瘦弱得皮包骨，仿佛一推就会像人骨般散架倒地，深究其因还是贫瘠困难的生活所累及。不过，按某些人的审美来说，倒可和林黛玉的病恹之恙媲美，而且，小小的身骨做起衣裳来，省布；吃起饭来，省粮。在那个粮票布票时代，不说绝对，也至少是众家羡慕的对象。

因此，她一点也没为自家的娇瘦而苦恼，依旧嬉笑怒骂过日子，闲工时说说酸话①，很多时候说着说着就笃目睡了，将"享受"二字演绎得活生生色。管他啥呢？直坐在凳子上，头靠墙壁就放心大胆地睡，打呼噜又流口水，再情不自禁时还会伸舌头舔唇边的口水。这样的"现场直播"，被热心的观众纷纷奔走相告，当然虽"众口铄金"但也不至于"积毁销骨"，所以她依然幡然半醒，将信将疑："我真的这样出洋相？"

更令人啼笑皆非的是，有时她实在扛不住睡目神的诱惑，坐在凳子上头靠墙壁睡醒后发现，拉家常说酸话、嬉戏打闹的人们早已不知去向，她赶紧揉

---

① 酸话：下流话。

揉双目，擦擦唇边，站起来伸几个懒腰，然后骂一声自家："真个睡目包！"

见她习惯成自然，有人便搞恶作剧，在她熟睡时用木棍蘸上些黄鸡端①糊其鼻，有些女人还摸她的胸部，解她的上衣扣子，褪她的裤子。菊英被这般弄醒后，骂她们酸夹货、神经病。

有个好心肠的女人好言好语地说："禾鸱子，你也不能老是在外头笃目睡，万一睡过了头，大家又都故意不叫醒你，被哪个坏男人强奸了怎么办？这可是一生世人都洗不干净的丑事。想睡就在家里睡，何必在外搞电视直播出这个洋相。看你睡目的歪样②，我夜晡睡目都还会受惊吓！"

禾鸱子说："我也不晓得做什么，人多的地方却睡得熟，可能是我的睡目神喜欢大众场合，喜欢大家说笑话吧。"

"好，好，好！那你就继续睡吧，迟早有一天你会失时③，现在有不少男人习惯撩手捏脚④，你不怕，谁也奈何不得。"

在皮包骨与嗜睡的混合作用下，挥发的引力足以拢来众多眼球，自成一队"跟班"。当然，最大的"跟班"只会是林菊英的老公王文生。文生说来也是个勤劳能干、责任心强的客家男子，也叫老婆禾鸱子，后又亲热地简称为笔笔。这样的称呼不免流露出他们婚姻幸福的一面，直叫人手捧纸笔想取经：幸福从哪来？

一家子原来确实挺幸福，后来却被沧桑的岁月磨炼出了带刺的味道，成了憋屈的幸福。俗话说，烂一粒米坏一锅粥，自打林菊英对婆家的人转变态度，以骄横的气焰冲乱王家原本井然有序的生活后，一家人可谓苦不堪言，幸福已成了众人用超强的耐力逼迫而出的状态，皱巴生痕。菊英、文生小两口的生活也变化甚大，常常是资金紧缺、困顿有加，两人的感情因此慢慢脱了轨。若不是文生强大的责任心与气度，包容着菊英的盛气凌人，恐怕早分道扬镳了。可菊英却极少埋头打理自己的脾气，任它成了"蒸不烂、煮不熟、捶不扁、炒不爆"的坏性子。

他们的故事，在这些简明扼要的小花絮之前，或在此之后，都远不止这些。

---

① 黄鸡端：一种黄色鸡屎，奇臭。

② 歪样：丑样。

③ 失时：行衰运。

④ 撩手捏脚：动手动脚。

菊英和文生都是美溪村人，他们是小学同学，又沾亲带戚，听说还是不出五服的亲戚，文生的曾祖母是菊英的姑婆太，菊英的父亲文生要叫大伯公。因为亲戚不多，加上有人缘，双方的父亲在生产队核算时又都当过队长，经常在一起开会，因此一直互有来往。要是亲戚多如狗屎，双方差距又大，一代姑，二代表，三代一过尿来泼，哪有像他们这般来往密切的？

　　菊英和文生从小颇有共同语言，亲戚加同学，注定了他们的今生缘。时为上世纪七十年代，男女同学间鲜有在大庭广众下说话的，怕被人笑话，说谁跟谁谈恋爱，但他们是亲戚这一点又是众所周知的，在校不说话，却可以在走亲戚时无忧无虑地玩在一起。表哥表弟表姐表妹们在玩过家家的游戏时，他们就扮老公老婆的角色，尽管当时的小孩子发育和开化都很迟，并不晓得老公老婆是什么概念，可以例行什么公事，但他们晓得，老公老婆是一家人，这就够了！

　　到小学快毕业时，他们才朦朦胧胧理解了这一点含意，不觉脸红心跳起来，再不敢玩老公老婆的游戏了，但他们刻意逃避的心里边又渴望相见。这种复杂而又矛盾的心理整整折磨了他们多年。小学毕业，菊英就不再读书，虽然两家还有来往，文生在寒暑假也还会去菊英家看望大伯公，其实他是醉翁之意不在酒。菊英心里，总有一种相见难别亦难的味道，情窦初开的少女心里已经有了一种期盼。

　　文生和菊英一样思念着对方，一日不见如隔三秋虽然夸张了些，但他们彼此的思念却是愈来愈浓，挨不过一月漫长的思念的煎熬。女孩子比较含蓄，不敢大胆妄为，文生却不行，他开始变得孝顺大伯公了，只要有机会，总要去大伯公家，借看望大伯公和其他几个叔公的理由去看望菊英。到了那里，其他叔公的家里他只象征性问候一声就走了，因为他们家里没有吸引他的人物。文生的学习成绩早已开始倒数，高中还有半年毕业，他就放弃了，不再为那本高中毕业证书和日后的出人头地而努力奋斗了。他说："拼生拼死，拼了个头破血流，万一又不能拼开一条血路，还得回家作田①，就更不值得了。"

　　文生私底下对菊英说："为了你，我什么都可以放弃！"

　　那年代的农村男孩和女孩，都早婚早育。女子一到十六七岁，就有媒人上门；家里条件稍好些的男孩子，不到二十岁就被媒人婆给盯紧了。菊英和文

---

① 作田：耕田。

生也如此，家里都常有媒人出入，两边的家长也都征求他们的意见。

菊英一直不敢直白告诉父母，只推说："我还想自由一两年。"父母拿她没办法，总不能急着将女儿"扫地"出门吧，何况过两年也不迟，还可帮自家多做两年事。

文生是男孩，胆子大，当父母征求他意见时，就直白说："我喜欢菊英，我要讨她做老婆，你们给我介绍七仙女我也不要。"

看他说话一点也不拖泥带水，而且如此斩钉截铁，父母和媒人都惊心动魄地看着他，之前他们根本没想到文生竟然会喜欢菊英。

"这怎么行？你和菊英是没出五服的表兄妹，何况她人长得比林黛玉还柔弱瘦小，你和她结婚，日后五十斤的担子都得自家挑。她又是满女，读书出来还没锻炼出来，没吃苦头就分田到户了。你要是不想过得辛苦，就趁早死了这份心。"文生的父亲王荣贵又劝又吓。

"有什么好怕的，我们已是第四代了，古代人有几多表兄妹结婚？难道就都会有麻烦？在你们眼里她是瘦小，在我心里她却是小巧玲珑，不是有人说'省钱又省布，省来给老公做节裤'嘛，我就看不上那些站在面前像是一堵墙的女孩。我不怕挑重担子，男子汉本来就不能拈轻怕重，她锻没锻炼出来没关系，我们可以边做边学。以前你们都爱做来养一大斗①子女，何况如今计划生育的时代？我相信，只要我们同心协力，日子一定也能过得好。反正，你们不让我和她结婚，我就出家做和尚。"文生把话撂下，扭头就走。

"唉！像他这种九头牛都拉不动的鬼性，我们就是嘴皮磨破了再搭上老命也不顶用。他想过独木桥，就由他去吧，再拦他，他真个会出家当和尚。"文生的母亲招妹怀有侥幸心理，都快出五服了，也许不会有什么不好吧？

"糊涂！你真是老糊涂了，这是一生世人的大事，怎么就能由着他的性子来？以后真有什么闪失，后悔还来得及吗？"荣贵生气地大吼，吓得招妹不敢吱声。

"抽个空我去老表家，听听他的意思，最好他也不同意。"荣贵又抱上了希望，他相信老表祥安也该不是糊涂鬼。

男家这边一屋子的冤气加火药味，女家那边也一样。文生和菊英事先商量好了，要在同一天向父母摊牌。

---

① 一大斗：一大窝。

有去脉则有来龙，归入其大胆摊牌的源头还是女方这边。那年代的农村女孩年过二十已算是大龄了，周围的姑娘早已是大门上的门神——成双成对了。男孩到了二十三四，女孩到了二十以上，如果还是鸡毛掸子，就会让别人笑话。菊英屋坎下^①有个女孩的对象也就是二十四岁，就被人七嘴八舌地议论："她怎么这么老了才找对象？"

春去冬来，菊英有点扛不住了，把自己的处境告诉了文生，文生也认为不能再以年龄还小为理由推托下去了。

"好吧，我们不能再推了。这段时间，我家总有媒人上门，我爷娭每次都会笑眯眯地将她送出门，然后叫我坐一会儿，说有事对我说，我总是找借口逃开。但这不是办法，我看，还是对他们实话实说吧？"

菊英接过文生的话说："我这边的情况同样糟糕。媒人说隔村有户人家很好，爷娭随便大方又有世情道理。家中有三个子瑞^②，讨了两个生媚都已分家，这个麦尾拐刚从高中毕业回到家，就学会了开拖拉机，家里便为他买了辆。媒人是他姑婆，和我娭哩同一个外家，我在外婆家见过她，她就把我介绍给他。我爷娭非常满意，说这男孩有一门手艺，过日子就不愁饿死，要两分钱用也方便些。我当然晓得爷娭的心事，以后要载什么，要犁田就不愁了。"

"你怎么想？答应了吗？"文生急了。

"这么好的条件，我干吗要推掉？你不要我，还不准我嫁给别人吗？我都二十岁了，跟我差不多大的女孩都有了对象甚至有了细鬼子，我不能再等了，再等就成嫁不出去的老姑娘了。"菊英一本正经地说。

"谁说不要你了？我家也有很多媒人上门，我回绝她们说，就是给我介绍七仙女我也不要。你怎么能变卦呢？"文生看菊英一点笑容都没有，以为她贪慕虚荣，忘了他们之间的约定。

菊英听了文生的话，心里很激动，没想到他决心那么大，为了自己敢和父母唱对台戏，自己也不能辜负了他。想罢，她白了他一眼，笑骂："死笨猪，你把我看成什么人了？我要是爱慕虚荣，早就不等你了。"

"坏家伙！那你干吗吓我？这段时间我很紧张，你不晓得我有几个夜晚都失眠了，我不晓得要怎么办才好，又不晓得你有没有决心。"

---

① 屋坎下：地势较低的邻屋。
② 子瑞：儿子。

"今天听了你说七仙女都不要这句话，我很高兴。那么我也对你说一句实话，就是有大车有洋房有存款的男子我也不嫁，这辈子除了你王文生，再有钱再帅的哥们儿我也不动心。这下你放心了吧？"

"好，那我们就都对爷娭说实话吧！"

"什么，你要嫁给文生？你有没有头脑？不错，他是灵活乖巧，有礼数有孝心，是个很好的人，但他和你是没出五服的亲戚呢！你读书读到哪里去了？"菊英的父亲林祥安一听女儿要嫁文生，目珠①就瞪得像水牛目。他倒不是嫌弃文生没手艺，而是怕近亲结婚会影响下一代，这样的话，不但害了女儿还要连累自家。

"你们不是说，一代姑，二代表，三代尿来泼吗？我们都第四代了，尿都泼不到了。如果不是亲戚少，我们早就没来往了。"菊英反驳的理由铿锵有力，令做父亲的无言以对，如五雷轰顶。

真是女大不中留，这死妹子，原来心里早就有了人，难怪一直找理由推托。自家两公婆还暗自高兴，夸她懂事为报养育之恩在父母身边多住两年，多帮两年，鬼晓得她和文生早就有意思了。亏自家两公婆的年龄加起来都快一百了，却被一个不到二十的黄毛丫头涮了，原以为他们比较亲热是因为同学关系，紧工时文生来帮帮忙也属常理。

"唉！想不到他们的关系发展到了这种地步，真是太大意了，还是过来人呢，怎么就想不到呢！真是累糊涂、老糊涂了！"林祥安恨恨地捶了一下大腿。

"是啊，要是早日发现早日制止，也许事情就有挽回的余地，如今他们都铁了心，还怎么制止？菊英说不让他们结婚她就去做尼姑，这死妹子，怎就那么死心眼呢，隔壁村那个男孩她怎么就不上心呢？各方面的条件都比文生好，可是她……唉！"菊英的母亲也叹了一口气，把头摇得像拨浪鼓。

林祥安再次走进菊英的房间，问："你真是铁了心要嫁文生？真不怕近亲结婚生出的细人子会出问题？你要好好想想，妹子人最大的优势就是可以选择婆家，你没有权利选择爷娭，但嫁老公是可以选择的，幸福掌握在你自家的手中。现在是婚姻自主的新时代，我们做爷娭的不能包办你的婚姻，但有权利给你建议。婚姻不是细人子过家家，是一生世人的大事，你一定要考虑清楚，结

---

① 目珠：眼睛。

婚证一发，生米煮成熟饭，就不能再反悔了。我晓得你现在听不进任何一句反对话，我们就是把嘴割下来给你，也无济于事。我有言在先，如果你日后后悔了，喔都不要喔到我们面前来！"

父亲扔下一堆重话，就又恨恨地走出房间。做母亲的接着来给女儿上政治课："唉！妹呀妹，天下的好赖子①多的是，为什么你就选中了文生？如果没有亲戚关系，我们也不会阻拦你们，你们何必去冒这个险呢？招子媚介绍了几个，我们认为那个开拖拉机的不错，听说他人很忠厚，又礼貌周全，不会郎里郎当，有手艺又读了高中。妹子人嫁老公千万不要嫁那些油嘴滑舌的，他们只会哄女人开心，实际行动却令女人伤心难过。过日子就得实际一点，爷娭是没有什么文化，但过日子的经验是不会假的，对你的爱也不会假。哪个爷娭不希望自家的子女过得平平安安，开开心心？你要相信，没有一个做爷娭的会去害子女，以后你做了娭哩就会晓得。你好好想想吧，我走了！"

"危言耸听！危言耸听！我就不信我们结婚会有什么麻烦？我就要做一次冒险家，我要证明给所有人看看，我们是真心相爱，我们会过上幸福快乐的日子。对不起了，爷哩娭哩！我相信你们是为我好，以后我和文生一定会孝敬你们，但是终身大事我要自家做主，除了文生，我谁也不嫁！"菊英的泪眼望着母亲有点佝偻的后背，心里在道歉，又在立誓言。

荣贵抽了个空来找林祥安搬救兵。林祥安愁眉苦脸："我的女儿也是个九头牛都拉不回来的倔脾气，我也没办法！"

"这两个家伙，真是鬼迷心窍了。不管了，不管了，由他们去吧，后悔药看他们去哪里买！"

当年的两个生产队长，怎么也想不出办法来，都只有唉声叹气，声言放手了。

唉！生儿育女，希望长大成人后为父母减轻负担，让父母享享清福。可是，长是长大了，却更让我们操心，还小时我们什么都做得了主，如今父母的话他们能听进去哪句？屁都不如！荣贵回到家，发泄·通后，郁闷地摸出烟包，卷上一支自产的烟丝，点着后猛吸了几口，又恨恨地呼出，他要把积压在胸中的冤气和烟雾一起呼出。自家含辛茹苦养大的儿子，鬼迷心窍，为了那个沾亲带故的女孩，可以放弃学业，让自家的希望破灭，他不想光宗耀祖倒也罢

---

① 好赖子：好男孩。

了，路是要靠他自家走，反正如今改革开放分田到户，不愁饿肚子，三百六十行，行行出状元，可为什么就敢拿人生大事去冒险呢？难道他们就不怕以后有什么闪失？如果真应了那些骂人的话，比如"生个子瑞没屁眼，生个妹子没肚脐"，那眼泪就真的拌饭了。

"唉！"自从晓得文生要讨菊英，这个"唉"字不晓得在荣贵嘴里出现过多少次。

"老头子，你唉到天光唉到夜，又能改变什么？他们都吃了屎了，谁的话都不中用了，别唉了，由他们去吧，再逼也许就逼出事件来了。"招妹劝道。

情人眼里出西施，两个情有独钟的青年男女并不再去理会大人们的劝说和恐吓，发誓要破这个规矩。当长辈说客们怀着复杂的心理再去劝说时，他们便各自抛下一句死话，这句死话如一颗重磅炸弹，把说客们的话炸得稀里糊涂，把他们的心炸得血肉模糊："你们不要再劝了，你们看过梁山伯、祝英台的电影吗？他们就是我们的榜样！""你们看过《红楼梦》吗？贾宝玉和林黛玉我特别喜欢，他们情深似海，不改初衷！"

这些长辈说客当然不会那么孤陋寡闻，就是没看过电影，也听过梁山伯、祝英台和《红楼梦》的故事。其实也不用搬出那些古代的人物，农村那些年也还有父母包办婚姻或女方嫌贫爱富悔婚的。不少男女青年失去了理智，对包办婚姻怀着叛逆态度，既然父母不同意，非要坚持他们自家的原则，那么，我们也不能放弃我们自家的原则，不能同生，但求同死，于是，以死殉情的事在农村时有发生。

有女方家悔婚的，如能正确对待正确处理倒也罢了，天涯何处无芳草，只要女方家一五一十退还所得钱财、人工、物品，就可以相逢不下马，各自奔前程，强扭的瓜儿不会甜，很多男青年也能理智地处理好这段感情。不过有些无法正确理智地面对婚姻的失败者，在女方家没有回心转意又不退还一切损失的情况下，男青年便会怀恨在心，采取极端的办法去对付这些无情无义者，生不能做夫妻，死了也要带上你！当时雷管炸药容易弄到手，情场失意的男青年身绑炸药，像一头发怒的狮子再次求女方家不要悔婚，而女方家人斩钉截铁的回答，令他看不到阳光，导火索便拉开了，悲剧就这样发生了。在场的人在震耳欲聋的轰隆声中，结束了所有的痛苦和烦恼。

悲剧发生后，街谈巷议，扎堆闲聊，茶余饭后都在议论这个话题。有些老年人骂这个男青年没素质、没教养，退婚就退婚，有什么可怕的，天下好妹子多的是，还愁没老婆讨，父母养他这么大竟这样舍父母而去？有些人也骂女方家，嫌贫爱富的人就要有人去惩罚，以后看谁敢再这般悔婚？男青年们则对他称拇指，说他这一招为他们今后的求婚道路开辟了一条闪闪发光的柏油路，使他们可以在这条柏油路上顺利到达婚姻的殿堂。

菊英和文生都把狠话当作炸弹扔到了父母面前，做父母的又岂能赶鸡下河——往死里逼呢？

"随他们去吧，一切听凭天老爷做主，但愿天老爷保佑他们！"心里都有疙瘩，都像有块大石头压着，但是因为一向关系不错，时有往来，因此也就客客气气的，男女双方的家长及亲人都在心中默默地为他们祈祷并祝福他们平安幸福。

小定、大定后，公开了恋爱关系，他们光明正大地谈起了恋爱。下城赴圩，一个敢坐，一个敢载。坐在单车后搭上，菊英也敢抱着文生的腰身，幸福地依靠着闭目养神了。

元旦一到，他们就先把事情办了。其时文生还不到法定年龄，就先请客后领结婚证吧。荣贵请本组一位略懂天时地利人和的老人查了一下，说是腊月初九乃宜嫁宜娶的良辰吉日。荣贵说那就这天吧，初九便是九九长。

初八这天，荣贵备了九担礼物，还有红包之类，叫了几个亲房叔伯挑着去了老表祥安家。祥安家的亲朋好友都来了，男家的礼品担子还没到，菊英的母亲便开始哭鼻子抹眼泪了，辛辛苦苦把女儿养大，还没帮上几年，就要嫁到别人家为别人家做家业，传宗接代了；又是近亲结婚，她心里边一直不得安心，谁晓得以后会是什么结果呀？愁肠百结没个安乐，越想心里越难过，越痛心，泪水像是断了线的珍珠，吧嗒吧嗒往下掉。

"皇帝的妹子也要匹配人，又不是天上地下，在同一个大队，走路都不需十五分钟，有什么好喔的？舍不得了她会来，你也可以去，喔得跟走了人似的！"祥安和所有嫁女儿的父亲一样，看到老婆哭得伤心，都会这般说。他毕竟做过队长，文明一些，不会把哭得跟死了人一样直接说出来，而是说跟走了人似的。

"你当然不伤心，妹子是我一把屎一把尿带大的，几个细鬼子还细时，你有给他们擦过一次身，端过一次屎尿，换过一次尿布吗？带大这几个细鬼子，我熬了多少穿心夜你晓得吗？子女是娭哩身上掉下来的肉，你不伤心难道还不准我流泪？”

菊英的母亲一边哭一边忆苦思甜责备老公，祥安赶忙举双手投降："好！好！好！！！你喔，你喔，喔死算了，子女都是你生的，你养大的，我一点功劳都没有。"在这伤心的日子里，他不想和她争功劳，论艰辛。任谁都知道，在那艰苦的岁月里，没有男人，女人又怎能把一窝子女养大成人，送他们到学堂里读书，然后又帮他们成家立业？

母亲伤心难过的泪水流了一瓢勺，菊英却一点表示都没有。有个最要好的姐妹私底下对她说："你不能这样硬性，假意子①也要喔几声，埋埋旁人眼。女孩子嫁老公既是幸福的日子也是伤心的日子，老人家都说，'愿做三朝辛苦女，不做一日闲生媚。'在爷娭身边我们还有撒娇的地方，嫁到婆家，就不敢乱来了，做什么事，说什么话都得小小心心。你不要以为嫁了老公就进了天堂，日后的日子是苦是甜还不晓得呢！想想爷娭的恩情，想想在爷娭身边住了二十年，如今却要到另外一个家和陌生的人朝夕相处，你的泪水就不应该这么珍贵。"

菊英的姐姐菊秀也对她说："听老人家说，妹子人出嫁，喔得越凶，外家就越兴旺。我出嫁时都有五个月身孕了，为了外家兴旺，我都喔到了一半的路程，声音都哑了，来等嫁的人一直劝我不要再喔了，说喔肿了眼睛就不好看了，万一喔得脱了神就更糟糕了，我才强行忍住。就要离开爷娭离开这个家，由主人变成了客人，你难道就不伤心难过？再说，爷娭一直最疼你这个麦尾嫲②，就凭这一点你也要大声喔几句吧？"

"都什么时代了，还兴这个？喔了也要嫁，不喔也要嫁，又不是嫁到外国，在本大队，有什么好喔的？舍不得时才十几分钟就到了。爷娭两样心，为什么妹子人就要出嫁，男孩子就可以为他讨老婆？就凭这一点，我就不想喔，大家嫁妹子都喔得天昏地暗，我咋就没看到有几家过上了红红火火的日子？还不是照样日见天光做到暗③，还不是照样连温饱都成问题？真要是喔了能让外家红火富裕起来，我喔他三日六夜也甘愿。莫迷信了，喔是喔不来财富的。"菊英连珠炮似的回敬了一通。

"石眼，石心肠！"菊秀无奈地骂了一句。

---

① 假意子：假心假意。

② 麦尾嫲：满女。

③ 日见天光做到暗：天亮干活到天黑。

到了深夜三点多，等嫁的鞭炮声由远而近，菊英的母亲又在哭，而菊英还是无动于衷，仿佛事不关己。做母亲的便忍不住数落起她来："菊英，难怪你阿姐会骂你石眼、石心肠，我都认为你是个铁石心肠的人，不管怎么着你出门时也要喔几句，不然日后也还会被人说三道四。"

一切准备就绪，按村里风俗，放鞭炮，打大门，穿红衫，梳头，时辰一到，再放鞭炮打红伞，送新娘出门。见菊英出门时还是不哭一声，为她撑红伞的大嫂在她后腰上狠狠地捏了一下。菊英骂她一句神经病，气得大嫂差点扔下红伞转身走人。

到夫家后，菊英的脸上溢满了幸福的微笑，一整天都兴高采烈，忙前忙后招呼客人。午饭过后，厨师和文生的大哥文昌、二哥文华就把菊英的嫁妆一一打发清楚。按农村习惯，外家亲朋好友的礼物都要打发。打发就是回扣，比如原先得了男家鸡公钱的，就按接六回四给予打发；只吃饼蛋的，就接四回六打发。以前农村人娶媳妇，麻烦得很，为了那几块钱的打发，常常闹得尴尬异常，素质差些的人还会大吵大闹起来。后来，这些烦人的程序才一点点地给免了。

菊英的嫁妆不多，加上祥安提前和亲人说过，如果打发不公，不要大吵大闹，不要把鼓跌到王家，败坏林家的名声，毕竟亲上加亲，不必为了那点小钱扯破脸皮，菊英嫁到王家，这条路日后会走得更勤。而荣贵也提前和厨师及文生的两个哥哥说好了，如有人对打发不满，就一律补到他们满意，大钱都出了，何必在乎那几块小钱？只要不引起争执，钱是人赚来的，已是最后一个生媚了，不必搞得那么难堪，让旁人笑话。因为两边的家长都分相，打发嫁妆这一程序进行顺利。

外家打道回府时，按理新娘也要哭着相送，但菊英也自作主张地给移风易俗了，她只把外家送到楼下，就转身上楼了。这在当时的农村人眼里，是大逆不道，不尊重外家。不少人难以理解菊英这一行为，背后说："哼，嫁老公几乐意？有新床新被新腔，有烧有暖了，她喔得来吗？笑都笑饱了！自家两公婆好了，哪管外家好不好？"

婚后，小夫妻如鱼得水，形影不离。菊英转外家，文生也护驾；文生做事情，菊英去帮忙，一个煮菜，一个添柴；菊英去溪里洗衣服，文生有时也帮她提。两个人有说有笑，甜甜蜜蜜，令其他年轻夫妻很是羡慕。

一晃半年，菊英有了妊娠反应，全家人都高兴，文生就不准她做重活了，荣贵和招妹当然也不让做，连文生的二嫂玉兰也关怀备至。

"菊英，你现在有了身孕，辛苦水就不要去做了，有我们呢。家中劳力也不少，如果你认为要活动活动，以便生产时快些，轻松一些，就做些轻松的吧，比如扫扫地、煮煮菜，但也要注意，免得累着了。"

嫂子如此关心，令菊英非常感动，她动情地说："嫂，我晓得，我会尽量注意，只是看到你们这么辛苦，我心里过意不去。这样吧，田地里的事你们做，家里的事就包在我身上，我来做后勤部长，保证让你们回到家中有饭吃。你们也不要太辛苦，多分一天来做也不迟，别累坏了身体。"

做嫂子的一听这些暖心窝子的话，也心头一热，心里暗暗发誓一定要尽量关心她，宁愿自家多辛苦一些。

瞧吧，这就是文生一家的和美之态，可说是鼓瑟鼓琴，笙磬同音。这主要还涉及上梁正下梁才不歪的道理。荣贵是生产队长，是个"土皇帝"，人缘好，名声好，前妻第二胎难产而死后顺利讨得了现任夫人招妹。有人开他玩笑说，像你这样好的人续上几次弦也没问题，荣贵笑骂："你们以为死老婆讨老婆光荣吗？真是一群癫古[1]！"所谓人以类聚，招妹确实也是个善良之人，待荣贵之子文昌如己出，后来自家有了文华，也还是一视同仁，人人都夸她不像个"后来娭"[2]。

同父异母的哥哥文昌，在文生没讨老婆时就已分家，生了一男一女，四口人住在祖屋里。屋里还住着祖父母，两个上了年纪的老人一向疼爱文昌，帮他照看孩子和家。文昌夫妻对老人也好，有什么好吃的都不忘老人。文生的胞兄文华娶亲后，一直还和父母一块儿过。善良勤劳的二嫂玉兰任劳任怨，从未想过文生的老婆没讨，得分家另过。文华在煤矿做事，领了工钱留一部分交给玉兰，以防万一，其余的都交给父母，说存起来为文生结婚所用，玉兰也从不干涉。这在农村是少有的，因此，玉兰得到了大家的超赞，她只生了两个女儿，就响应了计划生育的号召。

文生自娶菊英后，生活也是和和美美的。文生辛苦工作维持生计，媳妇也常和家娘、二嫂玉兰一起去田里地里做事，不懂的地方她们都会耐心教她。

---

① 癫古：疯子。

② 后来娭：后娘。

菊英第二年生下一个带把的，全家人都非常高兴。文生看到白白嫩嫩的胖小子，乐得睡目都在打酷笑。他一点也不嫌弃房间里的气味难闻，坚持每晚亲自照顾菊英，白天才转手给母亲。那时的产妇，是在自家的床上生小孩，也都由本村的接生婆接生。接生婆虽有经验，但总没有现在在医院里生小孩安全保险。

菊英担心他睡不好，说："你白天做得辛苦，晚上就另外睡吧。这房间里的味道不好，细鬼子换尿布又会麻烦你，还是让姨娅和我睡吧。"

"没关系，没关系，脏怕什么！自家老婆的产房有什么好嫌弃的？我睡在老婆子哩身边安心些，要我一个人睡反而更加睡不着。"

听文生这么一说，菊英也就不多说了，一股暖流从心底油然生起，她动情地握紧了他的双手，柔情似水的眼睛久久地瞧着文生。

"你莫这样挑逗我，莫紧让我控制不住做错事。"文生开玩笑地说。菊英捶了他一下，昵声说："你敢！"

老婆坐月子时，多数男人都不愿同床，不管卫生搞得多干净，洒了多少花露水，产房的味道都是不入鼻的，加上要留心产妇和小孩，男人们更是能推则推，让有经验的母亲去照顾。日后在婆媳之战中，有些做家娘的便这样骂生媚："没良心的乌头虫子，失本良心的妇人家，你坐月子时我日夜照顾，照顾得你这么全面，到今朝日子你就忘了，不念今日也要念往日，你这么忘恩，会有什么好报？"如是耳闻目睹多了，不少做媳妇的就尽量自家照顾自家，或者叫上母亲来照顾，再怎么着，做母亲的都不会这么骂亲生骨肉。有不少产妇，生下小孩没几天，就自家洗衣服，浸多了冷水，导致后来得了严重的产后病，害了自家更害了家人。

菊英心里是矛盾的。她体谅老公白天干活，晚上还要照顾自家，要给小孩换屎片尿布，确实辛苦。不过她又希望文生照顾自家，这样可以说说话解解闷，又可避免以后家娘的居功自赏，万一以后家娘也和别人的家娘一样那般骂自家，该怎么应付？这样一想，她就不再叫文生睡外间了。

刚到十二朝[①]，文生半夜给小孩换尿布时，发现他小脸苍白，呼吸急促，让老婆喂奶他也不要，吓得他急忙来敲父母的房门。

"什么事呀，半夜叫醒我们？"荣贵心里已预感到有什么事了，不然文生

---

① 十二朝：十二天。

不会这么急切地叫醒他们，但他嘴里还是这样问。

"宝宝发高烧，又不吃奶，怎么办？"文生失了主意，这边没有医生，要去找医生得翻三座小山，山上又不干净，有不少新旧墓地呢。

"还怎么办？赶紧包好宝宝，直接去焕贞家，细鬼子的病，耽搁不得，快！我陪你一起去！"荣贵说着已穿好了外衣。

文华和玉兰听到文生喊荣贵的声音，晓得有急事，也赶紧起床穿衣，来到文生房间。问清事由，文华让父亲别去，他陪文生去就好了。

"菊英你莫急，到了焕贞大伯家，叫他给宝宝打上一针就没事了，我们很快就回来！你坐月子不能流泪。"文生抱着宝宝，边走边安慰眼眶里盈满了泪水的菊英。

菊英喉咙哽咽，点点头"嗯"了一声，文生一出门，她的泪水便像决了堤的洪水。"莫急，莫喔①，坐月子不能出目汁，焕贞是个老医生，有经验，很多疑难杂症他都能治好，你放心！"玉兰安慰菊英，她心里也着急，和家娘一直陪着菊英，还问她要不要吃点心，要的话，她去煮几个鸡蛋。菊英摇摇头，宝宝有病，她就是肚子饿，又怎么吃得下？

在菊英的坚持下，玉兰和家娘说了几句安慰话，回房休息了。她们一走，菊英怎么也睡不着，好的想不到，净想坏的，宝宝刚到十二天就无缘无故半夜发烧，这会不会就是没出五服结婚的原因？如果是，那会怎么样？宝宝能挺过来吗？这次能，那么以后呢？以后会不会经常得病？

"宝宝，我的宝贝，你一定要挺住，宝宝，对不起，是爸爸妈妈害了你，也许我们真的不可以结婚，可是我们都深爱着对方，我们都不能失去对方呀！上天呀，放过我的宝宝吧，如果要惩罚，一切都由我一个人承担吧。"

菊英一个人在房间里，泪流满面，心如刀绞："宝宝，你一定要坚强，一定要闯过难关，你不能让爸爸妈妈伤心难过。"她发疯似的念叨着，祈祷上帝保佑宝宝，所有的病痛她都能够承受，只要文生和宝宝平安无事就好。她唯恐不虔诚，便走出房间，对着夜幕，对着星星默默地祈祷。

才两个小时，却让菊英好像过了半辈子。文生兄弟一上楼，她发疯似的抱住宝宝，失声痛哭。

"莫喔，莫喔！说了你不能喔，怎么不听呢？没事了，没事了，焕贞大伯

---

① 莫喔：莫哭。

给宝宝打了一针，喂了药，没事了。"文生安慰道。

"文生，你不晓得我有多担心啊！"

"我晓得，我晓得，宝宝是我们的爱情结晶，是我们的精神支柱，是我们的希望，我和你一样担心。不过，如今医学发达、医术高明，什么疑难杂症都能治好，你就放心吧！"

听文生这么一说，菊英的心里才稍微好过了些。她低下头轻轻地亲吻了一下宝宝，滚烫的泪水滴落在宝宝稚嫩的略微有了点红色的小脸上。小家伙皱了下眉头，小脑袋左右摆动，菊英忙用手为他擦干。

满月一过，文生再次把宝宝送到焕贞医生家。这次，焕贞对他说："细鬼子的病大意不得，最好把他送到县医院。县医院设备齐全，什么问题都能检验出来。"

文生想想有道理，就把宝宝送到了县医院。经诊断，宝宝为先天性心脏病。看着处于危险状态的宝宝，文生和菊英欲哭无泪，双方的亲人也非常着急，纷纷拿出为数不多的存款，给宝宝治病。

在医院住了半个多月，宝宝的病时好时坏，经常连吃奶的力气都没有。医生都认为宝宝没有多大的希望了，但文生和菊英不灰心，他们说，就是把自家卖了也要给宝宝治病，只要还有一线希望，就不能放弃。文昌和文华也都帮着想办法，变卖家中值钱的东西。

一个月下来，文生医院、家里两头跑。家中的农活文华和玉兰全力应付，荣贵和招妹也忙得没个朝晨当昼①。

文生和菊英这时认为，这是近亲结婚的惩罚，看来快出五服了也不行。他们也做好了思想准备，如果宝宝救不活，或治不好，以后他们就不再生了，免得全家受苦受折磨。

经过医生们的一番努力，宝宝奇迹般活过来了，全家人松了一口气。但医生明确告诉他们，宝宝的病会时常复发，稍有不慎便有可能小命不保，要是小命保住了就谢天谢地了，等到十岁左右可以动手术，手术后他才能过上正常人的生活。

文生和菊英一听，只要小心加谨慎，宝宝的小命就能保住，他们在悲痛自责之余又满怀希望，如今医术高明，宝宝手术后也可以生活在阳光雨露下。

---

① 当昼：中午。

257

宝宝取名康顺，意为健康顺利，大家都叫他顺顺。这以后，顺顺每年都要住一两次医院。他是个贪玩的小孩，有时玩得过火一些，就会面色苍白，气喘吁吁，有时就是走一点上坡路也会喘不过气来，经常把全家吓得比他自家还难喘气。那些年，全家人都在为他劳心劳力，把辛辛苦苦种烟、养猪养鸡鸭养牛兔和卖谷子的钱，几乎都花在了顺顺的身上。

　　这个时候，一家人还是相亲相爱，无纷无争。是为骤雨前的宁静时光，特别具有怀念价值。

　　"骤雨"过，矛盾乱撒，打遍了家里的每一具血肉。矛盾从何起？村里人后来才知晓，菊英和家娘、嫂子玉兰之间突起矛盾，系因一个多事歪心的人挑唆。此人和招妹曾因放水发生争执，这些年看玉兰这么通情达理，菊英来后又一直没见闹分家，而自家三个儿子都是讨了老婆便分家，她气不过：凭什么招妹就那么好过？凭什么招妹的钱财就那么有目①，讨的生媚个个听话，又合得来？不行，我得让她们发生点什么！

　　所谓"土人多作怪"，这个看起来十足土气的人，肚里还挺多歪刀子，破坏人家婆媳妯娌关系的坏主意在心中暗暗酿造。

　　一天，招妹和玉兰外出做客，这个老女人便寻机找菊英挑拨离间了："菊英，你也太善良了。你家娘是个假好人，以前她细人子还细时就是装好人，不然文昌一讨老婆为什么就会分开过？还不是怕你家两个老鬼当家不得自由。早分家早安乐，分了家，做的什么都是自家的，想买什么就买什么。钱财被老鬼控制了，你想买个卫生棉也得向他们要，连转外家都要由他们布施。你看我家生媚，个个比狗条子还精，入门不到一年就分家，我们也不拦着，分了家也好让他们有事业心。你家老鬼就是不肯放手，其实早就该让你们自由发展了。钱财老由老人掌管，谁受得了？你老公不出门，天天和你们一起做田地里头的事。你二哥在煤窑做了钱，交一点给你家老鬼，其余的都交给老婆，以后他们要做屋，就存够了钱。你却什么都没有，你早就应该分家了。"

　　"我家顺顺还不到四周岁，又经常发病，分了家我还不晓得该怎么过，又要看小孩又要做事，怎么过？"

　　"怎么过？大家都不怕饿死，就你怕？你家文生一把强劳力，还愁没好日

---

① 有目：有眼。

子过？分了家，两个老鬼照样会帮你照看顺顺，顺顺是他们的孙子，他们都愿意把心挖给他吃，还愁会让他饿着冻着？哦，对了，你家顺顺的身体会这样，可能是因为吃了你家娘的老奶菇①。"

"什么，顺顺吸了我家娘的老奶菇？这是什么时候的事，你怎么晓得？"

"我也是听桂秀说的。你顺顺断奶是不是下半年割禾时？"

"是呀！"

"桂秀那年不是和你们交换工日嘛。她告诉我说，她那回和你嫂挑了一担谷子回去晒，看到你家娘在喂顺顺吃老奶菇，见你嫂和桂秀挑谷子回来，忙放下上衣，不好意思地解释，说顺顺断奶喔得凶，怕他喔得发病，就把老奶菇给他吸，结果他就不喔了。我想，你家娘肯定经常这样做，不可能才一次就行衰运被玉兰和桂秀撞见。"

"真个会气死，老鬼怎么能这样！五六十岁老女人的奶菇，有的也是黄水了，她这样做，就不怕把顺顺害苦，不怕把我们害苦么！气死我了，一想到就恶心，等文生回来，一定告诉他。还有，我嫂子和桂秀怎么不告诉我，万一老鬼天天都这样，那我顺顺会怎么办？真个瞎膛②，一点常识都没有！"

菊英"老鬼老鬼"地叫，令那个歪心肠的女人暗自高兴，以前她的生媚这样叫她时，招妹曾说过："要是我家生媚这样叫我，我不巴子古③扫她几个，我就跟她同姓。"这下好了，让她改姓吧。

"玉兰和你家娘同一个鼻孔出气，她会告诉你吗？听讲你坐月子时，你家娘还会把你吃的鸡肉偷一些给她吃呢。"

"不会吧？我几次都叫她们也吃一些，她们都说不要。"

"她们私底里吃了，当然就不要了。你想想，你在房间里，她们吃了你晓得吗？鸡肉几好④吃，几有⑤营养，鬼信她们忍得住。你看到滚烫的鸡子酒，你忍得住吗？"

菊英一听，心里的火更大了，怪不得照顾得我那么全面⑥，原来是有利

---

① 奶菇：乳房。
② 瞎膛：瞎掰。
③ 巴子古：巴掌。
④ 几好：多好。
⑤ 几有：多有。
⑥ 全面：周到。

可图。

那个女人已经看出菊英开始恨心家娘和嫂子了，怕招妹和玉兰找她算账，更怕邻居们说她挑拨离间，遂又低言轻声神秘兮兮地说："菊英，我是看你随便，怕你吃亏，才告诉你这些的。讲实话，我是爱你好，不然也不会告诉你这些，你千万不要说出去是我说的，不然你家娘和嫂哩准找我拼命。"

"你放心，我不会讲出名姓，我就说听别人讲的。"

"这样就好，不然以后我再也不搭①你的事了。"

女人撂下话走后，菊英越想越气，一气眼泪就流了出来。这个被姐说成石眼、石心肠的人，自从生了个先天性心脏病的儿子，已打破不流泪的常规，现已变得非常脆弱，动不动就流泪了。有时文生声音稍微大一点，她就以为是对她发火，就会情不自禁地流泪，甚至哭出声来，弄得文生经常莫名其妙。

这天晚上吃饭时，菊英脸上乌云密布，全家小心翼翼地逗她说话，她就是金口难开。文生心里很恼火，这女人，又不知道哪条肠子弯了，但在饭桌上，他也不好发火，只好低声下气地问："菊英你怎么了？是哪里不舒服吗？不舒服你就说出来，不然全家吃饭也不香。"

"我说出来了，有些人会不好意思，还是莫说出来。"菊英吊大家的胃口了。

文生说："我们全家都是善良的公民，从没做过偷鸡摸狗的跌鼓事，有什么不好意思的？是不是你又听到什么鬼话了？你这人怎么这样，总相信别人的鬼话，别人说我杀了人你信吗？"

"问你媄哩，做过什么好事？"菊英气呼呼地白了家娘一眼。

"我媄哩好事做得数不清，你指的是哪样，她做好事你也生气？"文生晓得菊英嘴里的"好事"其实是反义词，但他想让她知道母亲是个经常做好事的人，所以才会引起某些人的嫉妒和不满。

"顺顺断奶时，她让顺顺吸她的老奶菇，害得顺顺一年都发病两三次。"

"你听哪个说的，姨娅怎么会这样做？"文生不相信母亲会这么愚昧。

"你不要问我是听哪个说的，有没有这回事你问她。"菊英边说边把不怀好意的眼光投向玉兰。

---

① 不搭：不理。

玉兰慌得忙低下头，不知该说还是不该说。

"不用问你嫂哩。我承认，那次因为顺顺的奶瘾来了，一直喔，给他吃米糊也不要，我怕他又喔得脱神就把老奶菇给他吸，他吸了就不喔了。没想这时玉兰和桂秀挑谷回来晒，被她们看见了。玉兰还责备了我几句，说以后不能再让顺顺吸老奶菇，老奶菇里面的都是黄水，有毒。我也就这一回，以后就不敢再这样了。"招妹说完，还真不好意思了，一口饭都没吃，就离开了饭桌。

一直沉默的荣贵开了口："你娭哩是做得不对，但她的出发点是好的，孙子喔得厉害，她也心痛得厉害。说实话，如果可能，她的心也愿意挖出来给孙子吃，公呆娭驰①对孙子的爱，绝对不会输给你们做爷娭的。这事过去了这么多年，菊英，你也不要再生你家娘的气了，一般细鬼子断奶，奶瘾大喔得凶的，都曾吸过娭驰的老奶菇，也没见几个小孩有什么不好。"

"一想到就恶心，早晓得她会这样，我就自家带。"菊英怎么也不愿原谅家娘。

这事查实后，菊英对家娘就有了厌恶感，对嫂子也有了鄙视和戒心，几年了，她居然一直包庇着老鬼，隐瞒不告，她这是什么意思？是想讨好老鬼，以后多分一点家产和田地？还是因为自家没生儿子，见我生了儿子怕日后家娘家官会把田地或家产多分一份给我儿子？她这是嫉妒，怕我多分家产，对，肯定是这样！这女人，表面上尽是好人的模样，心里边却坏透了。

菊英对家娘和嫂哩吃鸡肉的事倒可以原谅，这么多田地，多亏了她们，如果跟不上营养，体力透支，荒了田地一家人就会陷入粮食和经济危机，这么辛苦地忙碌，家里养的鸡，给她们吃上一碗汤那是应该的。

无论文生怎么劝，菊英对家娘给顺顺吸老奶菇的事就是不能原谅，她同时还不能原谅嫂子玉兰的包庇罪。如果那天不是听家娘说玉兰曾就此事责备她，菊英也会一辈子恨她！

文华一向疼爱侄子，一直把顺顺当儿子看，每次赴圩回到家，总把等路多分一些给他。

"对待自家的女儿都没侄子好，你就差没把心肝挖下给他吃了。"玉兰见老公这么疼爱顺顺，心里有点酸，怪只怪自家肚底不争好，只为他生了两个妹子，她当时也不想去做绝育手术，想再添个带把的，是他自家说不要再生了，

① 公呆娭驰：祖父祖母。

261

生儿生女都一样，生女也有三两福，万一又生个妹子负担就更重了。

文华听了玉兰的玩笑话，就说："如今计划生育，不能多生，子和侄都一样亲，以往一对夫妻一生就是一大伙，现在兄弟几个的子女加在一起都没以前一对夫妻的多，别把子侄分得那么清楚。把子侄当子女看待，以后他们心里也会有我们的。"

玉兰听了，心里也好受了些。

他们的小女儿还不懂事，有次和几个小朋友玩在一起时，当面说顺顺："我爸爸买的等路，凭什么要多给你一点？你爸爸买的为什么不多给我们一点？你爸爸自私，是个小气鬼，你是猴吃鬼^①。"

顺顺听了，哭到父母面前："阿姐骂爸爸是小气鬼，骂我是猴吃鬼。呜……呜……我没猴吃，是细伯自家给我吃的，呜……呜……"

见顺顺哭得伤心，菊英怕他又犯病，就一把搂住他哄说："宝贝莫喔，以后不要再吃他们的等路了，你想吃什么，告诉妈妈，妈妈给你买好多好多好吃的，不给阿姐吃，猴死她们！"

"你怎么能这样教育细人子呢？同在一个屋檐下，同一张桌子吃饭，同一把勺子打汤^②，有可能不吃自家人的东西吗？大人都做不到，莫讲细人子。细人子接受能力强，千万不能瞎教育。"文生生气地说菊英。

"好！好！好！你能，你有本事，那子哩就交给你去教育了，你的量度大，我可没有量度，每天都看人家的脸色过日子，我受不了。"菊英把顺顺推到文生身边，脸上布满了白霜，厚得连机关枪都打不进。顺顺莫名其妙地看着她。

"谁给你脸色了？是你自家给人脸色，一家人都主动和你搭腔，连老爸和姨娅都和你搭腔，可你给过人家好脸色吗？你这人怎么能跟猪八戒一样倒打一耙？"文生生气了，他最怕一家人离心离德，一家子生活在一起，有福同享，有苦同当，那才叫幸福快乐；和和美美，有讲有笑，那才叫开心，那才叫生活！

文生向来孝顺父母，尊敬哥嫂，如果不是靠着他们，自家真不晓得会把日子过得怎么样。

---

① 猴吃鬼：馋猫。

② 打汤：盛汤。

"总不至于讨吃吧？大家都要过日子，难道没有他们，我们就会饿死？"菊英没好气地回敬，她最讨厌文生说是他们连累了全家。

"你想想，哥和嫂如果早分家，他们的日子会是现在的样子吗？说不定他们都有不少的存款了。为了顺顺，他们尽了最大的力了，嫂嫂日见天光做到暗，本来身强体壮的她，如今都瘦得差不多跟你一样了。特别是到了正六月，她就过不了热，经常吃不下饭，可还是天天坚持做。她刚嫁给哥时，可精神了，哪会像现在这个样子？如果他们分了家，会这么辛苦吗？她是家里的火车头，田里地里全靠她，一有空，还要上岭割芦萁、斫樵，菜园地埂、灶头锅尾还哪样也少不了她，朝晨起来得洗一家人的衣服，一洗就是一担，而你有时连自家的衣服都不洗。要是叫你像嫂嫂这么做，你早闹翻天了！"

"好啊，你竟然这么夸她，这么看衰我！她这么好，可惜她又是嫂哩，不然你可以离了我去找她。"菊英口吐脏话，她最讨厌自家的老公夸别的女人。

"你怎么这样说话呢？你变了，变得越来越死乌，越来越难讲了。"文生生气地指着菊英说。一直以来，他都是非常尊敬嫂嫂的，他不愿菊英对她有所污辱。

"你变了我才变，以前你说全天下的女人就我好，现在全天下的女人就我坏了是不是？"菊英步步紧逼。

"唉！说不清了，跟你说不清了，我不跟你说了，再说又要吵架了！"文生投降了。

情人眼里没有不出西施的。谈恋爱时，情人的缺点都是优点，都是可爱之处，即使说些不通情理的话也可以理解，可以原谅。结婚后，家庭成员多了，老人孩子，兄弟梓嫂，亲戚朋友，人情世故，还有各种各样想不到的原因，使得很多夫妻产生矛盾甚至反目成仇，各奔前程。风雨同舟的夫妻固然不少，但大难来时各自飞的同林鸟也屡见不鲜。还有不少男人饱暖思淫欲，舍妻儿，弃父母，不奔小康奔发廊，甚至在外面租房子养二奶，婚前所有的山盟海誓早已忘之脑后不知去向，还大言不惭地说，恋爱时小鸟依人、形影不离如胶似漆的可人儿，因岁月风霜爬满了黑斑，整天都在眼皮底下晃来晃去，连食欲都跑掉了，何来性欲？这些年，农村的赌风又浓，五花八门的赌法大家一学就会，有些男人更是把家当成了旅馆，赌赢了进发廊，家中的黄脸婆就无人问津了。

相比之下，文生和菊英的感情还是不错的，尽管因顺顺的病，把他们搞得焦头烂额、寝食难安，但他们从来就没想过要舍对方而去。骂归骂，吵归吵，骂过吵过后，夫妻俩照样睡在同一张床上该干吗干吗，白天照样同去同归往返于田地里，即使后来两人开始骂上了"短命嫌""短命子"，但共同的目标还是让顺顺健康成长。有次吵骂时，文生说出了狠话，说要把菊英休了，换个通情达理的。菊英并不生气，还将他一军："现在你还没这个能耐，等有能耐了，我会自觉成全你。"

因为心里有了疙瘩，菊英就想着分家："别以为分了家我们会饿死，我们也有手有脚，不信做不成家业。"文生不同意分，说没理由提出分家，到了时候，父亲会有主意，顺顺还小，傍大几年再说。菊英便赌气不干活，天天睡到日头晒屁股，有时带上顺顺住娘家一星期也不回，要文生七拐八拐才回家。

玉兰一直勤勤恳恳操持家务，在所有的农活上都是主力军。文生体谅嫂子，尽量不让她烦心。玉兰看在小叔子的分上，也尽量忍着，希望菊英良心发现。菊英却故意要让矛盾恶化，地脏了不扫，衣服只洗自家的："我就不信，你们的忍耐会没有限度！我天天好吃懒做，看你们能忍几时？"

玉兰实在受不了了，对文华说："既然菊英想分家，就分吧，这样你一个面目①，我一个面目，在一起过日子有什么意思？不但没好处，反而会更糟糕。我看她是铁了心要分家，不然不会连家娘有病也不起来帮忙，再这样下去，我不累死也会发癫，我感到心累。"

"我也晓得你很累，我也心疼你，不过我认为顺顺还小，又多病，分了家，文生会很辛苦。大家住一块儿，也好有个照应，鱼傍鱼水傍水，菊英是懒点，但会做的她也做了，心情好时也勤快，我是想等顺顺的病好转些再分。"

"可是你再思量人家，人家也不识好，还以为你有什么目的。分了家，各人都有事业心，该帮的我们照样帮，不也一样吗？"

"再看吧，如果确实合不来，那就分吧。"文华颇为伤感。他也预感到，这个家已经风雨飘摇，无法再坚持了，后院起了火，矛盾就没法控制。

兄弟是同一个胞衣窟②的人，还好说些，但梓嫂是外姓人就不太好商同③了。因为心里都不痛快，脸色不好看，语言比霜还冷，动作更是轻不了，有气

---

① 面目：脸色。

② 胞衣窟：娘胎。

③ 商同：商量。

嘛，谁能轻手轻脚！

天刚蒙蒙亮，玉兰就起床挑水，洗衣服，还去地里浇了菜。回家后，只见家娘烧火煮食忙前忙后，菊英还没起床，三个小孩却已经去读书了。玉兰心里有气："她是父母生养的，是个宝，难道我是鸡嫲孵的吗，我就该做？哼，这家你不分我也要分了！"

吃饭时，玉兰拿饭勺的手抽筋，饭勺掉在地上，捡起来洗时，又把一只铜的水勺碰撞掉地。菊英当时正端了碗出门，感到嫂嫂的这些动作都是针对自己的，心里不痛快，出了门，就恨恨地把门口的一只铁桶踢得"咚咚"响，还滚出老远。"咚咚咚"的声音刺耳又动听，可是这动听的声音却让全家人的心里蒙上了一层灰尘。大家一言不发，心照不宣地吃了个半饥半饱。

当晚，荣贵就把文华、文生叫到自家的房里。他想了一整天，决定把家分了。

文华和文生坐在父亲的床沿上，默默无语，他们的心里都很沉重，不好先开口，还是让父亲说吧。

荣贵抽完一支自产自卷的烟后，把烟蒂丢到垃圾桶里，然后故作轻松地说："依我个人的看法，这个家就不要再撑了，分就分吧。在一块儿生活了这么多年，已经很难得了。原先我还以为也会和别人家一样，讨一个分一家，可事情却出乎意料，我想都不敢想，一家人能在一起住这么多年。也许这应该归功于玉兰，是她带好了头。真的，文华能够讨到玉兰，是福分，也是我们王家的福分。至于菊英，本质上也不坏，相信只要对她好，等岁数多一些，她也会明白事理的。文生你要耐心一些，给她一些时日。分家也不是什么坏事，更不是跌鼓事，树大了也会分枝。分了家，你们都会有事业心，有家庭观念，不会依赖家人。但分家不能分心，一家人有困难，大家都要帮来帮去，不要计较个人得失，目光要放长远一点。富贵没有根，贫穷没有柄，每个人都会有艰难的日子，也都会有春光①的时候。兄弟梓嫂之间，不要斤斤计较，你们兄弟也要各自管好自家的老婆。老婆当然要疼爱，但男子汉大丈夫，再爱老婆也不能失去原则，不能变成'妻管严'，我们王家不能阴盛阳衰！"

"爸，这个你放心，我们不会吵打杀的。兄弟血脉相连，我们一辈子都会

---

① 春光：幸福，看到光明。

合合适适的，有困难绝对会帮去帮转①的。"文华安慰父亲，他晓得父亲是个极爱面子的人。

"要分就分吧，再不分也会出现矛盾了。菊英是个倔脾气，我担心她会伤害大家，分了家，让她受受苦头，嫂嫂也不会很辛苦了。只是要分家，爸和姨娅怎么办，跟哥住还是跟我住？"文生心里没底，他也晓得，就现在的条件和情况，父母绝对不愿跟自家过。

"现在，我们还有能力，为了大家都方便自由，我们两个就自家过吧，以后老了没能力时，一切都要靠你们。"

文华心里一酸，赶紧说："爸，你就放心吧，生儿育女就是为了防老防疾病，以后你们真要是老了病了不能自理时，我们会负责到底的，你们就别想得那么多那么远了。"

"是呀，爸和姨娅不要有思想负担，有我们吃的，就绝对不会让你们饿肚子。"文生也安慰道。

招妹听了文华兄弟俩的表态，心里的一块石头落了地："这样就好，只要有你们兄弟这几句话，我们就放心了。分了家你们也要商商同同，不要让别人讲闲话，人争一口气，佛争一炷香，你们要扎扎手手②，做起家业。文华的细人子十多岁了，比较懂事也会帮些忙了，我也放心了。顺顺还小，又多病，菊英做事也不如玉兰，分了家，我就怕文生受累。不过，只要我们有能力，我们也会帮一些轻的。"

"抽个空，全家人坐一起商量怎么个分法吧。爷娭也没什么家业，但是十个手指都有长短，要怎么分，你们兄弟先商量。膝头不长肉，贴不上肉，想过小康，得靠你们自家努力。家里有多少屎尿，你们一清二楚，什么事都有高低，不可能两全其美。你们兄弟好说话，梓嫂之间可能就不那么好说了。如果她们背后说风凉话，你们要耐心和她们说道理，不要发脾气。玉兰随便大方，也比较开通，相信她也不会去计较；菊英书是读得多些，但世情道理知晓得少，不如玉兰，且心眼小，脾气倔。文生要掌握火候，对她要动之以情，晓之以理，迟早她也会改变。"

大家都晓得，荣贵是个搽粉上吊——死要面子的人。人爱面目树爱皮，多

---

① 帮去帮转：帮来帮去。
② 扎扎手手：勤勤恳恳。

少年来，他都以儿子听话、生媚合适引以为荣。大儿文昌虽是他和前妻所生，但招妹也为他操碎了心。文昌结婚后，考虑父亲和继母负担重，房子不够住，主动提出分家，回祖屋住。即使这样，在文昌的老婆生小孩时，招妹也尽心尽力地照顾了，这让文昌夫妻感动之至。虽然文昌夫妻从没说过荣贵偏心，但荣贵心里一直很是愧疚，觉得欠了文昌的。

第二天晚饭后，荣贵在厅堂里召开了家庭会议，文昌夫妻也参加了。

"玉兰、菊英，昨夜晡我和文华、文生商量了一下，决定把这个家分了。讲实话，你们两梓嫂能够在一起生活几年，我是很满意的，你们给我争了气，让我这张老脸有了光彩，我得感谢你们。"

"爸，你别这么说，有缘分才能成为自家人，如果没那个缘分，我们是谁大家都不认识，一家人就不要客气了。"玉兰真诚地说。

"玉兰，这些年你辛苦了，爸心里有数。这次分家，我也没什么好说的，只希望你们都大度一些，不要鸡肠小肚，一切都要靠自家。我和你家娘没什么本事，没挣下什么家业，有一些东西也是不值钱的。但作为我们的子哩生媚，就是当作纪念你们也不要嫌弃。还有，我和你家娘也想好了，我们自家过，这样大家都自由方便一些，以后老了生活不能自理时，你们再看着办。这个家就分为三家了，以后有事大家还是应该互相照应，分家不能分心，兄弟梓嫂团团结结，外人也不敢欺负。家里的东西，不管好坏，都由人口分配，你们认为合适吗？"荣贵说罢，把询问的目光投向玉兰和菊英。

玉兰说："爸，你说怎么分就怎么分吧，我没意见！"

菊英说："有意见又能怎么样？我们哪敢反对你，分就分吧，再差劲儿我也不会饿死，不分反而会认为是我连累了大家。"

"菊英，你不这样说话难道会死吗？"文生喝道。

"我哪里说错了？本来就是，有人认为我们占尽了便宜，以为我们没本事，养不活自家。我就不信，活人还能让尿憋死！"

"你……"文生真生气了，很想扇她一巴掌。这个女人，怎么越来越不像话了！

"算了，算了，不要再说了，家迟早都是要分的，分家也不是什么坏事，只是分家也不要像其他兄弟梓嫂那样吵得鸡飞狗跳，伤感情的话不要说，毕竟是一家人，分家也要和和气气，为了争个碗而吵得面红耳赤不值得。我看还是我来分配，有意见冲我来。再怎么着，现在我还是一家之长。我做老人的，尽自家的能力，只要是能力范围的，我也尽量满足，能力之外的，就做不了主了。"荣贵一口气说了一大堆话，因为心情比较郁闷，说完也就有点吃力了。

文华赶紧倒了一杯温开水，荣贵一口一口喝下去，然后还用舌头舔了一下嘴唇。菊英看不惯他的这个习惯，心里边哼了一句，还拿白眼瞧了他一下，一副非常厌恶的神色。大家只看着荣贵，并没注意菊英，只有文生看到了，他听菊英说过，她最讨厌的就是荣贵这个像狗一样舔舌头的动作。

"家里有两头猪，都上百斤了，就分给你们吧。文华是老伯①，得让老弟先挑，没办法，自古以来都是哥让弟，文华、玉兰，你们没有意见吧？"

"没意见。"文华和玉兰异口同声地说。

"那就好！"

"估计家里还有一千多斤谷子，按人口分，每人一百斤，如果有多②，还可以多分一点给你们，你们认为怎么样？"荣贵问。

"一百斤接下半年已经绰绰有余了，不到一个月又要割禾了。"玉兰说。

"人是绝对够吃，但你们也要养几只鸡鸭，有多的话肯定还会多分一些给你们。"

"家里的碗头碗筷也不多，就分给你们暂时用，一家分一桌的碗筷吧，以后你们自家再慢慢置办。还有其他物品，都平均分配。这些年，因为给顺顺治病，钱就没有了，还欠着姑姑的五百块钱呢，这就不要你们负担了。年轻人要缴子女读书，要做事业，负担比老人重，这点钱我们会还。最主要的是田地，田地有肥有瘦，有大有小，有水头田有旱田，有门口田有山田，很不好搭配。这样吧，田地就由文华兄弟俩商量怎么个分法，如果没意见，改天抽空就去划分，到时你们几个都要在场，免得日后又有意见。"荣贵尽量把话说得清楚，免得留下后遗症。

"昨晚睡不着觉，我就把田地整顿了一下，初步作了搭配。文生、菊英你们看一下，如果认为搭配得不好，可以提出来，大家重新搭配。不过，再怎么搭配，都不可能十全十美，兄弟之间，求个大概就行。再怎么肥沃的土地，也是要靠自家耕作了才有收获。"文华说着，从裤袋里拿出一张皱巴巴的纸，当然是田地的搭配方案。

---

① 老伯：兄长。

② 有多：有剩。

荣贵伸手拿过，戴上老花镜审视一番，然后递给文生，说："我看，这样搭配很好！"

文生看毕，递到玉兰手里，玉兰又递到菊英手里。菊英看完放到桌上，文昌起身想拿过来看一看，被老婆扯住了后衣角，文昌看她一眼，她使了个眼色摇了一下头，意思是，他们分家不关我们的事，别多事，莫让人背后说我们跟哪个好，让我们参与就已经看重我们了，我们尽量不要发言，装好人不会犯法。

"我看这样搭配好，那两丘容易放水的田，让爸和姨娅耕作最合适不过了。我们年轻人熬夜放水也不怕，放水困难时我们还可以用上抽水机。田地瘦，多落一些农家肥就好了，照捡勾没话说。"显然，文生非常满意文华的"配方"。

玉兰也说："田地又不是其他物品，亩分分配好了就行，至于亩分阔窄是没法分的。田地肥瘦以后靠自家管理，怕什么？以前我刚嫁来时，寨背的滂眼田莳的禾脚趾伯公①都夹得起，现在不也是亩产达千斤了吗？以前还不到五百斤呢！"

"菊英，你看呢？有什么不满现在说出来，大家再商议。"

文华把头转向菊英，一脸的诚恳令文生心里难受。兄嫂已经仁至义尽了，可是菊英的态度总像三十度的白开水，有时说话还带刺，这让文生心生愧疚，常常觉得亏欠了兄嫂。

"大家都没意见，我要是敢有意见，大家还不说我难讲？"菊英毫无笑意的表白，令在场的人浑身不自在，文生更加难堪。

"对了，至于那头黄牛，我看这样吧，我们两个老人家田地少，就由我们放养，你们要用牛时，可以来牵，但有了小牛，应该由我们来卖。我们就是要把老黄牛卖了，你们也不能干涉。还有，用牛时一定要小心，要让它吃饱，不能太劳累，六月天光还得为它加加料。"荣贵很喜欢那头老黄牛。这头黄牛不但草口靓，还是年生牛嫲②，干活很卖力，荣贵一直很小心它。有人开他玩笑，说他小心牛嫲跟小心老婆一样。

选了一个吉日良辰，一家人便分成了三家。分开这天，大家都不太习惯，端起饭碗都不想扒饭，连菊英都觉得饭菜索然无味。

---

① 脚趾伯公：脚趾。
② 年生牛嫲：每年都下崽的母牛。

俗话说:"兄弟分开成邻舍,上午分开下午借。"家是分了,却还是同一个屋檐下。几个小孩儿经常都钻在荣贵和招妹两个老人的饭桌边,老刁根一样争吃饭菜。有时,两个老人想煮两个蛋吃,也会被小孩儿抢了吃,如果哪个没吃到,便说他们两样心。

文华和玉兰通情达理,并不相信自家小孩的话,还教育她们要孝顺老人,不能老是去老人那里争吃。

菊英的教育方法却截然不同:"顺顺,公呆娭毑的奶菇,大家都吃得,你别客气,自家的公呆娭毑,不吃白不吃。"顺顺虽然才七八岁,但已能理会母亲的话意,他天真的话让文生和菊英听了瞠目结舌,哭笑不得:"爸爸、妈妈,我在呆呆^①那边吃饭了,家里的那份就可以省下来喂鸡喂鸭喂猪,猪养大了可以卖很多钱,鸡鸭下了蛋吃不完的还可以卖,卖了钱可以给我缴学费和做新衫新裤,可以买新书包,以后我就多到呆呆那边吃,好吗?"

文生听了,不知如何是好,他一时没法向顺顺讲道理,瞪了菊英一眼,就扛起锄头下田了。一路上还在想,找机会一定要教育顺顺不做那种贪小便宜的人,按菊英的教育方法,真不晓得会把顺顺教成什么样。

见父亲走了,顺顺把头转过来问母亲:"妈妈,爸爸不回答我,难道我说得不对吗?"菊英无言以对,她也意识到自家这样教育孩子,是会出问题的。

分家后的第二年,农历四月半,刚好是烟草上下烤的时候,顺顺旧病复发了。文生和菊英急得像热锅上的蚂蚁,上半年家里没什么收入,而文生下煤窑挣的那点钱又要维持生活,还有想不到的人情支出、一家三口的风寒感冒费用,肥料农药又少不得花钱。"四月日子长,饿死懒布娘。"^②每年的四月都是闹饥荒的月份,粮、钱、菜都会断,而顺顺偏又在这种时候犯病,真是愁煞人!

听说侄子又犯病了,文华递给文生一本存折:"文生,这存折上还有三千块钱,密码是135789。顺顺的病拖不得,你先拿去,如果不够,我会再想办法。你们抓紧带他去县医院,家里的事不用挂心,我们会搞定。"

"哥,这……"文生看着手里的存折,犯难了,嫂子要是晓得,会怎么样?

---

① 呆呆:爷爷。

② 懒布娘:懒女人。

"别这呀那呀的，自家兄弟莫客气。你嫂做事回来我会跟她说，你放心吧。"文华说罢，就去煤窑上班了。

文生和菊英拣了换洗衣服，带上存折送顺顺到县城医院了。

晚上，玉兰吃饭也不说话，洗了身上楼后脸色十分难看，文华怎么挑逗她都无动于衷。文华感到奇怪，问："兰子，你是不是累坏了？来，我帮你按摩？"

玉兰的眼泪流了出来，不加理睬，把身子转了一下，把后背丢给他。

"怎么了，怎么了，你是不是哪里不舒服，要不要带你去看医生？"文华急了，玉兰是家里的火车头，她要是在这个关键时刻病上几天，"地球"就会停止转动。

"我心里不舒服。"玉兰泪流满面。

"是不是太劳累了，心口痛又发作了？"

玉兰生气地闭上了眼睛。

"你快告诉我，是不是心口又痛了？我们是夫妻，夫妻之间有什么不好说的，有病就要看医生。走！我带你去焕贞家。"文华说着就去牵玉兰的手。

玉兰把手抽出，生气地说："我不是心口痛，不用看医生，我只问你，你还把我当老婆吗？"

"我什么时候不把你当老婆了？你是我亲亲的老婆呢！"文华说完上前响亮地给了她一个亲吻。这次玉兰不再躲闪，这样响亮的亲吻玉兰曾给过一百分。

"你还把我当老婆，那么我问你，你为什么不和我打声招呼就把存折交给了文生？那钱是我种烟赚的，又不是你交给我的，你问都不问我一声就自作主张。今朝当昼①，我哥骑了单车来，说想和人承包石场，想向我借钱，我说存折上还有三千，借两千给他，他也没嫌少，可当我去拿折子时，却发现不见了。我着了急，爸听后说是你把折子交给文生了，害得我哥白跑一趟，我对不起我哥。"玉兰说完呜咽起来。

哦，原来是这样，难怪老婆脸色难看，文华有底了，赔着笑说："你天刚亮去烟田里抹烟叉，顺顺朝晨刚起床就发病，一下子就脸色铁青，菊英一直喔，文生也急得唉声叹气。我晓得他手头没有钱，事情又急，就想先斩后奏等今晚告诉你，没想事情凑巧，你哥来借钱，都怪我来不及跟你说，对不起了老

———————
① 今朝当昼：今天中午。

271

婆。我向你认个错，就不要再生气了，好不好？生气越多，老得就越快，我可不想我的亲亲老婆老得快，嗯？莫生气了。"

"滚开滚开，油嘴滑舌，老想逗人开心，这次我不会上当了。想让我不生气，想得到原谅，你就把存折拿回来交到我手上，否则，我一个月不会理你。"玉兰佯装生气，双手狠劲儿地推开文华的纠缠。

"老婆，老婆，你千万千万不能再生气，你生气的样子实在难看，你也不能一月不理我。你一天不理我，我都会发癫。你答应我不再生气，不然我就跪床凳子跪到天光！"

一向以来，文华哄老婆转怒为喜的绝招就是自虐，他以前如果用三寸不烂之舌哄不笑老婆，就用自虐一招，那就是农村人口中常说的跪床凳子。村里的男人谁不听老婆的话，得罪了老婆，旁人就会吓他："哈哈，你狗胆包天，敢不听老婆的话，晚上就准备跪床凳子吧。"有些男人宁死不屈："男人膝下有黄金，我的膝头可以跪爷娭，但不能向老婆下跪。"这决不低头的精神，换来的常常是一个月甚至两个月的冷战，夫妻俩来了个"冷兵器"比赛，看谁有耐力坚持到最后。事实证明，大多数都是男人败下阵来。男人各方面的耐力都很强，衣服不洗我可以自家洗，也可以给母亲或姐妹洗；饭菜没多做或被老婆倒来喂了猪喂了鸡鸭，我可以自家煮，你不理我我也在你面前充哑巴。但是有一样，男人是绝对无法抗拒的，那就是来自生理的诱惑。

文华很怕得罪老婆，别说是一两个月的冷战，就是一两天他都会受不了。有一次他心情不好，失口骂了句"短命嫲"，玉兰就一天不跟他说话，一天不做事不吃饭，躺在床上直流泪，吓得他用如簧巧舌把晓得的好话搬了个空，玉兰还是没被感动。文华没了新词，灵机一动，听说跪床凳子可以让老婆消气，男子汉大丈夫能屈能伸，好汉不吃眼前亏，老婆也不是别人，跪跪又何妨，本来两相亲热时就经常在床上"跪老婆"。他心里这么一想，就马上搬来一张凳子，毫不犹豫地跪了下去。玉兰一看，心里"咯噔"一下，但为了不让他今后再有"短命嫲"出口，还是装出无动于衷的姿态。文华仍旧跪着不再言语，大有一直跪下去的样子，玉兰心疼了，起身扶他起来嗔骂道："神经病，你想跪到天光吗？""你不让我起来，我就一直这样跪着，因为我骂错了话。"文华摇晃着身子，又开始油嘴滑舌了。"下次还敢再骂吗？"玉兰终于破涕为笑了，其实她心里早已原谅了他。"保证不再骂了，如果再骂，我就被……""车撞死"三字还没出口，玉兰慌忙用嘴堵上，当时她的双手还被文华握住，已经来不及去捂他的嘴了。她最怕老公发毒誓，尽管发誓没灵，但起码也有心理负担，文华是在煤窑做事的人，煤窑更要重利是。

这次玉兰听他说又要自虐，就害怕了，她只是怪他自作主张把存折交给文生，害她在哥哥面前不好收场，听了文华的解释后，气消了，承包石场和救侄子，她分得清轻重缓急。如果当时她在场，也会把存折交给文生，她才不去计较菊英会不会又在背后说风凉话。分家时玉兰就说了，只要有困难，兄弟梓嫂间就要互相照应，她不是那种当面一套背面一套的女人。

见玉兰不生气了，文华说："哥那边我会另想办法，过两天要发工资了，我的工钱不够，但可以到工友那里先借一些，等下个月领了工钱再还他。我们自家省吃俭用一些，兄弟有困难，我们尽力而为吧。没办法，谁叫我们是兄弟呢？不晓得顺顺的病怎么样了，会不会有危险？看来，不能再拖了，过了年就要叫文生带他去福州动手术。"

"医生该有经验了，顺顺的病他们一看就晓得要用什么药，不会有危险的，放心吧。文华，天光日子是圩日，家里有一伙鸡可以卖了，我挑去岩前城卖吧。"

"行，不过得留两只，一只给顺顺补营养，一只也要给你和欣欣、婷婷补营养。欣欣今年要考初中了，得加强营养，看能不能考上县城的实验中学。"

两天后，顺顺出院了，因为是老病，医生也成竹在胸，很快就控制了病情。出院前，主治医生对文生说："最好在明年十月前带到大医院做手术，这段日子得加强营养，尽量不让他受刺激。"文生和菊英连连点头。

荣贵和招妹见孙子出院了，松了一口气。荣贵把孙子拥入怀中，问："顺顺，你几天不见呆呆，会不会想呆呆？"

"想，我做梦都想。"顺顺想都没想就脱口而出，乐得荣贵在孙子脸上响亮地咂了一口。

一大家子又恢复了正常的生活。大家天天都早出晚归，各自忙活在田间地头。文华和文昌的孩子比较大，不仅能做家务了，礼拜天还会上山割柴草。顺顺有时也想跟哥哥姐姐上山，荣贵不让，怕他晒了日头受不了，怕他上山太劳累，但顺顺不管，说："哥哥姐姐都上山了，我一个细人子在家有什么意思？"荣贵又不敢说你身体不好，不能上山蹦蹦跳跳，不能爬坡，他怕孙子难过，所以只好吩咐做哥哥姐姐的千万不要带他去远的山上，万一顺顺有什么异样，要马上回来告诉大人。只要顺顺一上山，全家人都非常担心，干活都不安心。后来，荣贵吩咐几个大的子孙，上山时要偷偷去，尽可能不让顺顺晓得。

荣贵和招妹的气还没喘匀，突然天降横祸。荣贵一下子白了头发，他这个一生只追求平安、不图荣华富贵的人，想都不敢想，这样的灾难会降临到自家的头上。真是屋漏偏遇夜雨多，歹运来了喝口粥汤也塞牙！有运不要神明保，没运神明保不了！

文昌和文华、文生都在煤窑上班，只是不在同一个煤洞，文昌在一号洞，文华在三号洞，文生在联矿。

一天，文昌下班后，骑上摩托火速赶回家。因为家里莳田，他心里急着回家帮上一把，否则秧苗要超龄了，立夏又到了。老人们说过，"谷雨莳田散秧花，立夏莳田抓打抓"，意思是谷雨莳的田能多长谷子，丰收有望，而立夏莳的田，尽长苗，一大把一大把地长，难有收成。朝晨出门时，文昌吩咐老婆，把秧脱够，等他下班回家后两人一起莳。

煤窑离家有十里远。文昌下班后，也没洗涮一下，换上衣裤便急急忙忙回家，路上与一辆迎面而来的煤车相撞。小车碰大车，就等于鸡蛋碰石头，文昌被沉重的煤车碾成了肉酱，摩托车也被撞得七零八落。

后面赶来的工友们拦住了煤车，保护好了现场，一边报警，一边打电话给文华和文生。文华、文生赶到时，交警大队的警车也"呜呜呜"来了。文华怕父母和嫂子受不了，不敢告诉他们，但又不能瞒住，只好叫文昌的工友去说明真相，并叮嘱他叫上玉兰和菊英守着嫂子爱招，接着他又打电话给姐姐，要她赶快去父母身边劝慰。

人已死，无须抢救，而事情又一时半刻处理不下，交警大队叫人把文昌的尸体，不，应该说是将残肢弄起，装好，送到冰库里，待事情处理好后再行火化、安葬。其时，农村的人命还不值钱，经处理，车主愿赔八万元（安葬费另计），一万元给死者父亲和继母，一万元给死者老婆，其余六万元作为死者子女的抚养费。

爱招一听文昌出事，当场就昏了过去，醒来后痛哭一番又昏厥，再醒，哭闹着要见文昌最后一面。她说要当面问他，问他这个言而无信的家伙，为什么要抛下他们母子三个？他答应过她要跟她过一辈子的，答应过她争取活到一百岁，做一对健康老人、幸福老人，享受天伦之乐，他说保证做一个有责任心的老公和父亲，永远对他们母子三个好，早晨出门时还要她等他下班回家后一起莳田的，却被一场突如其来的"龙卷风"刮走了！爱招怎么也想不明白，老天为什么这样对她。

玉兰和菊英，还有文昌的姐姐、继母，陪着爱招一齐痛哭。爱招哭了昏，醒了哭，玉兰她们把世上所有劝慰话都用尽了，就是没能让她止哭。几双眼睛一齐流泪，流出的泪水浸透了她们的双袖和手帕，地板也像是拖过了一次。

爱招感到天都塌了下来，文昌走了，往后的日子可怎么过呀！她痛苦得都想跟他去，可是，女儿萍萍和儿子松松都只有十几岁，没了爸爸已经够不幸了，再失去妈妈，那他们以后就是"三毛"式的流浪儿，到处受人欺负，任人作践，她哪能忍心！她天天以泪洗面，一双儿女也一齐痛哭着，还不停地安慰妈妈，求妈妈保重，为了他们，一定要坚强地活下去。

望着懂事的儿女，爱招心如刀绞，是的，为了儿女，心碾成了碎片，也要咬紧牙关撑住这个家，不能逃避；为了儿女，无论前面的路多么艰难，都要披荆斩棘，勇往直前；为了儿女，就是刮风下雨，落雪打冰雹，都不能退缩！一个多月来，爱招生活在痛苦的深谷中，面前的一切都似乎与她无关，只有儿女才是她唯一的希望，如果不是有对可爱的儿女，也许她支撑不住，也会随文昌去了。

农活由玉兰、菊英和家娘照应，文华、文生有空也尽量帮忙。萍萍和松松一放学就马上回家，做着一些力所能及的事，有空也不出门玩，就陪在妈妈身边，说些学校里的事逗妈妈开心，还拿出作业簿让妈妈看上面的红钩钩。看到那么多红钩钩，爱招心里边升起了希望。

等爱招从痛苦中挣脱出来，看上去好像老了十岁。大家望着这个中年丧偶的可怜女人，都心生同情。文华和文生要老婆尽量帮着嫂子，言语上也要让着，要让她感到温暖。

玉兰说："你放心，我晓得！"

菊英说："我又不是呆子，你们大哥还在时，我们都不敢乱来，她是大嫂，我晓得大嫂当母，我们哪敢不当软？"文生恨恨地白她一眼，这女人，嘴上总是不饶人，还说会当软！

就这样相安无事地过了一年，文昌周年忌过后一个月，菊英的堂嫂有心给爱招介绍对象。这男人比爱招小三岁，因为家里穷，本人又太老实，被形

275

容像根木头，踢一下滚一下，因此三十多岁了还是掸子没毛——光棍一条。菊英的堂嫂恰好是这个老实头子的亲姐，担心父母老时难过，决心撮合两人的婚姻。

光棍汉的父母不担心自家老时怎办，却忧虑儿子在自家两公婆百年归仙后要出门讨吃，又为儿子喊冤，作为一个男人，来到这个世上，却连女人味怎么样都未尝到，未免太不公了。如今天上掉馅饼，岂能放过，虽说对方已有子女并且做了结扎手术，不可能为自家添丁进火，但最起码可以让儿子尝到女人味，如今自家人口单薄，女方有子有女带来，热热闹闹也不错。有人没子女还得去抱养，亲生不亲生有什么要紧？只要对他们好，他们自然会报恩。行，就这么定了！

得到父母及老弟的同意后，堂嫂便要菊英带她去爱招家。菊英心里不太舒服，说："如果我带你去，有人会说我巴不得嫂哩走，还是你自家去吧，我指路给你。"

这天，爱招从田地里回来，放下锄头，倒了一杯白开水"咕咚咕咚"喝了下去，杯子还端在手上，就听得有个声音叫："爱招，咁扎手去田里了吗？"

"嗯，烟田里的草长得快比烟高了，我去铲了一下。没办法，农村人，不做吃什么？"爱招说完，用抹桌布擦了几下塑料凳子，招呼她进屋坐，"什么大风把你吹来的？"

既然来者是菊英的堂嫂，爱招当然见过，她们还在菊英家里一起吃过几次饭，爱招晓得她叫平玉。

寒暄几句后，平玉便道来意。爱招心慌意乱，不知如何回答。此前也有人问她愿不愿意再组家庭，因为对方都是有子女的，她便一口回绝了。原因很简单，彼此都有子女，负担重不说，还会产生不少矛盾。她怕自家的子女受委屈，不愿嫁那些离异或丧偶有子女的男人。这是明智的，大家都说爱招很精，很在意子女的幸福。

平玉见爱招一时半刻还不能决定，就说："你先考虑考虑，我改天再来。"

爱招还不到四十，往后的日子还很长，子女又正是需要花钱读书的时候。虽然存折里还有文昌的人命钱，但她一直不敢乱用，用自己辛辛苦苦种烟种稻养头牲六畜①卖来的钱缴孩子读书，文昌的人命钱她想用在建房上。她要让子

---

① 头牲六畜：家禽家畜的统称。

女永远记住，这新房子是用爸爸的人命钱盖成的。

萍萍和松松不止一次地说："妈，遇到了合适的，你就同意吧。爸爸不在了，你不能苦了自家，我们都长大了，不会受委屈的。如果我们考上了大学，不在你身边，你会很孤单，我们也放不下心。"这样的话，让爱招一次次泪如雨下，天下之大，去哪里找这么懂事的子女？

自文昌走后，她不知流了多少泪，特别是三六九月紧工时，更是想着文昌的好。以前，所有的重担苦活都由文昌挑了，她只做帮手，现在再无依赖了，其他的苦活她也可以做，只是牛活怎么办？家官过意不去，每到要做牛活时，总会不辞劳累上阵。但家官年事已高，不能老让他做，何况还有梓嫂，就是她们嘴上不说，心里会怎么想？让家官做牛活，肯定不是长久之计，自家心里也过意不去呀！

唉！家里没个男人，确实很难很难，虽然两个小叔子夫妇和家娘家官时常关照，连娘家也会抽空来帮上几天，但总不能靠别人帮忙过一辈子吧，也不能一辈子心安理得接受别人的恩赐吧？

爱招连想几天，终于下决心再嫁。光棍汉老实，但勤快，没结过婚没子女，刚好可以全心全意爱自家的孩子。老实并非坏事，那种油嘴滑舌打一百分而实际行动等于零的男人反而让人受不了，农村女人就是要嫁那种老实本分、勤劳能干的男人。

萍萍和松松支持妈妈的想法。当然，母亲再嫁并不光荣，于他们也是左右为难之事：如果不一起嫁过去，妈妈肯定难过、不安，甚至会放弃自家的幸福，一辈子守着子女；如果离开自家的胞衣窟①，到一个人生地不熟的地方，和几个陌生的人住一块儿，能不难堪拘束吗？可是，做子女的不能这么自私，妈妈太苦了，自从爸爸走后，她就把苦痛尝了个遍，背着子女流干了眼泪，岂能再这样熬下去？萍萍就问松松："你同意老妈再嫁吗？"

松松说："我当然同意，如果以后我们考上了大学，不能在老妈身边尽孝，出门做事也会不安心，她能再嫁，这对她后半生来说是件好事，老实本分的人，我们也可以放心。你呢，你难道不喜欢老实本分的人？"

"我当然也希望老妈嫁给好人，只是要到一个陌生的家，怕不习惯。"

"我们出门读书，冇几时回家，最长的时间也就暑假。冇关系，慢慢会

①　胞衣窟：出生地。

习惯的。只要老妈幸福，过好后半辈子，我们作出些牺牲也值得。姐，不能再犹豫了！"

"对，为了老妈，我们就牺牲一次吧！"

子女支持了，爱招就问自家的父母和兄嫂。父亲说："如今新时代了，再嫁不会跌鼓，你死了老公再嫁，冇人敢说闲话。天下人多，又不单是你死了老公再嫁，你一个女人要拉扯子女，也太难了。你自家的事情要自家把握，我们做爷娘的都希望子女过得好。"

在家娘家官面前，爱招就局促了，毕竟是自家要弃他们而去，而且还要把他们的骨血带走，自家有愧于他们。没想到，荣贵和招妹听了，非但没责怪，反而加以鼓励和支持。

招妹真诚地说："爱招呀，文昌走了，你一个人要承担一切，实在很艰难，有合适的，就放开胆子接受。现在又不是封建时代，谁都无权干涉个人婚姻。不过，这里是萍萍和松松的胞衣窟，无论如何你也要叫他们记住，要他们常回来，我们毕竟曾经是一家人。你可不可以把这里当外家，经常带孩子回来看我们？"

"姨婭，你这样爱我们，我当然会经常回来的，我不会忘了你们忘了这个家，我也有意把这里当作外家来往。你不嫌弃我，我一定会经常回来的。"

荣贵笑着点了点头："少了一个生媚，多了一个妹子，不蚀本。"

文华、文生也都支持嫂子再婚。玉兰说："嫂，以后我们就叫你阿姐吧，你要常回来，有事也要告诉我们，我们还是亲人，我们也会去看你们的，我真心地祝你幸福！"

"玉兰，你真是太善良了，和你梓嫂一场，是我今生的福分，我至死不会忘记你对我的帮助。文昌地下有灵，也会保佑你一生世人都平安幸福，子孙满堂，钱财任意。"爱招说完，又泪水滂沱。

爱招想到要离开这里，要离开这好的一家子，心如刀绞。前途茫茫，是福是祸难以预料。想自己嫁到王家十几年，一直循规蹈矩，与人为善。文昌是个好男人，对家庭负责，勤劳能干脾气好，且乐于助人，左邻右舍哪个不称说？既不赌博又不入发廊，领了工资回到家便交给自己，说老婆当家负责任，不会乱花，这么好的男人，我为什么就受不得？别说这辈子，下辈子能有这样的男人，我都不愿放弃他，可是不知前世作了什么孽，让我这么早就失去了他……爱招想着想着，不觉失声痛哭起来。

"嫂，你不要这样，大哥泉下有知，也不忍心你再为他伤心落泪了。大哥的尺头岁数①就这么长，人死不能复生，如果伤心落泪能换回大哥的命，我们全家都会帮你喔回大哥。他都走了一年多了，你就是一天二十四小时喔，都喔不转了。日子还要过下去，萍萍和松松还要靠你教育抚养，如果你垮了，他们怎么办？嫂，你莫喔了，嗯？"

玉兰掏出一张餐巾纸，递到爱招手里，其实她自己也泪流满面。她心里也记着文昌的好，眼前浮现了文昌笑呵呵忙碌的身影。无论多辛苦多劳累，他总是笑吟吟的，见到谁都先打招呼，有人见他这么乐观，这么笑，就开他玩笑，说他这辈子肯定捡到了笑包。文昌的确很受邻里乡亲的欢迎。看到有人砍柴回家，只要他有空，就都乐于抢下柴担帮挑到家，本队的女人，几乎都得到过他的帮助。是农村女人都晓得上山砍柴的辛苦，挑着这么大的担子回家，路上有好心人帮挑一段路也是幸福的。玉兰曾听本队一位受助者夸完文昌后说："别说一段路，就是还有十几步，有人帮忙挑柴担，目珠都会亮起来。"玉兰甚至还想，心地善良的文昌大哥，肯定也不希望爱招为他守活寡。

一周后，急于促成好事的平玉又来了，问爱招想好了没有。爱招得到子女和所有亲人的支持，已没有思想顾虑，说："约个日子见个面，我要当面和他说清。"

"有话当面说清，免得日后抱怨，这是天经地义的事。明天我就带我老弟上门来。"平玉兴奋地说。

爱招晓得，明天是初九，农村人把九看成是久久长的意思。

就这样见了面，两人都没有意见。该说的该防的，爱招都一五一十和他说了。三十多岁还没老婆，这其中的苦楚谁能理解，所谓饱汉不知饿汉饥！这突然间天上掉下个林妹妹，光棍汉怎能让林妹妹从自家身边溜走？爱招所有的条件他一样也不拒绝，答应保证对她好，把她的子女当作亲生的。

这年农历九月十九，爱招便有了新家。光棍汉家一直没有好事临门，这次请了十几桌亲朋好友，爱招的外家和文华家也一起去了。荣贵和招妹虽不反对甚至全力支持爱招再嫁，但失去儿子接着又少了一个生媚，心里边总难免伤心。听到迎亲的鞭炮，他们心酸得流下了凄凉的泪，自家的生媚马上就是别人的生媚，自家的孙子、孙女马上也要和他们的妈妈去另外一个家生活了，以后

---

① 尺头岁数：命中注定的日子。

就不容易见面了，能不难过？

萍萍和松松懂事，嘴又甜，叫得继父家的两个老人眉开眼笑，隔一段就有鸡杀鸡，有鸡宰鸭，给他们补身体。他们上学时，老人还会给些零用钱，但萍萍和松松不是每次都接受。有时继父也会给，为了让他放心没想法，倒是每每都接受，他们管继父叫叔叔。

分家后生活比较困难，顺顺的病还要花很多钱，菊英就无法做一个大方的人，这是她自家说的。

有一年，烟价好得连烟农都不相信，连准备用来肥田、黑不溜秋的油子叶都卖到了十元钱一斤。烟农们都后悔把烟种少了，这么好的价钱是前所未有的。菊英那年的烟因为没订合同，全部卖给烟贩子了，意想不到地赚到了一笔钱，除去肥料农药、烤烟工资，还净收账三千多元。文生把三千元存进信用社，零头留下。

有了几个钱，文生便想到要办一件正事，他很想买一辆拖拉机，一是方便自家，二是挣几个油盐钱，紧工时可拆下拖斗当牛使帮人犁田，空闲时把拖斗装上又可帮人载货，真是厕尿捉狗虱——一举两得。可是自家才几千块钱，要买拖拉机肯定不够，听说要八九千块呢，怎么办？

菊英给他出主意："老鬼不是有钱吗？可以先借来用。"

文生生气地说："你莫老鬼老鬼地叫，叫爸和姨娅难道你就蚀本了？"停了一下又说，"那是大哥的人命钱，我好意思开这个口吗？"

"你想买拖拉机，自家的钱又不够，你就要厚着脸皮去借钱，你开不了口，就别想叫我开口问。"

文生左思右想，觉得拖拉机无论如何都要买。他走到文华的厨房，把自家的想法跟他说了。文华当即表示同意，说："办正事是对的，爷娭也会支持的。你去问吧，看他们给多少，如果不够，我先垫上。要是他们有顾虑，你也不能强求，等我去劝劝再说。不过，我相信他们会支持的，爸和姨娅都很开通，不是死脑筋的人。"

文生壮了胆，便来找父母，把买拖拉机的想法和盘托出。荣贵听了，把手中的烟蒂丢到垃圾桶里，然后慢条斯理地说："你要办正事，我当然不能阻拦，还得支持，但我首先声明，这钱只能算借，你赚回来了就要先还给我。讲实话，我们老人家也得防备点，现在我们还会做，食用都不愁，可是人一上年纪就一年比一年差，万一以后老得不会动了，又多疾多病，你们又不肯出钱怎么办？这一万块钱是文昌的人命钱，我只能把它当着养老金，借给你，你也要和你哥还有你老婆说清楚。"

"我已经和哥说了，他说没意见，还说不够他来垫。"

荣贵问了拖拉机的价格，然后说："那就拿五千给你吧。"

"行！"文生心里的一块石头落了地，转身马上告知文华。文华二话不说："我给你三千吧，你的钱不能拖空，得防着点，顺顺的病说犯就犯，你身边不能缺了钱。"

一股暖流涌向文生的全身经脉，这辈子有这样的哥，还有什么解决不了的困难！

拖拉机买回来的那天，玉兰买了挂十块钱的鞭炮。鞭炮一响，村里村外就都晓得文生家有喜事，知情者透露消息，说文生买了拖拉机，以后要犁田，要载货，尽可找他。

文生头脑灵活，是个钱钻子脑袋。此时村里村外只他买了拖拉机，是独家生意，一到有什么东西载，大家都愿出钱叫他。到了犁田时间，他就忙得连轴转，恨不得连觉都不要睡，多犁一些田。六月天热，晚上就凉快多了，文生常常吃过晚饭又去犁田，到十点多钟才披星回屋，次日早上天刚出现鱼肚白就急着下床，又做一整天泥猴子。

农村人家普遍养牛，没养牛的人家，到了要用牛时，便用人工交换。那时，人工不如牛工，两天的人工只换一天的牛工，而且还要让牛吃饱。这下有了拖拉机，就好办了。

六月的水稻田，收割后留下的稻茎长，而割完水稻马上又要莳田。牛犁的田，很麻烦，稻茎常常露出来，莳田时得常常要把稻茎按下去，这样就拖延了时间，影响了速度。而拖拉机犁的田又烂又平，几乎看不到稻茎冒头，莳田时轻松又快速，可提前完成任务。

左邻右舍、村里村外的活太多了，文生实在忙不过来，想喘口气时，就请人帮忙。菊英也会挑着厚木板跟上跟下，跟进跟出，厚木板在拖拉机上田埂或下田埂时，可起到很大的辅路作用。

父亲和哥哥家的犁田费文生给免了，其他叔伯家，文生也会少算一些。到缴征购时，大家也不用肩挑，有拖拉机可载了。

买拖拉机的本钱很快就赚了回来，文生把父亲和文华的钱还清了，过上了无债一身轻的日子。

俗话说得好，温饱思淫欲。此际，赌博风气渐盛，文生像多数男人那样，五花八门的赌博，如推土机、封牌、金花、找朋友、斗牛、麻将，一看就会，却因赌运差，无法像驾驶拖拉机那样得心应手，口袋常常输得个精光。

也在这时，"六叔公"又光临了千家万户。文生和菊英也想靠着"六叔公"，把一担谷子变成四十担。起先，六合彩一周才两期。文生说，要是一个星期有三期就好了。"曾道人"和"白小姐"① 好像听到了，后来一个星期就真的开三期了。有人笑文生，是不是打了电话给白小姐说情？

文生和菊英最喜欢"吊金花"，吊金花最刺激的就是吓功。个别胆小者常被胆大者吓得有货也丢掉，而胆大者把钱收进去后还要把自家的杂牌丢到桌面上，展示给大家看，气得有货的人骂自家吃了屎。看到桌面上的钱进了人家腰包，胆小者一直自怨自艾，耿耿于怀，说要等机会反吓他，以报仇雪恨，弄得大家笑弯了腰，笑骂他自家胆小，怨不得别人的吓功。

文生和菊英吊金花最喜欢钻空，经常出击。有时别人一跟击，他们就把手中的扑克丢到堆上，不让别人看他们出击的牌。赌友笑他们最勤快，形容他们天晴落雨都出门，有人一跟就落荒而逃。他们对吊金花都有点走火入魔了，不管白天黑夜，天晴落雨，只要有人邀，他们准会到场，有时赌到天亮才回家，还振振有词地同一个鼻孔出气："赌博不是跌鼓事，赌博是拉动经济的最好方法，如果大家都不赌，把钱放在口袋里，经济怎么拉动？这就比如政府不准农民养猪养鸡鸭牛羊兔，农民怎么奔小康？"

明明晓得十赌九输，大家却都热衷此道，哪家田地没少抛荒？曾经为了一尺荒地而争得你死我活的农民，因为想一夜暴富，都把原来开的荒地弃之不顾了。"开荒开荒，开了再荒。"这句话真的应验了。别说自家开的荒地，连分的田都荒了不少。

邻省广东那边的赌法跟这里有区别，听说那边是赌钓鱼子、钓鸡公、推筒子等等。福建人去广东赌，会有小车专门接送，司机每趟三百，万一出了事，比如赌博时有人举报，扣了人车，一切都得由庄家摆平。

文生和菊英虽然好这口，但资金不雄厚，从没去过广东赌，只在周围小打小闹。文生说，广东的那种赌我们玩不起，万一沾上了，弄不好老婆都会成

---

① "曾道人"和"白小姐"：操纵六合彩的男女。

别人的。

夫妻俩都是个没赌命的人，赌了不短的时间，但一直没把经济拉到自家的腰包里，却经常把运费、犁田工资、卖烟卖谷的钱慷慨奉献。他们倒也不恼，拥护"三光"政策（人光、天光、钱光），还开玩笑说："食光用光，身体健康。"

有人见他们老是输，便赐了个外号"八筒"。会打麻将的人都晓得，八筒整体乌黑，而乌黑，在农村人眼里就是不吉祥。

越赌博，就越讲迷信。有谁赌输了，旁人便会开玩笑说："赌博哪能着乌衫[1]？要赌博一定要着红衫，红衫表示红红火火。"

菊英说："不但要着红衫，连节裤子也要着红色的。"

说来好笑，一次菊英吊金花时，老是有货出击，但又都会遇上死对头，她突然偷偷地看了一下内裤，然后说："咦，奇怪！"旁边的赌友见到她这个动作，笑得泪水都流了出来："怎么，着了红节裤子还是输吗？"菊英大大咧咧地说："是呀，今朝日子要赌博，我特意换了条红节裤子，结果还是输，看来以后不要再信这个邪。"大家一齐大笑。

不知不觉，顺顺已经九岁了，原先准备九岁就要带他去福州做手术的，但是钱被他们的父母亲赌光了，连营养费都没了。菊英后悔了，文生更后悔，早晓得一直输就不要想去盘本，越盘越输，说什么"放长线钓大鱼"，如今连鱼钩都让那些逢赌必赢的"大鱼"咬了去。

听县医院的医生说，做这个手术至少要一万左右，加上来回的车旅费等等，有一万五就问题不大了。一万五在那时虽不是天文数字，但要一下子拿出来，对好赌的农村人来说，也是个难题，而文生和菊英连一千五都拿不出。他们就商量推后一年再去福州，这一年时间里，尽量少赌，先把顺顺的营养补充好再说。文生又对菊英说，今年要多种两亩田的烟。菊英是做怕了，但为了给顺顺医病，也只有下苦功夫了。文生要载煤去广东卖，有空时才能帮上忙。

这年文生和菊英种了五亩烟，只卖了三千多块。起因是这年突然间下了很大的冰雹，烟叶被打了个稀巴烂，因此收购价大降，除去肥料农药和烤烟工

---

[1]　乌衫：黑衣服。

资、请的人工钱，一亩田还没赚到五百元，仅够顺顺的营养费用。

第二年，烟叶又大量死头，不但没赚钱还亏了老本，真是屋漏偏遇夜雨多啊！顺顺的病已经不能再拖了，再拖下去，可能就有性命之忧了。忧心忡忡的文生决定带顺顺去福州。菊英说："你还是向你爷哩开口吧，顺顺是他的孙子，他总不能袖手旁观吧？"

文生愁眉苦脸地说："要这么多，总不能都叫他出吧？"

"这样吧，问你爷哩给多少，其余的我们分头去借。我去外家那里借，你去几个叔叔和堂哥家里借，每家能借五百就有多了。你老伯哩不是说过嘛，到时不够他会尽能力相帮。"

也只能行这步路了。文生心里很慌，他最怕借钱时被人数落。平时自家两公婆好赌，几个叔叔和堂哥都有过批评："有了两个钱莫都赌掉，顺顺的病还没好，一定要预防万一，天晴要防落雨，积谷是为了防饥。"可是忠言再逆耳，也没利于行，自家两公婆还是照赌不误，照吃不误，总认为只要继续努力，准会赚到钱，谁想连续两年行衰运，种烟亏，养猪亏，鸡鸭又发瘟病死到绝！小叔父华贵曾毫不客气地说过菊英："妇人家人①，也像男人那样好赌，照这样赌下去，包你有苦受。"菊英嘴里不说，心里却不服："各家吃饭各火烟，我又没去你家过三餐，没去你家借米煮，向你借也要你愿意呢。"

菊英去外家总共借到三千五，没办法，外家也很穷，平时吃油盐也要省着点。文生向叔父、堂哥借了五千，虽说碰了些石壁，但比意料中借到了多一些，心里还是感激的。

一共八千五了，大问题解决了。荣贵又给了五千，说："一千是给顺顺的营养费，四千是借给你们的，是要还的。"文生连说一定会还。

文华经和玉兰商量，递给文生一个信封，说："出远门，人生地不熟，钱一定要带够，大医院里也一样，冇钱连针都不替你打，嘴讲医院救死扶伤，冇钱看他们会不会救死扶伤？这里有五千，你们拿着，路上一定要小心，保护好自家的东西和钱财。如今有了电话，联系比较方便，到了医院就要先打电话回来，做了手术也要打电话回来，让我们放心。你们自家也要注意身体，钱不够的话，打个电话回来，我会想办法。你们莫闹②，钱是人赚的，只要有人，就

---

① 妇人家人：女人家。

② 莫闹：莫愁。

不愁有钱来。"

"哥，我晓得，你和嫂也要注意身体，我田里的事就要嫂多劳累了。"文生说罢，带着歉意看了玉兰一眼。

"这有什么，田里也没多大的事了，看看水，看看病虫害就行了。你们放心，我会替你们打理，田里地里、头牲六畜都不用挂在心上。"

文生感动得差点掉泪，家有贤明兄嫂，何等福气，真弄不明白菊英为什么就不识好呢！

选了一个宜出远门的良辰吉日，文生怀揣近两万块钱，和菊英带着顺顺去了省城福州。

快到时，文生看了看临出门时父亲抄给的电话号码，是本村出去的退休军医，名叫林平安，是文生父亲荣贵的同学，感情一直很好，每年回老家都会上门看望。文生感到奇怪，一个在省城有名气的退休医生，为什么会如此重情，如此念旧？但他并没弄个明白，上代人的事，他并不想过问。

电话接通后，文生有礼貌地先叫了一声叔叔，然后自报家门，把来福州的原因告诉了他。林平安一听，马上说去医院。

文生一家到省立医院时，见林平安早已等候在门口了，不禁心头一热，感动得说话都哽咽了："叔叔，麻……麻烦你了，真不好意思……"

林平安忙打断他的话说："莫客气，冇关系，我现在退休了，清闲得很，正愁有时间冇地方消。你来了福州，晓得找我就对了，自家人应该帮。如果不是带顺顺来治病，请你们来福州，你们也不会来。"

菊英听了，心里也非常感动，想不到他这么热心。

"我爷哩叫我来找叔叔，起先我还怕麻烦你，心里一直犯嘀咕。"文生老打老实地说。

菊英说："有些人怕麻烦，怕农村人土里土气会影响他们，又怕农村人穷，会讨盐讨糟讨到面前来，在家乡见到时，嘴甜得很，说有机会到福州了①时定要来找，真到了关键时刻找他，连电话都怕接。这种四目狗子②，我们也不稀罕找！"

"菊英，你怎么这样说话呢？让叔叔笑话。人家不接自有他的原因，莫把

---

① 了：玩。

② 四目狗子：瞧不起人的四眼狗。

人都想得那么不通人情。叔，你莫听她胡说，妇人家人，说话总这么死乌，不中听。"

"放心，我不是心胸狭隘之人，不过，这种人也确实存在，但各人行得各人路，人家怎么做那是他的事，一样米养百样人。闲话就不说了，抓紧进医院，争取先住下来。我以前就在这里上班，很熟悉，我去打个招呼，应该有用。走，我先带你们去门诊，然后先办住院手续。"林平安说完，牵住顺顺的手就走，边走边说："小家伙的个子这么小，以后一定要给他加强营养，别让他长成小不点。"

"晓得了，叔叔，我们一定注意，我最害怕他长成跟我一样的身板，我以前很小，大家都叫我禾笔子呢。"菊英羞赧地说。

一应手续搞定后，林平安对文生说："你们先住下，可能明天就会给顺顺检查，有什么事随时打电话给我。"临走又问，"钱带够了吗？"

"带够了，带够了。如果不够的话，我们第一个会想到叔叔的。叔你回去吧，太辛苦你了。"菊英连声道谢，她真没想到这位叔叔会这么好，在林平安面前，她总抢着说话，文生都插不上嘴。

"我已跟医生说好了，尽快安排手术时间，在医院多住一天就多花一天的钱。农村人挣几个钱不容易，来到人生地不熟的地方既要花钱又要受煎熬，心里边还不放心家里的农活。他们答应了，你们放心！"

"叔叔，真是多亏你想得这么周到，要不是你，我们真不晓得要怎么办才好，太多谢你了！"菊英是个心肠比较硬的人，平时一般不容易受感动，连出嫁时都不流泪的她，此时此刻感激涕零，都有向他下跪磕头的想法了。看到她泪流满面，不少人都投来了诧异的目光，她马上用衣袖擦干。

"莫急莫急，医院的医生护士都很好的，我不来，他们也会安排好，不懂的地方他们也会告诉你们。你们住下来了我就放心了，动手术时打电话给我，我会过来。"

"好的，你就回去吧，已经够麻烦你了。"文生内疚地说。

"顺顺，跟公公说再见！"菊英催促儿子。

"公公再见！"顺顺乖乖地举起了瘦得跟柴火棍一样的右手。

"顺顺乖，顺顺是个勇敢的孩子，顺顺一定要听爸爸妈妈和医生的话，等公公回老家过年时，给顺顺买一辆小汽车做奖励，要不要？"林平安抚摸着顺顺的头，和蔼可亲。

"要！当然要！我们班的同学有好几个都有汽车、水枪，还有坦克、飞机呢，可爸爸妈妈就是不给我买，他们只晓得赌博。"顺顺气呼呼地说。

文生和菊英的脸唰地红了。

林平安说："活佬，那不叫赌博，那叫娱乐。爸爸妈妈做事太辛苦了，偶尔玩玩，对身体有好处，那也叫劳逸结合，就像你们读书要下课休息一样，懂吗？"

"哦！"顺顺好像如梦初醒。爷爷在家一直骂爸爸妈妈死赌烂赌，这位公公却说那叫娱乐，是劳逸结合，不是赌博。在家时，顺顺觉得爷爷说得都对，这下他又认为这位公公说的才有道理。这位公公说话总是笑眯眯，一点也不像爷爷那样，黑着脸凶巴巴，难怪有人在背后叫他黑面包公，跟这位公公相比，爷爷是个凶神恶煞。

林平安回去后，顺顺好像很不习惯，菊英安慰他公公还会再来，他才又笑了起来。

文生突然想起另外一个人的电话号码，忙拿出手机查。菊英说："看他也是个嘴甜的人，打了也许都不愿接。"

"接不接是他的事，打不打是我的礼仪。到了福州不打电话给他，他回老家知道了反而会讲赢话①，他一直说有空到福州，请我吃饭游公园，我一定要试试他。"文生边说边拨响了那人的电话。

那人叫添福，与文生同年，小时是一块儿上山摘野果、放学捡谷穗的伙伴，而且还一起偷挖过生产队的番薯。添福高中毕业后，经表哥介绍，进了一家私人酒店做服务员，吃开住开，工资还有一千多块，每年回家都盛情邀文生去福州玩。他十分清楚，农村人赚两个钱不容易，绝不可能把辛辛苦苦赚来的钱用在坐车和旅游上；农村人好赌，不喜出远门，说旅游是花钱买苦，既然是花钱买苦，还不如把钱放在赌桌上，看能不能让它翻一番，单车会不会变摩托，摩托会不会变汽车。

电话接通后，那边的添福礼貌地"喂"了一下，又礼貌地"您好"了一下。他没有文生的号码，所以会"您好"一下，要是晓得是文生打来的电话，"您好"就可以免了，农村人不讲究这个。

文生习惯叫他老兄，他这么一叫，添福马上就听出来了，讶然道："文生，

---

① 讲赢话：意指说话占理。

今朝日子发了什么大风，会打电话给我，你在哪？"

"你猜猜。"文生卖关子了。

"不会又在赌场吧？你这家伙，几天不赌也会受不了。"

"这段时间我准备老老实实做人，已改邪归正戒赌了。"文生说罢，和菊英对视了一下，意思是在医院里无法赌，只好改邪归正戒赌。菊英当然理解，心有灵犀一点通，和文生相视一笑，人生不赌，快乐何在？

"我在省立医院，今天刚到，住下后刚有空就打个电话给你。你在上班吗？"

"哦，对，我正在上班。你家哪个有病？什么病，要大老远来福州？"

"唉！一言难尽，是我家顺顺要来做手术。好了，你在上班我就不打扰你了，改天有空再聊。"

"好，再见！"

文生没挂机，他还想听到添福的声音，多么希望添福会说一句，有事找我或改天我来看你们之类的，可是，再见了！

文生怅怅然在房间里转了几圈："原来他真是个口是心非的家伙，这下我不会怀疑了，我信了。"

因为林平安的关系，顺顺的手术三天后就做了，做得非常成功。手术那天，林平安又去了医院，他还买了一袋营养品，并递给文生一个红包。

"叔叔，这……这怎么好意思，你帮了我们的大忙，就让我们无法报答了，这……"文生有点手足无措了。

"别这呀那的了，一点心意，莫嫌少。"话说到这份上，文生就不好再推说了。林平安抚摸了一下熟睡中的顺顺前额，交代了几句，道声再见回家了。

文生和菊英望着林平安的背影呆了半天，清醒过来后很后悔来时没带两只土鸡和土鸡蛋来。

出院前的一天，林平安又到了医院，诚恳地邀请文生一家去家里做客。文生怕再给他添麻烦，说等明年带顺顺来福州复检时再来拜访。林平安也就不再强求。

顺顺手术后，气色好多了，精神也不错，他拉着林平安的手说："公公，你不是说要给我买一辆汽车吗？"看到他老刁根的样子，文生和菊英笑了。

"顺顺，你现在做了手术，要静心休养，不能玩汽车，也不能玩刺激的游戏，等过年时我买给你好不好？不过，先声明，如果你不乖，和小朋友玩刺激的游戏，让爸爸妈妈担心，公公就把小汽车送给别人。"

"公公，我保证听爸爸妈妈的话，不晒月头，不玩水，不玩刺激的游戏。"

"这就对了，你都保证了，公公讲话肯定算数。"

听说顺顺出院，文华去小店里买了一挂大鞭炮，还有二响炮。农家再穷，也讲究这个，但凡有人住院回家，都会买鞭炮迎接，也会弄一堆晒干了的杉树枝叶，点燃后让病人从火堆上跳过，嘴里还会念叨几句："天般高，火般红，左脚踏银右脚踏金，天天食得烧菜热饭，冇灾冇难过一生！"有鞭炮又有火堆，就表示灾难不再来，往后的日子红红火火、顺顺当当。

关于这跳火堆，菊英曾给文生讲过一个笑话。有一次，她老家不到六十岁的表叔得恶病死了，亲属当然都很难过，但人死不能复生，再怎么难过也得把他弄去火化，然后入土为安。帮忙的女人们弄了一大堆干柴和杉树枝叶，见送葬人员回来，就马上点燃。有人更迷信，安葬完死者后，争先走在前面，因老人们说过，早归早发。当然，人们都想早发。死者的女儿走在"八仙"（八个抬棺的男人）后面，"八仙"跳过火堆后，就也跟着跳。令人笑掉大牙的事发生了，刚刚还涕泪交零的亲属和旁人都控制不住地大笑起来。原来，死者女儿那天穿着绸质的裤子，在跳火堆时，突起大风，本来就旺的火堆更是熊熊燃烧，兴许她跳得低，速度又慢了半拍，裤子被火苗给舔着了，吓得她惊慌失措，大呼小叫，双手乱拍，双脚乱抖。但越拍越抖，火就越大，大家边笑边帮她灭火，可无济于事。有人急中生智，叫她在地上打滚。其时是五月天，刚下雨不久，泥地里还有湿气。那女人一听，便马上在地上滚起来，身上的火很快便熄灭了，但下身的遮羞物已经七零八落了，大腿上也被烧伤，而且阴处的"杂草"也没了。大家想不笑，那是绝对控制不了的，吃饭时有人一想到那情景，还忍俊不禁地笑出来。大家见他一笑，又都会心地大笑，连酒饭都喷出来。这事经口口相传开来后，此后要跳火堆，大家还会笑着说："注意'那边'，莫紧跟谁谁一样，被火烧得'满岭光'！"有人担心出洋相，索性不再从火堆上跳过，只抬起一脚，意思一下就行了。

菊英对跳火堆虽有所怕，但这次事关自己儿子，非跳，非认真跳不可。顺顺就让文生抱着跳了。

鞭炮放了，火堆也跳了，该保佑的话也说了，大家便入厅堂就座，听文生讲见闻。文生感叹着说："真没想到，林叔叔那么热心，如果不是他，顺顺肯定不可能那么快就动手术，起码要多住几天，多花几天的钱，这个恩情真不晓得要怎么报答。那个本队的家伙，嘴乖不用钱买，到出院连电话都没打一个，鬼影就更见不到了。回来后，看他还有没有面子见我，出过远门见过世面的人竟然一点人情味都没有。"大家听了，也摇着头哼一句说："世上什么样的人都有！"

"你算老几，他凭什么要自找麻烦？人家躲都来不及，还会来找你？我就晓得他是个口是心非的人，叫你别打，你还不信。"菊英奚落道。

"咳，打了也没白打，最起码我算认识了他这种人。"

荣贵吹了一口烟雾说："现在有几个出门的人，能像我老同学那样念旧？"

"爸，你和林叔叔不会单单是同学关系吧？"文生以前只觉得有同学这层关系就够了，但同学多得很，为什么林平安却和父亲最要好，并惠及自己呢？这就奇了怪，背后肯定还有其他原因。

"小学快毕业时，有一次回家，他发目乌①，摔了一跤，把膝头皮跌破了，走路非常困难。我就天天提早去他家里背他上学，有时还要背他去换药。要不是我比他高大，也背不起他，我们般多岁②，但他个子小，这样就让人说是四斤的狐狸打③三斤的鸭嫲④了。我一直坚持背他，这让他的爷嫲很感动，老师也表扬我，要全班同学都向我学习，后来就有其他同学和我一起背他了。他的腿好后，我们更是经常玩在一起，也更合适了。他家里有点什么好吃的，他的爷嫲就会留下一点，叫他带到学校给我吃。他晓得我对猪油渣子⑤情有独钟，竟然把猪油渣子也带到学堂里来，那时猪油渣子是奢侈食物，又香又脆。以前有这种东西吃，是件很幸福的事，不比现在，鸡肉鸭肉都吃腻了，还吃猪油渣子？"

荣贵道完，文生接口说："原来有这个原因，我就一直纳闷，林叔叔干吗每次回来都第一个来看你，并有礼物送。哦，对了，这次他还送了一条红狼烟给你呢。"

"这家伙，要我戒烟，却又送我烟，这叫什么事？"荣贵情不自禁地露出了笑容。他倒不是因为老同学的那条烟，而是为老同学的那份情。一个堂堂的

---

① 发目乌：突然头晕目眩。

② 般多岁：同岁。

③ 打：捉。

④ 鸭嫲：母鸭。

⑤ 猪油渣子：煎完猪油后的肉渣。

退休军医，在大城市混了几十年，却对一个土里土气的农民动了真情，能不让荣贵这"土包子"感动？只因小学时一个不值一提的帮助，就让对方铭记了几十年，这是一种荣幸，一种骄傲，荣贵在大家面前也觉脸上有光。他也常常教育子女助人为乐，所以，文昌常会不辞辛苦接过那些负重者的担子，可是"好人有好报"这个世人所信奉的念条却没有在他身上应验，大家又只好以文昌的尺头岁数也就这么长来说服自家。是的，命里一尺，难求一丈，老天爷早已为世人安排了一切，命长命短，该啥样就啥样；如果文昌得恶病而死，非但没一分钱赔偿，反而会拖累家人，有人这么说也许是对的。每当荣贵在"好人一生平安"的歌声和话语中难免触景伤情时，总还能排遣心绪。

文生对林平安的帮助记挂于心，说："等林叔叔过年回家时，一定要送上两只鸡公，以表心意。"

荣贵说："应该，应该，莫讲两只鸡公，送一头猪给他也不为过。"

"呆，平安公公过年回来，会买一辆汽车给我呢。"顺顺想到自家也将拥有一辆汽车，也可以在同学面前炫耀了，就激动万分。他盼了好久，才盼到一辆汽车，而且是大城市的医生公公送的，这让他吹牛皮炫耀更有了本钱，小孩子的虚荣心并不输过大人。

"顺顺，你的病还没完全好，不能太激动，更不能蹦蹦跳跳到处乱跑，晓得吗？"荣贵见孙子太高兴，就提醒他。

"我的病什么时候才能完全好？我什么时候才能去读书啊？"

"病很快就会好的，不过你要乖一点，不要和其他小朋友那样东奔西跑。"

"我晓得了，福州的医生这么说，平安公公也这么说，我听话就是了。"

顺顺乖活的样子令大家鼻头一酸，可怜的孩子，这么小就遭受着病痛的折磨。

为了还清债务，文生又准备多种几亩田烟。种烟也有风险，一怕天气不好死头，又怕病毒，二怕关键时刻下冰雹打坏烟苗，这些若过关无事，又怕上烤下烤老下雨，雨多或太旱，烟叶都不好烤。烤烟是水火生意，一不留心整个烤房的烟都要烤坏，烟烤坏了，钱就打水漂了。种烟的风险是不小，但农民不种烟，光靠那些不值钱的谷子又很难过好日子。如果和某某年那样，连油子叶都能卖到十块钱一斤就好了！大家都有这样的想法。

一听又要租田种烟，菊英害怕了："种烟种烟，你就怕我太轻松，多种一亩我就多累一些，你又经常要帮人载货，多种烟还不是累死我？我倒成了捆死了的猴！种烟累死人，头年冬就要开始累，播烟苗，做烟田，还要叫人装袋。"

种烟确实累，新年大头，客还没做完，就要下田种烟。当时烟苗还是装营养袋，一角钱二十袋，这钱不好挣吧？但一般都是叫放寒假的小学生装。如此这般，难怪菊英心有余悸。

"不多种烟怎么还清债务？拖拉机现在也多了，光靠它不晓得要什么时候才能还清，有什么办法呢？"文生万般无奈。

"像你这样，不晓得什么时候才能轻松。你看那些会赚钱的男人，女人有几轻松就几轻松，不到四十就清闲了，日日打麻将吊金花，还吃好穿好。"菊英语气显得无限羡慕，末了又补上一句，"如果我有这种命，情愿少活十年。"

"莫去比上比下了，命中注定了。老古句①都说了，'命中吃八甲②，有了满升还会倒撒。③'人比人气死人，我也不想让你那么辛苦，我也想让你过着吃好穿好又轻松自在的日子，看到你劳累成人干子了，我也心疼。要不是为顺顺医病，我们也不会这么辛苦。顺顺做了手术，但愿他日见日好，那我们也会过上轻松自在的日子。你再忍耐几年，相信我们的好日子也不远了。你要是心里不平衡，就去想一想比我们更可怜的人，天下之大，还有人比我们更冤枉④的。"

"还有谁会比我们更作恶⑤？嫁给你真是衰死了！"菊英气呼呼地说完，拂袖而去。

"唉！"文生摇摇头，重重地叹了一口气。

心有不甘，但要做的还得做。没错，自家命苦，不能怨天不能怨地更不能怨政府，如果当初从了父母之命、媒妁之言，日子也许就不会这般难过。菊英每每置身田间地头，总要想这些陈年往事，越想心里就越气，脸色就越不好看，黑斑就越多、就越明显。

只要有空，只要身上还有几块钱，金花还是要吊的。有时做事时看到别

---

① 老古句：谐音也写作老古记、老古计，上代人总结出的经验或传统说法。
② 命中吃八甲：命中注定吃多少。八甲，容量词，不满一升。
③ 倒撒：倒掉。
④ 冤枉：可怜。
⑤ 作恶：可怜。

人在吊金花，菊英再忙也要放下手中的活，去过把金花瘾。她的理论是，如果赢了，可请人做事，如果输了，自家就多做一天。

菊英赌博很大方，一张一张的"领袖头"丢出去，虽心疼也舍得。但在其他方面，她却是个小心眼的人。顺顺二三岁时，她就夜里和人吊金花，把儿子塞给家娘家官带，自家吊到三更半夜，鸡啼狗叫。时间长了，次数多了，她家娘难免不满："就晓得赌，把细鬼子扔给我们带，赢了钱又不给我几块钱买盐吃。"

顺顺经常睡到半夜不舒服，老哭，荣贵曾半夜去赌场找过菊英和文生，为此还感冒过。荣贵呵斥文生："顺顺本来就身体不好，你们还这样赌到半夜，也放心得下？"文生和菊英当然晓得，他对孙子的爱不会输给他们对儿子的爱，他们有什么不放心的！

有人曾劝菊英："家娘家官帮你带了小孩，自家多轻松，赢了钱给他们二十块钱有什么要紧？"但菊英毫不理会这个馊主意，说："屙屎打惯了狗，以后一次不给他们就会不乐意，孙子是他们的，不带也不行。"她怕给老人辛苦费，每次赢了钱都没实话，或干脆就说输了。

菊英嫁到王家的头三年，也挺不错，不怕累不怕脏，不会做的就请教玉兰，叫爸喊妈也勤。后来学会了赌博，人就变懒了，再后来听了挑拨，尤其得知家娘用老奶菇哄顺顺，就开始厌烦她，连着也冷落了没及时告知此事的玉兰。田地里的活儿玉兰全力以赴，全家人的衣服也几乎包洗了，每日三餐烧的柴火也包了，但还是功不抵过，常主动打招呼还是得不到菊英的笑脸。玉兰耐性好，一直忍气吞声，当然也是为了家庭的团结。可菊英并不这么想，她已经无法和她们共同生活了，她要分家，不分，就好吃懒做，就鸡蛋里挑骨头，看你们能忍到什么时候！她是个倔脾气，要分家的决心跟当年要嫁文生的决心一样，绝不动摇。

自从听到招妹用老奶菇哄过顺顺，菊英就把口中的姨娅改成了老鬼，连累着荣贵这个爸也改成了老鬼。文生劝说过她，好心的邻居们也同她说过理。一个叫钟英的邻居兼赌友，也曾劝过菊英不能把老鬼挂嘴边，不能把老鬼老鬼当歌唱，但菊英还是 1-1=0，她说，他们又不是我的爷娭，我喊不来！

"如果你老公也这么想，不喊你的爷娭，你会怎么样？"

"不喊就不喊，喊了又不饱，做了才有吃。"菊英的肠子弯了，谁也劝不了。

"如果以后你老了，你的生媚也叫你老鬼，你会乐意吗？将心比心，相信你也会不乐意。"钟英搬出了菊英那个还不晓得在哪个狗嬷肚里①的未来儿媳妇，希望她有所悔改。

"老鬼就老鬼，本来就是，老鬼叫成嫩鬼，还不让人笑死？再说，等到我的生媚喊我老鬼时，我家的老鬼也许早就去见阎王了。"

"我说不过你，也懒得理你了，你叫什么都与我无关。"钟英恨恨地说。

菊英就这样当面老鬼、背后老鬼叫了好几年，连她父母都骂过她，她也照喊不误。她父亲觉得无颜面对亲家，就很少去登门了。她母亲向荣贵、招妹道歉道："大哥、大嫂，菊英是人，又不是猪狗，我们又不敢卖了她，你们量大福大就多担待点。我们都教育她很多次了，可这死老②就是不改。看在亲上加亲的分上，你们就莫生气，怪只怪我们教女无方。你们的老表都冇面目来见你们了，他说他对不起你们。"

"后辈的事，怪不得老表，叫他经常来，我们就当是老表和以前的老队长，不要当成亲家。现在的年轻人，很多都这样，冇办法。"荣贵大量地说。他和菊英父亲有时称亲家，有时又称老表，很随意，因为习惯了，称老表的时候多，称亲家反而觉得别扭。

菊英本就瘦小，生下顺顺后因为提心吊胆，就显得更瘦削了。经过十多年的体力消耗，又经常熬夜，眼睛深陷，黑眼圈很明显，有人笑她像只熊猫。

说来奇怪，她在吊金花时精神相当好，赌到天光都不会打瞌睡，但要是没人赌博，大家只说闲话说酸话逗乐子，她就坚持不下，经常说着笑着她就找个地方靠着睡了，口水流得老长，有时还打呼噜。她打呼噜不但很响且有节奏，令大家大笑不已。有人对她说，你睡目打呼噜流口水，呼噜能让地下震动，口水流得可以打走③蚁公④。她不信，把人臭骂一顿。

菊英瞌睡最多时，就是烟叶下烤后。烟叶烤干下了烤房，烟农们还得把它们分成二黄烟、三黄烟什么的十来个等级分门别类，等到要卖时，挑到烟草站再由评级员最后评定等级。这些周而复始枯燥乏味的工作，能不唤来瞌睡虫？菊英分家前，从不过问烟价，分家后，不仅要比较烟价，还要挑烟去烟草站卖。

---

① 还不晓得在哪个狗嬷肚里：戏谑语，需要的人还无踪无影之意。

② 死老：家伙。

③ 打走：冲走。

④ 蚁公：蚂蚁。

卖烟时间一般都在端午节之前，这里的村民称端午节为五月节。五月节是春节过后的头一个节，一般都会有客人来，所以得挑烟去烟草站卖，卖了烟才有钱买酒买肉买菜招待客人。

客家乡村的五月节有人初四过，有人初五过。听老人说，初四过节者是因为担心过节那天被土匪抢掠，所以先行入肚为安，初五过节者便笑初四过节者是"猴吃①节"。是不是猴吃节就不去追究了，没必要为了一个节日而大伤脑筋，还是回到现实中来吧。

话说菊英在五月初二那天，和文生天一放亮就挑着烟叶去烟草站。烟草站不可能这么披星上班，但烟农们必须早点去排队，因为全乡镇就这一所烟草站，不早一点排队怎么卖烟？

夫妻俩排在了第三组的第十二位，文生还要去载石头，没法耗在这里卖烟，就吩咐菊英在这里等。这让菊英心里着慌，此前她可是连烟草站都没进过呀，但为了表示他们能我也能，菊英不动声色，文生不是说评级员评好了等级就可以把烟弄到烟搭子上扛去称就行了嘛，何况烟草站还有小工，卖烟队伍里还会有本队人，可以互相帮助。排在前面那几位不就是本队的王生林夫妻吗，到时我可以先帮他们，再让他们帮我。菊英这么一想，心里踏实多了。

因为没那么快轮到，菊英便有点不耐烦，一不耐烦她就想美美地睡上一觉，就上前对王生林夫妇说："生林叔，轮到你们时，叫我一声，我会帮你，现在我先睡一觉，早上三点钟就起了床，眼皮老打架。"

"好吧，需要时我会喊你。"

菊英便在靠背椅上睡着了，一睡就是一个多小时，等她睁眼看时，王生林夫妻不见踪影了，一问，才晓得他们早已回去了，幸亏她的烟担子没被撂到后面，还是第十二位。本来有人见她睡着了想越位插队的，有位眼镜老者严肃地说："做人不能这样，大家都在泥田里摸爬滚打，看她的样子，实在太累了，如果你们当中有一人插队，大家就都想插队，那她下午也莫想回家。如果你们有善心，就把她的烟担往前排，做好事才会有人夸。"

快轮到菊英时，她被喊起，有人告诉她刚才的事。她很感动，很想多谢那位眼镜老者，对方却不见了。得知这位老者是退休教师，菊英就保佑他教育的学生个个都会循规蹈矩，不出大奸大恶之徒。

---

① 猴吃：贪吃。

菊英有样学样，指着自己那最满意的一堆烟问："我的这堆烟你们给评几黄烟？"

"二黄。"

菊英一听怒目圆睁，骂道："你们瞎了眼吗？这么漂亮的烟，才评二黄，三黄我都觉得亏了！"

"哈，哈，哈，这个笨女人，真是笑死人了！"烟草站挤了几百号人，闻听此言，都笑弯了腰；没听清的，则莫名其妙问其他人，为什么会突然有这种恐怖的笑法，听人转告后，也忍不住跟着大笑。一时间，烟草站充满了笑声，路过的好事者还跑进去看发生了什么好笑的事。

评级员忍住笑，放下手中的烟，问菊英："你的这堆烟要给你评几级，你才满意？"

"最起码要有三黄烟，这么漂亮的烟才二黄，你们也实在太欺负人了。"

菊英的话音刚落，又是一阵哄堂大笑。一个五十多岁的评级员，本来早就想小便了，另一个评级员说，等这两担烟评完了就一起休息，再忍一忍吧。

给两担烟评等级也需一些时间，五十多岁的男人，因为忍功差，又遇到这么好笑的事，一大笑，一放松，嘿，嘿，洋相便出了，一股水流便顺着大脚流到了地面，等他反应过来时，地下的烟都被他体内渗出的水流浸湿了一些。大家见状，又是一阵大笑。试想，几百号人一齐大笑，会是什么场面，烟草站的房顶没被冲破已是万幸。

菊英见那个评级员小便失禁，忍住笑奚落对方："鬼笑般做什么，这么老了还拉尿，好意思吗？"

"你娘个神经病，吃屎大的吗？给你评了好价还不乐意，怕钱多冇地方消吗？你要不要四黄五黄，我给你评？"那男人因菊英的笨而出了洋相，心里恨死了她，真想把她最好的烟打成①四黄五黄甚至六黄。

菊英刚想回敬，一个本队的烟农走近前说："你就莫开口说话了，再说会有更多的人尿裤子，甚至有人会笑死。如果我的烟都只有二黄，我屙尿都会对壁笑。二黄烟和三黄烟差一个等级，钱也差几块，你是要二黄还是要三黄？"

菊英恍然大悟，起先还认为加在"黄"前面的数字越大钱就越多，这会儿听人一点拨，脸红得像苹果，直到回家，都不再说一句话。

---

① 打成：评为。

菊英最讨厌给烟分等级，因为一窍不通，她情愿去下地干活，晒月头也甘愿。分等级虽不用力气，却也是辛苦事，坐在矮凳上一秆子一秆子把烤好的烟拆下，然后再分，心事一静就想睡觉。下烤和上烤也就一星期时间，如果在上烤前不抓紧把干烟分好等级入仓封闭，接下来的一烤就会更紧张，而且会弄得没烟秆子用。于是乎，烟农们日子不够夜子凑，一定要在上烤前把等级分完，谁敢偷懒？实在把持不住时，就起身在门口走上一两趟，等"睡目神"走了再分。有人开玩笑说，实在想睡时，就拿一根绳子把上眼皮捆住吊到房顶上。

菊英是个睡目包[1]，想睡时不管三七等于几，把矮凳子移到墙壁边，靠着墙就睡他个不亦乐乎，心满意足。

有一回分烟时，她又碰上了"睡目神"。这次实在犯困，就到隔壁房间的一张躺椅上睡，临走忘了关门，结果一只母鸡"咯咯咯"地带着十几只雏鸡进去，把十几秆的干烟叶踩了个稀里糊涂，当时的一秆子烟少说也值十几块钱。

文生出车回来一看，气不打一处来，进房一把揪起菊英，把她拖到现场大骂："短命嫲，死目包[2]，这下你满意了，一百多块钱就被你睡没了！不晓得对你讲了多少次，爱睡也要用烂被子遮住烟，关好门，莫让鸡鸭弄坏，可你就是当耳边风，你是吃屎大的吗，就不长一点记性？你自家说，这是第几次了？辛辛苦苦做来的，你就真的一点不心疼？"

"娘个短命相，结婚前就讲好了，不准骂我短命嫲的，今朝日子你先骂，我也不客气了。短命相，你就是打死我，烟也被鸡踩烂了，难道我就值不得一百多块钱？莫讲我也做了，又不单是你做的，我做的那份就爱让鸡踩烂，你敢对我怎么样？"

"好，好，好！我说不过你，你说的都是理，是歪理，我举双手投降行不行。你确实要这样，我也没办法，总不可能冲着你死，反正你想受苦，谁也奈何不得！"

文生边说边把双手举过头顶。这副服天服地的样子，令不慎撞见的玉兰感到好笑，但她不能笑，她怕菊英歪曲事实，说她看到他们相骂就偷笑，就幸灾乐祸。菊英这人心眼小，玉兰也曾想劝菊英，但又怕好心遭雷打。

---

① 睡目包：嗜睡者。

② 死目包：死睡虫。

菊英经常在公共场合打瞌睡，也就经常让人搞恶作剧。在她睡熟后，有人会用一根木棍，蘸上黄鸡屎，放到她的鼻跟前让她闻，试探她到底睡没睡着。菊英的鼻子非常灵敏，睡着了还能闻出臭味，眼睛却睁不开，只能左右摆动脑袋。搞恶作剧的人也不会放过她，一不小心，菊英就碰上了那湿嗒嗒又臭烘烘的黄鸡屎。

菊英可能也是过度疲劳又缺乏营养，造成精神状态差，才会经常打瞌睡的。一入春树木发新芽时，任谁都容易瞌睡，月头一晒更是精神不振，有时在做事时就控制不住睡着了。打瞌睡真的不单是菊英的权利，难怪她会理直气壮地说："哪个敢发誓说从来不笃目睡？"

要说菊英好笑，也确实好笑。她刚分家那年，因为家里的茅房塌了，三家人吃自家饭却把屎屙到别人的粪坑里，荣贵就说："吃家饭屙野屎不是长久之计，屎虽臭却可以为农作物积肥。我有个想法，在前面几十步远的菜地里挖个坑，周围用砖砌成，然后用水泥瓦盖住，一家人就不要跑到别人的茅房里屙屎了，所有的资金由我出，但人工要你们出，你们认为怎么样？"

文生几个都爽快地答应了，菊英不吭声。荣贵认为，不吭声就是默认。

挖粪坑行动开始了，玉兰天天坚持，文华、文生有空也帮忙，但菊英连个鬼影都见不到，她天天都在吊金花。

文生看不下去了，就说："菊英，有空也去帮忙，你看爸和姨娅、嫂子，天天都在做，多一个人就多一份力量。"

"鬼喔般做什么？我可以去别人那里屙屎，你要思谅他们，你就去做，我又不想用那大肥①浇东西，臭死人的东西以为我会去挑？说不定浇的东西，吃了也有毒。莫再鬼喔了，怎么说我也不会去做！"

大家都无奈，只好不去理她。

茅房砌好盖好后，三家人的拉撒又有据点了。荣贵又建议，每家买一个月的卫生纸挂在茅房的墙壁上，方便大家方便，大家又同意了。

起先，菊英真的硬气，不去那里拉屎。但是不到一个月，她就发现自家吃了亏。哦，我家就文生一个人去那里拉屎，顺顺都很少去那里拉，文华家四个都在那里拉屎，用纸量当然就比我家多，凭什么也要我家也买一个月的卫生

---

① 大肥：粪便。

纸？不行，我也要在新茅房拉屎，不然太不公平了。她如此这般改弦易辙，大家当然一句话都不敢说，三家人共用茅房倒也相安无事。

顺顺动手术那年，菊英把一块旱地种了花生。她当然也知道，用粪便浇灌的花生饱满粒多，她就想，我一家都把屎尿屙在了茅房里，我也有权利挑来浇花生地，这样就可以省下几个化肥钱。

菊英马上实行这个屙屎捉狗蚤——一举两得的计划。她天一亮就去锄花生豆草，到了下午，草就软巴巴的了。她一口气挑了十几担粪便，把整块旱地的花生苗都浇了个透。因为从没挑过这么多的担子，菊英吃过晚饭躺在床上直喊腰痛肩痛。

招妹见粪坑里空空如也，晓得准是菊英干的好事。那天是玉兰母亲的六十一岁生日，她和荣贵应对手亲①盛情邀请，都赶去吃饭了，这偷挑大肥的人还会是谁？她得说上几句："菊英，你再想省钱也不能这样自私，粪坑里的大肥是三家人积的，要用也不能你一个人用了算了，大家都种了菜种了番豆②，你怎么能一个人挑到光呢？"

"老鬼，我一家也在那里屙屎屙尿，我挑了几担就值得鬼喔？你们要用，过段时间又有了，你们扎手一点屙不就行了，值得鬼喔吗？我有番豆，你也吃得到。"用歪理理直气壮地反驳人家，是菊英的强项。

为了让大事化小，小事化了，荣贵不准招妹再答话。

那年菊英的花生的确丰收，可是，花生刚收回家摘完洗干净，月头却不关照，天天落雨。菊英只好把几箩花生用大锅煮熟，叫文生买了几十斤石灰块用来烘。另外还有三箩生花生，菊英想用来榨油吃。她把才晒了两个阴天的花生抬进房间，准备有月头时再倒到谷坪里晒，如果没有意外，这三箩花生也不会坏掉。就在此时，菊英的父亲归仙了，菊英和文生连着几天都在帮办丧事。而这几天太阳很可爱，菊英怎么想的，谁也不晓得，反正她没把钥匙交给家娘，或叫家娘把她的花生倒出来晒。

等父亲的丧事办完，那三箩花生都发了霉，有些还发了芽。七月天，温度高，只晾了两个阴天的花生，哪有不坏的道理。文生后悔自家病嘴，不会吩咐母亲，好好的几箩花生就这样坏了，要是送给别人，别人还会千恩万谢呢。

---

① 对手亲：亲家。

② 番豆：花生。

菊英却说:"坏了就坏了,后悔什么?就当作少种了几分田。"她在这方面量度可真不小,其实文生吩咐了又怎么样,钥匙在菊英的裤头上拴着呢!

一次,招妹在小溪里洗衣时碰着了钟英,见四下无人,便忍不住诉说菊英如何量度小、疑心重。有一日朝晨,菊英脱秧去了,文生当时要去茅房拉大号,就边跑边对招妹说,看我煤灶锅里的水滚了没有①,如果滚了,就替我打一升米放下去。招妹便拿了盆子去他家米缸里打米落锅,掀开缸盖一看,米缸里的米竟然做了手脚!她赶紧原封不动走人,文生完事回来问她打了米落锅没,她没好气地说,还是你自家打吧,爱多爱少也分相。

"她这么做是什么意思?还不是把我们当作贼防吗?我也作了田,又不缺米谷子,她干吗要这样做?"招妹说完,眼眶里噙满了泪水。

钟英一时不知该如何安慰,只好说:"招妹媚,你也别认为是菊英做的手脚,也许是顺顺好搞②,把米搞成了那个样子。"

"钟英,你不晓得的,菊英就是心眼小的人。我和她住一块儿十多年了,她什么心事我也能揣透。玉兰家迟③鸡杀鸭都会叫上我们和顺顺、文生,菊英则叫不动,她是不好意思去,因为她有什么好吃的,从来就不叫大家。文生要是叫,她会说,又不是打老虎要人多,这样吃去吃转,还不是蜻蜓吃尾巴——吃来吃去吃自家,有什么意思?菊英这么个脸色,大家又怎么会去吃呢?钟英,你是个孝顺的生媚,如果菊英有你和玉兰的十分之一孝心,我都会打酷笑。我也晓得,你不是个多舌乱鼻④爱搬弄是非的人,不然这些话我也不会对你说。"

"招妹媚,你放心,我从来就不喜欢挑拨离间,再怎么着你们都是一家人,有事还得靠你们自家人。既然你相信我,我绝不会告诉菊英你说了她什么。"

"我信你,我不信你还能信谁!我跟你说,前年过年时,中午在玉兰家吃了,文生说晚上在他家吃,我和老头子也说好。到吃晚饭时,文生来请我们,我们进门一看,菊英和顺顺已坐在那里开始吃了。见我们来了,顺顺就喊我们快来吃,吃了好放烟花。可菊英一声不吭,只顾自家吃,看她这样子,我们哪

---

① 水滚了没有:水开了没有。
② 好搞:好玩,调皮捣蛋。
③ 迟:杀。
④ 多舌乱鼻:乱说一气。

还有什么胃口，但又怕文生骂她，新年大头①的吵吵闹闹终究不好，只好坐下勉强吃了一点。等到文生给我们发压岁钱时，菊英的脸色就是用机关枪也打不进了。"

清官难断家务事，别人的家务事还是少知道为上，但很显然，这些事招妹憋在心里不是一年两年了，一直找不到人诉说，也会闷出病来的。钟英只好做耐心的听众，让她一吐为快。

莫讲大人，就是乳臭未干的小家伙也精得很。欣欣和婷婷说，看媚媚②那个面目就会全身发抖，莫讲鸡肉鸭肉，就是海参燕窝我们也不吃。顺顺毕竟还小，不晓得他妈妈的做法对不对。菊英在外赌赢了就会买些肉菜回家，她把菜放在肉上，生怕别人发现了会流口水。顺顺喜欢端着碗出门口吃饭，细人子都这样，家里有什么好吃的就想炫耀炫耀，菊英喝住他，不准他出门口吃。顺顺事后又每次都会告诉大家，上餐一家人吃了什么，有时还会说，你们干吗不过来吃呢？这小家伙，真不怕激死人！

欣欣和婷婷有一次故意气他说："顺顺，你讲假话，吹牛皮也不脸红，我都看见你妈妈只买了一些白菜，哪有肉？"顺顺说："骗你们的是细狗子，我妈妈把肉放到白菜下面，这样你们就看不到了。"

婷婷说："你妈妈真小气，我们家有好吃的，都是我妈妈让我们叫上大家一起吃，我妈妈说，有多吃多，冇多吃少。"

顺顺说："我妈妈不让叫你们，我爸爸要叫，她就说，又不是开仓赈济，叫上大家我们还吃什么，爸爸就不敢叫了。"

欣欣说："你爸爸的气管炎（妻管严）很严重，叫他要赶快找医生看一看。"

顺顺说："你爸爸才气管炎呢！我爸爸身体好着呢，他说他连止痛片都没吃过。"

"傻瓜蛋，你晓得个屁，我们不跟你说了，说了你也听不懂！"欣欣这个调皮嫲，牵着婷婷走了，不理顺顺了。

顺顺没人说话了，就找上他公呆，问："阿姐说我爸爸犯了气管炎，可我爸爸说他的身体最棒，连止痛片也没吃过，这是怎么回事？"

老头子被孙子这么一问，也答不上来，迟疑了半天才说："气管炎是气管

---

① 新年大头：新年里。

② 媚媚：也写作娓娓，指婶婶。

里的病，如果没有人让他生气，他就不会发作，如果有人要气他，他就会发作。这种病不用吃药，只要开心就好，所以，你一定要乖一点，不要让你爸的气管炎发作。不过，今朝日子阿姐和你说的话千万不能对你爸爸妈妈说，如果你说了，你爸爸的气管炎不但会发作，而且会很严重，记住了吗，顺顺？"

顺顺听了，似懂非懂地点了点头。招妹一听老头子的解释，忍不住跑到外面笑了一阵……

招妹说到这里，已转嗔为笑了。脸颊上的泪珠是伤心流下的还是笑出的，钟英已经分不清了，她也不想去分清，她只想为她保守秘密，人家对自己掏心窝子，如果自己还要和别人那样挑拨离间，那就太对不起人家的信任了。她也晓得，招妹不是那种好坏不分的老人，在人家里她就从不说家事，怕人多嘴杂，被人添花摘叶告诉菊英，生出更多的是非来。

"招妹媢，你放心，我会在适当时候好好说她，怎么能这样对待自家人呢！一家人住在一起，如果疑神疑鬼防东防西，多累啊！以前我们家四房人住一块儿，就从不锁门，我们做了新房子，我还配一把钥匙给我家娘家官。"

"菊英做不到，她去屙泡屎都要锁门。讲实话，我两公婆还会做，什么东西会比她少？鬼才爱她的东西！"招妹被人怀疑，心里非常生气，自家六十多了，几时被人怀疑过？她的善良和质朴众所周知，不是那种爱贪小便宜的人。有天落雨，大家或戴斗笠或披白膜去溪里洗衣服，雨停后，不知哪个健忘鬼，回家时竟把一顶新斗笠落下了。招妹最后回家，就拿着新斗笠走家串户问，问到第八家，才找到失主，对方说："多谢你，换着别人，早就占为己有了，哪里还会把斗笠送还给人家？"

洗衫裤遇上落雨是经常的事，落下雨具也是常事，个别贪小便宜的人，有捡谁不要？反正人有相像，货有共样，谁敢说我的东西就是你丢掉的？写了名字做了记号也不行，名字可改，记号也会做，你说东西是你的，谁可以证明？你叫声试试，它会答应我就相信是你的。没办法，天下人多，大家做人的方法不同，天上的神仙也没这个法力让大家做同一种人。

不听招妹这番话，钟英还不晓得菊英是这种人。看她赌博时的样子，不应是这种心眼的人啊，赢了钱常会大方地请人吃东西。但招妹似乎又不是那种冇事话事①的人，钟英相信老人所言。

---

① 冇事话事：无中生有。

菊英的另一个毛病，钟英也听到了。菊英的毛病多，文生都忍了，但无法容忍她那个让自己下不了场的毛病。

荣贵六十岁生日时，文华和文生商量好了，每人给父亲三百块钱。生日过后，荣贵把礼金单子拿给大家看时，文生发现自家名下只有两百元。他清楚得很，当时他把三百元装进了红包，还封了口，让菊英交给荣贵，这样做是为了给她一个面子，没想到，这个妇人家竟然这么作贱，胆敢背着他从封了口的红包中抽走一张！菊英根本就没想到，荣贵会把礼金单晒给大家看，不然她也不敢这么做。

文生很生气，当众把菊英臭骂了一顿。菊英心里有愧，只好生人装个死人相，一句话也不回，心里当然不可能安分："我不搭腔，看你鬼喔到什么时候？"

文生后来对大家说："幸亏那晚她聪明，不顶撞一句，不然我真会狠揍她一顿！"

玉兰虽不好赌，但和钟英也很投缘，喜欢找她诉说心里话，私底下说了菊英抽走生日礼金的事。钟英惊讶地说："菊英还会这样？别人说这事我还不敢相信，你说的，我百分百相信。"

"菊英就是这样的人，出门做客包红包从来都不跟派①，我们包一百，她就包八十，我们包五十，她就包四十。有时文生包好了的，她都要拆开看一看，会从中抽出一些。我姐讨生媚时，文生问我包多少，我说你哥让包三百，文生说好，包好封了口，交到菊英手里，当着我的面说，姐讨生媚，我们包三百也嫌少了，你千万不能再减少了，莫再跌我的鼓。过后我问我姐菊英给的红包有多少？她说两百，她也晓得菊英的这种毛病，说，包多包少冇关系，人来了就好，你不能对文生说，莫紧又害他们相骂。我当然不会对文生说，她包多包少关我什么事，各人有各人的想法，各人走得各人的路，自那回听说我晓得我家娘让顺顺吸老奶菇后没有告诉她，她就对我有一肚子的意见，我哪敢再引火烧身？"

玉兰很忧伤，爱招改嫁了，家里只有她和菊英两梓嫂，如果都互相不理睬，那是一件多么难受的事。她经常主动和菊英说话，菊英却总拿冷屁股贴她的热脸蛋。菊英在外面，也说说笑笑，有时还令大家都笑破肚皮，但在家里除了和顺顺、文生说话，其余的人都像和她有仇，全家人莫不感到头痛。

---

① 不跟派：不和大家一样。

菊英很惜力气，从没想过帮助人，本队有人升了天，需要人手，她是从不上门的，只有文生不在家时才和其他人去烧一炷香了事，给的香仪钱也一向比别人少。荣贵和招妹倒是乐于助人，六十多了，还常常老将出马，上孝家①帮忙。

有人见状，就问："咋？有子瑞生媚，为什么还要你们老人家来？"

他们说："年轻人怕搞不懂，我们来帮忙也是一样的。"

有人便开他们玩笑："你们这是为自家交换工日，以后你们归仙后人家就来还工日。"

有人直言直语："巴掌心②没有照光，难保你们文生家没困难，日长月久，谁也不能说自家就平安无事？平时一两力气都不出的人，万一自家有难，就会喊天天不应，唤地地不灵。我告诉你们，子女大了，爷娘就老了，保不了他们多久了，得让他们出出力气了。你们莫以为自家来帮了忙，那是不一样的，大家的眼睛亮着呢！"

荣贵和招妹其实心里也明白，自家两公婆老了，很快就要去阎王那里报到了，就是帮人帮到归仙那天，又还有几次帮？自家走后，他们怎么办？对，得让他们晓得世事道理！

文华在煤窑上班，文生开拖拉机，玉兰最怕去孝家，一看到那油光滑亮的棺材，就头昏脑涨，半个月都不敢一个人睡，厕屎都要老公陪。菊英就甭提了，反正她不会去孝家，什么理由也不说出来。

荣贵瞅了个时机对儿子媳妇们说："红好事是要人喊了才去的，但白好事是自家自动自觉去的。以后本队有白好事，我和你们的姨婭不去了，得由你们去了。你们也别怕，很多年轻人都会去帮忙。我们老了，再去帮忙就会跌你们的鼓了，人家都是年轻人去，我们再去也会感到脸上无光。死人有什么好怕？又不会重新站起来，再说现在都弄去火化了，成了一撮灰，更没什么好怕的了。"

"好吧，以后就由我们去吧，你们已经帮了几十年了，其实我们心里也过意不去，只是太害怕了，特别是看到棺材，我就半个月都睡不着。"玉兰一想到要去孝家，心里就发怵，但公公婆婆老了，真不好意思劳驾他们，自家心里

---

① 孝家：死了人的家里。
② 巴掌心：手心。

一直很内疚。是的，如今见不到棺材了，尽管还是会怕，但再怕也要硬着头皮上阵了，也许习惯了就不怕了。

菊英一向不会在这样的场合发言，只在心里犯嘀咕："哼，就晓得讨好老人家，要去你去，我没答应，反正不会去。"

街谈巷议、饭后茶余的闲聊中，菊英的为人处世从没被人夸奖过一言半语。除开赌桌，鲜有人主动找她玩，找她拉家常。偶尔碰在一起闲聊，也只有别人开她玩笑，而且尽是些乱七八糟的玩笑。在这方面，她倒是量度出奇地大，什么过分或恶劣的玩笑都一笑置之。有个酸溜溜的男人说："今晚我老婆不在家，你陪我睡好吗？"

她大大咧咧地说："好呀，你给多少钱？"

男人说："你要多少就多少。"

"我要一百万你给得起吗？"

"现在给不起，先欠着，我用一生世人的时间付，行吗？"

"算了，想你那一百万，我鼻血都会想出来，要是被你老婆晓得了，找我算账就死了，我还是做我老公的老婆好了。"

有人怀疑菊英有男子，问到钟英头上，她毫不迟疑地说："我可以用人格担保，菊英除了好赌，搭男子绝对不会。她是喜欢开玩笑，但开玩笑很正常，我不信她会做出这种伤风败俗的事来。"

钟英是个有识见的人，不会像某些女人一样，见风就是雨，但是，既然有人背后说菊英的坏话，她就要旁敲侧击提醒她，让她注意流言，保护自家的名声。

菊英得知有人这样说她，很气愤，问钟英："是哪个神经病无中生有，我撕烂她的嘴！"

"是谁说的无关紧要，你只要今后注意，这种谣言便会不攻自破。开玩笑也要有分寸，不能太随便，太随便了难免让人生疑。我是相信你不是这种人，但不可能大家都相信你。"

"钟英，多谢你相信我，如果不是你用人格为我担保，真不晓得会被人传到什么程度。这些人，真是太会捏造事实了，太可恶了！"菊英咬牙切齿地说，如果钟英告诉她是谁说的，她保证马上就会杀上门去。

这事后，菊英有空就找钟英，也经常邀她一起打麻将。钟英有赌命，十赌九赢，令菊英羡慕不已。

一次，菊英主动向钟英提起孩提时代的事。她说她在家中是麦尾嫲，哥哥姐姐都很爱她，父母也最得意她，所以她一向都很任性。她还说父母迷信，说话做事很作利是①。最好笑的是过年前炸粄子时，她和哥哥姐姐们好搞，常把米粉团做成人形，还捏上头和手脚，趁父母不在时丢进油锅炸。人形粄子一进油锅，不是断手就是掉脚，他们几个一惊一乍起来："哎呀，我的头掉了！""你看，你们快看，我的手断了。""我的一双脚断了。""快看，快看，我的肚肠裂开了。"

兄妹们乐得哈哈大笑，而做母亲的听了，心脏病都快吓出来了。菊英一见母亲面色苍白，又对哥哥姐姐们说："我们不能再捏人粄子了，嫂②都快死了！"

菊英的父亲听后，哈哈大笑，接着说："你这小家伙真是个背时鬼，有一句好话，年初一你最好都不要出门，莫紧一句衰话，让人一年到头都有安乐。"

一向不愿和人交谈家事的菊英，把陈年旧事都抖了出来。很显然，钟英获得了她的信任，只是，该从何入手做这个"说客"呢？

连着几年，文生和菊英都大量种烟，很快便还清了债务。

菊英也和其他人一样，为求好价，半夜挑着烟叶爬山越岭去广东大坝子卖。走山路也怕人举报，一旦碰上烟警，全部烟叶没收，但是，为了多卖几块钱，大家还是冒着险前赴后继。

菊英人瘦小，挑不了多少，没走过夜山路，心里又怕行衰运碰上烟警，挑着担子也是战战兢兢的。可有人还故意吓她，走着走着便突然大叫："坏了，坏了，烟警来了！"菊英一听，脚就软了，放下担子就哭。大家一阵大笑，笑得全身无力，只好原地休息。

菊英去了两回，就打死也不去了。文生给她壮胆，她说："就是卖烟的钱全部给我，我也不去！"文生无奈，只好自己顶上。

有了一点积蓄，文生就想把小型拖拉机换成大的。菊英当然支持，又唆使他去向老人借钱。文生说："我实在开不了这个口，自家不够，还是到朋友那里借一点吧，再不成就去贷款。"菊英就没说什么了。

---

① 作利是：讲方式，求顺遂。
② 嫂：当地对母亲的另一种叫法。

用大型拖拉机载煤去广东卖，运费当然也多了，文生的日子又开始好过了。菊英的赌资丰厚了些，可以赌大一点了，六合彩可以期期不落下。

荣贵和招妹找了个时机，对文生说："一个细鬼子太单，以后你们老了，顺顺的负担太重，趁现在条件好了，又还不老，抓紧生第二胎吧。"

文生觉得有道理，就和菊英商量。菊英立马说："一个顺顺就让我苦了十多年，万一再生一个和顺顺一样的，我这辈子就休想安乐了。再说，我现在天兵一样，自由自在了，再生一个又要把我捆住好几年。不生了不生了，只要上天保佑顺顺快快长大，平平安安我就心满意足了！你不要和老人家一样的思想，子多不见得就福多，你看武明古，四男三女，他享到了福吗？他老婆一年到头清闲过一日吗？年初一大家都拜年，她一个人却洗衫裤都爱①一昼边②，她什么都缺就不缺做，这样做人有什么意思？你莫打主意了，要生你就找别人生吧，我不想那鸡子酒吃。"菊英不想做的事总能找上一大堆理由。

"鬼话傍天③，我真要找别人生，你还不闹死④？"文生既好气又好笑，要不是为顺顺以后着想，他也不想冒险再生。

"我保证不闹，有本事你去找，反正我不再生了。我刚轻松几年，你又想七想八。讲实话，有细鬼子拖累实在麻烦，何况我们的情况不同，我实在害怕。"想起三天两头往医院跑，想到刚拜完年就住进了医院，想起近亲繁殖的变数，菊英就心有余悸。

"一个细鬼子真是太单了，以后我们老了有个头疼脑热、风寒感冒什么的，顺顺连个商量的人都没有，完全要靠他。多生一个，不管是男是女，顺顺都有个可以商量的兄弟或老妹，一变二，二变四，四个人就有主意，负担也轻一些。我们不能光想自家轻松，得为顺顺以后着想。"

文生细言细语地劝菊英。他说了那么多，其他的都不顶用，"得为顺顺以后着想"这一句很有实力，菊英是爱顺顺的，她也很担心顺顺。顺顺本来身体就差，以后万一有什么大事，他能不能正常面对，这是一个问题。菊英很想自家生一个妹子，都说好字是由一女一子组成的，有子有女，生活才美好，妹子贴心，生儿子要为他建新房，要为他讨老婆，妹子大了，有人追求，有人巴

---

① 爱：要。

② 一昼边：一上午。

③ 鬼话傍天：鬼话连天。

④ 闹死：愁死。

结，几好？她怕的是又生下一个带柄的，生儿子平安无事也就罢了，千万不能和医院结缘。

文生说："你呀，就爱胡思乱想，尽想坏处，你为什么不反过来想呢？如果子哩会读书，会赚钱，不但不用我们讨老婆，连房子都在外面，还把我们接到大城市住，有几好？"

"鸡丘婆①想天鹅肉吃！好吧，我答应你，不过你也答应我一个条件。"菊英心软了，但心软了也要和文生讨价还价。

"什么条件？只要能力允许，条件又不苛刻，当然好说，但你要是想出古里古怪的主意，或叫我上天摘月光，那就免谈。"文生开起了玩笑。

"给我买一辆轻便摩托，你经常载煤去广东，顺顺又要接送，没有摩托很辛苦，有了摩托，赴圩出入、做客也方便些。"

"这个……"文生没有立即答复，他也要吊吊她的胃口。

"你放心，我会骑慢点，有了身上②，就不骑了。"菊英充满希望，用热烈的目光盯着他。文生当然读得懂她目光中的意思，"你不答应我，你就休想说服我，我不配合，看你怎么生？"

故意犹豫了一阵子，文生点了点头："好吧，天光日子我就去给你买，趁这两天不用去广东，我教会你。"

文生哪晓得，菊英早就学会了，是转外家时学会的，她人瘦小胆子却不小，缠着哥哥教她，不到两个时辰就学会了，后来一转外家她就要骑哥哥的摩托遛一圈。

有了摩托，不仅出门和接送儿子方便，连赌博都方便多了，她买摩托也是为了方便赌博。她早就想买，但一直不敢开口，今天刚好有这个讨价还价的机会，文生不会不答应。

有了摩托，菊英就可以在离家门口远一点的地方赌了，她甚至不满足于麻将、斗牛、金花，更不满足撞狗屎风③赢的几块小钱，她要坐庄赢大钱！于是，她把卖烟卖谷子、卖猪的钱取了一些，在外面坐"九点半"庄，结果她又姓"苏"（输）了，文生却还被瞒在鼓里。

菊英再次怀孕后，文生就不再让她做重活，自己出车回来，哪怕再累，

---

① 鸡丘婆：癞蛤蟆。

② 有了身上：有身孕。

③ 撞狗屎风：行狗屎运。

308

也要包揽一切累活。农田里的活，招妹和玉兰也尽力相帮。因为营养好，"禾笔子"丰满了，脸上有了血色，且胖嘟嘟的，走路屁股和媒人婆一样扭了起来。原先大家见她瘦得只剩八十斤，都笑她就是把她丢进油缸里，也肥不起来。

很快，一个白白胖胖的妹子便瓜熟蒂落，七斤九两。文生一家都乐得笑阔了嘴，他们都希望菊英生妹子，这下心想事成，当然高兴。

有了拖累，菊英晚上就不能出门了，但大白天她在家里无论如何都待不住，坐完月子便抱上婴儿带上尿布到处走，看看本队哪里有吊金花的，如有，她便上前凑热闹，抱着孩子也不能放过赚钱的机会。旁边若有闲人，她就让对方帮她抱抱，还坦率地说，困了一个月，实在忍不住想过一把金花瘾了，还许诺，如果赢了钱，一定奖励她。

女儿出生后，很好带，这让文生和家人都松了一口气。

菊英又和大家混在一起了，有人便又开上了她的玩笑："你也真好①那门子事，这么老了还要生，生下来害自家，不要再生几自由？赌到天光都冇人干涉。"

"生细鬼子几好？有吃有了，一个年日②下来，起码都有二十多只鸡公，如果不是那些鸡公肉，她会有这么丰满吗？其实，生细鬼子男人也有功劳，没有男人怎么生，一个出脓，一个出血，可是妇人家却可以吃到那么多鸡公和鸽子、鸡蛋，男人要是吃上几块骨头，喝上半碗鸡汤，就成了猴吃鬼。"一个叫阿狗的男人愤愤不平地说。大家从中看出，他老婆做年日时，他肯定也贪吃鸡肉鸡汤。

菊英才不怕和男人们说酸话呢："你们男人出了脓得到了快乐，女人出了血却要承受那么多痛苦，有人还会为此丧命，要不怎么会有人说自家的生日是母难日？"

菊英还说："听我娭哩讲，以前的妇人家生细鬼子不能在床上，只能在柴火间，地上铺些稻草，痛得满地爬也不能大喊大叫，怕被人笑话，难怪说'牙齿咬得铁钉断，脚下绣鞋顶得穿'。"

"咦！菊英，看不出你还这么有才，这句有哲学的话你也晓得。"另一个

---

① 好：喜欢。

② 年日：月子。

男人笑着说，他真的想不到，菊英还这么有才。

"我也是做细妹子时听我娭哩讲的，我娭哩生我大哥时，就痛得在地下爬来爬去……"

菊英非常喜欢说笑，再黄的玩笑也不怕，有些男人也说不过她。她又不注意，经常说错，让人笑弯了腰，笑痛了肚皮。和她在一起，得小心你的大牙。

吊金花时，有些男人喜欢蒙来蒙去。别的地方说蒙，吊金花的专用术语叫"暗吊"。暗吊就是在三张扑克还没开出前，把钱丢到桌面上的钱堆里，直到有人出击或"弃甲而逃"。有一次，菊英暗吊了两圈就看牌了，一看没货，就把牌丢到牌堆里看其他人暗吊，紧接着也有一男人丢牌息战。看到还有几个男人把钱丢来丢去，甚至越吊越大，由暗吊一块两块，一直升到十块、十五块，还没停下来之意，菊英就不耐烦了，对那个也早早丢了牌的男人说："春贵，我们睡个目①吧，让他们去吊！"

那个叫春贵的男人一听，装出害怕的样子连忙摇手："你别这样，这里还有很多人，你怎么敢邀我睡目呢，你老公晓得了还不找我拼命？再忍不住也不敢乱来，你这么一说，他们会以为我俩有一脚，你怎么敢开这样的玩笑，你是成心要害我吗？"

当时菊英说后，大家都把精力集中到牌面上，并没加理会，可经春贵这一嚷，大家就听出味道来了，忍不住大笑起来。说者无心，听者有意，就是这么回事。一回味，连菊英都忍不住笑出声来。其实她的意思是，他们一直还在暗吊，看样子没那么快停，我们闭上眼睛睡一下。睡一下也可以说是休息一下，可人家要那么理解你有什么办法？

过后，那男人还对大家说："菊英也太大胆了，这么多人在一起，就敢邀我睡目。"当然大家也晓得菊英话里的意思，但看到那男人害羞之状，也跟着窃笑。

有人很奇怪，菊英在外面说说笑笑，可为什么就和家娘家官、大郎嫂哩无缘、无话说呢？

"可能带归②时，没去菜园吧？"有人这么提醒。美溪村有这么一个风俗，新娘入婆家门前，得先进菜园，这样就会有人缘，婆媳和妯娌之间就可以和睦

---

① 睡个目：睡一觉。

② 带归：出嫁。

310

相处。

"有可能有可能，看来讨生媚一定要叫她进菜园，最好在井边走一圈，井沿更圆，人就更有缘。"

菊英的女儿出生后，一直不让家娘带，叫自己的母亲来照顾自家的月子，后来就自家带了。一来怕家娘又用老奶菇拐细鬼子，二来怕日后相骂时家娘会诉劳诉底[1]，自家的母亲就不会。菊英为自家留了一条后路，以后就可以随意和家娘对骂了。听她这么一揭秘，大家又笑她很有打算，目光看得长远。这是讽刺话，菊英再傻也听得出。

菊英也确实硬气，经常背着女儿去洗衫裤，去田里。有人劝她，为了细人子，也莫这样怄气。她说："让她带了，她又来害我，用老奶菇拐我妹子；万一以后相骂，她一出口骂我有良心就糟糕了。反正也不要几年辛苦，到了三岁我就把她送到幼儿园。"

顺顺很喜欢有一个妹妹，一回家就抱着妹妹不肯放下。

无聊时，有人逗着顺顺说："有个争吃鸡髀[2]的多不好？快叫你爸爸妈妈把妹妹嫁了，四个鸡髀鸭髀又可以由你一个人吃了。"

顺顺说："妹妹长大了，会替我洗衫裤，给她吃鸡髀鸭髀有什么要紧？"

荣贵和招妹转眼间已步入古稀了，担心以后丧失劳动能力时没人要，想趁现在还有点能力帮帮儿子，跟他们过。荣贵想好后，就把儿子媳妇们喊到面前。

"我和你们的姨娅想好了，准备和你们住一块儿，也好减轻一些人情世故。你们四个，商量一下，怎么处理田和我们两个老人家，是每家一份田一个老人呢，还是两个老人轮流着跟你们过，每家一年或一个月？都由你们的方便。反正我们快有能力了，怎么样都行。"荣贵无限伤感地说。

岁月不饶人，当年叱咤风云、威武雄壮、头高笔直的他，已是一个能力不逮、威仪丧失的老人，是一个打屁打出屎、屙尿淋湿鞋、行路头拉肁的老人，当年可以让一个生产队百多号人都臣服在脚下，如今一个菊英却让他威风扫地，寝食难安。他怎么也想不出自家作过什么恶，会弄成这样的下场，自家

---

① 诉劳诉底：居功自傲。

② 鸡髀：鸡腿。

的命运要由一个亲上加亲的女子来掌握，这让他很伤感又有点哭笑不得。他相信文华、文生和玉兰能够接纳，但菊英会不会把他们当作累赘而拒于门外，他就不敢保了，这只乌头虫子什么话不敢说、什么不通人情的事不敢做？

果然，文华三个都不同意他们分开过，要住就都住一家，住一家互相有个照应，分开住太离谱。而菊英一听老人要和自家过，心里讨厌得很，还没听下去，就离开"会议室"进了自家的房间。

文生恨恨地瞪了她的后背一眼。

"不管怎么，办法就这两个，两个老人长期住在一个人家里负担都会比较重，而另外一个还会以为得了好处。不过，我首先声明，跟谁住，我的那点钱都不会给你们，借是可以，但一定要分相，万一以后你们不要我们住了，有几个钱防身也不至于饿死。我们用不完，到百年归仙后，这些钱也带不走，还是你们的。"荣贵说完，颇为伤感，人老了，不中用了，连过日子都要愁心愁肺。

文生想了想，说："那就轮流过吧，每人家里一年，反正又住一起，照应也方便。"

荣贵说："我们老了，冇主权了，你们说怎么办就怎么办，跟你们的老婆好好说，如果有什么不满意，千万莫骂，家丑不可外扬。一家人和和气气，吃夹青菜也香甜。如果你们三天两头地吵，吃鱼吃肉也冇味道，家和才能万事兴，你们要记住。"

散"会"后，文华道出让父母跟他们先过的想法，玉兰通情达理地说："生儿育女，就是防老防疾病，既然他们不再想自家过，就要感到高兴，家中有老人，我们出门也放心，连门都不要关。烧火煮食，扫地，养头牲①，他们哪样不会？大人爷娭，一百岁不死还不是为子女操心？真要是躺在床上不会动了，我们照顾他们是天经地义的事，只要老人开心，我冇意见，你说怎么办就怎么办吧。"

文生这边就有磕碰了。菊英是个全身长刺的人，通情达理于她已是明日黄花，她早就不想通情达理了。

"菊英，养儿防老，以前爷娭还会做也不用我们来养，但老了就应该由我们来负责。我们也做了爷娭，以后我们老了不会做了，也指望顺顺来养我们。一代传一代，顺顺十多岁了，很多事情他都看在眼里记在肚里，为了我们以后

———————————
① 头牲：六畜。

312

的日子，应该在他的心目中树立一个榜样，免得他以后学歪样。"

文生连劝带吓，却听菊英气呼呼地说："两个老鬼一起过，我冇这个习惯。哦，还会做时就自家过，如今老了，就想跟我们过，想得也够周全。没他们一块儿过，你都经常对我横眉竖眼吼吼喝喝，他们一起过，为了爷娭你当然情愿得罪我。你这人我算看透了，他们和我们一起过，我还用吃饭吗？气都气饱，你要尽孝也行，你和你爷娭过，我和子女过，你每个月给我们一千块钱生活费就好了。"

"你这是什么话，这样的话，老人还会跟我过？你怎么这样不讲理？屋檐流露水，点点不差池，上梁不正下梁歪，受家庭环境，受大人的影响，细鬼子想超凡脱俗都不可能，你就等着他们学样吧。"文生越劝越气，这女人，心肠这么硬，不如改姓铁！

"我就这样了，有本事你把我离了，再去找一个通情达理的。"菊英越讲越起劲儿，声音也越大，她就是要让那两个老鬼听到，因为他们，文生又和她吵架了，她总是把责任推向他人，从不会在自家身上找原因。

"死乌搭瞎的妇人家，神经病，真没想到你会是这样一个蛮不讲理的人！买个鬼壳去戴吧，对老人家这样，看你娘般做人，我真是吃到了屎，会碰上你这种妇人家！"文生也的确后悔，自家这只瞎目猫公摸到了菊英这只死老鼠。

"关我屁事，是你说一定要讨我的，现在后悔还来得及，我量很大，想找个新鲜的，我会成全你。放心，我不会缠着你，你又不是百万富翁，我缠着你屙牛屎吗？"

"太不像话了！"文生怕父母听见又不舒服，咬着牙不再吭声，话不投机半句多，既然谈判无法再继续，文生只好苦脸逃之夭夭。他心里苦笑了一下，自家的房间，竟然成了是非之地，让他不想久留！

"菊英不同意吗？"文华一看文生那张臭脸，就猜了个八九不离十。菊英这枚铁钉子真是碰不得，她这人，一点人情味都没有。有困难时，大家都尽能力帮她，她记性好像很差，又似乎很强，对人家的帮助过后便忘，对人家的毛病却刻骨铭心。玉兰在各方面都尽到了做嫂子的责任，大家无不称说，可菊英并不领情感恩，认为嫂子为她做什么都是应该的。菊英身体不好时，玉兰就把文生家的衫裤一并挑到溪里洗，田地里也尽量帮文生，而反过来玉兰身体不好时，菊英过问一句好像也太亏，所有的一切都是招妹代劳。玉兰主动打招呼，菊英都是爱理不理，玉兰越看越醒世情，觉得这人不识好，冇看头，她的心再热，也会被菊英冷若冰霜的态度而改变。对菊英，玉兰的心也热不起来了。

"娘个短命嬷，真不是她爷哩屃的①，总有一日我要告诉她嬷哩，让她好好训她一番，不然，她就要反上天了！"文生听哥哥一问，气就不打一处来，这种妇人家竟然让自家碰上了，真个行衰运，当初要是听了父母的话，自家的命运也许就不会这么糟，可是……唉，命运真是作弄人！

"莫添乱了，你告诉她嬷哩，她晓得了，事情就会更糟糕，她会更加迁怒于爸和姨娅。这样吧，让爷嬷先跟我们过一年，你慢慢说服她，如果她还不松口，爷嬷就跟我们过，负担再重也不能让他们自家过了，你嫂不会有意见的。"

玉兰说："大家都要做爷嬷，有什么办法，爷嬷养大子女更艰辛，他们都毫无怨言，莫讲我们养老人，他们一百岁命长又还有几十岁，如今都七十多了。"

"也只好这样了，一年时间，看能不能把她这枚铁钉子烧软。"文生垂头丧气地说。他很羡慕哥哥，也为哥哥高兴，男人的幸福就是像嫂子这样的女人赐予的。

文生不想再进房睡，躺在客厅，拧开电视，却无心观看。他右手握住遥控器，按着一键，把频道换来换去，别说电视节目，就是节目的名称他也没认真去看。他心里很烦，感到心里有一股无名火要将自己烧掉。文生愤怒地举起遥控器，但在恨恨投向电视的一刹那，住了手，如果自家一出手，刚买不到两年的彩电也许就会遭到迫害，家丑就会外扬，父母就会更难受，自家以后也会养成摔东摔西的习惯，而菊英又是个不顾后果的人，她会更大方地帮着他完成任务。文生极力忍住满腔怒火，高举着遥控器的手垂落在躺椅上。他终于控制了百害而无一利的冲动，却再也无法控制情感，他哭了，咬着自家的手臂不敢哭出声，自出世都没流过这么多的泪水，文生实在太委屈了，他有苦无处诉呀！

一连几天，文生和菊英都互不搭理，都和顺顺说话，和女儿欣怡说话。他们都在家时，火药味很浓，文生怕一和她搭腔，她又拿话说他，只好强忍着。菊英连文生换下的衣服也不洗，去田地干活各干各的。他们在比赛耐性，一定要分出个胜负来。

不言自明，菊英回回都是胜利者，文生注定在这方面是常败将军，因为

---

① 爷哩屃的：父亲生的。

他要想到父母，想到子女，更要顾及自家的颜面。他不想让大家晓得他们经常闹脾气，他怕别人说他自作自受，这也怕那也怕，顾了这个顾那个，过得有多憋屈就有多憋屈。

冷战持续了半个月，文生实在忍不住了，荣贵他们也看出来了。儿子处在水深火热之中，从他无精打采中看得出来，招妹怕生媚，只有劝儿子："儿呀，我和你爸都看出来了，你和菊英互不搭理，当老婆的软①蚀不了肉头，你是男子汉，量要大一点，莫跟妇人家一般见识，主动和她和好吧。她不喜欢我们住一块儿，我们就还是自家过吧。现在我们生活也还能自理，为了我们，害得你们两公婆吵架，我们的心里实在不好过。"招妹说着就流下了伤心的泪，她赶紧背过脸，用衣袖两边擦了一下，然后强行挤出一丝笑容说，"爷娭保不了你一世，老婆跟你才是一世的人，你一定要好好地对她，她迟早会醒悟的。"

文生的心更难受了，无论菊英怎样对家娘，老人还是为她说话，凭着这一点，他也要和菊英好好谈一谈。

一晚，趁着孩子在爷爷奶奶房间玩耍，文生心平气和地对菊英说："菊英，都半个多月了，再大的火气也该消了，公婆之间这样赌气互不搭理，算什么？你也该好好地想一想了，对待老人家怎么能这样呢？就算是爷娭有错，你也不能这么记仇，普天之下，谁又没个错呢？你也有错，多少年过去了，你叫过爸和姨娅吗，你一直老鬼老鬼地叫，老人家都忍下了，要做什么他们还照样帮。每回烤烟叶上下烤，还不多亏了他们？割禾莳田他们哪样不帮？那么多谷收回来，还不是他们帮着晒干入仓？每逢落雨，他们也抢着帮助收谷。有时我们归屋晚了，他们还煮好了饭菜等着我们回来吃。到了六月，我们常常做到八点才归屋，头牲六畜还不是他们理好的，顺顺和欣怡还不是他们带好吃饱的？爸和姨娅尽到了最大的心，你问问，周围哪个老人能做到这种程度，凭着你十多年不叫一声爸和姨娅，就可以把你列入到死鸟搭瞎、冇情冇义的行列中。每个人身上都有优点和缺点，你不能单记他们的缺点，忽视他们的优点，你也不要认为他们两样心，他们对你和嫂哩哪样有偏心，只是你不去报恩罢了。遇到事情不要把过错强加在别人身上，要多从自家身上找原因，付出了真心必将得到真情的回报。"

---

① 当老婆的软：让让老婆之意。

文生说到这里，还没听到菊英有什么反应，就认真看了她一下，她双眼紧闭，靠在床前的沙发上，鼻腔中发出了风箱一样的呼呼声。文生起先以为她是在诈睡目①，但呼呼呼的输送气和嘴角流出来的口水，告诉他这是真睡了。他恨恨地白了她一眼，真想上前一把揪起她，扇她几个耳刮子。踌躇间，为求平安，他再次强压怒火，拿了一件上衣披在她身上，然后出门找人吊金花了。

几经接触，菊英感到钟英最贴心，什么话都和她说，连赌博输了多少钱都告知。钟英劝她不要死赌烂赌，白天都把精力消耗了，晚上又要把女儿带在身边赌到三更半夜，还笑她是不是要让女儿"接班"，所以从小就培养她。

菊英输光后就东借西借，经常也向钟英借。钟英劝她："手气不好就不要日日赌，赌博要有分寸，莫紧把买卫生棉的钱都赌光了。"

一日，闲着发慌，菊英又来到钟英家。钟英晓得她的脾性，不输精光是闲不住的，只要还有二十块，她也会去碰碰运气，于是笑问她："是不是又改姓输了？"

"咳！不晓得行的是什么运，最近手气一直很臭，越想盘本就越输，输到自家都投降了，人家都叫我八筒了。"菊英懊恼地说。

"鬼才信，你会投降？你是精英，是赌棍，是公认的铁头蛇子②，你投降了，月头就从后山出来了。"钟英笑着讽刺了她一句。

她们在一起开惯了玩笑，说什么都不会计较。

"真的投降了，一直输，哪有那么多钱来输？买六合彩又有奖中，你又不解一个特码给我买，要不买上一百块，变成四千，就又有得赌了。"

"我要是有那个才能解特码，干吗要告诉你？庄家吓走了，我找哪个要钱去，特码要是有那么容易解，大家都不要作田了，干脆买本书，坐在家里解特码。'曾道人'和'白小姐'又不是吃屎大的，赌什么都不是正业，闲着时玩玩也无伤大雅，小赌怡情嘛。以前一个星期开两期，可你认为开两期日子太难熬到，现在'曾道人'如了你的愿，一星期开三期了，可你发了财吗？"

"我也不晓得自家为什么就控制不了，有时候把钱输掉了也很心疼。有一年卖烟的钱全赌光了，我心里发誓不再赌了，再赌就病手，但一看到赌博的，

---

① 诈睡目：装睡。
② 铁头蛇子：最勇敢的意思。

心里又痒痒的，我还把文生的运费都拿去赌，把折子里的钱也取来赌。文生还不晓得，晓得了准骂死我。这事我只和你一个人说了，你不能说出去。"菊英怕隔墙有耳，凑近钟英后又压低声音说。

"我是那样的人吗？"钟英说。

"当然不是，要不我为什么末哩事①都只跟你说呢？"

自那天听招妹诉苦后，钟英一直想当和事佬，但问题的关键在菊英身上，要想攻破这个关口，困难不小。她怕菊英会说她多管闲事，是啊，清官都难断家务事，何况我一个农村女人，我是一个人拜把子——算老几？她想了几次，都不敢开口，她的话有没有作用连她自家都不晓得，现在听了菊英的这句话，认为机会来了，她得抓住最佳时机。

"菊英，你认为我这个人好交往，不会多嘴乱鼻，那么，你能听我一句劝吗？你应该相信，我绝没有其他意思。"

"你怎么突然一本正经起来？你这人要是鬼里鬼气，爱传播新闻，我会把什么事都告诉你吗？你看我有几时跟别人说内心话，我连了耍都不去别人家里，就怕他们添花摘叶，而到你这里再冇空②，我都不会超过一个星期，我甚至连两公婆之间的事都对你讲过。"

"鬼才稀罕听你们两公婆之间的衰事，神经病！你们几个月不亲热，关我屁事，我都劝过你们抓紧去找医生查查有什么问题，都还年轻，怎么会几个月不亲热？"

有一次在闲聊中，菊英告诉钟英，说有段时间因为一直斗气，夫妻俩几个月都没有做生意③了。钟英劝她去找医生查查，说不定身体上有问题。菊英说，不是身体上有问题，是心理上有问题，因为没钱赌，就和他斗气，他几次求欢都被她坚决拒绝，说要做就要付钱；文生骂她，自家的老婆都要付钱，这是什么道理？屌老婆要付钱还不如去发廊，听说发廊妹子服务态度好，技巧又多。菊英说这是天上掉下来的道理。

钟英语带威吓地说："你也不要太固执，太小气，这是男人的生理需要，你不让他好过，他万一一气之下找了发廊妹，你就等吃后悔药吧！"

"有本事让他找去，我也乐得轻松。"菊英显得嘴硬。

---

① 末哩事：大小事。

② 冇空：没空。

③ 做生意：指房事。

"莫嘴硬，天底下没一个女人乐意老公走斗，除非她自家有问题。"

"我的气量就有咁大。"菊英嘴上不让步，但声音小了许多，明显是底气不足。

钟英奚落她："你敢说这大话，是因为你晓得文生不是没有家庭观念、拈花惹草、没责任心的男人，要是他真个花心，到处留情，我看你都死得落①。"

话说回来，这次机会来了，钟英就想试试，不管菊英怎么想，反正对她没坏处，相信睡不着时，她也会认真动一下脑子。她决定以身说法，用自家的真诚去感化这个既可怜又可叹的女人。

"菊英，讲实话，我这人不追求荣华富贵，不追求穿金戴银，就想过得实际一点，我认为一家人最重要的是和睦平安。你也晓得，我家一直都没有吵吵打打、捶凳拍桌的习惯，我和老公其实也经常因生活上的事而赌气，甚至一连几天都不说话，但我从来就没有想过不为他洗衫裤，或者煮了饭菜自家吃，剩下的倒掉。说句酸话，就是心情再不好，他厚着脸皮想'做生意'时，也得顺了他。有什么办法呢？在没离婚前，就是他的老婆。当然，不管赌什么气，我从来就没想过离婚，男人出门，要比女人辛苦得多，都是为了同一个家，没有必要记仇，吵吵闹闹对细鬼子打击很大，自家又被人家耻笑，内部问题内部解决，为一点膣毛般大的事②搞得满城风雨，实在不值。和家娘家官之间，也尽量和气一点，不要老记仇，过去了的就算了，谁身上没点错呢，要都这样记着，活着有多累呀？"

"我做不到，讲实话，我老鬼不比你的家娘家官。我要是有你家一样的家娘家官，我也能对他们好。"菊英插了一句。

"你也不要认为，天底下只有你家老人最鬼是③。一个巴掌拍不响，什么人都是互相尊重的，你对你家娘家官好，他们也对你好。依我看，你家娘家官已经很不错了，榨了番豆油，给你们每家十斤；养了鸡公，过年时你们又每家一只；你们不种菜却有菜吃，不做粄又有粄吃，紧工他们会帮，你还不知足吗？"

菊英不吱声了。

"其实家娘家官也和自家的爷娓一样，只要对他们付出了真心，必将换来他们的真情。我嫁到他们家，从没想过他们不是我的爷娓，就可以不去尊重，

---

① 死得落：不惜自杀之意。

② 膣毛般大的事：膣毛，阴毛。指微小之事。

③ 最鬼是：最古怪，让人讨厌。

我老公不允许我这样，我自家也不允许。既然喜欢老公，就要去喜欢他的亲人，不要分得那么开，人都是他的，还有什么他的你的？你以为我的家娘好，我也打心眼里认为她是最好的，不过，我家娘骂我的时候你还没来，她把我骂得狗血淋头，我都忍下了。我晓得她累了，想发泄几句，自有她的道理，也许自家真的有错，我咬着牙一句不顶撞。她骂了一会儿，见我不回一句，就自动停下。你想，如果我不当软，口水仗会打不起来吗？"

"为什么骂你？"

钟英见她有兴趣当听众，就娓娓道来。

有那么一段时间，钟英身体一直不好，老公又不在家，儿子还小，一个四岁，一个两岁。一天老公回来，婆婆就吩咐他晚上捉两只鸽子蒸汤，让做媳妇的也趁机补一补。钟英每天都吃不下一碗饭，对子鸽子①也没胃口，那次没吃两块肉就走开了。婆婆就骂她："好心好意迟了鸽子叫你多吃一点，你不吃就走开，这不是故意和我对着干吗？我觉得我对你已经够好了，可你每天还是脸臭臭的，好像欠了你似的，好心当着驴肝肺。你也是做爷娘的人了，以后你有我的肚量对你生娟，我姓都愿改。每天生个冇，死个笋打笋②，统统生娟③像你这样，我就行衰运了。"就因为不想吃鸽子就招来一顿臭骂，而且骂得很过分，她很是委屈，结婚后老公常常不在家，自己身体不好，身上没个钱，孩子又还小，谁不会难过，如何说得来笑得来？偏偏那天，老公回家见她脸色很差，问了哪里不舒服，说要载她去看医生，谁想他一直睡到晚饭时分，她心里好受吗？而且，婆婆骂她时，老公一句安慰的话都没有。那晚，钟英委屈的泪水打湿了枕头。婆婆骂得再重，她也忍了，她最不能忍受的是老公不但不安慰，还责怪她不对。见她止不住泪水，老公才认为他自家也太过分了。

"我不敢说自家有多么的大度，但在这种情况下，我认为没几个人能做到。为了老公好做人，为了家庭的和睦，我做一回哑巴又有什么要紧？对家娘家官，我像对待自家的亲生爷娘一样，甚至超过了。因为我晓得，嫁出去的女儿泼出去的水，爷娘再好，也不可能全心全意对妹子好，对妹子太好反而会被

---

① 子鸽子：嫩鸽子。

② 生个冇，死个笋打笋：意指有生气，能说笑的人很少，而死气沉沉、苦着脸的人却比比皆是。

③ 统统生娟：所有的儿媳妇。

身边的子哩、生媚怨怪，而家娘家官就是全心全意对子哩、生媚好的。我做年日结扎，带细鬼子，有疾病哪样离得开家娘？你总不可能叫爷嬷来打理吧，你有家娘家官，他们也不好意思来。我家娘家官一直也对我很好，我身体不好的那些年，多亏了他们的照顾。我用我的真心换来了他们的真情，我非常幸福，他们对我像对待妹子一样，后来从来就不再说我什么了，更别说骂。你的家人其实也是最好的，文生是大家公认的好，你不但好赌，而且又死乌，叫家娘家官一直叫了十多年的老鬼，他有打过你吗？骂你短命嬷，也实在是逼上梁山，你要是分相一些，他怎会骂你？我要是和你一样，说不定我老公早把我扫地出门了，他准会说，连我的亲人都瞧不起，就等于瞧不起我。"

钟英说累了，起身倒了两杯矿泉水，一杯递给菊英，一杯自家"咕咚咕咚"三下五除二便落肚了。

菊英呷了一口，不好意思地说："钟英，你说的也许都对，但是我就是亲不来他们，我有时也觉得过分，但我看到他们就目珠乌三寸，一年到下①也和他们说不上十句话，我也不晓得为什么，反正看他们不顺眼。"

"那是因为你心里装满了仇恨，筑起了城墙，空间太小。如果你放下仇恨，推倒城墙，你就会感到他们的可亲可爱。人人都会老，我们小时捡鸡屎吃的情景还历历在目，如今我们都为人之母了，头发也有白的了，背也开始驼了，还有几十年春光②？我们已不可能再过细人子的日子，但离老人家的日子却近了。"

菊英不语。

钟英又说："像你玉兰嫂这样大度的人，真弄不明白你怎么会不去珍惜！我要是有这么好的嫂哩，睡着了也会笑出声。你家顺顺住院，她自家的事都忙不过来，还要帮家娘打理你家的事。有一次她透当昼③帮你脱秧，正六月的田水都可以迟鸡，她热得全身冇一个干地方。你菜地里荒过吗，都是她打理的，田地里该施什么肥，该洒什么药，她都不拖拉。有天还因劳累过度摔了一跤，你晓得吗？"

"我听说了。"菊英内疚地说。那次的事她听说了，也没对嫂子说一句感谢和抱歉的话，此番听钟英提起，心里掠过一丝不安，觉得自家真的太不近人

---

① 一年到下：一年到头。

② 春光：光景。

③ 透当昼：整个中午。

情了。

"梓嫂就像亲姐妹，甚至比亲姐妹亲。姐妹出嫁后各奔东西，有困难等她们来都迟了，而梓嫂住得近，有屁大的困难也帮得到。上代人有合适，下代人就有合适，现在子女不多，把侄辈当子女也嫌少，量要大一点，在吃的方面也不要小里小气，有多吃多，冇多吃少，迟鸡杀鸭也要让老人家吃上，不然也会冇香冇甜。平时去庙里烧香，不如敬爷娭，不敬爷娭，烧多少香也白搭，天有目！"

钟英说了一个故事。邻村某媳，在婆婆犯病躺床半年间，别说吃，连问都不问一句，都由老公照顾。有一次她老公不在，她杀了一只花鸭公，一块肉也不给婆婆吃，婆婆说："杀了花鸭公一块我都冇吃，你这么过分，我死后你就晓得！"婆婆死后，刚过满七，她就疯了，举起菜刀往自家身上乱砍，差点把自家砍死。她母亲和妹妹去神婆那里帮她查家运，神明下凡后，说她虐待婆婆，遭了报应。

"因果报应不管有没有，天在头顶上，做人还是要无愧于天地。人生如一场梦，在这个世上，我们是再平凡不过的人，我们留不下什么光辉形象让后人评说，但尽量不要给后代子孙留下坏名声。做好人很难，做坏人和做好人只一念之差，可是坏人遭后人唾骂，好人受人尊敬，我们为什么不去争取做好人呢？你自家是听不到的，背后大家都说你，我都听得耳朵起茧子了。睡不着觉时，你好好地反省一下吧。如果你认为我多事，那么你可以不听，反正要吵要打与我无关，我也很乐意看好戏，听笑话。"

菊英当然明白钟英话里有话，她不是那种听人相骂看人相打就幸灾乐祸的人，她是真心希望自家和和睦睦、平安幸福的，不然她犯不着这样说。别人是当面送小心、背后捅一刀，她不是！

听了钟英推心置腹的一席话，菊英渐渐就起了变化，对荣贵和招妹有了笑容，也可以借着子女和老人搭上几句了，原先的"老鬼"变回了"爸"和"姨娅"。杀鸡宰鸭时，多放一勺水，叫上文华一家和老人一起吃。菊英会主动示好，这让他们比中了奖更高兴。

这天是初六，圩天。钟英昨晚就约了菊英一同赴圩。一年之计在于春，她们得去圩上买些玉米和豆种回来下地。

吃过早饭，菊英便骑了摩托车来等钟英。几经来往，菊英对钟英很信服，连打麻将都只邀钟英。钟英不会骑摩托，她就来载她，说是钟英的专职司机。钟英赢了钱会请她喝"红牛"，菊英赢了钱则请钟英吃芋头粄，但钟英没有早上去外面吃芋头粄的习惯，因此为菊英省下了几块钱。

钟英不紧不慢地洗完餐具，然后擦干手，涂上护手霜，拿上钱包和手机。

"钟英，你在摸膣吗？这么慢！"菊英见等了十多分钟还不见钟英出大门，就说了句酸话。

"急什么？又有捡，水果越晚越便宜，你不就是想早点买了东西又去打麻将吗？赌、赌、赌，你咋就赌冇厌呢？日赌夜赌都不觉得累，你看你，都成大熊猫了，刚四十出头就有乌蝇屎①。"钟英边走边说，还一边摸着两边的脸颊，她出门前又用了白面霜。

"乌蝇屎怕什么？又不要嫁老公了。"菊英回敬道，边说边发动了摩托。

钟英不好再磨蹭，迅速地跳了上去，摩托"呼"的一声疾驰而去。

到了镇上，菊英把摩托车停在一个熟人的店门口，锁好，吩咐熟人照看一下，就牵上钟英的手逛农贸市场去了。

她们买好玉米和豆种，又买了些水果，菊英就催钟英回家。

"赌棍，赴一个圩也冇安冇乐，急什么？现在还不到九点，有手气还能赢到不少钱，赢钱靠运气，不是靠时间。"钟英笑骂道。她实在佩服菊英的赌瘾，六合彩期期不落下，打麻将只要有空，可以从白天摸到天亮，输光了还要再借。难怪有人说她是钢铁战士，是精英，是铁头蛇子。

就在钟英要坐上摩托车后搭时，她听到一个陌生的声音叫她。她似乎在哪里听到过这陌生的声音，但感觉很遥远，忙四处张望。

"钟英，是我，连老同学都认不出来了吗？"一个四十岁上下土里土气的女人，提了几吊东西站在她面前。

"桂莲是你呀，难怪觉得叫我的声音既陌生又熟悉，原来是老同学呀！"钟英高兴万分。也许有三十三年了，自辍学回家，她就和这个亲亲的同学没有了来往。读小学时，她们可是最好的同学，桂莲的父母和家人都很喜欢钟英，桂莲的姐姐桂香还当着桂莲的面说，如果钟英是她妹妹就好了。钟英听了，心里当然很高兴，见到桂香就叫她香香姐，桂香心里甜甜的。

"三十多年没见，今天说什么也得去我家。"桂莲诚心相邀。

---

① 乌蝇屎：乌蝇，苍蝇。指老年斑或雀斑。

"你家在哪里？"钟英问。

"放心，很近的，我家就在富民街。"

她们站着拉呱的地方叫新南街，新南街和富民街相距不远，圩日头熙熙攘攘的人群里，骑摩托车也不需十分钟。

"钟英，几十年不见了，今天应该和亲亲的同学聊上一天，去吧。到了想回家时，她不送你我也会来等你。"菊英见她们牵着手不停地说，东西放地上滚了出来也不去理会，就催促道。她迫不及待想上麻将桌了。

"好吧，你快去发财吧，祝你发大财，把那三个都搞趴下。"钟英开玩笑说。

"接你的圣旨口。"菊英很高兴，好像钟英的祝福能应验。这里的"圣旨口"意思和贵口一样，人都是很矛盾的动物，明知道说好话不一定能应验，但大家还是喜欢听好话。

下午四点多，菊英打来电话，得知钟英还在老同学那，立马"突突突"像开飞机一样骑摩托来接。菊英想不明白，两个女人之间，有什么话题会让她们如此静心，她们都聊了些什么？路上，菊英忍不住问："你们在搞同性恋吗？"

钟英说："是又怎么样？你要不要也和我搞同性恋？"

菊英笑："我又不是神经病，我有老公，干吗要和你搞同性恋？"

文生一直很忙，不是帮人载煤就是运石头、砖头，天天都早出晚归。一到农闲，菊英日赌夜赌，输了就左借右借，后来确实借怕了，便去信用社取钱。

菊英的赌技实在不敢恭维，有时把精古丢掉，也会把自摸丢掉，赌技差加上赌运差，不姓输姓什么？一星期不到，一千元就帮别人养孩子了。她是个很不甘心的人，也是个闲不住的人，赌博凳没钱坐不前，她咬咬牙，狠狠心，又从存折里取了一千，当作盘本的资金。当然，这些钱最后还是没有忠于她。

一个月不到输了两三千块，菊英有点慌了，但又不敢再去信用社取款了，万一被文生晓得了真会被打死（她这样说），只好在旁边鼻①别人的肩胛。

鼻肩胛②终不是长久之计。赌徒的心态都差不多，有赢什么都好说，没赢

---

① 鼻：闻。

② 鼻肩胛：没钱赌博，只能观战，在旁边闻别人身上的味道。

鼻公①都有碍，输了钱就怨七怨八，怨旁观者把衰运带给了自己，或说可能是生肖相克。菊英本来就不是鼻肩胛的料，她说："叫我鼻肩胛，我情愿自家赌，就是输钱也心甘情愿。"

她不这样说，大家也晓得，一看她那雕子②冇落场③之样就晓得。像她这种不喜欢看书看报，偶尔看看电视也心不在焉的人，一星期不赌准会发癫。文生不在，顺顺和欣怡又住校了，没人拖累，闲得发慌，脑子里日日就想着盘本。

有个以赌博为业的中年妇女，邀她去邻村坐九点半庄，如果有运气，连杀几盘，就能赚不少的钱，比打麻将赢得快也赢得多。菊英心里也想快速发财，决定再搏，如果赢了就连同上次取出的两千块钱一并存进去，于是又从存折里取出五千，和另外两个女人合股坐九点半庄。

菊英就是个喝口凉茶也塞牙的人，没老板命，五千块钱不到一小时就进了别人的腰包。她不甘心，又从本家嫁到邻村的阿姐大姑那里借了一千，结果又输人精光。合股者问："还要不要再合股，如要，你再去借。"菊英怕了，不想再搏。另外两个女人都有钱，就两个人合股，不到一个小时，就把输的钱统统给盘了回来。菊英暗自伤心。

回到家里，菊英无精打采，好像大病初愈，文生一看就明知就里。

"又把我给的生活费输光了！你这个妇人家，冇掌哩④，死赌烂赌又冇精工⑤，死困烂困总是拥护三光政策。像你这种赌法，汽车载去也会输光。你这种妇人家，真不该嫁给我，应该去嫁印纸票⑥的人。"

"鬼喔，又鬼喔了，喔都会被你喔衰，难怪冇赢。"菊英屙屎唔出怨屎缸门，怨完屎缸门她又反驳文生，"你就晓得骂我，你自家不也好赌？不也老输钱？"

"我和你一样吗？我要做事，有你一样的猪狗人工⑦吗？你就晓得赌，有

---

① 鼻公：鼻子。
② 雕子：小鸟。
③ 冇落场：坐立不安。
④ 冇掌哩：没救了。
⑤ 冇精工：不精赌。
⑥ 纸票：钞票。
⑦ 猪狗人工：闲工夫。

空了连菜都不种一头，都成农村户口居民粮了，说你两句还不服，真是越来越不像样了。"

"我乐意输吗？我也想赢钱，也想赢大把大把的钱好减轻你的负担，输了钱我心情不好，你还那样鬼喔！"菊英还有理了。

"哦，我辛辛苦苦赚了钱给你吃用，你把它赌光了我还不准说几句，你这是天上掉下来的道理吗？"

原先他们都还压抑着，怕被人听见，可是越吵音量就调得越大。文华想去劝架，但被玉兰牵住了手："老人家去了，你就不要再去凑热闹了。菊英这人心眼小，你去了，她又会以为你去看他们笑话，好心也会遭雷打的，还是莫去了。"

文华想了想，也就没动身了，和玉兰竖起耳朵听动静。

"菊英你也太刁了，文生并没有说错，你这样死赌烂赌，莫讲有百万，就是有百万也不经赌。文生一人做来六个人吃，还要缴细人子读书，你也要晓得想了。都四十隔壁的人了，赌博也要有分寸，赢输是另外一码事，身体也会搞坏，十赌九输，有几个是靠赌博发家的？"很显然，招妹为儿子鸣不平。

"老鬼，鬼喔般喔完了吗，你有什么权力来管我？我又没吃你们用你们的，莫以为要你们一起过对你们客气了就来管我了，我火性一起马上叫你们滚蛋，七老八十了还咁爱搭事件①。"菊英又发神经了。

"菊英，做人要有良心，我们和你们住一块儿，也不会连累你什么，做得到的我们都帮着做了，田里地里你也轻松了很多，你连菜都不种一头却每日都有菜吃，衫裤不洗有人洗，地下鸡屎鸭屎打斗②你也不用扫，你还有什么嫌？人人都做过子女，人人也要做爷娭，你这样对待我们，就不怕以后也被你的子女这样对待吗？"荣贵见菊英这般对待招妹，实在忍不住了，不吐不快。

荣贵真是感到心冷了，自家全心全意对她，只因是亲上加亲，他不能对作古老表的妹子太那个，他也从来就没有想过自家的儿媳会这么糟糕。因为前面两个儿媳妇很贤惠，他曾对那些悍妇的公公婆婆说："要是我的生媚这样，我就叫子哩把她离了，重新讨过一个。"这是一句真真假假的玩笑话，人家却说："你等着，我也等着看好戏。"现在终于等到"好戏"在他家上演了。菊英

---

① 咁爱搭事件：喜欢多管闲事。

② 打斗：一堆一堆。

的忤逆、不可理喻、好赌懒做，令他大伤脑筋，他是个爱面子的人，他忍着不对人说，并且要老婆也不准说，他怕被人捅刀子。每日看到文生早出晚归东奔西走，有时早点归来还要忙着冲洗猪栏、打猪针、喂猪，稻田里的重活还要靠他，做父母的就心疼，疼得滴血。菊英人瘦小，从不敢背喷雾器下田喷药，说稻苗比她还高，她没法喷。当然，这也是事实，但她怎么就没半点感恩之情呢！

"爸、姨娅，你们先回房休息，这个妇人家我会管她。"文生不想让事情变得无法收拾。父母的每一句话，都很有道理，但在菊英心里却是一个火屎星。一截烟头能够引起一场火灾，父母的一句话也可以让菊英的火性爆发，这样的话，他们还怎么相处？

"呸，老鬼（老鬼又在菊英的心里死而复生了），让了你们三斤盐还不晓得秤星了，你对你爷娭有几好，以为我不晓得？"菊英见荣贵和招妹转身走了，就大声嚷道。她是故意说给他们听的，今朝日子她豁出去了。

荣贵一听，气得七窍生烟，转身就要找菊英论理，他也很想代老表教训教训这个冇上冇下的女人，招妹却使劲把他给拖住了。

"家门不幸，家门不幸啊，行衰运讨到这样的女人，一辈子都莫想安乐了，早晓得有今天，当初就让他做和尚算了！"

荣贵大发雷霆，招妹泪流满面。

文生把门关上，拖着菊英坐下，看着她正色直言："笔笔，我对你怎样，他们对你怎样，哥嫂对你怎样，你心中应该有数吧！讲实话，为了你，为了我当初的承诺，这些年我都忍了，你却一而再再而三地伤害他们，搞得我痛不欲生。是，我们是自由恋爱，我想一辈子爱你，我不想伤害你，但你老这样，就不怕我的忍耐有限而爆发吗？他们也是我的亲人啊，你怎么就可以这样呢？爷娭已经老了，一百岁命长又还有多少年，难道你就不能学上嫂嫂的一丁半点？老人跟我们住并没拖累我们，反而帮了我们很多忙，家里所有的一切他们都包了，我们只在田地里做，有时他们也还会来帮。我们做得累了，回到家里，有热汤热菜等着我们，吃饱了嘴唇一抹走人，碗筷也不用洗，你还想怎样？我们做生做死，是为了子女，他们以前和现在同样也是为了子女，老人家不图什么，只图我们和和气气，平平安安，一百岁不死，他们还是为了子女。我在一本书上看到这样一句话，'子女不孝，没有福报，女人不柔，把财赶走'，你做好了生媚，理好了家庭，我出门也安心，无后顾之忧。至于赌博，世风如此，只要有空，只要不大赌，我也不会骂你。如今日子好过了，不用上山砍柴，不用补衫补裤，时间多的是，不随波逐流也不可能，可是输了钱搞得相打相骂就不好了，既伤感情又影响子女，还让各类人取笑，值得吗？以后我们都忍一忍，改一改好吗？"

文生诚恳的言语多少还是打动了菊英，她讷讷半晌，说："好吧，我尽量改。"

"你真能改？"

"能改，只要你对我好。"

"笔笔你能改就好，这样我们就有好日子过了。"文生情不自禁地又用上了"笔笔"这个昵称，说罢，给了菊英一个吻做奖赏。

菊英这些年滋润了许多，除了眼圈还是大熊猫那样，身材已胖了，不再是"禾鹞子"了，但文生还是能够一把抱起她，把她放到床上。菊英晓得他想干什么，因为老是赌气，夫妻间什么时候沟通过，他们已经记不起来了。今晚，文生一听她许诺"能改"，不觉雄心大发，还有什么更让他高兴，更能激发他的雄心的？也许"猛男""伟哥"都办不到呢！一句好话的力量竟有这么大，连菊英都意想不到。

两人捐弃前嫌，重修旧好。荣贵和招妹、文华和玉兰接受了菊英的道歉，原谅了她的无礼，一家人又把笑容挂在阳光下。

家和万事兴。文生心情格外舒爽，劲头十足，天天都早出晚归跑车，结了账就都交菊英，菊英留一部分做生活费，其余的就存进信用社。秋收到了，菊英少有地勤劳起来，不再赌博，她说，累得半死，再想赌也不能不要命。

秋收过后，谷子晒干入了仓，村民就闲得发慌。农村人什么都不多，就是时间多得无处打发，大家就都用来研究六合彩，用在赌桌上。

一好二邀，菊英又可以重操旧业了。"九点半"早已风靡一时，大的小的都有人赌，连七老八十的人也去坐庄，当然老人基本是赌小的。多数人都争着坐庄，做老板机会大，如果能连续吃几盘就有可观的收入。看到有人几千几万地押注，口袋里叮当响的人一看准会尿裤子，一辈子都没见过这么多的钱，真是吓死人了，就那么一丢，钱就有可能是别人的了。

菊英把卖谷子的钱当作流动资金，没存进信用社。好赌之人，身上没个钱，实在太不安心。押"九点半"容易上火，一上火就下大注，看到桌上一堆一堆的钱都被庄家收走，彩民们提出意见，要求轮流坐庄，让大家也过过做老板的瘾。赌博也招标起来了，哪个肯出大钱坐庄就谁先坐，收庄后又再招标。

菊英狠下了决心要争取坐庄，她出到了最高价，五百元。既然要赌，就得坐庄，坐庄赢大钱的机会大。

她带了一千元，可是坐了两个庄就不翼而飞了。"看来我没有老板命，赢不了大钱"，她暗自感叹。钱袋空空的她实在不甘心，不假思索又从别人那里借来一千，说万一输了，明天一定会带来还你，反正在一起赌，我跑不掉也少不了你的。那人晓得菊英卖了谷子，又养了猪，文生又是跑运输的人，哪会不肯借，一千元又不多，还怕她还不起吗？

借到了钱，菊英来劲儿了，等到庄家输掉了钱自动封庄时，她举着一千元说："我一千块坐庄！"

话音一落，大家齐声喝彩："这个才是豪女，精英！好，她一千块钱开庄，我们大家就下大注，让她封个大庄。"

菊英一听，高兴得不得了："接你的圣旨口，如果我封了大庄，奖你一包'红狼'！"

那人脸呈喜色："好，那我先多谢了，保佑你封大庄。"心里却在骂，"鬼才爱你的'红狼'，你封大庄，我就输惨了，你一千块钱输掉，我绝对不少于一包'红狼'。"彩民都巴不得庄家输钱呢，菊英这个傻女人，怎么敢指望人家的保佑呢！

看在一千块钱的分上，彩民们兴高采烈，百元大钞雪花般纷纷投下。结果，菊英一连统杀三盘。一旁的钟英使了个眼色，要她见好就收，菊英则回以再顶住一盘的眼神。她是人家"称说"的豪女、精英，不贪就对不起这两个称号了："下注，下注，再不下我开牌了，一开牌我就不接受了。"

在菊英的催促下，又有钱掷于桌面。"好！不要……""三"字还没出口，又有人投下一沓钱，看来也有两千块吧。

钟英一看这阵势，吓坏了，难怪她会输钱，就是贪字作怪，赢了一千想两千，有了两千想一万，恨不得把别人口袋里的钱都赢过来。看他们押注，真不把钱当钱了，纯粹是纸片或树叶子了，这个赌法千万莫沾边，万一上瘾，就有得苦了！菊英还说这是小的，小的钟英都看得心惊肉跳，大的她看了也许会尿裤子。

钟英很为菊英担心，她当然希望菊英赢钱，虽然菊英一人赢钱，就大家输钱，但钱好聚不好散，菊英有没有这个命就要看她的造化了。钟英已经尽了这个心，她在旁边一直默默地为她祈祷，为她捏着一把汗。

当三个彩民面前的两张牌打开时，菊英心里乐开了花，钟英也松了一口气，她们以为这盘赢定了，菊英手中的牌只要有三点就可以统杀。彩民的点分别为二点、二点半、一点，那么菊英有三点就可把钱收了。

谁能料到呢，菊英的牌却是 0 点！"四六货"①，菊英身后的彩民眼尖，瞥见她手中的牌莫不高兴得大叫起来。所有的彩民都露出了灿烂的笑，有人还夸张地擦了一下额门，一点的押注者还捂着胸膛做出心脏病突发的样子。

"哇！吓死我了，吓死我了，我下了两千呢！"

"我也下了一千，以为准会被吃掉，一看那么小的点，尿都吓出来了，被我姨娅晓得了准会骂死，幸亏庄家大方。"

彩民们大呼小叫，还说风凉话，大家都笑得开心。

大家开心了，菊英就伤心了："病手个，端②了一个 0 尾给我，早晓得就不叫你端了。"菊英一边发钱一边嘀咕，后悔得差点撞墙，早晓得听钟英的劝少赌一盘，赢了几千就收庄，现在倒好，连老本都搭进去了。她实在后悔不听钟英的，钟英不止一次地对她说："做人不可太贪，赌博要见好就收，莫看到人家裤袋里的百老③，就想让它们跟着你姓林。"可自家为什么就听不进去呢？

"晓得拉尿就不上床，晓得会输钱就不要学赌。"有人讽刺道。

"公呆不死又多一代，不想轻松赚钱谁来赌？今天输了还有明天，机会多的是。怕什么，反正要赌，说不定这些钱也就在我们袋子里待上几天，过几天又会成为你的。莫闹，这点钱我只替你保管，只要在一起赌，就莫愁赢不回去。"一男人安慰道。菊英晓得他也是在说风凉话，听了却感到心安了许多，这倒也是，好赌的人谁敢保证他不会把这些钱再输出去？这样赌来赌去，这钱又成了自己的，也没什么不可能。

回家路上，菊英长吁短叹，告诉钟英，自稻子收割后，她一共输了五千多，还分三次从存折上取了四千，真不知该如何向文生交代。

年底要买烟草肥了，文生拿出存折一看，见五千元只剩下一千，他一屁股跌坐在凳子上，坏了，坏了，这四千块钱又被她赌光了，看来她把卖谷子的钱也输光了，这个女人，怎么就这样屡教不改呢？

---

① 四六货：神经病。

② 端：翻。

③ 百老：百元大钞。

晚上就寝前，文生问菊英："存折上的钱呢？"他心里有数，但也只好明知故问。

菊英心跳加速，告以实情，声音小得如同蚊子叫。

"死女人，真是个死女人，跟你说了多少次了，手气不好就不要死赌烂赌，你偏不听，这是烟子肥的钱啊！你怎么就不心疼呢？我看你都走火入魔了，一点理智都没有了，再这样下去，日子就不要过了。既然你不把我当回事，不把子女当回事，我也没办法了，我们离婚吧，细鬼子你要就你带去，你不要两个我都要，跟了你也会受苦。我受不了了，你这种没有家庭观念又没有责任心的女人，迟早都会把老公把子女害死！"文生忍无可忍，口无遮拦了，他自家还好说些，可不能再让子女受罪了。

"离婚就离婚，离开你，难道我就活不下去了？五叔婆（本组的五保户）九十多了都还能吃好着好，我不过四十，难道会饿死？"菊英毫不悔改，刚才还声小如蚁的她，现在大声地接招了。

"像你这个一日到夜只晓得赌博的懒尸嫲①，哪敢和五叔婆比？"文生气得脑门充血。

"反正我离婚了过得好不好都与你无关。放心，即使讨吃我不会讨到你面前。我会养活自家，我会去打工。没有我，看你怎么过，你以为所有的功劳都是你的？我没有功劳也有苦劳呀，你请小工也要五十块钱一工，可你给过我二十块一工吗？"菊英也是满肚子委屈，打工一天五十块，一个月下来也能领到一千五呢。

"你离了我地球照样转，难道我离了你日子就会过不下去？天光日子我们就去办手续，然后各奔东西。"文生气呼呼地说出了狠话。

看在菊英当初违抗父母之命也要和自己结婚的分上，文生对她所有的缺点都一忍再忍，为了父母也为了子女，他暗地里不知流了多少伤心泪。他一直用自家的勤劳和宽容去感化她，可她像是吃铁屎大的，心肠一直软化不了，好不容易见好了些，却是乍暖还寒。文生觉得累了，跟这种女人过日子，肯定要大大折寿。

话已至此，菊英气呼呼地出门，睡到楼下客厅里的藤子沙发上。文生半夜怕她感冒，丢了一床被子给她，却被她一把丢到地下："假惺惺的，以为我

---

① 懒尸嫲：懒女人。

会多谢你，冻死都不要你可怜。"

次日早晨，文生载石头去了，菊英送女儿上学回来后闲得发慌。想到昨晚看到文生把一沓钱扔到抽屉里，就找钥匙开锁，可东翻西找，也没见钱的踪影。这家伙，还没离婚就控制了财政大权，这日子真没法过了，离，这婚我离定了，看他还能不能再讨到老婆，两个细鬼子我不跟他争，上有老下有小，看谁会嫁给他？菊英一边想着离婚，一边捡好衫裤，然后再找出那本还剩一千块钱的存折。

招妹见菊英把一大袋的东西搬上摩托车后搭，就警觉地问："菊英，你要去哪里？"她晓得昨晚两口子吵架了。

"跟你子哩离婚！"菊英没好气地说，"这下你乐意了吧？"

招妹看到她的眼里噙满了泪水，就说："菊英，相打冇好拳，相骂冇好言，有事三句两句讲完就过去了，冇必要记仇。公婆之间谁不会吵吵闹闹，如果都要离婚，还不乱套了？看在两个细鬼子的分上，你也不能这般任性。等文生归来，我们会骂他，放下吧，啊……"她说着，还想上前去拿那个袋子。

"行开①！"菊英绑好袋子后，拿开招妹的手，跨上摩托，启动后"呼"的一声远去了。

招妹怔了半晌，忙去厕所叫唤荣贵。荣贵提着裤子，急急出门，折进房间，照着墙壁上的电话号码，找到了文生的手机号，拨了过去："文生，文生，不好了，菊英捡了衫裤走了，你姨婭拦也拦不住，你快打个电话给她，说几句软话劝她回来，快！"

意外和紧张使荣贵放下电话后一直扶着墙壁直喘气，离家出走，这是前所未有的事，这菊英也真是不同寻常，她怎么就不怕跌鼓呢？

文生闻讯，紧张得差点就撞上了前面疾驰而来的摩托车。他惊出了一身汗，连那个骑摩托的人下来骂了他什么脏话都听不清了。发了一会儿呆，他才小小心心把车开到路边停下，掏出电话打过去。

一连重打了几次，菊英都不接。菊英不接电话，文生就无法向她解释，无法说低头话。他急得直拍脑门，都是自家火气太大，不该说出那些混账话，子女都两个了，还说离婚，真是没脑浆！这下死了，她走了，连电话都不

---

① 行开：走开。

接了。

文生越想越懊悔，伏在方向盘上无计可施，只是不停地唉声叹气。不知过了多久唉了多久，他突然想到钟英。对了，何不找钟英？菊英和钟英最谈得来，菊英也最相信钟英，说不定钟英能说服她。

"钟英，菊英离家出走了，我在帮人载石头，我爸打电话告诉我的。我打了几个电话她都不接，急死我了，你帮我打个电话给她，叫她不要任性，回来后晚上我会再和她好好地谈。"

"什么，昨天还好好的，今天怎么就走了，你不是开玩笑吧？"

"我哪还有心情跟你开玩笑。刚才我爸打电话给我时，我都差点出车祸了，你先打给她，有空了我再详细告诉你。"文生急得变了腔，好像慢一点菊英就会在这个世界上消失了。

"这个菊英，怎么这样呢？好，我马上打电话给她，你莫急，我一定把她叫回来，你小心开车。"

钟英在手机里调出菊英的电话，一看这号码她就感到好笑，菊英真是好赌，选手机号也要选"我要发要发要去发（51818148）"。钟英曾笑她可能选个要败要败要去败，就会发了，要她以后再选号码时一定选反义的。

"喂钟英，你找我干吗？"菊英接了电话。

"你在干什么？过来打麻将吧，我们这三缺一。"

"我不在家，我在去梅县的车上，我要去梅县我姐夫那边打工，我要自家挣钱养活自家。"

"鬼话，你昨天还要我今天不能走，一起去打麻将。你在哪儿？"

"我真的在车上，你没听到车上有很多人在说话吗？我不骗你。"

"为什么呢，是不是和文生吵架了？就算吵架也莫这样，夫妻之间谁没吵过呢，一吵就离家出走的话，这日子就没法过了。看在细鬼子的分上，你马上回来，文生又每天出门载货，你走得乐心吗？"

"莫提他了，他老是认为没有他，我会活不下去。是他说要离婚的，离就离，我倒要看看他还能不能讨到更好的。我出门做了一个算一个，在家累生累死还没功劳，莫讲工钱。我算看透了，公有婆有唔当①自家有。"菊英也真是，车上那么多人，还能说出这么多跌鼓话。

---

① 唔当：不如。

332

"你们干吗要吵？"钟英心里明白，一定是文生发现菊英赌光了钱才引起战火的，文生脾气好是公论的，换着其他男人，老婆绝对不准带上女儿赌博。

"钟英，到了梅县我再打电话告诉你。对你，我什么都不想隐瞒。"

"喂，菊英，你……"

嘟嘟嘟，菊英把电话挂了。

钟英转而马上给文生电话，告知菊英的去向和想法。

文生赌气："走就走，你告诉她，走了就永远不要再回来。"

"文生，你也要反思一下错在哪里。夫妻吵架不是开口就赶人家走，一开口就骂人家短命嫲，一开口就说离婚。你们走到一起是多么不容易，你们更要珍惜彼此的感情。说实话，我也是女人，我老公要是也赶我走，我也会走，我就不相信，我们女人真会那么差劲儿，离了男人就会活不下去，五叔婆都活到快一百了，还像模像样的。菊英好赌也是你惯坏的，要怨也要怨你自家。"

"也是，以前认为小打小闹的也就由着她，哪个晓得她越赌越凶，竟敢把买肥料的钱都取出来赌！不舍得吃，不舍得穿，可赌博再多都舍得，这种女人还有看头吗？"

"你也别说气话了，她走了细鬼子怎么办，莫非你真想另外讨一个？"

"当时我也是气坏了，明明她有错，可我说她一句，她就回好几句，她要是当软一点，我也不会这么骂她。"

"事已至此，就让她去吧，明天我再打电话给她，就是骗我也帮你骗回来，你相信我。"

菊英离家出走的消息，第二天大家就晓得了。几个经常在一起打麻将的女人问钟英是不是真的。钟英不想把事情搞大，她最讨厌有点芝麻大的事就搞得满城风雨，她装糊涂总可以吧："什么，菊英离家出走了？我不信，前天她还和我一起打麻将呢。"

"鬼才信你会不晓得，平时菊英什么话都跟你说，她要出门打工肯定也会告诉你的。"

"我真不晓得，你们是听谁说的？"

"文生来我家找我老公喝酒，我问，你老婆呢？他说离家出走了。当时我也不信，文生说了经过，我就信了。这有什么好骗人的？"

钟英心里大骂文生，家丑不可外扬，他怎么就不懂这个理呢！

晚饭后，钟英拨通了菊英的电话。

菊英没有拒绝，一开口就说："喂，钟英，本来我昨天晚上就要打电话给你的，可我姐带我去公园玩，就没想起要给你打电话了，真对不起。""对不起"三个字菊英也不是随便说的，对钟英就不同了，她们是最要好的赌友。

"菊英，文生告诉我了，他还叫我转告你，他已经后悔说了那些鬼话，他要我请你回来，他向我保证了，以后不再说那些鬼话。我也批评了他，他承认了错误。你要是气未消，就在你姐那边玩几日，等气消了就回来，看在细人子的分上，看在他当初追你的分上，你就不要再固执了。"

"钟英，你怎么这样关心我们？"菊英声音嘶哑。

"神经病，你是我的姐妹加赌友，我当然希望你们过得好。菊英，其实文生已经很不错了，他不知原谅你多少次了，你应该心中有数。你为什么就不可以原谅他？何况他已经认识到了自己的错，你为什么就不能大度一些？回来吧，你一走，我都很不习惯，出门打工也不是件轻松的事，工字冇出头，你从来就没受过打工的苦，文生说怕你会很辛苦，他不放心你。"

"他会这样说？我不信，你不用哄我了，我就是死在外面他也不会闹了。"菊英气恨未消。

"菊英，莫讲气话了，文生每天出门载货也很辛苦。那天他打电话给我之前，差点就和人家的摩托车相撞，幸亏他技术好刹车又灵，不然就出事了。你走了，文生心情不好，每餐都喝酒浇愁。你莫任性了，你不回来，文生心里会很不安心，万一出点什么意外，你就找不到地方喔了。"

电话那头沉默了。

"喂，菊英，听我一句劝吧，难得出一次远门，在你姐那里就多游玩几天吧，多买些好东西，也要买等路回来，让我尝尝跨省的东西，回来后还要报销我的手机费。"钟英开玩笑说，话题轻松了，心情也会好起来。

"好吧，我过两天就回来。"菊英终于松了口。

"这就对了，我就晓得你不是那种无情无义的女人。"钟英不忘添上一句恭维话，有时恭维和马屁也挺管用。

钟英紧接着马上把自己的工作成果打电话告知文生，要他再打电话给菊英，都两天过去了，说不定菊英会接他的电话了。

"多谢你了，钟英，菊英回来后我请你吃饭。"

"吃饭就不用了，只要你不再把人家赶走就行。"

是晚，文生又拨了菊英的电话，打第二次时，菊英接了。文生很高兴，只要她肯接电话，一切问题就会迎刃而解。

"菊英，你终于肯接我的电话了，这几天可真把我急死了！回来吧，我错了，我不该说出那些鬼话。我向你保证，以后再不会骂你。看在子女的分上，看在我们同甘共苦了十多年的分上，原谅我吧。你不在家，家里就乱了套，欣怡天天喔，要我去找妈妈，难道你就舍得我们？"

"你这么能干，家里家外也愁不倒你，我算什么，又懒又好赌，天天睡到月头晒膛，能干什么？"菊英挖苦又自嘲，停了一下又说，"这样吧，你去另找一个，找到了比我更好的，我就和你离，给你三年时间，找不到再说，怎么样？够大度了吧？"

"笔笔，别这样说了，我都道歉保证了，你就原谅我吧。"文生语带哀求。家中一日没女人，那还叫什么家？老婆天天在眼皮底下晃来晃去时又觉得碍眼，真要离开几天，又觉得冇主冇意①。

"就这样吧。"菊英说完就挂了电话。

文生再打过去，却是忙音，气得他直拍脑门。

菊英放下电话，就开始收拾自家的换洗衣服，还装下了姐姐给她买的两身衣裤。姐夫开车把她送到车站，等她上了车后才离开。

菊英上车前，给钟英打了个电话，还要她发誓不要告诉文生。她对钟英说，这几天自己想了很多很多，心里面也已认识到自家的错，也深深感到了文生的种种优点。这辈子能嫁给文生，确实是件幸福的事，无论她对他怎样，他从来都没有想过要去外面"快乐快乐"，周围不少男人都去"快乐"过，还当着她的面说肯出钱让文生也去体验"快乐"，文生却说这辈子决不背叛她。她曾说："你想去就去，我也乐得轻松。"但文生对她的鬼话只付之一笑。他一直都给予她面子，即使她对他父母说了许多错话，他从来都不曾动手打过她，

"我现在想通了，一辈子也就那么几十年光景，我不能再懵懵懂懂过日子了，我要珍惜这份感情，珍惜家中的亲人，不再去伤害他们，我要让自家的下半生过得幸福。回家后，我一定改邪归正，扎扎手手做事，老老实实做人，和文生共建美好家园。"

钟英由衷地说："这就对了，这就对了，我衷心祝福你幸福美满！也祝你下半身（生）快乐！"说完哈哈大笑。

---

① 冇主冇意：没个主意。

菊英一听，脸颊飞红，大骂一句："死钟英，没正经！"骂完也笑了起来。

笑完，她的心就随着汽车飞了，飞到了家里，飞到了文生和孩子们的身边。当然，这次也想到了那两个"老鬼"和叔子文华、嫂子玉兰，她准备了一箩筐的话要对他们诉说，她也要用一箩筐装下一家人今后的故事。

细狗的好事歪事

细狗八十多岁了，可看他那走起路来衫尾还能打死狗①的架势，一点也不像这年纪的老人。

他是水厂的退休工人，按乡下人的说法，是个鸡啼月出都有钱拿的人。何况，十几年前又曾刮来几阵"台风"，远在台湾的妻舅寻上门来了，每次回来都会给姐姐一笔不小数目的钱。

细狗傍着妻舅的资助，新建了一栋约两百平米的房子，当时在村里是最显眼的。大家都说细狗命好有个台湾同胞，不然，做梦也别想住这样的房子。

细狗大字不识一个，只会干苦活，巧活一点不会，人又非常地抠门，说话死乌搭瞎，在村里向无好人缘。他生有两子六女，但在这一大群子女中，他只偏向大儿一个，其余的他爱理不理，好像这子女中只有大儿身上流淌着他的血液。对他这种作风，旁人说不出个所以然来，他的子女打破脑壳也想不明白。大家一说起他，就把头摇得像拨浪鼓，议论来议论去，还是无法用精确的文字来表达。后来大家烦了，给他盖棺定论，说他心理变态。

细狗有个弟弟，毫无疑问就是三狗，他们的子女这样叫，侄儿侄女这样叫，旁人的后代出于礼貌也这样叫，有些辈分大年龄小的也这样叫。农村人对于称呼并不在意，叫乱了也无伤大雅，笑笑了之。

三狗少细狗三岁，生日却在同一天。每年生日，双方的子女都会来，每

---

① 衫尾还能打死狗：摆动的衣袖都能把狗打死，意指走路风风火火，很有力度。

每这个时候，都有不少新闻让大家说笑上好几天。

三狗家有三子五女，他们给父亲过生日，都是高高兴兴来，欢欢喜喜回；而细狗家的女儿却没有一点高兴可言，她们暗地里骂父母小气鬼，有钱无情，心里没有儿女，如果不是要埋旁人眼，抬轿也请不来。

原因是，到了这天，细狗家只买一些肉，摘些自家种的时蔬，杀头鸡或一只鸭，煲上一大盆汤。汤多人迟和①。老人们总这样说，如果下锅的鸡鸭不够斤两，而来人又多，一人还分不到一块，就会多放一勺水。人多冇好食，猪多冇好糠，说的就是这个理。以前生活艰苦，她们的子女还小时，经常闹着要来外公家，外公生日更是餐餐不落。六个女儿就算各带一个小尾巴来，加上细狗家的四五个孙子孙女，还不够热闹？细狗看到这一大群饿涝神一样的小孩，气就不打一处来："你们这是来给我做生日吗？我看是来填饱肚子，敲诈我，拿来的那一点东西，都不够你们自己吃，吵得我冇安冇乐，还说祝我生日快乐，屁个快乐，不给你们吵死气死就阿弥陀佛了！"女儿女婿听了，心里不是滋味。孩子们可不管，有些老油条，还一个劲儿地缠着外公给小钱买零食。细狗哪能轻易地掏出一分一毫。他说："一人一块钱，我买盐一年都吃不完。"

那个刚告别"瓜菜代"的年头，如遇亲朋好友家做好事，大家都想带上自家孩子去一饱口福，吃上一顿大餐，半个月都可以不用买肉了。孩子们更是，一听哪天有客做，就牢记心中，到了那天连书也读不安心，总盼望快些放学好去做客。

父亲做生日，好歹也有几样菜，所以细狗的女儿们都怕自家吃亏，每人最少也要带上一两个，甚至全家出动。她们可管不了父亲的脸色，欢迎不欢迎有啥要紧，吃完饭两脚一跳走人。

上得饭桌，那些好吃的很快就被小孩子们一扫而光。个别父母一看别家的孩子像芦抢鬼②一样，怕自家孩子老实吃亏，就亲自动手往自家孩子碗里夹菜舀汤，有时往往弄了一满碗，孩子吃不完，便自家享受。更好笑的是，很多孩子为了争吃，弄得面红耳赤，哭鼻子抹眼泪，而大人们又为了孩子和自身利益互相指责，大伤和气。细狗常常对着这些子孙厌烦地说出一句："还说多子多福，我看是多子多冤家。"

---

① 汤多人迟和：肉少，加水来补，以使每个人都能吃到。
② 芦抢鬼：抢食鬼。

细狗和三狗都算是儿孙绕膝的人。生日这天，三狗家杀鸡宰鸭，买鱼买肉，应有尽有，还会油炸些粄子做等路。所谓等路，就是客人回家时带回的礼品，给没来的家人吃。那年头做客的人一回家，家中老少通常情况下都会先问："有等路吗？拿来吃！"如果没有，一句"小气鬼"就顺口而出。三狗家每次回家都有等路，女儿女婿和孩子们个个脸带笑容。堂姐妹们有时一起回家，当然就形成了一个鲜明的对比，孩子们不懂事，会说："你们的外公外婆小气，你们空手回家，我们有吃有回。"弄得细狗的外孙们又是一阵子伤心。

别说小孩子，连女儿们也都在心里嘴里骂父亲是个守财奴，不但刮过几阵"台风"，又有退休工资，厂里倒闭后，还补了一万多块。

上世纪九十年代初就有这样的生活水平，按理子女们个个都会深受细狗的欢迎，至少不会受此冷落。只是，对于一个名副其实的守财奴来说，嫁出去的女儿泼出去的水，再有钱，女儿们是不可能分享的。但女儿们来有时归有日，人家的女儿转娘家①，娘家总是牵手打脉舍不得放她回，临走总忘不了叮咛一句"不要归太久"；而细狗只要女儿们一回婆家，就会长长地舒一口气，说"终于都回家了"，乐得轻松，像是捡了金砖。

三狗家搞得排排场场，又有等路让女儿们带回家，堂姐妹们有人高兴有人伤心的事，很快转到细狗耳里，他特地到三狗家，说："又要迟鸡，又要杀鸭，还要买那么多菜，要炸粄子做等路，这不是亏大本了吗？"

三狗骨子里到底不是个大方之人，听老兄这么一说，心里也认为儿女孝敬爹娘那是天经地义的事，用不着大张旗鼓，搞得跟做大好事一样，花钱又累人。子女多，统统到齐的话，三张桌都坐不下，自己两公婆半夜喊天亮，忙七忙八，买菜的事交由大儿去。可其他两个又说每回买菜都交由大鬼，明摆着放心不下他，怕他打雷公②。大儿听后说："这种吃力不讨好的事以后不要再叫我，我倒贴摩托车油钱不说，还得起早床，又要被人怀疑，说闲话。"这样一来，生日就没法快乐了。听了老兄的话后，三狗更是心里不舒服，就对老婆说，明年也不要再买其他菜了，家里有鸡有鸭，再炒几样自己种的菜就行了，自家的儿女又不是为了吃才来，也不要做粄子等路了，既累人又花钱。细哥家就从来

---

① 转娘家：回娘家。
② 打雷公：扣压菜钱。

没做粄子，虽说米能自产，但也要花糖和油的钱。

三狗媚一听，气得指着老公大骂："娘个老死佬[①]，就晓得省钱，要省钱你就少喝二两尿脚。自家的子孙再多，我都不愿作践，不想让牛踏死，婿郎妹子来有时归有日，如果有可能，我自家的肉也情愿让他们吃，我辛辛苦苦生她们养她们，到死也要把她们当宝贝。你没有辛苦过，她们还细时[②]一哭你就骂，一点唔心疼，今朝日子来为你做生日，是她们尊重你，你还要好样唔学学歪样，爱入不要出[③]，好意思吗？阎罗王听了也会笑死！"

三狗媚是个骂人大王，对自私自利的老公，她也毫不客气，生养了那么多子女，她的确够辛苦，如今子女们都成家立业了，她也欣慰了，她很爱女儿，哪个女儿家有困难，也都一视同仁。十月怀胎，生儿育女，女人是比男人辛苦好几倍，但要说男人不会辛苦，男人们哪个会乐意？他们说："做人模子时，你们女人就晓得等装。男人每次弄得筋疲力尽，满头大汗。如果没有男人辛勤播种，你们女人怎样去十月怀胎？"

当三狗媚在大声责骂老公不曾辛苦时，三狗在心中直喊冤枉："曼人讲个我不会辛苦，我不辛苦你怎么生儿育女，娘个冇良心个短命嫲。"但他不能嘀咕出声，要比骂人那是强盗打官司，场场输，他怕透了这个刁婆，自从订立合同睡到同一张床上，已经五十多年了，算是金婚了，如果不是三狗总是主张以和为贵，那别说金婚，铜婚也不可能。男子汉大丈夫，能屈能伸，床下菇就床下菇，以老婆为中心，多吃软饭，死不了，平安是福，犯不着与头发长见识短的女人一般见识。看看那些专摆大男子主义的男人，日子也过得不怎么好，得罪老婆不是好事，等到老二问题需要解决时，往往会遭到严重摧残，何苦来着？三狗曾有过此等遭遇，所以后来变精了。

有一次，不知啥事，三狗媚一直骂三狗，什么话都骂，但三狗一言不发，见老婆转身走进厨房，才回骂一句："娘个短命嫲，把老公当阶级敌人，末里芝都骂得出[④]。"但听得出，他这还是压抑着骂的，如果被老婆听到那可不得了，就等着老婆来"专政"吧。

三狗媚不但骂人令人咋舌，有一样更是令许多数学老师汗颜，她笋般大

---

① 娘个老死佬：你这个老不死的。

② 还细时：还小时。

③ 爱入不要出：意指只要收入不愿付出。

④ 末里芝都骂得出：什么话都敢骂出口。

的字一个不识，但算术可称一流，她是家中的管事婆，有出入都是她做主。如遇有什么东西出卖，她只在心里默算一会儿，就能算出，而且一分不差。有些读死老师的人故意作弄她，被她骂成骗子："以为我不识一个瞎眼字吗？可要说数数，你可能还不是我对手。"事实证明，她没有吹牛皮。

一次卖鸡公，有个男人见她比计算机还快，就故意说："你算错了，应该是三十九块钱，不是三十九块九角，你这个老人家是怎么算的？"三狗媚立马说："我的鸡六斤六两半，六块钱一斤，六六三十六块，加六六三十六角，再加半两三毛钱，不是三十九块九吗？你叫这位老哥算一算，看是不是我算错了，半两鸡你晓得要多少米谷子喂，你怎么敢来欺骗老人家呢？看你模样斯斯文文，像个领工资的，怎么倒像个教书先生一般。"

当时，教书先生是出了名的小气，这里的人一说起教书先生，都说他们是在算盘上面睡目的人，买猪肠都要带尺子来量。没想到，三狗媚那天面对的真是算盘上面睡目的人。那男人是个数学老师，今天教师节，几位老师商量着要比往年隆重一些，就派他赴圩买只土鸡。来到这里，他一眼就看中三狗媚鸡笼里的鸡。那时，饲料鸡上市了，有人说，从老人手中买的鸡，百分百是家鸡，老人不会做生意。可他们也没有想到，老人是不会做生意，但那些生意脚子①却精得很，常常利用老人，让老人帮他们卖鸡，卖掉一只给一块钱提成。

有个熟人曾说过从老人手中买饲料蛋的事。一次，她看到一个七十多岁的老妪篮子里只剩下十几个鸭蛋了，便问老人这是家蛋吗？老人说是，不然怎么会这么少？她信了，高兴地全买下，可是转头去买另一样东西时，发现老人又在另一处卖鸭蛋，而且篮子里也只有十多个。她一下明白过来，自己上当了，上了老人的当，后来她也不再轻易相信老人了。

当然，三狗媚卖的可真是货真价实的土鸡。数学老师见她算得比自己还快，以为是个退休教师，当得知她是个实实在在的文盲后，真是汗颜了，连声道歉并说明原因。三狗媚回来后，有声有色地说与大家听，大家都夸她神算，问起她乘法口诀，她却说不出个所以然来。奇怪，大家又晕了。

爷爷奶奶亲长孙，爸爸妈妈爱满子，这在农村是很正常的。因为爷爷奶奶老了，长孙的福他们有可能享受到，天冷天暖走脚板就靠长孙，吊火笼都靠

---

① 生意脚子：做生意很有心计的人。

长孙；父亲母亲爱满子，其实并不然，因为满子小，大的会欺负小的，父母当然要维护小的。他们重男轻女的思想是有的，尤其是男性，这个封建思想特别严重。

凡人凡事都有普遍性和特殊性，每个人的情况都不同，细狗就是个例子。他满子家有一男一女，读书时再困难，他也不会替他们缴学费。他对大子哩一家就大相径庭了，住在一块儿，一切开销他都会负责，他自己身康力健，田里地里和大子哩大生媚①同行同做，一百斤的担子挑在肩上能健步如飞，毫不气喘；空闲时，还会上山偷砍松树劈了做柴烧。满子和老婆看着眼红，说老鬼就是两样心，把所有的爱都给了大鬼②，以后死了我们都不会流泪。细生媚③一次忍不住质问家官："细狗，是不是我老公是姨娅④搭人⑤生的？"结果被他大骂一通。

细生媚向旁人投诉，有人当面笑她："曼人叫你们两公婆不会巴结老鬼，尽夹狗屎给老鬼吃，你们看你大哥大嫂就会买猪肝粉肠巴结老鬼。"

细狗的大生媚虹虹人不错，有文化，且晓世情道理，曾走后门做过乡妇女代表，生有二男一女。老公仁古接父亲的班好景不长，工厂倒闭后，也失了业，回到家里啥事都做不惯，又不出门打工，整天无所事事，游手好闲，偶尔过意不去，要帮老婆做事。细狗一旁却说："你去了耍⑥，我来做。"

仁古失业后经常与人赌博，家里所有的开销仅靠卖烟和细狗的几百元退休工资，是有难度的。坐吃山空，一家七口人的生活开始出现危机，夫妻之间也时常产生矛盾。虹虹捡了衣服准备出门打工，被细狗拦下："虹虹，你是家里的火车头，你要是出门打工了，这个家就乱套了，你不要走，仁古失了业不要灰心，人总不能让尿憋死。莫讲我还有几百块钱退休金，又还有不少舅舅给的美元，解决目前的困难不成问题，以后这个家由你来当，我的退休金也由你领取。我把存折的密码告诉你，三个孩子的学费不用愁。"

这样，虹虹就留下了，细狗和仁古放心地把财政大权交给了她，也等于

---

① 大生媚：大儿媳。
② 大鬼：指大儿子。
③ 细生媚：小儿媳妇。
④ 姨娅：婆婆。
⑤ 搭人：勾搭别的男人。
⑥ 了耍：玩。

把自家的身家性命交给了她，他们常笑着说"撑死饿死都由虹虹了"，他们乐得轻松自在，吃闲饭。

细狗那些年因为有几个臭钱，说话总是气势汹汹，想压倒所有人，一出口便说："娘头短命子，我打死你，打死了我也赔得起。"

大家非常恨心他这么说，予以联合反击："娘个老死佬，你有钱，那是因为现在有'台风'刮，天光日子无'台风'刮时，你也不可能咁刁^①。等你那妻舅死后，你就会和别人一样。莫讲你妻舅没有拿百万给你，就算有百万，要败也很快，老是这般出口伤人，上天也会惩罚你，你等着！"

"呸呸呸，乌鸦嘴，狗鼻泼，统统回转你！"细狗听别人这般诅咒他，气得两眼暴突。

老人们常说"有家莫说家，有子莫说子"。这里的"说"字，意思是夸，也就是说，你的儿女再优秀，也是强中自有强中手；你再有钱，也没有开银行；再说，倒霉时，神仙也救不了。苦的人，也不是一辈子都苦，三十年河东，三十年河西，风水轮流转。

很多话果真是能应验的。几年后，虹虹服毒自杀，这个新闻，当时任谁也意想不到。

虹虹是个不错的人，精明能干，善良本分，从不与人多生事端，自从当上了妇女代表，村里的公益事业，她一直起到了带头作用，大家也一直拥护她，夸赞她。虹虹也有伤神的事，那就是两个儿子都是晃子，好样不学，歪样学到一箩担，小小年纪，便学会用下流话骂人，说什么"叫你娭哩睡目莫关屋门，我夜晡穿红节裤子来"^②。虹虹听到后，狠狠地训了儿子一顿，当时他们说以后再不敢了，但这不过是为了逃避竹鞭之罚。他们还学会了赌博，头发也剃了个流行式，还染成了金黄色，校园少年像是社会青年。虹虹苦口婆心地教育他们，但始终不见他们改好。他们还偷家财作为赌资，成绩报告单上从来看不到及格两个字，告状的人却越来越多。老公仁古跟闷葫芦不差毫厘，从来不劝慰一句。她感到悲哀，隔三岔五陪儿子掉眼泪，甚至万念俱灰。

一次，家里少了三百块钱，她就问两个儿子，但他们矢口否认。细狗回想那天小儿子荣腚来过自家，正值他内急，去了一趟茅房，便说肯定是荣腚

---

① 咁刁：这么刁蛮。

② 夜晡穿红节裤子来：红节裤子，即红短裤。意指男女间不正当的私会。

这个劣鬼偷了钱。这可炸开了一锅粥。小叔荣腚跪在虹虹面前发誓发绝地说："嫂，我真的没偷你的钱，我拿全家的性命发誓。如果我偷了你的钱，今朝夜晡我全家死光光，死后也打入十八层地狱。"

"荣腚，你莫这样，我相信你，你莫发毒誓，也莫听信老人的话，我不是那种是非不分的人，你快起来。"

细狗打电话把所有的女儿女婿都叫来了，大家一致认为冤枉了荣腚，但细狗一口咬定是他偷的，结果父子俩大吵起来，都快到断绝关系的地步了。如果不是有那么多人拦着，荣腚兴许就犯下了杀父的罪名。

虹虹正值经期，心里烦躁得很，因为自己教子无方，而遭到这类事，老公又没一句开导的话，她的泪水如决了堤的洪水，趁老公和小叔荣腚、姐妹们吵闹之际，她绝望地拿了瓶农药，咕咕咕一口气喝下。等到她老公发现，她已不省人事，大家忙停了舌战，心急火燎地把她送到乡医院。

在摩托车上，虹虹就已瘫软，仁古扶住了她，但她的双脚垂下，一直拖着，到乡医院时，双脚已血肉模糊。医院一下子手忙脚乱起来，采取各种抢救措施。她没有断气，但一直处于昏迷状态。医院建议转院，次日便又转到县医院，在县医院治了一个多星期，花了三万多块，但最终还是没能挽留住三十几岁的年轻生命，弄了个财去人空。

细狗一直吩咐，要用最好的药物，不要省钱，他有的是钱。他老天真地以为，有钱真的能使鬼推磨，有钱猫公蛋也买得到。细狗还跪在禾坪里向天祷告："只要能救转虹虹，我愿意用我的老命跟她交换；只要能救转虹虹，下辈子我愿意做牛做马来报答上天公呆。"然而，上天好像很不屑，丝毫未加理睬。

一向自高自大、目中无人的细狗，自从死了最疼爱的儿媳，完全变了一个样，很少与人争吵，也不敢自称富人了，说起话来谦虚了许多，也温和了一些。人们在惋惜虹虹之余，不免议论起细狗来："细狗这老家伙，现在还敢咄刁，一下子就让他人去财空，有钱有钱，有百万又经得起几场灾难，就要惩罚惩罚他，不然的话真认为他是兔嫲下蛋，与众不同，弄他一两回，他就刁不起来了，只是不该让虹虹来承担，他家就她一个好人。"语气中虽然夹带着惋惜，但更多的是幸灾乐祸。还有不少人背后议论，如果仁古灵活一些，虹虹哪至于死？

虹虹的骨灰盒下葬在人家三丈远的屋后，这又引起一场争吵。在农村，吃药上吊死的人，也属有好死的一类，埋在人家后山，人家当然怕霉气。那两三户人家和细狗家大吵一顿，要他家马上移走，不然就把地掀了。在村干部的调解后，并得到细狗和仁古过几年就移开的书面保证后，才让她入土为安。

火车头没了，这个家就乱成了一锅粥。细狗和老婆都是不识一个瞎眼字的文盲，仁古是个不管事的老实头子，以前家里所有的收入都由虹虹管理，有多少本存折，号码是几位数他也搞不懂，他只管吃饭睡觉赌博。老婆又不是呆子，又不是水性杨花的女人，还怕她拿去倒贴人家么。

农村有些男人小气，总是大权（钱）在握，生怕老婆用来倒贴外家，但仁古这点又可以一百个放心。虹虹娘家不差钱，有个老弟在外面工作，很有钱，时常会资助她，她父亲早死，母亲才她这么一个宝贝女儿，婆家和娘家都非常爱惜她，她会喝农药自杀，最让人想不通。

虹虹死后，仁古在她的衣裤里、枕头下和床垫下找到几本存折和几千元现金，现金是刚卖了几头猪，还没来得及去存。

虹虹的大儿子威腚肠子都悔青了，如果不是自己贪赌拿了家里的三百块钱，妈妈就不至于自杀。有妈的孩子是个宝，没妈的孩子是根草。这首歌他也会唱，以后，他就是个没妈的孩子了，他失去了最好的母亲。可这又有什么用，开天辟地，自古至今，人类再怎么聪明，医学再怎么先进，目前还没有后悔药。威腚偷偷地哭过好几回。也是啊，如果威腚头带得好，和老弟不经常惹母亲生气、伤心，听母亲的话，做个好孩子，虹虹又怎会绝望至此，狠心地抛下三个子女和所有的亲人。

"妈妈，我对不起你，是我害死了你！"送葬那天，威腚大声哭喊着，声泪俱下地重复着这句话。可年三十日养大猪——太迟了。那时，威腚才十五岁，弟弟十三岁，妹妹十岁。

火车没个头无法前进，家里少了个主妇，乱得不成样。仁古常常对着二老三少哭得眼红声哑，晚上对着亡妻的遗照更是彻夜难眠，往后的日子怎么过，他不断地问自己。

半年过后，仁古经人介绍，和一个叫玉花的女人走到了一起。玉花是个已婚女人，生有一男一女。男孩夭折后，她老公出门打工，和一个外地女子相好，就不要玉花母女了。玉花母女只好回娘家。

玉花的女儿小欣特惹人喜爱，刚来时，大家都说玉花这样的女人怎么生了个这么可心的女儿，可能像她爸。仁古虽有一个女儿，但她脑膜炎患坏了，不灵气。细狗老夫妻为心爱的儿子又找到了女人而乐得合不拢嘴，刚见面就破例给了一百元的红包。小欣从没收到过这样的大钞票，乐得嘴巴像是抹了蜜，围着细狗老夫妻叫前叫后。

仁古的再婚，比头婚更热闹。他家上代下代人口众，本组三百多口人，他一个大家族就占了七八分之一。

玉花人不高，且其貌不扬，就是说她丑陋其实也不为过，但和仁古也算是旗鼓相当。玉花人很勤快，一看就知道是个穷苦人家出身的妹子，她一来家，就担起了家庭主妇的重任。早上天刚蒙蒙亮，她就起床，用大锅煮饭，蒸下后又要挑水，那时还没装自来水，一般都用溪水，吃的就去有井的人家那里挑。水缸满后，一家八口人的衣服又等着她去洗，每次她穿着水靴从子云屋后经过，子云还在睡梦中，常被她的脚步声给吵醒。

时间不长，家中就产生了矛盾。细狗老夫妻一向偏爱长孙，恨不得把自家的肉割下来给他们吃，小欣再怎么说也不是自家的血脉，对她付出再多的爱，以后也许都不会将自家挂在心上，出嫁后就更不知道会是什么态度了。细狗这么一想，就更冷落小欣了，有时当着小欣的面给自家孙子孙女钱，有好吃的也是，小欣有吃，也是他们吃剩的。

玉花看在眼里，恨在心中，仁古不在时，她搂着女儿偷偷地哭过好几回，后来实在忍不住心头的火，在仁古面前大发牢骚："你看你爷哩娭哩[①]，这么作践我们，不把我们当人看，既然这样，就不要讨我，害得我妹子受苦，早晓得这样，堵水坎也不嫁来。"

仁古听了，不去开导和安慰，反而大声训责："你娘个妇人家就是多事，七八十岁的老人家，你跟他们计较什么，你们来到我家，缺吃了还是少穿了，在你娭哩家饭都吃不饱，还嫌命歪。"

"我自出了世也没累得像现在一样，整天跟机器人一样，你们又个个等吃，啥事都让我一个人做，我来到你家，最缺的是重视，最不缺的就是做，不吃饭不睡觉都有我做的。"玉花说完就哭出了声。

虹虹生前，仁古虽然不干活，但家里有些力所能及的事他多少会帮帮忙，而且细狗还很强壮，所以什么事情都做得有条不紊。而自从玉花嫁来后，细狗

①　爷哩娭哩：父亲母亲。

就洗手不干了，只打理小店和碾米厂的事。玉花时常累得头不梳面不洗，也还是一团乱，一家八口人的衣服，她就洗得直不起腰来。

时间一长，矛盾就越恶化，细狗对玉花母女是越看越不顺眼，开始当面嫌弃玉花，做事情一点头绪都没有，什么事情都没虹虹做得好，卖假，除了比虹虹会吃，没一样当得了[①]她。他还对孙子孙女说："别叫她妈，她不是你们的妈，你们的妈死了。"

这不好那不好，玉花被家官嫌得一无是处，起先她还尽量忍着，后来就忍不住顶撞了他："这么好的生媚你又受不得，她再好也不能为你养老送终了，你老了病了都得我侍奉了，你命唔靓[②]就活该让我这个坏生媚来侍奉你，有啥法子？"

细狗听了，勃然大怒："你是什么货色，我凭什么要指望你？我还有荣腚一家子，又有一大群婿郎妹子，我左脚不便右脚便，你放心，我不会指望你给我养老送终。"

荣腚夫妻听了，对别人说，细狗到这时才把他们当子哩生媚看。

玉花受了委屈，多次向三狗媚哭诉，也向同龄妇女哭诉，大家都很同情她，有人还教她一招，如果以后他们还这样骂你、虐待你，你就带上妹子一走了之，天大地大，哪会没有你娘俩的容身之地，凭啥非要受他们一家的气，你一走，看他仁古还有没有老婆见面。同龄姐妹真是看不过眼才教她这招的，女人惜女人。

记得有一次，小溪里就玉花和子云在洗衣服，她也向子云大吐苦水，还说如果不是怕误了妹子的学业，我真想一走了之，我出门打工也有能力养活她。

她呜咽了一阵后又说："我从早忙到暗，却得不到重视，连我妹子也受歧视，我对这个家一点信心也没有了。我看你不是那种落井下石、多嘴多鼻的人，我对你说实话，等我妹子读完书后，如果他们全家还这样对我，我就和妹子离开这里，我就不信离开他们我们母女俩就会饿死。"说完，她又哭出了声，眼泪像断了线的珍珠。

听完她的话，子云心里除了同情更多的是痛恨，仁古真不是东西，烧粄

---

① 当得了：比得上。

② 命唔靓：命不够好。

子热了心，还不珍惜眼前的一切，他难道还想再讨老婆吗？仁古是子云小学同学，子云曾多次一语双关地提醒过他，要珍惜眼前的一切，不要再让自己后悔，让亲人受伤，可他就是无法领悟。

子云多少带点自欺欺人地安慰玉花："也许随着年龄的增长，他会慢慢改变的，他是个老实人，还没开窍，又被父母宠着，但相信除了缺心少肺外，他是绝对不会算计你们的。只要你付出了真心，他们一家迟早会改变对你母女俩的看法，耐心一点吧，总有一天会雨过天晴，阳光灿烂的。"

"子云，你不知道，我只有做事的份，家里卖了烟卖了猪，我过过手的机会都没有。听说那死鬼在世时，存折有几本仁古都不知道，也从不管钱财的事，可现在有多少收入，他从不告诉我。都什么时代了，我还没有自主权，连买内裤和卫生棉的钱都得向他要，平时我身上就没有一个'刮痧钱'，我妹子的压岁钱都得上交，我妹子读住宿，生活费少得可怜，她经常回来拿菜，正是长身体的时候，我不心疼谁心疼？"

这个死仁古，读书读到哪里去了，脑子里装的是猪屎狗屎吗？真不知是怎么想的。听了玉花的诉说，子云对她更加产生了同情。

子云清楚，仁古不帮她干活，她也不会过分地要求，因为他一向就是懒虫一条，最让她难过的是，他不重视她，对于父母的辱骂，他不予制止也不给安慰；更有甚者，就是对她实施了残酷的经济封锁，使她不能像别的女人那样，拥有自由支配钞票的权力，如果不是精神病，谁也忍受不了，旧社会的妇女也不过如此吧！作为女人，子云非常理解她的心情，仁古的父母怎样对她，也许她可以忍受，只要仁古珍惜她就行了，毕竟是七八十岁的老人了，一百岁命长也没有几十年活头了，莫说细狗媚就已经病魔缠身了，要不是生活好，早就见她上代高祖去了，看样子也就这几年活头了。问题是仁古不够重视她，什么都还防着她，这就让她有了离开的想法。

村里同龄妇女大都知道玉花的处境，在一起闲聊时都会说："玉花活该受苦，她太老实了，要是我，早就两脚一跳走人了，她这样的日子，鬼才受得了。要是玉花真走了，看他仁古还能不能讨到老婆，这种男人，总是不见棺材不出目汁①，他要是细心一点，虹虹也不至于死，真是大番薯，这种男人就是

———————
① 目汁：眼泪。

348

要让他多吃苦头。"

玉花替换了虹虹的位置，儿子这个家越来越没磁性，细狗后来就不愿再和儿子他们住一起了。他有退休工资，还有碾米厂，前年机械厂又送来八千多块钱，他说："我如今快八十了，要享受享受了，和老太婆俩人过日子，想吃就吃，想了就了，谁敢管我，神仙过了就是我。"

细狗想通了，钱再多，不会享受是生死佬，用不完又带不到地下，何不趁吃得走得时尽量花，反正月头一出就有钱。有一次他和村里人说："我要养好身体，多活几年，多拿几年退休金，政策这么好，我不想早死，有钱不会花的人是生死佬。"

别看他奔八十的人了，可一顿还能吃下三碗饭，每天吃肉，但吃起肉来还像饿鬼见了白饭，而且很没个吃相。

一次，玉花的母亲来了，玉花就杀了两只鸡公，吃饭时叫上家娘家官。细狗当然很高兴，坐上桌后，首先把鸡腿装进另一个碗里，对老婆说，这两个鸡腿留着你晚上吃，现在先吃煲里的。他忙又替老婆盛了汤，把剩下的鸡腿夹一个到她碗里，又夹一个到自己碗里，跟饿鬼一般，头一低，也不招呼，旁若无人地饕餮起来。

看到他风卷残云的吃相，亲家母惊呆了，不是说三餐吃肉吗，怎么好像三年不知肉味？但毕竟在人家的屋檐下，自己的妹子又是人家的前头后接①，自己没权利说话。

玉花的母亲只随便吃了点就走开了。玉花见此情景，当然非常生气，四个鸡腿本来是四人享受的，可妹子和母亲没有福气，都被老鬼占了，自己的母亲一年才来一次，可是连饭都没吃饱，都是老鬼害的。玉花的怒火比火焰山的更大，可还是不敢当面说老鬼，得罪了他，八角灶头也会转向，自己和妹子有可能站不住脚跟。

第二回吃饭时，仁古叫父亲吃东西要斯文些，不要跟饿涝神一样。结果是满满的一桌子菜和肉，受到了空前绝后的"扫荡"，细狗像是受到了奇耻大辱，吐出口中的食物，然后把桌上的菜扫到地上，还把桌子掀翻："曼人敢说我跟饿涝神一样，我就让你们也莫想吃，吃呀，吃什么，不发发火你们以为我

①　前头后接：后娘。

是呆子！"

后来，为了保全全家利益，不再可惜了美餐，细狗的吃相再难看，也没有人有那个胆再说一句什么。这种杀鸡吓猴的做法，使细狗更加嚣张，为所欲为，他心里暗自高兴："敢和我斗，等我死后才有你赢。"

细狗的这种吃相，在没有客人的情况下，全家人还可以尽量忍，有客人来时，也这般粗鲁，他们又怎能视而不见？可谁也不敢当着客人的面再说一句什么，谁都害怕那个结果，因此，个个都像是打破了纸灯笼——眼中有火。细狗呢，只要你们不出声指责，眼中的火又烧不着他，他完全可以照吃不误。谁要是客气不吃，他更高兴，大家不吃最好，这餐吃不完，下餐我还可以吃。

玉花地位低，更不能出声，她有自知之明，但在背地里和信得过的姐妹说起，对细狗完全可以用恨之入骨这四个字来形容。经过那次事件，后来她母亲来，她就不再叫上没有人情的老鬼同桌吃了，但出于孝道，还是会拿个碗头盛些肉菜过去。

一天天刚放亮，玉花就挑了一担禾篮去摘烟叶，一共摘了四担。她家的烟田分散，每一担湿烟叶都有上百斤，摘了还要一担担挑到人家的烤房里。时值雨水多的季节，而且又是"四月日子长，饿死懒布娘"的时节。雨水多，路面泥泞，遇到下坡路，常常烟担子和人一起滚下坡。穷山沟里长大的人，都能体会到这种苦，这种艰辛。

忙到九点多，玉花才回到家里，肚子饿得咕咕叫。她换下一身透湿的衣服后，就迫不及待地找饭菜。早上起床时，仁古说去买些猪肝粉肠煮汤喝，他买回来煮好后，叫上老爹老娘先吃，然后就去水泥厂上班。玉花打开菜橱，一看，气就不打一处来，我辛辛苦苦摘了几担烟叶，担担都百多斤重，还要一担一担地挑到烤房那边，他就这样对我，真是太过分了！她心里委屈得很，眼泪和着饭粒往肚里咽。

晚上睡觉时，玉花死也忍不住了，自己一而再再而三地忍让，换来的是变本加厉的歧视，如果再忍让，他们一家真会以为我是傻子。"仁古，当初你中意我，让我和你结婚，可为什么你从来都不在乎我？既然你看不起我，何必当初？嫁给你后，我没有过几天好日子，连我妹子也被你们家歧视，这样的日子我不想再过下去了，我们离婚吧！"说完便大哭起来。

"好好的你说这话是什么意思，我怎么听不明白？我以前是粗心点，但我正在改变，我也晓得你很辛苦，但我确实干不了重活，我一向就这样，我也晓得摘烟很辛苦，不然我也不会起那么早去买猪肝粉肠给你吃。"在没有说出真相之前，仁古当然莫名其妙。

"你想想，还不到五点，我就起床了，肚里空空的就冒雨去摘烟，别人摘烟，都有老公来帮忙挑烟担，而且早上起来有点心；而我呢，什么时候吃过点心再出门？九点多我回到家里，你就那么过意得去，就留半碗头汤和几截粉肠子，你明知道我不吃粉肠的，你摸摸良心想一想，你这样做得起谁？我也是娘生父母养的，又不是鸡嫲^①孵的……呜呜。我来到这个世上咋就这么可怜呢？呜……呜……"

看到玉花滚滚而下的泪水，仁古有点心动，说："鬼讲个，我煮好后就先留开^②了一碗头汤和猪肉猪肝，还特意多留了些，放在锅里，还添了火^③，免得它退冷。我心想你早餐吃不完还可以留着中午吃，省得中午再煮菜，难不成是细狗作的怪？这老鬼，当时吃得走路都打趔趄，怎么可以这样?！"仁古自这回开始，觉得父亲真的是太过分了。

细狗有个嫁在本组的妹子，名叫兰英，闲来无事时经常和子云凑在一起打麻将，说闲话。有一次说起玉花的难处，大家都为玉花打抱不平，说细狗不该作践生媚和孙女，孙女虽说不是亲生的，但和生媚来到这里，只要真心对她，相信她也会以真情回报，别人没有妹子，都要去抱养一个或去认一个，细狗真的死脑筋，不会想。

兰英却说："你们莫只听一面之词，我细狗其实很亲小欣，每次到我家吃饭，有啥好吃的，总要先留下，回家时说要带回去给小欣吃，平时也会拿零钱给她，我都看到几回。"

几个好事的女人听了英子的话，半信半疑，又去问玉花是不是真的。

"哪有？我家老鬼就是名爱利爱，害我妹子好了名声亏了肚，他其实是带回来下餐他们自己吃。如果我妹子吃了，我会花舌缭鼻、失本良心^④吗？牛有咁好使都不用牛绊枷^⑤！"

---

① 鸡嫲：母鸡。

② 留开：分一份留下。

③ 火：柴。

④ 失本良心：忘恩负义。

⑤ 牛有咁好使都不用牛绊枷：牛绊枷是一条系在牛颈下的绳索，一般好下田的牛都要用牛绊枷，玉花说这句话的意思就是细狗没这么好心。

按自己的判断，子云宁可相信玉花，人到伤心处，才会情不自禁地泪水滂沱，老人们常说，眼泪是血，有哪个愿意让自己的血白白地流？

细狗的处境其实越来越糟，因为他一向偏爱仁古，弄得其他的子女恨心恨肺，暗地里哪个没骂过他，骂他千担粪施头禾，就爱保护这头禾到时出青弓。

仁古这头禾一直得到父母"千担粪"的照料，尽管没有出"青弓"，但因前妻死了，讨到玉花不受细狗的重视和欢迎，已经由阳光灿烂变成乌云密布。他左右为难，在玉花和老人家发生矛盾时不知道自己这条牛尾巴该往哪边甩，他本来就是个不善辞令的闷葫芦，遇到这类以前没有发生过的麻烦事，他又怎么能妥善解决，当好中间人呢？

每次碰到这种舌战，他就骂一句"你们鬼喔般①吵呀，吵到日出月落，我也不管"，说完骑上电驴发动马力溜之大吉，在赌博鬼里扎堆，直至深夜或几天不回。

在这种情况下，细狗和玉花都很伤心，他们谁都希望仁古能为自己说句话，尤其是细狗。

"娘个拗豹子，以前我全心全意爱你，今那②讨了这个短命嫲就变了，真个冇良冇心！"细狗更把所有的怨恨迁怒到玉花母女身上。

听到他们吵得不可开交，荣腔夫妻俩躲在房门口偷听，冷笑难禁，有时还会假装好心前往劝架。细狗因此转变了态度，对荣腔一家开始好了一点，荣腔夫妻也对他们热情孝顺了一点，杀鸡宰鸭的有时也会叫上他们来分一杯羹了。

以前荣腔夫妻因为恨父母偏心，几乎把他们当成叔婆伯媚，见面目珠乌三寸③，他们之间也常发生冲突。

生活困难、买不起肥料那年头，种下菜籽或花生一般都在锄草后用粪缸里的大粪施肥。一次，荣腔的老婆桂兰锄了花生草，就担了几桶大粪冲稀后浇花生。细狗知道后，大骂："粪坑又不是你挖的，你有末哩④资格去挑大粪？老

---

① 鬼喔般：鬼叫一般。

② 今那：现在。

③ 目珠乌三寸：看了讨厌。

④ 末哩：什么。

腔格格人①，也不问过我。以后再去挑大粪浇菜和花生，我就把它们拔了，记住，莫怪我没有提醒你。"

桂兰不敢与家官对骂，只好在老公面前哭诉。

荣腚听了，火气冲天就找父亲讲理，这老家伙，真是太不可理喻了。

"我难道不是你的子哩，桂兰难道不是你生媚吗？挑几担大粪也不可以，莫讲我一家人都在那边屙屎，积了肥，她凭什么就不能挑几担来浇花生？你别太过分了，惹怒了我，我就一把火烧了茅房。"荣腚本来就是个天不怕地不怕的角色，平时喝上二两酿对烧②，就更张狂，抢银行他都敢去。这次他又刚喝完酒，两眼充血，身上的火气都快把旁人烧着。

细狗见此情形，已生怯意，他非常清楚这儿子的鬼性，要是一发作，杀爷娘都敢，小时候他就怕了他，荣腚不讨父母欢喜，这也是原因之一。

细狗怯怯地说："要担大粪浇花生，也得问过我，不能私自做主，要是我家要担大粪浇花生，那还有吗，叫虹虹用什么浇？"

"同是子哩生媚，为什么桂兰担几担大粪都要问过你，你这不是存心作践我们吗？你老了要不要我们负责，百年归仙时，要不要我们为你送终？你说呀。难道我是姨娅搭男子生的？你咋就两样心对待我！"

荣腚说着说着，竟跪在地上呜咽起来，弄得细狗不知所措，荣腚当然不是杂种。

也难怪荣腚恨父亲。他两个孩子读书时，细狗不曾扶持过。桂兰有一年干活时不小心从田坎上滚下，跌断了脚骨，住进了医院，到开学时，学费又让荣腚伤透了脑筋，他东借西凑，还没凑齐，于是壮起胆子向父亲开口。结果钱没到手，反遭父亲一顿抢白："凭什么你的细鬼子读书要让我出钱，让你读完初中就已经够好了，还想让我缴你子哩读书，真是狗想豆腐吃，月光都冇光，还能靠星子③吗。"细狗的意思很明白，我养了你，缴你读了书，为你讨了老婆，可你还不孝顺我，孙子又能比儿子孝顺吗？

刚分田到户时，因细狗家女儿多，田地就多，还都是好田。后来分家，桂兰和老公想多耕一些田地，就要求家官把姐妹的田地多分一些给他们。细狗也不同意，他说，我妹子的田凭什么要分给你，他们来了不要吃吗？好笑。这

---

① 老腚格格人：老刁根。

② 酿对烧：当地米酒。

③ 星子：星星。

样，就造成了仁古家年年有余粮卖，荣腔家吃都不够，经常去别人家借米煮。

其实荣腔是因为"河沟转洲沟"①，生活困难，半个月见不到一两猪肉是常事，两个孩子又都在读书，因此资金接济不上时，就把谷子卖了周转一下。经济危机是暂时解决了，可粮食又成了问题。夫妻俩常常唉声叹气，怨天怨地。

民以食为天，守住一分田地，就像守住一份希望。以前，大伙看到荒地都会抢先开荒，哪怕只有桌面般宽，都不会让它荒着。哪比现在，别说山沟里，就连房前屋后都有不少荒田地，吃多了饲料食品，人变得越发懒惰了。

时代不同，环境有变，人同此心，心同此理，也就无须探究荣腔和父亲为何由冤变亲、细狗又是为何由抠门、俭朴而变得贪图享乐。

细狗的享乐思想，其实也在理，过去受了那么多苦，如今政策好，也该享受享受了，都不知什么时候的客了，还存那么多钱做什么，生不带来，死不带去。

细狗家兄弟姐妹多，他上有一大哥、两个大姐，下有四个老弟两个老妹，一九六〇年闹饥荒时饿死一个老妹。上世纪二三十年代出生的人，日子过得尽好都八点②。何况他自己又那么勤快耕耘，繁殖了这么多，其中艰辛一言难尽，直至"台风"刮来，他才过上了好日子，他以前也没想到自己也有扬眉吐气的一天，"我从来没想过，我也有今天。"

他嫁在本组的女儿兰英曾和子云说起过，小时候因为生活困难，兄弟姐妹多，而且几乎隔年生一个，大一点的孩子几乎都睡楼板，在楼板上铺一块草席，到了冬天，就加铺一大捆晒干了的稻草。夏天还好些，蚊子多时，用一个烂盆装些地尘地脚，点燃熏蚊子，困了也就能睡着。一年四季冬天最难过，他们挤成一堆，也还是抵抗不住寒冷的侵略，最小的孩子和父母同睡，当然是同一间房，那还是祖房。吃就更成问题，为了吃，他们经常鬼打鬼互相"残杀"，一点不像兄弟姐妹，每个人都不想自己被饿死，在你争我夺中，小的当然常败在大鬼手中，父母要是骂谁一句，谁就会顶撞父母，难道我就该被饿死？到了这种困境，父母还能再说什么，真是多子多冤家，那时要是有计划生算多好呀，看到长辈们因生孩子太多而受苦受累，如今的夫妻就思想通了许多。

---

① 河沟转洲沟：曲线迂回解决问题，如借钱不到便借谷，再用来换钱。

② 过得尽好都八点：再好也不过如此之意。

兰英说："如今想起来还会发笑，那时我真恨父母为啥没有计划，生那么多孩子。小时我一看到那么多姐妹争吃，两条烂番薯[①]、芋卵[②]都狗争屎吃一般，我真巴不得他们都死光光，要是父母才生我一个该有多好，这样就没人和我争吃了。"那个年代的孩子有这想法真是不足为怪。

细狗的兄弟们在繁殖能力上人人不甘示弱，六兄弟娶亲后每年都在乐此不疲、此起彼伏地造人，有时还能添两三个丁。这么多人住在祖上的围屋里，那热闹的场面可想而知，菜市场也许就是这样吧。人穷无六亲，住着几代人的围屋里，经常演绎着各种各样的恩怨故事，有时连一只黄毛鸡子也会引发一场舌战。

后来，随着生活的改善，兄弟六个中除死去的老四、老五外，其余的都做了新房，死者的后代不久也走出围屋。老四的儿子有两个做了倒插门，一个随母改嫁后，因不受继父疼爱，十八岁那年又回到祖屋，自己一个人过。他二十三岁那年，有人为他介绍了一个妹子，那妹子父母见他虽然家徒四壁，但忠厚老实，勤劳能干，就答应把算不上靓、有点愁嫁的妹子配给了他。妹子娘家日子过得宽裕，于是尽力扶持，还给了她一块二百平米的地盘，帮她做起了房子，现在他们在邻省广东打拼，自己做老板。老五也有四个儿子、两个妹子，老五死时才五十多岁，夺命凶手是胃癌，彼时还有两个子女没成家，几个兄弟姐妹团结一致，张罗妹子出嫁后，又协力为幺弟讨了一个老婆，接着还帮他建新房。看到几个子女互相关爱扶持，五媚打心眼里高兴，善良、勤快、乐于助人的她，有不少人劝她再组一个家并热心作介绍，她舍不得离开自己的温馨之家，一一好言谢绝了。

至于老大和老六，也都儿女成群，他兄弟俩过得比较平静，家里也算和睦，鲜有大吵大闹之事。

六兄弟名下，计有十三男、二十女，他们家做红白大事时，不请外客，光自家人就有七八桌。那些嫁出去的女儿，回娘家做好事凑到一起时，就都吱吱喳喳抢着说那些陈年旧事，个个笑得泪水直淌，弯腰捧腹。

老鼠冇食扁糠箩[③]的年代过去了，如今大家的日子都越过越好了，在阳光雨露中，面对当时打生打死、错话骂了几卡车的冤家兄弟姐妹，已经一笑泯千

---

① 番薯：地瓜。

② 芋卵：芋头。

③ 老鼠冇食扁糠箩：老鼠找不到吃的就到装糠的箩里觅食。扁：寻找。

仇了，那是时代造成的，生活逼的，没办法，他们都用这句话来劝解当年的恩怨，共同喊出理解万岁。

细狗人不咋的，但对老婆那份好，打死也不能说假话，即使一丘之貉也是好啊。他老婆早就身体不好，耳聋背弓，眼睛也不好使了，但细狗待她却一如既往，常跟大家开玩笑说："虽然老了，做不到了，但有时摸一摸也好，再说，最起码有个伴，不孤单。"细狗有时想跟她说说事，但她没听到，倒让别人听到了，有时还斗笼答簸箕，令人笑掉大牙。

"细狗，你不是常说'嫩有嫩搭煞^①，老有老搭煞，两人同作力，当得十七八'嘛，莫讲你还强壮，虽然七八十岁了，叫看你走路衫尾还能打死狗，吃饭还要三碗，怎会做不到呢？莫咁^②谦虚，送两个细妹子给你，你肯定一手抱一个。"

某天，一处闲聊，一位六十出头的村妇笑他"口子咁恒"^③，未承想，马上招来他的一顿臭骂："我吃几碗关你膣事，要你膣咁多，我又没有去你家借米煮。"

乡下人骂人常爱占口头便宜，膣说的是女人的私处，骂人时总把嘴咁多骂成膣咁多^④，有时开玩笑也会把人家的嘴说成膣。"膣才一个，要是多了，老公都会累死。"说惯了笑话，被人把嘴骂成膣也不生气，反而跟着抬轿，现在的乡下人也很开朗、风趣。

但细狗那次可不是开玩笑的，说他胃口大，这让他感到很没面子，他知道现在的年轻人都吃不下三碗饭，这种跌份儿的事被人当着大家的面说出来，而且是讥笑的口气，他还不会发火那就不正常了。自那回后，就没人开他玩笑了，没人敢说他"口子咁恒，吃死阎罗"了，谁都不想引火烧身，嘴闲咬鸡笼也不能当面笑他。

前些年，在细狗身上发生了一件事，令大家更加对他"刮目相看"，平静的村庄一下子又沸腾起来。

乡下女人紧工过后都显得轻松，就经常凑在一起甩老 K 打麻将，或说说闲话，她们又都喜欢跟子云扎堆。有一天子云还没吃早饭，她们就来了，一

---

① 搭煞：有意思，乐趣。
② 莫咁：别这么。
③ 口子咁恒：胃口大。
④ 嘴咁多骂成膣咁多：皆指多嘴。

进门便说："子云，告诉你一个特大新闻，保证你听了会喜欢，但有一个条件，我们的午饭就定在你家了，你答应了，我们才免费提供信息。"

这帮家伙，想得倒美。当然子云知道她们并不是真要敲诈午饭，不过是故意开玩笑，但岂能让她们随意为之？尽管她心里很想马上知道这个特大新闻，但还是装着漠不关心的样子，残忍地剥夺了她们邀功请赏的机会："要看新闻，电视里天天都有，乡下人有什么好新闻，我没兴趣听。你们想说就说，要我请你们吃饭，门都没有，反正迟早都会有人告诉我。"

"哦，看来没耕田的人就是小气，一餐饭有什么难的，又不是要你迟鸡杀鸭，随便弄两样镘头下的小菜就解决了。"她们开玩笑说。

"冇办法，没作田粮食成了问题，我天天都煮稀饭吃，请不起你们。想跟我斗智，你们回去再锻炼几年。"

"讲来都没人相信，都八十多了，那家伙还会翘起来，还会搞女人，真个蛇狗！"这里说的蛇狗，意思是指那种风流人物。

"这有什么奇怪，男人不比女人，更年期一过就不想这事了，你没听说过七十多岁的男人入发廊的事吗？"

"就算爱搞女人也要搞靓板一点的，最起码脑子正常的，搞这种精神有问题的女人，人格都会降低，像这种女人不干不净，腚①都会烂掉，睡了她她还会说给人家知道，这值得吗？"

"细狗是什么货色，七老八十了还想搞靓板的女人，搞这种不正常的女人便宜，一块钱也就解决问题，有时一个饼就拐到手了。"

"莫看他七老八十了，但吃用好，身体强壮得跟水牛牯一般，又了死佬②一般，有钱天天一吊鱼一吊肉，餐餐有酒有肉，比后生子人都更轻松，还能搞女人有什么奇怪的。"

这几个家伙都是细狗的侄孙媳，而且住得很近，所以细狗家发生的膣毛般大的事也会很快传递，像细狗这般不得人心的老人，谁愿意为他保守隐私呢？

几个女人你一言我一句道出了细狗那耐人寻味的故事。那个神经不正常的女人是生板的老婆，早就听说她常被人一块钱或一块饼就乖乖收买。

生板的老婆梅秀，是广东人，小时患了脑膜炎，现在说话不清不楚，没

---

① 腚：男根。

② 了死佬：不需劳作的玩主。

有人听得懂，而且很时①，跟树筒差不多，踢一下滚一下。她吃饭时，人家帮她盛了一碗就吃一碗，还没吃饱也不会自己去盛。听她家娘说，她还会尿床，甚至把大号拉在床上，连衣服也穿不好，来月事也不懂贴卫生棉，要家娘或老公帮她。夫妻间的事经不起一个糖和一个饼的诱惑，细枝末节能统统倒给别人。生板一怒之下，曾和兄弟把她送回娘家，但她娘家人不同意退货，硬是不接受，生板只好又摸上了这只死老鼠，和她生了一个儿子，倒是挺可爱的，一点不像父母。

有一年，生板出门打工，梅秀在家不会干活，放牛也挺差劲儿，其他几位放牛的男人就经常帮她。梅秀有段时间衣服穿得挺整齐，她家娘金招子便笑她，越学越精了，会穿衣服了。老人心里当然很高兴，表扬了她。没想到梅秀说："不是我穿的，是牛牯头替我穿的。他给我一块钱和一个饼，放牛时他总脱我的裤子，然后上我身。生板去打工后，他每天晚上都来陪我睡，一天光②就走。"

金招子平日听惯了梅秀说的话，但还是听了很久才明白。

梅秀说完，又从房间里拿出一沓钱，统统都是一块钱的纸币，每次附加的一块饼她吃进肚里了。

"短命嬷，大面嬷③，傻瓜，跌人跌鼓个④，把我家的古都跌尽了！"看着那区区几块钱，金招子气不打一处来，一边骂一边连扇了她几个巴掌。

梅秀被家娘扇得眼冒金星，痛得用手捂着脸颊哭："我帮你家挣了钱，你还要打我，我要告诉我阿爸阿妈。"

此后，生板的母亲天天晚上都要叫梅秀快进房间，然后吊只尿桶进去，给梅秀方便，锁上房门，把她软禁至生板归屋。

牛牯头有老婆，因信邪教走火入魔，原本一个精明能干，麻子算出豆、豆子算出麻⑤的女人，变成了一个疯婆子，天天东走西走，嘴里念念有词，时哭时笑。家人把她送进精神病院治疗了几个月，因承受不起医疗费用，就接了回来。因为没有根治，至今还是到处游荡，但还会归屋，有时还能打理菜园，

---

① 时：过于迟钝。

② 一天光：天一亮。

③ 大面嬷：厚面皮的女人。

④ 跌人跌鼓个：丢人现眼的。

⑤ 麻子算出豆、豆子算出麻：精算，工于心计。

可是不再干农活。本组还有一个男人也这样东游西荡，人们笑他们一个是巡逻队队长，一个是副队长，所幸的是他们都不会打人。

牛牯头其实也是个老实头子，虽然六十多岁了，但还有生理需求并不为怪。老婆自从成了仙（她自己封的），就和他分开睡，一个睡楼上，一个睡楼下。牛牯头想老婆时就下楼去找她，可是房门却被反锁。有一次他实在受不了，就把门踢开，可是她马上从床头拿出柴刀，河东狮吼："你要是敢走前，我就杀死你！"牛牯头看到黑夜里闪着寒光的柴刀，吓得立马熄了火，没了兴头。闲聊时牛牯头把此事说与大家听，大家都笑他色胆包天，连神仙也敢动。

当然，用只有一次的命去换取一时的快乐，那肯定是白痴的葫芦，傻瓜一个。牛牯头被人称作"二百五"，不过这次看到老婆手中被磨得明晃晃的柴刀，就跟老鼠见了猫似的，不敢吱声，脚上像是穿了冰鞋，溜得贼快。这以后，他再怎样欲火冲天，也不敢去打老婆的主意了，自己找别的办法解决。

因为梅秀不会干活，她家大权在握的家官便叫她放牛。秋收后，有牛的人都会把牛赶到山沟里放野，到了傍晚才把牛赶回家。时间一长，几个放牛的老男人就开始打梅秀的主意，用小便宜收买她。牛牯头不和老婆同床，走了斗 ①，老婆也不管，于是趁生板外出打工，就色胆包天直接取而代之。

牛牯头和梅秀的家官也经常在一起喝酒，研究六合彩，还互相帮忙。事发东窗后，梅秀的家官顾及到平时的交情，就没跟他闹，只是采取了防守措施。

这事过了很久，金招子累死累生，防不了那么多，放松了警惕，梅秀遂又被细狗瞄上了。一天，梅秀和家娘一起去细狗家碾米。细狗对金招子说："金招子，你生媚人貌子 ② 不错，就是不会打扮自己，你是家娘，可以多教教她，把自家身子洗零地 ③，你生板要上她身，也就舒服些，别总是咁鏖糟 ④，头毛瓦洒 ⑤，虽然呆点，但比入发廊好些。"梅秀的家娘听他说得有理，连声说对，对，对，多谢你提醒。

梅秀人是呆点，但笑容很好，当初嫁到这里，大家笑生板讨了个笑口常开的人。

---

① 走了斗：挪了窝。

② 貌子：相貌。

③ 洗零地：洗干净。

④ 咁鏖糟：那么不干净。

⑤ 头毛瓦洒：头发不整齐。

那次碾好米后，细狗对金招子说，你先把米挑回去，我帮她装好糠，地上的都要扫起来，装到蛇皮袋里，弄回去喂鸡喂鸭也好。金招子以为他好意，也就没加留心，就先挑着米回家。碾米厂离金招子家有好长一段路，金招子也六十多了，腿脚到底不太灵活了，来回的时间允许细狗尽兴风流一番。她前脚一走，他立马关上门，迫不及待地上前去脱梅秀的裤子。梅秀下意识地抓住裤头，她虽然不太正常，但因牛牯头每次都会给她一块钱或一个饼，其他老男人也一样。细狗见她这样，骂一句"娘个死呆嫲，也知道钱有用"，说完就从上衣口袋里摸出一元硬币。梅秀的手一接触到钱，不管是纸币还是硬币，紧抓裤头的手便不由自主地松了，让细狗猴急猴急地趴上去。

梅秀的家娘把米挑回家后，还把地扫了，左等右等还不见她回来，"娘个短命嫲，不会又和人搭脚头吧，才几十斤的米糠，又不重，做什么事情都磨磨蹭蹭，就晓得吃死人①。"边骂边回头往细狗的碾米厂走去。

到了碾米厂，门还关着，却听里面细狗说："快把裤子穿好，等下你家娘来了，你千万别说刚才的事，也不要让你家娘看到钱，不然你家娘又会打死你。"

金招子心里"咯噔"一下，知道又出事了，一脚便踢开了门。细狗吓呆了，提着裤子闪在一旁，不知如何是好。金招子瞪了他一眼，见梅秀还躺在地板上，手里拿着一块钱，裤子只穿了一半，气急败坏地上前连扇几下耳光，然后挑了米糠出门。

回家放下米糠，金招子气鼓鼓地又去八十多岁的老家娘罗媚子家，告以一切。罗媚子说："她是吃屎大个②，你也是吃屎大个吗？这事不能就这样算了，我们要找他算账。走，我们一起打上门去，这样欺负人，以为咱家老实，没有人，这下我就要让他知道我的厉害。"

于是，两子家娘③就一起打上门来，站在细狗家门前大骂："老短命子出来！今朝日子冇咁好事④，我家的人冇可能让你白屌，莫讲是人，就是一只鸡嫲也不能让你白屌。你不拿两千块钱来，我们就把你家的东西统统砸烂。以为我们家老实好欺负，一块钱就能解决问题。"

---

① 吃死人：意指很会吃。

② 吃屎大个：吃屎长大的。

③ 两子家娘：婆媳俩。

④ 冇咁好事：没这么好的事。

罗媚子还嫩时①就被人称为狐狸嫲②，一向敢说敢做。金招子老实，生媚被人搞了，子哩戴绿帽成了乌龟，她还能停锣息鼓，跟没事人一样，以为骂出去闹出去还是丢自家的人，家丑不可外扬，她永远都记得这句话。罗媚子可不这么想，她虽然八十多了，但听得多，而且喜欢看电视，知道发生了这样的事，告状保证赢，但她怕麻烦，又担心赢了官司输了钱，钱输不起，告状也会让更多的人知道丑事，去细狗家敲一些钱倒是理所应当的事，最多也就周围邻居知道，也正好借机整整那些还妄想占梅秀便宜的人。

细狗躲在房间里，不敢出来，他老婆见两个女人气势汹汹地找上门来，骂她老公短命子，她受不了。虽然已是奔八十的人了，不算短命子了，不上六十岁的人才是短命子，但她自己一向都不舍得骂这句话，哪能让别人骂呢？

"罗媚子、金招子，你们做什么要这么凶，寻到我家来骂我老鬼，我老鬼做错什么事了，还是偷了你们家的东西，屌了你们的生媚？"

细狗媚最后一句也够恶毒，才一句话就骂上人家两代人。

农村人爱占口头便宜，如果有人寻自己的老公相骂，做老婆的一般都会骂人家："我老公屌你们生媚了吗？"

"你家老鬼都快见阎罗王了，还咁好色，可能嫌你茄干般了，就搞我们家呆子！"罗媚子骂出了原因。

还没等细狗媚开口说话，她又骂开了："娘个老短命子还不出来？再不出来，我真要砸东西了，自家做了丑事，又爱做缩头乌龟。"说着，她真的捡起一根木棍，向电饭煲挥去。

"别，别，罗媚子，你莫咁死乌③，人害了你们，东西可没害你们，莫拿东西出气。我去叫他出来，啥子不好商量，都是叔婆伯媚，相处几十年了。娘个老鬼，咋就这么糊涂，老牛吃嫩草，别人听了还不笑死人。"

细狗媚进去把老公拖到罗媚子两子家娘面前："你们看着办吧，是蘸酱油吃，还是把他沉进粪坑，我不拦着。"

"养了快八十年的肉了，又是老馋客④，鬼才爱，还是留给阎罗王吧。把他沉进粪坑又怕害得别人不敢屙屎尿了，最好的办法就是拿两千块钱来，看在几

---

① 嫩时：年轻时。
② 狐狸嫲：这里的狐狸嫲不是指她水性杨花、勾三搭四，而指很泼辣、精明厉害之意。
③ 莫咁死乌：别不讲理。
④ 老馋客：发馋的下流鬼。

十年平安相处的情分上，我们开这个低价，反正你们有钱，死了又带不进窟。"

"娘个短命嫲，口子咁恒，我又不会印纸票，哪来那么多钱？一开口就要两千，你那呆嫲值这钱吗，是不是苦得冇油煮菜了，要趁这个机会发一笔横财？"从晓得钞票的利用价值起，细狗就把钱看得比命还重要，岂能甘心拱手相送。

"两千块钱一分不少，不拿出来，我就把你家的东西都砸烂，看你两千块能置办什么家具。我就是把你家的东西都砸了，你连状都冇地方告，我还要逢人就讲，还要告你强奸傻瓜。"

细狗和细狗媚一听，心里倒吸了一口冷气，就一台名牌电视也不止两千块钱，何况还有冰箱、洗衣机、沙发等等家具。相处了五六十年，他知道罗媚子的鬼脾气，要是真心疼那两千块钱，事情将会更糟，再说，事情越闹，对自己越不利。你看看，自家亲房叔伯的后代已有几个人闻声赶过来看热闹了，如果再这样下去，自己就越跌鼓，日后还怎么出去见人。都怪自己色迷心窍，做事不周密，搞得如此跌份儿，今后八成要被别人当笑柄了，那么多的儿孙又会怎么看？细狗心里思来想去，被海深的懊悔与羞愧吞食着。

"给钱就给钱吧。两千块钱买掉一个是非，也给你一个教训。"

一位刚赶到的堂兄这样说。他一向瞧不起细狗的作风，经常指责他，可细狗却把他的话当作耳边风。

罢，罢，罢，反正钱多也不能带到地下。细狗叫老婆去房间拿出二十张"红鲤鱼"，双手发抖递到罗媚子手中，心里痛得差点流血。

罗媚子和金招子拿到钱，骂骂咧咧回去了。

细狗的几个侄孙媳听到吵闹声，赶去听故事、看新闻。这几个女人都是可圈可点的新闻"记者"，很快就把细狗的风流韵事广而告之。很快便传遍了整个小组，大家在一起扎堆时又多了一个话题，晚辈们从此也敢笑话六七十岁的长辈了。说酸话时，只要有老人自表谦虚，马上就有晚辈搬出细狗的故事作比较，弄得老一辈的人也挺不自在，只好说"鹅比鸭比三般比，有钱能了天上事"[1]。

很长一段时间，细狗羞于出门，麻将不打了，不去买菜了，连碾米厂也交由仁古打理了。他天天待在家里，偶尔出门碰到人来搭话，他也觉得脸上火辣辣的，人家的每一句话他都感到夹枪带棒，满含讥笑，令他浑身不自在。一

---

[1]　鹅比鸭比三般比，有钱能了天上事：意指不好比，有钱就能使鬼推磨。

个月下来，他就变得没一点精神，身子骨也瘦了许多。

细狗毕竟是属狗的，平日遛惯了，经受了一个多月的煎熬后，他受不了了，咬咬牙终于又开溜了，和大家玩在一起，说说笑笑了，慢慢地又东喊西叫邀人打麻将了。但他打麻将总免不了与人争吵，有时为了一块钱出入也跟人吵得面红耳赤，然后又发誓发绝说："今后再也不跟你们打了，你们都蛮不讲理，老欺负我，以为我老实，不会算。"

"你老实，你要是老实，就不会去偷屎吃。明明是你不对，算错了，还这样说，我们欺负你，那你的老伯瑞①也会欺负你吗？跟你这样的人打麻将，都会得心脏病。"

每次争执他都发誓发绝，信誓旦旦，但过不了两天，又主动邀老人们打麻将。他们笑话他，他也自嘲："我的话没准的，是随便说的。"

看他心情好时，有些不怕死的酸夹货问他："细狗，怎么又有胆量溜出来了，不再做灶下鸡②了？还有冇③胆量去搞神经病？"

"咳，家里待久了，跟劳改犯一样，闷死了。我想通了，做都做了，有什么大不了的，又不是我一个老鬼去搞了她，只是运气没他们好，没有牛来放。"

很长一段时间，大家乐此不疲地议论这事，看到细狗，也会当面取笑他，他也只好来个耳聋不知狗吠了，钱再多，也不能买掉人家说话的权利。

事情不新鲜了，慢慢地就没人再提了，细狗又可以直起那日见伛偻的腰，在人前人后大声说话了。

听长辈们说过一则笑话，大家后来曾向细狗对证，他除骂一句"酸夹货"外，并未加否论，说明这事其来有自。

在拖儿带女的落难年代，一家人睡同一个房间，有些人会在房中间隔几块木板，将房间一分为二。细狗家那时也同样艰苦，他家八个孩子几乎都是在同甘共苦中长大的。一晚，细狗和老婆做"生意"时，情不自禁地把木板床弄出很大声响。睡楼板的荣腚被吵醒后，出于好奇和害怕，悄悄擦亮火柴，吓得细狗马上滚下老婆的身子。

荣腚那时才十一岁，过几天忍不住把这事告诉村里的一男人。那男人听

---

① 老伯瑞：哥哥。

② 灶下鸡：待在灶台下不出门的鸡，缩头乌龟一般。

③ 有冇：有没有。

了好笑，暗骂细狗是蛇狗，做事糊涂，猴急，也不等细鬼子睡熟后再落手①。那男人还拿出糖，哄荣腔说下去，是怎么发现情况不同的，还夸他聪明。

后来，在一起闲聊时，那男人就把这事说与大家知道，听到那男人有声有色、添花摘叶的描绘，大家都笑得弯腰捧腹，泪流满面。

荣腔小时敢于揭父亲的"丑事"，大了又敢揭父母的短处，老说他们两样心，读了几年书后，还敢跟父母叫板，据理力争，因此很惹父母生气，"爷哩娭哩亲满子"的说法，在细狗这里演变，细狗骂荣腔是拗豹子，没有看头，指望不得，所以把荣腔的老婆讨回来不到一年，孩子即将出世时，就让他们另起灶头，另立门户。

细狗对满子一家，就好像眼睛长在耳朵旁，有偏见，而荣腔夫妻也对老人恨心恨肺，分家后跟父母如邻居一般，当老人得病时，也可以假装不知。

一次，细狗因干活跌断了腰骨，住院了。荣腔只空手去探望了一次，出院后就从没踏进父母房间，更别说问候或买补品孝敬了。

细狗叹气地对大家说："荣腔娘个乌头虫子，是梁山泊的军师——无用（吴用），我指望不了他，就当老婆屙大了一堆屎，我白弄一个子哩，也当六〇年饿死了。"

大儿媳虹虹死后，过来填房的玉花不讨细狗喜欢，荣腔夫妻趁机与细狗套近乎，几十年都跟仇人一样的冤家，这时关系也明显改变，他们之间有了来往，有了语言的沟通。

其实细狗不仅对荣腔这样冷淡，对女儿们也大抵一个样，他女儿兰英跟子云说过，以前两个孩子读书，常因学费的事愁得睡不香吃不下，向父亲借钱，没一次不碰钉子。她曾当着父亲的面说："发誓也不向你借钱了，我要去认一个爷哩。"后来她真的认了一个，干爹是退休干部，有钱，有两子一女，那妹子是兰英的同学，两人一直有来往，她父母也一直很喜欢兰英，曾试探性地问过英子，愿不愿意做他们的干女儿。当时，兰英认为自家父母还健在，她自己又怕增加麻烦，所以没有立马答应。如今，兰英一说要认他们，老两口乐得合不拢嘴，即召来工作在外的两个儿子作证，还说："你现在生活很困难，认干爸干妈要不少花费，不如我们去认干女儿，这样，一些花费可由我们付出，反正谁认谁都一样。"那天，她干妈把两千块钱的存折交到兰英手中时，

---

① 落手：动手。

兰英激动得差点哭出来，自己的亲生父母连二十块钱也不敢借给自己啊！

兰英多次和子云说起，干爸干妈对她特别好，两个弟弟和姐姐对她也很好，她带两个儿子去，他们每次都会给钱，而且一拿就是"红鲤鱼"。孩子开学时，他们总是会关切地问："学费够吗，我这里先拿去吧。"一出手也是一两千块。可亲生父母，只有在过年发压岁钱时，给个五块钱，还说子孙那么多，每人发五块他都要损失不少钱。"过节时，老公和子哩也都乐意去我干爸那里，而不想去我父母家，就是走路他们也乐意去，其实我都不想去我父母家，只是出于无奈。如果不是我干爸干妈，我的两个子哩就是考上了大学，我们也缴不起，我那边的两个老弟也对我帮助不小，他们不会因为我是父母认的就对我有看法，我干爸干妈也不会两样心。去年，我干爸得了病，住了两个月的医院，我像亲生女儿一样服侍他。他也说，这个妹子没有白认。他死时，我也和他们一起守灵，我子哩也都从厦门赶回来了。我干爸有退休工资，两个老弟又都有工资拿，所以他积了一笔钱，死时香火钱也花不了，剩下的我们四姐妹平分，存折和最后一个月的工资我都有份。说实话，我为能认到这样的干爸干妈和兄弟姐妹而感到幸福，只可惜我干爸死得早了点。现在，我和老公也经常接我干妈来我家小住几天，干妈也挺乐意来。有一次我细狗说我对干爸干妈比对亲生父母还要好上几倍，我说了他们对我的好，他才哑口无言，愧疚万分。我的两个子哩现在都出来工作了，不要我提醒，他们只要一回来，就必先去探望我干妈，或给她钱或买补品，干妈说她乐得心里就像喝了三碗蜂蜜。"

子云相信兰英并无虚构，因为曾在她家看到过她的干妈，一看就知道那是个善良质朴、有世情道理、豁达而有远见的老人，细狗和她根本就不能相提并论。

不管是什么年代，情总是比钱重要，不知天下的细狗们是否都能想分相①。

---

① 分相：清楚。

村妇传奇

　　如今的新闻传播速度异常之快，一溜烟的工夫就能抵达目的地，给耳膜造成不小的振荡。若消息足够劲爆合意，则有可能把听众的身心都给荡漾起来，争当跑腿的小二，奔走相告，恨不能有百张口来掏心掏肺；若消息实在平淡无奇，不合胃口，那就随它去吧，任它自个儿蔫了自个儿。下面的故事咱们一窥即可略见一斑了。

　　"圣古家的猪也都死翘翘了……"

　　消息是在向晚时分不胫而走的，却不怎么引起人们的惊奇。有人脸上还不经意地浮起一丝笑意，难以觉察，又倏然而逝，像是早就在等着这个消息的发布。

　　前段时间，让人谈之色变的"过热病"肆虐美溪村，像是多米诺骨牌，左邻右舍的大猪小猪、公猪母猪，在半个月内接二连三倒地不起。全村数了数，唯独圣古家还没扔死猪。但这奇迹也只多维持了半个月，圣古的猪舍便被洗劫一空。望着二十多头横七竖八的死猪，圣古一家三口哭声震天，像是死了亲人。听说，圣古打算将这伙猪卖了就娶媳妇进门，时间都定在元旦了，本来可以一分不借的，如今打了水漂，该如何重打算盘，一家人能不出鼻血吗？

　　猪死光后，怨气迅速在圣古夫妇的脑里肚里膨胀。夫妇俩睡不着觉，左思右想，怀疑是冤家作的恶，想着报复人家。坏人的形象虽然浮现在他们的脑海里，但无凭无据，水面上连冰山一角都没有。圣古一家人只有骂。他们边哭边骂，骂的不是作孽的"过热病"，骂的是坏心眼的恶人。世上骂人的言语都震天价响地出了口，但又听不出骂的是谁，真好比是狗吠月亮。

信息时代，圣古家死猪和骂人的缘由很快就浮出水面，作怪的是一只外来猪。据称，某日，圣古的猪栏里从天而降一猪，百来斤上下，能吃会叫，毫无病态，莫非是别人家的猪栏门没关好跑出来的好猪？圣古和老婆水妹观察一天后，一致决定收容。几天后，他家的猪身上都出现红色，耳朵呈现紫色，一只只懒洋洋地不思进食。圣古心慌起来，马上请兽医打预防针，前后花了六百多元，还是没有回天之力。毫无疑问，凶手是那头身份不明的外来猪，非常时期，该猪为何偏偏选择圣古家呢？据分析，凶手背后有黑手，肯定是某天趁圣古一家外出莳田，把病猪弄过来的。

这事儿很快就弄得家喻户晓，妇孺皆知。大家都笑这两公婆太贪财，连人家的病猪都要往自家猪栏赶。当然，更多的人是这么议论的：大家都天天扔死猪，而他家的猪还在"嗷嗷卫卫"（猪的叫声，意指猪健康），人家当然怕他发财。要知道，当大家的猪栏被洗空后，还有猪的就行好运了，肉价肯定翻番，人家目热也是正常的，何况圣古一家都不是好货。

踊跃参加这场议论、被人称为快舌婆的红秀，向大家举证了一个故事。

十多年前，快舌婆夫家的堂兄养了条黄狗，取名阿发。有了阿发后，主人家运气一直很好，一切都顺顺利利，因此归功于阿发。阿发也非常忠于职守，有点风吹草动就会吠个不停，主人干活它也跟着去，时不时地还会回家一趟，然后又回到主人身边。主人问，家里来了生人吗？它呜呜的，表示没有。有生人来时，它便咬着人家裤脚不放。有人来借东西，每次都要主人说"放开他，他是来借不是来偷，是会还给我们的"，它便松开口。它从不咬人，因为主人说过，咬伤了人是要赔钱的，那只好把你卖了赔人家，所以它就不咬人，专咬人家裤脚。主人将它视做宠物，在外常说："阿发真是太聪明、太听话了，我的子女都没那么听话。"

一次，主人要去一个亲戚家，路途较远，就吩咐阿发看家。阿发蹲在大门口一直到下午，见主人还没回来，就想去溜达溜达，不知不觉来到十米远的圣古家。圣古的老婆水妹见阿发进来，立马关门，操了根木棍，对准狗头狠狠砸下，狗痛得狂跳起来。水妹是个出了名的泼妇，从来就不怕人，更不怕狗，她不让狗近身，连连挥舞木棍，痛下杀手。阿发来不及采取自卫，便瘫倒在地，喉头发出绝望难听的哀鸣，双眼圆睁着，眼神里没了光泽，只有幽怨、哀伤，向仇人投去的也是泛着死气的昏黄眼神，嘴角流出了鲜血和白涎。水妹看到这种情景，一点愧疚之心都没有，再次挥下木棍，阿发发出一声低微的哀鸣，便悄无声息了。

水妹一直执迷不悟地犯罪。她"活学活用"关门打狗这句古话，凡有狗独个来访，几乎都要被她置于死地，弄干净，蒸上一大盆，成为晚上自家的美食，有时还叫上几个比较要好实际上是臭味相投的朋友一起吃喝，推杯换盏，吹牛皮，天南地北，大到国家大事，小到农家里头各家各户的鸡毛蒜皮，甚至夫妻床上床下的暧昧事。

"狗是人类最忠实的朋友，别说偷杀人家的狗，就是自家的狗，我都不忍杀。人比人，真是没法比……"由杀狗说起，快舌婆又披露了一则与她有关的往事。

有一年端午节前，她老公买回一只小公狗。这只狗非常精灵，她的两个儿子读书一回来，它就跑上去摇头晃尾，跳前跑后尽情撒欢，晚上还睡在小主人的床前，把小主人的两双鞋子当枕头。天亮后，它就向小主人发出呜呜噜噜的叫声，似乎在说：天亮了，快起床，吃了饭去上学。只几天时间，两个儿子便和狗成了好朋友，哪能知道端午节这天，"好朋友"会被摆上餐桌呢！

快舌婆老公屠狗时，叫她帮忙，她不敢，因为她不忍面对小狗被老公抓住时的紧张恐惧和挣扎，它剧烈的喘息声活像铁匠的风箱，扇动着炙热的气息。最先它以为主人是跟它闹着玩，当清楚自己的生命已处于危险状态时，便开始在恐惧地颤抖，浑身上下大汗淋淋，呜呜噜噜地哀叫着，似乎哀求主人不要杀了它，它会看好家门，不让小偷进屋。

小狗的身材苗条、优美，棕黄色的皮毛闪烁着金属般的光泽，快舌婆看着它，它也转向她，似乎把全部的希望托付给女主人，让她向男主人求情。它那双圆滚滚、大而美丽的眼睛充满了忧郁、绝望和哀求，惊慌和惧怕的水汪汪的眼睛储满了悲哀的泪水。面对那双无辜、哀怜、无助，盛满悲惨和绝望的双眸，快舌婆的心也颤抖了，心软了，说狗可以看家，放过它吧，别杀它。可是她老公说，养狗有什么意思，万一咬上一个人，就糟了，得赔钱。这倒也是，如今大家都重视生命，如不慎被狗咬了一口，就要去打狂犬疫苗，哪像以前，随便用猪食在伤口处搽一搽就完事。

两个儿子放学回家，见小狗已成锅中物，忍不住都哭了，哭得非常伤心，责怪父母太残忍、太无情，那么听话、那么可爱的小狗也舍得杀。哥俩一块肉都不吃。快舌婆也感到难受，小狗那幽怨、哀伤、乞怜的眼神，活像一道无形的绳箍紧紧地捆住了她的心。她自责为什么就没能阻止老公开杀戒。后来，她不准老公再买狗回来杀，她不想再目睹那残忍的场面。

快舌婆和水妹是没出五服的姐妹，又曾是小学同学。在她的印象中，以前的水妹也还本分、且有善心。记得水妹家有一次杀猪，看到屠户用一根铁钩钩着猪的大耳朵一直往外拖，吓得她站立不住，跌倒在地。所谓上错花轿嫁错郎，胆小鬼水妹嫁给圣古后，近墨者黑，不出几年，就沾上了他的不良德行，也敢动手杀生了，还说六畜养了不杀，难道养到它生角、脱壳？在残酷的生活命题面前，人和兽的精神汇合到了同一个层面，人也成了嗜血的野兽。

最让快舌婆不可理喻的是，水妹嫁给圣古后，开始变得小里小气，出门赴圩总拣便宜，人家买水果挑三块钱一斤的，她倒好，专拣一块钱三斤的。回家路上，人家三块钱一斤的都乐意送给相遇的熟人吃，她却连一块钱三斤的便宜货也舍不得，假意都不说我买了水果请吃水果呀。这也罢了，她不知什么时候开始爱贪小便宜，手脚也不太干净了。水妹如此脱胎换骨，是快舌婆和她渐行渐远、再不来往的原因。

可以和圣古夫妇的臭名相提并论的，还有他们的侄儿侄媳。圣古侄儿生古在煤矿做事，和叔婶一样的货色，常做偷鸡摸狗的勾当。邻家的鸡鸭跑到他家，十有八九会成为他得来全不费功夫的盘中餐，还小不好宰的，他和老婆就把它们关进密不透风的旧房里，一月半月后再做个记号放出来。人有相像，货有共样，谁也不敢说这鸡鸭是你的。他吃喝嫖赌骗样样精通，人家背后骂他是"五毒教的教员"。

村里一个年将七十的老人，平时省惯了，恨不得把一分钱劈成两片用，好不容易养了只七八斤重的老花鸭公，想着等过七十大寿时享用。一次不见了踪影，到处没找着，有人告诉他在生古的门口看到一只。他急急忙忙跑去，生古夫妇说刚才是看到过，但现在不知跑哪去了。几天后，生古夫妇把那只关了几天禁闭的老花鸭杀了，叫上叔叔和婶子、大舅子，饕餮一餐。老人找不到养了几年的花鸭，便到处骂："娘头光毛绝代的短命相[1]，专做恶事的猪狗六畜，吃了我那只鸭肉的人，都会得绞肠痧，得胃癌，会上吐下泻肚子痛，老的吃了冇好死，小的吃了冇生育。"如此解恨的话，大家听了都暗自叫好，自家怕得罪小人，被他报复，有人骂出了自己想骂的话，出了口恶气，焉能不乐？

生古夫妇听到了，却很坦然，一点惭愧之心都没有，习惯成了自然，上

---

[1] 娘头光毛绝代的短命相：这些断子绝孙的短命鬼。

下三代都是高山上的狼与狈。大家背后说起，都说他们一家吃多了别人养的鸡鸭，抵抗能力强，心硬，血黑，脸皮厚得像墙壁。

另一个叫富莲的女人，偷倒是不会，但是每逢他们两家有赃食，都会去分一杯羹，尤其是圣古家经常打狗，每次吃得满嘴喷香，还有狗肉提回家，也就心安理得了，反正我没打狗，有吃谁不要？她其实心中也有数，但就是敌不住酒肉的诱惑。

后来，大家的鸡鸭不见了，狗不见了，第一个怀疑的便是他们这些"五毒教"的人。圣古老婆水妹多次打狗的事，在一次教训儿子时，被儿子当作别人的面道了出来。十几岁不懂事的儿子，还在别人两块钱的诱拐下说出打狗经过，这事才被人暗中传开。

阿发的主人，也就是快舌婆丈夫的堂兄后来也证实了，自家的狗是被圣古的老婆打死的，因为离圣古最近的那家人，是他的弟弟，那天在家听到阿发的惨叫声，但因身体不适，无心出门探究，那晚又听到他们几个在一起喝酒聊天，才意识到可能又有一只狗遭殃了。为了证实自己的猜测，他在身体康复后，以两元钱引诱圣古的儿子，使他道出母亲的罪恶。当兄长告诉他阿发几天都不回家，不知道跑哪去了，他就告诉了实情，但一直劝阻兄长莫去找他算账，以免招来更大的仇怨，以后对小人注意一点就是。

圣古的儿子后来也经常偷些东西回家，圣古夫妻又成了接贼赃，他们以为儿子有本事，能把别人的东西弄到手。直到二十几岁，他还是贼心不改，因此老被人怒骂。他们一家的贼名早已远播，如今圣古的儿子已近三十，问过多少人家的女儿，但一听说他们的名号，马上摇头拒绝，上梁不正下梁歪，如此家风，怎能教育好下一代？

正可谓"养猪大如山老鼠——头头死"，圣古夫妇这次遭遇了猪灭门事件，很气愤，怀着沸腾的恨意径直向当地派出所报了案，无功而返，却引发了县报的一通时评。据说这是县报记者来村调查，结合对快舌婆等人的采访后所作，最后几句说教多是快舌婆的语录，当然，她说完后，坚决要求在报道时隐去真名真姓，免得祸从口出，遭人报复。其语录大意云：人是万物之灵长，人的身上有良善，有美好，也有仇恨，有恶毒，有报复。人也是最复杂最丑陋的动物，每一个人的身上都附有天使和魔鬼，罪恶往往是没有良知者的伴生物，良善也就是心地善良者的附着物。人与人之间是互为社会的，有真心就有真情，只要大家尽可能改善周边环境，改善邻里关系，提高社会公德水平，提高精神生活质量，那么，我们就有可能拥有一份和谐的社会，拥有一个丰富多彩的人生！

这篇关于猪灭门事件的时评最后写道："过热病和报复心如同无情的龙卷风，把他的猪全部卷走，怪谁？是谓'天作孽，犹可恕，人作孽，不可活'。"

"真不是阿发'爸爸'做的？"

一天，一个叫丽丽的姐妹和快舌婆闲聊时，又提及这起快要翻过一页的灭猪事件。快舌婆不能肯定，却听过阿发主人兼丈夫堂兄矢口否认此"下三滥"之事。她亦不太赞成如此报复，却就此说事："做人千万莫做亏心事，做人就要做个清清白白人，好比葱花拌豆腐，无愧于天地，无愧于心，这样就不怕天上打雷，地下鬼敲门。"

丽丽说："圣古如果不作恶在先，不贪财，哪里会遭人报复，被一只扔到猪栏里的病猪破了大财？吊目光！"

这番评论过后，猪灭门事件在她们这算是真告一段落了。

要说传奇，也有分好与坏的。圣古一家子的事算是性质恶劣的，因为它至少给本村的村民带来了些许噩梦。快舌婆和丽丽可不一样，她们俩是同年，又是近邻，从小一起长大，两家有什么事一向都互相帮忙。快舌婆娘家做房子时，从打屋基开始，就没少见丽丽和她一起甩汗水。还在求学的路上，快舌婆就给自己立下任务，早中晚都必须挑运二十担泥，丽丽经常帮她，然后一起上学。丽丽娘家做房子时，所有欠她家的工日都是快舌婆还的，她和快舌婆同样受过比其他姐妹多出一倍的苦。长大后，俩人又嫁在同一个小村，成为麻将死党，有事没事就爱凑在一起，相互间无所保密，知根知底。

这俩人性格泼辣，本性善良，所经历的事一件比一件传奇，一件比一件给力。两人合着就是一传奇使者，专为邻里家人"添麻烦"，给人们添闹置笑。按形式逻辑来说，两人是村妇，又拥有本性好的传奇，故可称之为"村妇的美好传奇"。

比如丽丽少女时代的传奇，快舌婆便比谁都清楚。丽丽十二岁时，父亲去几里远的圩上买了斤五花肉，中午焖了一小煲糯米饭，给家里人补充点营养。糯米饭香喷喷的，如果由着自己吃，丽丽肯定能干下三大碗，撑死也甘愿。她哥哥卖松油还没回，做母亲的就事先留开了一大碗，叮嘱几个子女千万不能偷吃了，哥哥要做辛苦活，人高大，消化能力强，当然要吃多一点。母亲看出丽丽不服气，就给他们说了通哥哥为什么可以享受多一点的道理。丽丽和几个弟妹听后，都点了点头，表示绝不偷吃。可是，闻到那香味，丽丽总是禁不住地直咽口水，她忍着，就让口水冒上又咽下。一小时过去了，哥哥还没回来，而丽丽的肚子又在开始闹革命了，她于是支开弟妹，用手抓了一把糯米饭就往嘴里塞，怕发现，没嚼烂就吞下去。糯米饭冷后，香是更香了，却容易哽住，丽丽又害怕，差点被哽死。她学大人样，用手扫喉咙，等到扫下肚，眼泪都流出来了，冲下一杯白开水后，才好多了。就这样，留给哥哥的那份糯米饭，在丽丽一次又一次的失控下被偷吃个精光。哥哥到晚上才呼哧呼哧回家，做母亲的亲热地叫着儿子去端糯米饭时，却见空空如也。母亲哪个都不骂，就骂丽丽。丽丽不承认，还说是被一只老花猫吃了。"我不用猜，一定又是你这只猫偷吃了，我叫你偷吃，我叫你偷吃，我打死你，你哥这么辛苦，你还要把留给他的那份也吃光，我打死你这只偷吃的猫！"母亲边骂边用竹梢子狠抽她。

母亲单单骂她，原因是其他孩子都循规蹈矩，而丽丽偷吃成性，而且死不认账。她正读四年级，当然清楚冇证冇据不能随便冤枉好人，后来多次被抓现行，才嘟着嘴低头不语，不过打和骂都不能改变她偷吃的恶习，饥饿使她变得胆大、机灵、自私，家里只要有吃的，只要能填饱肚子，她就偷。她更清楚，虽然法盲父母总是说打死自家生养的孩子就跟打死一只狗一样，没人会干涉，不会被抓去枪毙，但他们也不敢往死里打她。

同一对父母所生，丽丽的身上却要多几十倍的竹梢子印记。她不但胆大，而且皮厚。父母打她，她不跑，死牛斗石坎。父母最恨自己的孩子不给自己台阶下，跑了就跑了，他们也不会追着你打，他们也怕孩子不小心跌破膝头皮或摔断手骨脚骨。可偏偏有些小孩，任竹梢子雨点般落身，还一个劲儿地顶撞、激怒父母："打呀，用力打呀，打死了我，你们也得枪毙！"其实，父母的凶性、恶性，都是被这样的孩子激发出来的。这些不识时务的小家伙，是不是真有潘冬子、小兵张嘎的勇敢？

丽丽的倔强并不逊色于男孩。父母打她，她不哭；骂她，更不理睬，左耳进右耳出，你有精神你就骂，骂得累了，你自动就会收嘴，你不怕白生白养我，就往死里打吧，反正我的命是你们给的，还给你们就是了，要我屈服，门都没有。小时看多了战斗片，丽丽对刘胡兰这些宁死不屈的英雄佩服得五体投地，把他们当偶像。她身上布满了血印，父母的心里流了血，手软了，心痛了，手停后泪水也流了下来，这死妹子，咋就这么倔呢？

长大一些后，她懂事多了，生活也慢慢地改善了，偷吃的恶习才逐渐收敛。

丽丽还给快舌婆说过一件更好笑的事。有一次，家里炸粑子，分给他们兄弟姐妹每人四个。她的那份三下五除二便报销入肚了，而姐姐手中还有两个。姐姐比她大一岁，却天生胆小，老被当妹妹的欺负。这次她见姐姐吃得慢，故意馋她，气得走上前一把抢下粑子。姐姐坐在地上呼天抢地哭，等她哭够了，粑子却进了妹妹的肚，气得做父母的骂完姐姐大番薯（大笨蛋），又骂妹妹调皮嫲。那时姐妹俩的年龄加起来等于十五。

说起往事，丽丽红着脸说："其实那时我也晓得偷吃东西不好，太独吃，太自私，我也晓得偷吃了肯定会挨骂挨打，可肚子里没油水，饿，就控制不住地想翻仓掏缸，渴望能找到吃的，有时看到白糖也要偷冲一大杯水喝下。其他姐妹都不会，为什么就我饿？可能是因为我的消化能力强，也可能是因为我属狗，没办法啊，面子争了气，肚子怎么办？"

长大后听父母兄妹再次讲起往事，她还强词夺理："好在我偷了吃，不然我就可能饿死了，你们现在就少了一个可以送鸡公、送营养品的女儿，少了一个可以帮着照顾父母的姐妹。"言下之意，她有先见之明，先前偷吃，是为了生存，为了今日的幸福生活和更好地孝顺父母。

"你呀，实在蛮，比男孩子还高一等，不怕骂不怕打，为了填饱肚子，敢用皮肉做赌注。你那时经常偷吃，身体就比其他姐妹强壮，到现在四十好几了，都没什么病，连风寒感冒都不近身。难怪大家会叫你水牛嫲，你确实像头水牛嫲。"她母亲笑着说完，全家人都大笑不已。

从小养成的冒险精神，让丽丽活得快乐又憋屈。快乐是因为自己的某种欲望得到了满足，憋屈的是，人活着为什么要背负那么多的责任，为什么要受到约束，为什么不能按自己的意愿去生活？没结婚时还好说，可以随心所欲，想跟哪个小姐妹睡就跟哪个小姐妹睡，想疯就疯，想闹就闹，想玩就玩，想笑就笑，想哭就哭，再怎么着父母也不会打死她，也不会将她赶出大门，多好啊！可是结了婚生了孩子，就有了无穷无尽的烦恼与憋屈，一切都改变了，一切都受到了约束，这个不能那个不行，田地里和家务事就让她操心厌烦，还有老人子女和老公，这个要顺那个要让。可是谁来顺我，谁来让我，谁来关心体谅我？连那个同床共枕可以脱光衣裤赤身面对的冤家都不体谅我，都可以对我吼对我瞪眼吹胡子，再有那些杂七杂八的人情世故、伦理、口碑、名节，都得小心谨慎。这一切的一切，都令她烦躁透顶，令她寝食难安。

"结婚生子的确是一座坟墓，下辈子如果我还是个女的，就发誓不结婚！"

丽丽咬牙切齿的神态，令快舌婆爆笑不已，接着奚落她："口是心非，还没到年龄，阿姐都还没嫁，你就巴不得有人上门提亲，巴不得早日嫁老公，才有新衫新裤、新鞋新袜、新床新被、新腚新昊①，巴不得老公每晚带你进神仙岛。"

听完快舌婆的取笑，丽丽也是一阵大笑。姐妹俩都笑得泪涕交流，弯腰捧腹，笑得酣畅淋漓，笑得通筋活血，全身冒汗，屁滚尿流。

丽丽说话大胆，做事泼辣，说荤话从不脸红，男人不敢说的她也说得有板有眼。如果看到谁的衣裤烂了，露出了屁股，就会招来她一顿无伤大雅的取笑："某某人，你看我粮食都接不上，可你还有谷枭②。"看到有人的裆边破了口，她也会笑话人家：某某人的"老二""老妹"想出来晒太阳了。她随口道出的一些荤话，连她的共枕人听了都脸红心跳、浑身滚烫、周身起鸡皮疙瘩，提醒她："妇人家说话这么粗鲁，一点分寸也没有，以后文明点。"她说："文明？文明在饲料店里。"原来有个饲料店的老板，名字就叫文明，所以她这么回答。老公拿她没办法，只好由着她说了，逢她说荤话时能躲则躲，以免引火烧身。

她说黄段子的历史也算悠久，听说已不下二十年了，虽然她才向不惑之年挺进。据说，此功还缘于其母打小的"言传身教"。生产队核算时，其母劳作一天回到家，还得在大腿上搓绳或补衣服什么的。灯火昏暗，催人欲睡，就讲些笑话提神，讲着讲着，就有了关于补衣的顺口溜："大布补大窟，细布③补细窟④，补你娭哩个膣窿搭膣窟⑤。"

除了说黄段子逊色，在贪吃方面，快舌婆和丽丽有得一比。

---

① 新腚新昊：借男人的生殖器来暗讽这是个小鲜肉，或新郎。

② 枭：卖。

③ 细布：小布片。

④ 细窟：小窟窿。

⑤ 膣窿搭膣窟：阴户。

她十岁那年，还是集体核算，母亲又要把生产队好不容易分配到户的几斤猪肉让大姐拿到毗邻的粤东大坝子卖高价。所谓高价，就是由七角六分变成一块四或一块五。眼见到嘴的猪肉又要飞了，她心里委屈得不得了，抱着大姐坚决不让走。母亲哄她说："生产队经常会有猪肉分配，这次就卖了吧，卖了才能换回油、盐和其他食品，过不了多久又有猪宰，分配给我们后就自己吃了。"她眼泪汪汪地说："每次你都这样说，骗了一次又一次，把我们当猴耍，太过分了，也不怕猴死① 我们。"任凭母亲怎么哄劝，她就是不让大姐走。母亲生气了，拿竹梢子抽她，她也不松手，直打得母亲手软心软，终于保住了这猪肉。她马上忘了伤痛，破涕而笑。

肉吃得少，她就老缠母亲和大姐做米粄和薯丸子吃。生活困难的年代，有米粄和薯丸子吃，也算是小小的幸福，而且吃后晚上都不用起来拉小号，连睡觉都香。所以，如果家中有小孩老是尿床的话，大人们就会做一顿米粄子吃，很是灵验。做薯丸子较为烦琐，要经过几道程序：先把淀粉（自家生产的）放盆里，用适量水浸上一些时候，然后再倒到锅里搅拌，由水状变成粄团后，用力来回搅拌；熟后弄起，做成汤丸形，再放粄箅② 蒸；用酱油加葱头煮开后，配着吃，香喷喷，非常可口。几十年后的今天，生活好了几十倍，她仍然还喜欢吃这种薯丸子。

每次改善生活做这些吃时，她和弟弟在灶头边看姐姐搓，时而争着往灶里塞柴火。弟弟骂她小气，不晓得大把添柴火，照这样添法，要等多久才能煮熟。他大把大把地添，还没烧光又再往里添，冒出的烟雾呛得姐姐直打喷嚏、直流泪。姐姐大骂弟弟是饿死鬼托生。男孩子嘛，又是长身体的阶段，也难怪。

弟弟不停地塞柴，目的很明显，因为火大就使姐姐手忙脚乱，来不及翻动那个由水浆变成的粄团。这样，粘在锅里的那层粄瘌子③ 就会先铲下，给围在灶头边的人先解馋。以前母亲每次都这样，他们认为姐姐也能这样萧规曹随。令人气愤的是，可能是弟弟的诡计被姐姐识破，她故意用力铲下粄瘌子后，却又把它搓进去。她和弟弟都不敢得罪姐姐。姐姐仗着自己能在生产队赚高工分，又能帮弟弟妹妹洗衣服、补衣服，长期以来一直很刁，动不动就是一句"你自家的衣服自己洗"。那时他们还不会洗衣服，就只好忍声吞气，不去

---

① 猴死：馋死。

② 粄箅：一种用竹子做的专门用来蒸粄子用的工具。

③ 粄瘌子：粘锅物。

得罪老大。何况她还有父母撑腰呢，因为她是家中的大功臣，是"火车头"，如果不是她，家中和超资结缘就更深。

看着姐姐把板痢子铲了，她总希望能施舍一些给她和弟弟先吃。可是，姐姐好像一直没这个意思，当听到弟弟咕噜吞下一口口水时，她也忍不住响应了一下。弟弟生气极了，白了姐姐一眼，连柴火都不添了。那次她也对姐姐相当不满意，跟着离开灶头边，走到下厅堂时，听到了母亲和姐姐的对话。

"你也真是，老弟老妹想吃，就铲几块痢子给他们先吃，细人子人，嘴馋。"

"都是被你惯坏的。"

后来，快舌婆一直辩解，其实，也不是就她嘴馋，其他小孩哪个不一样？很多大人也喜欢吃板痢子，很香很香的。每当做米粄和薯丸子时，再调皮好动的小孩都能静静地围在灶头边等吃，目不转睛地瞪着锅里。

因为还要再蒸，一般都要先起锅，起锅后再做成圆形或长条，大人没有规定大小，差不多就行。每次母亲掌勺时，都会先搞熟一些让大家先吃。小孩子虚荣心强，往往会拿一块出门，像猫吃食一样，跑到邻居有小孩的家里炫耀自家的"富有"。这种行为极有杀伤力。

那时的小孩子，哪有什么立场？看到别人家有好吃的，都想沾，都闹着父母要。有的父母窝火之余，也会哄人："给一点我家猴吃鬼吃吧，下次我家做了粄子也会给你吃。"有的父母只会硬着头皮哄骗子女："下次有空一定做，一定做。"可是骗了一次又一次，不知用了多少个下次，诺言变现还是遥遥无期。

像快舌婆这样虽贪吃却也大方的小孩，自然会分一点点给邻里小孩吃，可解馋都解不了，反而引起了对方小孩想吃个够的欲望，结果又是一番哭闹。更气人的是，有些小气鬼一点都不舍得给，任凭大人说得天花乱坠，牙龈讲出血，也不通融，有的还会老刁根跟大人们这样说理："说不给就不给，我才鼻屎这么一点点，给了他我吃什么？"结果可想而知，因为惹得那家小孩大闹门庭，炫吃的小气鬼就被那家大人扫地出门，再后来又被人把状告到其父母跟前，结果又被父母大骂一通。

更惨的是，农村小孩记性好，而且报复心极强。那家小孩在下次自家做粄子时，也会依葫芦画瓢，拿一大块上门诱惑："你有吃的都不给我吃，现在我有吃的了，也不给你吃，猴死你，谁叫你那么小气？"说完，还故意咬一口在嘴里，吧唧吧唧吃得津津有味，让小气鬼也承受只吞口水之苦。

几十年后的今天，快舌婆和丽丽回想这些有趣的往事，不免哑然失笑，放下心中所有，尽情地沉浸在对往事的回忆中，儿时的辛酸和欢乐，重涌心头，令人摇头叹息，泪水盈眶，傻笑难禁，往事真是不堪回首！

如果说快嘴婆的贪吃，是非常岁月和孩提时代的往事，那么，丽丽的贪吃，却成了一种癖好。

即使嫁人后，丽丽还有一个遭她老公白眼的习惯，那就是喜欢讨人家的东西吃，一看到人家吃东西，就是一句"给我吃点"，这也是导致她后来被一个叫杂才的男人作弄的原因。

那天，杂才远远看到丽丽向他走来，马上转身进屋换裤，然后抓了一把花生，悠哉游哉地边吃边往外走。丽丽看到他老往嘴里投东西，就晓得他在吃花生，她对此物情有独钟。她快步赶上杂才，气还没喘匀就说："吃的番豆吗？给我吃一些。"

杂才黑着脸说："你怎么大老远就闻到了番豆的香味？你又不是属猫的，哦，晓得了，属狗的鼻公也很灵，猴吃嬷①，想吃自己拿！"说完用手指了指裤袋。

丽丽一听由着自己拿，高兴得把五指张开，准备大抓一把，猛地往裤袋里一抓，突然间大叫一声慌忙把手抽出，大骂杂才不要脸。

杂才回敬道："是你自家不要脸，还说我不要脸！拿番豆就拿番豆，你怎么抓上我的宝贝了？我的'小老弟'刚才在睡觉，现在被你这一挑逗，头都伸出来了，你说怎么办吧！"

杂才一副无赖的嘴脸，令丽丽既气又恨，再泼辣的人此时也不免心慌脸红起来。"神经病！真后悔刚才没把你那两个鹧鸪蛋抓烂！"丽丽红着脸一边逃一边骂，好像杂才真会找她"算账"似的。

"恶妇！你怎么会有这想法？我的宝贝还可以做种的，说不定哪个男人东西没用，要雇人做子哩②呢！"

原来，杂才见她老是这样，就想搞个恶作剧整治她一回，看她以后还怎么猴吃！这天，他故意不着短裤，只穿一条裤袋都没有了的长裤。

此事的后果是，丽丽改了贪吃的习惯，当男人裤袋里真有好吃的东西叫

---

① 猴吃嬷：贪嘴婆。

② 做子哩：生儿子。

她自家去拿时，她再不敢贸然了。所以说，杂才的恶作剧并不算过分，起码改掉了丽丽前半生如影随形的坏毛病，按理她应该感谢他才是。

快舌婆说丽丽这次被杂才作弄是蚊子遭扇打——吃了嘴的亏！

日月不淹，春秋代序。如今的村妇不同往日，时代的进步让她们"手无寸铁"，凭着自个儿的智慧有滋有润地生活，至少不再是劳动的命，不用跟方块田打上一辈子的交道，拿一句赶时髦的话来说就是幸福像花儿一样。当然，这幸福的滋味有一半得归功于麻将牌。麻将，好说也是中华大地上的一朵趣味奇葩，历史悠久、简单上手、陶冶性情、流通面广，但逢走哪遇上个陌生人，靠它没准儿能把这关系拉拢梳理好，广交天下友不是没有可能的。

对于美溪村的各位妇人而言，麻将更是接地气的事儿，家家户户闻麻将声，那浩浩荡荡的架势恰似滔滔江水延绵不绝，将这朵奇葩进行到底。话说号称"水牛嫲"的丽丽和号称"快舌婆"的红秀作风泼辣、气味相投、颇好麻将，但瞧见身边的好友还没沾染上这口的，便热情洋溢地联起手来，名曰改造。有时，顺带把人家的生活也转变成了传奇史，直让人拍手叹道"有此二活宝，生活翻上翻"。

农村女人，紧工时累得头不梳脸不洗，闲时天天打麻将、玩跑得快、吊金花、斗牛，小打小闹的，一年到头也输赢不了几个钱。吊金花和斗牛多少人都可以，只要五十二张牌够发就行，但麻将和跑得快装不下那么多人，何况有人又不喜欢玩。这样一来，不玩的人就在旁边看人家赌，说说笑笑，指指点点，说谁的手气好赢了钱，谁的手气歪水平又臭，老是打错、活该输钱，还说人家鬼打法，要是我就不是这种打法了。好像她从来就是常胜将军，人家输了钱本来心情就不好，别人还要在旁边指手画脚、说三道四，吵死人，讨厌极了，真恨不得人家马上消失，由着自家打。但看客们无事可做，不走开，还没有自知之明，继续评论别人的牌风和水平。

刚开始时，阿萍就是这么一个看客，看着看着，也知道玩法了，便开始兼做业余评论。一次，她话多了些，搞得牌风不顺的丽丽躁气十足，骂一句："我打错了就出钱，关你屁事！各人有各人的打法，你在旁边鬼喔一般做什么？你能打就来试试，我输了也可以让位，我倒要看看你能赢多少钱？好像没输过钱似的。"

阿萍不甘示弱，反唇相讥："我天光日子买卫生棉都冇钱了，哪还有闲钱赌？你有钱，你就多输一些吧，我先恭喜你了，但首先声明，除非你去别的地方打，不然你就管不得我不看又不说。"

快舌婆是个和事佬，每每出现如此情况，总会站出来打圆场："算了，算了，都少说两句吧，都是天天凑在一起打麻将说相声讲酸话的阿姐老妹，没必要这样。打麻将谁都不是师傅，不可能包赢，为这点鸡毛蒜皮的小事搞得鸡飞狗跳，不值得，老一辈的人听了还会笑话，又会说我们后生子人打又死好打，输了又吵架。"

快舌婆最怕在打麻将时发生吵架、捶凳拍桌，再说她也不喜欢别人对自己的牌技评头论足，但她不像其他人那般好强斗胜、躁气十足，当别人不客气指出她打错牌时，她也附和着说："哦！真的打错了，我实在太笨了，我吃屎了吗？"这样，别人听了就以为自己正确，心里乐滋滋的。快舌婆一直把和气二字当作团结的法宝，在给足了别人面子的同时又在别人的心里巩固了自己的位置。因此，男女老少都喜欢找她玩。

原先只晓得作田耕地、省吃俭用的阿萍，耳濡目染之后，也慢慢上了桌。但她平时打麻将，输掉十块钱都心痛得彻夜难眠。在一角硬币掉地没人捡的年代，她还恨不得把一分钱劈成两片用，穿了十来年的衣服都舍不得扔。丽丽和快舌婆都非常看不惯这点，只要看到阿萍的衣裤有个小窟窿，就会毫不客气地再撕它一下，逼迫她不得不换上好的。

一次打麻将，眼尖的快舌婆看到阿萍的大腿内侧裤缝开裂，便趁她上洗手间时向丽丽使了个眼色，丽丽马上心领神会。待阿萍回座，快舌婆一把抱住她，丽丽趁机上前抠住她裤缝边那个开口，用力往下扯，"嗞"的一声，裤缝一下子裂到了腿肚子上。阿萍又气又怒，骂她们神经有问题："我又不是男人，想屙回去找你们的老公，撕我裤子干吗？"她们根本不在乎阿萍的骂，一边笑，一边要去撕她的另一边裤脚。阿萍拼命护着，警告说："再作弄我，我要发火了。"大家还是边动手边笑说："你要发火了，我们就是帮你脱裤子泼冷水，让它熄火，不然半昼半夜，你老公又不在家，我们又不会做那个事，你被火烧着多难受！你不要骂，我们不但为你破旧立新，还让你熄火，多谢我们才对。"

这两个女人，别说对姐妹毫不留情，就是那些装穷借苦①的男人、穿烂衫裤的男人，她们都敢上前挑战。一次，有个叫牛牯的男人不知是为了容易洗，

---

① 装穷借苦：装可怜。

还是图凉快，竟穿着一条裂缝明显的裤子出门，被她们撞见后，一起按住。牛牯像一头要被阉割的公牛，死命护住双脚，夹紧双腿，因为裂缝处就在双腿之间，能不护着？

"你不是喜欢穿烂裤、喜欢'老弟吹风'吗？我们帮你实现，还护着干吗？只要你穿烂裤，装空借苦，我们看到了就撕，你又不敢说我们调戏良家男子。"水牛嫲碰到牛牯，感到分外刺激，边笑骂边动手。

牛牯纵然像公牛，但终是寡不敌众，面裤被几个女人撕了个稀巴烂，有面裤跟没面裤似的。他索性脱下，往几个女人面前丢，女人跳着闪开。

"你们是不是女人，怎么跟母夜叉似的？看来得少和你们女人扎堆，你们女人会造反了，竟敢合伙调戏男子，真是不像话了！"一向酸话连篇的牛牯笑着骂道，"你们还要不要再撕再脱，我任由你们撕了脱了，保证不反抗了。"

"你不要激我们，我们都是见过腚的人，有什么怕的！你要是再激我们，我们保你光腚光屁股回家！"

牛牯碰到名声在外的水牛嫲和快舌婆，哪敢造次，听罢摇头摆手，赶紧逃之夭夭，身后传来一阵哄笑："牛牯，莫走开呀！哈哈哈，牛牯害怕了……"

自此，阿萍和牛牯乃至村里其他中青年男女，对水牛嫲和快舌婆此招都服天服地，再也不敢图凉快、穿烂衣服，要是再图好洗、图凉快，被这些胆大妄为的女人看到，又会狗头上长羊角——出洋（羊）相了。

人要衣妆马要鞍装，此后，阿萍开始注意自己的整体形象，不仅衣着收拾得体，还和小气、惜金如命说声拜拜。她老公就差没给改造有功的水牛嫲和快舌婆送锦旗呢！

除了后来"入伙"的阿萍，快舌婆和水牛嫲还有个值得一说的麻（将）友荔花。她们四人，堪称生活中的死党、麻坛上的铁杆。紧工时互相帮忙做农活，闲时只要得空，便凑一桌打麻将。平时接到彼此的电话，都是一句"臭鬼"，而对方也亲切地回应一声"臭鬼"。一天，快舌婆看着脸上有两粒小麻子的荔花戏言，女警察称警花，我们麻中女友、女中麻友，干脆就称麻花吧。此语一时走俏，美溪村四大麻花，指的就是她们。上面提到的猪灭门女主人水妹本也是个麻将爱好者，但所谓道不同不相为谋，就是连共乐也入不了快舌婆主盟的麻圈。

脸上（准确来讲是嘴边）的两粒小麻子，无碍荔花的容貌，倒显出一份妖媚和骚味，与众不同。像那个时代村中所有的山花一样，荔花也是吃苦在前享受在后的普通一花。

闽、粤、赣三省交界的客家地区，自古就有"客家布娘①多做事"之说。过去，田头地尾，脱秧莳田、种菜种杂粮，哪里没有客家妇女忙碌的身影？真可谓"谷子一浸水，脚跟冇敛水"。灶头灶尾围着转是不消说的，每逢农历的八月、十月，妇女们还得三天两头往岭头崠尾转，想方设法砍足柴草、割足芦萁，晒干后往寮棚堆放，以备来年生火煮饭之用。不少地方还得割松香、砍竹子，以供全年照明之需。如此种种，莫不需要妇女身体力行，家里少了一个女人，那就不成一个完整的家了。

姐姐出嫁后，哥哥弟弟还在学校里为光宗耀祖的事业而奋斗，所以，荔花这个早早辍学在家的后勤工作人员，让一向重男轻女的父亲高度重视，万一她在床上病几天，对于父母来说，地球转动的发动机出现了故障，家里也乱了套。为了能让荔花母女周旋于田头地尾，保证地球的正常运转，体弱的父亲在经济稍微宽松时，不忘给她们补充些营养，他自己也经常不辞劳苦上山打猎，或下水盘沙鳅、捉黄鳝。从小跟着父亲，盘沙鳅和捉黄鳝也成了荔花的拿手好戏，就是女孩子一般不屑的装老鼠②，她也一学就会。猪肉无法经常吃，有时就指望这些野味解解馋。村中几乎没女孩子会干犁耙辘轴这个只属于男人的重活，她呢，也是个异数。没办法，环境逼的。

一到月上柳梢头，大家都喜欢去扎泥鳅黄鳝。工具很简单，在木棍或竹子顶端扎上几枚或一排针，对准田里水面的猎物猛力扎下，它们就挣扎着附在针上了，然后把它们扔进带水的小桶里，再成为盘中餐。荔花常常赤着脚跟着父亲扎泥鳅，一般情况下，她负责挑小桶和一只装了不少松树枝的篮子，有时也打松明火把，父亲负责作业。有时走在田埂上，就能信手拈来，满载而归，量不够时，再下到水田里寻找，左右逢源，总有喜人收获。

盘沙鳅就比较轻松。先把泥沟里的水源堵住，待目的地的水放干后，用双手一寸一寸地往后挖烂泥，就能把藏在烂泥里的泥鳅和黄鳝抓住。它们很滑，一不小心从指缝间掉下，立即钻进烂泥里。但不要担心它漏网逃脱，只要再次用双手挖泥，它们一般是跑不掉的，正如荔花所说："我那么大一个人，

---

① 布娘：妇女。

② 装老鼠：用竹筒夹山鼠。

还抓不到一只小小的沙鳅和黄鳝，那还不如一头撞死算了。"

那时候，化肥农药还没有大量上市，农田一般都以农家肥为主，环境未受污染，所以泥鳅和黄鳝到处都是，层出不穷，荔花一家经常能吃到，吃不完的还可做成泥鳅干和黄鳝干。泥鳅和黄鳝都香甜可口，肉质鲜美，营养丰富。荔花身体健康，与从小参加劳动和吃绿色食品多有关系。她后来一直感慨，如今科学发达了，肥料农药不断使用，泥鳅和黄鳝这些小家伙几乎绝迹了，现在吃进嘴的也大多是饲养的。不仅泥鳅和黄鳝如此，现在吃的肉，也大都是饲料的，除非农民自家养自家吃的六畜。猪肉也不例外，对如何辨别，荔花很有经验：以前煎猪油，只要锅里没水了，肥肉放进去，油就嗞嗞嗞地冒出来了；用现在的饲料猪煎猪油，如果不事先放些油下去，肯定粘锅。

粘锅不是好事，但粘其他的或许就是好事了。后来勤劳能干的荔花依照人生的进程顺利地粘了一位夫君，婚后两人也确实粘得紧密，如胶似漆，难见缝隙，恩恩爱爱双双把家还。只是好景难长，后来把家还的仅剩下荔花单个人了。她老公走南闯北多了，身上的钞票多了，心也就变花了，光一个荔花不解馋了，就开始采摘野花、闯别的女人的怀抱，镇上还有固定的一个。没有不透风的墙，荔花曾多次义正词严地向他抗议，抗议，再抗议，但得到的回报往往是巴掌和拳头，常常是旧痕未愈，新伤又添。一来二去，她晓得要是跟他叫板甚至拼命，无疑是狗咬雷公惹天祸，莫讲打不赢他，就算打赢了又讨得了好吗？被人笑话不说，还要去照顾他，害他没法开车，家中收入就成问题，家庭安稳、子女教育更成问题。这种有百弊而无一利的事，她不想再做了，于是，她让步了，一让再让，只默默地做好分内事。

荔花那些年几乎都不跟老公一起出门，就是连她们这几个好姐妹家都来得少而又少，她说，她没有面子和朋友们在一起，她是一个失败的妻子。荔花过的是什么日子啊？大家不免都为她担心。起初，大家都以为她仗着娘家有钱有势，把娘家对她夫家的支持常挂嘴边，把她老公的自尊心不当回事。后来听到了荔花老公的花心事，才不这么看了。

荔花的忍让，得到了亲朋好友、左邻右舍的称说，得到了逐渐长大的子女的认可和声援，同时也得到了花心萝卜的好感。他慢慢就改邪归正了，出车回来也经常会给她带衣服或别的礼物了。随后，他还交出了家里的财政大权，因为他清楚，荔花比他对家庭更负责，也更会理家。再后来，他又放开了管她打麻将的一手，只叫她不要去外面赌，说外面的人会做手脚。

幸福的另一半源泉大抵是家庭与婚姻，美满的婚姻往往甜得令人垂涎三尺。对荔花的脱胎换骨，快舌婆、水牛嫲、阿萍都不胜感慨。此一时彼一时，以前大家都说荔花是鬼性，连阎罗王都会怕，没想竟转变得这么快，就连老公有货嫲她也能容忍，晓得和老公斗无出路，讨不了好，只会受到无穷无尽的烦恼与伤害，进而大彻大悟，争取和平，争取幸福，巩固家庭，坚守阵地，能不对其他姐妹有所触动？

有那么一个午后，大家聚集起开了一个研讨会，你一言我一句地争相说开了，热乎劲儿十足。

荔花先灌授知识，现身说法："男人要是发了火千万别和他对着干，那是飞蛾扑火，一百场都是死。女人若不当软，像就义那样不怕死，其实也不是件光荣的事。有些男人说，当我发大火的时候，她要是不识时务，就是有老婆见面，我也要打死她。女人再刁，也刁不过男人的拳头。说实话，我虽然也够大胆，但我最怕和老公相骂，打架就更不用讲了。我情愿当软，当软绝不吃亏，他火气小了，再跟他讲清楚，相信他也会后悔的。好女不跟男斗，斗来斗去实在伤感情，没意思。"

快舌婆点点头，接着叹了一口气，说起自家的老公来："唉！以前年轻不懂事，不怕死，他要是敢凶我，我就和他较量，谁怕谁呀，想打想骂奉陪到底，离婚就离婚。女人上午离婚下午就被人接走了，男人就没那么容易再讨了，又不是当官当老板。年纪大了些后，思想成熟了，火气也小了，看问题也看得深一些了，不那么冲动了，所以也就会当软了。"

几位姐妹都知道，快舌婆有自己的相夫之道。

快舌婆说，成年男子都很鬼，不是色鬼，便是酒鬼、烟鬼，再有就是时鬼。她自诩老公什么都好，但也背上了一个鬼：酒鬼。说起老公喝酒，快舌婆经常气不打一处来。

每年大年初三，是快舌婆家请客的日子，所有的亲戚都来，要摆上好几桌。她老公是家中老大，接待客人少不了他。某年初三，他因为连着两天喝多了酒，吃什么吐什么，连楼都下不了，客人们都不好说什么。到了下午三点，他却闹着要去车队报到，说车队领导开会时明确规定了，年初三大家必须到车队报到，不然就要扣三百元钱。那个时候的三百元可是不小的数目，老公在乎，她当然更在乎，只是见他这个样子，站都站不稳，怎么去报到？

他瞪着眼说："不去就要扣三百。"喷出的酒气还能把她熏晕。

"扣三千也没办法，曼人叫你喝那么多酒？以为酒不要钱买，就死喝烂喝。"那时喝的是自酿的糯米酒，但一般掺了些白酒，客家人称酿兑烧。

老公执意要去，快舌婆放心不下，只好送他去四公里远的地方搭车。路上他一直吐，惹得路人纷纷注目。她心里生气极了，但又不敢骂他。要说她这人有什么优点，那就是识时务，在男人发了火或喝多了酒神志不清时，能忍。小不忍则自讨苦吃！看过个别女人不怕死，在老公发大火时还真像母老虎一样，结果被打得鼻青脸肿，她在暗暗佩服她们的勇敢时，又暗骂她们笨猪，女人和男人对打，无疑是飞蛾扑火，自取灭亡。

那天，快舌婆老公一路吐，到处留下劣迹。她怕他挺不住，硬是把他劝去医疗室拿药。医生是他亲戚，给他打了一针，劝他在床上躺一会儿。他却一直叫嚷要去报到，要上县城。快舌婆气得发了火："上上上，你现在这个样子，下都下不了，还上县城！今晚你就在这里住一夜，天光朝晨早点去。早晓得心疼那三百块钱，就不要称英雄死喝烂喝。"

快舌婆吩咐医生帮助照看，便步行回家。从那时起，她就对他醉酒心生厌恶。喝多了酒不但影响工作，还影响身体，所以每次去朋友家，她都会提醒他尽量少喝点，免出洋相，他也都答应。

但他这人，一向虚心接受，坚决不改，在一帮年轻气盛的朋友面前，酒桌上他总是把老婆的好心当作驴肝肺。他知道快舌婆不会在朋友面前冲他发火，反正回到家里任你骂任你打，我生人装个死人相，躺在床上不开尊口，看你一个人怎么唱戏，要把我拖出门口，你又没那力气，你总不能把我生吞活剥吧。"这个酒鬼，真真要把我气死！"快舌婆常常咬牙切齿地说。老公每每走出门喝酒，她的担心就来了，觉都睡不安稳，一直要等他回家才能安心。

快舌婆称老公的忍耐力，绝对是世上少有，或者可以说是独一无二的，和他生活了二十五六年了，她经常领略，深感头痛，也深感恐惧。他肠子弯了时，任你说上几卡车的好话，讲得喉咙出血、牙齿脱落，连哄带劝、威逼利诱，他照样雷打不动。对他这种意志坚定的钢铁战士，她服天服地，耐心尽失，伤心欲绝。

有几年，他身体一直很差，那个当医生的亲戚说："酒喝多了，特别是经常喝醉，身体还能不搞坏？"但他还是不当一回事，有次喝得烂醉，骑摩托车摔倒，碰掉了一颗门牙。这次，快舌婆简直要气疯了，大哭一场。第二天是端午节，快舌婆不见了踪影。这下可把他急坏了，到处寻找不着。最后，还是儿子提醒，说妈妈很孝顺奶奶，以前也只有奶奶能管你，妈妈会不会在奶奶坟地投诉你这个酒鬼呢？他急往亡母坟地，总算找到了哭睡在地的妻子。此后，他痛定思痛，拿出壮士断腕的气魄，对酒浅尝辄止，再未醉过。

快舌婆对驯夫经验作如是总结："认真想一想，觉得和他硬斗，实在没意思，自己痛苦，子女受苦，爷娘伤心，还捡了一个母老虎的坏名声，搞得远近闻名，被大家说笑，真正划不来。他是懂事理的人，我只有在适当的退让中晓之以理，再动之以情，让他自己醒悟。"

其实，不仅对老公，对旁人，她一向也主张和为贵，退一步自然安稳，忍一句自无忧伤，让人三分何等清闲，忍耐一时便是神仙，青山不管人间事，绿水何曾说是非，今日不知明日事，人争斗气一场空，人生好比一场梦，你忍我让才是真，当软不会蚀肉头。

快舌婆的主张，显然为荔花所接受，她接着说："我老公也是吃软不吃硬的家伙，见我让步了，就对我客气了许多，我有疾有病也会带我去看医生了，也会照顾我问我想吃什么了。以前我有病，他最多就会说，有病就去看，拖什么？他若心情好，最多也就打个电话叫医生到家里来。有时想想，这也不能怪他，是自家太爱赢，太傻了，如果对他好一点，多关心他一点，也不跟他吵，不跟他斗，也许他就不会昧着良心在外面搞女人，是自家把他送到那些逍嫂那里。我如今想通了，反正他打了流①又没丢下这个家，就由着他了，没办法！世道如此，在外面还有家的人多的是。

"现在的女人已经好做多了，在一夫多妻的年代，女人还得为得到男人的宠爱而钩心斗角，为确保家中地位而费尽心机。以前的妇女吃饭都不能一起上桌，她们照顾老人，照顾丈夫，照顾孩子，就是没有办法照顾自家，她们忍气吞声，受尽歧视，尊重对于女人是件奢侈品。就是解放后的妇女，在'男女平等'的口号下，也得为了生计当牛做马，连落大雨下大雪也得不到休息，真可谓'妇女能顶半边天'，和男人做完同等重活回到家，还得纳鞋底做布鞋，缝缝补补，灶头锅尾搞卫生。如今，妇女可以扬眉吐气了，别说雨雪天，阳光灿烂的日子也可以打麻将、斗牛、吊金花，再不用纳鞋底做布鞋、缝补衣服，也不用上山砍柴了，女人也是宝了，农闲时整天三五成群扎堆说笑话或打牌，身上小钱不断，圩日时逛街大可随心所欲买东购西。让那些上了年纪的妇女，既

---

① 打了流：浪荡。

385

妒忌又懊恼，怨自家出世太早，虽然还命靓赶上了好时代，过上了好日子，却已经是盏快断油的灯了。

"政策越来越好，妇女不用拼着命干了，而且日子越过越好，也不一定非要守住那片希望的田野了，有的是捷径、门路，也不一定就要在田地里勤劳才能致富，脑子好用，敢于拼搏，钞票也会源源不断流到你的存折里。"

时间确实不可思议，它最有能力淘汰掉不合时宜的东西，刷新历史。这伙生于逢时的传奇村妇引证丰盛，锲而不舍地言语着婚姻家庭、妇女翻身、当家做主的当代农村传奇，把已经弱不禁风的旧观念、旧现象批得更是摇摇欲坠了。在愈见好转的传奇环境中，她们也将继续酝酿着自个儿未来的传奇生活，将美好的生活延续下去。

水牯买"牛"

"乓乓乓……"

美梦突然被一阵捶门声撕破。水牯的大嗓门连同铁门一起响在门外："再不开门我就把铁门捶烂，几多点了，还在睡目？好哇事吗，月头都晒屎北①了！"

子云极不情愿地从床上爬起，一手揉着惺忪睡眼，一手打开铁门，骂道："死水牯，鬼喔般做什么，遇着鬼了，还是吃了火药？前世欠你了吗？早早地就来吵死人，比狗屎还厌。"

"你这个懒尸嫲，都快七点了，还在睡，肥死你！笼子拿来！"水牯这家伙，要来借东西，还这么刁。

"你也太强了，敢用命令式的口气，我就不借给你，你能咋样？"

"你不拿我自己去拿，反正我晓得笼子放在哪。"说着，他果真自个儿走到杂物间，出来时还得意地举起笼子在子云面前晃了晃。他多次来子云家借笼子，当然清楚笼子的存放处。

水牯家养了好几只花鸭嫲，孵出许多细鸭子，自家养不了那么多，就拿去卖，已经卖了不少钱。一对细鸭子就要十三四块，一只鸭嫲一次性能孵好几对。这家伙精算，钱多的是，却连几块钱一只的竹笼子也不买，每次卖细鸭子，都来子云家借。

"怎么，又有细鸭子②卖了吗？你们两公婆也真扎手，孵了一伙又一伙的

---

① 屎北：又常写作屎胚，屁股。

② 细鸭子：小鸭。

387

细鸭子，卖了这么多钱，用不了能借些我花花吗？"子云开起水牯的玩笑，她这人爱开玩笑也喜欢捉弄人。

"我冇本事，孵不出细鸭子，是花鸭嫲孵的。不过今朝①不是去卖细鸭子，借笼子另有用处。"

"有其他用处？其他什么用处？"如果是买鸡养，笼子太小，装不下几只，何况他都有鸡出卖。

"今朝我借笼子是要去上杭寨背买牛。"水牯笑着说，样子很诡异。

"买牛？买啥子牛？你有拖拉机打田，还买啥子牛？"子云一时没会过意来，买牛用得着借笼子？真是莫名其妙。事后，她不由得怪自己当时太笨，凭着自己的头脑，竟也会被水牯捉弄，可能是因为还没睡够就被人吵醒的原因，她给自己找了个理由。

"哈，哈，亏你咁聪明，也有阴沟翻船的时候。"水牯看着子云懵懵懂懂的样子，鬼笑了起来。他平时在她面前占不了赢油②，好不容易赢一次，的确值得一笑。

"怎么，你家蛮腚谈了妹子，今天要去相亲？"

"咦，到底是聪明人，还是被你猜对了，看来你不是吃屎大的。"水牯还是想赢子云。

"谁要和你一样，你吃屎大的关我啥事？我出世时早已过了粮食关，谁叫你出世得早。"嘿嘿，打嘴仗想赢子云，从头出过世吧。

两人在铁门外站着打了好一阵子嘴仗，水牯见赢不了子云，就正经了起来，说："咳！蛮腚去上杭看中了一个妹子。妹子的父母约好今天去。我捉只鸡公去，第一次嘛，小气不得。他们还要我家今天付钱。付了钱那妹子就可以来我家住了，其他什么手续都不要了，就等领了结婚证后放鞭炮请客。"

"那恭喜你了，要多少钱，一万够吗？"子云关心起他来，虽然一万元对他来说不算困难。

"哼，一万？你说得太少了，要三万多，今天一次性付三万，还有五千等结婚时再付。你看看，这不是把妹子当头牲六畜来卖吗？买二十头牛还不要这个数呢！"水牯愤然有声。

---

① 今朝：今天。

② 占不了赢油：赢不了之意。

388

"三万多是多了些，但是单纯得好，其他麻烦也免了。你给了三万多，也许结婚时他们会贴给你，有些地方就这样的风俗。再说你扳着指头算一算，现在是什么时候，正是烟叶上下烤时，请一个小工一天至少四十块钱，还要吃一顿饭。你今天付了钱，下午就来你家住了，少请一个小工能省下多少钱，三万多块也就不多了，你当过会计，就是在算盘上睡目的人，这点数都不会算吗？"子云又开起了他的玩笑。

"倒贴个屁！听说是她那里的鬼习惯，妹子结婚时一点嫁妆都没有，亲人都不来参加。如此作践妹子，却又要靠嫁妹子发财！"

"入乡随俗，有啥法子呢？他们又没有强迫你，反正这事要爱你爱，爱她愿，你觉得贵也可以放弃，天下妹子又没死绝。再说了，钱是人赚的，当然也是人花的，你那么多钱，难道想带进黄泥地里？莫讲为你子哩买个'暖壶'，又能为你们家添丁进口，就是买个永远的长工也太值得了。你有老婆这头'牛'，生活几丰富？"

"听你这么一说，三万多就太少了。我家蛮腔婚头太差，本地的谈了几个都没成，看来就是要吃贵水①，没法子，他都二十六了，再拖就会拖过头。就当被他赌掉了，替他买头'牛'，也许会循规蹈矩一些。"

"你晓得这么说就对了。你每年种十多亩的烟，又养了那么多猪，这几年都赚死了，你又有拖拉机和龙马车，家里卖鸡卖鸭都够一家三口的伙食和人来客往，三万多块钱也像是在牛背上拔了一根毛，小事一桩。"

说完这些，子云挥了挥手说："你快点走吧，我没空跟你啰唆了，我衣服还没洗呢。你有生娓②讨，比吃了一碗油还乐，到时可别忘了请我喝喜酒。今天你去亲家那里，如有什么打发③，你可得放在空笼子里。"

"屁！这样的人家会有啥东西打发！最多两个臭蛋。"水牯边走边嚷嚷。

水牯这些年因为养猪兼养鸡鸭，又种近十亩的烟草，收入不少，生活富裕了，声音也就大起来了，财大气粗也许就是这么一回事。人家也经常开他玩笑："现在的水牯不同了。"他也毫不在乎地回应："那当然了。"

他以前也很辛苦，家里兄弟姐妹近十个，五代同堂的景象全村也仅他家，

---

①　吃贵水：占不了便宜，不得不买贵的。

②　生娓：儿媳。

③　打发：回礼。

别无分店。分家后，生活一直愁了上顿愁下餐，煮菜冇油又缺盐，听他说过因为冇油，常常是泡菜汤，就是炒菜也是用一小块猪板油在锅里擦一下，如此这般用上好几次后再煎油。

温饱一直成问题，因此他什么活儿都干，什么苦都吃过。等到两个子女上了学堂，日子过得更是清汤寡菜，捉襟见肘。他说，那时身上没个"刮痧钱"，逢年过节能省就省。有年年关没钱买肉，他的妻舅看着可怜，就送上七八斤猪肉。他用盐腌了三四斤，其余的用来红烧，就这样马马虎虎过了一个年。某年他老婆得了病，住院半个月，他说那时差点卖屁股了，可惜没人要。过年时，几个妻舅送糖的送糖，送油盐的送油盐，送肉的送肉，大姨小姨为小孩子做新衣，而他打断骨头连着筋的兄弟姐妹连个问候都没有，至今他老婆还总拿这事作比较，说三道四，他又能反驳什么？

那时候，连自家养了几只鸡，也从来舍不得吃，要拿到圩上换上几个钱交孩子的学费，过节时买上一块钱豆腐算是排场了。

穿在身上的衣服，常常露胳膊露屁股的，要不就是补了又补。别人是"新三年旧三年，缝缝补补又三年"，可他一穿就是十多年。子云嫁到这里后，还曾看过他一家衣衫褴褛。他还说："那时能讲究靓板不靓板吗？不露家伙就阿弥陀佛了。"

一天闲来无事，他又来子云家玩，因为子云家是个"了耍场"①，每天都少不了人五人六。水牯倒会忆苦思甜，说以前落大雪都要去干活，平整土地，做水库，开公路，冰得手脚发麻，大队后来统一给他们买水鞋，有人还舍不得穿，说要留着过年，分配来的支农饼也舍不得吃，要留给细鬼子吃。他说那时他还打单身②，一次发了两个支农饼，他整整享用了一个星期。小时，在广州的舅舅来了，给他们兄弟各一块糖，他舔一下又包上。糖纸都弄坏了，可糖还没舔完。大家笑他"猫舔膛"③，也讨厌他这种馋死人的作风，因为其他小孩见了，都会闹着父母要糖吃。现在常常说起，他还会忍不住地打冷笑。

随着时间的推移，春夏秋冬的变更，政策好了，百姓的日子也越过越红火，人也在不断地变化。以前有碗饭吃就哈哈笑了，过年过节要是有两块猪肉吃，那都不想一下子咽下去。可是现在，猪肉吃腻了，连鸡鸭鸽肉都说不好

---

① 了耍场：休闲场。

② 打单身：独身。

③ 猫舔膛：像猫舔吃东西那样，意指慢吞吞。

吃了。

"以前做生做死都冇食冇着①，今那了死了生②，却吃不了花不完……"水牯每每说起昨天和今日，总是感慨良多，只恨自家出世得太早。

水牯乐于助人，谁家有困难他都二话不说。他人高马大，力气也大，再重的活儿只要他在场，都不成问题。因此，人缘很好，口碑不错。他老婆和子云一样是个矮胖子，每次田里地里的重活他都一肩挑。村头村尾的妇女都羡慕他老婆，到了田中洒药，或要挑大粪挑牛粪时，不用愁，割禾时，一担担谷子三下两下就都搬回家了，谷子晒干了进仓时又不用费神。他老婆说，现在看他有二两狗力就说他好，我嫁给他，不知受了多少苦呢！

人人想不明白的是，水牯人高马大，他老婆虽不高但也不瘦，可为什么他们弄出来的一对儿女却都又瘦又小，毛屎都冇八十斤？在遗传基因的影响下，父母高大，儿女不该是这个样啊。因此有人笑他老婆可能"走了斗"。小巧玲珑用在蛮腚姐弟身上也许最合适，大家还好心地劝他们，刮大风时最好不要出门，出了门遇着发风落雨③最好也要抱紧电线杆。

蛮腚从小就是个搅屎棍，啥坏事都做，挖地瓜，摘果子，拔花生，割香蕉，偷摘菜，就是看到路边菜园地的南瓜和包菜，他也要用削铅笔的小刀让它们破相。这种闲手贱脚的习惯，常常有人去他家告状。读书时，打同学骂老师那是家常便饭。水牯对儿子非常头痛，家中成了告状衙门，他恨铁不成钢，多次把儿子绑在柱子上，有时还倒吊着，家中常备竹梢子。如今说起，水牯那恨心恨肺却又无可奈何的神情，仍能博得一村人的同情和理解。

大概是儿子读三四年级时，一晚水牯家来了几个人，无意中说起要买几棵柿子树种种，说这种果树时间不长，三年后就有果子吃。有人开玩笑说，用得着买嘛，某某地方多的是，拔几头④回来种种就行了，省下几块钱买花生打酒喝多好。

没想到，说者无意，听者有心，在一起听大人们说笑的蛮腚放学时便绕路回家，到那里拔了十几头人家种下的柿子树。回家后，被水牯大骂一通，他还理直气壮地说："昨夜晡你们大人说的，不用买，到那里去拔几头回来种就

---

① 冇食冇着：没吃没穿。
② 了死了生：疯玩之意。
③ 发风落雨：刮风下雨。
④ 头：棵。

行了。我现在拔了回来，省了几块钱，你不夸我还骂我，真没良心。"水牯当时真是红白好事一起做，哭又不是笑又不是，后来他们互相劝告，以后千万不要当着孩子的面开这种玩笑。

蛮腚读书吊儿郎当，堪称村里一绝，就连小学一年级，一读就是三年，后来还是无可奈何的老师勉为其难地把他送到二年级，好像送走了一尊瘟神。小学毕业了，还算不上一百，上学时隔三岔五地与老师对骂，少不得天天罚站。他恨死了老师，一次就撒了一泡屎，趁老师不备包好放在老师的枕头下。老师追查出来后，亲自来水牯家告状。结果，蛮腚被父亲倒吊着打了好半天，他还一个劲儿地骂："老短命子，打死了我你也要枪毙，你就我一个子哩，打死了我谁为你养老送终，你打了我，我都记在本子上了，你也别忘了。"水牯听得差点吐血，真恨不得一巴掌扇死他。大家知道后，都笑水牯"亏了蚊家[①]叨屎北[②]，却弄出这么个子哩"。

小学毕业后，蛮腚一直在家闲着，到了十八岁，便也与人一起出门打工，可试用期没到又回来了。最长的打工时间，都没超过一百天，而每次都要水牯倒贴路费。有次他与同伴去福州某个酒家做服务员，因手脚不干净被开除。如此这般的打工历程，令水牯两公婆大伤脑筋，后来就不再支持他出门闯世界，说别让世界撞着了他。于是又让儿子学开拖拉机，农闲时帮人载货，紧工时又可以用拖拉机帮人打田。但每次打田，水牯总是自家落手，因为儿子个头小，放心不下。

蛮腚开拖拉机帮人运货物，也是三天两头出事，幸亏都不是大事。后来水牯又把拖拉机卖掉，生怕自家唯一的"火屎星"[③]哪天不小心就成了车下鬼，何况蛮腚开拖拉机赚的钱从不交公，自家赌博却大把大把的，有时输光了，连加油的钱也要父亲给。

改造好儿子，这也是水牯急于要买"牛"的起因之一。

下午，水牯一家回来时，果真带回来一个妹子。二十岁光景，因为"丰满"，看起来比实际年龄大十岁。她虽然其貌不扬，却是个挺乖活的妹子，一到家便爸前爸后、妈前妈后地叫开了，还手脚勤快地帮这帮那。

---

① 蚊家：蚊子。

② 叨屎北：叮屁股。

③ 火屎星：独子。

"蛮腔，现在好了，做大雪①也不怕了，买了个高级'暖壶'。年轻人电视看多了，又经常入发廊，对这事早就不是'子脚子'②，经验丰富着呢。不过，我还是要好心地提醒你，你这么苗条，她那么丰满，你可要节制一些，不然，迟早会闪腰，会被她拖空。"一天，一个叫福牯的男人开起了蛮腔的玩笑。

"娘个绝家头③，讲酸夹话最在行，我不比你那么好这门，一晚上五六次，搞得你老婆跟猴子一样。"蛮腔虽然还是个后生，但要讲下流话，一点也不比过来人逊色，子云常骂他小不正经，叫他后生要有后生样，老婆还没讨，就与那些快做爷爷奶奶的人一样说话。但他就是狗改不了吃屎的本性，照说不误。因为说话做事都缺分寸，所以谈了好几个女朋友，花了些小钱后，又泡汤了，还大言不惭地说，是他看不起她们，不是这个太瘦太矮，就是那个太肥太黑。大家不点破他，还劝他不要挑挑拣拣，"莫紧拣个烂瓢勺"，没想这话被大家言中了。

"哟，你咋就晓得我一晚上搞五六次？难不成你蹲在我床底下偷听。"福牯笑着说。

"娘个短命相，鬼才跟你讲。一讲酸夹话就精神十足，两眼发光，再跟你讲人都会变贱。"

"哟，真看不出，一有老婆就变了。你们看，蛮腔变得多快，这才几天，就这么正规了。"

"福牯头，狐狸莫笑猫，猫笑狐狸更加透④。你也做过后生，笑人家就等于笑自家。"子云正正经经地提醒福牯。

"咳！我刚讨老婆时，他爸只要一有机会就笑我，我没机会笑他爸，只好笑蛮腔。"

"蛮腔，没办法，父债子还！"子云耸了耸肩，做了个无可奈何的动作。

蛮腔的老婆叫玉香，说是二十岁。但大家都不太相信，说肯定不止。子云说，岁数有什么好瞒的？说她丰满，实在是太谦虚了点，子云常嫌自家"肥"，但和她相比，真是自愧不如。女孩子家家的，就丰满到这种程度，真是和美搭不上边沿，相去甚远。大家背后又说蛮腔真的是挑挑拣拣还是拣到了

_____

① 做大雪：下大雪。

② 子脚子：指做某事没经验。

③ 绝家头：绝门的人。

④ 透：糟。

一个"烂瓢勺"。

她不怕生，初来乍到，就敢和大伙打麻将，当然是在蛮腔的带领下。但换着谁，也许就不敢了，而且说话也一点不像是初次接触。

那次她走后，还留在子云家喝茶的几个男人就说："抵得①，抵得，水牯讨了这个生娓，实在抵得，买她这身肉头就会赚死。"

"水牯的算盘打得确实精，买生娓也要逢到烟子上下烤时，省下一个小工钱。蛮腔命水②也够靓，老婆那两只奶菇，一只都能搞到天亮。"

一个叫贤头的男人接着福牯的话音说。大家听得出，他的酸话中掺杂了许多讥笑和讽刺，就玉香那身材和不怕生的性格，可能也没几个男人喜欢，贤头那差强人意的说法令大家都心领神会。

玉香一来，水牯家就热闹异常了。以前虽也曾人来人往，但自从水牯为自家买回"牛"后，人们就很少跨进他家门槛了，为的是免听刺耳的"牛声"。

水牯乐于助人，他老婆呢，背后怪话一卡车，说某人总是剥削她老公的劳动力，好用的牛总是牵去用，屙屎不出都要她老公帮忙；还说，她老公是呆子，任人牵着鼻子走。人家听够了她的啰唆怪话，遇到啥事也不敢再去叫水牯。可水牯但凡知道谁家有困难，常常不请自去。他还骂老婆冇世情道理，邻里乡亲的，互相支持才是好事，又劝大家莫听她鬼喔，有事还叫他。但不到无奈，人们是尽量不叫水牯的，有时帮了，还给他发工钱或还工日。

水牯家就这样逐渐地变得冷落起来。热闹是贫困时，如今有钱了，倒日益冷清。也有个别刁钻之人，不怕他老婆的啰唆怪话，反而故意反驳她："我又不是叫你帮忙，我叫的是水牯，他不离你是你的老公，离了你就不是你老公了？再鬼喔一般，跌他的鼓，我们就集资叫他离了你，换过一个有世情道理的，看你还去哪找这么好的老公！"气得她一肚子恨劲儿，连茶也不倒给他们喝。

她没进过学堂，斗大的字不识一个，又哪里知道，人与人之间是要互相支撑的。她鸡肠小肚又鼠目寸光。水牯也开导过她："人家有困难时，帮了人家，人家就会永远记在心中，他没有报答，是因为能力有限或机会没到。世界

---

① 抵得：值得。

② 命水：命运。

上有良心的人还是占多数的，过河拆桥的人毕竟少数。何况，斤斤计较只会让自家活得很累。你好好想想，帮过我们的人会少吗？"

以前生活艰辛时，她也木猫一样[1]；现在有钱了，声音大了，人也更刁了，动不动就说"我又不求你"。有什么事要人帮忙时，一般人也都是看在水牯的面子上才去的，大家都说，要不是看水牯，就是在家帮猪挠痒也不去。

水牯老婆的小气，名闻遐迩。看到她提了大袋细袋的水果回家，人家故意后脚跟进，她也不会给人吃一个。大家都议论说："娘种人[2]不但有烂掉冇布施[3]，还有进冇出。"以前，她生活比别人辛苦时，买不起水果，总吃人家的，回家时还要带两个给子女吃。

她对别人这样，对亲人也如此。她有五个小姑，别说平时，逢年过节也从不请她们来家吃顿饭，倒见她的兄弟姐妹经常来。如果不是做大好事，她的小姑们从来不进她家门。

水牯兄弟四个在老人无法独立生活时，用抓阄的办法，硬是把三个七老八十的老人活生生地分开了。水牯大哥也已六十多岁，体弱多病，无力赡养老人，就每月付给老人五十元生活费。近九十的老祖母在最小的老四家，七十多岁的父母由水牯和老二各领走一个。水牯负责母亲，老二负责父亲，母亲和老祖母不到三年便先后作古，留下一老父。

有一年，水牯的父亲生日，水牯和老婆商量如何为老人过生日。他老婆说，每年都有个生日，自家有鸭嫲下蛋，明天给他十个蛋就行了。水牯过意不去，就偷偷地加塞给父亲十块钱，没想又被老婆在他父亲那里卡了出来。

"你娘个败家子，有百万吗，我给了他十个鸭蛋，为啥还给他钱，给他钱还不是好着了别人，这不是把我当外人吗？你这般大方，不如把家都送给他。晚上你别跟我睡，跟那个老短命子睡好了。"

"啪"的一声，水牯忍无可忍了，赏了老婆一个耳光："娘个短命嫲，小气伯媚，父亲养大了我，他生日我才给了他十块钱，多了吗，你鬼喔般做什么？让他听到有多伤心，再说十块钱能好上谁，让二哥听到他会怎么想？你也有子有女，'屋檐流露水，点点不差池。'你最好小心一点。"

---

① 木猫一样：意指可怜，没有活气。

② 娘种人：这种人。

③ 有烂掉冇布施：有东西烂掉也不肯给别人。

"娘个短头灭节①，还敢打我骂我了，今朝日子我没有了头，只要还有颈肝②也要跟你拼了。"说着，她便如老虎下山般直扑老公。

要说真打，她绝对不是老公对手，只是水牯有好男不跟女斗的思想，何况又是秋收冬种时节，打伤了老婆，要出药费不说，还得耽误收割。因此，他只想招架不想还手，不想身上和脸上多处受伤。也许，他原先的一巴掌打疯了她，她才那样狠心痛下狠手，要和老公决一死战。

水牯见老婆边打边骂，没一点停手之意，他的忍耐又到了极限，扬起右手，又是一个巴掌赏了过去。女人的肚力，男人的手力，水牯只用了五成的功力，便把老婆打趴了，鼻血直流，口吐白沫，昏倒在地。

水牯怎么也想不到，自己被老婆左捶右打，上扇下踢，只受了些皮外伤，而母老虎般的老婆却被自己一巴掌扇昏了。他吓得又叫又捏又拍，好一会儿才把她弄醒，心中暗骂"娘个短命嫲，这么不经扇"。

她醒过来后，哭着捡了一袋衣服跑到她二哥家。二哥二嫂晓得妹子的鬼性，在问明情由后，一句拖一句推，又是安慰又是责备，后来又打电话给水牯，叫他去赔个不是，然后把她接回去。

水牯气火头上，原原本本道出事情的经过，他们才知真相。水牯不但没去领回老婆，连煤窑也几天没去，因为身上和心里的伤还未复原。她被兄嫂送回家后，两人连着几天不说话，连换洗衣服也自己来，招来大家一段时间的取笑，水牯觉得颜面尽失。

水牯家有如此一头不讲情、不讲理的蛮"牛"，谁爱上门来？

玉香的到来，才使得水牯家延续了多年的光景有所改变。

大家闲聊时，总爱聊到玉香，说水牯的钱花得值。话中有多少水分，大家一听就明白。子云忽然想及，曾在一本书上看到过，某个国家嫁女儿要按斤两计算礼金，到了结婚年龄，父母就把女儿养得胖胖的，以便得到更多的彩礼。也忽然想到，女人选老公，一般也确实要选那比较高大的，那毛屎（净重）都没八十斤的，哪里能招人喜爱？尤其在农村，人小就挑不起重担，女人一生就会比较辛苦。

有些没见过玉香的人，一听说水牯买了头"大种牛嫲"③，就醉翁之意不在

---

① 短头灭节：短命鬼的另一种骂法。

② 颈肝：脖子。

③ 大种牛嫲：遗传基因造就的大母牛。

酒地来家玩，像看怪物一样地看她，还专注于她的胸部，弄得玉香挺不自在。特别是出于礼貌倒茶时，有人趁机往那里偷窥，天气太热，衣服穿得少，还是低领的，男人们就会成功地大饱眼福。

背地里，村里的男人们总说蛮腚买了张"梦思床"，世上再软不过了，说话时的样子很羡慕，很神往。

玉香确实很乖活，嘴巴甜，叫得水牯两公婆心花怒放。她也很勤快，天天起大早，去小溪里洗衣服。蛮腚无事时，有时也会跟着去看她洗衣服。溪边的妇女们便说："蛮腚，看啥子看，不如帮老婆洗衣服，才能早点回家。"妇女们口中的"早点回家"是有骨头的。

蛮腚笑着说："我可没这么得意老婆，没老婆时我都没洗过衣服，现在有老婆还要我洗吗？我不想跌她的鼓，莫害你们笑掉大牙。"

"你帮老婆洗衣服关我们末个事①，说明你得意老婆，也好让我们的老公学学样。老婆就是老婆，以前你妈洗一桶一桶的衣服，你也不会来看看。"

"洗衣服又不是男人的事，洗会洗惯，莫紧以后还让我洗节裤子。"

"哟，洗节裤子又怎么啦，还不是你弄脏的？怕老婆的节裤子脏，就不要跟老婆做鬼事。"

"娘头下流下贱个妇人家，比男子人还酸。"

蛮腚说不过女人们，只好抱头鼠窜，以后也不敢再来看玉香洗衣服了。

水牯说买"牛"，玉香可真像头牛。她来后，就很少回娘家，天天跟着水牯两公婆下地做事，蛮腚则去帮人载货。多了一个强劳力，水牯他们轻松了许多，连交换工日也多了一个。

一日，一个收破烂的人见了玉香，觉得面熟，就问人家，那个很肥的妹子是谁家的亲戚，怎么第一次才在这里见到她？

他常来这里收破烂，价钱又比别人高出两毛钱，大家都愿意把废物卖给他，也乐意相告村里的一些事情。

破烂王听到不少闲言碎语后，就诡秘地告诉一人，那妹子是被人赶走的。原来她在他们那边住了两三年，可能是一直没怀孕，就被男家赶走了。破烂王还说："水牯家有钱了，怎么连这种妹子也要呢，世上没妹子了吗？"

"鬼晓得，蛮腚婚头很差，连着几个没谈成，蛮腚只好饥不择食了。水牯

---

① 末个事：什么事。

两公婆也着急。"

"就算婚头差，也不能拿终身大事当儿戏，缘分到了，自然有好妹子上钩。要是我，搂枕头也不要这样的妹子。"破烂王边走边说，走时还叮嘱那人不要把他的话传出去，免得水牯骂他多嘴。

在如今的信息时代，有啥事能成为秘密？当天村里就有几人晓得了玉香是二手货的事。当然，大家都很快晓得了，也许就水牯一家还蒙在鼓里，因为没有谁会自讨没趣地去告诉他们。

蛮腔从小就不是个省油的灯，喜欢以骂人为乐。一天，他闲来无事，溜达着要来子云家玩。路上，一对灵敏的耳朵捕捉到了些许关于玉香的只言片语。这下，他心里开始不踏实了，冲起闲聊的那些人喊："起刁风了，你们这些个乌头虫子，净爱谈论些冇风冇影的事，没事做了吗？"他一副恨心恨肺的样子，足以把人给吓跑。

他的姐姐也帮着弟弟骂那些吃饱了饭爱管闲事之人，只是对弟媳是不是"二手牛"根本不在乎。

姐弟俩从小骂到大，骂功不相上下。他骂她短命嫲，长大后嫁不出去；她骂他是讨不到老婆的短命相。更可笑的是，他还狠心地骂过她"早死娭哩"，她也骂过他"早死爷哩"。吃盐都不晓得咸淡的姐弟俩，只晓得爸爸妈妈是谁，但对骂起来，爷娘是谁根本就不管了。

说起水牯这个妹子，村人莫不过嘴①，还没谈婚论嫁，可说话总带酸味②。大家也都晓得她在广东打工时与人相好后还怀过孕。

一次在县里打工时，她看中一男孩，就主动追求，很快就同居在一起。后来那男孩耳闻了她的往事，又几经接触，觉得与她生活一辈子将是件痛苦的事，就提出分手。她无奈之下就提出要给五千元补偿损失，他不太愿意，她就爬上他家的三楼上，威胁："如果不答应，我就从这里跳下去。"她就这样如了愿。

在一起闲聊时，子云和几个中年妇女经常好心劝她："妹子人还没结婚，就要矜持点，莫跟中年妇女那样粗鲁，妹子要有妹子样，莫让人过嘴。"可她

---

① 过嘴：非议。

② 酸味：涉黄。

反骂她们假正经："实事求是说话，红什么脸？女人和男人也就那么一回事，人人都一样。"她的粗放，令过来人都耳热心跳，无言以对，有人叹息："这种人真是外婆死子哩——没救（舅）了。"

风闻家里花大钱买回来的是一头"二手牛"，水牯家的"老母牛"竟也没啥反应，不知是不是"二手牛"太温驯太能吃苦耐劳了，让"老母牛"将就护犊，一致对外，要不然，凭她的鬼性和不世骂功，非找上门来，闹他个昏天黑地不可。水牯的老婆骂人一档，如果骂人也可以入比赛项目，即使冠军得不到，亚军也非她莫属。她还心胸狭窄，鬼话酸话连成篇，她女儿不是曾拜她为师，就是早有胎教。

"二手牛"一来，水牯家不知咋的，似乎多了个黏合剂，把话不投机、同床异梦的一家人给黏近了，黏到有些温度了。

水牯家以前常有猪出栏，有时杀猪，他父亲很想吃猪肝粉肠汤，可又不敢去。水牯有心叫上老父，又怕老婆闹，为了家庭的安定团结，也只好放弃。一天，又杀了一头猪，老人久病初愈，想吃猪心，水牯就给了他，还叫上他一起吃早饭。饭桌上老人问儿子，猪心多少钱一个？

水牯说："给你还要钱吗？"可他老婆马上接话说："卖给别人十五块，你就给十四块吧。"气得水牯拿白眼狠命瞪她，她当没看见。水牯心里直骂老婆，心中除了钱，什么都没有了，迟早会死在钱下。

这次，连蛮腔也感到过分，事后毫不客气地责问母亲："妈，你这样对待老人家，就不怕以后我和你生娓学样？"

玉香在一旁却温和地说："妈这是开玩笑的，再省，也不会省那块钱。再说了，妈对我这么好，胜过我亲妈，我这辈子都会孝敬她。"

玉香还主动去看望几个姑姑，有时还帮帮农活，说是婆婆派她去的。就这样，姑嫂和亲戚间也有走动了。

玉香是三月来的，她一来这个家就灶头锅尾，田里地头，洗衣喂猪，啥活儿都做。尤其是烟子上烤下烤那两个月左右，她也跟着他们身前身后地做。烟子下烤后，又要挑选烟草等级，那也不是件轻松事。

烟草烤完下山后，还要拔烟头。近十亩的烟田，拔完烟头又要做田唇田坎，也够呛。完后，还要蒔田，天气奇热，大汗直冒，天天跟水鬼一样。但玉香吃苦，和牛差不多。

唯一和牛不同的是，经过了这么多的劳累，她竟不蚀肉头，还长肉。这使大家都想不透，一般人到了大热天，又这么多活，肯定要蚀不少肉头，怎么她恰恰相反？

下半年的谷子收割后，水牯就准备着让他们完婚，虽然他们早已成了一家人，但这些形式还是少不了的，何况送出去那么多红包，也得趁机收回来，礼尚往来嘛。

因为水牯人缘好，平时大家有啥好事歪事都少不了他，这下他讨生媚，本组人几乎都被请到，加上他的亲戚朋友，二十五六桌，事后一清礼单，净赚一万多块。

结婚是一辈子才一次的大事，可玉香的娘家没一个人来参加。这是女人一生中最大的憾事，玉香是不是这样想的，我就不得而知了。按玉香娘家的风俗，嫁女儿不能从家中出门，要去附近找棵大树出门。有人开玩笑说："出嫁又不是上吊，要找什么大树？"也许那边的意思是，出嫁时找棵茂盛的大树，婚后就会繁荣昌盛。

但不管是否这个意思，总之新郎一家听说后，非常生气，新郎蛮腔发着火说："既然如此作践妹子，却又把妹子当成摇钱树，把妹子当牛当马出卖，钱到手了还不让妹子从家中出门。如果是在大树头下①出门，那就免了。我也好省下许多红包钱，我们直接去化妆店，哪有这样子的鬼风俗？"他们就这样去了化妆店。

所谓十里不同风，百里不同俗，这边说那边的是鬼风俗，那边兴许也骂这边的是鬼风俗。就说这边吧，风俗其实也多有不好。以前，娘家人送来的礼物有些是接四回六，有些接六回四，这样就太麻烦了，甚至招来许多闲言和笑话。有些人把才几块钱的爆丝布写上十块或更多的价目，以便得到多一点打发。打发时常常弄得大家意见颇大，事后还经常提起。现在不用打发了，但也还有许多习惯没改。比如，新娘出门时，穿红衫，开伞，开大门，梳头发，这些都得给红包。目送新娘出门的亲人，也要给红包。新娘还要一伙近十人护送到男家，这些人不但要给红包，还要点心，次日吃早饭后又回家担嫁妆，红包也不能少。新娘出嫁时拖青②，开皮箱门，这些一律不能少。那天娘家人除了

---

① 头下：底下。
② 拖青：砍一条茶树，要一刀砍下。

这些，还得叫上一桌比较亲比较老的女人去做招。做招是什么意思，连老女人也说不出个所以然来，但她们那桌不但要红包，而且要双倍的菜，本来就十六至十八样的菜，这样一来就三十多碗头了，却又吃不完。难道这里的不是鬼风俗、坏习惯吗？

那天，虽然已到十月，但天气很好，阳光灿烂，大家只穿一件春秋衫，吃饭时还汗流浃背，跟抢食似的。新娘本就肥胖，胖人更怕热，更容易出汗，又要忙前忙后地接待客人，发喜糖敬喜烟，化了妆的新娘，不但身上湿透了，连脸上的胭脂粉都被汗水冲掉了不少，显得滑稽。吃饭时，他们全家还得一桌一桌地来回敬酒。新郎新娘来倒酒时，大家更是热心地祝贺，祝贺他们新婚愉快，白头偕老，来年生个状元郎，再喝他们的添丁酒。

旧时结婚，是新床新被新家伙，现在这些都不可能了，到结婚这天，早就没新鲜感了。那天晚上，大家又去水牯家加吃了一顿饭，饭后还在他家打麻将，玉香也和大家一起上桌。蛮腚叫她别赌，她就是不听。大家笑道："今晚是你们的新婚之夜，得珍惜，春宵一刻值千金嘛。"玉香说："都老夫老妻了，还来这个？"大家皆笑。

蛮腚也曾是个赌棍，常常三更半夜不罢休，或搞"三光"政策，钱光，人光，天光，有了玉香后，连最省钱的"封牌"也不搞，到今为此，他都循规蹈矩，变化之大令人惊讶。水牯两公婆此后也多长了几斤肉头。有人想方设法拉他下水，他都不干，大家说他真的改邪归正了。

蛮腚以前常入发廊，还和二流子打交道。一次在子云家玩时，就在电话中大声骂："娘个细短命子，我怕你嘛，要打就来。"子云笑他："蛮腚，自家瘦侠一个，毛屎都冇八十斤，被人两脚一摞就到半空中去了，后生子人，'行爱好阵，坐爱好班'[①]，歪样莫去学，打是打冇出头的，莫把你爷娘气死了。"对子云的忠言，他于心认可，他很清楚子云是为他好，如果不是这样，也犯不着浪费口舌。

蛮腚婚后不久，镇里的工业园区招工，他和玉香都去报了名，俩人同厂，同去同归。蛮腚骑上摩托，玉香坐后搭，看样子倒也恩爱。

星期天不用上班，蛮腚常来子云家玩，一个叫荣腚的男人笑他："蛮腚，你爷哩就你一个子，钱又多的是，辛苦做什么？两公婆一个月才两千多块，你

---

① 行爱好阵，坐爱好班：意指要结交好样。

要是想发财，我教你一个办法，那就是威胁你爷哩让位，把财政大权交给你。你爷哩都五十多了，也该让位了，莫这样唔自觉。你要是做了有实权的家长，还用得着去打工？也可以指手画脚了，要是换着别人，我还真不教他。"

"你也太坏了，怎么能这样教坏蛮腚，水牯要是听到了，还不找你算账。"子云笑着说，"你也有两个子哩，小心以后他们也这样做。"

"我的子哩不同，我家没钱，没钱当家等于担家，要是我家也有钱，我的子哩哪会比蛮腚傻，我也早就把财政大权交给年轻人了。"荣腚说。

水牯的"牛"买回来快两年了，可至今肚子还是无动于衷，这又引起了大家的关注，说水牯可能买了头只会干活不会下崽的"母牛"。

大家倒是希望蛮腚下种成功，并不是急着喝他的添丁酒，而是体谅水牯，都快两年了，生媚肚子里还没异样，做父母的又有哪个不急，大家共同的愿望就是能让水牯早日升级做爷爷，水牯和老婆又何尝不想呢?！

牛脿根

牛脿根大名水生,新中国成立六年后的三月出生的。一、二、三月是雨季,所以在那三个月出生的小孩,名字一般都带个水字,即使大名中没有,小名也不会缺少,如水生、水太阳、水巴头、水脿子,等等。女孩子也是,水膣撒、水妹子、水秀之类的很常见。那时的农民,缺少艺术细胞,连取名字也随随便便,甚至有以阿拉伯数字给孩子取名的。有的家庭连着三代女人名字中都有一个招字,真不知上代人到底要她们招来什么。招福?招财?招喜?招灾?招难?好像什么也没招来,只招来了一个单只佬[①]。

听说牛脿根从小就是个钱钻子,自晓得钱的价值起,他就一直梦寐以求,天天晚上都做着捡钱数钱的梦,有时白天也做。某年过年,他爷爷破天荒地给了他五分钱硬币做压岁钱,他乐得比现在的人中了五百万彩票还高兴,天天拿出来炫耀。第一次拥有钱,大概傻瓜也晓得高兴,晚上睡觉时他放床头,一醒来就看还在不在,生怕被老鼠叼走,有时还握着硬币入睡。

一次上粪坑[②],他又拿出来欣赏,翻来覆去地看那五个星星,上面印着中华人民共和国几个字,那时他读了小学二年级,认得那几个字。然后又翻过来看清是哪年出炉的,两只铜锣般的牛眼看得很清楚,是一九五六年的,也就是说,比他后一年出世。

他看得忘记了自己是在粪坑里,一不小心,硬币从他手中滑落,"噗"的

---

① 单只佬:光棍。
② 粪坑:土厕所。

一声掉进了粪坑，当时他还以为在床上呢。那时的粪坑很大，还是集体的，一个五分钱的硬币掉在那里，响声也很微弱，简直如石沉大海。

清醒过来时，看了看手中，空空如也，他一下子蒙了，恨不得跳下屎海里去把硬币捞起来。他甚至忘了用竹篾子刮净屁股，提起补了又补的裤子一路伤心绝望地哭着回家，那哭的分贝并不亚于死了父母亲人。

正在做事的大人们忙停下手中活，问他："水牯，你做嘛事要喔，喔得咁伤心，屋下①出什么事了吗？"

牛腚根的爷爷七十有九了，最近躺在床上起不来了，大家听他这么伤心欲绝的哭法，以为他爷爷死了。牛腚根是长孙，又一直最听爷爷的话。冬天到了，爷爷的火笼是他帮助吊②的；夏天热了，是他为公呆打扇、搔痒的。总之，在众多孙子孙女中，他是最得爷爷喜爱的，本来农村就有"公呆嫉假③惜④头孙"之说。

见他这么乖，爷爷还许诺，等今年过年时要给他一块钱的压岁钱。牛腚根听了，就天天盼过年，恨不得今天就过年。他天天问父母，快过年了吗，过年还要几天？

虽然读了二年级，但他对读书不感兴趣，只对闻牛屁股有兴趣。因此对一年三百六十几天根本就没有概念，反正大家过年，我就过年，他只晓得一年时间太久太长。为啥要那么久才过年，要是天天都过年该有多好啊！有新衫新裤新布鞋，还有压岁钱，又有好多东西吃，特别是油炸粑子，又香又甜，有一个月吃头。

自从爷爷给了他五分钱，他就成了富人，最起码在其他小孩之中是富人，惹得其他小孩整天哭着要爷爷奶奶也给几分钱压袋子。牛腚根视那五分钱如命根子，半年多了还舍不得买糖吃，总拿出来在同学面前炫耀，那种感觉的确太惬意了。

现在堪比命根子的硬币丢了，他能不伤心吗？

"我的硬币丢了，掉屎坑里了，呜……呜……呜……"他一边哭一边用衣袖擦眼角和脸上的泪水，两只衣袖都被眼泪打湿了，眼睛也红了。

---

① 屋下：家里。

② 吊：提。

③ 公呆嫉假：爷爷奶奶。

④ 惜：亲。

"哎哟，吓死人，喔得咁可怕，我们都以为你公呆死了，掉就掉了。喔成这样，你就是喔死，硬币也不会回到你口袋里，五分钱都买不到你的精神。"

"他公呆死了也可能不会喔咁伤心，他把钱看得比公呆还亲。"

"不是说你公呆过年时会给你一块钱吗，只要保佑你公呆不死就行了，喔什么？！"

大家一听原因，不由得松了一口气，同时也幸灾乐祸起来："这下好了，我家细鬼子就不会整天闹着要钱了。"

到了十四五岁，牛腚根听说在青山子有煤挑，一百斤三角钱，有好多大人都去挑，他也闹着要去。大家见他好兴①，就带他去，以为细鬼子耐力不够，挑上一天就会知难而退。没想，牛腚根就像有特异功能，一天挑了四五百斤，还不叫累，回家时还要大人明天再叫上他。

那时的劳动价值也才五角钱，因为还没开公路，进不了车辆，从山上挖的煤要挑到山脚下。山路崎岖难行，路程又不短，一些耐力不足的大人有时也都喊累，何况十几岁还没长硬骨头长出须菇的小鬼头？能坚持一天就不错了，可是谁也想不到，十几个细鬼子，只有牛腚根坚持到底。

三日肩头四日脚，半个月后，牛腚根便锻炼得更加结实，一天比一天多挑几斤，十六岁时就能轻松地挑一百多斤的担子了，而且还不落后。

后来，生产队因烤烟需要，又发动闲杂人员上山砍柴，一块钱一百斤。牛腚根一听，乐得在门口打转，"发财的机会又来了，哈，哈，我又要发财了。"

于是他又开始失眠了，他有的是力气，和他一般大的细后生，最多也就挑六七十斤。可他有时一个能顶俩，那段时间他老怨天为什么黑得那么快，耽误了他赚钱，要晓得，烤烟也就一个多月的时间，烟一烤完，柴就没用武之地了，就堵了他的发财之路。他恨不得一年到头生产队都有烟烤。

牛腚根力气大，胆子却小，天一黑他就怕出门，天没大亮他也不敢起床，有时屎急，他在半夜也不敢去屎坑里拉，只在柴火间的尿桶里拉。他母亲气得老骂他，他父亲却说："不去就不去，拉在尿桶里，正好用来浇菜，只是要小心一点，莫让人看到了目热。"

那时，什么都是集体化的，连自家拉屎拉尿都得服人管。记忆中，要是有人胆敢把屎拉在家中屎尿桶里当肥料浇菜，被人家晓得了，上报队长，社员

① 好兴：高兴。

大会上就会被点名，甚至被扣工分。自家养的猪，到了好支援时，也得由生产队安排，按多少钱一斤的毛屎净重出卖，猪栏里的粪便也是按一百斤多少工分记在工分簿上。

因无钱买肥料，有些狗胆包天的，还是将大便拉在自家的屎尿桶里，满了时，就在天黑后或天没大亮时，挑到菜园里，浇在菜头下。

其实，只有个别胆小的人，才会遵纪守法，自己老实不会偷屎吃，开会时就在会上提出来，但又不敢指名道姓，怕得罪人。当然，队长家何尝不是个会偷屎吃的角色，可有谁会那么笨，敢得罪队长，只有心照不宣罢了。没听人揭发过自己，队长也就可以冠冕堂皇地在会上批评社员群众了。牛腔根因为胆小，就误打误撞地为家里积了不少肥。

人民公社时，生产队淘猪粪牛粪，专门一个人记斤两，专门一个人站在钩子杆面前报数，谁要是得罪过他们，他们也会在钩子杆和数量上做手脚。

砍烟柴时，牛腔根就和隔壁的伙伴约好，每天天一亮就出发，多砍一些柴，多赚几个钱。可那小孩比他小一岁，又比较爱读书，怕迟到被老师罚站，还比较爱睡，天天睡到日头晒腔才起床，家里哥哥姐姐多，不用劳他这个麦尾拐，长期这样，就养成了睡懒觉的坏习惯。他也很想拥有钱财，可砍柴那么辛苦，换了几个钱还要交给家中的当权长老，自己照样是个穷光蛋，还不如做个好梦，在梦里头捡钱了。他曾经在梦里头捡到一麻袋的钱，就大笑出声，吓得同睡一张床的两个哥哥马上爬起来，看他是不是发癫了。在梦里捡钱，虽不实际，但总能过一把钱瘾，倒也惬意。

见他想打退堂鼓，牛腔根就引诱道："我一次给你两角钱，你就早起一段时间，时间过得很快，等烟烤完了，你想赚钱都难了。赚了钱，不要那么老实，统统交给爷哩，自家留开一点。就算他们晓得了，又能怎样，又不敢杀了你炖了吃。"

听他这么一鼓动，那个叫六牛的伙伴也就同意牺牲睡眠，天天早起，和牛腔根一同上山砍柴，回来后赶紧填饱肚子，背起书包上学堂。

一般说来，能卖来烤烟的柴比较难砍，杉树和松树又不准砍，要是发现了谁偷砍杉树和松树，不但要没收还要罚款。牛腔根和六牛就去远一点的山沟里，虽然走了不少冤枉路，但容易有收获。

有时柴担大点时，他们就会多歇脚几次，这样上课就迟到了，常被老师罚站。六牛害怕，站在讲桌边，头低得跟那些被斗的地主没两样。牛腔根是个天不怕地不怕的蛮牛牯，在讲桌边当展览还觉得光荣，见老师一转身在黑板上写字，他还和同学挤眉弄眼扮鬼脸，逗他们笑。女同学不敢揭发他，那些揭发他的力求上进的男同学，下课后必遭牛腱根一顿臭骂："细短命子，狗屁个，马屁精，想巴结老师，做班干部，给你个劳动委员你要吗？细短命子，早死爷哩晚死娘，冇人教育个。"

牛腱根在学校里很少参加劳动，轮到值日也马虎了事，连桌凳都懒得摆好，常被老师课前点名批评。但他说："我是来读书的，不是来参加劳动的，做得再多再好都是没有功劳的，更别说钱了，最多就那么几句表扬，表扬又不能当饭吃，批评又不会蚀肉头，算什么呢？"遇到劳动课，他和那些不求上进、吊儿郎当的同学便推三阻四，不是说头痛就是肚子痛，嘴里还嚷嚷道："表扬不好吃，批评不会痛。"

因为在学校和家里都不听话，脾气一上来，九头牛都拉不转，所以大家就给他取了个外号叫牛腱根。

读书读不来，听老师讲课就像鸭子听雷公，咬着铅笔头好像咬住了一节甘蔗，他一节课下来，什么都没听懂，每次考试，都把鸭蛋鹅蛋带回家。不，他根本没有那个胆量带回家，而是把它撕成碎片抛向空中。看着一片片白色的纸屑纷纷扬扬飘落地上，他在心里吼道："我不读了还不行吗？"

他父母一听他不想上学堂了，就狠狠地骂了他一顿："你才十多岁，就不想读书了，出来做什么？读不来在学堂里给了大①一点也好，再大两年你就是想了都不可能，做死你都有，你以为做事很自在是不是？到了紧工时候，就是发风落雨都得出门，迟到一分钟都要扣工分。现在你还不晓得，大了你就会后悔，到时候你莫怪爷嬭没提醒你，人家冇书读哭都哭来读，你有读不去读，你是吃屎大的吗？"

如果父母的打骂能唤醒他，那么他就愧对取这个外号的高人了，牛腱根也就不是牛腱根了。

他反驳说："读书有什么好，读了书又不能当饭吃，还是做了才有吃，难道没有读书就过不下去吗？我问你们，你们读了多少书？姨婭一个瞎眼字都不认识，不是照样吃饭穿衣吗？以为读书很轻松吗，那你们去读呀，为什么你们不去读呢？我现在看得出工分簿了，够用了，再读也是一样，何必浪费钱财，

---

① 了大：玩大。

我思量你们，你们还狗咬吕洞宾，不识好人心。"

"娘个拗豹子，不见棺材不落泪，以后有你目汁倒上上①的时候。"他父亲恨铁不成钢，只好把光宗耀祖的希望寄托在小儿子身上。

为了激牛腚根重回学堂，队长故意叫他挑大粪，扫屎缸②。他不怕，说："不就臭点吗？臭怕什么，又臭不死人。"再辛苦再肮脏的活也难不倒他，这个注定了一生就做农民的家伙，只会被那些公式难倒。

成为正规劳力后，牛腚根做什么事都得心应手，干活不用花啥子脑筋，别人怎么做，自己就怎么做，一学就会，只要有力气，愁不倒他。哪像读书，单那乘法口诀就让人头昏脑涨，更别说做作业写作文了，那真是烦躁透顶，是谁讲的要读书，知识能当饭吃吗？工分簿看得懂就行，生在农家，镢头畚箕哪个不晓得，犁耙辘轴谁人不会用？反正自己不想读书了，什么理由都是很客观的，一点也不会牵强，做生做死也无怨无悔。

像牛腚根这种年龄的人，是受过苦的，人民公社做大小坑水库、开将军公路、平整土地，哪样少得了他们？刚好那时他们又身强力壮，跟水牛没两样，浑身上下有使不完的劲儿。记得那时平整土地，下大雪，多数社员躲在被窝里不想出门，能赖一分钟就多赖一分钟，而牛腚根这些青年敢死队的队员一刻也不消停，照样在冰天雪地里大显身手。子云十分记得，姐姐那时也是敢死队的队员，他们说："下再大的雪，只要出了力，也不会冷，只有躲在家里不敢出门的人，才会越缩越冷。"

鬼才信，别以为我们小的是傻瓜、笨蛋，我们也不是吃屎大的，明明看到雪花飘扬，纷纷落在他们的身上头顶，还会不冷？别以为我们会上当，就把家里的事情都做好。事非经过不知真，直到今天，子云才真的相信越缩越冷的道理。

后来，大队做了一个水电站，自己发电，那当然也是他们这些哥哥姐姐和父辈们的功劳。直至今日，毫无功劳可言的弟弟妹妹们还在享受着他们的血汗。电站做好后，大队的电费就便宜了下来。前些年电站合并，电力公司就规定给我们行政村（以前的大队）的现有人口每人每年十元的补贴。手中捧着那

---

① 倒上上：往上流，意指泪水比别人流得多。
② 屎缸：茅房。

十元钱，谁会想到当年父辈、兄姐们的辛苦。他们中，当然也有不少人还能享受这种待遇，那就是当年的男青年和那些嫁在本大队的女青年。

子云姐姐子珍不止一次地谈及当年的丰功伟绩，因整个公社都没有电站，美溪大队就自己出劳力建，按当时的劳动价值计算工分，工分也由整个大队的劳动力摊派。当时做电站，还有不少人发了笔小财，就是把运往家里的石灰、钢材之类的紧俏物资算在电站的开销账本上。当然这也要那些有一官半职的人才有条件这么做，一般平民百姓头再大也胆大不起，被人揭发就死翘翘了，评你个坏分子就会让你抬不起头，做不起人来。

牛腔根的爷爷就是个"四类分子"，经常被揪斗。小时，子云、子龙和伙伴们都曾亲眼看过那些"地、富、反、坏"戴着高帽子游街的情景，在社员大会上也看过斗地主、"四类分子"的场面。这些人的膀子上挂个火笼，跪在那里头低得都能接近胯下；一些有虐待狂或有个人恩怨者，趁工作组的人员一转身，就会趁机赏他一个拳头；有人更过分，还会把手里的烟头烫他一下。

牛腔根的爷爷当然也受过这种苦，但他生命力强，还活到了九十多岁。只是这"四类分子"的名分，害得牛腔根到男大当婚时还是光棍一条，也因为这个名分，在他脱了"地、富、反、坏"之帽与世作别时，孝子贤孙们大都装模作样地号叫着，而牛腔根却连一滴蝉子尿都没出。

"喔末个[1]，他早死我们就早安乐，整天躺在床上，屙屎屙尿都不会自己弄了，死了就安乐了，还喔得咁有意思。如果不是他，我会弄到现在还没老婆吗？他早就该死了。"

"啪"的一声，牛腔根脸上顿感一阵阵火辣辣的，戴着马弄头[2]的父亲跑到他跟前用力扇了他一下，等第二巴掌要落下时，牛腔根捉住了父亲的手："难道我说错了吗？他做什么要去当'四类分子'，他要是贫下中农，我会讨不上老婆吗？他害死了我！"

"娘个拗豹子，你公呆那么亲你，你却这么说话，你不觉得过分吗？这么多兄弟姐妹，他最亲你，可你……"父亲气得说不下去了，用手指点着他。

"那是因为我帮他做了那么多事，我最听话。他一直在剥削我，难怪会被评为'四类分子'。"

---

[1]　喔末个：哭什么。

[2]　马弄头：丧事仪式上儿子戴在头上的一种竹制孝具。

"牛腚根，你再这么说，我就把你扫地出门。你没有权利来指责我的爷哩，你娘个没良心的家伙，连自家的公呆也敢不尊重。他生前这么亲你，你却这样说话，他死了还会找你算账！"牛腚根的叔父发火了。

牛腚根谁都不怕，就怕这个叔父，看到叔父不怒自威的眼神，他都会低下头。这次，他是被那些杂乱、毫无章法的哭声弄得心烦意乱才这么斗胆说的，他很想摘下孙子头上戴的那个像呼啦圈一样的圈子，但是几次都打消了念头，他就是怕这个叔父会发怒，死了祖父不哭已经是最大的不孝了，哪能不戴孝呢？

当年有人说他死了祖父也不会伤心到那个掉钱的程度，这下应验了，祖父真不如那个掉在粪坑里的五分硬币。到了牛腚根讨老婆时，还是讲论成分的时代，看到其他后生都讨了老婆有了种子，而自家却还是一个讲话冇人听、睡觉冇人惹的光棍老儿，他的心里跟猫抓似的，别提有多难受了。

饱汉不知饿汉饥，那些坏家伙，还总是拿他做笑料，说牛腚根的床刀①草席都被他的"老二"戳了几个洞，说腚硬冇药医，撑烂棉丝被。说得他脸红心跳，热血沸腾。他们口中吐出的每一个字、每一句话，都像是来自地狱，闪着光，喷着火，把那像麻醉一样的奇异的香气洒向他，在他的体内产生剧烈的化学反应，起火了，燃烧了，紧接着升腾、迷失，在遁入一片黑暗后，一泻千里地崩溃。他感到了压抑，又感到了超爽，这一连串的反应使他羞耻、恐慌，他是想抑制，但越抑制就越糟糕，那反应就越猛烈。

日复一日，年复一年，牛腚根在艰难痛苦中又度过了两个春秋，有了二十多年"积蓄"的他，感到身体就像拖拉机的轮胎那样快爆裂了。

如果老婆也可以用力气得到，他绝不会吝啬，他愿意全部花掉，可是这种东西是可遇不可求的，不是装豆腐那么容易，急死猴死也没用。

也难怪，人家后生都是门板上的神，成了对，而他还是天上的太阳，独个儿。牛腚根要是不急，那就不正常了，一年一年过得飞快，可他的老婆还不知在哪个狗嫲肚里，他更是如三九天吃冰块，凉透了。

其实，牛腚根个人条件都不错，要力气有力气，要身材有身材，人家挑一百斤担子都吭哧吭哧直喘粗气，而他挑一百八十还能昂首挺胸，谈笑自如。在那人民公社一大两公做死人的年代，有这么一把好劳力，绝对不会饿死。不

---

① 床刀：床沿。

少姑娘也想把终身托付给他，但都因成分不好这一关，遭到父母兄嫂及族人的反对，才与牛腚根挥手作别。

空有一副好身材、一身好气力，又有什么用呢？娘个死老爷，都是他害的，他在恨爷爷的同时又恨起了世间的女人，恨她们没有眼光，错过了他，没有发现他这颗闪着光的"金子"，要是哪天我行狗屎运讨到了老婆，我定要好好地对她，让所有的女人都后悔。

牛腚根的幸福问题悬而未决，直到二十六岁那年，幸福才姗姗来敲门，本队有人说是为他探到了一个愿和他共度百年的姑娘，乐得他天天在这位媒人家里转悠，帮做很多事，但还是未见姑娘的面。他一提起这事，媒人就含糊其词，说要再看他的表现，加上六月紧工，忙不开来，等紧工过后再带他去相亲。

于是乎，牛腚根就像是中了邪，媒人婆的话他当成了圣旨，从不违抗，总是唯命是从。媒人说，我明年要做房子，缺少木材，你现在还不要做房子，而木材又在那里空放着，能不能先借给我用？以后你做房子时，我再还给你。牛腚根一口答应，木材和老婆他肯定晓得老婆要紧，住在山脚下，要木材还不容易？他还帮着媒人到自家扛木材。木材扛完，媒人叫他坐下喝水，然后说："牛腚根，我带你上楼看看那妹子的相片，看你中意不中意。"

牛腚根乐得分不清东南西北，仿佛看到了老婆正含羞向他奔来，他啥也没去想，跟在媒人的屁股后面，直接去她房间。刚进门，媒人就把房门关上，然后自己迅速脱下衣裤，扑进牛腚根怀中。

一切来得太突然！牛腚根还在惊愕中，她就把他拖上了床。

单纯的他，怎能料到和她共赴"神仙岛"，将陷进一场精心策划的阴谋诡计中呢！

正当他大显身手，勇往直前，仿佛一切都不存在时，房门被踢开，一个满脸怒气的男人走近床边。

"'四类分子'的孙子，竟敢来贫下中农的屋下，竟敢来屌贫下中农的老婆，你有几个头那①？难道不怕像你公呆那样被揪斗吗？娘个短命子，我打死你！"那男人一把揪起牛腚根，当场挥去一拳，牛腚根顿时鼻血直流。

到了这种时刻，牛腚根就是再好色，也不免吓得暗叫一声死定了，他

———————
① 头那：脑袋。

411

来不及擦干鼻血和身上的臭汗，忙抓过衣服想穿，被那男人一把扯下丢到地板上。

"你屌了我老婆，就想一走了之？你当我老实好欺负是不是？今天不打死你，人家还会笑我冇腔子①，不是男人。"

男人边骂边对牛腚根拳脚相加。牛腚根被捉奸在床，心里有愧，任凭他动粗，就是不还手。但他不想被打死，他才尝过一次女人，他还没讨老婆，这么幸福快乐的事，他还想做很多很多次，他不甘心就这样死了，以后连个烧纸钱挂墓头的后人都没有，那不成了孤魂野鬼？

念头及此，他"扑通"一声跪在那男人的脚跟下，低声下气地求饶："生叔，你饶了我吧，我错了，我不该控制不住自己，我向你保证，就这一次，以后我再也不敢了，你放了我，我也不是没良心的，这些木材就当我送给你的，我不要你们还了。"

"就这些木材也能抵掉一生的耻辱，世上有这么便宜的事吗？你至少还要给我一百块钱，不然今天我就让你做风流鬼，做无人祭挂的风流野鬼。"

"别说一百块钱，一分钱都没有，命倒是有一条。生叔，你也别犯傻，你打死了我，又能洗掉耻辱吗？不但不能，吃屎大的也晓得杀人要偿命，为了我赔上你一条富贵命，你认为划算那就打死我吧，我保证不还手。好死不如赖活，人一死，就什么都看不到了，活着就有盼头，连我都不想死。"

对方一时没有吱声，牛腚根回过神来，又滔滔说了下去："再说，你又没有损失什么，反正萝卜拔了窟窿在，你需要时一般般②用，只是可惜了我的名声和我那么多木材。不过，为了不妨碍我今后讨老婆，最好你们不要对外宣扬，否则我也不会对你们遇思③，是你老婆主动勾引我的，世上哪有呆猫不吃煎鱼的？"

牛腚根知道，生板是个最贪小便宜的男人，他也是吓唬自己的。他更加清楚，今天这事要是越怕就越糟糕，他们会一直敲诈自家，只要和他们斗，来个硬碰硬，鹿死谁手就不晓得了。因此，他很快就镇静了下来，对生板动之以情，晓之以理，以图反败为胜。

果然，生板那像是糊了糨糊的脸上，开始有了松动，而那所谓的"媒人"，

---

① 冇腔子：没男根，意指太监。

② 一般般：一样。

③ 遇思：客气。

也趁机替牛腔根说话："生板，算了吧，就放过他吧，是我主动勾引他的，不关他的事，用我的身子换了那些木材，也没蚀本。"

乱了，乱了，一切都乱了，他们之间原来设计的台词全改了。

本来戏演到这里时，"媒人"应该说："我是带你上楼看那姑娘的相片，哪想到你会打我的主意？"这是给生板挽救面子。

"贱货，你还好意思说话，你让我戴了绿帽子，还说我没蚀本？说，你跟他搞了多少次了，你这个无耻的女人。"

生板没想到老婆临阵改了台词，恼火地扇她一巴掌，然后把她拖下床，还把那张床翻了个底朝天，铺在草席下的稻草散了一楼板。

"就这一次，如果我骗了你，我今天就会过不下去，老天会来收拾我，我错了，保证以后不敢了。"生板的老婆抚着火辣辣的脸颊，诅咒发誓起来，台词中本来也没有这几句话。

"好，就相信你，原谅你一次，以后若是再削我的须菇①，我就打死你。滚！都给我滚！"生板又恨恨地给了老婆一巴掌，而且用上了八成功力。

他们说好了的，为了让戏演得像样，为了生板所谓的面子，他可以用巴掌发泄一下他的气愤，但重举轻落，不能用大力。可这时，老婆竟然敢改台词，让他颜面尽失，他生板还收得住手吗？他还比原计划多赏了一下。后来在一次夫妻争吵中，她还把这一巴掌骂了出来。也是，本来是有功该赏的，怎么能言而无信，临时加上这一手呢，下手还这么重？！

尽管是生板的老婆主动投怀送抱，但毕竟是在人家的"地盘"上，牛腔根就觉理亏，他还偷偷地用怜惜的眼神问她疼不疼？她低下了头，心中愧疚万分，甚至恨上了老公，真好比哑子吃黄连。

牛腔根陷进风流陷阱中，设局者正是生板。生板想做新房，没钱买木材，而牛腔根有那么多木材，又没钱做房子，放在那里也会被白蚁蛀掉，岂不可惜，何不"借"来先解决目前的困难。他便心生一计，对老婆玉香说："香巴，我们要做房子，缺少木材，现在又是严打的时候，偷砍一条抓到就要罚款十块钱，要不然我们也不用愁，住在山脚下还要愁冇木材用。真是好笑，我有个想法，不知行不行得通？"生板用询问的眼神投向老婆。

"嘛个想法？讲来听听。"香巴一向晓得老公鬼点子多。

---

① 削我的须菇：丢我的人。

"我想，让你去替牛腔根作介绍，就说有个妹子愿意嫁给他，他要是问起你，你就说如果表现好到时保证带他去相亲。他现在急于讨上老婆，对啥都不太在乎，火候到时，你就灵活一点，向他提要求，要他把木材先借给我们，等以后他要做房子时再还他，说不定他一生世人都做不起房子，那更好。等木材统统搬到咱家，你就……"

"你也太下贱了，竟然想出这么个馊主意，别人晓得了还不笑死我们？鬼个子①用在老婆身上，你是人还是头牲六畜？"香巴死也想不到自己的老公会想出这么个损招。

"不然又能怎样，我都看得破，何况你？你一个快五十的人了，和一个还不到三十的后生，你该乐死才对。与他春宵一刻就能换来那么多木材，有什么要紧，要用钱去买才好吗？可又哪里有钱？现在连盐都买不起了。"生板是个下流下贱之人，为了钱，为了木材，可以出卖自己的灵魂，想来这种人不多，不然世界都会乱套。

是哪样的郎就配哪样的妹。香巴以前也是个风流女子，为了一件花格子衫，就和一个做衫师傅发生关系，害得人家两公婆相打相骂闹离婚。为了一块手表又和手表店的老板火热过几次，那手表店的老板还想离了老婆和她结婚。他老婆在那个家里是大功臣，养大了三子两女，表店的注册资金还来自她的父兄，生意做大了，就想踢开她，岂能顺从，于是，他们就天天吵，夜夜闹，再吵那老板就躲到店里不回家了，和香巴做起了露水夫妻。不料在一次外出进货时命丧车祸，香巴做老板娘的美梦又成南柯。后来，江西来了一批地质队的，住在她家，地质队队长看中了她，包了她一年，还刮过胎，这事被大家当作笑料笑过几年。到了谈婚论嫁时，她成了一个无人问津的主，人家一听她的往事，都把头摇得像拨浪鼓。见自家没有媒人婆光顾，香巴好一阵子后悔，东搭男子西搭汉，也不是长久之计，不但被人说三道四，自己的终身无以为托，现在年轻还好说，以后老了病了咋办？既知今日悔不当初，后悔有啥子用？她很快就想通了，嫁不出去就嫁不出去，嫁不出去我就给人做布娘②，人家对我好，我就跟他，对我不好就跟别人，没人管，自由自在，没钱的人我不跟，有钱的人我缠住不放，只要自家过得逍遥自在，嘴长在别人身上，任他怎么说，我耳

①　鬼个子：鬼点子。
②　布娘：这里特指二奶。

414

聋不知狗吠。香巴这么一想，就心安多了。其实，也不是没人管，在那个保守的年代，她的父母都不知骂过她多少回了，但她根本不听，连家都不回，父母气死也没用。

生板土生土长，整天在田地里摸爬滚打，一颗脑浆充足的脑袋瓜子想的都是馊主意。他以前看中了一个姑娘，但对方爷娘都不同意，嫌他没有母亲，家里只有父子俩男人，人口那么单，是会被人欺负的。生板是个赖皮，对他们说："我是穷一点，单一点，但我身体好，又不笨，还愁以后有好日子过吗？我哪样会输给人家，比我冤枉的人也不少，他们也都讨了老婆，你们的妹子都不怕，愿意跟我结婚，你们有啥好怕的？如果你们不同意，我就天天待在这里，不回去了，要是你们不嫌弃，我和我爷哩还可以搬来这边，我做你们的子哩，养到你们百年归仙。"

女家一听，吓坏了，自家都有四个儿子，没有住房，一家八口住着三间泥瓦房，两个儿子还打着光棍。他们被他的赖功赖得没办法了，又怕把他逼急了，他也去学人家的歪样，去煤窑偷一包炸药，把自家炸个粉碎，那就更划不来了。生板是蛮牛，什么事都做得出来，他虽然落单，又没了娘，但他父亲还很强壮，还是个强劳力，生板也挺勤快，说不定以后还能帮上自家的大忙，看他头脑也灵活，不死板，不吃亏，既然妹子都死心塌地愿意跟他，做父母的再阻拦，岂不是里外不是人。

村里此前曾有过这样一个故事。一对男女青年自由恋爱，你情我愿，山也盟了海也誓了，但女方家却极力反对，原因是男方家成分不好，又是独子，女方家是贫农，怕女儿嫁过去玷污了自家的名声，还会受牵连。成分论啊，那个年代害了多少有情人！男女青年早就爱得死去活来，还生米煮成了熟饭，可女家就是不松口，说与其让妹子嫁到他家败坏名声，不如把她捉去塞罗鼻①。听到这样如此绝情的话，他们抱头痛哭，哭得肝肠寸断，山摇地动神鬼共泣。一晚，这对爱得死去活来的男女，买了一瓶剧毒农药，分成两半，同时喝下，共赴黄泉。这件事发生后，很多父母就不敢再怎么插手、干预子女的婚姻了。

生板在这个故事背景下赖到老婆后，辛勤耕种，不到半年就有功绩，可是到了收获时，老婆却因难产而死。他痛苦得差点跳楼，每晚守着那忽明忽暗的煤油灯，泪水直洒。一朝落地命安排，他就是一个受苦的命，这能怪天

---

① 罗鼻：当地一处水坝。

怨地？

后来，他听说香巴都二十七八了，也还是个没主的货色，香巴跟了好几个男人，但都只是找她消遣消遣的，没一个是真心的。生板托了媒人前往提亲，说自己不计前嫌，只要今后她遵守妇道就行。

香巴从几个男人那里是赚了些钱，但旁人和父母兄嫂的辱骂，使她无颜再见江东父老，一直不敢回家，那毕竟不是件光彩的事情。常住旅社，或和别人搭伙，那点钱经不起折腾。她心里也有苦，如果有人愿意娶她，她当然愿意，因此一听到生板有心，马上答应下来。他们婚后，过得很平静，香巴也是真心实意改过自新，一直安分守己，没再越雷池半步。

为了木材，生板自家先出卖自家，香巴起先并不愿意，但经不住他的软磨硬泡，只好答应："这是你出的馊主意，怪不得我。"

牛腔根带给她一股前所未有的快感，在此情此景下，她倒希望老公不要出现，生板却破门而入，破坏了他们的好事。

好事不出门，坏事传千里。这样一来，牛腔根要想讨老婆就难上加难了，说他神经病、四六货的大有人在。

起先大家并不知道香巴和牛腔根的事，那是有一次她和生板争吵时，不小心被隔壁的人听到。隔壁女人发秀曾因香巴家的鸡偷吃了她家的谷子，骂得昏天黑地，日月无光，很长一段时间都跟仇人一般，一见面都唾沫四溅，脚板乱踢。后来吵来吵去，不分胜负，屁大的事也能引起战火，谁都不想当软，两个当家的便都在中间砌了一堵墙，以示老死不相往来，连鸡鸭也断绝关系。

听到生板夫妻少有地对骂，发秀非常感兴趣，竖起耳朵偷听。她把偷听到的故事加工后，很快就传播出去了。故事带上了传奇色彩，令大家咋舌、摇头，骂生板神经有问题，自家给自家戴上绿帽子，事后还要骂出来，实在好笑。

发秀不想得罪牛腔根，她和他一向没有冤仇，所以没有说出他的名号。但大家都不是傻蛋，一猜就中，因为很多人都亲眼看到牛腔根常去香巴家，还亲自把木材搬到她家，再后来又看不到他们走动了，还深感奇怪呢，听了这个故事后，谜团才解。

妹子没看成，反倒发生了这种丑事，牛腔根肠子都悔青了，怪自己急于求成，反倒把婚事耽搁了，连媒人都不上他的门，他只好对着镜子叹气，自叹命薄。

平时，牛腚根看到媒人婆，都是甜面笑鼻，热情万分。没办法，自家的幸福也许就掌握在媒人手中，媒婆的嘴会说，自己能不能有个完整的家，全靠她那上下乱碰、神通广大的两片薄唇。看在未来老婆的面子上，他把所有的热情都献给了媒人。以前那时代，很少有自由恋爱的，一般都是受父母之命、媒妁之言成就婚姻，年轻人都巴结媒人婆，企图引起她的注意，给自己带来福音，牛腚根更不例外。

木偶跳舞自有牵线人，盼星星，盼月亮，终于盼来了恩人媒人婆。将近三十，幸福向他招了手。这天中午，媒人冒着火辣辣的太阳，满头大汗闯进了牛腚根家。牛腚根吃过午饭就在地板上铺了一块烂草席，正在睡梦中拜堂呢。

"牛腚根，牛腚根，快起来，快起来，好事来了，好事来了。"

牛腚根听说好事来了，忙翻身坐起，用手揉了揉眼睛，见是本大队的媒人婆秀招子。

"好……好事来……来了，什么好……好事，是不是你……帮我探……探到了妹……妹子？"平时油嘴滑舌的他，变得语无伦次。看到媒人上门，他仿佛看到了希望。

"秀招媚，你快点说，是曼人家的妹子愿意嫁给我？"牛腚根恨不得现在就拥有老婆，有老婆多好啊，没有老婆的日子真他妈的就像身处枯井。

"你莫急，只要你愿意，这次包你有老婆讨。"

秀招子接过牛腚根从灶房里跑来热情递上的一碗白开水，"咕噜咕噜"一口气喝完，像是喝下了一碗白糖水，能做成媒人，又有新解放鞋穿了。

"妹子是我们本公社的人，在迳田大队，她今年也二十六岁了，因为前几年上山砍柴时，不小心砍断了左手的两个手指头，所以就被耽搁婚事了，其实也无大碍，干起农活来是慢一点，但并不妨碍生儿育女。当然做事的人，也是会嫌，这也是正常的。我实话实说了，如果你不介意，就约个日子，我带你去见见她。你们亲眼见了，好坏由你们做主。我只是做好事牵个线，搭个桥，包办不了，可丑话说在前头，以后有什么事，不能怪我。"

"不怪你，不怪你，我多谢还来不及呢，哪还能怪你？你看我像个没良心的人吗？只要能成，我一生世人都忘不了你的大恩大德。少两个指头有啥要紧，我有的是力气，还愁养不起她？反正都要分田到户了，又不用服人管了，只要没有其他疾病，少一只手都不是什么大问题。"牛腚根一口气说了这么多好话。

"那好，你约个日子，我好转告人家。你们先见见面，过个小定，等关系确定了，再大定①，啥时结婚，就要看你的本事了。我做媒人冇包生赖子②，有好也不用多谢，红包包大一点，解放鞋买好一点的就行。"

"那是，那是，你放心。"牛腚根都快要点头哈腰了，这种情景令人不由自主地想起在电影上看到的汉奸，"天光夜晡③就去吧，我会骑单车来等你。"

"好，我现在就去她家，告诉他们。天光夜晡我在家等你。第一次见面很关键，要什么财礼，你应该晓得，千万不能小气。"

"晓得，晓得，你放心。"牛腚根是出了名的钱钻子，一向比较抠门，但他没做过，听得可多了，他也晓得舍不得米谷逮不到鸡。

当晚，他和父母商量了一阵子，父母给他二十元，算是买礼品的资金，牛腚根也决定把自家平时积下的私房钱再拿出二十元。第二天买了大前门香烟、十全大补酒、猪肉、水果，花生是自家种的，他把这些东西挂在单车的后搭上，一路吹着口哨接秀招子了。

牛腚根本来就是乡下人眼中最起码的标准后生，今天上身穿白衬衫，下身着西装裤，这么精心一打扮，确实中看。说起来好笑，他这身衣服是前几年做的，平时舍不得穿，只有在看电影或赴圩时才穿，回到家里马上脱下，折好放进衣柜里，都几年了，还簇板新。也好在他精明，尽管他是在自家身体定型时才做的，但他听老人们说，男大四十，女大三十，因此就叫做衫师傅做长做宽了些，现在穿起来还不会嫌短嫌窄。那时的人都省，新衫新裤一般都要过年或出门做客、出席大场面时穿，平时都是穿着补丁加补丁的破衣衫，还说烂衫烂裤容易洗，又凉快，这当然是借口，爱美之心人皆有之。有个别后生在相亲时，曾去牛腚根家租他衣服，但每租一次就要一至二元，关系铁的当然免费，谁要是不小心弄破了就无条件地赔。

牛腚根和媒人一到女家，就受到热烈欢迎。其实，看在那大吊小吊的东西上，他也不至于被冷落，而且一看他就能给人一个好印象，这人肯定吃得了苦，干得了重活，而且也有礼貌。

男女见面后也都没意见，马上拍板成交，牛腚根递给那女的一个小红包，

---

① 大定：定亲。

② 赖子：儿子。

③ 天光夜晡：明天晚上。

还谦虚地说："我不晓得买什么送给你，你自家买。"牛腆根头次见未来的老丈人丈母娘，就口乖舌甜，叔叔媚媚叫得他们心花怒放。回家路上，牛腆根还被媒人大夸一通。

这番相亲后，牛腆根做起事来颇感轻松，一天做到暗①也不觉累，人逢喜事精神爽嘛。到了晚上他还要骑上烂单车去女家，只可惜还没大定，还不能在女家过夜，怕被人说闲话。只有大定后才能自由来往，自由同居。

大定又谈何容易，办几担东西去女家提亲的风俗是不能更改的，在还没分田到户的年代，生活困难，每做件较大一点的事，都要打个大生意。他急，父母也急，他们都想把大定做了，再早日迎娶，这样不但能省下好多钱，还能为家里添丁进口，再说已听到小道消息，分田到户的文件已经下达，很快就要实行，要是把妹子讨回来，也能分上一份田地。

左借右借，东凑西凑，好不容易凑齐了大定的钱，把大定做了，然后女方家派了几个比较亲的，来看了人家②，继之就开始了正常交往。

到了年底，牛腆根就和未来的泰山岳母商量，让他们结婚，要多少平均银③写个协议，以后日子好过了，一定付清，决不食言。这在当时，是没人敢这么提的，心里想了也不敢这么做，但牛腆根敢想就敢做，老丈人丈母娘他们又不是别人，有困难难道不跟他们商量？

牛腆根说："为了大定都欠下了一屁股的债，与其欠别人的钱财债和人情债，不如欠丈门佬丈迷嫁的，婿郎子女，不要看目前，十长九远④，只要不会忘记，啥时给不是一样，日子长着哩！"

女家父母思来想去，也只好如此。再说妹子已有六个月身孕了，再拖，到时候把细鬼子生下就更麻烦了。要是不让他讨回去，他经常来，虽说带了些酒菜，但自家加减也大，时间长了，也很讨厌。

农村风俗，妹子是不能在娘家生孩子的，那样娘家人只要没事就好，遇到个风寒感冒，头疼脑热的，也会怪怨妹子，所以妹子肚子大了，不用她急，娘家也会催嫁。

牛腆根那时被大家笑话了一阵子，说他有二十多年的"积蓄"，功力雄厚，

---

① 一天做到暗：从早上做到夜晚。

② 看了人家：看人家也是客家地区婚娶的一种形式。

③ 平均银：奶补钱。

④ 十长九远：眼光要长远。

没多久的时间就做了一个人模子。牛腱根反笑："你们要是败了肾，功力不够，可以请我。我是优良品种，我做的细人子保证比你们做的好看。"

牛腱根的老弟荣腱，那时已有了老婆子女，听说他的老婆也是赖到的，他老婆是本队人，在一起做事时，他一直照顾她，日久生情，两人就好上了，但女方家死也不松口。"你要是再和他来往，我就打断你的腿，我养你一生世人。"她爷哩说出了狠话。可是她不怕，就是要和他来往，还来了个生米煮成了熟饭，等到肚子大了起来，看你做爷娭的下不下得了手？她也对爷娭留下了一句话："要是你们不同意，我们就一起喝农药！"到了这种程度，做爷娭的还能赶尽杀绝吗？那可是三条命啊！罢，罢，罢，由她去吧，她要跳进火坑里，曼人挡得住，反正她自己选的，讨食叫化也不会怨别人。于是在没有任何陪嫁的情况下，她就由两个妹妹四个婶婶送到了男家。

女儿的出生给牛腱根带来了欢乐，也带来了成就感。

很快，我们这里也掀起了分田到户的热潮，他的老婆和女儿都分到了田地。大家又笑他行上了狗屎运，讨老婆讨得及时，女儿也出世得及时，说牛腱根会算。

农村人，把田地看成了命根子，那时大家都非常勤快，只要能种上农作物，哪怕是巴掌大的地方，都会去开垦，山沟里开了不少荒，很多人为争开一点荒，也打生打死，弄得跟仇人一般。

牛腱根的儿子出生那年，他父亲就得恶病死了，有人便说他儿子是公呆的克星。因为子女还小，需要照看，牛腱根就不让娭哩自家过。他娭哩那时六十刚出头，还很能干，不但带好了孙子孙女，田里地里照样帮着干，烧火煮食，灶头锅尾，洗衣洗裤，哪样愁得了她？养猪养鸡鸭，她经验丰富，经常有鸡鸭卖，卖来的钱交给牛腱根贴补家用，一家人的日子就越过越好了。

相安无事地过了十年，子女们都送到了学校，牛腱根的老婆香秀，便开始有了后顾之忧。家娘和我们一起住，以后老了不会动了，牛腱根的老弟荣腱他们就会撒个脱手网，不负责，这样就亏了；要是病上几天就死了，倒也轻松；可要是病上一年半载就烦死了，娭哩是两个人的，不应该只跟我们住到死。有老人一起住，平时的负担也很重，不如开个家庭会，把这事和荣腱说了，先小气后大方。

"娘个短命嫲，咁有良心，娭哩跟我们住了快十年了，带大了两个细鬼子，如今不用带了，就不要她了，说出去人家会怎么想？你也开得了这个口，生儿育女不就是为了老了病了时，我们也是有儿有女的人了，就不怕他们学样？"

"娘个短命相，敢骂我短命嬷。我爷哩娭哩都没这样骂过我，我一百岁死了，也会找你算账，我要是成了短命嬷，你还能讨到老婆吗？短命相，冇良冇心个，好，你敢骂我，今天我就走，莫让你骂着了。"

香玉一直没有被人骂过短命嬷，今天被老公骂了，心里特别伤心，她一边骂，一边捡衣服要回娘家。

牛腚根骂了她一句，她却骂了他两句，但因为他骂在先，错在他身上而不在她。

"起刁风了，你今天要是走了就永远不要回来，也别想让我来等你回来。离了你我日子照过，我就不信地球不再转，哪有这样子做人的。"

香玉哭着回到了娘家，她父母一问才知缘由。刚才还摩拳擦掌的哥哥们，此时就闭口了。尤其是她四个嫂嫂，说什么呢？自家也是人家的生媚，做啥子开交①，自家的屁股都擦不干净，有什么资格去擦别人的？

倒是她父母还不糊涂，虽说心里很得意这唯一的妹子，如果不是有点残疾，轮也轮不到你牛腚根。娘个冇良心的家伙，我妹子为你生了一对可爱的儿女，不看僧面也要看佛面，我都舍不得骂，你倒舍得骂。但他们不敢说出来，也不能当着子哩生媚的面维护爱女，而是通情达理地说教她：

"香香，你也有子有女了，也不能这么想问题，生儿育女，都是防老防病，你家娘一直和你住，你也傍了她的安乐。如果不是她，你会多辛苦，细人子大了就不要她一起过，于情于理都说不过去，连我们面上也无光。"

"牛腚根是不对，他不该这么骂你，但他是在气火头上。何况你有错在先，你也骂了他，也算扯平了。男人是金贵命，女人是菜子命，就是他骂你一两句，你也不能嘴鼻咁歪。老公是你自己的，在煤矿做事，特别要讲吉利，以后可不能这样骂他了，莫好样唔学学歪样，跌爷娭个鼓②。"

有句话说得好，"上家教子，下家听晓"，与其说他们是在教育妹子，不如说是在教育生媚。她们听出来了，四个生媚都是一流的骂人大王，骂老公和孩子也总是口无遮拦，短命嬷短命子的整歌唱③，一天不骂就好像会死。做老人

———————

① 开交：劝解，安慰他人。

② 跌爷娭个鼓：给父母丢人。

③ 整歌唱：当唱歌。

421

的听了心惊肉跳，哪有这样骂自家人的，有时忍不住说上一句，却要招了十多句："老鬼，我骂老公骂子女，关你屁事。你咁爱装气脚①做什么，咁爱子哩、咁爱细鬼子，你就喊去跟你们过，跟你们睡。"这是什么话？鬼听了都会笑死。也好，今天趁这机会教育教育这些泼妇，她们不改也没办法。

香玉哭得伤心，她真没想到会有这样的下场。父母一向疼爱自己，今天被牛腱根骂了短命嫲，自家哭着回来，想得到父母的关心，没想却得到一顿说教。

"等天光日子，我们送你回去，你也这么大年纪了，要识得事，不要任性，你就是舍得了牛腱根，也舍不得两个细鬼子。以后好好地过日子，不要动不动就捡了衫裤跑回来，也要好好地对待家娘。屋檐流露水，点点不差池，细鬼子都这么大了，别让他们学样。"香玉的父亲是退休教师，懂事理，上下嘴唇一碰，大道理直送，说话慢条斯理，却铿铿有力。

香玉被父母送回来了，省去了牛腱根的许多烦愁，他于心感激，表示自己也有错，今后一定好好改，说完便骑上他那辆全身都响唯独铃声不响的二手单车，买菜去了。

两个老人见亲家母干活回来，就又去她房里聊了一会儿，双方的客套话说了一遍又一遍。

牛腱根花三十多元备好酒肉，两个老人担心家里的鸡鸭饿了没人喂，午饭后聊了一会儿就要回去。牛腱根又亲自用单车一个一个往回送，两位老人心满意足，责备的话说不出一句。

老人们常说，投外家②害自家，意思是说如果女儿和老公或婆家吵架后，就回外家投诉。娘家人如果有世情道理，就会劝导教育妹子，妹子自己不好意思回婆家，便亲自送回去交给婿郎。婿郎见岳父母驾到，买菜打酒是免不了的。如果娘家人只听一面之词，那么就会留妹子住下，等婿郎亲自来接回。有些当事人连老公面子也不给，非要弄得公公婆婆和兄弟梓嫂联合起来去她娘家规劝，劝到她认为应该回家时，娘家亲人们又护送她回家。这样一来，两家的亲人都怠慢不得，又只好钱该死③，花上不菲一笔买菜打酒，两家亲人客客气气吃上一顿饭，以示两家没有什么不开心的事。

---

① 爱装气脚：爱生气。
② 投外家：回娘家投诉。
③ 钱该死：意指大把花钱，花钱消灾。

香玉这次投奔娘家，连她自己都感到不合算，父母当着哥嫂的面批评了自家，然后又把自家送了回来，她本想等牛腚根来求自家，可又怕父母责骂，只好心不甘情不愿地回来。没想牛腚根这家伙，大手大脚，还买了这么多酒菜款待赔礼。自己想做一件格子衫，说了几次都不能如愿。他说两个细鬼子越来越大，衫裤穿好烂也一样。这家伙就是精，巴结岳父母倒舍得花钱，难怪老人对他有好感。

随着生活改善、年龄增长，牛腚根和香玉之间也很少大吵大闹了，只是偶尔拌拌嘴而已。牛腚根的母亲后来跟荣腚过了两年，但为了自由，又自己一人过。现在的老人也不傻，他们总说，自家过日子，自由自在，想吃就吃，想了就了。

九十年代末，牛腚根与人合伙开了煤窑，赚了一些钱，他们说话的口气就不同了。当时我们这里还没有人买冰箱，牛腚根家买了冰箱，香玉在夏天每日都做雪基①，清补凉②。她还买了手工麻将桌，天天叫人来家打麻将。大家当然高兴，就是不打麻将也去，去了至少一支冰棒，有时去得早，还有可能享受一盒清补凉，一盒清补凉一块钱呢。

牛腚根鲜言寡语，总是一副冷冰冰的样子，大家都有点怕他，但香玉说："别怕他，他就是这德行。"

三个妇人家，当得一辆车，加上打麻将，所以天天都很热闹。一些不会打麻将的人，为了那支冰棒，也天天去他家，简直可以用门庭若市来形容了。

终于有一天，牛腚根对老婆说："天天这么多人来，几乎天天要花一斤白糖做冰棒，做冇比省般快，你当我的钱是当土匪抢来的吗？"

"你鬼喔般做什么？白糖要多少钱一斤？你少赌一次的钱都够大家吃一个夏天，来人来龙，大家看得起我才来，你这样说话，也不怕得罪大家，该你小气时你不小气，不该大方你却把钱当树叶子，你这人怎么这样子？"

"你说来人来龙，我看来的都是狗嫲蛇③。你以为大家是冲你来的？你也太高看了自家，我告诉你，大家都是冲着冰棒来的。天天这样来人，吵都吵死了，花了钱还不得安宁，烦都会烦死，以后不准做冰棒了，做几盒清补凉自家

---

① 雪基：冰棒。
② 清补凉：装在盒子里的冰镇之物。
③ 狗嫲蛇：一种无毒的蛇，喻无足轻重。

吃就可以了，再做那么多冰棒，我就把冰箱砸了，看你还怎么做！"

香玉听老公这么一说，真怕了，这家伙鬼脾气一上来，真会把冰箱砸烂，牛脘根的外号岂会乱取？香玉当天开始就不叫大家来打麻将了，自家早点吃了就去别人家里搓。见她这样，大家心知肚明，逐渐地就没人上她家打了，偶尔有人故意笑她："香玉，明天去你家打吧，不然你的麻将都生狗屎毛①了。"

香玉不能实话实说，只说麻将少了两只。大家听了，也不说破，只在心里骂牛脘根小气，做了老板连这点小钱都在乎。

牛脘根在煤窑份子小，又膣毛小气②，一向主张能用则用，能省就省，不必花那么多钱去修。而其他份子家则认为，一切以安全为主，质量第一，不要小钱不出出大钱。每次开会牛脘根都与他们唱反调，引起普遍不满，矿长一气之下，说了句："你是小份，没有权力指手画脚。"话不投机半句多，牛脘根和矿长大吵一顿。其他份子家也很讨厌他指指拦拦，就暗地里召开会议，把他挤出门外，一致主张用高价把他的那份买下。

牛脘根也是个豆子算出麻、麻子算出豆的角色，他晓得他们是在排挤自家，他在心里也想，现在煤价不好，自家亏不起，又和他们走不到一块儿，再说自家这点小份，也值不了那么多钱，如今又要再投资炮夹道，能不能赚钱还是个未知数，卖就卖了吧，一个大活人，岂能让尿憋死呢？

牛脘根以为，自家手中有两万多块钱，不愁没人合股，投资大点，股份大点，自己也有发言权，钱也多赚一些。两万多块，那时对于农村来说虽不是天文数字，但也相当可观了。他的想法是正确的，但问题是大家都晓得了他的拉尿床，谁会和他合股，除非是臭味相投之人。因为很长时间都找不到人合股，他干脆做起了木材生意。

看人唱歌唔使力，自家唱歌目突突。牛脘根看到别人做生意当老板，赚了大钱，认为自家不比人差，说不定也能当老板赚大钱，直到做木材生意被人骗后亏了本，他才晓得，自家差的是智商，没有老板命，加上读了不多书，注定成不了大器。

子女逐渐长大了，女儿自费上了县二中，儿子相隔一年也考上了县一中，这下，牛脘根感到吃力，开始左支右绌了。当初赚了钱时，没帮过人，连两个

---

① 生狗屎毛：发霉。

② 膣毛小气：抠门。

侄子上大学也没去扶持，现在去哪求援呢？弟弟荣腚这些年不用缴孩子读书，又养了不少猪，日子过得是芝麻开花节节高，倒吃甘蔗节节甜，算是苦尽甜来了，可能分享到他的甜吗？

某年，荣腚的老婆兰巴头得了重病，花了很多钱，该借的能借的都借了，牛腚根被母亲责骂后，也送了一千元去医院。兰巴头出院后不到一个月，他就叫他们还钱。

"哥，现在我吃盐都成问题，你又不急着用钱，何必催得这么紧，久钱有久用，等我有了，定会还你。"

荣腚近乎哀求的语气并没有引起牛腚根的同情，宽限一七定还清，就是粜谷也要还。

牛腚根的无情，当然该归功于老婆香玉，是这个枕边风吹得让他迷失方向，忽视亲情。

"哦，等他们有了钱再还，那要等到猴年马月呀，屙屎能等到月光落吗？我们现在是不要这些钱用，但拿去存银行，还有利息，他们会算利息给我们吗？人家借高利贷的都要两分利息呢！"

兰巴头听到香玉的理论后也不服软："老人家常说，今生是兄弟梓嫂，后生世人是什么就不知道了，兄弟不帮帮曼人？兄弟之间如果都要算利息，还算兄弟吗？今那我是落难，但三十年河东，三十年河西，你也莫看衰人，你有钱也不是永远都有钱，我落难也是暂时的，现在就叫我们还钱，不是落井下石是什么，你们不感到过分吗？再逼，我就不还了，长兄当父，长嫂当母，你官司也打不赢。"

兰巴头也是个泼辣的角色，她说话做事一向风风火火，快刀切瓜，干干脆脆，从不转弯抹角。

"娘个短命嫲，借人家钱不还又要耍赖，有这样的人吗？我看你是起刁风了，我的钱又不是树叶子，也是辛苦赚来的，自出了世我还没听过有这么横的理，我就要你还，不还我就舍了这百来斤的肉头 ① 跟你拼了！"

"送打吗？以为你那不到一百斤毛屎的肉头，打得过曼人？随便一搋就能把你搋到屋顶上，我只是看在你是嫂瑞的分上，不跟你打。"

"娘个短命嫲，刁出头了，狗屎个才爱你让，我打不痛你总打得你痒，你

---

① 肉头：身子。

长得北马一样^①，我也不怕你，你有本事就打死我，那一千块钱就不用还了。"

"让了你三斤盐，还不识得秤星，你以为我会怕你吗，大家都怕你，我可不怕你，今朝日子我就打死你这个横肠吊肚、不识世情道理的妇人家。"

农村人土里生土里长，文化程度大都不高，骂不出那些高档的语句，但凡要吵要打，都是一些平凡又土气的语句。那句"大家都怕你，我可不怕你"，好吵的人都不会落下，在威胁对方的同时，也告诉对方强中自有强中手，唯独没想到，自己比口中骂出的野蛮人更野蛮。

兰巴头也只是吓吓嫂子，她可不想把自家低价出卖，一千块钱，难道自家的命真那么不值钱？自家辛苦了半生，还没过上好日子，如今眼看着就要享两个儿子的福了，更不能为了一千块钱搭上一条命。虽然平时开玩笑总是自我作践，"我的命一块钱都能买到十条"，但笑话归笑话，到了关键时刻，谁不晓得生命只有一次。尤其是到了新千年，如果有人打个哈欠，或眼皮跳，踢脚指头，都会做利是，口中默念三句"好事来，坏事走"。

兰巴头也是精狗子，家娘、老公和大郎都在，这架是无论如何也打不成的，只是虚张声势罢了。不然，以后嫂子真会以为怕了她，如果女人打起来，男人火气头上帮老婆，一向爱面子、从不与人多生事端的家娘又岂能袖手旁观，让她们自相残杀呢？想到这，兰巴头也就撩起衣袖，摩拳擦掌，像模像样准备应战。

果然，两个女人刚对上阵，老家娘便拿了一瓶农药，站在楼顶上的边沿："你们真要不怕跌鼓，我也不顾自家的面子了，我自家养的子哩，自家讨的生媚都成仇人了，还有啥活头？我把这瓶农药都喝完，然后就跳下去，看你们以后还怎么做人，怎么教育子女。"说着就打开药瓶，仰起了头。

"姨娅，姨娅，你快退后，莫做傻事，我让她们停手！"

如开会呼口号，荣腔和牛腔根异口同声，制止母亲喝农药，又大喝着老婆，还"扑通"一声跪下了，上楼是来不及了，下跪才是最快的救治方法，还能阻止开战。

"两个短命嫌，如果姨娅有个闪失，我就把你们送去陪葬。"

本来就没有斗志的兰巴头见机，也"扑通"一声跪在老公旁边劝家娘退到安全之地，而香玉则走进房间，"砰"的一声关上房门，低声嘀咕："吓曼人？

---

① 北马一样：牛高马大之意。

我就不信她舍得死，真会跳楼。"但她不敢大声，唯恐外面的人听到找她算账。那时，牛腔根对母亲还不错。

牛腔根的母亲是个善良本分的人，她慈眉善目，乐于施舍，对人一视同仁，她一个人过得轻松自在，两个妹子后来生活宽裕了，时不时地会给她钱，要她吃好穿好。荣腔的两个儿子出来工作后，也会给她营养费。她还种了不少菜，挑到市场上去卖。她很信神，附近庙里有什么事，她都带了香纸蜡烛去，还会捐些钱，祈求菩萨保佑一家平安。

牛腔根落难后，很多人都在幸灾乐祸：

"娘个短命子，有钱的时候鼻酷酷人①，大家都被他歧视，今那落难了，看还刁得起吗，他也有今天！"

"就是，像他娘种四肢发达，头脑简单，说话狂妄，做事武断的家伙，上天也会惩罚他，他想做老板，发大财，想也莫想，他哪有老板命，一看就是个劳碌命。"

"有时②不用神明保，有时神明也保不住，像他娘种人，除非野神野鬼会保佑。"

牛腔根心胸狭猾，记老仇，害得堂妹嫁错了人。

事情回溯到一九八五年的秋天。本队有个后生看上了牛腔根的堂妹，他堂妹也挺喜欢这个后生，两人有意结成百年之好。于是约了个日子，男孩去他家说明来意，他还包了个红包给女孩，作为小定。农村风俗，两人没有意见，就可以交换信物或红包，确定关系，女孩的兄嫂和母亲也没意见。几天后，牛腔根听说了此事，就跑到叔媚子③家，对她全家说："老妹要是嫁到他家，我就不认她，我们从此桥归桥，路归路，各不相干。"被他这么一骚弄④，他叔媚子也就坚决反对了。堂妹是个没主见的人，遭到压力，无力抗争，只是一个人偷偷地哭，哭了几天，眼睛红了，泪也干了，就把红包退给那后生，说："我们今生没有缘分，我没有胆量和他们抗争，只好和你分手，你勤劳能干，善良本分，又一表人才，我是没有福气，好妹子多的是，你找别人吧。"话一说完，转身就跑，怕被他看到溢出眼角的泪。那后生也听说了原因，不好强求，只好

---

① 鼻酷酷人：意指目中无人，鼻孔朝天。
② 有时：有运气之时。
③ 叔媚子：婶婶。
④ 骚弄：挑拨。

怀着哀怨和痛惜无奈的目光看着她远去，回家后，他一个星期不出房门，听不进亲人朋友的规劝，只是默默地流泪。

牛腚根的祖父是"四类分子"，这个后生的祖父却是当时的生产队干部，曾多次批斗过他。牛腚根曾听祖父生前提及，从此就记下了这个仇，一直对他家耿耿于怀，伺机报复，可等来等去，只等来这么一个机会。

牛腚根见自己的反对奏效，甚是快意，后来他堂妹嫁给了邻村一后生，生下两子，夫妻关系却到了水火不容的地步，三句话说不上就吵，她忍无可忍，跑到广东打工，痛心疾首："如果有来生，再大的阻力我也要冲破，今生我错过了他，是我一生的不幸，都是牛腚根害的！"从此，堂兄和堂妹之间，就多了一道无法逾越的鸿沟，见了面，堂妹装没看见，牛腚根主动打招呼，她装没听见。牛腚根家有什么喜事，她有时出于无奈也就把红包或礼物让嫂子带去。牛腚根去了她家，她连开水都不倒，而且躲开，牛腚根见自己不受欢迎，后来也就知趣没再来往。

牛腚根的丈人每月都有一千多元的退休金，还养了很多鸡鸭，承包了鱼塘，单卖鸡蛋鸭蛋，两个老人也够生活费。牛腚根生活好过时，对他们不错，如今落了难，他们也尽量扶持，只要他开了口。

牛腚根和老婆商量，借老人的钱放高利贷。他堂弟妹想做服装生意，需要一笔钱，牛腚根听说后，就去丈人那里借了五千元给堂弟，堂弟每月把利息一分不少送到他手中。

老丈人的鱼养大后，牛腚根体谅地对他们说："伯、姨娅，你们年纪这么大了，卖鱼又那么辛苦，不如我辛苦一点，我去卖，反正我有空，卖了后我把钱送来。"

老丈人当然高兴，这么体贴的婿郎谁不欢喜，就把鱼价降低一块钱让他去卖，卖鱼也不是轻松的事，又不是少数，让他从中赚一点也是应该的，反正肥水不流外人田。

那时鱼价是五块钱一斤，牛腚根非把它卖到比别人的高出五毛钱，他能说会道，每次也都能把鱼卖完。每一批鱼卖完了，牛腚根没把钱交给丈人，说是第二次卖了一起给他。丈人说没关系，结果第二次卖了又没给，说是等鱼卖完了一起给。他老丈人以为，婿郎骗谁都不可能骗自家。

鱼卖完了，钱还没到手，老丈人问："不是说等鱼卖完了一起给我吗，怎么这么久了还不送来？"

牛腱根说："一个朋友生病住院，没有钱，向我借。我过意不去，就把你的钱借他了。"

老丈人又一次相信了他。容易相信别人的人也容易上当。

其实，狗胆包天的牛腱根把卖鱼钱放了二分的高利息，而且对方是老丈人一个老表的儿子。新年，借贷人去表叔家时，和牛腱根不期而遇，聊起这事，牛腱根老丈人才知上当受骗，于是大骂婿郎一顿。

卖鱼的钱不知过了多少人的手，就是没到他丈人之手，都几年了，他丈人催了几次，没用。

牛腱根子女读书时，一直都是老丈人扶持的。香玉见老公久不归还这笔鱼钱，心里甚是过意不去，和他吵嘴时骂道："如果不是我爷哩娭哩，我们的子女就是考上了大学，你缴得起吗？你娘个有良心的家伙，你自家算算，你欠他们多少钱，你算得清吗？"

的确，老丈人为了扶持他们，弄得家里的儿子儿媳都有了意见，儿媳私底下说："嫁出门背①的妹子比身边的子哩生婿都亲，以后不会做了，老了病了时就去和婿郎妹子过。"

钱还没见还，牛腱根老丈人却因食道癌住进了大医院。四个妻舅和丈母娘都叫牛腱根还钱救命，但牛腱根此时连一千块钱都拿不出，又因缴子女读大学，加上多年来运气不顺，欠下一屁股债务，欠老丈人都快万上万下了，哪能拿得出呢？

丈母娘发了火："还不清你死都给我死回来，你丈门老现在等这些钱救命，你就这么过意得去？"丈母娘给了他一周时间，要他到时亲自送去医院。

一周过去了，半月过去了，牛腱根连医院也没去，"少人一千，头那一偏，少人一万，头那一点"，他就是这品性，有啥办法？

四个妻舅发了大火，要母亲亲自上门去催。牛腱根见丈母娘上门，心里着了慌，忙搬凳倒茶，赔笑脸，讲好话。可是丈母娘连门都不进，站在禾坪里指着他骂："你娘个有良心个短命相，丈门老都这样了，你连医院也不去。莫讲还钱，当初要我们的钱时舌嫲②都能舔到屎坯③，什么鬼个子都想得出，你的

---

① 门背：门外。

② 舌嫲：舌头。

③ 屎坯：屁股。

心肝是生在小肚角头吗？不念今日也要念先日，自家摸着良心想一想，我们对你有多好？对子哩我都没那么好，你子哩妹子考上了大学我们帮助有多大，零零星星的你算得出吗？"

她顿了顿，咽了咽口水，调整了一下心态，继续发起攻击："平时你们没有钱买油盐，我一百二百给过多少？过年的年货哪年不是我们出的钱？鱼卖了，你给过我们一分钱吗？你不但借了我们的钱去放息，连卖鱼的钱也用来放息，还爱骗七骗八，这些我都可以原谅，可是都到这份上了，你还不还给我们，你就不怕雷公打死吗？都怪我们瞎了眼，把妹子嫁给你，早晓得这样，就是嫁不出去堵水坝也不嫁给你！行衰运个，大家嫁妹子都不会比我般衰，告诉你，限你一个星期，把钱给我死出来，不然我就不认你这个婿郎，你也不要进我们家的门，我就没见过这样的婿郎，见铜见铁都吃，冇良冇心个短命相，看你有什么好下场！"

丈母娘骂婿郎，用了这种口气，确实是给逼出来的，恨心恨肝骂了一通，见牛腱根生人装个死人相，一句话都不说，她就骂不下去了，转身回家。

"我送你回去吧。"其时，牛腱根的单车已换为摩托。

"鬼才爱你的摩托坐，坐哩都会烂屁股。"

尽管丈母娘打上门来当众辱骂了一顿，但牛腱根还是没把钱送去医院，别说一万块钱，就是一千块钱他也拿不出。他这种目光短浅的人，急用时连一千块钱也难借到，人家东门不开西门也会逼尺①，可他几乎到了傍山山又高、傍壁壁又斜的地步，这都是他平时自视清高、目中无人的结果。

老丈人出院后，牛腱根和老婆去了，结果被四个妻舅和丈母娘给骂了回去。香玉则厚着面皮，任由哥嫂和父母数落，只一个劲儿地哭。

牛腱根平时从不帮人。有一次本队的一个小男孩摘桃子吃时，不小心从树上掉下，小脸被地下的玻璃块划开了一条口子，鲜血直流。做母亲的吓得直哭，没了主意。他的姐姐听到哭声赶紧过去，背起侄子就走。路上男孩一直哭，做母亲的心疼加着急，脚都发软了，迈不开步子。牛腱根回家路上碰见，也不掉头载他们去医院，而是骑了摩托旁若无人直过。这事被男孩的媚媚和母亲说开后，大家都说牛腱根太过分，不是人屌的，别说同情，连心都没有。前几年，他老婆洒药时中毒，人家看到了，也不搭理，也不告诉牛腱根。等到她

---

① 东门不开西门也会逼尺：逼尺，裂开一条缝。意指左右逢源。

摇摇晃晃一路呕吐回家倒地，牛腱根慌里慌张把她送到医院，她已昏迷，经抢救才幸免于难。

生在同一片蓝天下，人与人之间该多些友爱和宽容。友爱和宽容是生活的一门艺术，是人际关系的润滑剂，是个人修为的体现。拥有友爱和宽容，才能将生活中的酸甜苦辣化为五彩乐章，才能创造出一个和谐的人际环境，才会使人生得到升华，在升华中得到快乐，得到回报。自古以来的冤家路窄，在今天的词典里，还是把它改写为冤家路宽吧，没什么大不了的，多想想这句话吧。

牛腱根的人生其实就是个例子，何必自家先筑起篱笆墙呢？对什么事情都耿耿于怀，这样只能自家累自家，看得开看得远，日子就会阳光灿烂，相反就是乌云密布。

牛腱根过分的事还有箩打箩。前些年，他母亲每年至少要住一次医院，他每次都叫弟弟荣腚先垫付，说以后会分相，但事过境迁，他只字不提。而且，他甚至不去医院照顾，推说没空。照顾病人，又是老母亲，能推脱吗？他打的小九九是，在医院照顾母亲，不但很辛苦，还要花不少钱。

据兰巴头说："有一次家娘住镇医院，他去照顾时，随便买了点东西给老人家吃，一点营养价值都没有，要他买一碗排骨汤，也说很贵。到了夜晡，他还把娭哩托付给同病房的家属，自家跑回家睡。他那次非但一分钱不出，还把退回的一千多元医疗保险费占为己有。问他，他说都寄给子哩做生活费了。我和荣腚想想，也就算了。"

兰巴头还说："上年家娘又住院，牛腱根去医院时荣腚给了三千元，他却只交了二千七。第二次荣腚因家里的猪嫲下崽，走不开，又给了他二千，结果他又交了一千七。荣腚问他为什么不全交，他振振有词地说：'又去又回，我不要车费钱吗，在医院我不要伙食费吗？'"

"哦，娭哩有病住院，你不但不出钱，连车费和伙食费也要我出，莫说你每次都是骑摩托去的，你还好意思开口说这样的话，不会感到面红吗？娭哩又不是我一个人的，以前卖老屋基、卖菜地的钱，你连招呼都不打就私吞了，我为了兄弟感情不和你理论，可是你一而再再而三地把我当傻瓜，做人不是这种做法，要对得起天地良心。我的钱也是辛辛苦苦赚来的，不是抢银行来的，也不是自家印刷、天上掉下的，连嫁出门背的姐姐都出了钱，你不出钱还扣压钱财，讲出去不怕被人笑死吗？"

兰巴头第一次见老公对老伯瑞发这样的火，拍着桌子大骂牛腱根，躲在房里偷打冷笑："骂得对，骂得太好了。"

"你摸着良心想一想，你对得起曼人？以前婇哩做棺材时，你说没钱要我先出，以后会分相，你什么时候有分相？两千多元哪，一分你都不出，还爱讲赢话，说现在不用棺材了，火化了。我那两千多元又打了水漂，你精明，有先见之明。我傻，活该被你牵着鼻子走。可是，你大户起来了吗？我出了那么多钱，苦死了吗？你左咬一口，右咬一口，也不见过得好，你这样鸡肠小肚，发财也发不了一汤匙，你再这样下去，迟早会落到众叛亲离的下场。"

牛腔根被老弟大骂一通，因为理亏，一句也不说，跑到母亲面前跪下，痛哭流涕。他母亲骂道："喔末个？你这个人，曼人都不爱，就爱你自家，我死了你就乐意了，做人做到大家都厌，有意思吗？如果不是我到菩萨面前烧了那么多香，磕了那么多头，你早就被老天收拾了。"

在牛腔根最最困难的时候，两个姐姐看到他没有正当事做，就每人出了三千元，叫他买一辆拖拉机专门帮人打田，这样就替他解决了目前的困难，缴子女读书也就轻松了一些。后来，他把拖拉机卖给别人，然后再行购置新车，就说拖拉机是自己买的，用的不是两个阿姐的钱。

牛腔根在梅县的大姐夫，一次骑摩托出了事，差点弄成残疾，在医院挣扎了一个星期，才闯过鬼门关，住院两个多月，花了几万元。牛腔根以前在大姐夫手中借了不少钱，但就是在大姐夫应急期间，他也没还钱。外甥们因此对他意见百出。

牛腔根认识一位开服装店的朋友，全家的衣服都去她店里拿，统统记账。朋友实在没钱周转时，叫他付一部分，他就黑着脸大骂："少你几百块钱好像少你百万，问，问，问，问到我恨心时，不给又怎样，你能把我迟了打[①]人肉包子吗？鬼喔般！"朋友听他这么说话，很生气，就是得罪了他和他断绝关系也不要紧，得说他几句，不然他会以为大家都怕了他，使他和大家越走越远，远得找不到回家的路："大哥，你也太不讲情理了，我也是贷高利息来的钱，现在我周转有困难了，要你还，这难道也有错？你就是借给我一些也应该吧，你怎么能这样呢！都几年了，少我的钱你招呼也不打一个，还不让我来问，天下有这么一个理吗？如果都像你这样，我的服装店早就关门了。"朋友开了服装店后，就把田租给别人耕作，但牛腔根却说他来耕作。每每催了

---

① 迟了打：杀了做成。

好几次，才把田税谷担给他，一过秤，又是缺斤少两的。

前两届，因村民小组长不想干了，牛腚根听到后，不知怎的就和村主任挂上了钩，接任了小组长。大家普遍反对，可碍于村主任的面子，又不能去村部提意见。那时刚好做高速公路，牛腚根所在的小组也有不少农田被征收，两万多块钱一亩，其中一万块归农户，还有一万多元分成几份，归村部、镇政府和小组所有。分到小组的钱，就放在小组长那里，准备用来做公益事业，如修路、修水沟。

牛腚根在钱到手后，把一部分用来修水沟，因为那边也有他的责任田。水沟到处漏水，这钱用在公益事业上，大家都无话可说。问题是他做事自私，武断，很多地方的水路都破烂不堪，千疮百孔，他就偏偏修那条与自己有关的水沟，还不召开社员大会。

水泥沙石请师傅和小工，他一手操办，明明是两百块钱的石头，他叫人在发票上写上二百六，三十五块钱一方的沙也成了四十五块，水泥也比真实价高出二十元一吨。师傅是个老实人，都六十多岁了，小工是跟牛腚根关系比较好的，小工和师傅的工钱一样五十元一天，这就引起大家的强烈抗议，这次事件，使牛腚根又和大家走远了一步。

"娘个牛腚根，太过分了，头那太大了，现在的小工哪有五十元的？以为是小组里的钱，他就可以用来做人情，五十块钱一工，为啥不叫我们去，只叫关系好的？难道他们买了猪肝粉肠给他吃，我们就夹了狗屎给他吗？"

"就是，师傅总比小工辛苦吧，哪有师傅的工价和小工一样的，我自出了世都没听过，你们听过吗？这不是在捉弄老实人吗？娘种人，再做小组长，我们小组的钱都会装进他的腰包里，左折右扣，前贪后捏，我们却连汤都喝不到。"

"好在是小组长，要是让他做镇长、县长，那大家都会被他装进袜筒里。村主任真是个瞎目狗，他要是做了大官，准比和珅更贪。我们大家要团结一致，下届选举时誓把他拖下来，看他还怎么刁、怎么贪？拿腚去贪！"

有人故意把大家的议论添油加醋转告香玉，还好心地劝他们夫妻俩做事凭良心，别把大家当猴耍。香玉对她的关心和劝告，千恩万谢，感激流涕，因为老公，大家和她也疏远了，她都快成臭屎鸡了。这个女人又把香玉的多谢和感激告诉大家，大家听了笑得稀里哗啦，弯腰捧腹，上气不接下气。

香玉当然也会把这些话告诉老公，牛腚根听了怒火冲天："娘头短命嫲，嘴闲咬鸡笼，冇腥事搞①就整天聚在一块讲人坏话，就不叫她们做，气死她们。我是一组之长，有话事权，想喊曼人做就喊曼人做，和我过不去，有啥好处？"

香玉说："为什么大家都对你意见很大，说明你做人是有问题，以后做事、说话多动动脑筋，大家都得罪光了，做臭屎鸡有啥意思？火烧屋都爱本屋人，遇到啥事多和老党员、老组长商同，征求他们的意见，有什么事就不用自家担着，你做得不好，包得了人家不会说？人姓讲，米姓量（人做得好坏都要被人议论，米每次煮饭都要用米筒量），前任组长做得多好，不是照样有人发牢骚，曼人叫你要去当这劳什子小组长，爱做就爱拍开肚量，啥牢骚怪话都要装得下。"

"你鬼喔般做什么，吃得太饱了吗？我的事不要你管，她们越说，我想了不做都要再争取做，气死她们，跟我腥来讲。"

"你要不是我老公，我管你的衰事做什么？都是因为你，害得我都不好意思跟她们玩了，都成臭屎鸡了。"

"冇人跟你玩，你就待在屋下②自己玩，省得打麻将，又打不过人家，老是输钱，屋下了就耳根清净，听不到鬼喔。"听到自家被人说三道四已经够烦了，老婆又要啰里吧嗦，牛腥根这德行能不发火。

牛腥根的做法，早就如扔石头进公厕，引起了公愤（粪），他不负责任，而且说话粗，声音大得跟虎吼一般，平常说话也和吵架一般，令人反感。

有一年平分山林款，每个人口也就一块八角的事，当然，这不是钱多钱少的问题，随便打麻将输赢也不止这个数，这是情理之中的事。可那次不知啥原因，好多人家里都没有名额。有个名叫佳莹的女人，一看自家也没名额，就去找牛腥根："牛腥根，奇怪，为什么我家没有名额，我全家的医疗保险都交了。"因为她听说去拿这点钱要带医疗保险的小本子，当时她正在打麻将，几个好心的伙伴就叫她把保险单给她们，她们会帮她拿回来，回来的人说她没有名额，要她亲自去问牛腥根，她放下麻将就去找他。

"曼人晓得，可能是村干部作弄你家。"

牛腥根这话她不爱听："凭什么村干部要作弄我家，我家最守本分，一不偷

———————————

① 冇腥事搞：没事情做。

② 屋下：屋里。

二不抢，从没找过村干部的麻烦，如果大家和我家一样，村干部就安乐多了。不是钱多钱少的问题，这次如果不搞清楚，以后就没有我家的名额，何况我家的医疗保险又交了，发票还在这，你去帮我查一下？"她说完就准备离去。

"不关我的事，你去找村干部好了。"

"你是小组长，不关你事关曼人个事，我有事就找你，不找村干部。"佳莹也不是好欺负的。

"跟我腚来讲，我说不关我事就不关我事。"

"你说话咋这么难听，对曼人都这么说。你的腚再长再大也只有你家老婆喜欢，既然怕麻烦，就不要去当，当了就要负责任，这件事你必须给我查清楚！"佳莹发了火。

"不查又怎么样，你能把我怎么样，你一个屙尿都撒不到三台阶的妇人家，我会怕了你吗？"这个不知进退的家伙，真是不见棺材不落泪。

"我不能把你怎么样，好歹你也是一个官，我一个平民百姓能把你怎样，但最起码我有理由和权利去村里说明原因。不要以为你是村主任点名的，如果群众意见太大，村主任也得听群众的，再说又快到换届选举的时候了，他自家都有可能下台，还能保得了你？"她丢下话就回。

回到家里，她把这些话都告诉大家，大家都大骂牛腚根不是人，佳莹的公公是老大队干部、老党代表、优秀共产党员，她老公也是优秀共产党员，还是退役军人，所以村干部们一直很尊重他们，有事没事常会过去坐坐。

佳莹公公听说后，非常生气，马上打电话给村书记，跟他说了这事。村书记说请你放心，我们会批评他，叫他尽快落实。

有几个没有名额的人也去找过他，还和他吵了起来，并且亲自把状告到村部。

次日，村里的会计亲自把钱送到佳莹家，虽不多，但毕竟讨回了一个公道。事后，其他几个人的应有之份，牛腚根也给送去了。

牛腚根花花肠子多，鬼点子惹出不少笑话，最可笑的有两件事，至今还有人笑他。

以前，公社百货部有个姑娘，好像全世界的人都欠了她似的，也好像她天生就不会笑，很多人想方设法惹她笑，她就是不笑。一次，几个后生一起闲扯时，说起这件事，牛腚根说："你们也太差劲儿了，这么一个细妹子也惹不笑，改天看我的，我定让她开笑。"

"哼，吹牛皮你还嫩了点，在我们几个面前你还得锻炼几年。我们几个都试过了，没用。你能惹她笑，我们就出钱请你喝酿兑烧①。"

"那酒是喝定了。你们可要说话算话，莫到时反悔。"

"君子一言，驷马难追，你约个日子，大伙一起去，看你有什么佛法，能让她笑？"打赌者就不信，他们几个会败给牛腱根，他肯定是捞屎坏屙②。

一天，这伙闲来无事的后生骑了单车前去看"戏"。牛腱根走到柜台前，左看右看，挑挑拣拣，买了几个纽扣和一些针线后，走到卖卫生带的柜台边站定，开口就说："小姐，帮我拿个卫生带。"

同来的人都感到突然："娘个牛腱根短命相，嘛事古都跌撇了③，连老婆的卫生带也买，带坏样个，想害我们吗？"

农村人比较封建，如果男人帮老婆买这种东西，肯定会被人说笑一阵；女人们则非常羡慕那个女人，回到家就会在老公面前说起，谁，谁，谁的老公怎么好，怎么得意老婆，连老婆的卫生带也会买。这时候，大男子主义思想严重的男人就会骂那男人带坏样。

那柜台小姐黑着脸帮他拿了一个，心里也不免羡慕起那个老婆来。

牛腱根拿过卫生带，左瞧右看，然后拆开，问："小姐，这玩意儿怎么弄，教教我吧，我老婆不会用。"

柜台小姐心里说，看这个男人长得像模像样，讨个老婆难道是傻瓜吗，怎么连这个也不会用？但她外表还是冷冰冰的，脸上像是涂了几层糨糊，绷得紧紧的。

"你这小姐人长得好看，怎么像是刚从冰山上走下来的样子，是曼人得罪了你，告诉我，哥哥帮你出气。"牛腱根说完，见那小姐还是跟木头人一样，没一点反应，就拆开卫生带边看边嘀咕，"你不教我就算了，我自家先试试。"说完就把卫生带往口中一套，好像戴上的是口罩，"咦，还挺合适的。"

这下，不但那小姐，连所有在场的顾客都爆笑不已，以为遇到了一个疯子。同来的本村后生也止不住大笑起来。外面的人听到后，跑进去一看，也笑得弯腰捧腹，泪涕皆流。

---

① 酿兑烧：米酒。

② 捞屎坏屙：适得其反，吃力不讨好。

③ 嘛事古都跌撇了：什么脸面都丢尽了。

"哦，原来是个癫古，真是可惜，也不知是曼人的子哩，看模样还挺像样的，怎么会癫呢，受了什么打击？"

牛腌根还诈痴诈癫^①："奇怪，你们笑什么，难道我戴错了吗，不是这样子戴的吗？那你们教教我。"他自家一点也不笑，样子真的像个疯子。那小姐都笑得流下了泪，她可能自出了世也没这么开心地笑过，笑起来就更好看了。

牛腌根看她笑得这么开心，心里说，乖乖，为了逗你笑，我都变成癫古了。他见目的达到，冲那几个同伴一扮鬼脸，展现出一个胜利者的姿态，然后装模作样地摸了摸钱口袋，说："我忘带钱了，要不，我明天再来买？"牛腌根在退卫生带的时候趁机摸了一下那小姐嫩滑的小手。

一出售货部的门，几个后生单车都不骑了，推着走，对牛腌根骂骂咧咧："娘个短命相牛腌根，为了喝几两酿兑烧，嘛个鬼点子鬼相都用上。"

牛腌根还有一则逸事值得记录。有一次，他和生腌棍打赌吃馒头。生腌棍当时肚子饿了，看到卖馒头的就说："哇，如果有人请我吃馒头该多好啊，我保证吃它十个。"

牛腌根心想，胃口再好，也吃不下十个馒头，就对生腌棍说："如果你能吃下十个馒头，那这钱我出；如果吃不下，你则自出，还得赔我十个馒头的钱，好吗？"

"好，一言为定，说话不算数的是狗屌个。"

"放心，我们可以先把钱押在这位老板身上，到时就赖不掉了，有他作证。"

"好，押就押吧，来，我押四元，你押两元。"

押钱后，生腌棍就开始吃馒头，因为肚子饿了，而且他又一直对馒头包子情有独钟，一口气干掉了五个，吃到第七个时，他就有点困难了，但还是继续吃。吃掉八个后，就更困难了。

牛腌根见他这样子，就开玩笑说："短命相，莫咁贪吃，你没听过贪得一头草，跌死一头牛吗？你再吃，撑死后莫来找我，不关我的事，是你自家贪吃，吃不下就不要吃了，赔我四块钱苦不死你。"

"我都吃八个了，还有两个不吃，我就亏到家了，放心，十个馒头撑不死我，今天我定要你出这两块钱。"

生腌棍吃到第九个时，两眼都翻白了，咽不下去了，他还用手塞。都饱

---

① 诈痴诈癫：装疯卖傻。

到喉咙里了，可他还想继续吃最后一个。

看他这样子了，牛腚根有点慌了，那馒头老板赶紧劝他："不能让他吃了，再吃就会出事了，这两块钱买条人命，你说值不值，莫省那两块钱却弄出条人命来，那就衰死了，快抢下馒头吧。"

"真的没……没事，我吃……吃得完。"

"短命子，自家想死也莫来害我，这个吃下去，你就和我永别了。快别吃了，我服你了，我出钱，也不要你赔了行不行，算我求你了。"

"我……我真的吃……吃得下。"

"吃得下也不能吃了，要是再吃，我反而不出钱了。娘个大吃鬼，就要有吃，撑死也甘心，真是服天服地了。"

牛腚根见他两眼翻白了还想往嘴里塞馒头，慌忙抢下，拖着生腚棍坐到阴凉处，等到他不再翻白眼才回家。娘个衰鬼，白出两块钱还捡来吓，再也不能做这样的傻瓜了，出了人命还真是遇到衰鬼了。此后，他再也不和人赌吃什么了。

牛腚根把钱看得很重，只要钱可赚，哪去顾大家的利益。

二〇〇九年，他带了几个生意人去后山看石屎。石屎是用来掺假水泥的，他们合伙把石屎买下，想运往广东某水泥厂，被本组人拦下："这是我们大家用肩头挑出来的路，铺这条路有几辛苦？连六七十岁的老人也累着了，你要是做房子运材料把路弄坏了，我们也无话可说，但要是做生意赚钱就不行，除非你写个合约，这条路要是弄坏了，你出钱重新修好。"

"路我也有份，我还多出了几百块钱，凭什么我不能运石屎，我偏要过，你们要是敢拦，我就碾死你们！"

"出过了世，你才吓得住我们，讲得腚般硬，我放一把镢头路中心，你都不能从那上面过，以为大家都是吓大的吗？"

牛腚根不管，次日照样叫来七辆大货车，但大家也不示弱，排成一字形，手牵手挡住去路，有人还打电话给村干部。

石屎共有几万吨，几辆大车每天来回运几趟，至少也要一个多月才能运完，等到石屎运完，这路就彻底报废了。交通是头顶大事，很多农户养了许多猪，遇上下雨天，饲料就运不进来，以前走怕了黄泥路的人们，深知其中艰辛。

铺这条水泥路时，大家都出了不少力不少钱，妇女们天天去河里淘沙，挑到岸上，然后叫拖拉机运进来，艰苦奋斗了一个多月，才"玉汝于成"。如果被损坏，谁会去出钱？

"娘头短命嫲，脚板一踢踢死了，再不走开，就碾死你们。"

"吓曼人呀，怕了你的是你屌个。告诉你，这事不解决，我们放下所有的事，也要来拦，别以为你多出了几百块钱就可以称刁，我们的人工算起来，还不止你那几百块钱。"

村干部们来了也没办法，他们也知道，当初铺这条路，大家是辛苦了，那时村里面也只出了二十吨水泥。

"娘头短命嫲短命子，见我赚两个钱目咁热①，敢来与我作对。"

"什么叫和你作对，曼人要来损害大家的利益，我们都同样要来维护，党中央的文件也是讲要维护群众利益，没有哪条是损害群众利益的，除了你头那有咁大，曼人会去发这个财，不是有人邀了你老弟荣腚吗？他怎么就没去，他难道不晓得去赚钱吗？为了钱，只有你什么事情都敢做。"

牛腚根因为做这笔生意，和全组的人都吵了，因为大家天天坚持去路上拦车辆，司机也不好再来，要牛腚根先解决了问题再说。

无可奈何，牛腚根在他家召开了群众大会，说已和份子家商议好了，如果到时路面被损坏，就出钱重修。他以为答应了就行，可大家也不是吃屎大的。

"空头支票有什么用，到时拿不出钱还不是等于零？"

"对，娘种人最不敢相信，牛笔写字都冇用，写了合约也要叫他先押钱。"

"对，娘种人，除了钱，什么都不顾，娭哩和丈门老的救命钱都可以吃的人，还有什么信义可讲。"

大家七嘴八舌，完全把他当敌人。荣腚和兰巴头，还有他娭哩一看这阵势，门都不敢出，他们又能说什么呢？

牛腚根以商量的口气说："现在石屎没有卖出去，还没有钱，我写好字约，然后先押两千元现金，等石屎运完了再补足两万行不？"

"当然不行，到时你又一直推说钱没到位，不给钱咋办，你的话还有曼人相信？很快就要过年了，外面的细鬼子都快回来了，如果今年年底不修好，新年做客，遇上下大雨就烦透了，以前扛怕了单车，如今摩托肩头又扛不起，那就连客都不要做了。"

---

① 目咁热：这么眼红。

大家都不答应，和他关系好的说了几句，立即招来一顿臭骂："你和他关系好，当然替他讲话，要是到时他又耍赖，我们来找你有用吗？"那人便不吱声了。

　　没有别的选择，也没有商量的余地，牛腱根只好答应拿出两万元做押金，又叫人写了一张合约。写合约的人是他那片的人，写好后给几个人看了，由他保管一份，另一份在村民代表那里，两万元也由村民代表保管。

　　石屎才运到一半，就没再运，因为后来的料子都是石块了，水泥厂不收。路面基本上已被损坏，但因有两万元押金，大家心里倒也不愁。

　　修路工程在进行中，看到他为了省钱，只随便修了几段路，大家又来到牛腱根家，和他理论。牛腱根说："我按照合约办事，你们还想怎样？"

　　一看合约，果然没错，白纸黑字，写得明明白白，在某某处至某某处，是某小组大家集资铺的路，如果因运石屎而损坏了路面，应予重铺，否则两万元押金就不给予退回。

　　合约中的漏洞很难使别人看出，善良的人们想不到又被那些智商高的人耍了一回，原来合约中不易被人发觉的是，"如果因运石屎而损坏路面，应给予重铺"。当时大家确实也没想那么复杂。那么，没有损坏的地方就不给予重修，这样，东修一段西修一段，跟烂脚疤有什么两样？

　　因为这件事，牛腱根又和大家拉开了一段距离。

　　一次，牛腱根主动找子云闲聊，说："你是好人，整个小组只有你不和我作对。我算看透了，这鬼地方，我迟早要离开，哪怕只能买到几十个平方的地盘，我也要做开，这里的人都和我作对，我讨厌这里。"

　　子云平心静气地说："并不是作对不作对的问题，大家都是要维护自家的利益，铺这条路，大家确实辛苦了。换个角度来讲，你也会和大家一样，不要老是把大家想得那么讨厌，都是邻里乡亲，低头不见抬头见，火烧屋都爱本屋人，何必跟大家闹得跟仇人一样。得饶人处且饶人，斤斤计较，冤冤相报，反而使自家活得很累。"

　　这样的话，牛腱根听得进去吗？

　　这几年，六合彩走进了农村的千家万户，大家赌得很凶，看到不少人帮庄家收码子赚了钱，牛腱根就屙屎学样神①。因为收码子欠账多，他就贷了两

---

① 屙屎学样神：学人家的样。

440

万元帮人垫码子钱。又叫上线押了一万元在他手中。他帮人收码从中得到百分之十的手续费，彩民赌得大时，一个晚上他也可以得到几百元手续费。

码子钱多，欠账也大，他贷的两万元款子，不到一个月就垫了个精光，连押金也垫了。很多彩民老油条，如果中了奖，当晚就去拿，如果不中奖就欠着，你来要也要不到。这样一来，牛腚根就吃不住了，彩民中了十元的奖，他都付不出，要分几次才付清，所以生意又做不成了。

后来上线叫他退回押金，可他拿什么去退？六合彩不比福利彩、体育彩，是违法的，官司都无处打，如果被人举报，还会被抓去罚款，金额大的听说还要坐牢。

牛腚根不收码子后，又是门前冷落车马稀了。

牛腚根在垫不出码子钱时，曾向他亲家母也就是姐姐的婆婆借五千元。他亲家母不解，牛腚根又没做什么大事业，他儿子读书一直都有亲戚帮助扶持，自己的生媚也还以姐弟之情暗中资助呢，但她不好问生媚，只好打电话给荣腚的老婆兰巴头。兰巴头说她也不晓得。

有人说，牛腚根把借来的钱和押金都存进了银行。当然，这仅仅是听别人说的，没有亲眼所见，不能妄加评判。牛腚根这人，按他平日的所作所为，也不是没有可能。

牛腚根就是在小组长的位置上，大家也不买账。打铁先得自身硬，可他总假公济私，中饱私囊，大家凭什么要服你？田唇①是用来堵水的，道理才是服人心的，什么样的年代都要以理服人！

---

① 田唇：田坎。

逆　子

"拗豹子，乌头虫子，江西狗①。"三媚一直这样骂她的儿子，狠心时，还会加上一句"迟早会被雷公打死个"。

大家听了，都认为她骨头轻，不是一个合格的母亲。她就这么一个亲生儿子，"各人生子各人爱，牛嫲生子舔背心"②，老虎都不食子，何况是有血性的人呢！

"老短命嫲，看到你比看到狗屎还讨厌，你怎么命就咁长，你死了我就六根清净了。阎罗王真是冇目，像你这样的人就爱早叫去。"

听到儿子竟然这样诅咒母亲，大家如同身处寒宫，身上没一丝热流。

三媚姓甚名谁，没几个人知道，只晓得大家一直都叫她三媚。因为她老公排行第三，大家叫他三叔，理所当然她就成了三媚了。

三媚今年八十有九了。自十多年前三叔跟阎王爷做伴后，她就一个人过。一下子失去了经济来源、失去了老公关爱的三媚形单影只，过得冤之冤枉③。为了生存，她迫不得已种些蔬菜，养些鸡鸭、猪狗，还会上山采摘野果和天然狗点④、夏菇草，挑到市场上换几个零用钱。

三媚的脸看起来就像一个被摔扁了的搪瓷脸盆，盆上掉了许多块搪瓷，

---

① 江西狗：意指当地养不驯的狗。
② 各人生子各人爱，牛嫲生子舔背心：母牛生崽后，一个劲儿地舔干舔净小牛湿漉漉的背。喻为爱犊、护犊。
③ 冤之冤枉：可怜。
④ 狗点：鱼腥草。

现出了锈迹斑斑的冷铁。她的头发几乎看不到一丝儿黑色，在二十几年前就看不到了，完全像个白发魔女，要是在晚上冷不丁和她相遇，肯定会认为碰到鬼了。

这些年，凭着自己的勤劳，她积下了一笔小钱。日子不再清汤寡水了，也忘却了失去老伴的伤痛，人也比以前肥胖了许多，锈迹斑斑的铁一样的脸上有了一丝儿红晕。她的眉毛稀疏得已经屈指可数了，背驼得上楼梯时嘴就快接上楼梯板。她的嘴巴更像一个沼泽地，一个能量无限的神奇的洞穴。就是在这个神奇的洞穴中，喷出了每一个骂人的字眼，像一把尖利的钢刀，刺向眼下唯一的冤家——她唯一的儿子。

她的儿子胖清，大名福清。因为喜欢说大话，有人就给他取了个外号胖清。这个"胖"字是指说话不切实际，农村人把秕谷也称为"胖谷"。大家说胖清的十句话中，有九句九都是"胖话"，万万不可信。因为他总是夸大事实，即使是真话，大家也持怀疑态度。任凭他牙齿讲出血，诅咒发誓加保证，甚至说"骗了你是狗屌个"，大家还是说"你再会讲，我就是不信"，真是"一朝说假话，一世无人信"了。

胖清看着妖怪一样的母亲，就像身处狗屎堆。这是一个多么令人生厌的女人啊，可自己竟然是从她身上掉下来的一块肉！他感到这是一种耻辱：我怎么就会是她这个丑陋的女人生的呢？我情愿是石头缝里、大树底下蹦出来的，情愿是天上掉下来的。

如果出生可以自主选择，他就是瞎了眼也不会找上这么一个女人作为自己的孕育者。他甚至怀疑，自己在这个女人身边真的活了四十多年，这些年是怎么过来的！一恍惚，他觉得跟这个女人毫无瓜葛。

是啊，自从父亲死了，自从分了家，他真是想和她断绝了母子关系。他一直怀疑的关系，却又是铁打的事实，不接受也得接受。命运，就是如此地捉弄人。

胖清曾在心里鄙视过父亲："瞎目猫公，怎么就摸着了这只死老鼠？天下没女人了吗？还是个'二手货'呢！"可他父亲生前一直很得意老婆，好像没有老婆就过不下去似的，说她年轻时可是个美人。"鬼才信，怎么看都看不出她身上哪一处配用上这个'美'字，真是糟蹋了这个字。"胖清在心里把父亲骂了个狗血淋头。可他就不想想，如果没有这只瞎目猫公摸着了这只"死老鼠"，这个万花筒般的世界，又哪会有他这个人呢？但他好像天生就少了一种感恩的心。

"娘个拗豹子，生你养你这么辛苦，养条狗还晓得对主人摇尾巴、舔脚尖，可是你连狗都不如。你讨老婆做房子、买摩托，我一个老太婆花了几多钱？娘个有良心的拗豹子、乌头虫子、江西狗，就不怕雷公打死吗？你如今也有子女了，就不怕他们学你的歪样？屋檐流露水，点点不差池，上天有目，你迟早也会落到我今天的下场……"

这些话好比发臭了的食物，在胖清的肚子里蔓延开来，他感到自己像一具腐烂的尸首，在一点一滴地发胀、变大，鼓起来，变得透明。

"老短命嘛，我要是被雷公打死了，曼人替你收尸，曼人替你扫墓头，曼人来祭挂你，你还不成了孤魂野鬼？嘴鼻咁歪，嫌命靓吗？早知这样，嫁什么老公，生什么儿，养什么子，做孤老算了，有你这样的媖哩，是我一生的耻辱。"

"短命相，乌头虫子，江西狗，生不孝顺，死了奉什么鬼神？！我活着时你都这般心肝对待，巴不得我早死，死了你还会来祭挂我？我就当屙大了一堆屎，没养你这只江西狗，死后也不指望你来祭挂我，我就这座房子里出骨，不用埋我，臭也臭不到别人。"

"娘个老短命嘛，想得也太天真了。你死后，我就把你倒过来埋，让你在地下也受苦，或者丢进河里喂鱼吃。"

"短命相，我死后你要是敢动我，我做鬼也要吓死你，让你有一点安乐，不信你试试！"

胖清是个免疫功能极高的"六畜"，一向不怕遭什么报应，也最不相信这个，如果有报应，那么他早就该遭报应了。这个可恶的母亲他不知骂过几百回，可他照样活得挺自在。他只是恨老天为什么让她活那么久，她是他快乐生活道路上的一个障碍，使他的生活充满了阴暗潮湿。

在他最初的记忆中，父亲是大队里的一名干部、调解员，母亲则是一个地地道道的农家妇女。听大人们说，父亲以前口才很好，而且长得也标准，一米七六的高度，一百四十斤的肉头，配上一副国字脸，很有阳刚之气。他大她十多岁，此前又有五个子女，前妻入鬼籍后一个人既当爷又当妈，过着暗室里穿针——难过的日子，能不老态？

胖清还听说，母亲是个结婚七八年都没过喜迹的人。她原来的男人怕绝种，就把她休了。那时要是结婚几年没动静，统统都是女人的错，从来就不曾想过男人身上也会有问题，而发生这种情况，通常便是离婚。

三叔和三媚的结合，有偶然，也有必然性。

一次平整土地时，她因日夜加班，疲劳过度，一不留神，左脚的伯公脚趾①被镬头铲去了脚指甲，鲜血直流。当时他是她那个组的组长兼记工员，见此情景，二话不说，赶紧拖出自己的烟包，把烟丝敷在伤口上，把整个烟包里的烟丝用完了才止住血。然后他又把她背到大队赤脚医生那里清洗伤口，打了一支消炎针，拿了一些消炎药，又再次把她背回了家。

"你放心，你这是工伤，我会记上你的工日，你就好好养伤吧。这次你捡了大便宜，不出工照样记你工分了，我走了。"最后一句玩笑是为了让她开心，忘记疼痛。

"你那么辛苦，真是太感谢你了，喝碗茶再走吧！"她站起来就要为他倒白开水，但脚上的剧痛一下子使她失去了重心，她摔倒在地上。

他慌忙上前扶她，但因着慌，竟扶错了地方，他的右手扶在她的左前胸。一接触到那软绵绵的肉团，他更加慌了，脸红得像猪肝一样，一松手，她又重新掉在地上。她索性坐在地上，直喘气。

"对不起，我……我绝对不是故意的，请……请你相信我。"他明显感到自己的血脉喷涌，心在喉咙里。

"我……晓得，我不会怪……怪你的。"她也感到自己的心里开起了拖拉机，身体发软。

刚才背她时，她的两座小山贴在他的背上，他就感到自己快崩溃了。夏天只穿一件的确良衬衫，只隔着两件薄薄的上衣，那种感觉真的很奇妙，如果说没一点反应，那才叫不正常。他真想放下她，来个就地取材，解决一下多年来得不到解决的严重问题。但听到她痛苦的呻吟，只好强行抑制住那股由下身涌上的真气。如今再次触碰到那能置人于死地的肉馒头，他马上又被那股真气袭击了。

当他爱怜的、暴烈的目光扑向她的时候，她竟然不知所措地流下了眼泪。很久没有在男人的面前流泪了，这次不知为啥，眼泪竟如决了堤的洪水，汹涌而下，收也收不住。看到地下一大片都被她的泪水打湿了，他情不自禁地上前

---

① 伯公脚趾：大脚趾。

拥她入怀。她小有挣扎，但他更加用力地拥抱她，还把滚热的嘴唇堵住了她的嘴唇，使她无法叫喊。其实她也并不想叫喊，在那个做死人的年代，谁都不会在家闲着，这点他们都很清楚。她一边用手拍打着他，一边又情不自禁地和他配合。

他用一个男人所兼有的野蛮和柔情突破了她多年来的防线。一场狂风暴雨过后，她无力地哭泣，他则抱着她，吻着她的唇，吻去她的泪，用他那三寸不烂之舌诅咒发誓，蜜语甜言。说如果她不嫌弃，他会讨她做老婆，对她的一生负责，他也不会嫌弃她没有生育，还说，他会教育好他的五个子女，以亲生母亲那样对待她。

从此，他们都无法控制自己的欲望，只要有机会，他就会来她的小屋里，她也不再拒绝。当他跪在地上，哀求她嫁给他时，无须再考虑，也没有选择的余地，她一口答应了。她知道自己一个才三十多岁的女人，要过完人生之路，真是太漫长也太难了。如果自己不抓紧嫁个男人，说不定很快就会发生其他丑事。

自打离婚后，她就搬到祠堂后面那个专门堆放杂物的小屋里居住。那间小屋原是五保户住的，前几年五保户死了，她也离了婚。一切都好像上天安排好的，如今她倒也像五保户了。有些男人三天两头来她的小屋拉呱搭讪，她晓得他们的用心，一直防着，晚上睡觉时，总是把小屋认认真真地看过，好像哪个角落会藏着一个不怀好意的男人。确认没人时，才用一根大木棍把房门紧紧撑住。但还是睡不安稳，时刻提防着。多少个夜晚，她都听到了男人低沉的呼叫声和敲门声，这两种声音如今还历历在耳，令她心有余悸。

她也清楚，嫁给他，也不轻松。那五个子女，不知道会怎样对待她。但她相信，只要付出了真心，必能收获他们的真情，自己不能生育，就把他们视如己出。路遥知马力，日久见人心，相信他们也不是铁石心肠的人，迟早会接受她。

那天她含泪答应他时，他乐得再次把她折腾了一番。

一切都出乎意料，还没去领结婚证，她就发现月事没来。她起先不敢告诉他，以为自己得了闭经病，因为紧工，除了感到有点困外，并没其他症状，她没空理它。此后的两个月，每月该来的还是没来。这时她也感到有些不对劲儿了，就偷偷一个人去医院检查。一个很有经验的妇科医生为她一打脉，就明确地告诉她有身孕了。她一脸的茫然："怎么可能，我以前结婚几年都没怀过，大家说我是不会生育的女人。"

"什么意思？"那医生问。

于是她就毫无保留地把那些往事告诉了她，但隐去了离婚和遇上这个男人的事。

"那是你比较迟生育的原因，并不是每个女人一结婚就能生育，有可能是你身体有点问题没有治好，或者生活条件太差。"

她听了医生的话，还是半信半疑，也不敢对他说。后来她开始有了更大的反应：头晕、呕吐、手脚发软，老想睡觉，还开始挑食。他有一天发现她不对头，询问之下，她才告知实情。

"你怎么不早说，你怎么不早说，你应该早告诉我呀！"

她的话犹如一个定时炸弹，在他的耳边炸响。他高兴得张开双臂将她拥进怀里。突然！这一切来得太突然了！她能生育，他可以和她有自己的孩子。她也高兴得流下了泪，不但是为能为人之母，也为过去所受的那些辱骂和歧视。因为自己不能怀孕，不知被多少人指着后背骂成不会下蛋的鸡嫲，她抬不起头来，任由那些辱骂铺天盖地地罩住她。如今一切都得到了平反，她能不喜极而泣吗？他的高兴也不亚于她，有了共同的孩子，他就能拴住她的心，他们才有可能相伴到老，就能恩恩爱爱走完以后的人生之路。

婚后第五个月，也就是一九六三年冬天，她顺利产下一女，取名玉英。三年后又产下一子，取名福清，也就是胖清，他们希望他幸福平安，清白做人。

改嫁后，三媚对三叔的五个子女还不错，改变态度是胖清出世后。原先大家都说她是个好女人，根本不像一个后娘。三叔也高兴地认为，他们一家会一直平安幸福地过下去。然而，事情并非他想的那样简单，三媚在有了自己的两个孩子后，一切就开始变了。

三媚开始经常找那几个子女的碴，他们做得再好，她都横眉竖眼，不给好脸色。原来其乐融融的家，一下子就矛盾百出，不是她着牛骂马就是子女在父亲面前告状，好端端的一个家乱成了一锅粥。

三叔夹在中间不知如何是好。作为父亲，他有权维护子女，他们是他既当爹又当妈抚养成人的啊，他吃了多少苦受了多少累，流了多少男人不能轻易流下的泪！想起那些辛酸的往事，他怎么舍得让他们受委屈呢？可是，作为老公他又有权维护老婆，她也不容易呀，做人家后娘，不是每个女人都愿意的，更何况现在自己也有了两个子女。再说了，让她过好日子，是他跪在地上给她的许诺，他怎么能够言而无信，过河拆桥，轻易违背当初的千金之诺呢？

他从此有了许许多多的无奈和伤痛，可为了遵守自己的承诺和能够顺利地跟她做公平交易，他只能选择委屈子女。几个子女都长大了，有了自力更生的能力，饿不死了，相信他们会体谅做父亲的苦衷。

他让已成家立业的长子带着四个弟妹过，分给他们两间房，两层的泥瓦房，外加一间厨房和一间猪舍。后来又有不少人在私底下议论："盲有①后老嫉，先有后老爷。"这句话的意思就是：还没被后娘抛弃，倒先让亲生父亲抛弃了。

三个女儿倒是很快就出嫁了。唯有老二，一直还是单只佬，父亲不能出钱出力给自己讨老婆，他就跟着老伯瑞嫂瑞②过，后来又受不了嫂瑞的排挤和百般刁难，便自己一个人开灶了。

胖清小时候，其实也挺幸福的。父母一直把他当做小皇帝，捧在手里怕掉了，含在口里怕化了。如有可能，他们情愿把月亮摘下来让他当皮球玩，情愿把自己的心挖出来给他当补品。胖清几乎是在父亲的肩头上坐大的，但凡有点空，父亲便让他坐在自己的肩头上，有时小家伙把尿撒在他那里，他还乐得哈哈大笑。如此反差，让大胖清两岁的阿姐一千一万个不乐意，但又能怎么样，谁叫你没有带"把"，苦水③有你做，有好吃的却轮不到你，光宗耀祖靠的是那些带"把"的！当他们相拥看着睡梦中的小皇帝时，讨论的大都是，长大后他能为我们争一口气吗，他能出人头地光耀祖吗，他能孝敬我们，让我们度过幸福的晚年吗？他们甚至自信满满地说："能，肯定能！我们合作成的细鬼子肯定是最棒的。"他们就是在这种希冀中度过了一年又一年，吃着同样的饭，做着同样的事、同样的梦，把所有的爱都倾注在他身上，希望日后能得到他的报答。

胖清清楚地记得，父母改变对他的看法，从他宣布辍学那天起。母亲开始责骂他，还扮起了一个投资商的角色：从十月怀胎到呱呱落地，从牙牙学语到蹒跚起步，从幼儿园到小学，从小学到初中，胖清用的、玩的、吃的、穿的，别说花去的钱财，就是花去的心思和劳累，这辈子就已经报答不了了。即

---

① 盲有：还没有。

② 老伯瑞嫂瑞：兄嫂。

③ 苦水：重活。

448

使一天就算一个蛋钱，长到十五六岁，算也要花一下子时间 ①。如果现在就不读书，那就意味着和父母一样没出息，他们所有的希冀就破灭了，欠他们的那些钱财就一江春水向东流了。

三媚难得苦口婆心地开导他："如果你能考上大学，出人头地，跳出这个穷山沟，你一生世人的路就会好走，活得就轻松，我们也会高人一等，有面子。只要你肯读，生活再艰难，我和你爷哩就是砸锅卖铁，就是卖血，也会供你读完。我们全部的希望都落在你身上，就看你能不能为我们争一口气了。"

父亲也在一旁鼓励着："清清，我们不让你做事，就是要让你全身心投入到学习中，你为了我们，也要坚持下去。知识不怕多，读得再多也是自己的，别人抢不去。读书有什么难，不是说世上无难事，只要肯攀登吗？只要下得了功夫，铁杵也能磨成针。"

胖清听了，心里直冷笑：哼，你们懂个屁！你们以为就那么简单，简单得好比一加一等于二。你们总是说，只要我努力了，就不难把老师在课堂上讲的内容消化掉。难道我就不晓得，如果把那么多的辅导、练习都做好了，考清华北大就有希望了，连猪八戒也能考上大学？问题是，胖清对老师讲的那些内容都听不进去，好像鸭子听雷公。他坐在教室里，如一只落群的小鸡，恓惶、孤独、自卑，看不到前途，找不到依托。他感到自己走向了绝境，于是，常做些小动作来打发孤独难挨的时光，找一些乐子。有时，他会把班上最起眼或成绩最好的男同学的文具盒或书本塞到女同学的书包里和桌底下；有时，他会在体育课上偷偷地写张字条给女同学，用别的男同学的口吻向她示爱。

在父母再次给他上政治课，讲解人生大道理时，他反驳说："你们不是一直都说耕田太难吗？可我觉得并不难，该播种时就播种，该施肥时就施肥，该洒药时就洒药。谷子饱满了，变成金黄色时就收割，晒干了就入仓，就这么简单。"

听胖清这一说，三叔和三媚不由得目瞪口呆，你看我我看你。

看到父母这种神情，胖清心里并没有一丝快感，反而灰了一层又一层，他觉得自己走进了地狱，彻底丧失了希望，活着真是太累了。他认为自己一无所有，可怜透顶，就像墙角边卑微的苔藓，常年见不到阳光，只有潮湿和细菌。

----

① 一下子时间：好一段时间。

父母开导中那企求回报的眼神，总是阴魂不散地包裹着他。他不想活了，如果家里有一瓶农药，此时真想把它当着可乐一股脑儿地喝下去。但他又听人说过，喝了农药的人，会被医生灌进大量的水甚至粪便，这样，他又感到死也是挺恐怖的。

人一旦失去信心和理智，钻进了牛角尖里，再多的劝导和哀求也枉然。当父母又一次软硬兼施逼他上学时，他就像一头发怒的雄狮，咆哮如雷，震得墙壁上的积尘也一块一块往下掉："我读不读书关你们什么事？我就不读，你们能把我吃了吗！凭什么一家人的书都要我一个人去读，阿姐想读，你们却不让她读，我不想读，你们偏要强迫我去读，你们这是什么意思，是哪门子的道理，有你们这么做爷嫫的吗？不正常，太不正常了！"

在胖清看来，人来到这个世界上，最大的不幸莫过于无法选择父母和亲人。无论多么丑陋，多么死乌搭瞎，都是我父母，都只能去爱，只能去接受，不去爱不去接受就是拗豹子、乌头虫子、江西狗。这是不公平不正确的，为什么一个人对父母的爱必须是无条件的呢，难道这就是道德上的孝顺吗？就因为父母生了我养了我，我就这样无条件地付出？他们把我带到了这个世界上，充其量是他们自己为了快乐和满足，可我为什么要为他们的快乐和满足背负一生都还不清的人情债、良心债呢？这是什么逻辑！

每次胖清只要一听到母亲骂他"拗豹子、乌头虫子、江西狗"，心里就会感到一阵阵发冷，打战，表面上风平浪静，死猪任由开水烫，内心却在波涛汹涌。在"短命相，雷公没寻到个"骂声中，他就会在心里回报他们："哼，像你们这种爷嫫，有啥资格和我谈论感恩、回报，你们对我好，还不是因为要我给你们争气，以后为你们养老送终。你们生我养我，不是没有条件的；在责骂我之后，你们有什么资格谈亲情，还要冠冕堂皇地宣称一切都是为了我好。"

别人的父母怎么就那样通情达理，而我的父母怎么就那样不可理喻？每次和我讨价还价索要回报时，还能如此理直气壮毫不羞愧！都是吃五谷杂粮长大的，他们的面皮咋就这么厚？是哪个给了他们如此不讲理的特权，是谁人赋予他们在道德上占有的这个永远不倒的制高点？

胖清到底不理解"可怜天下父母心"这句话的含意和概念，只是在牛角尖里一个劲儿地想象着父母的缺点，他们的优点也被想成了缺点。他对父母的回应就是：你们既然生下了我，就应该承担责任，连动物都有生育和抚养后代的本能，都有舐犊和护犊之心，可你们在这种事情上，于我有多少了不得的大恩大德呢？人类到底是一种高级动物，把动物的本能也当成了一种自私自利、强索不尽的崇高理由，什么养儿不知父母恩，哼，要是我以后讨了老婆养了子女，我就会加倍明白，任何一对父母生儿育女，不是出于快乐本能就是出于自利打算，有什么恩？如果要用一辈子的时间去偿还这种生育之恩，我情愿不要来世。

胖清的这些想法，电闪雷鸣一般，在他的心里头、脑海里响彻一片。他感到心里有时一阵打战，这种想法无疑是大逆不道，骇人听闻的，按照传统观念，像他这种人应该烫油锅，下地狱，或者正如他父母骂的那样，要让雷公电母打死。

冷静下来时，胖清又在努力地说服自己：我不该这样对待父母，都说狗不弃家贫，子不嫌母丑，我难道遇到鬼了，怎么能这样对待父母。父母就算有千个万个不是，但毕竟是给了自己生命的人，身体里毕竟流淌着他们的血液。他们以前也很少骂自己，一直把自己当宝贝，为了自己，阿姐至今还在怨恨父母，说他们两样心。可自从我长大了，他们活得更加辛苦，更加烦恼，自己处处与他们作对，处处不让他们省心，为什么呢？

家里养的那只吃屎狗，只偶尔会得到父母剩饭剩菜的赏赐，但它每次看到父母归屋，就会大献殷勤地跑上前，摇头摆尾，舔手舔脚。闲下来时，也总是蹲在他们身边，依偎着他们。有时，他们出门做工，它也会跟了去，蹲在阴凉处等他们回家。它是他们最忠实的护卫。自己是个高级动物，是个有血性有思维的人，难道还不如家里那条狗吗？他努力搜索着，却着实没想到自己成年后给他们带去过一点点的快乐，一点点的骄傲。胖清这样想着时，心里又有了一点点自责，因为这一丁点自责，他才看到了他们与日俱增的白发和日趋佝偻的背。于是又多了份自责，也觉得父母骂得不错，自己确实是个拗豹子、乌头虫子、江西狗。每次打雷下雨时，他真的很怕那些响雷，怕得真想藏到尿缸角头。

就是在这种两极颠倒的思虑中，胖清简直蒙了，一会儿说他自己忤逆，对不起父母，充满了自责；一会儿又觉得父母自私，就又对他们充满了怨愤和厌恶。那段时间，他经常失眠，每次失眠都给他带来了头痛欲裂的痛苦，他都担心自己会得精神分裂症了。有时候他甚至又羡慕起那些癫古来，癫古有什么不好，他活在自己的世界里，无忧无虑，一切的一切都与他无关。

做父母的并不清楚他复杂的内心，看到他少了语言，少了那种总是带着怨愤和不屑的眼神，还高兴地认为他们的政治课起到了显著效果，于是就更加积极地隔三岔五地对他进行教育。子女毕竟是子女，读了再多的书，在父母面前还是嫩了点。如果做父母的都不经常给子女敲敲警钟，讲讲人生大道理，他们又怎会懂事。唐僧如果不经常念孙悟空的紧箍咒，孙悟空也许会忘乎所以地多闹几次天宫了。

一天晚饭后，他们又满脸堆笑走进胖清的房里，念起了"紧箍咒"，说村里谁谁谁考上了大学，毕业没几年升官的升官发财的发财，赚的钱一家人都花不完，原来粗茶淡饭破衣烂衫的父母如今吃鱼吃肉，穿金戴银，风光无限。

"你们有完没完，鹅比鸭比三般比，这有什么好比的。人家的爷娭做总统，做亿万富翁，痒有人挠，头有人洗，脚指甲手指甲都有人剪，做人做得好的，屙尿都不用蹲下。他们除了动脑，什么都可以不动。可你们呢，除了一身的泥臭味，有什么资格跟人家比这比那。你们要是做了总统，哪还用得着我去争气！比，比，比，比死你们都有。"

胖清只要一听到他们在他面前比了这个比那个，就会胃酸加重，一直上涌，令他作呕，也就会毫不客气地以极其厌恶的口气，以牙还牙。

"娘个拗豹子，怎么能这样和爷娭说话！我们像你们这么大的时候多可怜，啥活儿都要干，温饱都解决不了，粥都冇来啜，就靠挖野菜填饱肚子，哪还有那个命去读书？我们那时的日子要是让你过，你一天都过不下去。你现在吃好穿暖，又不用做事，却还身在福中不知福，以为是为我们读书，不理解爷娭的苦心。"

"曼人叫你们要这么早出世，如果你们现在才出世，哪会受这么多的苦，也不会连累我受苦。我没怪你们就够客气了，你们还要管七管八，管得我头昏脑涨。以后你们少管我，我过好过歪也不关你们的事，是我自己的事。"

"啪"，三叔一步跳到他面前，重重地赏了他一巴掌："滚蛋，你看不惯我们，就从这个家滚蛋，就当我们没养你。我们全心全意要你好，你却这么说话，爷娭哪里对不起你？你睁眼看看，哪家的子女有你这么好过，他们什么事情都要做，可你呢，饭来张口，衣来伸手，跟少爷一样。叫你洗碗筷，都能让人家看出你上餐吃的是什么，扫地也会偷吃[①]。爷娭冇空叫你煮一碗头菜，你

———————

① 扫地也会偷吃：意指扫不干净。

452

不是忘了放盐就是忘了放味精。我们要是再惯着你，你就会变修①了。"

见老公发了火，三媚却又做起了好人："清啊，我们是真的要你好，你爷哩打你，也是恨铁不成钢啊。知识不怕多，学得再多也是你自己的，别人抢不去。你要是考上了大学，不但我们日后有指望，你自己的日子也好过。我们做爷娭的，都指望自己的子女能出人头地。你要理解啊，你看我们没有文化，日子过得几辛苦②。作田耕地也要有文化，没文化连农药都分不清。当家做主，哪样少得了文化？我求求你，去读书吧，什么事情都不会错过，唯有读书会错过，以后你就会理解爷娭的一片苦心。"

听着母亲近乎哀求的语气，胖清毫不动心，他还感到绝望：天哪！讲来讲去他们就是希望自己能考上大学，日后好光宗耀祖，好报答他们。真没想到自己的爷娭虽然一身泥巴气，但目光还看得如此之远，无论绕了多远，至终的话题总会绕到考大学这方面来，总是大学大学的，烦死了！要考大学你们去考，我可不考，想考也是以后再说。我就来个耳聋听不到狗吠，就当你们放屁。胖清这么一想，竟然在心底里浮出了一丝恶毒的冰凉的笑意。

最初他对父亲只是可怜与厌恶，并没有恨。但自从得到他赏赐的巴掌后，就由厌恶和可怜变成了恨。想到母亲骂他时，父亲却一句话都不回驳，而是一个劲儿地做事，还会点头哈腰赔笑脸，可对自己的血肉，却下得了手。他们才是同一个姓氏、同一条战壕的人啊，他怎么就……

三叔做大队干部时，就是个心软老实之人。有人说，他一生亏就亏在心软和老实上。他的内心存在着清规戒律和良心道义，他抹不开脸，横不下心，唯恐做了昧心事会被人发现，被人揭发，被人扣上高帽子，被揪去游街批斗。他就是这种没死先怕臭的人，一生都过着按部就班的日子。

很多时候，三叔也觉得对不起几个子女和老婆，他答应过她，要让她过好日子。可是她跟了他，要说好处，那就是在她心情不好或累了时，他不会像其他男人那样与老婆对骂，或摔碗砸缸地发泄，她可以无风无险地凭性子责骂，直到骂累，根本不用担心他会像其他男人那样对老婆抢拳头挥巴掌。三叔在愧疚之余也想，当年身为干部，如果胆子大一些，头脑灵活些，也往自己的口袋里捞一些，那么，全家人也会活得舒服一些，扬眉吐气一些。他心里也非

---

① 变修：意指废了。

② 几辛苦：多辛苦。

常明白，与其说老婆子女对自己不满，毋宁说自己对自己不满。可是性格使然，别人家的那种手段，那种本事，那种魄力，他这一生是不可能有了，只有寄希望于来生了。可下辈子他们还是他的老婆和子女吗？说实话，这辈子就是把那些成捆的钞票放在他面前，他也会把它当做妖魔鬼怪，碰都不敢碰。难怪老婆会骂他是个被人卖了还会帮人家数钱的老实头子。要说他也有调皮大胆的地方，那就是在"拐骗"她时色胆包天过一次。想到这里，他心底就不由自主地涌起一些自怨自艾的情绪。再往下想的时候，他都有些自暴自弃了。日子过得飞快，就像坐过山车，轰轰隆隆地，一会儿地下，一会儿天上。如今半生世人都过去了，自己还在原地踏步，时代是变了，可他变了什么？变的是背驼了，头发白了，耳朵聋了，没变的是天掉下来当棉丝被的性格。一家人就这样磕磕绊绊地迎来了春天，送走了冬天，送走了一大二公的人民公社，迎来了让老百姓们箪食壶浆、载歌载舞的分田到户和改革开放。

胖清辍学那年头，很少有人出门打工，为了生存，他也学会了不少农活，但还是一直和父母针锋相对。心情好时，就跟着父亲做事，却整天闭口不语，和这种人，哪有共同语言？心情不好时，管它紧不紧工，他都在家睡懒觉，他们急死撞死也没用。要是骂他，他便回一句死话："鬼喔般（鬼叫）做什么，你们要是目热，也可以睡目，又没人强迫你们去做。"于是，"拗豹子，乌头虫子，江西狗，短命相，雷公打死个"，就会劈头盖脸向他砸去。对于这些怒骂，他习惯成自然了，骂是风吹过，如果骂得倒人，那他会用自己那三寸不烂之舌把他们都骂死。

每次回到家，一看到父母那熟悉的言行举止，胖清就莫名其妙地感到滑稽、可怜又可笑。

三叔有一门在当时很吃香的手艺:编索子。农村人用箩索、钩索①，都需要用棕丝做成的一种绳，后来在床上也用上了，那叫棕荐。老人说这种棕荐铺在床上可以除湿，美中不足是容易生狗虱②。棕丝还可以做成扫把，用棕丝做的扫把，好扫又耐扫。三叔因有这门手艺搞副业，所以日子过得比一般好，但在家中的地位并不高。只因他比三媤大十多岁，且有一群黄毛鸡子③，而三媤嫁

---

① 钩索：用来捆柴的工具。

② 狗虱：跳蚤。

③ 黄毛鸡子：雏鸡，这里指子女。

他前，还没下过一个"蛋"，因此她觉得自己吃大亏，他们之间不公平。所以，三叔一直在"高压线"下过日子，对她百依百顺，从不敢吆五喝六，声音大一点也会被认为在凶她，也会使她抽泣着对他进行一番昏天黑地的数落。

三媚心情不好时，脸上总是像糊上了一层糨糊，糨糊中还夹带着一股似乎要置人于死地的怒气，随时都要将他扫地出门一样，连子女也成了她的敌人。心情好时，她除了永远都感到老公欠她的外，又把子女当成了希望。

胖清永远也想不明白，父亲好歹也是有七个子女的人了，在大男子主义占上位的年代，他怎么就会有那副永远也赔不完的笑脸呢？难道他心甘情愿做她的出气筒？

三媚一旦遇上了"鬼"，发起脾气来胖清和阿姐就会感到天旋地转，而三叔则赶紧把家中所有的活儿都做好，似乎要用自己的行动来证明他对她的爱是没有任何杂质的。她一直对他着牛骂马，说他诱拐了她，把生米煮成了熟饭，使她逃不出他的手心，就像孙猴子逃不出如来佛的掌心一样。如果不是考虑到肚子里那个无辜的小生命，她打死也不会嫁到山脚下，做人家的后娘。其实她老家离他家很近，而且也生长在夹皮沟里的贫苦人家，口气大得却像是住在大城市的千金小姐。

胖清听了母亲的数落，听到她一一列举父亲的罪状，便又一次委屈起来：原来他和阿姐是个人质，是帮助父亲压迫、剥削母亲的关键工具，就像放在门角头的那把带缺的锄头。他很不服气："凭什么一切罪过都要由我们小的来承担，难道生下我们就不是你们大人的罪过？如果一切可以重来，我绝不会选择你们这样的爷娭，我才是一个受害者。"胖清这样想着时，更加恨起了父母，心底同时涌起了一阵阵难以言说的沮丧与绝望。他不但恨父母，也恨自己，恨周围的一切。他的恨太深了、太广了，后来这些恨也虚无了、漠然了，也慢慢地接受了。

胖清想，就算自己行衰运遇上这样的父母是一种错误，但既已发生，只能将错就错，在错误的土地上发芽生根，是自己的运气不好。

他到底还是想不明白，就算是父亲诱骗了她，也是出于对她的爱，再说父亲此前虽然辛勤抚育了五个子女，但还很健康，尽管老了些，可也是一个优点多于缺点的本分男人啊。在当时的农村，哪个男人会像他那样事事顺着女人，又有哪个男人听到女人耍泼辣骂老公骂子女时，不是摔碗丢筷子的？有些男人一怒之下还会把水缸、锅头都砸烂呢！骂不过女人，总得有个发泄的地方吧！可胖清的父亲从来就没有过这样的历史，他好像有包容万象的气度，还有使不完的力气，什么重担苦活都一肩挑。

既然合伙做出了两个细鬼子，她为什么还要一直埋怨他呢，难道细鬼子是他强制生产出来的吗，不然她为什么总是一副苦大仇深的样子？她自己难道有什么可以炫耀的资本吗？可她也是一个家境贫寒的女人啊，一个相貌丑陋、瞎眼字一个不识的二婚农家女，除了岁数小了十几岁，又有什么资格可以如此虐待他？

她人不高，但手臂不短，每次像疯狗一样咬他们仨的时候，总是不忘伸出她那黝黑瘦长的手臂，火柴棍一般的手指指点着他们的额头或鼻子。胖清每逢其时，总会在心底里涌起一股无名怒火，并且有种咬断或砍掉那爪子的冲动。

一次，在她又吃错药发癫时，他忍无可忍地对父亲说："叔，你真是个冤芝冤枉的男人，冇目光、窝囊废，像这种骂人大王你也要。换了我，就是一辈子冇老婆见面，倒贴钱我也不要，我情愿打单身、做孤老。就算当时鬼迷心窍，在她原形毕露让你领略了这么多苦后，你也该和这样的妇人家来个井水不犯河水，拜拜算了，亏你还能一直忍受。"

那时我们那的农村孩子，称父亲不少都是伯、叔、哥，鲜有叫爸爸的；姨娅、奶奶、嫂、媚，则是对母亲的称呼，不比如今，一律称爸妈。

"啪"的一声，三叔出其不意地赏了胖清一巴掌："娘个拗豹子、乌头虫子、江西狗，有你这样说话的吗？难道你巴不得我们离婚，我们离婚对你有什么好处？你娭哩哪样亏待你了，她加班加点，累生累死为了什么，你就受不了她几句骂？"

的确，没有哪个孩子敢对父母说这些话，即使敢想，也不敢说这样大逆不道的话。哪个孩子不是在父母的打骂中长大的，哪个孩子在承受了父母的打骂后还不是照样听话地做着一切力所能及的家务事？不然怎会有这样一句：自己的亲生子女，打也打不走，骂也骂不跑。

可胖清何许人也，他和三国大将魏延那样脑后有反骨，敢想就敢说，就敢做。他还在作业簿上记得清清楚楚，比日记还清楚：某年某月某日某时，父母打了他骂了他。可他并不认为自己有什么不对，难道父母就可以随意虐待子女，而自己就不可以反抗，父母的错就不是错？

他实在是可怜父亲才这么说的，没想到父亲为了那个女人竟舍得打他。

看来，父亲和母亲这两个没有血缘关系的人，才是站在同一条战线上的。这个没有骨气的男人啊，难道受老婆辱骂也是一种幸福的事？他真是搞不懂。

在胖清的记忆中，母亲的形象就是无休止地唠叨和辱骂，家里三个"不幸"的人都得在她的唾沫星子下忍辱负重地讨生活，这不是苟且偷生是什么，这样的生活有什么快乐可言？她的嘴里一直这样说："我为这个家，为了你们三个，付出了所有的精力，没功劳也有苦劳，可你们还这么没良心，还要这样气我，难道我前生前世欠了你们的？"

除了胖清吃了豹子胆，在忍无可忍时顶撞几句，父亲和姐姐每到她发威时，都好像遇着了猫的老鼠，大气都不敢喘。

明明我们三个是最不幸的受害者，可她好像才是受害者，真是没看过哪个受害者会这么威风，这么霸道。难怪有人说，在深山沟里长大的人就像是野生动物一样野蛮，真是太确切了，她就是不折不扣的山蛮。可这个山蛮，在大施威风和霸道之后，竟还感到有满腹的怨愤和委屈。对家里这个山蛮，胖清真是百思不得其解。

偶尔，胖清也真的服了母亲，因为她确实有过人之处，是兔嫲下崽，与众不同。她特别能干，也特别勤俭，就是在她发癫骂人时，她的手也不会闲着。她可以一边做事一边骂人，她可以手嘴并用，做了那样做这样，两者丝毫不会受到影响。总之，她把骂人当作自己干活时的音乐伴奏。很多时候，看到她骂父亲，一一列举罪状时，而父亲总是默默地在一旁帮着做事，点头哈腰加赔礼道歉，胖清又想笑又想哭，"真是自作自受！"他很多时候是一走了之，来个耳聋听不到狗吠。骂吧！骂吧！看你能坚持多久。

然而，真如别人所说，她是吃多了参，精神头特别好，骂上三天三夜嗓子不会走调，音量还是那么尖锐。胖清曾揶揄地说："如果能遇上伯乐，她绝对是一流的女高音歌唱家。出生在山沟里就是命苦，与伯乐太远，无法改变命运。"

胖清死都想不透，她似乎对他们三个有着透骨切齿的仇恨，好像他们挖了她的心肝，刨了她家祖坟。可是她的确又在生活上尽量满足他们。比如穿的，她尽可能为他们添衣置鞋，冷了怕他们冻着，热时怕他们中暑，还为他们采草药煎凉茶解暑；比如吃的，好吃的都让他们吃，杀了鸡宰了鸭，总是把鸡腿鸭臂夹到他们碗里，她自己就随便喝些汤，吃些鸡头鸭爪。剩饭剩菜她都舍不得倒，给他们煮新鲜的，而她却将就过餐饭菜。她天天拼死拼活，从没闲过，就是刮风下雨，也在家为他们补衣补裤。她不像其他女人那样天天喊累，时时叫苦，她把所有的体力活当做自己的专利，实在忙不过来时，才会叫他们帮帮忙。

大他两岁的阿姐虽有一千一万个不乐意，但又能怎么样，谁叫你没有带"把"，苦水有你做，有好吃的却轮不到你，光宗耀祖靠的是那些带"把"的。难怪很多受过父亲不公对待甚至"歧视"的女孩子，后来会愤愤不平地说："要是想起以前，现在连一个臭蛋也不给他吃。"二十一岁那年，胖清看中了本大队的一个妹子，就死命地追。那妹子小他一岁，因曾跟过浙江来的地质队长，被家里找回来后就一直无人问津。她人好看，也会做事，如果不是有那么一回事，早该名花有主了。

农村男人，讨老婆难，如果老婆花心，也是个大问题。他们的顾忌是有道理的，但胖清说，只要我对她好，她就会收心，加上她那时年龄小，没经验，容易上当，犯那些错误在所难免，只要婚后循规蹈矩就行了。也是，古之圣人都曾说：人谁无过，过而能改，善莫大焉。

胖清结婚后，对老婆真的很好，他还带着自嘲的口气对大家说："对老婆好是祖传的。"刚结婚时，很有兴头①，老婆转外家一个晚上不在身边，他都睡不着，如果不是怕人家笑话，半夜都还想去老丈人家。

胖清的老婆莲秀，在胖清辛勤耕种下，那肥沃的土地很快就有了果实。带归时，已有六个月的身孕。农村人戏称带胎结婚的女人为现蛋鸡嫲。那时计划生育松懈，于是出现不少带胎结婚或生育完后，结扎、登记和小孩入户口一起完成的。

胖清结婚时，三叔、三媚都乐得不知自己姓什么了。有了老婆，儿子也不会吊儿郎当，会有责任心了。他们把所有的积蓄都花在讨生媚工程上。这只偏头狗②，有老婆管着，也会变得老成一些，有了老婆子女，看你还怎么晃③。

三个多月后，莲秀产下一男，煞是可爱。三叔和三媚乐得屙尿都对着墙壁笑。胖清小夫妻也非常高兴，第一胎是男孩就定了心，后一个是男是女就无关紧要，没有思想负担了。

---

① 兴头：兴致。
② 偏头狗：指不听话的人。
③ 晃：郎当。

三叔和三媚把家里养的十来只鸡公都杀了，给莲秀补营养。一个月子四十天，莲秀养得白白胖胖，更增妩媚。

尽管三叔和三媚尽心尽力在生活上照顾他们，"做娭毑，娭毑做①"，四十天来三媚忙里忙外，还要照顾莲秀，肉头都蚀了近十斤，可胖清硬是连一块鸡骨头都没让她吃。你们生了我，就应该对我负责，无条件地负责，我凭什么要去领情，凭什么要去回报你们？

一直以来，他都瞧不起父母，他们是多么卑微、粗俗，多么猥琐。胖清表面冷静，目光挑剔，常用冷冷的目光射向父母，那一射，他总会触目惊心：这就是我的父母？他们整天关心的事，就是早点起来做事，迟一点回家，做着同样的事，吃着同样的饭，说着同样的话，千篇一律，似乎除了家务、吃饭睡觉，还有与邻里之间的攀比，就没有什么重要的事了。

三叔、三媚和大多数农民一样，在越穷越光荣的计划经济时代里出生成长，成为灰色模具一样的人，是那样无知，那样落后。如今跌入分田到户、改革开放、市场经济的斑斓世界里，他们更加变得茫然失措，笨拙无能，跟不上时代，只好任由时代的潮流把他们翻卷到社会的最底层，过着寡淡无味的生活。好在生活在农村，对外面的世界并不理会，无论外面的世界多精彩，他们都不曾贪念，活得就感觉良好、知足，日出而作，日落而归，啥时播种，何时收获，才是最关键的。他们唯一的不满，就是胖清没为这个家争一口气，他们把满腹的牢骚、超强的不满，归咎于胖清的叛逆而非世风日下。自从胖清离开学校回了家，他们眼前的一切都显得灰暗，没有色彩和希望。他们所有的表情和言语，就是带着枯黄的脸色，紧锁双眉，责骂，责骂，不停地责骂……而胖清不是跟他们针锋相对，将话驳话，把所学词语统统用上，令他们目瞪口呆、无言以对，就是一言不发，生人装个死人相，令他们暴跳如雷、伤心欲绝，后悔生下这个知恩不报的逆子。

令双方恼怒的事很快就来了。

一次，三媚在菜园里喷了农药，忘了告诉家人，而那天做农活又晚了点回来，三叔怕她累着就去摘了菜。等三媚回来，菜已煮好。也是活该倒霉，吃饭时三媚没问菜是哪里摘的，等吃过后肚子不舒服才问。三叔和胖清都不喜欢吃那种天心包，只吃了些干菜和自做的萝卜干，莲秀下肚不少，很快也肚子

———————
① 做娭毑，娭毑做：做了祖母，祖母就要做更多的事，更累了。

痛了。

胖清见莲秀痛得大汗直冒，马上把孩子放到附近的人家里，然后急忙推出凤凰牌单车。单车是他从一个贼手里买来的，虽不新，但作为代步工具还是方便的，他就用替人打土方挣来的钱买下了它。因为买了这辆单车，莲秀的卫生带都买不起了。那时还用卫生带，卫生棉在我们农村还没出现。

三叔见儿子要带老婆去看病，就说："年轻人抵抗力强，你姇哩年纪大，又每天累得半死，抵抗力差，你先把你姇哩送去，然后再回来载莲秀。"

胖清二话不说，就用背小孩的背带把莲秀绑在自己的背上说："各人的老婆各人惜①，你还是自家把她背去医生那里吧。我的细鬼子还细，她要是死了，就可怜了细鬼子，而你的老婆已经老了，是当割的禾……"

"禾"字还没出口，三叔就已经冲了上去，肺都快气炸了："娘个雷公打死个，竟然这么说话，今朝日子你要是不先把你姇哩送去，你就别想走。乌头虫子，我就不信奈何不了你！"三叔说完，双手抓住单车后搭不放。

"放手，再不放手，可别怪我不客气！"胖清怒目圆睁，眼中的怒火都快把三叔焚烧。

"不客气？你几时对我客气过！都是我们惯坏了你，你才不把爷姇放眼里，今朝日子我就要把你的姇哩先送去。"

"做梦，你去死吧！"胖清说完，用尽全身力气把三叔的手扳开，然后用力一推，跳上单车扬长而去。

三叔被他一推，仰面倒在地上，只轻轻地"哼"了一声，便没了声息。

三媚见状，吓得忘了肚子疼，挪到三叔身边，一手抚摸着肚子，一手摇晃着三叔的身子，号啕大哭："哎哟，娘个拗豹子呀，雷公打死个，爷姇都不顾了，就爱老婆。三古呀，三古，你可不能先走呀，不能留下我一个人受罪呀，你等我呀，三古……"

三媚的大声哭喊招来了胖清的大哥、二哥和几个近邻。他们一看这种阵势，心知不妙，也不问情由，就找来一辆狗古篱子②，把三叔和三媚都扶了上去，快速往镇医院奔去。

其实，悲剧本不该发生。如果都冷静下来，不用推推拉拉，恶语相向，

---

① 惜：疼爱。

② 狗古篱子：拖拉机。

460

找邻居帮忙，大家都会给力的。人命关天，还这样互不相让，就是衰运来了。

因为是晚上，很多医生都回家了，只留下一个值班的医生和护士。大家一阵忙活，抢救着两个可怜的老人。三叔本来患有脑溢血，平时并不注意罢了，被胖清这么一推，重重地摔在禾坪里，又因急恨交加，不死那真是个奇迹了。

三媚经过一番折腾，冲肠洗肚，一条命算是保住了。但要是那天她也死了，也就不用受这么多的苦了，上天却安排她受那么多的苦。三媚醒来，就一直嚷着要见三叔，女儿骗她说，叔需要休息，不能打扰，要过几天才能让你去看。可是才过了一天，她就闹着要去看："我就偷偷地看看他，我保证不说话。你们要是不让我去看，我就不吃药不打针。"女儿和婿郎只好如实相告。

三媚一听，"三古……"还没喊出声就昏了过去。经过医生的一番折腾，她才慢慢地醒过来，又是号啕大哭，哭得肝肠寸断，涕泪交流，上气不接下气，整个医院都回荡着她的哭声，让人听了唉声叹气，深表同情。家有不孝子的老人，也忍不住跟着哭泣起来。

胖清听说父亲死了，心中一阵害怕：这个老家伙，真不经推，络壳货[1]，这下坏了，两个老伯和三个阿姐不知会怎样发落自己？自己的亲姐姐一向对父亲冷冷淡淡，父亲死了就死了，想来她不会跟活着的老弟怎么样，何况父亲死后，得进这个弟弟的门，跟娘短，跟嫂长，就是这个道理。"杨梅花，百岁爱外家，外家外家，葱花韭菜放香自家"[2] 这个道理她该懂。但父亲原先的子女就不同了，要是他们一起对他发起攻击，他还真不知道要藏到哪里去。所以他越想越后怕，也越后悔，早知这样，就不能下这么重的手。虽说他患有脑溢血，如果他不那么一推，他可能就不会死这么快，自己也要担惊受怕，怕所有的人对他的忤逆行为痛责怒骂。

他走到厅堂里，三叔刚被拖拉机拖回。目睹父亲的遗体，他心里又一阵阵发紧，一阵阵难过。一个人再怎么忤逆，可到了生离死别的那一刻，也会情不自禁地伤心难过。他毕竟是自家的父亲，虽总是一副猥琐、卑微样，可如果自己乖一点，他也很爱自己啊，他只是在无可奈何时才会打骂自己，那也是恨铁不成钢啊，自己要是听话一点，勤快一点，优秀一点，他又怎么舍得打骂

---

① 络壳货：破烂不耐用之意。

② 杨梅花，百岁爱外家，外家外家，葱花韭菜放香自家：意谓出生之地不能丢，成了再大的树也要寻根，有父母在，嫁出去的女儿就有人疼，自己也更有面子。

呢？听大人们说，自己小时，常被父亲举上肩头，高高地坐在他的两肩上，这是父爱的一种表现，可自己……

安顿好父亲后，两个兄长催胖清去医院看望母亲，可领教了母亲无数次怒骂的他，说什么也不去，生怕被当众骂个狗血淋头。这个骂人大王，从来就没有一点分寸，他不去，任她怎么骂，也没有人晓得他。如果被那么多人认识，那以后还出得了门，抬得起头吗，还要不要做人？因此，不管大家怎么劝，他就是不挪一步。

三媚等身体稍微好了些，就吵着要出院。那天才第五天，是三叔的葬日，本队的老先生为他算了卦，择了日子。在家放置了四天的时间，尸体已经膨胀、发臭、出水。那时还没有实行火化，穷苦人家最怕家里死人，要择日子，如果几天内没有落葬的日子，承受不了几天的费用，就会在夜间偷偷埋葬。因三叔曾做过干部，又有七个子女，大家平出钱，才放了几天。

三媚回来，还看到了三叔的死面，免不了又一番撕心裂肺的哭喊。哭喊声响彻云霄，震动了河汉旷野，惊动了后屋树上正在啄食的小鸟、禾坪里正在嬉戏的鸡鸭和正在大口大口吃草的老牛，连家里那只忠实的门卫也安安静静地蹲在门角头，竖耳倾听呼天抢地的呼喊声。三媚哭得青筋暴突，热血涌流，死去活来，旁人听了莫不动容。她女儿把一碗炖好的参汤端到她面前，她咕咕噜噜喝下后，继续大放悲声，大家怎么劝也劝不住。

"三媚，人死不能复生，你就是哭到了日头落山哭到月光出现，也哭不回三叔了。你也有病在身，不能太过伤心，不然你也会受不了的。三叔也不愿意你这样伤心，还生时[①]他那么思量你，你不能让三叔不安心地走呀。"

"他娘个冇良心的老家伙，怎么说走就走了啊，一句话都不吩咐我，留下我一个孤老婆子可怎么活呀，怎么不带我一起去呀，呜……呜……呜，我也不想活了。"三媚说完，就往棺材角撞去，幸亏大家拦得及时。大家把她拽进房间，留两个能说会道的中年妇女劝说她，守住她。

莲秀中毒不深，打了针，吃了泻药就没事了。因要照看孩子，就没去医院。胖清听兄长说，父亲死不瞑目，脸上现出一副不甘心的样子。当然了，死在自己儿子手下，哪个会甘心？

胖清那两个同父异母的兄长都是老实头子，父亲被胖清"害死"了，并没

---

① 还生时：在世时。

有什么言语，只无关痛痒地责备了几句，好像旁人事，不关己。父亲死了他们也安乐了，没烦恼了。老人家，是当割的禾了，死了就死了，哭能哭回来吗？要是半死不活的，那就更糟，害得大家都冇安冇乐。

因为胖清叛逆，三叔就常去其他儿子家里诉苦，弄得两个儿子、媳妇都很厌烦："胖清是你的心肝宝贝，也是你的心头根，你迟早会被他气死。反正我们早就分了家，我们家的事你几乎不理。你的事，好也在他，坏也在他，与我们无关，以后最好不要再在我们家诉苦，以免引起其他麻烦。"言下之意，对于父亲的痛苦和烦心，他们无能为力。他们无情的语言，如手榴弹一样砸向三叔，三叔重重地叹了一口气，流下几滴清泪。

三叔出葬时，三媚不顾一切挣脱人们的阻挠，冲到棺材前，肆无忌惮地哭着骂着。她的脸上带着绝望和崩溃的表情，坍塌得蜡烛似的，她一夜之间变得更老更丑。

三媚哭得肝肠寸断，声音嘶哑，手软脚软，眼泪横流，鼻涕并溅，晶亮晶亮的。绝望凄凉的余音飘散在每一个角落，鸡窝般的头发披散着，两只破烂的衣袖胡乱地在脸上擦来擦去，弄得脸上跟大花猫似的。

看着她不顾生死，呼天抢地，很多人都流下了同情的眼泪。尽管平时三媚并不热心，但也不曾伤害大家。胖清见她这样还敢在大庭广众前丢人，便在心里骂她：神经病，死都死了，哭能哭回来吗？你哭死了才好呢！

胖清的兄长和姐姐没加以责怪，其实有殊途同归的小九九，都以为患了脑溢血迟早是个死，幸亏胖清那一推，让父亲和大家安乐了不少。要是住上一月半月的医院，花钱不说，还要抽出人工来服侍，那才叫受罪，更别说三年五载了。三年长病冇孝子，也就是这个道理。

三叔是死在屋外的人，按农村风俗，死在外面的人不能再进厅堂。但经过本祠堂的房长叔公及本组的组长出面，念他是党员，做过大队干部，又有那么多子女，一辈子老实本分，勤勤恳恳，几乎不跟人发生冲突，小小心心做人的分上，指令其子女一定要把他抬进厅堂，安葬后，再剪一尺九寸的红洋布或红纸挂在厅堂门口，一七过后再取下，就可确保大家平安无事，吃的上烧茶热饭①，天天起来跟牛牯一样雄壮。

三叔是初一晚上死在医院的，到初七这天，头尾刚好七天，农村的风俗

---

① 烧茶热饭：热茶热饭。

是不能在这天去洒七①的。如果去洒了撞头七，就会使活着的人都不顺心。

三叔在世时，三媚还有个说话的人，有他撑腰，子女们不敢怎样过分对她。她想发泄时，有人会默默地耐心地接受她的发泄，并毫无条件、毫无怨言地做着一切该做的事，还会对她点头哈腰，赔礼道歉。

三叔一死，三媚就像"失业"了一样，日子像在暗室里穿针——难过。没了发泄对象，要是忍不住骂上胖清几句，他的回报就是从书本上学到的恶毒语言，让她懵懵懂懂，无法理解。她做得再辛苦也没人体谅，为她减轻哪怕是扫地喂猪喂鸡鸭的负担。胖清和老婆在她还没有放工回家时，就已经把饭先吃了，休息或玩儿去了。她失去了一个可以交流的人，这下，她才理会丈夫的重要。生时，天天在一起，一天不骂觉得心里堵得慌，骂一顿后，就感到神清气爽，血液畅流。

胖清在父亲满七②后，就和三媚分了家。三媚也不想和他们过，和他们过，累死了都没人疼，他们什么都依赖她，一点事业心、家庭观念都没有。

三媚还很能干，养活自己绰绰有余，三叔还有两千元积蓄留给她，她怕什么？她还耕了门口的那一丘田，方方整整，水路不远，难不倒她。和胖清分开后，她过得也很轻松，田地里的事情搞定后，就上山采草药，比如夏菇草、狗点。家里养鸡养鸭养猪，每到集日，她就挑上一担东西去卖，鸡蛋鸭蛋草药，还有菜类，甚至乌兔子③。收入积少成多，信用社有了她的存款。

胖清后来又添了一个女儿，日子越过越紧巴，无奈中什么苦水都做，与人上山砍杂树，扛去广东卖，换来为数不多的油盐钱。要是家人有个头疼脑热的，他就会失去主意。像他这种没有助人为乐习惯、目光短浅的人，又哪会有人帮他？他后来又和别人去煤矿做事，但因做事拖拉，不肯出力，不稳当，煤老板怕出事又不用他了。他接着做起木材生意，却没有生意头脑，缺乏经验，赔了一笔钱后，只好再次回到家里，老老实实地耕田种地。

房子年久失修，遇刮风下雨，就到处漏水。墙头上的泥水流到楼板上，雨水落到背面上、枕头上、脸颊上。他生怕哪一天刮风下雨时，破烂的老房子就会在他们一家熟睡时倒塌，把全家人都掩埋在里面。于是，他又在后屋打了

---

① 洒七：为死者做第一个七。
② 满七：为死者做完第七个七。
③ 乌兔子：一种野果，黑色，味甜。

一块地基，做了层一厅的平房，水泥板的，刮大风下大雨都可以安心度日了。三媚曾说，胖清做房子，有她给的三千元。

房子做起来了，一屁股的债也筑起来了，子女又都上学堂，本来就处于贫困状态的生活，这下连吃盐都困难了。农村人，虽说菜能自种，米能自产，但就那油盐酱醋也够人烦心的。经常半年吃不上一块猪肉，因为少油，肚子经常闹分裂。

莲秀耐不住贫困的侵蚀，和本队的一个光棍勾搭成奸，一有机会就寻欢作乐，完全不顾脸面。

一天，莲秀趁胖清还在外赌博，就赶紧去和他过神仙生活。两人好事成就后，莲秀收下十块钱准备走路回家。她的运气也就好到这时。她出门时，胖清刚好打从那里经过，看到她从光棍房里出来，赶紧躲在草丛中，察看动静。只见光棍向外张望了几下，抱了她亲了几个响吻，还用手隔着衣服摸了一下她的前胸，然后做了一个拜拜的手势。

胖清紧走慢跑比莲秀先行到家，等莲秀一进屋，他就上前扯着她的裤头要把她裤子脱下。她心中有鬼，扯着裤头不让脱，还佯装生气地说："你发神经吗？刚回家就想搞鬼事，我可没心情。"

"别把我当傻子，你刚刚'吃饱'，当然没心情。你也别自作多情，老子更没心情，只是要证实一下自己的判断。快脱下来，让我检查检查。"

"我进一下粪坑，尿急。"莲秀说着急忙转身要走。

"站住，等检查完了你再去。你别想戏弄我，我晓得你去粪坑是想干什么，再走一步我把你的腿骨打断！"胖清眼中喷火，杀气腾腾。

莲秀看他这个样子，不敢再往前走，只好站在原地，等着他的惩罚。她晓得等待她的会是什么。

胖清检查完气不打一处来，连扇她几个巴掌，扇得莲秀眼冒金星，鼻血直流。

"娘个短命嫲、逍嫲，有老公还要去搭男子，是不是嫌我力气不够，满足不了你？爱搭男子也搭远一点，有钱一点的，不要出这种洋相！狗改不了吃屎，我是瞎目猫公，摸到了你这种死老鼠！"胖清到了这时，才感到自己其实才是最没有眼光的男人。父亲讨到的母亲虽然很会骂人，但她勤劳，也循规蹈矩，从不勾三搭四。

"短命相，有本事你今天就把我离了，曼人叫你咁苦，老是让我身上没个刮痧钱。嫁给你，吃盐都冤枉。人家再怎么苦，身上也有个十块八块的，哪个会比我那般冤枉。你没本事养老婆，爱什么面子，你要时，我又没有拒绝你。"

他们就这样吵来吵去，把子女吓坏了，大哭起来，周围的人也被吵醒了，以为发生了什么大事，就都从被窝里爬起，来胖清家追问事情经过。胖清毫不忌讳，道出实情。大家一听，心里责怪莲秀不守本分，胖清对她这么好，还要给他戴绿帽子，真是太过分了！也大骂那个光棍是个瞎眼狗，连本组人都不放过。当然，一个巴掌拍不响，莲秀和光棍都不是好货，是高山上的狼与狈，一丘之貉。

同情也好，责怪怒骂也罢，看到他们已撕开脸面，互相厮打，两人身上都衣衫破烂见了红，就帮着拉开他们，好言相劝：

"子哩妹子都读初中了，离婚也不是办法，细人子怪可怜的。家丑不可外扬，你们也真是，这种事房间里头解决不就完了，哪能搞得霍笋战鼓^①，让全天下人都晓得。好事不出门，坏事传千里，一人传十，十人传百，这事传到亲戚那，你们还怎么去见他们？"

"对呀，你们现在就是离了婚又有什么好处，子女可怜不说，你们还能找到更好的人吗？古话讲得没错，头碗饭不好吃，第二碗不是沙就是谷，离了肯定是只有坏处没有好处，你们迟早会后悔。听大家一句劝，还是不要离。"

"就是，离了婚两个细鬼子跟了曼人都着恶^②。这世上什么都可以放得开，就细鬼子放不开，沾着自家出了世，就爱对细鬼子负责。"

火头上的胖清说："就是后半辈子冇老婆见面，娘个短命嫲、逍嫲，我也要赶出家门。两个细鬼子姓魏，不姓王，我就是做讨食叫花^③也会把他们养大，像她这种逍嫲看还会有曼人要，专跌老公的鼓，出门也不带鬼壳。"

他们不听劝说，扯扯打打，一直打到村部，要打证明离婚。在村部守夜的干部都劝他们冷静冷静，看在小孩子的面上不要离。但是画了面就得做戏，胖清什么样的劝都听不进去。

邻居见状，又赶紧回家，把胖清的一对子女从被窝里叫醒，送到村部。刚刚哭过一场的小家伙睡意正浓，坐在单车后搭上还在笃目睡。一到村部，看到爸爸妈妈脸上手上伤痕累累，身上衣服都遮不住肌肉，狼狈至极。他们看到

---

① 霍笋战鼓：震天动地。

② 着恶：可怜。

③ 讨食叫花：乞丐。

那么多人都劝不下他们，就手牵手大哭着双双跪下："爸、妈，你们不要再打了，不要再骂了，做错了事可以改嘛，以后不再做就是了，何必这样呢？爸，看在我们两个的分上，原谅妈妈一次吧！"

两个小孩子听了爸妈的争吵，似乎明白了，妈妈犯了错，好像错得不轻，错得令爸爸很没有面子，在人们面前抬不起头。什么乌龟、绿帽子，才十三四岁的他们又不太理解。

"你们起来。"胖清用双手去扶子女。

"爸爸要是不答应，我们就不起来，跪到天光。"在去村部的路上，好心人教两个小孩要用这招，不然他们离了婚，你们就可怜了。两个小孩听话，抱紧胖清的两条腿就是不起来。

胖清心疼子女，只好狠狠地白了一眼莲秀，对子女说："爸爸答应你们就是了。"

自那后，胖清就改变了对莲秀的态度。他经常在外面喝酒，最爱去"两块半"酒店，不但贪那里的消费便宜，还想多看几眼那个虽徐娘半老却风韵犹存的老板娘。他说，看到老板娘，酒欲食欲性欲就都有了。某次，胖清直接对老板说："老板，你太有福气了，你祖宗积了什么德，让你摊上这么可心的老婆？有这么可心的老婆不吃饭也有饱。"

老板笑笑，说："是啊，我就是不吃饭只喝酒的。"

胖清几个月没和莲秀同过房了。精力充沛没地方打发，怎么办？他开始出入发廊。大家聚在一起闲聊时，他还大言不惭地说起那些鸡婆，说她们是如何风骚，如何令他们销魂蚀骨、神魂颠倒。

莲秀听了心里恨不得吃了他，但她有错在先，无权指责他，他没把她赶出家门已经是给足面子了。所以每次胖清说起他的光荣史时，她从不插言。事后，有人问她："莲秀，胖清这样，你不生气吗？"

"生什么气？脚长在他身上，又使得他辛苦，我还少洗一件东西，巴不得他去发廊。"

当然，莲秀讲的是漂亮话，不正常的女人才会巴不得老公去嫖货。胖清出入发廊，莲秀是哑巴吃黄连，有苦不能言啊。

莲秀自那次被胖清大骂后，又差点被他炒了，就没再和光棍来往。可光棍是个色胆包天的角色，见到她还会对她挤眉弄眼，暗示她。他们也还经常在一起打麻将。胖清至今还对这个光棍怀恨在心，十多年来没和他说过一句话。

那天，胖清心疼子女，嘴里答应不离婚，可次日子女上学后，他又要莲秀和他去村部打离婚证明。妇女主任一直苦口婆心地劝说，讲了足足两个多小时，才得以缓解。家虽没散，但胖清此后不但不理莲秀，还选择了嫖货来报复她。莲秀咎由自取，怨不得别人。

在大家的心目中，胖清大逆不道不说，还鸡肠小肚、目光短浅、自私自利、吝啬抠门、报复心强，他交朋友也是一样没水准，一般有了新朋友后，老朋友就会从他家里消失，朋友中没一个能和他长久交往。

他原来和一个本村男人结为同年。那同年对他很好，经常帮他家做事。胖清落难时，同年倾其所有，无论钱财粮食，还是畜生蔬菜，都给予大力支持。那时，胖清和莲秀总说同年的好，说多亏了这个比亲兄弟还亲的同年。胖清建房时，大家亲眼看到，那同年和老婆几乎天天来帮他们打土方、挑黄泥，干得满头大汗，腰酸背疼不说，还把自家卖烟的三千元钱交到胖清手里。

胖清的同年是个热心肠的人，性格开朗、豪爽，乐于助人，不拘小利，心胸宽阔，与胖清真是酱比鸡屎，没得比。熟悉彼此性情的几个好友曾窃窃私语，他们根本就不是一路人，不可能长久。

记得新千年时，那同年的父亲得心脏病死了，派邻居来胖清家报死[1]。胖清只在门边应了声，也不把门打开叫人进屋，更别说留来人喝杯开水了，就连报死钱也不给。按这里的风俗，本队要是有人老死了，就要派人去亲戚家报死。亲戚家要用红纸包个红包给来人，一块两块均可，以保他日后红红火火，顺顺利利。因为那时电信还很落后，无法用电话联系，就是如今可以用电话联系了，死者家属也得给人家电话费。

那个来胖清家报死的女人回去一说，没有一个人不骂胖清猪狗六畜，无情无义。那女人也只好自认倒霉，跑了那么长一段路，结果是在石灰窑里走了一趟——白跑。别的人都有三两块脚钱，买盐吃的话也能吃上一段时间。真是个短命相、小气鬼，要他两块钱好像要他一条命！那女人在心里直骂胖清。

令人咋舌的是，胖清那次居然不去奔丧。因为同年的父母就好比自己的父母，死后也是要披麻戴孝，跪跪拜拜的，而且还要和儿子一样同出钱。胖清一不想为同年的父亲披麻戴孝，更不想出钱，还有更重要的是迷信说法：如果

---

① 报死：报丧。

披了麻戴了孝，这三年时间孝服在身，运气很不好，啥事都不顺。胖清这个连亲生父母都不爱的人，哪会去冒这个险，别说三年，就是三天也难过。

有一件事，说了你别笑。胖清父亲追悼会上，正当大家向死者默哀三分钟时，胖清把自己头上戴的马弄头扣在一个过往行人的头上，说："我尿急，你帮我戴一下。"那人摘了马弄头，丢到门前的垃圾堆里，大骂胖清神经病。那次如果不是大家的好言相劝，赔礼道歉，好话说尽，再有一个三十元的大红包替他驱邪，他就会大闹孝堂，加上那个人比较老实，不然真不知事情该怎么收场。

三媚听说胖清同年的父亲死了，叫他一定要去，顺带把她的香火钱也带去："你同年是个很好的人啊，你和他结了同年，是你的福分。你这些年多亏了他，人家的亲兄弟都没那么好。如今他爷哩死了，你怎么能不去呢？连我都想去烧烧香。"

"你想去你就去，没人拦着你。我不去关你屁事，咁爱搭事件，有等路给你吃，你就讲他好，你有什么？就喜欢贪小便宜，买个臭饼给你吃，你也讲上天讲下地，尽讲人家的好话。你不就是怕以后冇人买臭饼给你吃，不就是怕以后你死时少两个人为你披麻戴孝吗？死都死了，还咁爱热闹做什么！"

"娘个冇良心个江西狗，看你以后会不会后悔，这样的好人你哪里去找。你这样做人，迟早会做臭屎鸡，只爱自家好的人，终究会冇一个亲戚朋友。"三媚生气地大骂胖清。

"老短命嫲，野鸭子般鬼喔做什么？我的事你少管。"野鸭子是一种鸟，声音恐怖，一般人要是对另一个人的劝告或唠叨产生不耐烦时，都会形容他是令人讨厌的野鸭子。

从这番对话中，人们完全可以凭自己的感受去想象胖清是一个什么样的人，他的母亲此时此刻又是怎样的一种心情。她曾这么狠心地说过："早晓得他这么拗豹①，生下来就要捏死他！"其实，早知今日，当初就不该宠坏他。

胖清没为同年之父守灵和披麻戴孝，招致更多人的反感，这种同年，交来屁用！这种唯利是图的人，是不会对你付出真心的，不交则好，交上了算你受伤害。胖清和同年就这样相逢不下马，各自奔前程了。

胖清和同父异母的兄长也不相好。他大哥是水泥厂工人，子女长大后，房子不够住，就在水泥厂附近买了块地盘，做了栋房子。他搬走后，把房子低

---

① 拗豹：忤逆。

价卖给亲弟。胖清和他几乎没什么来往，除了做大好事，无奈要埋旁人眼。他和另一个兄长如肉中刺，眼中钉。两家住得近，常为一些鸡毛蒜皮的事大动干戈。有时因为一只小鸡跑过去偷吃了鸡食，也会引起一场殊死搏斗。那个你死我活的情景，旁人根本无法把兄弟这两个字联想到一块儿，只会把仇人扣在他们的头上。

胖清是个有故事的人。他的新房子比老房子高出一米，且比老房子退后了两米多。他站在门口，就可以看见三媚在厨房里忙碌的身影。那时，胖清家里买了麻将桌，手工做的。子云常去他家搓麻，对他家的情况了如指掌。

三媚是个探事的人①，听到热闹时，总会过来看看。更可笑的是，她居然拿来不少钱，要大家教会她打麻将。胖清和莲秀用白眼瞟她，她装没看见。等她走后，胖清和莲秀让大家不要和这个神经病多说话，别去理她。

每到圩日，三媚都有一担东西可卖，她几乎不错过每个圩日。二、五、八是城里的圩天，一、六、日又是另一邻近地的圩天，她把卖来的钱换回水果和肉食。她说，以前生活困难，吃什么都冤枉，又要让来让去，受了那么多的苦，如今有了钱，想吃什么都要买来吃，以后死了骨头都黄一些。

三媚把大吊小吊的水果挂在楼上的后窗上，胖清经常看见。大人当然能忍住，小孩子就不好商量了。他们看到那些诱人的水果，总要缠着父母买。那时，胖清的生活还处于困顿状态，无法替子女解馋，子女又闹着要，他很烦，一气之下，搬来梯子解下那些水果让子女大饱口福，然后重新把吃剩的皮和壳挂在那里。三媚想吃时，哪里还有影儿，一通大骂后，三媚就不再把水果挂在后窗上了，而把吃剩的果皮和壳丢到胖清的门口。

看到一堆围满了苍蝇和蚂蚁的瓜皮壳，胖清气得差点要去踢死她，却又怕坐关房②，就跑到她面前指着她的额头把她骂了个狗血淋头："老不死，如果以后再发现你把果皮扔到我门口，我就对你不客气，我就买包老鼠药把你鸡鸭都毒死，把你种的菜都拔光，看还能不能卖到钱。"

打这一骂，三媚以后才不敢造次，把瓜皮壳扔到垃圾堆里。

有一回，三媚又去卖菜了，到中午都没回。那天胖清家来了酒肉朋友，

---

① 探事的人：好打探之人。

② 坐关房：坐班房。

胖清手头紧，没钱买酒肉，见三媚家还剩一只奶狗子①没卖掉，就用剩饭把它诱到家中，一扁担打死，弄干净后用姜炖了招待朋友。

三媚每次回家，那只小狗就会跑到她身边，显现出它的本性。这回没看到小狗前来迎接，她感到奇怪，放下菜担，到处寻找。找到胖清家，胖清说没见，还说，上午来了个捡破烂的，会不会被那个破烂王装进破烂筐里了？

一直以来，大家对破烂王很排挤，因为只要破烂王一到，不是东家的煤球塞不见了，就是西家的鸡鸭少了一只。他们见主人在家，就顾名思义地做买卖。如果主人不在，那么，只要有可卖的东西，就来个顺手牵羊。乡下人，家家户户鸡鸭成群，在房前屋后嬉戏打闹，刨地觅食，很容易抓到。尤其是花鸭，抓到后就藏在箩里，上面用破烂压住。因此听胖清这么一说，三媚也就信了。

女儿四十一岁那年，三媚捉了只大公鸡去为妹子过生日。她女儿在镇医院做杂工，婿郎在医院做大夫。村里离医院四里路远，要是平时，三媚并不在意。可这回她因上山采摘野果，回家时扭伤了脚，很严重，一个多月都出不了门，天天搽活络油，贴虎骨膏。这天她提了鸡公路过子云房前，看到她这么痛苦，子云不由得产生了同情心："三媚，捉了大鸡公去哪呀，今天又不是圩日？"

"今朝日子是我妹子四十一岁生日，我没有什么，给她钱她肯定不要，就捉了只鸡公给她，自家养的，营养丰富。那些饲料鸡，吃了也没营养。"三媚停了下来和子云聊上了。

"你脚痛，要走这么远的路，到吃饭时也走不到，干吗不和胖清一起去。他们不是也要去吗？头天在一起打麻将时，莲秀就告诉我们，今天要去为阿姐过生日。"

"娘个拗豹子，雷公没寻到个，他哪里会有那么好心载我。他们早就去了，我叫莲秀把鸡公先带去，好让我打空手轻松一些，他们都不肯。娘个两只江西狗，买摩托车时向我要钱，我给了三千块钱，本想出了钱出门也可以坐坐，可到如今我还没有坐过。有时我去卖菜，他顺带也不让我坐，别人看了也过意不去，他就那么狠心肠！"

三媚除了骂功，还是个啰唆大王，话一聊开，就没完没了，而且只要一

---

① 奶狗子：小狗。

说起胖清，就眼中冒火，恨心恨肺。如果不是亲眼看到她脚上的伤，子云不会对这事太在意。胖清和莲秀真是太过分了！七八年过去了，三姐那一拐一拐、走几步停一下哼一声的情景还历历在目。

胖清的子女读书并不用功，也是为父母省钱的角色，初中读完就出来打工了。当时六合彩刚进千家万户，经人介绍，他就帮庄家收码子。每期的手续费都相当可观。码子大时，一晚就有好几百甚至上千元进账，财大气粗就和他挂上了钩，他们的生活开始阳光起来。他说："叫花子也有三道好运行，我凭什么要一生世人受苦？"

胖清家的桌上，开始渐见排场，酒肉朋友也多了赶来。他们常来他家喝酒吹牛，笑逐颜开，碰杯换盏，尿脚一进肚，就把牛皮吹上天。

时间长了，胖清和莲秀好了伤疤忘了痛，捐弃前嫌，关系好得胜过谈恋爱。他们不用耕田了，经常在家或出门打麻将。俩人都是酒仙，而且什么酒都喜欢，胖清经常喝得跟红虾公似的。他一喝酒，就有说不完的话，而且脏话酸话比正经话多出几倍，吹牛也是一流。大家听了窃笑不已，有时也会骂他瞎吹，但他总是趁着酒意，拍胸顿足地发誓："骗你们不是人，是猪狗六畜，是狗屁个。"

大家话中有话地说："你本来就是猪狗六畜。"但不能骂他是狗屁个，这样的话，就对不起死去的三叔了。大家都说他是好，也不知胖清是否听得出话中的含意，总不见他生气。赌风一起，他看人家买麻将机赚钱，就也花了两千多元买了副自动麻将机。刚买自动麻将机时很热闹，整个组喜欢打麻将的都去他家，一天下来也有六十元的桌税，加上六合彩收码子的手续费，正如他自己说的，"今后什么都不做，就吃不了用不完了"。大家背后说："这种人，自高自大，目中无人，就爱让他得一种恶病，破一笔大财，看他还怎么吹。"

胖清的日子如芝麻开花节节高。他也不会再麻子算出豆、豆子算出麻子了，有时也大方起来，也会请大家吃饭。但他的朋友是不会长久的，有了新朋友，老朋友又开始被他抛到了脑后。久而久之，他就被大家笑话："换朋友比换衣服还新，翻脸比翻书还快。"

码子生意越做越大，钞票也源源不断地流到他的腰包里，财大了气也粗了，可他却永远得不到大家的尊重，这种连母亲都瞧不起的人，根本就不值得大家尊重。

来了朋友或亲戚，买了酒肉，杀了鸡宰了鸭，他从不叫上母亲一起吃。

大家不怕得罪他，都批评他，他说："像她这种长年实日①都邋邋遢遢的样子，我倒来喂狗都不让她吃，客人都会让她吓走。"

子云虽然对胖清的为人处世颇有微词，但毕竟人生观不同，也不敢太过指责，只有在他打麻将赢了钱心情好时，才会趁机小心翼翼劝导："男子汉大丈夫不要鸡肠小肚，斤斤计较，得饶人处且饶人，做人做得好，屙屎都不要蹲下。也不要身上没几个钱，却开口就是几个亿，这是神话，不是凡人可以说的。你的屎尿有多少，大家心知肚明，'有家莫说家，有子莫说子'②，何必听得大家都不顺耳？对于年老的娭哩，也不能太过分，再怎么着，你也是她身上掉下的一块肉啊。何况，你也有子女了，更要做他们的榜样。"

子云不晓得这般"诲人不倦"会有何作用，但他似乎并没有反对，对她也不减热情。

有一次，他买了一头水鸭炖木耳和莲子，说吃了比较降火。当时子云和几个姐妹又一起在他家打麻将。散伙时，莲秀低声叫她留下吃饭，胖清也用眼色示意她别走。有好几次他们留吃饭子云都婉言谢绝了，他们一直说子云嫌弃他们，这次要是再推辞，情理上也说不过去了。盛情难却，子云也就恭敬不如从命了。

开饭时，子云说叫上三媚吧，他们说别理她，反正她的日子也好过，想吃什么都会自己买了吃。子云听了，正色道："一是一，二是二，平时怎么样也就算了，但是逢年过节，或迟了鸡杀了鸭，就必定要叫上老人家。就是不叫，也要端上一碗头送过去。我们大家每人少吃一块，也能让她吃饱，她也就心满意足了。"

在子云的开导下，胖清拿了一个小碗头，盛满了汤和肉送过去。三媚乐得嘴都笑阔了，晓得是子云的功劳，一次见了就牵住子云的手说："多亏了你，我家胖清才对我好了一些，要是一直这样对我，我少活十年也甘愿。"

三媚勤快，是个钱钻子，积了不少钱，她还把这些钱放了利息。但有一次，某个狠心的家伙竟把假钞混在一起还她。三媚认不出，后来把这些钱又放出去时，被人查出告知。她大骂一阵后，情不自禁地哭了起来。胖清闻声过去

---

① 长年实日：长年累月。

② 有家莫说家，有子莫说子：意思不要自说命好，不讲过头话。

问明原因后，就叫三媚把所有的钱交他保管，说每月给她一百元。

三媚并没有马上答应，回到房里，思前想后，自己老了，钱放在银行里也麻烦，而且又不识字，要用时不方便，放息给别人又不放心。想了三天三夜，才心不甘情不愿地将大钱交给胖清，自己留了些以防万一，当然免不了一番叮咛："钱交你保管，如果我不会动了，你得供我吃用。要是我花不完，这些钱我也带不走，还是会留给你。你说每个月给我一百块，反正我现在还会去挣，你就给我五十块好了。"

胖清当然非常满意，这是一桩稳赚不亏的生意，他哪会拒绝。最初的三个月，胖清都会给三媚五十元，三媚也高兴。第四个月后，胖清就与信用两字作别，由五十元改为三十元，三媚不乐意又能咋样？

有一段时间，三媚因患胃肠炎，无法上山采药，也没办法去卖菜。但她吃惯了好的，要胖清给她买猪肚，胖清理都不理。在三媚近十天急性胃肠炎发病期间，胖清对她的哼哼唧唧充耳不闻，多一句问候也舍不得。三媚的药没了，病还没好，要胖清带她去看医生，胖清当着大家的面骂："鬼喔一般，一点小病也跟要死了一样，死了也就算了，早死早安乐，看什么医生。"

"胖清，你这样对待娘哩不对，她有病哪有不带她去看医生的？要是你老得动不了了，你子哩也这样对待你，你会怎么想？爷娘生儿育女为什么，还不是防老防疾病。"

在大家的指责下，胖清只好把医生带到三媚家里，因为怕交药费，把医生带到后，马上走人。

三媚的小电饭煲坏了，要胖清帮她买个新的。胖清面无表情地说："现在的电饭煲都是新款式，买给你也不会用，干吗不把旧的拿去修？"

"都修了几次了，要是还能再修，我早就去修了。再说我想买个新的，大家都会用，难道我真那么土？你这个说话不算数的人，连我都敢骗，说好了每月给我五十元的，后来却给我三十元了，再后来，就索性一分不给了。你这样做难道良心上过得去？我看你的良心都让狗叼走了。你再这样，我就把你的事情都告诉你的子女，让他们以后也学你的歪样，让你老了受得苦比我的还要多。你不替我买，把我的钱统统还我，我辛辛苦苦卖草药、卖野果、卖菜的钱，凭什么要交给你保管？"

"跑到我家鬼喔一般做什么？野鸭子一样，滚蛋！再不滚我拿屎秆扫了。"胖清被母亲当着大家的面如此数落，顿时怒火上蹿，边骂边去屋角头拿扫帚。

三媚被其他人劝回去了，边走边骂骂咧咧的。子云看不过，对胖清说："你是吃炸药长大的吗，火气怎么这么大？你婶哩也够辛苦的了，莫讲她有钱在你手中，就是要你出钱也得替她买。我们都是有子女的人了，可别让他们学歪样。其实，善待老人，就是善待自己。"

"你们都不晓得这个老妇人家有多么讨厌，整天鬼喔一般，说我用了她的钱。她的钱不是我用哪曼人用？用了她的钱还看得起她了，她死了都要我负责，一开口就讲生下我、养大我是她行衰运，我又没叫她生我养我，有她这样的婶哩，我才是行衰运，倒大霉。"

听他这番高论，子云骂他大逆不道，是没有人性的冷血动物："爷娘爱子路般长，子爱爷娘扁担长。爷娘生下我们，受了多少累，吃了多少苦，度过了多少不眠之夜啊！就算爷娘有千般万般的错，也是因为我们不争气。天下父母心，如果不是爷娘，我们连生命都没有。我们如今也为人父为人母了，难道还体会不出做父母的艰辛吗，还不晓得去感恩吗？"

可胖清的高论是："生儿育女是自古以来的规律，做爷婶的是为了自家的快乐才生下我们。代代都如此，也是所有动物的本能，这根本算不上什么丰功伟绩，而是一种索求，一种满足，凭什么要去感恩？"

子云问："如果以后你的子女也这样对你，你会怎么想？"

他说："难道你能打包票，如果我对老鬼好，我的子女以后就一定会对我好？"

胖清就这样把父母的恩情一笔勾销了。子云茫然了，惊讶了，她知道自家能力有限，无法把这只迷途羔羊带回到正确的位置。她很同情他，也很想用自家的人生体验来感化他，她甚至产生了一种拯救他于水火之中的崇高感来。可是，她总是失败的。

胖清还说："我和老鬼的存在，就是为了给对方制造灾难。我们都是魔鬼，既是施害者，又是受害者。我们在一起，气氛就会紧张，危机四伏，战火不断，随时都有丧命的可能。老鬼相貌太丑陋，阎罗王都不要。"

"唉！"子云听了，叹了一口气，心情极其沉重，"冇救了"，她这样想。

胖清后来不管人们怎么劝，都不再把好吃的送过去给三媚吃，他真的情愿倒给狗吃，也不给生养他的人吃。

后来，大家教了三媚一个办法，只要看到胖清家里来了客人，就不要煮饭，吃饭时端个碗过去和他们一起吃，相信当着客人的面，胖清夫妇不敢发火。三媚真的这样做了。胖清和莲秀差点把眼睛翻得看不到黑点。三媚装没看见，低下头就仿佛只有她自己。有时候，她懒得煮时，也去胖清家里打饭。只要三媚去他家里打了饭，不管还有多少，胖清一律把剩下的饭倒来喂狗，好像三媚真的得了传染病。

三媚一个人住，又没有电视，只有两盏照明灯，一个电饭煲。每月电费才十几元，以前是一年交一次。当供电所的人来收电费时，三媚说，我的钱都在胖清手上，你们叫他交吧。但胖清说："你的钱都帮你存进银行里了，等你死了时花在送葬上。"供电所的人限五天后交清，不然就把电线剪断。胖清也不管。结果，供电所就真的把三媚的电线给剪了。

在一个黑咕隆咚的夜晚，三媚一头撞在菜橱上，眼角裂开了一条口子，鲜血直流。她一手捂住伤口，一手拿了把电筒走到邻居家。邻居见状，赶紧用烟丝敷在她伤口上，用一块烂衫布包紧，才止住了血。次日，那邻居叫胖清把三媚载去医生那换洗伤口，胖清说："她又不是病脚，更远的路她都行得到，何况就那么一段路。"三媚只好自家走路去。

三媚流着泪，逢人就说，跟演讲一样。见证了那块伤疤的人，都骂胖清不是人，私吞了母亲的钱，连母亲一年才百把块钱的电费都不交，害得母亲差点撞死，还要袖手旁观。

报应终于来了。一天，胖清和莲秀去收六合彩的码子钱了。傍晚回来时，发现门有异样。开门后，又发现抽屉被人撬了，放在抽屉里的五千元现金不翼而飞，连几百元小票也被席卷一空。

胖清告诉我们说，他的门是被人用身份证或什么卡撬开的，那五千元是前天晚上收的码子钱和他卖鸡鸭的钱，辛辛苦苦做半年，却进了贼古①口袋。

三媚晓得后，竟幸灾乐祸地说："娘种拗豹子，就爱让人偷，吊目光！对待娭哩都这么恶心，老天都会过意不去。他要是不这么对我，这几千元我都会弥补给他。可是，这种人没有看头，把钱丢到大海里，也别给他，他连猪狗都不如，养条狗还会对我摇尾巴。"

胖清子女出门打工后，经常汇钱给他，胖清吃好穿好，赌大了。在农村

---

① 贼古：小偷。

来说，他的日子算是小康了，但要是遇上做公益事业，比如铺水泥路，他却把一块钱比作铜锣般大，平时吹得自己好比百万富翁，家里什么都不缺，可到这时却一落千丈，成了穷光蛋。

每年上春时，大伙都要去祭挂上代祖宗，他几乎不去，说大家迷信，死了的人又不会吃，拿那么多东西去，不是太浪费了吗？根本就是自欺欺人。他不但不参与，也不出那香纸蜡烛钱。大家几代都同去，就他和莲秀不去。他家亲房叔伯们一番议论后，以后就不再通知他扫墓祭祖了。

三媚年过八十后，身体越来越差，但还经常挑东挑西去卖，不管刮风下雨还是烈日当空，每个圩日都落不下她的身影。为了生存，她不辞辛苦。胖清一直熟视无睹，形同路人，任其自生自灭。

伤心加绝望，三媚不知何时和邻村的一个退休老头走到了一起。那老头也八十多了，老婆死了，大儿住县城，二儿子做了上门女婿，他的退休工资由大女儿掌握，平时生活也由她照顾。他很孤独，和三媚很谈得来。那老头住圩上，而三媚经常在他住所附近卖菜、卖草药，两人因买卖关系相识，聊上后，一来两去，渐渐就有了牵挂。大家知道这事后，都笑他们早豆子翻花——返老还童，什么话都有。他们很想去订婚，可两家子女都认为丢人现眼，坚决反对。

"娘个老短命嫲，敢跌我的鼓，黄泥都掩到脖子上了，还要耍风流，也不买个鬼壳（面具）戴，死了也得倒过来埋。"胖清骂道。

有人对胖清的言语大摇其头，说："他们都是因为缺少子女的关心，太孤单，想有个老来伴，相互间言语沟通，并相互照应，老人也需要温暖！"

然而，饲料食品养的饲料人，哪里在乎老人的感受，对老人缺少爱心和耐心，反感老人的言行，总是对他们翻白眼，更别说与他们心平气和地交流了。昧心忘了，年迈的父母原来也是头高笔直，行得走得，挑两百斤担子走两百里路都不吃力的人；昧心忘了，年迈的父母也曾叱咤风云，呼过风唤过雨，如今只是被岁月抹去了青春，掠走了健康，才变得如此衰老、丑陋，但他们的心，尤其是那份爱子女的心，永远不会衰老，永远不会改变。

胖清也许真的不清楚，父母是他生命的前身，他正在一步一步向父母的岁月挺进，想再回到做顽皮少年的日子已不可能，父母的今天就是他的明天，昨天已逝，明天在等着他！

迷惘乡事

"铃，铃，铃……"

子云不由得打了个寒战。年纪渐大，越来越不中用了，树叶掉在头上也怕打破头，有时连自己也会在心里骂自己是个胆小鬼。可有啥法子呢，更多时候她都在怀疑当年那个经常在黑得伸手不见五指的夜晚到深山沟里放水的自己，是不是吃了熊心豹子胆。

这是一个陌生的电话号码，会是谁呢？她接通电话后很有礼貌地说："喂，你好！"这是她少有的礼貌，平时接到朋友的电话，都是一句"臭鬼"，而朋友也亲切地回应一声"臭鬼"。

只听对方说："请问，你对我们县的社会治安满意吗？"

子云更加奇怪了："是……"

"我是县公安局的，想问一下你们对现在的社会治安有什么看法？"

"怎么说呢，你是想听真话还是想听奉承话？"子云说话挺干脆的。

"当然是想听真话，真话能使我们的工作有所改进，使我们的工作能更好地开展，如果是假话，我们也没必要花时间听。"

"那好，我就实话实说吧。要说满意，老百姓可能没几个满意，连我们这山高皇帝远的地方都越来越乱了，抢劫事件时有发生，一些不务正业的二流子经常骑着摩托车胡作非为，连老百姓的鸡鸭都不放生，女人出门金银首饰老被抢，就连杀人案件，以前我们只在电视上才看到，可如今却发生在我们周围，这是怎么回事？"

"我们的工作做得还不够……"对方诚恳地说。

"对这样的治安，老百姓会满意吗？说实话，我就不满意，虽然你们的工作很辛苦，也不好做，但是既然你们从事了这份职业，就得对老百姓负责，搞好社会治安，不畏权势，不畏强暴，才能对得起你们的良心，对得起你们穿在身上的那套制服！"

子云的不客气，不但没使对方气恼，反而赢来了多谢与表扬。他说他打了那么多电话，听到了很多的指责和批评，甚至谩骂，说他们是一群领了国家工资不干活的废物。他在电话中说："只有你说得那么真实又那么诚恳，且能体谅我们的辛苦，谢谢你，我们一定做好本职工作。"

放下话筒，子云久久不能平静，甚至从心底涌起一股悲哀，改革开放以来，政策越来越好，日子越过越好，乱七八槽的事件也越来越多，有的令人发指。如今，山沟里的女人出门赴圩也不敢戴首饰，怕被人抢劫。她买不起首饰，也不怕遭抢，但经常听人说起，也不免会夏天发抖，不寒而栗。

近些年，农村治安堪忧，昔日"路不拾遗，夜不闭户"之景象已成历史。

不少刚从学校出来的小青年，做不得苦活又吃不了苦，天天游手好闲，想七想八。他们经常两人骑一辆摩托，一人驾驶，一人搜索目标，看到戴耳环或项链的，就靠近她，然后趁其不备用力扯下首饰。如果被抢女人胆敢骂他们，招来的必是一顿拳打脚踢。如有谁敢出来打抱不平，连他也一块儿收拾。所以，遇到这种情况，大家都唯恐避之不及，哪还有谁那么好事？村里有个女人死命护着老公送给她的生日礼物，但毫无人道的抢劫犯却拔出刀子，眼也不眨地砍下她的手指，抢走戒指。

一次，子云在朋友家吃饭，耳闻了这样一个故事。某女被抢了项链，那抢劫犯走了好长一段路后，又掉头追过去，大骂："娘个短命嬷、逍嬷，冇钱就唔要戴，咁爱臭美做什么！"女人遭抢还挨骂，气得回骂他们没本事，没教养，只靠抢劫过日子。结果被他们好一阵拳打脚踢，左巴右扇，扇得她眼冒金星，昏倒在地。过往行人对这些瘟神唯恐躲之不及，待抢劫犯走远，才有几个好心人上前叫醒了她，并把她送进医院。原来，那女人所戴乃工艺品，抢劫犯瞄了好久才盯上目标，谁想又抢上这些不值钱的玩意儿，"能不生气"？

这些二流子，真是和尚打伞——无法无天，因为他们，许多女人有了好首饰却不敢戴出门炫耀，只好在家里戴，对抢劫犯莫不深恶痛绝。

这些二流子，常常走村穿巷，看到人家的鸡鸭，抓到一只算一只，抓到两只算一双，一只两只不嫌少，三只四只不嫌多，吃不完的可以低价卖给饭店，换上几个钱可当赌资或嫖资。

一天，有个老人家在自家门口眼睁睁地看着两个小青年抓了一双花鸭跑了，在摩托车上，后面那个还提起花鸭大声说："老家伙，追呀，追到了我就还给你，还会倒贴钱给你。"这不是废话吗？弄得老人家全身像是发了酵的面粉，气鼓鼓的。

以前，在山高皇帝远的农村，抢劫、杀人、绑架，这些都只能在影视剧上看到，知道大多是些虚构的，然而，就在二〇〇九年冬，村里竟也发生了一起杀人案，算是破天荒吧。

是年冬的一个晚上，几个赌徒聚赌到十点多，几个人输得差不多了，赢钱者就提出停战，改天再赌。一位败军之将却嚷道："我输这么多，不甘心，再来！"赢者晓得他身上没钱了，不干，说你没钱我和你赌啥？

"你借我五百块钱，我们再来！"

"我是吃屎大的吗？借你钱来赌我的钱，我岂不成二百五了！"

输者便向主家借五百元，还信誓旦旦地说，如果再输掉，他也过几天就会还给他。乡里乡亲的，只几步之遥，主家也相信他，因前几次借钱他也守信用，何况输者还承诺，如果赢了，定会奖给他五十元。利息这么可观，主家爽快地借给了他。于是，两人继续开赌，其余人在旁观战，不时还发出响亮的笑声。

正如人们所说，人一旦行上衰运，就挡也挡不住，喝口开水也会塞牙缝，输者一心一意想盘本，却是泥水沟里盘沙鳅，越盘越输，从主家那里借来的五百元钱，转眼间又血本无归。他很不服气，就对赢家说："我的钱被你赢去了，最起码你得请我吃一顿夜宵。"赢家很爽快，答应请大家一起去。可大家说，吃肉不如养肉，这么晚了，还不如回家睡觉。赢家说，大家一起去才有意思，就我们两个没气氛，要不改天吧。输者不同意，赢家只好骑摩托载了他往夜宵店跑，路上还高兴地唱起了情歌："十八岁的小妹妹哎，帅哥哥我分分秒秒想着你哎……"

情歌没唱完，颈中一阵冰凉，一把凉爽爽的刀尖捅进了他的脖子。他来不及抵挡，头上又被刀柄敲了几下，他便哼都没哼就滚下了摩托，躺在了血泊中。

凶手赶紧翻空了他的腰包和衣裤，把所有的钱都塞进了自己的口袋里，然后把他拖向附近的大桥。死者的鞋子掉了，血像泉水般往外涌，染红了路面。凶手手软了，拖不动了，拿出手机打电话给同学。他同学与他关系很铁，听说有要事急需他的帮助，就二话不说从被窝里爬起，骑上摩托奔到目的地。

"你……你杀人了？"看到地上的尸首，铁哥们儿惊呆了，他怎么也想不到，平时连鸡都不敢杀的同学，这次却连人也敢杀，他大骂他狼心狗肺，说绝不帮他这个忙。

"扑通"一声，他给他跪下了："我那么相信你，叫你来帮忙，可你怎么就那么过意得去？你帮我把他扛到大桥上，丢到桥下让大水冲走，我保证忘不了你。"然后，他又从衣袋里拿出五百块钱，作为报酬。

"要是被人查出你杀了人，那我岂不成了帮凶？你连我也害死了，正应了那句'杀人有赏，救人有恩'。"

"如果真行上了衰运，被人查到，我绝不会出卖你，你就相信我吧，我实在拖不动了。"

看在平时的交情上，看在那五张红鲤鱼上，他答应了，何况这段时间身上已捉襟见肘，这无异于"雪中送炭"。

愚蠢的朋友帮他把尸体抛至大桥下，看到尸体在浅水中一动不动，两人又下河把他弄到一处深潭里，削了根尖尖的木棍狠命捅进他的身上，再搬两块大石头压住。

俩人显然是"籽脚子"①，没忘记沉尸灭迹，却忘了掩盖罪证，路上的血迹、鞋子和摩托车，都让人一眼认定有人遇害了。次日，一砖厂的老板路过此地，发现可疑之处后，立即报案，警车转眼就呜呜而至。

出事的那天晚上，死者父母一直不见儿子回家，打他手机又没人接，以为去朋友那喝多了，留住朋友家了。早饭时没回，也没太在意，以为当屠者的儿子是去卖牛肉了。午饭时仍未见人影，手机也还无人接听，这才意识到事情的严重性，往日他就是不回家吃午饭，也会事先打个电话告诉原因，而这次的反常让他父母很不安。他父母赶紧四下里打电话，问遍了他所有可能去的和不可能去的地方，都说没去过他们家。

正当他父母坐立不安时，派出所来人叫他们去邻村大桥上，说有个人要

---

① 籽脚子：指做事没经验。

他们去认证一下。他们坐在派出所的小车子里，忐忑不安，不知发生了什么事，看民警很严肃，好像发生了什么大事，难道我儿子又做了什么坏事，让派出所抓着了？这个死性不改的家伙，咋就不让我们省心呢，缺你吃的、缺你穿的还是缺你赌？难怪这几天眼皮一直跳，他父母的心里一直如十五只吊桶打水，七上八下的。

那天上午九点多，接到砖厂老板报案后，派出所民警十五分钟就到达了现场，县公安局民警四十分钟后也到达了现场。邻近村民听说大桥上发生了凶杀案，都放下活儿到现场，怀着又好又吓^①的心情看人打捞尸首。

派出所民警放出了话，谁捞到尸首，奖励一千。有人自告奋勇地说他能捞到，结果那人水性不好且耐性不够，捞了好一阵子终于放弃，派出所便发给二百元辛苦费。后来又下去一人，他很有经验，先前人家摸过的地方不再作徒劳。据他判断，尸首就在那个深潭里，果不其然，他没费多大的工夫，就把尸首捞了出来。大桥上面下去两个人，一起帮忙把尸首弄上桥面，很多人看都不敢看，双手捂着眼睛，只从手指缝里偷瞄一下。死者父母认出死尸竟是独生子，当场昏死过去。大家一直骂凶手太残忍，一条才二十出头的小命就此与世隔绝，使他父母没了继承香火的种子。

公安人员判断，这是起谋财害命案，当晚在大桥上搭了一个简易棚，叫上两个人在那里守夜。

第二天，邻近村民们又放下活儿去看公安局的拍摄现场。凶手也在现场抓获，听说头天打捞时，他也去凑热闹，若无其事地看别人打捞。有人说他脑袋有问题，谁说不是呢？因此案由赌博引起，所以不难破，把那天赌场的主家叫到派出所查问后，又把所有参赌人员叫了去录口供，疑点只落在一人身上，那就是与死者"决战"到底的那个人，他们又一起去吃夜宵，问过夜宵店老板，都说其时他们再无接过这样两个小伙子。传讯那人时，那人慌得说不出个所以然来。

凶手那晚回家后，把身上的衣服脱在塑料桶里，叫他母亲给洗干净。他母亲问衣服上怎么都是血，他答，天亮前，帮人宰猪了。他母亲深信不疑。当然，她怎么也想不到，自己还不到十八岁的儿子，竟是个残忍、丧心病狂的杀人凶手。

---

① 又好又吓：既好事，又怕事。

凶手的父亲更是好笑。他并不晓得自家大难临头了，煤矿一下班就和人打麻将。知情人不敢当面告知，只说有个二十出头的男孩被杀了，听人说得那么可怕，他还说："杀人犯真是太可恶了，这种人最好就地枪决，或用来甄肉酱①。"第二天听说要拍摄现场，他还邀邻居一起去，邻居劝他别去，他说没有看过真实的杀人犯，看看杀人犯有啥不同。

到了现场，看到自己的儿子戴了手铐脚铐站在那里被人拍摄，做笔录，他一下子傻了，站不住脚，倒退了好几步。天哪，杀人凶手竟是自己的儿子？！平时他可是斯斯文文，树叶掉在头上都怕打破头的胆小鬼，啥时吃了熊心豹子胆？他站稳脚跟后，闭上眼睛，调整了一下心态，又猛地睁开双眼，他多么希望刚才是自己花了眼，看错了人，然而，现实就是那么残酷，那个戴了手铐脚铐还若无其事的人，实实在在是自己的儿子，他一下子如霜打的麻叶，蔫了！

做笔录的公安问凶手："你杀人的动机是什么？"

他答："他有几个臭钱，平时总喜欢显摆，又老是瞧不起人，从不借钱给我，我看不惯他趾高气扬的样子，早就想杀了他。前天晚上，他又不借钱给我盘本，我的钱都被他赢走了，我看他身上有不少钱，就杀了他，然后用他的钱还清赌债。"

"总共不到五千元，就值得你杀人？"

"当时，我并不知道才几千块钱，看他腰包鼓鼓的，以为有好多钱，娘个短命相，总是这样显摆，我被他害死了！"

凶手越说越气，还责怪起死者来。别人听了，似暖水瓶爆裂，丧胆。

这事给邻近乡村的茶余饭后添了一个话题，也给王姓人的脸上添上了一个耻辱。大家在一起闲聊时，总会开句玩笑："得罪啥姓人也别去得罪王姓人，王姓人会杀人，杀了人还要遭他贱骂。"

看到有当众掏钱者，有人也会开玩笑："你这么显摆，莫紧被人发现了要遭到谋杀。"

此事才过两个多月，邻村又先后发生了两起凶杀案。

---

① 甄肉酱：把肉打烂。

头一起是因为养猪户欠下了一个饲料店老板的几万块钱，饲料店老板催了好几次，可都不见还。其时，五号病到处登门拜访猪舍，连牛也不放过，搞得养猪户忐忑不安，吃饭没味道，睡觉老做梦，梦到猪场的猪统统得了五号病，大猪小猪都死翘翘了。

大家都害怕吃了患有五号病的猪肉。却又听说，五号病猪肉经高温消毒后吃下去并无大碍，很多死猪被埋后，有人还会再去挖起，把精肉用来打肉圆，或把死猪运往广东冰库里，用来做猪肉罐头。我曾亲眼看到有人载过好几只死猪，我表叔家的大种猪得病死后，就有人给了一百五十元，把死猪载走了。你想想，一只三百多斤的母猪，才花一百五十元，肯定赚大了。

子云老公以前喜欢吃牛肉丸，有次偶然看到牛肉店老板把一只死猪崽用绞肉机绞了几下后，再把牛血泼在猪肉泥上，做成丸子，就是牛肉丸了。她老公当时就吐了，后来再也没买过牛肉丸。

现在命金贵了，大家都比较重视，每次出现五号病时，都不去买猪肉吃。这样，猪价就急剧下降，很多人都亏大了。

那养猪户因亏了不少钱，猪肉价又一直在下跌，因此没法还饲料店老板的钱。为了生意好做，饲料店老板对一般养猪户都很"照顾"，饲料统统可以先赊账，等猪出栏后再付钱。当然，如果是现钱，饲料就便宜一点，赊账就贵一点，说是多少要点风险费。

被饲料店老板逼得发了火的猪农，一天又叫他载来几袋饲料，说是要付钱给他，还说要请他吃饭，吃饭时趁其不备杀了他，大卸八块，装进蛇皮袋里，向邻里假说是五号病猪，弄到山上深埋。被人识破后，他匆忙逃之夭夭，妻儿也被其兄长送到外地，家里那几百只猪，饿死不少，余者被派出所给卖了。

天网恢恢，疏而不漏，半个月后，凶手在广州抓获。

恐怖，太恐怖了！怎么杀人也和猪瘟一样！人们又是好一阵子恐惶，有些胆小的，夜间都害怕出门，唯恐自己也一不小心被人谋害。

一天，子云在兄长家时，有个村干部开玩笑说："你们无事要少出门，现在杀人犯越来越多，昨天某某村又杀了一个人。凶手是个妇人家，死者是凶手老公的堂姐，是个退休的干部，六十多岁。"

"咋？这世道怎么了，杀人也会传染吗？女人也会杀人，真是不太敢相信，我们杀只鸡都没那个胆，她还会杀人，她是个怎么样的人？"

"这些人，是吃错了饭还是吃错了药，有末个①大不了的事要去杀人？"人们真是想也想不透，杀人难道也有风头，也有啥好处？

以前在村里，解放五十年来的确没有发生过杀人案，相打相骂倒是时有发生，而且口头上也总是骂："娘个短命相，迟早我会杀了你。"但骂是骂，打是打，大家都不会去以身试法动真格，只是骂上几句狠心话，吓唬吓唬人家。

前两年传来消息，说美溪村对面可能会做条铁路，已经基本确定了路线。做铁路和做高速公路一样，都要征田征地征房子，这样一来，大家又都有了一个奇想，想着自家的田地和老房子都在征收范围，能够被征收，也算发了一笔财。

有个叫王美英的乡干部，退休好几年了，一听说要在老宅基地建铁路，就忙活起来。她原来在美溪对面，后来搬到美溪溪头，原来的老房子就以六千块卖给了堂弟王志刚。

王志刚把这块地盘用来建猪舍，都快十年了，这次听说从此地要建铁路，他很高兴，认为发财的机会到了。他共有五百多平米的猪舍，还有一栋一厅五间的泥瓦房，门前还有一亩九分多的田，一笔可观的收入近在眼前。

他万万没有想到，堂姐找上门来，居然没有理由地要他退还老宅地，不然的话也要他补给她一万块钱。王志刚当然不会同意："我又不是傻子，猪栏我都做了快十年了，有可能退还给你吗？真是狗想豆腐吃。"

"我的老屋基让你养了这么多年猪，这么宽的地盘，就值六千元吗？有谁证明我把老屋基卖给了你？是你霸占了我的地盘。你要是不退还给我又不出一万块，我就天天来骂你们，骂到你们有安乐，骂衰骂死你们！"

以前卖地基，只要钱给了，两方又没意见了就行，根本就没必要作过割手续，只是口头承诺，所以无凭无据，如日后有麻烦也还有中间人。可他们的中间人已经作古。当时王志刚也认为自家姐弟，值得信任，也就没有立下字据，到今天才意识到了事情的严重性，后悔自己太大意，可已经是贼过了才关门。

王美英果然天天去堂弟家骂一阵，然后又回家。她完全像个泼妇，罩箩从底起，连堂弟曾去她家借东西，或去她家喝了酒都骂出来了。旁人听不进去，过去劝她，她却把人家的祖宗十八代也骂上。

这天，她吃过早饭后又要去堂弟家，她的三个儿子和老公都劝她，叫她

---

① 末个：什么。

省省心，说早就卖给了人家，人家都养了快十年的猪了，没用的，再去闹就成大笑话了，就算是卖给别人了，也不能这样，莫说还是自家人。

"你们这些倒米客^①，不帮我也就算了，还帮他说话，他不补给我钱，我就天天去闹，看他能把我咋样！"

这天，堂弟不在，堂弟妹也去浇烟了。她就等在堂弟的家门口，临近中午，堂弟妹挑了担尿桶回家，裤脚上还全是泥，王美英一见就开骂。王妻不甘示弱回骂。王美英骂着骂着就顺手从门口的禾坪角落操起一根木棍，挥手就是当头一下。堂弟妹突遭袭击，好一阵晕眩，等站稳脚，脑子清醒一点后，丢下尿桶，发疯似的冲进厨房，拿起菜刀出来，对准王美英就是一阵乱砍。

王美英连中几刀，赶紧求饶："莫砍了，莫砍了，我……我以后……不，不……"话没说完，人已倒下，鲜血染红了禾坪。堂弟妹见状，丢下菜刀，脚也没洗，就跑到派出所投案自首了。

很快，整个乡镇都在议论，妇人家也会杀人，这比电视上看到了《夜来香》还更恐怖。女人杀人，这实在是件令人难以置信的事。

好像是在同一个星期，县里某个酒家又发生了一起杀人案，听说是一伙二流子杀的。原因是被害人和朋友在酒家吃饭时，无意中看了那伙二流子几眼，便莫名其妙地招来一顿毒打，他的朋友也受了伤，而他成了一个冤枉鬼。

派出所所长、公安局局长是怎么当的，出了这么多杀人案，他们还好意思再当！

一连几起杀人案发生在我们镇，大家心里都很惶恐，只要聚在一起，就少不得一番议论。

有人斥责这些杀人犯是"饲料食品养的饲料人"，为什么就想不到呢，现在不是一人做事一人担当的时候了，犯了法，是会连累下代的。你看，现在出门打工、考大学、当兵哪样不要过政治关系这一栏？出门做苦活，也要村部打证明，再到派出所拿无犯罪记录的证明。所以，做啥事也要考虑后果，千万莫冲动，犯了罪，就害几代人都没个安乐。

温饱解决了，日子越过越好，可对前面的路，人们却越来越感到精神迷惘。

望着墙壁上贴着的"警民和谐筑平安"年画，子云陷入了深深的困惑中。

---

① 倒米客：吃里扒外的家伙。

486

王桃花们的开心果

　　解放半世纪，农村气象新，时代越赶越好，政策让大伙心里乐开了花。曾几何时，家里要是种点养点什么，那叫资本主义尾巴，粗暴割掉不说，还得戴高帽游街吃口水。如今各家各户谁个不养鸡呀鸭呀什么的，爱养什么就养什么，爱养多少就养多少，吃肉不用花钱买，自家还有得卖。上边还一直鼓励大家多养猪，落实贯彻中央的富民政策。人买了医疗保险，连猪也可以上保险，真是上下五千年的新鲜事。

　　一日，王桃花正在猪圈里忙着，外头响起了叫声："王桃花。"

　　"唉，谁呀？"

　　"老同学，钟强。"

　　王桃花闻声而出，搓着双手，眼眉间尽是笑："哟，老同学呀，什么大风把你吹来了？"

　　"给你带了好消息来。"

　　"什么好消息？"王桃花有点迫不及待了。

　　"上边给养猪专业户每只母猪补助五十元。"

　　"真的，真有咁好的事？"

　　"我啥时骗过你？我这不是来登记嘛，你多少只母猪，可不敢虚报，要实事求是。"钟强半是玩笑半是认真地说。

　　"我们是老同学，多报几只有什么要紧，你不说谁知道，补了钱我请你食酒[①]。"王桃花也开起了玩笑。

---

① 食酒：喝酒。

"那可不行，你又不是不知道我这个脾气。"

"知道知道，你这个人呀……"王桃花说着，递给钟强一身进猪舍时才套穿的衣服鞋子。

"旧年①赚了多少？"钟强把这些"武装"套穿在身上脚上后，边看边问。

"不多，十多万吧，旧年才六七只母猪，今年多养了几只。哎，听说肉价又涨了？"

"嗯，可能还会涨，现在有好卖的肉猪吗？"

"下个月就有几伙可出栏了。"

"好啊，你赶上好价钱了。"

"养猪的真希望每次都赶上好价钱，才有赚头。第一年养猪，没经验，亏死了，连本钱都没了。"

"那怪我，没来指导你，也怪你不来告诉我。"

钟强是远近出名的兽医，谁家的猪发瘟、发瘴②或其他问题，都少不得找他。他和王桃花是同学，而且曾对她有一段单相思，只是因为家庭成分不好，不敢向她表白。王桃花一直蒙在鼓里，后来在一次同学聚会时从另一个同学嘴里得知，当场就笑他："你真是呆子，看上了我为什么不给我写信，我很可能就嫁给你了。"倒弄得钟强不好意思起来："鬼才晓得你不会嫌我成分不好？"王桃花大大咧咧地说："照你说，成分不好就不要结婚了？那可惨了，以前老讲成分，可也没几个嫁不出去、讨不到老婆的。"

自从那次同学聚会，他俩的关系又进一步加深了，由老同学变成了好朋友。王桃花在养猪方面有什么搞不清楚的，就打电话给这位同学兽医，他再忙也会抽空来现场指导。后来王桃花学会了自己打预防针，自己替猪接生、割卵子，就很少麻烦他了。

钟强一口气看完所有的猪圈，向她竖起了拇指："你这些猪都长得好，看来你的经验过关了，真为你高兴啊！"

都说富民政策是开心果，钟强的话让王桃花又多了份开心，她脸上绽开了一朵花，嘴巴甜甜地说："那应该多谢你这个师傅。"

"不用多谢，多谢有什么用，让我亲一下就好了。"

---

① 旧年：去年。

② 发瘴：患恶性疟疾等传染病。

"你这家伙，快做爷爷的人了，还这么没个正经。我都已经做奶奶了，还说这些不害臊的话。"

"哈，我就是太正经了才没勾上你，这是我一辈子的遗憾。"

"别这样说，你老婆也不差。"

"和你比，差得天远。"

"好了，好了，不说这些了。既然你这么在乎我，下辈子吧，下辈子我保证嫁给你。"

"那这辈子我们不要活那么久。"

"为什么，我可想长命百岁。"

"那不行！我要是先死，一定会拉上你，然后一起转世，后辈子绝不再错过机会，赖也赖上你。"

"家伙头，你再这样说，我下辈子都不嫁给你。"王桃花嘴上说着，心里比蜜甜。虽说老公也不差，但就是缺了一张像钟强那样能说会道的嘴，夫妻生活少了一种调味剂，就好像煮菜没放盐。

"好，不说了，我还得去各家看，去登记，你就等着去领钱吧。"钟强出了门，又回头望了她一眼，眼神定定地补充一句，"记住你的承诺！"

"什么承诺？"

"下辈子嫁给我，领了钱请我食酒。"

"食你个头，就知道食。你看你，现在都食得跟猪差不多胖了，你老婆都受不了了，是不是偷吃猪饲料了？"王桃花无伤大雅地损起他来。

这时，钟强挂在皮带边上的手机响了。他解下一看，也不去接听，对王桃花说："催我了，我得走了。"

"快走吧你。"王桃花说着，眼光却跟着钟强匆匆离去的背影走了好一段路。

几天后，王桃花到信用社时，但见门口已排满人，里头早已挤得水泄不通。

"嗨，真烦，早知道这么多人，我今天就不来了。"一个年轻男子大发牢骚。

"不如我们回去吧，改天再来？"和他一起来的中年妇女建议道。

"离这路那么远，又要抽空来，真麻烦，有几块钱补也辛苦。"男子又不甘心地说。

"你呀就是牢骚多，以前缴公粮田税时，你说辛辛苦苦耕点田，还得缴这粮交那税的。现在农税都不用交了，还发给我们钱，虽不多，但总比没有的好。第一年时二十多块，第二年三十多块，今年又加了，一亩田有八十块了，这样的政策你还嫌呀？"

"你们女人就是头发长见识短，就知道收入多少。虽说农税不用交，还补给我们几十元，可肥料农药一直涨价，十多块钱一百斤的肥料如今涨到几十元，钾肥一下子涨到了二百五。作田耕地就是辛苦，早出晚归，风吹日晒，一百斤谷子只赚那一点点钱。"

那份语气，真是"心忧炭贱愿天寒"呀！

"说得也是，世上可能就数咱们耕田的最可怜了，靠耕田奔小康，那真是永远有梦可做。好在现在鼓励大家养猪，运气好遇上好价钱，一只母猪一年也能赚它一万多。"接话的中年男子，看样子是个养猪的，而且养了不少。

王桃花排队闲着没事，也生张熟李地叨唠开了："我们村有一人家，上年就赚了十多万，明年还准备多做一套猪舍。现在政策好，母猪有钱补，还可以买保险，损失一只母猪可以补到一千元。养猪真的是有好多利。以前妇人家要上山砍柴，后来用上了电，如今还买了液化气，虽说轻松了不少，可电费贵，液化气也不是每家都烧得起；现在好了，养猪后猪多粪多，可做沼气，既不污染环境，又可烧火煮饭，妇人家再也不用上山砍柴了。做沼气池国家还有补贴。"她说的是自己，但为了不露根，来了个张冠李戴。

"好政策是让日子过得轻松了，可也养懒了大伙儿，闲下来后弄得人人都好赌。"臭汗熏人的人群中，不知从谁嘴里冒出这么一句来。

话音刚落，马上就有一位中年妇女搭腔："以前我一看赌博的就厌得死，输了钱，浪费了时间，有时还伤感情，没一点划算。可现在时间多的是，空闲时无事可做，也忒无聊，就去看赌博。不料很快也学会了，小打小闹，一次赢输几块钱，觉得十分有搭煞，谁能怪大家好赌呢！"

"你们打那么小的麻将，怎么能叫赌博呢？"王桃花说。

"那叫什么？"

"叫娱乐，空闲时谁不找找乐子？听说打麻将的人，不会得老年痴呆症。"

"打麻将还有这好处，我都不敢相信。"

王桃花以手当扇，在脸上扇了扇风，说："信不信由你，我是从书上看到的。"

她身后一位老伯叹了口气，道："活了六十年，政策是变了，世道却也变了，有好的，也有不好的，有时真叫人看不懂。"

几天工夫，秋收就算过去了。只要谷子晒完，种上些自家吃的蔬菜，此后的日子就变得轻松起来。顶多只参与"四季大事"的男人们，几乎都出门赚钱了，有在水泥厂打工的，有在煤矿干活的，很少有在家吃闲饭的男人。倒是女人，农忙一过，大部分时间就是凑在一起找乐子，打扑克搓麻将什么的。到了圩日，三五姐妹相约赶集赴圩，买回些大袋小袋急用或不急用的东西，光水果就有好几种。那些上了年纪、无由再学牌战的叔婆伯娓①，妒羡中，不免感叹自己出生太早，"头尾"解放太迟。

一位老太说起过去的"砻头碓尾"，颇有忆苦思甜之味："以往，我们清早起床后用土砻碾谷，白天上碓，过糠筛米筛后，再过风车、筛谷头，满脸糠尘、通身臭汗、精疲力竭直忙到傍晚，一百斤的谷子才能做成七十来斤可以下锅的大米。如今有电、有碾米机，百把斤的谷子只需几十分钟就行。以前碾谷用的那些土砻、木碓、糠筛、米筛、撮斗、簸箕、笆篮、竹笋等近十种工具，现在哪里还找得到？！"

马上就有了年轻妇女们的回音："时代变了，你们不也跟着享福了，只怕连针头线尾都不用做了。"

这也是事实。以往，生活贫困，"新三年，旧三年，缝缝补补又三年"，这缝衣补袜的任务，全落在妇女身上。更有甚者，有的即使在坐月子，还得在竹子火光照耀的寒冬腊月，头晕目眩地来个"慈母手中线，游子身上衣"的现实版，兼着纳一家人的布鞋。现如今，布票早成历史，人人买衣买鞋，"针头线尾"一年到头难有几次用武之地。

再有，女人们上山砍柴也几皆成历史一幕，村村户户从用省柴灶到用煤炉、液化炉，既好又快，基本不用柴火了，至于照明则用电灯，松明、竹子早早歇一边去了。

一日接上一日，一圩接上一圩，到了年关，过上了一年好日子的村民们少不得感恩戴德："日子过得好，全靠共产党政策好。国家富有了，我们老百姓的日子才有盼头。"

---

① 叔婆伯娓：泛指家族的长辈女性。

这天，阳光灿烂，天气格外暖和，王桃花和朱兰秀早早来到钟青梅家。青梅还在吃早，看到俩人来了，就取笑道："怎么，你们老公是不是上早班，没人陪了就早起了？"

俩人不甘示弱，反唇相讥。一个说："我们老公天天回家，看着就麋糟①，倒是你老公做生意在外，一月半月回家一次，小别胜新婚。"一个说："是不是昨晡夜你老公回来了，你们趁机'培养'感情，'工作'时间长了，才起这么晚？"

"去去去，我都老人家了，还'培养'什么，哪比你们年轻人？！"

"哟，想老人猪肉吃②呀，没那么快，比我们痴长了几岁就倚老卖老了，像你这年龄一点都不算老，显得还更成熟，让男人更上心呢。"王桃花笑着说。

钟青梅说："老人们说女人四十豆腐渣，人到中年万事休。我再过几个年，都五十了，现在是豆腐渣。男人都喜欢年轻的，像你们这时候得多和老公'培养培养'感情。再过十多年，你就会讨厌和老公那个那个了。"

"真的吗？别说得那么伤感好不好。"朱兰秀似乎来了担心。

钟青梅认真地说："到了我这年龄，你就会相信，如果不是怕老公走斗，女人一到五十左右，都怕和老公那个，可男人就是不同。"

王桃花听后，接着说："我也听说过，女人更年期一过，就不喜欢和男人'做好事'了……"

"好笑，你们女人冇事情做，就知道背着老公说这些个酸不溜秋的话，也不害臊，要是怕到更年期，就别拒绝老。"

一声男人的大嗓门传来，把她们吓了一跳，回头看是同村的福锦，嗔怪声和口水马上不约而同地冲他而来："呸，好好的不下煤矿，却来偷听女人谈话，才够臊！"

福锦今天不用去煤矿干活，就来钟青梅家看看有没有人打麻将，听她们在说这些，就插进一脚，接着又是一句："你们女人其实就喜欢男人'欺负'，不想才是假正经。你们看母鸡，公鸡一叫就乖乖地蹲下，等着公鸡来打③。"

"那也有不肯的，你看公鸡追母鸡时，追得母鸡咯咯叫，到处躲闪。你们公的就是脸皮厚，色心重。"王桃花说罢，朱兰秀挥了挥手，道："好了，不说

---

① 麋糟：心烦。

② 想老人猪肉吃：意指争老，以便得到有关方面照顾老人的好处。

③ 打：交配。

这些了，有一日过一日吧，打麻将就什么烦心事都没了。"

"对，打麻将吧。我今天陪你们三个阿姨打，你们可不能合伙专和我一个哦。"

朱兰秀笑道："不和你的那才叫呆子。你会赚钱，我们又不会，你输点钱给我们三个，有什么要紧？更何况，今天是我们三女陪一男，你多福大呀，还不舍得付些小费！"

"你就那么爱钱呀，那我现在就给你。"

听福锦这一说，朱兰秀忙又摆起手来："那我可不要，无缘无故给我钱，人家会以为我们有关系。君子爱财，取之有道。我再爱钱，也不会随便就接受人家的施舍。麻将桌上赢再多我也不嫌多，谁会跟钱有仇？"

"说得也是，那就凭本事吧。"福锦笑了笑，露出一口被烟熏黑的牙齿。

麻将一展开，兰秀埋怨道："我的牌怎么那么烂啊，十三兄弟各归各，机关枪都打不着，有和才怪。"

福锦说："你不和我和也一样，你放给我吧。"

"我和的机会都没有，凭啥放你和，狗想豆腐吃。"

"你不放我和，她俩自摸更糟糕，说不定还要奖码。"

"她们自摸无话好说，跌落屎缸平臭。"朱兰秀没好气地说。

一来二去，王桃花手中的新牌换取了她的一脸笑容："自摸两条，捉码，捉码，一个、两个、太好了，是鸳鸯码呢，各人 ① 三元。"

福锦看王桃花兴高采烈样，说："给你三元，不过，你上昼 ② 可得小心哦，别高兴得太早了。现在还不知道谁笑到最后，开门和闭门和，这是有规律的。"

"我这叫一马当先，旗开得胜，闭门和的规律也是针对你的。"王桃花立马回敬。

三个女的和一个男的，边打麻将边打嘴仗。朱兰秀一个劲儿地埋怨牌运不好，好不容易才和了五六次，还是人家放和的，一次自摸都没有。青梅也不太理想，桃花却有和就和二条。福锦的牌运一路走好，老是自摸还奖码，而且老和二筒，这就换来了女将们的一顿取笑："咦，你怎么对二筒特别感兴趣呢，肯定是晚上睡觉摸着二筒睡的，不然二筒也不会对你有感情。"

---

① 各人：每人。

② 上昼：上午。

"你们这些女人啊，说话太酸了，说起酸夹话来脸都不红一下，脸皮太厚了。"

"别老说这些酸话，十一点多了，得回去烧火煮饭了，下昼^①再接着打。"

"好，下昼再来。"兰秀接上青梅的话说。

福锦起身时，举着手中赢来的七十多块钱甩了甩："不上班也有人发工资，真好！"

"财去人安乐，我把称^②水果的五十多块钱都输光了，可怎么办？"朱兰秀假装伤心。

看着福锦一脸得意，又道："别得意，下昼我要连本带利赢过来。"

"那好，不过，下昼可得多带一点，可别又向人借钱，借钱和欠债是要付利息的。"

"下昼我就是一条裤带子出门^③，也会有钱归家。"

"行，有这个本事最好，怕就怕比上昼输得更惨。"

"呸，乌鸦嘴。"

福锦和朱兰秀打起嘴仗没完没了，让青梅和桃花在一旁听笑话。桃花赢了十多块钱，青梅输了四十块。现在的农村，输掉几十元都不会心疼，赌博的钱，就像荷叶上的水，倒过来倒过去。不可能每次都输，也不可能每次都赢，一年到头赢输相抵，顺差逆差都不大。

王桃花、李桃花、魏桃花们大都言出一辙："人生本来就是一场游戏，赌博是游戏之一。人生不赌博，光是养猪种粮光是赚钱，又有啥乐趣呢？"

每次赌博凯旋，王桃花就会开心地对自己说，再胜一场，就够下次买猪饲料了。若是失利，她也会自己安慰自己，这算什么，大不了顶两斤猪肉，花出去的钱才是自己的，开心就好！

---

① 下昼：下午。

② 称：买。

③ 一条裤带子出门：意为空手。

今　昔

某年某月某日，美溪村部分村民不经意间聚在钟英家开了个自发的忆苦思甜会。

这样的忆苦思甜会虽然随时随地、人多人少都可以开，而且常有，但因为棋没有逢着对手、将没遇着良才，常常是半途而废，让人意犹未尽。钟英家这天的这场会却开得不同寻常，淋漓尽致，在场普罗大众莫不兴高采烈，个个口若悬河、面红耳赤，好像少说几句就亏本，会被人说成是孤陋寡闻。大家像牛反刍一样反复发言，咀嚼着生活的酸甜苦辣，上了年纪的老人，幸福中带着些许的遗憾、无奈和感叹。有一个叫宝玉的老妪说着说着竟流下了酸楚、苦涩的泪水，然而，泪水还来不及拭擦，却又在大家的逗笑下变成了甘甜和喜悦之泪，混合在一起，顺着布满风霜的老脸滴落地面。整个上午，大家一忽而沉浸在以往困苦生活的回忆中，一忽而又回到今天幸福生活的沉醉痴迷里，对明天更美好更阳光的日子充满了憧憬和向往。

某年某月的那天，几个年过四十的女人相约来到钟英家。钟英为人随和、从不多嘴乱鼻，唆弄是非，再就是待人一视同仁，又不小气，只要是家里有好吃的，总会拿出来与众分享，因此她的家成了"了耍场"，大家有事没事总爱往她家跑。

农村女人，紧工时累得头不梳脸不洗，闲时天天打麻将、玩跑得快、吊金花、斗牛，小打小闹的。这天大家来得这么早，本意也是想赢几块水果钱，就快割禾了，不抓紧赢些水果钱怎么行？刚想坐到麻将桌前，从不打麻将、最多斗斗牛、打打推土机的水牯头也到场了，一到便见了鬼似的哇哇大叫："哇！你们这些妇人家，吃哩冇腚事搞 ① 每日就晓得打麻将，看你们还有几天逍遥，过几日就要割禾了，每日都早过早绝 ②，人家都还没吃饱就来，是不是想到人家这里赴朝吃？③"水牯头说这话是因为他看到钟英的嘴还在嚼饭，手却在洗着餐具。

"冇嘴话 ④ 别人，冇嘴话自家，你不也是想赴朝吃吗？"被人称为快舌婆的红秀数落道。

"我是刚刚到，你们却早就来了。"被快舌婆抢白了一句，水牯头底气不足了。

"我们也是刚来，凳子都还没坐热，不信你来摸摸。"红秀这么说着的时候，人已由坐变站，右手指着塑料凳子对水牯头说。

都是子大女大的过来人了，又没有一个老人在场，因此大家都毫不拘束。

"谁摸你坐过的凳子？冇屁味！要摸你别小气，把你藏在衣裤里好摸的东西给我摸。"水牯头嬉笑着说，伸过手去，作势要摸红秀身子。

"娘个死水牯头，老色鬼，你老婆不也有好摸的吗？昨夜晡难道没让你摸？我的地方哪容得你摸？我老公想摸都得付钱！你要是想摸就付十万，我面子名声不要了，也让你摸个够，反正你也是人，不是妖怪。"红秀笑着躲开并打趣道。

"对呀！水牯头，付十万给红秀，我们让她当场给你摸，她要是要赖，我们捉住她，一定让你的十万块钱花得值！"

"她搭毛屎 ⑤ 卖给我都不值十万，瘦得像个猴嫲假子，全身都松垮垮的有什么好摸？摸她的还不如摸我自家的屁股蛋，我屁股上的肉多的是。十块钱还差不多，你当我的钱是去寄子岭 ⑥ 当土匪抢来的？我也是种烟养猪辛苦加冒险赚来的啊！她的东西就是金子银子镶的我也不想摸。"水牯头损了红秀一通后，右手在自家的屁股上拍了几下。

---

① 吃哩冇腚事搞：吃饱了没事情做。
② 早过早绝：一大清早。
③ 赴朝吃：朝，早饭之意。意思是这么早来到别人家，是想吃人家的早餐吗？
④ 话：说。
⑤ 搭毛屎：整个人。
⑥ 寄子岭：美溪一座山岭。

"妇人家就是这样的货色，明明喜欢得要死，却老是装斯文，假正经，半年不去屌她，看她能正经到什么时候。"水牯头的话音刚落，一个号称"杂才专家"的五十多岁的男人接上了话头。这个男人小名生古，大名采才，因为他说话做事总是出人意料，令人弯腰捧腹、笑破肚皮，后来大家索性叫他杂才，大名就慢慢地被遗忘了。

"坏了，坏了，又来了一个惹事棍，今天上午看来也莫想赢什么水果钱了，就听两个惹事棍说相声吧。"快舌婆说。

"你娘个妇人家就是爱占赢油①。哦，我们实话实说就说我们是鬼喔？你们妇人家讲话才像鬼喔！三个妇人家凑在一起就跟菜市场一样，哪个都不想当软，一个个跟吃炸药长大似的。跟你们了上一昼边，昵脑屎②都会塞满，夜里睡目昵脑还在嗡嗡作响，好像周伯通的糖蜂飞过。"

"我们妇人家吵，可是你又专爱往妇人家堆里扎，一天不跟妇人家一起，你就会死去，冇妇人家你一天都活不下去，一星期你老婆不让你上身你都会把节裤子撑烂。"人称"酸夹女王"的细英，这下英雄有了用武之地。

"你怎么晓得我一星期不上老婆的身就会把节裤子撑烂，难道你老公就是这样过来的？"杂才嘻笑的样子有点令人恶心。

"莫讲这些酸酸夹夹的事了，你们看，双生贵子③来了，有老人家在场，文明一点，莫冇规冇矩。"

坐在最门边的沉默女王兰香有气无力地说，好像早晨没吃饭。大家都晓得她是个一天说上十句话都嫌多的人，和她在一起，挑不起争端也活跃不了气氛，即使有人成心找她的麻烦，把鼻涕弄到她的身上脸上，她也自己擦干净就算了，她的身上永远挂着免战牌。有一次，几个女人商量好了，故意找碴，一个一个轮流着作弄她，但是一个一个又败下阵来，在她那里英雄根本无用武之地。兰香结婚不久，一次在帮人割禾时，红秀见她不说话，就说："你要是一天到晚不说一句话，你割禾时，我保证无偿奉献一天人工。"结果，红秀"如愿以偿"当了一天义务工。这事成为笑谈后，谁都不敢再和她打这个赌了。后来生活好了，孩子们又都出远门打工了，田也少耕了，兰香无聊时就坐在旁边看人家打麻将，慢慢地就学会了。大家又劝她要学会生活，学会享受，和大家

① 占赢油：占口头便宜。

② 昵脑屎：耳屎。昵脑，耳朵。

③ 双生贵子：双胞胎。

多玩在一起，有说有笑日子过得开心。但天生性格所致，她还是不太想说话，人家笑她太过文明、太过文静，文静得近于死板。

"老鬼怕什么？老鬼也是人，我们没做过，他们先做过。细牛叔就说过，现在七老八十了，做不了那事摸一摸也好。"杂才说。

"大牛叔也说过，年轻时不懂事，遇上老婆做小月①，都忍不住。听说'腔硬有药医，撑烂棉丝被'这句，就是他发明的。"水牯说。

大牛叔刚把右脚踏进门内，快舌婆就笑着大声问："大牛叔，是不是啊？"

大牛叔耳背，没有听到水牯的话，莫名其妙地问："什么是不是啊，你问得没头没脑，谁晓得你问的什么？"

"水牯说，'腔硬有药医，撑烂棉丝被'是你说的？"酸夹女王抢着说。

"是又怎样？又不是以前，说什么话都爱小小心心，随便一句话都会被人举报，被戴高帽子游街示众，甚至劳改。做事时说一句'大石头三堆屎，细石头屎三堆'都有可能被批斗，公公正正的一句话也会被人歪曲事实。现在好了，什么话不敢说？这么开放的时代，真是没的说！好在我们命长，活到了新时代。"大牛叔说完，把温和的眼光投向细牛叔，意思是我们还要争取多活几年。

大牛叔和细牛叔是"双生贵子"，今年八十有五了，他们同时出生，又一起捡鸡屎吃，一起读书一起当兵，退伍后回到生产队一起"修地球"。因为政策好，现在每个月都有几百块钱领，再加上有农村医疗保险、老年养老保险，日子过得倒也滋润，酒也喝得，肉也吃得，早过了八十的人了，每餐还能装下两碗饭，走起路来"咚咚"作响，大家便笑他们："大牛叔、细牛叔，看你们兄弟俩红罗花色②，走路衫尾打死狗，老虎尾巴还拖得住，送你们一个细妹子，保证你们会乐死。"

"鬼讲个，老人家了，还说这个，现在有二两酒喝我们就满足了，哪还能做那事？那个机会只好让给你们后生子人了。"大牛叔的语气似乎颇为遗憾，"以前哪能跟现在比？以前我们累生累死，朝加班夜加班，连做雪天都要去平整土地，除非暴雨或雷阵雨确实出不了门，才有可能在家休息。有一年落米头雪，队长通知我们去平整土地，冇棉袄穿，又冇水靴着，冻得全身发麻，手

---

① 做小月：来月经。

② 红罗花色：面色红润。

和脚都不会动了。后来大队集体买来靴，长的短的各一双，但也舍不得着，有人还说要留给子哩大了的时候着，结果留到前几年丢掉的都有。以前的水靴质量是好，但土板①不美观，现在年轻人哪个还要？所以目光放得太长远了也不好，我们老一辈的人就是思前想后，太苛刻自家。"

"以前的女人哪有现在的好做？就是做雪天落雨天都不消停，纳鞋底、做布鞋、补衫补裤、搞卫生、捡猪草，天晴时还要钻空子上山斫礁割芦萁，打理菜园地埂。那时候的女人确实着恶，细鬼子又多，真个冇几天好日子，现在的女人几安乐？天晴地晴都扎堆的扎堆，赌博的赌博，还吃好着好，日日都可以赴圩，水果买了大吊小吊，一圩接一圩。"细牛叔接着大牛叔的话尾说，完了还叹一口气。

"确实是呀！以前我们几冤枉，每日做生做死还填不饱肚子，子女又多，小时不会做事，就靠两公婆日做夜做，做来养大一斗②子女，年年都超支，月半一过就爱借米煮。有时煮的粥，连勺子都追不上饭粒，细人子又个个饿涝神一般，嗷嗷直叫。我们大人还好讲，肚饥了喝碗井水都能忍过一时，细人子就讲不分相了，个个哭着喊着肚子饿，难怪以前的细人子会捡鸡屎吃，那时确实饿呀！"大牛叔说。

细牛叔补充说："以前的日子苦，冇菜时，就抓一把藏菜叶③放到碗头里，再放一点盐，滚水④一冲就可落肚，连油星子都没有。"

"说起藏菜汤，我们都喝过不少。记得我还没出嫁时，我爷哩就泡过多次藏菜汤给我们吃。他们泡藏菜汤是先把切细了的藏菜放到大碗头里，再放上盐、味精和油，然后就用电壶⑤里的滚水冲下去，既简便又好喝。后来懒得煮菜时，我也就这样泡过汤喝。"钟英无限感慨地回忆道。

"其实藏菜汤大家都喝过不少，现在藏菜几吃香？很多人都挺喜欢吃的，而且它可以配不少食物。比如煮粉干煮面，就可以用这种菜干，煮茄子、炒苦瓜、炒黄瓜、蒸猪肉，酒店里还用来做扣肉，藏菜干的用途确实大。"水牯也说。

---

① 土板：土气。

② 一斗：一窝。

③ 藏菜叶：青菜干。

④ 滚水：开水。

⑤ 电壶：热水瓶。

"以前我们老一辈的女人，落大雨出不了门做事，就钻雨空子拿着鞋底或烂衫烂裤到隔壁的梓嫂叔媚家里，边讲边缝缝补补。那时候我们身上从来就没有一个'刮痧钱'①，哪像现在大家都钱不离身？现在的女人几幸福？不但清闲，吃好着好不够，还要了好，老公又得意，舍不得骂一句。不过，现在的女人也太刁了，也不会怕老公了，老公说一句，她便要顶十句，刁过头了也不好，总得要留点面子给老公吧？怎么能自得②自家的性子呢？每个人都有性子，如果都不忍让，那就有得骂，过日子天天吵天天骂有啥意思？"一个叫宝玉婶的老女人洗衣服回家路过钟英家，听到这么热闹，好像还说起了以前的事，心里就寻思什么原因让大家有兴趣讲古？好奇心使她忘了自己的衣服还没晒，提着洗衣桶径直入屋，一放下桶就接话说。大家也听出了后面的话音，因为她有个生媚很刁，经常作弄老公，老公下煤窑，每月结了账必须全部"交公"，只返还二三百块给他买烟或作为流动资金，比如买洗衣粉、牙膏、洗洁精之类的日用品。宝玉婶自家两公婆像像样样，生出来的儿子无论相貌还是智商都不甚乐观，尤其是那个软蛋性格，让人实在不敢恭维，也难怪被老婆瞧不起，经常对他横眉竖眼摔东摔西随意作践，说他比树筒③更笨，树筒踢了还会滚，而他踢了也不会滚。最让她满意的，是他的一身永远使不完的力气，他挑担子二百斤都没问题，家里所有的重担苦水全包了，她连喷雾器都没背过。

钟英晓得宝玉婶又要忆苦思甜了，就马上搬了一张靠背椅，说："来，宝玉婶，坐下再说，洗衣服洗得腰都酸了，再站着都会脱神了。要是你家子哩生媚晓得了会骂死我，说我不懂事连凳子都不给老人家坐。"

"他们哪有这么孝顺？我死了他们更乐意呢，可我偏又命太长呀。多谢了英子，你们这代人多幸福，哪像我们呀，一年到头都做生做死，冇个天晴落雨④，做大坑水库、小坑水库，开将军路、做水电站、平整土地，什么苦头没吃过呀，驮大肚⑤都快生了，还得做。就是队长不让做，自家也舍不得休息，为的是那几个工分呀！我大鬼就要出世时，正好赶上做水库，我还舍不得放下。见我担黄泥时很吃力，大队支书叫我不能再来了，说再来挑泥也不给记担

---

① 刮痧钱：零用钱。

② 自得：由着。

③ 树筒：木头。

④ 一年到头都做生做死，冇个天晴落雨：意指天晴下雨都要干活。

⑤ 驮大肚：挺着大肚子。

数了。话说到这份上我才没再去，可是也不可能清闲，家里搞卫生，补烂衫烂裤，菜园地埂许许多多的事还得去做。哪像现在的大肚婆，一有身上就什么都不用做，家里人恨不得把她当菩萨一样供在香桌上，整个大肚期间吃好了好，这个吃了有营养，那个吃了补胎气。我们那时有两碗粥吃就阿弥陀佛谢天谢地了，如果家里的鸡嫲下了蛋，煮两个鸡蛋给你补补身子，就嘴都会笑阔，夜里睡目还会笑出声了。要是家里杀了鸡让你多吃两块，嘿嘿，就恨不得睡在禾仓①角头，怕那有营养的气味随口出，话都舍不得说，拿如今时髦的话说，叫养什么精来着？"宝玉婶把询问的眼光投向钟英，她晓得钟英读了高中。

"养精蓄锐是吗？"钟英笑着问。

"是，是，以前我跟妹子说过以前的事，我妹子就是这么说的。"宝玉婶喘了一口气，又马上接着说。

"我们那个时候呀，确实着恶②，十月怀胎下来，鸡蛋都吃不上几个，还得天天做事。生下了细鬼子，也没什么补，就是家里养了几只鸡，也不可能让你一个人吃，家里人多的就更不用说了，大家都缺乏营养，都需要进补。杀了一只细鸡公，也会多放一勺水，那叫汤多人侪和③。我大妹子出世时就是因为吃了鸡汤，害得我坐月子泻肚，差点脱神，土霉素狗点吃了也没用，还是叫焕贞医生过来打了止泻针才止住。现在的年日婆④几幸福？鸡肉鸽肉吃到自家怕，别说可以一个人独吃，还要不放水，皮剥掉了干蒸，一个月子下来起码也有四五十只的鸡鸽吃。有些生活富裕，家里大人和老公又分相的，四十天过后还有得吃。现在的人也会享受，懂得养好了身体，一生世人都幸福。"宝玉婶感慨万千地说完，又叹了一口气。

"宝玉婶，你也别不服，谁叫你出世早。好在你命长，七十多岁了还吃得走得做得，我们都不如你。要是想多活几年，多享几年的福，你就不要死做烂做了，养好身体，想吃就吃，想了就了。子大孙大了，大家少吃一口，少赌一次就够你吃，够你花。再说共产党这么富裕了，老百姓也好上了，老人有养老金，还有医疗保险，你也很幸福了。"钟英说。

---

① 禾仓：家里的小粮仓。

② 着恶：可怜。

③ 侪和：和气。

④ 年日婆：产妇。

"是呀！我们老一辈的也够幸福了，都是搭傍①共产党的政策好呀，这么关心我们。"

宝玉婶话音刚落，酸夹女王接过来说："莫讲你们老一辈的女人，就我们四十多岁的女人，也受过不少的苦。那时我一家人，有裤的没衫，有衫的没裤。虽然我没在生产队做过什么苦水，刚从学堂里出来就分田到户了，可是我在家中排老大，什么事情都要做，其实读书的时候我就要带一个最小的老弟，这家伙每次都要在上课时拉屎拉尿，搞得我同桌老骂我带拖斗影响他做作业。讲实话，在学校我的成绩不错，如果不是要带人，回到家里又要做事，考大学是没问题的，我的班主任都这么说了。我们放学回家就搞得手忙脚乱，哪有时间看书，礼拜天还要上山割芦萁，遇上紧工，爷娭加班了，天子一光②我就得起床，烧火煮食，洗衫裤，伺候老弟老妹起床吃饭，累得上课时常常笃目睡。说来好笑，笃目睡时怕老师骂，就把书打开，竖起来，装着看书样。但老师也不是吃屎大的，区区小聪明岂能逃过老师的法眼？老师走过来，揪一下耳朵，问我昨夜是不是做贼了？弄得同学们大笑。我每次累得要命时，就问我爷娭干吗要把我生下来受罪？"酸夹王说到这里，自家先笑了起来。

酸夹王嫁到这里时，夫家苦得没油煮菜，她前后做了三个年日，落肚的鸡公加起来还不到二十头。结扎时，她家娘还把亲戚朋友送来的鸡蛋和鸽子拿到镇上卖。酸夹王一直强调，自己身体这么差，绝对是做年日和结扎时没有养好身子。她头个妹子出世时，刚好是六月，家里人都忙着收割，然后又要忙着莳田，有谁来照顾她？不但要自家洗屎片尿片，还要连着把一家人的衫裤拿去洗，另外还得要喂鸡喂鸭加喂猪，煮一家人的饭菜。六月天光晒谷最讨厌，经常一阵月头一阵雨，收了晒，晒了又收，冇一下子安乐，有天酸夹王也放下碗筷出去帮忙收谷，结果淋了一身雨，半夜时就发起了高烧。她老公把手电筒绑在单车上的前搭，载了焕贞医生过来打退烧针，开退烧药，弄到天光边③烧才退。酸夹王结扎还不到五十天，又遇上割禾收谷，因为家里田多，上半年种烟又少，一割就是近十天，她几乎天天和家人一起做，累得半死回到家里还要抱细人子。她的细妹子又是出绝哩个④，妈妈不在家时她谁都要，可妈妈一到家，

---

① 搭傍：指望、依靠。

② 天子一光：天一亮。

③ 天光边：天亮时。

④ 出绝哩个：少有的。

就是没有看到她也一直哭，可能是闻出了母亲身上的味道，谁都不要了，酸夹王一抱她她就咯咯直笑。酸夹王累得要命又心情不好时，真想扇她一巴掌，又怕她承受不了。

酸夹王结扎时，家里只有两只鸡公，连鸡蛋都没舍得买个给她吃，那两只鸡公杀了，在这上有老下有小的家，酸夹王能吃上几块？好在她父母、兄姐都捉了鸡公来，拿来了些鸡蛋。她父亲有退休工资，还另外给了五十元让她买营养吃。当婆婆的想着要留一只鸡公过年，酸夹王老公说："她外家捉来让她补身子的，再说她也没吃几只鸡公，以后身子没养好还不是直接害了我？"当婆婆的却说："都吃了好几只鸡了，已经够可以了，我结扎时白糖都没得吃上二两呢，还要做事，不也没病没灾吗？女人哪有那么金贵？"

酸夹王不同意，婆婆就说："你结扎花了一笔钱，只怕过年时没钱买鸡过年了，人没鸡过年可以杀花鸭，但敬天神敬伯公就非要鸡公敬。"

当婆婆的一讲就讲以前她们做年日和结扎如何如何的没鸡肉吃。酸夹王听了好笑：你做年日和结扎有吃冇吃关我什么事，又不是我害你没得吃，时代不同了，谁跟以前比？有什么好比头？

酸夹王咬牙切齿地诉说，对婆婆当年的精打细算恨之入骨，直听得红秀也恨心恨肝起来："这样的家娘多了去了，我家娘也是一个样。我生我子哩时，亲戚朋友送来了鸡公、鸽子和鸡蛋，那时候连本队人都会送鸡蛋，四个、六个，最爱好的人有十个，送来的鸡蛋都有一满树箩①。她把树箩放在谷仓里，每日朝晨只煮两个给我吃，半昼边②点心时两个，半下昼③两个，有时也炒一些热汤粄子给我点心。一天，她趁我不注意，就拿了几十个鸡蛋去卖。虽然家中困难，卖了鸡蛋也是补贴家庭，但这是对我的一种剥削。鸡蛋是人家送给我补身体的，家里没钱买给我吃也就算了，怎么能把人家送的也拿去卖呢？就算要卖起码也要问过我。我之所以恨心我家娘，就因为她做了对不起我的事。"

宝玉婶劝道："红秀呀，你和细英也别恨心你们的家娘，她们那样做，也实在是没办法。你们那个时候也比我们幸福得多，虽说时代不同不好比，我们也只怪自家出世早，我们那个时代做年日遇上紧工还得下田呢，那还不是为了几个硬工分？如果不是生活所逼，谁不晓得养身子？如果日子宽松，哪个做爷

---

① 树箩：一种用木板做的箩。

② 半昼边：半上午。

③ 半下昼：半下午。

嫉的会去'虐待'子女？"

"宝玉婶讲得冇错，要怨就要怨时代，怨自家的命，千万别怨七怨八怨爷嫉。做爷嫉的也不容易，他们精打细算其实还不是为了一个家？将心比心，如果换着我们，出于无奈也会这么做。真的不要对以前爷嫉做过的某些'错'事记仇，老是记老事，仇恨就永远无法化解，亲人间就隔着一道跨不过去的沟，相处太难，活得就累。"

钟英心平气和地说完，宝玉婶说："也确实没什么好记仇的，那时生活艰苦，头一两个细鬼子出世还高兴些，越来越多后，特别是老生妹子，有些老人就不高兴了，着牛骂马，连准备杀的雄鸡都放走，火都泼灭。大牛叔就泼灭过火、放飞过雄鸡，你们问他是不是？"

"不用问，确实是。那时的人比较顽固，比较封建，重男轻女的思想过于严重，现在想想真是太过分。以前作践妹子，现在妹子比赖子有用。"大牛叔语带惭愧。

"以前生细鬼子哪有现在宝贝，就近叫上一个接生婆就行了。有时接生婆没到，细鬼子却出生了，就自家抱好，以前为什么给子女取尿桶古尿桶嫲？还不是因为接生婆没来，自家把细鬼子生到尿桶里。现在的大肚婆多保险，每个季节检查一次，一到预产期就去医院等着生。我们那时就晓得水大顺溪流，日子到了自然会出世，出世后指望老天照顾，满月没做就要下地挣工分，有时朝晨加班回到家，自家边吃边喂细鬼子的奶，细鬼子还没吃饱，出工的哨子又吹响了，怕扣工分只好恨心将奶菇拔出。细鬼子肚子饿了要点心，也不能喂太久，怕有人会嘀咕。一日做到暗，最大的愿望就是希望夜晡睡点目透天光[1]。说来好笑，细鬼子喔着赖奶吃[2]，只好眯着眼睛抱起让他吃，结果还是喔。目又睡[3]，听到他喔，我眼都睁不开就骂：'喔，喔，喔，有吃又不吃，再喔就把你丢出门口。'我男人被我们吵醒，见细鬼子喔得凶，就点着洋油灯一看，大骂我：'你娘个妇人家也真是，你叫细人子怎么吃奶？'我强行睁开眼，一看哭笑不得，原来我把细鬼子的屁胚按在了心肝前[4]，难怪他一直喔。有一次更

---

① 睡点目透天光：一觉睡到天亮。
② 喔着赖奶吃：哭着求吃奶。
③ 目又睡：特想睡觉之意。
④ 心肝前：胸前。

气人，天子蒙蒙①就开始做，晚上还要加班打禾②，打到十一点，累得全身的骨头都散了架。半夜里，两岁的细鬼子要拉屎，抱他起来拉，结果撒了我一头一面，原来我又犯了同一个错，把他的屁股向着自家。"

宝玉婶说完，大家哈哈大笑。

大牛叔吸上一口烟，一本正经地说："这个你们要相信，她可不是广古搭花撩③，那个时候实在太累，目睡法子唔照常④。我就有个好笑的故事，你们听说过吧？四十岁那年，六月天光莳田，莳到半脚禾⑤就蹲在那里睡着了，莳田的姿势不变，前面的人没注意，比我慢莳田的荣古头追了上来，见我蹲了马步手脚却不动，叫了我都不动，以为我死了，吓得大呼小叫。大家忙放下秧子过来推我，喊我，我才嗯了一声醒过来，一看大伙都围在我身边，便问怎么回事。他们一说，我都忍不住笑了起来，说昨夜细鬼子肚子痛，一直喔，没睡好目⑥。"

"哈哈哈，做细鬼子时就听说过这事，但一直不晓得那个莳田蹲马步笃目睡的家伙是谁，今朝日子才晓得。你好厉害呀，这样也能偷睡目。"快舌婆说。

"哼，你们这代人没吃过那种苦，那种苦你们要是能撑过一个月，我就改名换姓或叫你奶奶。"细牛叔轻蔑地说。

"神经病啊，鬼才要你们做孙子，你们自家行衰运出世得早受这么多苦，怪谁啊？不过，话说回来，要不是你们以前参加了那么多劳动，把身体锻炼得这么好，也许早就去阎王那里报到了，所以说，你们是因祸得福。"

快舌婆嚷完，大牛叔一脸认真地说："我们那时候的苦，你们两天都受不了，莫讲一个月。现在随便苦一点的活，你们就不停地叫开了，哪是吃苦的人？那种苦叫你们吃上一天，她们都会喝敌敌畏，不是我打落你们，你们根本就不是吃苦的料！我们那时，饭都还在嘴里嚼，出工的哨子又吹响了，怕扣工分，连嘴都来不及汤⑦，尿都来不及拉，就赶生赶死赶出工了……"

---

① 天子蒙蒙：天刚擦亮。
② 打禾：脱谷。
③ 广古搭花撩：无中生有。
④ 目睡法子唔照常：很想睡觉，忍不住想睡，不同寻常。
⑤ 莳到半脚禾：莳到一半。
⑥ 没睡好目：没睡好觉。
⑦ 汤：漱口。

大牛叔话到这里，讲了一个故事。

有一次，巴头古喘着大气赶到田边，边脱鞋边说："嗨！真个会做死，朝晨加班归到屋下，屙了一泡尿，刷了牙洗了面，屙了一堆屎吃完就走，一刻也没停，每日这种做法，五十岁都活不到。"说完一边下田一边喘气，搞得大家大笑不已，他还莫名其妙，问大家鬼笑般做什么。有人笑话他说："巴头古，再苦再穷你也莫这么省，省米还说得过去，反正你的屎也是吃了饭变成的，刷牙洗面的水你去省什么？井里溪里的水有的是。"巴头古不知是真笨还是假癫，人家这么一说还是一头雾水，说："我刷牙洗面与省水有啥关系？你才吃屎呢，娘头短命嫲短命子，鬼笑般，食饱了有力冇地方消吗？"大家见他这么浑，晓得他还不清醒，但又不想点破，就一直笑，笑得一个个眼泪都流了出来，连组长都忍不住了，笑骂巴头古："我看你确实是吃屎大的，傻瓜也听出来了你说错了话。"

"谁说错话了？本来就是嘛！我归到屋下真个是屙了一泡尿，刷了牙洗了面，然后屙了一堆屎吃完就走的。不信你们可以问我老婆！这有什么好笑的，难道你们就没做过？"

"我们没做过，你才做过。"

"好，好，好，你没说错，你没说错，是我们听错了，不准再笑了，再笑就扣工分了，抓紧做事！"组长发话了。

可是，谁能忍得住呢？整个上昼不是你突然大笑，就是他突然大笑，除了巴头古，大家都忘乎所以地笑，也不管扣不扣工分了。回家时，大家又把巴头古的话当作山歌一样唱，还唱给其他小组的人听。大家后来一见巴头古气喘吁吁地赶出工，就笑他："巴头古，你今朝日子是不是又用尿刷牙洗面的？是不是吃完自家屙的屎就走的？"其实呀，巴头古也没说错，只是说得急了点，大家又都喜欢钻牛角尖，把它想歪了，才会感到特别好笑。

大牛叔说完，也喘了一会儿气，幸亏他身强力壮，吃得走得，不然说了这么多话，定会断断续续，让大家听得也辛苦，就像当年赶时间出工。

宝玉婶自揭家短，说自己也因为"目太睡"差点酿成大祸。在她大儿子两岁半那年的四月天，她白天因上山作烤烟樵①，为了那几个死工分挑得过重了，腰骨痛得厉害，肩头上的皮都磨破了，吃过晚饭一上床就形同僵尸。大儿子却在床上搞七搞八睡不着，她太累了也不晓得啥时死睡了过去，睡了多久也不晓

---

① 烤烟樵：砍烤烟用的柴火。

得。半夜里却闻到一股洋油味，一摸儿子，也睡着了，身上却湿湿的，睁眼见洋油灯灭了，才意识到儿子可能把洋油灯火搞灭了，洋油倒到床上和他身上，好在没烧着，不然就惨了！

宝玉婶的男人在杨梅山割松香，大部分时间住在山里，她只好抱起儿子摸黑来到家娘房里，让点上灯看有没有烫着他。家娘点灯一看，孙子身上徒生好多泡，就问："生生为啥那么多泡，是不是出天罗泡子①？"大概是老人鼻子失灵了，不然这么臭的洋油味，应该猜得到。得知实情，家娘脸上立马变色，破口大骂："娘个短命嬷，就晓得死睡！我孙子要是有什么闪失，我对你不客气，还不背上他去焕贞医生家！"

宝玉婶的夫家四代单传，做祖母的对孙子一直非常疼爱，恨不得把自家的肉割下来给孩子吃，如果孙子真有什么闪失，指不定会打死儿媳。宝玉婶一听要背儿去医生家，知道事态严重，吓得一阵啼哭，惹得家娘又是一阵骂："鬼喔般做什么？我还没死呢，还不快走！"家娘拿了根竹子，用镰刀弄开口，蘸上洋油，很快就点着火了，披上一件补了又补的外套，紧跟着媳妇出了门。

婆媳翻过两座山来到焕贞家，只见他家还亮着灯火，原来他和大队的治保主任在下象棋。听完起因，他马上查看小家伙身上的泡泡，然后敷上药，说这是他去山上采的草药，效果不错。因为同一个房头②，和宝玉婶男人每年祭墓都在一块儿喝酒，所以只象征性地收了一块钱。

"他也是重男轻女的角色，见我生生有事就很上心；如果是女孩，未必会这么快就放下象棋，真的！"

宝玉婶末了不经意的评说，马上引来了话语："宝玉婶，听说那时封建，男人和女人的衫裤也要分开来晒。遇到落雨，女人的节裤子都没人收，是真的吗？"

"那还有假！我们洗衫裤也不能把女人的节裤子放到桶里，只能手里拿着，晒的时候就晒在边角落，最好晒在看不到的地方。要是有哪个胆把女人的节裤子晒到男人的衫裤上面，那就有得骂了。那时候的女人哪有现在的好做？我们下地遇到落雨，家里的大人能把你的外衣收起来就不错了，哪会去收节裤

---

① 天罗泡子：一种水疱。
② 同一个房头：同族。

子？男人要是好心去收，也会被老人家骂。有些男人确实体谅老婆，怕老婆没有替换的节裤子，就用钳夹或用一根棍子挑下来。"

宝玉婶说出自家的故事，真要把人笑死。有一次落雨，她男人刚好在家，就把衣裤都收了，可就是没把她的内裤收回来。他晓得老婆才两条内裤，如果淋湿了晚上就没得替换了，于是就拿了一根棍子去挑，走到门口，风一吹，花花内裤刚好掉到头上，气得他把内裤又丢到门口任雨淋，后来他再也不收老婆的内裤了。

宝玉婶说起往事，喉咙哽咽了起来。大家想笑，但又不敢放肆，怕被老人指斥没礼貌，人家伤心你们还笑，成何体统？

过了数分钟，酸夹女王为了重新活跃气氛，就问："宝玉婶，那天晚上你男人有没有想要你？你拒绝他了吗？"

"你说呢？要是你老公这样作践你，你会乐意吗？我有时真想不明白，那个时候的男人怎么这么封建，老婆洗得干干净净的节裤子都不收，却又要女人，其实作践女人就是作践自家。"

"以前的女人确实着恶，除了是男人发泄性欲、传宗接代的工具外，再就是劳动工具，除了这三种工具就什么都不是了。好在我们有先见之明，推到了好时代再出世。想争位置争做老大的，有什么好处，受苦受难，那样的日子我一日也过不下去。"快舌婆说。

杂才突然发问："大牛叔，听讲你们还细时相当坏蛋，让全队人都伤透了脑筋，让学堂里的老师也头疼不已？"

大牛叔听杂才这一问，顿时脸上难堪起来："你是听谁说的？保证①是你爷哩告诉的，不过细人子不懂事也不是什么跌鼓事，以前确实做了十分多对不起人家的事，现在想起来也觉得过分。"

大牛叔惭愧地摇头叹息了一阵子，开始自揭缺德史。

大牛叔、细牛叔兄弟俩是双生贵子，好事歪事都一起做，不过做好事似乎很少，坏事却做绝。那时，谁家都没打井，都是挑小溪里的水喝，小溪水也是泉水，没有污染，很干净。大家挑水要经过他们家，他们就趁人家过转②时，抓一把沙子或黄泥撒在人家的水桶里。

---

① 保证：肯定。

② 过转：路过。

有一天傍晚，他们趁挑水的人歇脚，进家里和他们父亲抽烟时，各人撒了一泡尿到他的水桶里。因为天快黑了，对方也没注意，后来他们笑那个挑水者的儿子说经常喝尿，对方才告状上门，他们很是被父亲训了一番，说，如果以后再鬼神鬼相[1]，把尿撒到人家的水桶里，就会被人割下辣椒腚子[2]喂花鸭。

那时，生活清汤寡水，他们家小孩又多，但下面的都是丫头片子，祖父非常得意他们，有点好吃的都让他们先吃，几个老妹子哭到天光也没用。

到了十几岁，他们餐餐都吃不饱，而且又因为太碌人[3]，消化系统又非常好，肚子特别饿，就经常偷摘人家的果子，偷折甘蔗，偷挖生产队的番薯，偷拔花生。总之，只要是能入口的，就偷。如此这般，经常挨别人骂，父母亲也常常铁青着脸教育他们，却被当成耳边风，反正父母又不敢动手打，上面还有祖父呢！祖父一直在护着他们："摘几个果子吃有什么要紧，吃露水大的，又没花什么心血，又不单是他们两个去摘，其他细鬼子也摘。"他们完全是被祖父惯坏的，如果没他护着、撑腰，他们也不敢这样。

细牛叔趁老哥喘气的时候，接着检讨往事。

那时，他们的确太损了。上学路上，看到人家的包菜、南瓜什么的，他们就用铅笔刀把它划一条痕迹。如果黄瓜，就折一半来吃。他们不是摘一条两人分着吃，却要故意折一半，你能拿他们怎么样？又没有证据，要骂你就骂，骂是风吹过，浪费的是你自己的精神[4]，他们说是当狗吠。

骂他们权当鬼喔，敢打他们的人又还没出世，有祖父撑腰，他们怕什么？所以就一直胡作非为，看到路上人家的小鸡小鸭，他们也会抓来玩，玩厌了就把它们的毛拔掉，让它们变成无毛鸡、光屁股鸭。有一次回家，他们看到小鸡被冻死在路边，还用刀子把它解剖，研究鸡的内脏是什么样子。鸡的主人以为他们杀了他家的鸡，就又把状告上门来，做父母的惧于老太爷的威力，又不敢怎样骂，恨铁不成钢的心理任谁都能想到。

"两个老鬼，小时候坏事做绝，捉来枪毙也不冤枉。"快舌婆咬牙切齿地说。

"听说你们偷摘了人家的桃子、李子，吃了还要把果皮和仁子丢到人家的厨房或大厅里？"水牯问。

---

① 鬼神鬼相：不正经。

② 辣椒腚子：小鸡鸡。

③ 太碌人：太好动之意。

④ 精神：精力。

"是，有时还要写上一句：'劝你不要骂，你越骂我越摘，你敢对我怎么样？'他们气得滤血①，但也不敢指名道姓骂，冇证冇据，何况大家也很怕我们公呆。我们公呆是德高望重的房长叔公，谁敢和房长叔公叫板？大家对我们这对小瘟神恨之入骨，私底下肯定有人烧香点烛诅咒我们呢！可我们天生天养，有着超强的免疫能力，什么诅咒都不怕，一直连感冒都很少得。"

这对活宝在学堂里连校长都不怕。全校只有他们是双生贵子，是珍稀动物，谁都不敢对他们怎么样。做作业时，他们故意把手叉开，占同桌的位置，搞得同桌不好做。班主任一再警告，但他们就是屡教不改，就经常被老师叫到讲桌边站上一节课。

有一次，大牛用刀子割断了一个同学的书包带子，被班主任拖到门口晒太阳，放学后叫他回家，写一份检讨书。大牛叔不屑地哼了声，一动也不动。班主任把他拖到回家的路上，班主任力气大，大牛当然奈何不了，但对方一松手，他又跑到原地，像站岗放哨一样站在那里，气得班主任举起右手想扇他一巴掌，他怒目而视，眼睛都不眨一下，班主任只好愤愤地放下手，哄着说："大牛牯同学，就当我求求你了好不好？你快点回家吧，别站在这里了，以后你怎么着我都由着你了，就是杀人放火我都不管了，我服你了。"

看到班主任一脸的沮丧，大牛才有点心软了。细牛回家把救兵搬来时，他已经在回家的路上了。祖父听说宠孙被罚站，非常气愤，拄着拐杖来找班主任算账，刚好碰上回家的长孙，被拦回后，一路上还是骂骂咧咧的。大牛听了挺不自在，晓得是自己错了。

未经大牛同意，细牛有一天在黑板上画上一个人形，然后在旁边写上一句："打倒××老师！××老师是牛鬼蛇神！！妄想摧残革命接班人！！！"

不晓得什么原因，后来班主任就被调走了。兄弟俩就没有再见到他了，到今天想起来心里还有一份愧疚。"曾想过，如果上天让我碰到他，我一定会向他下跪，祈求他的原谅，可是我连向他下跪的机会都没有，看来是要在另外一个世界向他负荆请罪了，唉！"大牛叔沉重地叹了一口气，好像要把所有的愧疚与忏悔都叹出来。他做了太多太多对不起人的事，做了太多太多对不起老师的事，其他人倒可以心安理得一些，老师是教他做人、教他知识、恩重如山的人，一日为师，终身为父。可是……

---

① 滤血：吐血。

大家也被大牛叔那声沉重的叹息所感染，虽然大家晓得大牛叔隐瞒了更恶劣的对付老师的招数，但看到他欲哭无泪的样子，都闭上了嘴不再说话，连快舌婆也不想赶鸡下河往死里逼。一时间只听到一屋子的呼吸声此起彼伏，从几个男人口中喷出的烟雾又一次在大家的面前袅袅升起，然后随风从窗户上飘出。几个女人又一次打起了哈欠，好像哈欠比赛，一个比一个响，但是大家都没再骂烟鬼，沉默令人窒息！

……

"嗨，莫讲你们那时候，就连我们小时也十分捣蛋，你们做过的坏事，我们多少也都做过，细鬼子有几个循规蹈矩的？循规蹈矩的细鬼子就是呆子！"

令人窒息的沉默被杂才打破，气氛又开始回升。

杂才自述小时也是个天不怕地不怕的混世魔王，因为经常偷鸡摸狗，他父亲都被人告怕了。杂才这家伙天性贪婪，每次偷挖番薯、偷摘桃子李子，从不手下留情。一也偷二也偷，败坏了名声，就索性多偷点，被人家骂了也值一些。偷多偷少都是贼，偷了一点被人恶骂，实在不值。他不但偷，还学会了用个子^①骗吃，和他好的人，也沾光不少。

那时不是经常有人来卖糯米糖，还有糖板之类的杂食吗，杂才带着小伙伴们过去，对那个小贩说，给他们每人一块，最后我付账。小伙伴们吃完了就走开了，杂才呢，慢吞吞吃完，就只付自己一个人的账。小贩拦住他讨要，杂才笑道："好笑，我又不是财神爷，凭什么要给他们付账？我是说最后我付账，我不是最后才吃的吗，我吃的那份不是付给你了吗？他们几个人的也要我付，那我不成了地主的孙子了？我家是贫下中农呢！"小贩明知上当，却拿他没辙，只好挑起担子骂骂咧咧地走了，这帮坏小子们莫不开心大笑。

说起换糯米糖吃，更是让人笑掉大牙。那时不是连猪骨头也有人要嘛，有一次，杂才从山上的大钵里弄了几块死佬^②骨头，当着猪骨头卖给卖糖的。糯米糖实在好吃，大钵里所有的骨头都被杂才拿光了，可他还想吃糖。卖糖者说："想吃就再去拿骨头来换。"杂才就再去拿，只剩下人头骷髅了，卖糖者一看，吓得魂飞魄散，颤声问："刚才那些你是从哪里拿来的，是不是和这个死

---

① 个子：点子。

② 死佬：死人。

人头放一起的？"杂才说："没错，是你要的呀！"对方连忙把刚才那些骨头统统倒出来，大骂杂才是个没教养的"猴吃鬼"。

也不是杂才他们贪吃，实在是肚子太饿，有吃谁不要，民以食为天嘛！他想起来感到好笑的是，为了换糯米糖吃，不惜把父亲还可以穿了去做客的鞋子都拿去卖；家里杀了鸡鸭，鸡毛鸭毛晒干后就先藏起来，等卖糖的来了就拿出来换糖吃。他日后自嘲地说："我子哩七八岁时就懂得藏啤酒瓶卖了，我们小时没有啤酒，不然也藏啤酒瓶，不用捡死佬骨头换糯米糖吃。"

在那饥饿的年代，为了填饱肚子，什么鬼点子都想得出，睡不着时也在寻思要怎样才能不饿肚子。杂才六七啷当岁时，一到冬天就经常在火笼里烤雪豆吃，很香。雪豆多的时候也拿到锅里炒，大人也吃。他们还经常去摘野豆炒了吃，那种野豆现在还常见，只是没人再光临了。

到了十六七岁，粮食不缺了，但就是好玩，喜欢搞外面的东西吃。摘野果、装老鼠、盘沙鳅、铮黄鳝①，都喜欢，反正小时只要没毒的就都入嘴，连棕树上结的子也吃。

杂才说起往事来神采飞扬。

似乎诉苦也是一种炫耀，大牛叔哪容杂才抢风头，白了他一眼："要讲受苦，还是我们老一辈受得多，你们四十多的吃的哪叫什么苦，五十五左右的人受的苦也比你们多出几倍。大坑水库、小坑水库、将军公路、平整土地、做电站，他们都有功劳。你们跟这些苦不仅不沾边，还坐享其成，现在电站被合并，你们哪个不拿补贴？！"

已过大牛叔所说五十五岁界限的宝玉婶，"不甘示弱"地和杂才比苦："我们那时候有吃，就去山上挖牛蹄罗②吃。那牛蹄罗跟牛蹄一模一样，挖回家后刨干净，切成片放到锅里焖了吃。还有獭枝苗、白肋心③。獭枝苗是吃根的，它的根比手腕一样大，也是切成片煲了吃；白肋心是煮汤吃的。我们还上山摘蔷子树叶，用来做粄吃。糠粄我们也常吃，吃了糠粄，屎都屙不出来，要用棍子一点一点抠出来。现在的鸡鸭，吃的糠都比我们那时吃的糠好十倍，米多，嫩滑。以前糠里面的米，还要用米筛筛出来，筛出来的细米子还得煮粥吃。现在头牲六畜吃的，哪样东西不比那时我们人吃得好？"

---

① 铮黄鳝：在树杆或竹竿前端扎上一排针用来扎鳝鱼。

② 牛蹄罗：一种山货。

③ 獭枝苗、白肋心：山上能吃的植物。

宝玉婶说到这里，似乎回到了从前，伤心的泪水在眼眶里滚动。

"也不晓得你们老一辈人是怎么过来的，有得做，没得穿，真是奇怪！你们做生做死，冇个朝晨夜晡^①，却连温饱都解决不了，还要吃糠咽菜，烂衣革瘩，冤之冤枉。"快舌婆不屑地说，她实在想不通上一代老人从早忙到晚，到底忙出了些什么。

"那时生产队核算，干部们瞎指挥，好戴高帽子，把水桶当喇叭，把五百斤不到的亩产吹到两三千甚至上万斤，就是为了那一面锦旗。那时按人口按工分分配口粮，一年有三百六斤就不错了，现在鸡鸭的口粮都不止这个数。当然，我们这里的田底差，其他生产队的田底肥^②，口粮也就多一些，家里劳动力多的，就不会饿肚子。"大牛叔说完，又抽上了烟。

细牛叔对宝玉婶说："我们自家命苦出世得早，后辈们命靓，摊上了好政策、好年代，活该过好日子。现在要是让你省，让你着烂衫烂裤，吃细米子粥吃糠粄，吃野菜和树叶粄，你也吃不下了。我敢说，你娘个吃了苦头的老鬼，现在一日冇水果照样难受，也莫讲年轻人了。"

"也是啊，现在命也靓了，吃不惯那些乱七八糟的东西了。以前饭馊得出水变味了，还舍不得让给鸡鸭吃。如今，剩饭多得还够一家人吃，就倒掉拌了糠喂鸡喂鸭了，养了大伙细伙^③的鸡鸭也舍不得卖，统统留了自家吃。以往年过节有鸡鸭杀算是很排场了，平时哪能上桌？我记得，有一年，也就七八年吧，全村发鸡瘟，大家的鸡鸭都死得差不多了，年二十八的鸡公就涨了价，涨到了二十块一斤。看到价钱这么好，我又骑上单车，飞快地回家，把那只原本留下来过年的鸡公捉去卖，一只鸡公卖了一百四十多块。见我卖了大鸡公，三个细鬼子喔得跟死了娭毑一样，还是我用六块钱拐住^④了他们。现在想起来也觉得对不起老人和细鬼子，害得他们过年冇鸡髀吃。"水牯头伤感地说。

杂才接上水牯头的话说："我以前每到快过节时，心里就发慌，家里有老有细，农村节日又多，大家都有猪肉买，我买不起，也只能装两块豆腐，煮一盒热汤粄子吃。那时候真是苦得连节裤子都买不起。真个着恶。"

"反正自分田到户后，日子就开始好过了。生产队核算时，做什么事都没

---

① 冇个朝晨夜晡：不分早晨夜晚。

② 田底肥：土质肥沃。

③ 大伙细伙：一大群。

④ 拐住：哄住。

有自由，都要队长分配。跟生产队干部关系好、会拍马屁的人，工种轻松些；不会巴结干部的，就什么好处都轮不上。"宝玉婶说。

大牛叔继续自曝家丑，说："以前挖番薯就偷吃番薯，特别是那种红心番薯，好吃，既解渴又可充饥，大家都会把番薯拿到镬头上刮一刮，然后用手抹一抹或用嘴吹一下就这样入嘴。摘番豆时也会吃番豆，倒①甘蔗就偷甘蔗，不过吃什么也不能吃好的，也不能多吃，否则被人举报就会扣工分。吃番薯就吃有脚头口的②，番豆吃嫩的里面没仁的，甘蔗就吃甘蔗尾。不少人在做这些事情时也会卖调皮，等到下工后，又去田地里头用脚跟再翻一翻泥土，当然收获不小。这样的收获也能让全家人兴奋一下，但毕竟只能一时兴奋，只解一时之饥。割禾时，大人们也会让自家的细鬼子去拾谷穗，有些大人也会故意掉一些让自己的孩子捡，心肠好的社员就睁只眼闭只眼，刁蛮好事且心肠歹毒者就在干部面前打小报告，下次开社员大会时，队长就要警告一番。"

这个话头引起了钟英的兴趣。她小时每次翻番薯和番豆地，都多少有些收获，实在没东西，就摘番豆苗上的嫩番豆，嫩番豆煮了也好吃。看到大人们砍甘蔗，小家伙们馋得口水直流，大人们偶发慈悲，也只拿一节甘蔗尾给他们吃，说甘蔗是榨糖的，到时大家都有份。小家伙们转而期待自家能尽快分到一些糖。

翻番薯地和番豆地颇有意思，每当翻出一条番薯和一颗番豆时，心里总会激动一下。如果有幸翻到一条大点又没有脚头口的，那高兴劲儿和成就感就甭提了，回到家被父母表扬几句，一个星期都会开心无限。所以，她特别盼望挖番薯和拔花生的季节。兰香、钟英、酸夹王和快舌婆都是上四十的女人，都曾领略过翻泥土得到的收获和喜悦，还有大人们的表扬。那时的人好像特喜欢表扬，所以小屁孩们也特勤劳。

"那是什么鬼年代？莫讲做和吃冇自由，连屙屎屙尿都冇自由，大家都要在队里的大粪坑里屙屎屙尿。如果有人想偷存一些大粪用来浇菜，也会遭别人举报。也有个别老刁根，就是不怕揭发，我们队就有几个人，经常在天黑后再去浇菜。大家当然也晓得，不是好事者一般也心照不宣，有人把屎尿屙在自家的尿桶里，有人却在柴火间或猪栏的角落挖一个小粪坑，不屙屎时上面堆上一

---

① 倒：砍。
② 有脚头口的：挖坏了留下口子的。

两捆柴，要救急时再搬开。"

细牛叔这么一抖嘴，宝玉婶立马接上了话："其实，也不光是我们这里，每个生产队都有个别这样的人，特别是干部家属，不然她们的菜为什么会比别人的靓板？不就是浇多了农家肥，泥质肥吗？"

"那时厕屎也确实冤枉，不但冇自由，连擦屎胚都要用屎篾①刮或棍子，哪有纸来擦？"大牛叔说。

"莫讲你们，就连我们这一代人也经常用屎篾刮和棍子。我就十分记得，改革开放分田到户后，每家都做了粪坑，每家的粪坑里都放了一小捆补箩或做畚箕、簸箕留下的废竹篾，竹篾用完了，就在路旁随手折一枝树枝用来刮屁股。也不知什么时候开始，大家就买卫生纸了，那时的卫生纸粗糙，不好用，但总比屎篾刮强一百倍。为了省钱省纸，有时还会把纸厂切好了的纸张一分为二，不小心时连手指上还会粘上屎。现在的纸张质量好而且嫩滑，擦屎胚有多舒服？谁又还会去省纸张？洗了手都要用卫生纸擦了，哪像以前，随便在身上乱擦乱抹。没法比，真是没法比！"水牯说。

"大牛叔，听讲你们以前做工，吃不下一斤米的饭，评工分就少；吃不下半斤米的饭，根本就不要他做辛苦水？"钟英有此一问，是因为她不晓得这是不是真的，既然是粮食缺乏的年代，为什么还要给饭量大的人评高工分？

细牛叔抢在老哥前面作了肯定回答，并详加解释："有些人口子②不大，吃不了一斤米的饭，这就说明他干活耐不住苦头，稍有重些的活就叫苦连天，所以每个小组都不想要这种干活不像样的人。这种人也常受歧视和作弄，特别是莳田时，他的动作本来就比其他人慢，有人还要把那些蚁公上树一样不整齐的秧子丢到他的后面让他莳，这样一来就更慢了，工分怎么能评上去呢？有时放工了，他一个人还要在那里完成他的任务，别人也不帮。"

"以前做事不像样的人受气，现在读书差板的人也受气，怕拖全班的分数，连班主任都不接受这样的学生。成绩拔尖的学生，班主任还会抽空补课。人啊，都是四月狗子，瞧不起差劲儿的人。"

杂才说得愤慨，是因为他儿子读书很差劲儿，每逢考试，班主任就叫他谎称有病请假，并答应给他的成绩定及格。杂才晓得个中原因后，火冒三丈杀

①　屎篾：大解后专门用来刮屁股的竹片。
②　口子：胃口。

到学校大骂老师，还说要去教育局告状，搞得老师们诚惶诚恐，赔礼道歉，好话说尽，他才余怒未消骂骂咧咧地回到家。

"是啊，做事和读书不像样同样会被人看衰，我以前也受过不少这样的鸟气。那些做事泼辣的人，根本就不把我当人看，视如眼中钉，对我大声吆喝，比到他家讨吃还更恨心我，比挖了他家的祖坟还更仇视我。让我最恨的那个老虎嫲，好在死得早，不然今朝日子我都会骂她，我都被她作弄怕了。她也冤枉我最多。我工分低一些也认了，谁叫自家做事不像样呢？多劳多得，天经地义。做事比人慢、工分比人低这也不能怪别人，可她冤枉我偷偷摸摸、作风不好、勾搭男子，这就让我恨上了心。你们相信吗？那时候要是勾搭男子，是会被装进猪笼沉到山塘里的，也会被人指着脊梁骨骂的，谁敢乱来？短命嫲，作弄人铁过分^①，说话做事恶绝，天都有目，罚她得恶病冇医。"

农村人在一起，也就那么一些事，一想心里就能明白七分，大家的心里也都晓得宝玉婶恨心的是哪个。只是听她说得这么狠心，这么咬牙切齿，这么深恶痛绝，这么余怒未消，在场的人们都感到心情沉重，同时，脑海里也在快速闪现她所说的各种各样受气的情景。宝玉婶的家娘七十岁了还很健，要求队里分配一头水牛来放。她天天上山放牛兼割草，为了多得几个死工分，草晒干后放到牛栏里，让牛炼粪，牛栏粪按斤两算工分。遇到秋天挖番薯时，她就让宝玉婶捡番薯骨来喂牛。见她家领养的水牛长得好且炼粪多，那个被称为老虎嫲的女人眼红了，有一次瞧见她捡了一担番薯骨回家，就打小报告，说她偷了番薯藏在里面挑回了家。生产队干部信了她的话，上门来搜，结果什么都没有。宝玉婶庆幸那天自己坚持没要一个梓嫂好心给的两条番薯，要是贪字闪念，被干部们搜出，岂不就成了贼嫲，跳进黄河也洗不清了。

分田到户后，老虎嫲的田地老打理不好，打的谷子不够吃，经常上春接不上下春。大家的病虫害都过关，她的呢，不是施多了肥就是用错了药，某年还把除草剂当农药用，搞得白做半年。平日里，老公在她眼里，还远不如家中养的头牲，经常被她骂得站不住脚，还不敢回一句。有一次，他被气得像火山爆发一样，回了一句"老虎嫲"，她就像母老虎一样扑了上去，抓他的头发，还抓他的下身。她这人就是那德行，一发疯就抓老公的下身，以致死时，老公不仅没流一滴泪，反而有一种解脱了的意味。

———————
① 铁过分：太过分。

老虎嫲在世时，大家都有点谈"虎"色变，扎堆说笑话时，只要她一到场，原本活跃的气氛马上就变得沉闷起来，大家说话拘束，欲言又止。有更大隔膜的人远远看到她，还情愿绕道而行，说闪狗不是傻子，莫被她一口吞。她几年前得了胃癌，因为大家耳闻目睹了她作践老公、作践左邻右舍的罪行，自身也或多或少地受过她的伤害，受过她的气，因此都在吊目光。她过世时，大家却又都不计前嫌地前往她家帮忙，说只看生人面不看死人面。她的子女跪倒在大家面前，连磕几个响头："我娭哩生前得罪过大家，今朝日子大家不计前嫌来帮忙，这份情义，我们做子女的会永远铭记在心中，多谢大家！"

这事后，大家明白了一个道理，人与人之间是互相支撑的，做人当与人为善，厚道本分，切不可太过分，得为子孙积德；如果野蛮无理，自视天下第一，失去人心你都狗屎不如，死后还会连累子女。就是拥有再大的权力和财富，也当知，贫穷没斗^①柄，富贵没长根，三十年河东三十年河西，上半夜的"三斤狗"有可能下半夜变成"三叔公"^②，再大的老板也有可能一夜破产变成穷光蛋。老人说，富冇三代富，穷不会三代穷，这代不如你，下代超过你，做人一定要做好人，好人再难做也一定要做好人，好人永远被人尊敬，好人才有资格名垂千古。

想起伤心、愤怒的往事，大家的心情像是被一块巨石压住，空气又似乎凝固住了。大牛叔和细牛叔接过水牯丢过来的香烟，点上猛吸，连不太吸烟的杂才也吸上了一支。吐出的烟雾又把几个女人呛得泪水直流，大骂几个男人不自觉，吸烟不出门。

更不自觉的事又突然发生了。钟英老公不吸烟，她自然没闻惯烟味，因此一直屏声息气用手捂着鼻子，突然她一下子就快速奔出房门，到了门外，张嘴呼出一大口气。大家闻到一股臭气后立马明白过来，个个条件反射地先后奔出房门。过了大约五分钟，大家脱离了"危险期"，又重新进屋各就各位。

快舌婆习惯性地用手扇着口鼻，骂道："哪个神经病、拉耷古^③，吃那么多死鸡烂鸭、洗锅水做什么？打屁也不自觉出门，成心想毒死大家吗？现在又没什么可分的了，不然多分点。"

---

① 斗：接。
② 三叔公：客家俚语云"有钱三叔公，无钱三斤狗"。
③ 拉耷古：不讲卫生的人。

水牯笑着说："就是就是，明知道要打屁了，也不告一声、走远点，害我都差点翻江倒海，把昨天的饭吐出来。"

"打臭屁的人自觉站起来，让各人扇一巴掌，以示惩罚。"钟英也笑着打趣。

快舌婆锋利、刁钻的眼光在大家的脸上扫瞄了几下，见无人站起来承认，就用手在大家的面前点来点去，口中念念有词："狗打屁，做游戏，游戏开了花，打屁就是……"就在这个"他"字指向杂才时，杂才也把手指点向她："打屁就是你自家！"大家又哄堂大笑，笑得泪涕交流，宝玉婶还用衣袖擦拭着眼睛。

其实，大家都明白这个突然污染空气的家伙就是杂才，因为他还有一个绰号叫屁王。据说他有时打连环屁可以上十个，此功夫在全村尚无破纪录者，他打的一般又都是臭屁，响屁不臭，臭屁不响，他打屁时还习惯性地把屁股翘起一点，说这样不但不会打烂裤子，又可以让屁不动声色地放出来，毒气畅通后，身上非常舒服和痛快，也非常地惬意。看到他的诡笑，大家恨不得真扇他一巴掌。

几个女人一起骂杂才，杂才愤怒地说："都什么年代了，你们还这样不明事理？皇帝也管不着人家打屁，真是吃饱了撑的，是不是闲得发慌了？我放屁也要过你们的嘴？"

杂才就是杂才，自家犯了错，还能占尽便宜，最后一句话说完，他又满脸的舒服和惬意，就像刚才打完了一个臭屁。

"我打屁也要过你们的嘴"这句，聪明人一听就晓得他占了口风，本来是"我打屁要你们多嘴"，却说成了"要过你们的嘴"。没办法，他说话一向都不会口中留情，能占他的便宜的人还在狗嬷肚子里。这是他说的，事实上也是，每次吹牛打趣说谎话搞恶作剧，真没人赢过他，有人说他比"猴哥"[①]还狡猾。

"我要是不承认我打屁，你们又敢对我怎么样？打屁又不是跌鼓事，你们是'茅逼'[②]吗？有屁打说明排毒功能好，再说了，我昨晚吃的都是好料，今朝日子打的屁肯定有营养价值，绝对不含PPA，没有副作用，你们尽可以大量吸收并放一百个心。"每次打完屁被人指责，他都是这样的一副嘴脸，大家恨

① 猴哥：指孙悟空。
② 茅逼：牛身上一种吸血的虫，听说有进不出。

518

不得把他剁为肉酱!

杂才的一个臭屁,让大家转移了话题。杂才的臭屁似乎来得正是时候,大伙有些压抑的心情又开始活跃起来。

杂才又说起了小时家中粮食不足、经常偷吃之事:"其实也不是那时的细鬼子喜欢偷吃,如果现在也缺这缺那,温饱成问题,又有哪个细鬼子不会偷吃。为了解决肚子问题,不想些鬼个子怎么行?不过细时我就比一般人聪明,我的几个兄弟姐妹就是太笨,所以经常饿肚子。我吃饭时,每餐先装半碗,他们却装得能接到鼻公,还笑我笨。等到他们的一满碗吃完,饭煲里早就空空如也了。"

"娘个短命相,死杂才,还细的时候就有如此心计,怪不得会被人取个杂才的外号,看来今后得提防着你,莫紧什么时候被你卖了还帮着算钱,搞摊①不得。"快舌婆开起了玩笑。

大家都晓得杂才在吃饭时先打半碗饭的原因,因为半碗饭容易解决,第二次就再打上一满碗,这样的话,就可以高枕无忧地慢慢享用,不用担心饭煲里还有没有。一碗半吃了,肚子也就差不多饱了,即使不饱,也能坚持到下一餐。

杂才家以前穷,很难得吃到肉,遇上有客来家,如果能买上一斤半斤的猪骨头煲扁豆,简直就是过大年。他吃猪骨头时,随便吃一下,然后放到自家面前,等母亲收拾碗筷时,他再重新把这些骨头享用一番。他母亲奚落他吃骨头的样子,比狗高雅不了多少,狗吃骨头用四肢,他除了没劳驾自家的双脚外,其他方面跟狗一模一样。

"死杂才,你这么聪明,怎么就没有考上大学,当上大官呢?是不是读书时就勾细妹子,所以影响了学习?"宝玉婶问。

"鬼讲个,我们读书时跟细妹子说一句话都会被人笑死,我读书时老实绝了,一看到细妹子就害怕,头都不敢抬起来。我怎么会考不上大学呢,是我命苦摊上了一个文盲婊哩,她把我的录取通知书拿去擦屁股了,要不我也光宗耀祖了,今朝日子也不会过得冤之冤枉,到了五十五周岁,也可以鸡一啼就有钱领了。"杂才说完,还自嘲地摇了摇头,脸上堆满了微笑。

水牯奉承地说:"是啊,如果你当个县太爷什么的,我们也能沾上光,最

---

① 搞摊:大意。

起码我们这边的水泥路就能铺像样一点。你要是能当上大官，肯定也是运筹帷幄，有雄才大略的人，你真是被你娭哩害死了。"

"短命相死杂才，自家读书时专着刁裤子①，三日打鱼两天晒网，还要作践娭哩，也不怕被雷公打死。像你这种人都能考上大学，可能就没有人当农民了。"快舌婆讽刺地说。

"你就是行狗屎运当上了县太爷什么的大官，也一定是个贪官狗官，绝不会是一个好官。你们想沾他的光？不被他塞进袜筒里就阿弥陀佛了。看他那恶行恶相的样子，就不是好人，他平时不是喜欢吃狗肝吗？当上官也是狗官。"

宝玉婶话音一落，引起哄堂大笑。

宝玉婶接着道："对比一下二三代人的生活，日子越过越好了，以前的人莫讲吃着，就连洗头都用茶秄和桐秄，哪有洗头油②？"

这么一说，在场的人也都晓得，也曾用过茶秄和桐秄洗头。那时候洗发露在农村还是稀罕物品，即使有了，大家对那化学物品也不敢乱用，怕对头脑有伤害，大家还是喜欢把茶壳和桐壳烧成灰后，装到烂桶里，洗头时就用烂布包上一些，然后置于大锅和水一起煮，煮滚后冲上一些凉水用来洗头。用茶壳灰和桐壳灰煮水洗的头发柔软光滑，没有头屑，它们还可以用来洗被服蚊帐，只消把这些物事在灰水里浸泡十几分钟，拖出去后就很干净了。

"我们做细人子时，还吃过番豆秄饼③呢。那时有这东西吃就已经很不错了，记得带到学堂里，很多人猴得直流口水，都来巴结我。"水牯说着，眼前仿佛浮现了同学们流着口水想吃番豆秄饼的情形。

番豆秄饼是榨完油的壳饼，上面还有稻草，可能是为了牵制饼的。茶秄饼和桐秄饼、番豆秄饼都是用来做肥的，但常被人偷吃，反正缺粮时代，不会被毒死的食物，于所有人都是一种美食。

"以前的人，吃就吃糠板，睡就睡楼板，做就做得死板，特别是还没有计划生育的时候，就自生④。说来也怪，以前的人冇吃，又做生做死，繁殖却快，有些女人年头一个年尾一个，有些三年两个，真是讨厌绝了。负担重，却又不断地生，有时归到家中，看到的都是细鬼子，这个想吃，那个想抱，这个鼻涕

---

① 专着刁裤子：吊儿郎当。

② 洗头油：洗发水。

③ 番豆秄饼：花生壳饼。

④ 自生：由着生。

拉得一寸长，那个泪水流得好洗面，心情好时还好些，如果在外面受了干部的气，看到这群面黄肌瘦、吱吱喳喳的讨债鬼，就心中冒火，恨不得一巴掌扫死。"

大牛叔说起往事总是情不自禁、唾沫四溅，已经没有人再坐在他的身旁了，都怕被他的口水砸死。

"大牛叔，那是你的功力好，你老婆才会孵出一大群。子多福多，如果你当年把他们扫死了，现在谁来养你？现在一个子女拿一百，你都吃不完用不完了，你自家每个季度又还有养老金拿，几好！钱带不进窟，趁还吃得走得，尽管花，要是两脚一伸两眼一闭了，就变成了遗产，还会让子孙鬼打鬼，划不来！"快舌婆说。

细牛叔感叹："以前没有计划生育确实辛苦，妇人家生完细鬼子，没营养不说，还要做事，月子没坐好，现在老了什么病都来，风湿关节尤其多。以前的女人除了做，什么都不管，哪里想到老时会怎么样？又哪里懂得什么保养？只晓得犁耙辘轴镬头畚箕，啥时播种啥时收割，日子不够夜子凑，连雪花膏都舍不得买……"

"保养"两字对昔日农村妇女，真是个天方夜谭。谁都晓得细牛叔是为自家老婆感叹，他老婆十年给他添了六个丁，其中四个有驳壳枪。当时称命好的细牛叔以为晚年无愁了，四个儿子一人少吃一点，他和老婆都会撑死。没想到四个儿子都不晓得孝字该怎么写，别说平时，就连过年时都把老人往外推。有一年过年，四个儿子上午就叫老人到他家过年，可到了吃年夜饭时，两个老人左等右等就是没人来叫。

细牛叔当年也是个重男轻女的典型，两个女儿只读到三年级，就辍学回家了，到十七八岁时也和众多被父母看轻的女孩子一样，平整土地、开公路、做水库、做电站，受尽磨难，尝尽艰辛。长大出嫁后，她们谈起往事，言语中大有责怪父亲之意。当父母向姐妹俩投诉四个儿子如何如何不孝时，她们说："那也还是子哩好，四个子哩都读完了高中，我们两姐妹只读了三年就叫我们回家做事，有好吃的也要让他们吃，我们目汁拌饭你们也过意得去。"细牛叔狡辩说："那也是没办法啊，一家八个人，就靠我们两个大人做，怎么过日子？如果日子好过，我又怎么会叫你们早早回来帮忙？妹子人迟早要嫁人，读得再多书也是好别人，能看懂工分本子就不错了，这也实在是无奈的讲法。谁都晓得读书是农村细鬼子唯一的出路，只是苦于日子太难过，你们也不要老拿这事来刺激我。"话讲到这地步，姐妹俩便不再言语了，再怎么着，都是他的女儿，就算喂屎将自家养大，也是功不可没，因此，该尽孝时还得尽孝。

大牛叔说笑道："以前细鬼子多，又都还细，有时想老婆了，也得等这个那个睡了才敢落手，还得轻手轻脚，生怕弄醒睡在老婆身边的细鬼子。有些细鬼子又特别鬼，总是诈睡，人家到了最刺激的当头，他们还会打着火柴照一照，问我们在干什么？"

"做事莫急躁，等到细鬼子睡熟了再落手难道就会死？"酸夹王说。

酸夹王说完，钟英紧接着打趣道："大牛叔这老鬼现在八十多了，吃饭做事都还不会输给后生子人，年轻时的雄心壮志就更不用说了，肯定比牛牯一般，不然怎么会叫大牛牯？"

宝玉婶解释道："大牛牯是歪名，那时候大家文化不高，给细鬼子取名字也不考虑好不好听，有个名字叫就好了，甚至一个贼古两个名，大名歪名，歪名不是牛就是狗。有些大的细赖子①就叫生生，大妹子叫妹头，以下的就用数字来代替。长辈们给细鬼子取牛和狗的名字，也确实是指望他们长大后跟牛牯般雄，跟狗般乖巧机灵、健康，要不然大人们保佑细鬼子时，怎么会说'比牛般雄，比狗般活②'？就是这个意思。"

杂才这时从裤袋里掏出烟盒，抽出一支给大牛叔，又抽出一支丢到细牛叔怀里，然后自家点上一支。水牯不抽烟，三个男人同时抽烟，大家又被浓浓的烟雾笼罩了起来。整个上午已经不晓得是第几次用手扇着烟雾，捂着口鼻了。

宝玉婶骂道："烟鬼实在讨厌！抽烟有什么好，不香不甜还呛死人，不但不能充饥，还把牙齿熏得黑不溜秋的，真想不通你们男人为什么要花那些钱去买冇一样好处的东西抽，还不如省下钱来买肉打酒吃。"

不等别人开口，宝玉婶又紧接着说："现在的年轻人几晓得享福？生了细鬼子自家就带几个月，等到一断奶，就日夜都丢给了家娘、家官带，自家两公婆又逍遥自在了，难怪做了爷娭跟没做爷娭一样，只要给家里一些奶粉钱就没事了。讲实话，带孙子比带子女时要辛苦得多，责任又大，稍微有点风寒感冒就怕子哩生媚责怪不小心。以前的细鬼子可以放到地上爬，大不了多洗几身衫裤，

---

① 细赖子：小男孩。

② 比狗般活：和狗一样乖。

现在呢，宝贝得不得了，偶尔放在地上爬，被他爷娭晓得了准会骂个半死。"

"哈，莫讲细鬼子幸福、年轻人幸福，其实搭傍共产党，大家都幸福了。就说你们几个老鬼吧，现在要是再叫你们吃冇油煮的菜，让你们吃树叶粄、糠粄，你们会落肚吗？你们的命也靓了，吃不下那些东西了，可以前你们女人闲工时上山斫樵，总会带番薯芋卵，有时粮食接济不上，番薯芋卵还整餐①。现在的女人不用上山斫樵、割芦萁，不用补衫补裤做布鞋，紧工一过，有的是时间，当然就赌博扎堆讲闲话，打情骂俏讲酸夹话。女人讲起酸夹话来，个个比男子人高一档。说个故事给你们听，听了莫把牙齿笑掉，笑掉牙齿我可不负责……"

杂才说的是有一次在朋友家，见他老婆牙痛，左边的脸肿了起来，便问她是不是火气太大，或是吃了什么好料，搞得跟猪八戒一样。她说："莫去讲了，昨晚我老公他们在'两块半'酒店吃饭，吃了不少狗肉煲，半夜回来就'欺负'我，把我下边的火气赶到上边来了，今早起床牙齿痛得要命了。"大家笑得捂着肚子喊痛，看到她一本正经的样子，老公也大笑着指着她骂："娘个四六货，讲得有下有四②、酸之酸果③，好在昨晚我没动你，不然真会良心过不去了。你自家猴吃，吃了油炸粄子，火气走起来了，还冤枉我。"后来她一牙痛，人们就取笑她是不是她老公吃了狗肉又把她下边的火气赶到上边来了。

杂才说完，几个女人同时骂道："死杂才，又学会编故事了！"

"骗你们是小狗，不信，改天有空我带你们亲自去问她。若骗了你们，我今天就过不下去！"

杂才发誓发绝地说，大家才信了七八分，因为当下农村确实有不少女人说起荤话来比男人高一档。

水牯头似乎对今昔对比颇有感触，又把话题转回到忆苦思甜的现场来："比来比去，还是现在的细人子幸福，什么事都不用做，却饭来张口、衣来伸手，吃好着靓还挑三拣四，嫌七嫌八，读个书跟领工资一样，每个月都不能少了他的。有钱人家的细鬼子一个月的生活费就要我们两个月来做。到了高中，有些大人还放了手中的事，特意去陪读。我们那时候，做寒落雪④都打赤脚，

① 整餐：当饭吃。

② 有下有四：有声有色。

③ 酸之酸果：下流。

④ 做寒落雪：天寒地冻。

读书还得带'拖斗'①，归到屋下又要帮忙做很多力所能及的事。别说礼拜天要上山割芦萁，就是平日放学回家也时常要去山上耙松毛②。那么扎手，就只能换来大人们的几句不顶事、冇甜冇香的表扬，想起来也确实冤枉。"

割芦萁、耙松毛是农家孩子都做过的事。芦萁割了后，很快又会长出来，大家又有得割了，而松毛却要到了秋天才有。一到秋天，松针渐次变黄，被风一刮，就纷纷扬扬地飘落下来。松毛飘落的样子非常好看。那时的农村孩子特别勤快，也特喜欢表扬，越表扬干劲儿越大，割芦萁和耙松毛就越积极，担的担子就越大，头翘尾翘③，深得父母笑，父母笑了就有成就感。

农村孩子体谅父母的辛苦，总想尽能力帮忙做家务，回到家里，放下书包就会想到做事情，能干的孩子等到大人们归屋，几乎都可以吃饭了。

"爱讲细人子幸福，其实也很难说。我们那时着恶是着恶，读书回到家中什么都要做，又冇吃又冇着，六月天光大部分时间都打赤膊，那时候做衫裤凭布证④，有钱都买不到，莫讲冇钱。但话说回来，我们那时候几乎没读书压力，作业又不多，捉鱼子，打虾公，摘乌兔子，在田里打篮球，在稻坪里捉迷藏，快乐得很！到二十几岁时，分田到户了，那些农活没几天就做完了，就三六九月辛苦些，平时就可以痴玩。莫看现在的细鬼子不愁吃不愁着，但压力大着呢！特别是城里的细鬼子，做爷娭的都想把他们培养成万能人。以前我们到了初中才有英语课，课本少，作业少，在学堂里都没得做，哪用得着在家中做？现在小学就有很多课本了，读得头昏脑涨，回到家里又还要做作业。讲实话，我情愿割芦萁也不愿做作业。"杂才皱眉头的样子特别像赵本山。

"哪个不晓得你读书时专着刁裤子，上课笃目睡，做作业咬笔头，回答问题一问三不知，铃声一响跑得比兔子还快，学堂里气死老师，路上气死老百姓，回到家中气死爷娭。像你这种人，根本就不该出世。连老师都说，教你这种学生，情愿回家作田，如果一个班有两三个像你一样的学生，保证要提前去马克思那里报到。你这个唯恐天下不乱的惹事棍，出到世来做什么？"水牯头嘲笑杂才，还微笑着对这个"乱世英雄"翻了几个白眼。

---

① 拖斗：指弟妹。

② 松毛：松针。

③ 头翘尾翘：担子重，挑担时头和尾都歪倒一边。

④ 布证：布票。

"狐狸莫笑猫，猫笑狐狸又各透[1]。自家个屎都擦不净，还帮别人擦，你能好到哪里去？上课搞小动作，下课欺负女同学，回家欺负老弟老妹，做事不像样，偷吃最在行，读书读到小学毕业，一百个汉字都认不出，考试鸡蛋鸭蛋比我吃得多两倍，见到人家领奖状就讲人家巴结了老师，吃不着李子就讲李子酸。我不揭发你，你却来揭发我，我们是半斤八两，谁也别讽刺谁。"

杂才回击完毕，轻蔑地"哼"了一声，心里肯定在说:"你以为比我高尚？最起码我还混上了一个杂才的外号，我要真才，你还不是我的一条狗？"大家看到他那副不屑之样，都哈哈大笑起来。

"你们两个也莫互相揭短了。依我之见，都不是什么好货，都是烂瓢勺，都是损人利己的坏人。"

钟英笑着凑上了热闹，她一向不想让大家伤了和气，关键时刻说上几句玩笑，以免事情恶化。果然，水牯和杂才听了，心里释然了许多。钟英向来主张和为贵，她说邻里乡亲的，天天打照面，笑脸相迎，互打招呼，生活才有意思；如果大家都鸡肠小肚，见面就吵，老事记万年，那活着就太累了，所以，大家都喜欢并超赞钟英。

"对，对，你们不要比坏了，还是再听听老人家忆苦思甜吧。"快舌婆接上钟英的话说。

"还有什么好比呢？反正讲生讲死，还是现在的人幸福。共产党富有强大了，农民百姓也就好过了。以前要缴征购，现在不但免了，还有了补贴。田地是国家的，国家还发补贴，这是我们想都不敢想的事，但愿国家永远繁荣昌盛、百业兴隆，让我们的世世代代都生活在太阳底下，过着幸福安康的日子！"大牛叔高兴地说。他还说，他想活到两百岁，有这么好的政策，他不想那么早去阎王那里报到。

"唉！可惜我们冇几年活头了，一百岁命长也还只有十几年。"细牛叔也为不能活到两百岁而叹起气来。

"莫叹气了，其实比起那些早死的人，我们已够幸福的了，起码我们过过这么幸福的日子，往后的日子是倒吃甘蔗节节甜。以前的日子跟现在比是鸡屎比酱，冇得比！"

宝玉婶说得由衷。自改革春风度过闽粤赣三省交界的美溪山村以来，客

---

① 又各透：更糟糕。

家妇女传统的灶头锅尾、田头地尾等等连"头"带"尾"之事，日有改变，有的已进历史和民俗博物馆了。同为女辈，几代人一相比较，这些老年妇女，更是难免不向劳动量大大减轻的村妇村姑们放出些既羡又妒的话来："你看你们这代人命多好啊，有了新技术新方法，春天不用溶田碎土，不用脱秧莳田，有了除草剂，也不用耘田除草了；冬天不用锄田冬翻，甚至不用犁耙，有的是拖拉机。平时巡田管水，往往肩扛锄头，骑单车或搭摩托，多神气啊！"

"是啊，大家都该知足，想多享福就要争取活到一百岁！"

大牛叔说罢，杂才马上接上来："命长命短哪个晓得？再说，会吃会走生活能自理当然好，如果走不动了，躺在床上要人三餐送菜端饭，屎尿都要让人费神，你自家都不想再活了，莫讲子孙还会厌烦，那样的日子三天都不想再过，还想活到一百岁？"

"这倒也是……"

大牛叔的话音未落，快舌婆的裤袋里突然传出了手机声。响得突然，音量又大，把大家吓了一跳，条件反射地把眼睛投向了墙壁上的挂钟。

"哎哟！不知不觉都快十二点了，我老公打电话催我回去了，朝晨我一个人在家，懒得煮就没吃，现在闹肚饥了。我不跟你们啰唆了，要回去煲饭了，不然准会被他骂死。"

快舌婆撂下话尾，抬脚就出了门。大家笑她说，莫慌里慌张，莫紧跌烂膝头皮。快舌婆头也不回地骂了一句："衰嘴！"

"既然钟英右请吃昼①，我们也回家了，猪都吵吃了。"水牯开玩笑说。

"吃昼是小事，只要你们不嫌弃，我马上动手，不到一个钟头就有得吃。"钟英诚心相邀，叫酸夹王她们几个帮忙。

"改天吧，改天你不请我们，我们赖都要赖来吃。"快舌婆和酸夹王边说边往外走。几个老人也说改天一定要让钟英破费。钟英一迭连声说："好好好，只要你们看得起，过年的鸡公我也先杀了炖给大家吃。"她客气地把大家送到大门口，还热情欢迎有空再来。大家边走边答："你家是了耍场，两天不到你家我们就脚底发痒，放心，不愁不来惹死你。"

钟英微笑着目送他们走远，反身进厨房，拿了一只菜篮子，到屋后的菜园子摘菜去了。

---

① 吃昼：吃午饭。

父亲在天堂

　　二〇一〇年农历十月初八，是钟家姐弟子云、子龙的伤心之日，他们的父亲、一位名讳维良的善良老人因病谢世，八秩之享。

　　父亲的出生之地闽西美溪村钟屋是个山旮旯，房后是绿树青山，房前不远处有座四五米高的石桥，桥下是一条小溪，溪两边种了不少果树，那些果树的学名许多人至今还不知道，因为在大小城市的市场上根本看不到这些东西。

　　毕久子，油崔，这是农民给这些果子起的名字，大人和孩子都爱吃。每到秋天，果子成熟时，小孩们都候在树下扎堆"等跌"①，刮大风最好，黄灿灿的果子哗啦啦纷如雨下，那可是个喜人的收获。

　　这里以前村落零乱，田块纵横，水文乱，依山傍水也就住着几户钟姓人家。钟家姐弟懂事后，这里还没出过一个大学生。地理先生曾说，前面那条小溪影响了你们这里的风水，因此不但出不了大学生，而且永远也到不了一百号人。

　　也是，话说每次就要达到百号人时，村里总有人会收到阎王爷的请柬。风水先生还说，这里也出不了几个高寿的人，吓得外面的姑娘都不敢嫁过来。后来子云、子龙那十七八岁就离乡背井的堂兄带着妻儿六个叶落归根，一下子打破了这个常规，大学生三年五载一出，到如今，长寿村民五个指头已不够数了。

　　这里的人辛勤耕耘，繁衍生息，虽住山旮旯，却莫不知足，因为这里山

---

① 等跌：不劳而获，等着果子掉落。

清水秀，鸟语花香。父母和众乡亲一样，日出而作，日落而息，在贫瘠的黄土地上摸爬滚打了一辈子，过着清心寡欲却平安知足的生活，把所有的希望都倾注在两个儿子身上。在对儿子们寄以厚望的同时，也希望自己能健康长寿，日后享到儿孙的福。天下同理，父母吃苦受累把儿女拉扯大，哪个不希望儿女出人头地，光宗耀祖，自己的晚年也就能过得舒心。

女孩子最后是要嫁人的，是为别人家传宗接代兴家业的，所以父亲一向没把希望投注在两个女儿身上，只在兄弟俩身上下大本钱，东借西凑，撞南墙，碰北壁，无怨无悔，想尽一切办法让他们读书。可是，因为骄傲两字，在长子子瑜身上，父亲血本无归，这让他非常伤心。好在还有希望可以寄托，皇天不负苦心人，小儿子龙的执着和努力，终于让他的愿望达成。子龙学业有成，为全家争了光，给全家带来了欢乐和盼头。

父亲虽有严重的重男轻女封建思想，但也不能怪他，要怪只能怪时代。他也爱两个女儿，希望姐妹俩长大后能找个好人家，相夫教子，侍奉双亲，过上平安幸福的日子。这样，也算是给他脸上抹了金。

父亲从小就教育孩子们，穷则独善其身，达则兼济天下，做人如果没有骨气，就无法成就大事；更重要的是，失意时不能灰心，只要自己有信心，去拼搏，迟早有一天，阳光会照亮生活；得意时不能忘形，富贵没有根，贫穷没有柄，三十年河东，三十年河西，千万不要看衰人，如果把"富贵不能淫，贫贱不能移"作为人生的信条，那么生活就永不会绝望。

父亲还说，鸟贵有翼，人贵有志。志不立，天下无可成之事，志立，天下无有不成者，人生的道路充满苦难和悲伤，但只要树立对生活和对自己的信心，终会通向罗马。

父亲充满哲理的话，使儿女们懂得人生是一条沉重的路，而非享乐，肩膀上扛着的是责任，活着，不单要对自己负责，还要对亲人朋友负责，对社会负责。

父亲年轻时受过不少冤枉，窝藏土匪、偷卖石灰、乱搞男女关系，这些莫须有的罪名让他受了不少苦，以至于在晚年得了老年痴呆症时，想起往事来还会泪水涟涟，何等刻骨铭心！他心情好时，子龙曾问过他："满①，你那些年

---

① 满：客家话中父亲的一种叫法，源于父亲在其兄弟姐妹中排行最小。

受了那么多冤枉，是怎么过来的？"父亲说："只要自己光明磊落，无愧于心就行，人在屋檐下，咬咬牙，头一低就过去了。"父亲以自己的真诚和慈爱，赢得了大伙的信任，他的一生如葱花拌豆腐，清清白白，光明磊落，无愧于亲人朋友，无愧于天地。

村老野夫不好说才华横溢，满腹经纶，但父亲确是美溪大队少有的文化人，老中青闲来无事，都会缠着他讲《三国演义》《水浒传》，就连在大队蹲点的公社书记也常来找他讲故事、唱戏。那本来就在民间流传的话本故事，父亲信手拈来，讲得眉飞色舞，娓娓动听，尤其那路见不平拔刀相助、除暴安良、见义勇为的豪侠义举，听得大家神采飞扬，劳累顿消。

父亲多才多艺，不但会讲故事、唱戏，还会演戏，大都演古装戏，"崔二爷有钱有保障……"这句，连他那大字不识一个的枕边人也会唱，而且唱得非常动听。

书看多了，又能活学活用，父亲很会说理，每遇兄弟梓嫂闹矛盾、左邻右舍起争执，只要他一出面，事情常能圆满解决。

"兄弟是手脚，兄弟齐和得富贵，如果为了一个碗、一双筷子就'打生打死'①，值得吗？难道兄弟的情分还不如一碗一筷？你们也太鸡肠小肚了，一个人，如果整天生活在争吵打骂中，不顾兄弟情分，难道不羞愧吗？你们大人打得热火朝天，还直接影响下一代，下一代要是又和你们一样斤斤计较，你们说这样活着有什么意义！

"夫妻是平肩兄妹，现在不是旧社会，已经是男女平等的时代了，不能老摆大男子主义。夫妻出门做事同去同回，回到家里女人还得烧火煮吃，够辛苦的了，哪还能叫她打洗脚水？女人累倒了你有啥好处？耽误了挣工分，还得找医生，这多不划算啊，都是苦命人，还是互相体贴的好。

"居家过日子，左邻右舍难免会为了一些鸡毛蒜皮的事发生争执，如果各不相让，互相仇视，就会使矛盾恶化。反过来，如果都退让一步，就能创造一个和谐的邻里关系，火烧屋还得靠隔壁邻舍，远亲不如近邻，就是这个道理。"

父亲的话温温不作惊人语，却让人信服。

父亲还练有一手好毛笔字。记得非常清楚，每至年关，家里就成了对联世界，桌上凳上，床上楼板上，到处都是墨迹未干的对联。他为整个队的人写

---

① 打生打死：打得不可开交。

对联，从来都是倒贴笔墨的，而且在全家人忙得不可开交时，他常常还要一对对捆好，亲自分送到乡里乡亲家里，从而赢来几句夸奖和多谢。他写的对联多是自己的创作，且鲜有重复，颇具新意。当时，子龙只感到父亲写对联确实是兔妈下崽，与众不同，没把这些联语记录起来，他觉得是一大损失。

其实，那些被莫须有强挂的罪名，是父亲心灵上留下的永远无法抹灭的创伤，但他总是默默地独自承受，从没在子女们面前埋怨过什么人。偶有人提起，他还会说，过去了的就让它过去。他也没让子女记谁的仇，子女也知道，他嘴里说得轻描淡写，心里却在波涛翻滚。父亲总是宽宏大量，以和为贵，发誓不负天下人。

父亲给子女们讲过这样一个故事，林则徐为了成就大事，在书房里挂上了"制怒"的条幅来自警，在家中挂上了"海纳百川，有容乃大，壁立千仞，无欲则刚"的条幅来自励，要求自己宽宏大量，无私无畏。想来，父亲的心胸如此宽阔，肯定是因为多看书且能见贤思齐之故。

小时，子龙常见父亲看书的滑稽相。在床头的一张桌子上，放一盏煤油灯，劳累了一天的父亲，戴副破眼镜，眼镜的一只脚断了，就用胶布缠上，看着看着，父亲就进入梦乡，还打着呼噜，嘴张得跟厨房的通风口一般大，不时还流出一些口水。母亲默默地把书拿开，把灯吹灭，为了不吵醒他，就让他靠着睡，累了他自然会躺下。父亲把看书当作催眠，后来这个毛病传到了子龙身上。

一次，父亲拿来一本书指给子龙看，子龙瞄一眼就理解了父亲的用意，"忍得一时气，免去百日忧；忍得一时愤，终生无苦闷；忍可遇难呈祥，忍可逢凶化吉；忍可化敌为友，忍一时风平浪静；小忍小益，大忍大益；暂忍暂益，久忍久益。"戏文里都说："古圣贤谁不遭流离颠沛，是英雄谁不遭困愁坎坷？"

父亲还说："人生的磨难，癫古都不想经历，但既然经历了，就要壮志弥坚，怀抱希望，把这个磨难变成自己的财富，人越是在最贫困最屈辱的时刻，越要充满信心，无所畏惧，不要轻言放弃，办法总是比困难多，克服了困难，春天就会到来。"

父亲苗条有余，一直以来，都是柔弱得刮台风要抱住电线杆的躯体。在生产队时，他就不用干重活，但他外柔内刚，来自身体上的各种毛病都能忍受，子女很难听到他的哼哼声。有人牙痛，总是呼天抢地，而他只皱皱眉头，一声不吭。子女们每次看在眼里，疼在心中，特想为他分担一些痛苦。

父亲不赌博，偶尔和人打打"烧糊"[①]，还是不用钱的。后来大家的生活改善后，身上有了"刮痧钱"，其他老人就建议也要来点钱，这样也有刺激。父亲无奈，才随波逐流。但个别老人牌德太差，输不起，赢的时候笑得嘴巴像老家的那间柴火门，输的时候好像全世界的人都得罪了他，喉咙哽咽，说话都颠三倒四，不是说钱忘家里了，就是没零钱，只有百老。老人家出门打打烧糊一般都不多带钱，小本经营，百老拖出，哪个找得起？

其实，有些老人贼精，把百老和零钱分开放在口袋里，如果自己赢了，别人掏出百老，他就说今天我刚好有零钱，就把别人的大钞找了；自己输了，则掏出百老，人家找不起最好，找得起活该自己行衰运。心眼坏的年轻人后来也学了这种歪样。

父亲一向干脆，不使心眼，愿赌服输，后来看别的老人经常输掉几块钱都掏百老，搞得他赢了找不开钱却被欠着，心里很不是滋味。自己从没欠过别人，却老被欠着，挨了谁心里也不好受。

父亲说，既然要赌，就要大度一些，要赢得起输得起，莫跌人跌鼓。后来父亲也学精了，有人再叫他打烧糊，他就带足零钱，以便赢了钱，人家又掏百老讹人。

父亲的纸牌打得颇有水平，每次总能赢回几块豆腐钱。当他笑嘻嘻回家时，老伴从他的脸上就能看到此番战绩，他好像把赢来的钱贴脸上了，老伴总会开玩笑："老头，今天又赢了，分一点给我？"过去视金钱如粪土的父亲，到了晚年却相当吝啬，说："我辛辛苦苦才赢来几块钱，哪能分给你，天光日子我买豆腐给你吃。"

生产队核算时做过保管员和记工员的父亲，管钱管物一清二楚，一个铜钱不贪，卸任时，如胳臂弯里打凉扇，两袖清风。他随身总带着小本子，每天都要把收支记下来，不管是"大权在握"还是退下来吃闲饭时，他都坚持着。

子龙出来工作后，经几年努力，不但买了新房，还把两位老人接到福州住了十年。那时他们都还健康，有能力持家，父亲就负责买菜，接送小孙子；母亲负责搞卫生，烧饭煮菜。父亲不知从哪儿又买了小本本，把儿子儿媳给的菜金和零花钱一并记录，而且桥归桥路归路，从没"贪污"菜金一分一厘。母

---

① 烧糊：纸牌。

亲笑他:"儿子他们又不会过问菜金的去向,你记得那么清楚干啥?"他答:"为了心中有数。"

子龙也笑他:"用自己儿子的钱不算贪污,不会留什么污点的,没有人会和你翻老账,有什么好怕的,真是傻瓜头。"父亲笑笑:"我又不是现在才做傻瓜头,我要是想做亏心事,哪会等到黄泥掩到脖子上时?做人不能吃铜吃铁,如果雕子^①飞过也要拔根毛,那样会不安心的,让人指着脊梁骨过日子,生不如死。"

子龙虽然把父母的一切开支包揽了过去,但过去受了钱亏的父母还是一如既往地节省,在他们的内心深处,永远留存着那些古训:"积谷防饥,天晴防落雨,闲时积下急时用。"

父亲一生勤俭节约,恨不得把一分钱分成两半使用。他的节俭,直步圣贤。子龙妻子孝顺老人,每年寒暑都会为老人添衣置帽,但父亲总说:"我衣服够了,买那么多太浪费了,还能穿的都要穿,一点没烂就丢掉,太可惜了,又不是百万富翁,莫跟败家子一样。"

老伴见他一年四季老是旧衣裹身,非常生气,多次拒绝帮他缝衣服上裂开的口子,还说:"衣橱里放了那么多新的,一次都没着,你总是穿得破破烂烂,走出门去不是跌子女的鼓^②吗?你不穿,百年归仙后,有谁要?"

父亲大暴金鱼眼:"我不一偷二不抢,跌什么鼓?"看母亲不帮他,就自己缝。父亲虽是男人,但针线活并不败给某些女人。有时看到他的手艺,和裁缝机不相上下,不由得在心里暗暗赞赏。在这方面,子云真是自愧不如,对母亲说:"满满这是在学习雷锋艰苦朴素的精神,新三年,旧三年,缝缝补补又三年。"

"树头摆得正,唔怕树尾摇。"父亲如是说,母亲亦如是说。正直善良,不畏权势,多才多艺,乐善好施,躬行节俭,如许美德,为他们的人生赢来了一片光明;且潜移默化地影响滋润着下一代,使他们懂得了,只要放下仇恨,就会面对一个欢声笑语的氛围,就会有一个面朝大海、春暖花开的心境。父母的人格,受到邻里乡亲的普遍信赖,他们的声望,套用赵本山、宋丹丹相声的语句来说,那是相当地高。

---

① 雕子:鸟。
② 跌子女的鼓:给子女丢脸。

二〇〇七年，父亲在福州一次眩晕后，便有了叶落归根的想法。老家因做高速公路被征收，当时重建的新房湿气很重，长子长媳怕年迈且体弱多病的父母受不了，就叫他们多住一年半载，等房子装修好了再回来。可身体时现毛病的父亲执意要回，大家怎么劝都不能让他改变主意，无奈之下只好从命。本来脾气就有点倔的父亲，在古来稀多的岁月里，脾气坏得更像一堆臭狗屎，对儿女们还好说，但对他相濡以沫、不离不弃的金婚老伴却苛刻至极，动不动便吹胡子瞪眼，一开口便臭气熏天："你一天不管我的事就会死吗？我的事不用你管，你管好自己就行了。"

老伴伤心流泪一阵子后，也会嘟哝几句："我不管谁管？子女有子女的事，哪有闲工夫管你？我不理你，你都会成臭屎鸡，照顾得你那么全面，那么舒服，还不识人家的好，真是只乌头虫。"当然，就这么几句发泄心中不满的话，做母亲的也只能在子女面前说出声，她怕父亲听到了暴跳如雷，招来更大的麻烦。

其实，叶落归根是所有老人的通病，老人都怕死在外面，父亲平时属于看得开的那一类，但心中却也脱不了俗。父亲打道回府，还有另一个原因，就是怕连累满子[①]夫妻。子龙夫妻是上班族，吃皇粮的，要踏踏实实地为国家做事。

父亲回到老家，不但达成了叶落归根的心愿，而且家里还有三个子女，万一出现意外，大家有足够的能力和时间照顾他，就是得病住院，也有办法轮流照顾。父亲年轻时头脑灵活，大家想不到的点子在他那里也是小菜一碟，到了七八十岁，用老谋深算来形容他，一点也不夸张。

父亲从省城回来后，在天气好、身体好时，还会和其他老人一起去赴圩。每每赴圩，他都会在脖子上挂一只长带子的皮包袋，有时也会买一两块钱的簸箕粄回家和老伴一起吃，但很少买水果。老伴喜欢吃水果，总会叫父亲买几斤水果回家，但父亲总舍不得。子云有时在圩上见到，就买好让父亲带回。做母亲的说父亲小气，孩子们都非常赞同，他们小时，就从来不奢望他出门回家时会带什么等路，父亲的等路之于孩子们就是奢侈品。

长大成人后，孩子们多次和父亲开玩笑："满，你以前也太小气了，从来

---

① 满子：小儿子。

都没买过等路给我们吃，你看我们现在经常买等路孝敬你。"

"以前盐都吃不起，哪还有闲钱买这些？都恨不得把一分钱分两次用，现在一角钱掉地上都懒得弯腰去捡，哪能跟现在比？"

"现在你不是有钱了吗，为啥也不买？一个大皮包挂在脖子上像模像样，可里头除了你吃的药，还有什么？"父亲每次回来，老伴都会问他有什么等路，但每次都让她失望："这老头怎么就那么小气。"

"不是我不买，而是没这个习惯，有时我想买，但到时又忘记了。"父亲搪塞道。

子云想说"那你自己的药为啥就不会忘记"，但怕父亲生气，就没有道出口。她这人有自知之明，做什么事，说什么话，搞恶作剧，都要适可而止。

父亲有时也会被几个喜打纸牌的年轻人叫去娱乐。但那几个半桶水的角色，不但牌技次，而且牌德和品行都不是父亲的对手，输了钱还会赖账。父亲一忍再忍，终于在一次又有一个年轻人欠他的钱后，发誓从此不再和他们为伍。

"这些青年人，出来人模狗样的，可老爱欠我们老人家的钱，也不怕跌鼓，没钱就不要那么好赌，输了钱就要干脆一点，才那么几块钱也要欠，以后再也不跟他们打了！"父亲气鼓鼓地回到家，在老伴面前发泄。

父亲说到做到，宁愿坐在人家的小卖部门口的长凳上和大家说说笑笑、吹牛皮，也不接受他们的邀请。但要是有人叫他唱崔二爷的歌，讲《三国演义》《水浒传》，那可蒙不了他。

"那些古老的故事，我早就不记得了，哪还能唱，还能讲？再说，你们也不要作弄老人家，现在这些故事，你们在电视上早就看过了，不需要哪个讲给你们听。何况年轻人有几个喜欢听老古董的？"患了老年痴呆的父亲，有时清醒得跟常人一样，真是让人难以置信。

父亲是在七十九岁那年得老年痴呆症的，那时起，他说话做事就颠三倒四。有时他会把上衣当裤子穿，穿来穿去总穿不进去，有时又把短裤当上衣穿，有时还把老伴的衣服穿在身上。子云就曾经看到过，弄错衣服穿不进去时，他还会大骂裁缝师傅是吃屎大的，令人哭笑不得。

父亲时而说自己有一百多岁，时而说有三百多岁，有时还来一个地上一年天上十年的神仙算法，令人摇头叹息："这么精明的人，怎么就变得这么糊涂了呢！可惜呀！"

有一次，他又在吹嘘自己已有一千多岁，另外一个八十多岁的老人一听，一脸认真地跟他说："你吹牛皮也不要太过分了，明明才八十岁，怎么就有一千多岁了呢，那不成仙了？"父亲一听，跟他急了，结果两人当场吵了起来。

老伴闻讯，马上赶过去，见两人吵得面红耳赤，昏天黑地，都吹胡子瞪眼的，就走到那个老人面前心平气和地说："天梅古，你别跟他吵，他脑子不灵光了，你跟他急有什么用？别跟他一般见识。"然后又哄孩子一样把父亲哄回家，"回家吧，别人不相信你有一千多岁了，可我信，我信就好了，别和人家吵，你吵不过人家的，一辈子都没和人吵过，怎么老了倒和人家吵？省点精神多好，回家听梅县山歌吧。"一说听梅县山歌，父亲就乖乖地跟老伴回家了。

那个叫天梅的老人见父亲回家了，兴趣索然，喜欢与人吵架的他一下子没了对手，十分不爽，冲着父亲的背影还骂一句"吹大炮"。别人听了对他说："人家有病，我看你病得更严重。"

父亲一向风趣幽默，加上平时喜欢看书，子龙又曾带他去游览过不少名胜古迹，在那些最远没出过本县的人面前，他应该说是见多识广、胸藏古今天下事的人。那些不喜欢看书看报，又不喜欢看电视的人就显得孤陋寡闻，父亲在他们面前就有许多吹牛的资本，他说话又是那样神采飞扬，所以常常会引起大家的爆笑。就是在他得了这怪病后，还有不少老人找他玩，也经常上门和父母一起听客家山歌、看黄梅戏。

父亲和老伴都喜欢看黄梅戏，无论是晚年头脑不正常的父亲，还是他那个大字不识一个的老伴，在和其他老人一起看时，他们都会不断地把戏文讲给他们听。儿女们就感到奇了怪了，属于文盲的母亲和老年痴呆的父亲，对戏中的片段咋就记得那么清楚呢？连儿女们都记不全呢。

子云、子龙自懂事以来，无论生活多么艰辛，身体多么糟糕，从来就没有看过父亲流泪。父亲虽然柔弱得像一介书生，但因了以往的那些冤屈和生活的磨难，使他变得坚强如钢，无论在什么情况下，都不自暴自弃，都不怨天尤人，常说："一日的不如意摊到千日来想，有事也没事了；千日的事情集中到一日想，越想越不通，没事也有事了。"父亲乐观的性格和坚定的意志，让儿女们受益良多。

二〇〇九年下半年，父亲因病住进县医院。次日子云赶到医院，看到躺在病床上的老父，喉咙哽咽着叫了一声，他也哽咽着应了一声，深陷的眼球中滚下一行晶莹的泪珠。自出生以来，这是子云第一次看到父亲流泪，她心中一阵颤抖，情不自禁地双膝一跪，伏在父亲身上伤心大哭，双手为父亲擦去眼角的泪珠。父亲见状，又反过来安慰女儿："哭什么？没事的，阎王爷说他还不会收我，我只是有点头痛，住几天就好了，没事的。"病中的父亲，还视死如归。那天挂瓶时，父亲说："挂瓶要这么久，还不如一口喝下去，反正也是在体内。"弄得大家都笑了。同室病友开玩笑说："一口喝下去，包你早日到中山①！"父亲答："反正迟早都要去一次，早去还省得排队。"

子云第二次看见父亲流泪，是在父母的房间里。可能是老伴闲聊中说到以往父亲所受的苦，使他想起了那些莫须有的罪名。子云看到泪水在父亲的眼眶中打滚，就丢了个眼神给母亲，制止她再往下说。子云握住父亲的手说："满，你别伤心了，只要我们做子女的相信你就行了。其实，后来大家也都相信你，都那么敬重你了，说明大家都相信你是清白的。"父亲这才止了泪。

父亲清醒时，照样谈笑风生，让人觉得他根本没有病。有一次，子云一个多星期没回娘家，父母都很想她，父亲问老伴："为什么子云那么久都不来看我们，她很忙吗？"

老伴哄他说："子云去上海旅游了，要过几天才能回来。"

"去上海旅游，那好啊，上海是个好地方，有空去看看当然很好。"

话音刚落，子云便出现在眼前，她分明看到父亲的眼睛一亮，泪珠又在里面打滚。

"咦，刚刚说到你去上海旅游了，怎么就回来了呢？"

子云知道这是母亲善意的哄骗，就帮她圆谎："我想你们了，就搭飞机回来了。"

父亲一迭声地说："那好，那好……"

此时，子云的心里充满了自责与愧疚。

子云出嫁后看父母，基本不超过一个星期。但有一次因家中装修，过了十一天还没去看望老人家，心里在一直牵挂着，也曾打过电话问候，也吩咐老公出车时一定路过父母家，代她探望。她老公听从"命令"在回家或出车时都会顺道过去看望一下，省得老人牵挂，回来后再向她汇报两老的情况。后来不

---

① 中山：当地火葬场。

管有多忙，子云和老公一直坚持在一个星期之内去探望父母，给他们买水果，买牛奶和其他生活用品、点心。大姐和姐夫也经常买些鸽子和牛奶过去。

如果不是父亲患上这种病，父母的晚年生活应该是幸福的。他们不愁吃，不愁穿，子龙每次出差，都会带回许多珍贵的补品，各种新衣服摆满了老人的衣橱。子龙夫妇都挺孝顺老人，每次回家，都常待在父母的房里，陪他们说话。有他们在家，总是能让父母的脸上洒满阳光，家里也充满欢声笑语。

只要听说子龙一家要回来，父亲就坐在大门口等他们，叫他回房间等都不行，一看到他们回来，就高兴得热泪盈眶，语声哽咽："回来了，回来了就好。"

父母对子女的爱是伟大的，无私的，父母给孩子们的爱太多太多，而孩子们却给予他们太少太少，要不，民谚怎么会说"爷娘爱子路般长，子爱爷娘扁担长"！

二〇一〇年国庆节前，子瑜因病住院，病中的父亲听说后，老念叨着，天天问老伴，大儿子子瑜为啥还不回来？有一次看到子瑜回来，他差点就要哭出来。子瑜出院后，因为在煤矿做事需要爆破证，又去市里学习，几天不回来。父亲以为他又住院了，惴惴不安，母亲告知行踪，他还是不信，几天后亲眼看到子瑜的身影，才放下心来。

钟家姐弟和病中的父亲说笑多了，越发觉得父亲是个神秘的人物，有时问他"我是谁？"他说，你也别考我，我哪会呆到连自家的人都不认识？但要问他我的名字和出生年月，他又说忘了，记不起来了，要看本子才知道。可是对那些几十年前就死去了的邻居，他却一个也忘不了。姐弟的心里有愁与悲，矛盾得很，既想和父亲说话解闷，又怕和他说。

"人老了，不中用了，什么事都记不得了。眼睛瞎了，耳朵聋了，只有等死了。"他老是这样对老伴说，吓得老伴晚上睡觉都不安稳，只有听到他的呼噜声响起才安心。

的确，人老了，不中用了，俗话说"人老三样歪，行路头拉奢，打屁打出屎，屙尿淋湿鞋"，新事记不住，老事忘不掉，小便拉得近，东西看得远，坐着打瞌睡，躺着睡不着。

父亲清醒时，还会开玩笑。有一次子云又去看他，他问："你怎么那么久都不来，很忙吗？"子云笑着说："我又去上海了。"他笑着说了一句："去上海？去隔壁的上杭才对。"说完又大笑起来，子云顿时感到不安和愧疚，责怪自己不该老是对父亲说谎，也许他第一次就根本不信，也许他认为，上海再好，也不可能经常去，一个农村女人也根本不可能常去上海。

父亲得病后，对钱很在意，谁给他钱他都高兴，以前他心里再高兴也会假意推托，现在大都照收不误。有次子云摸彩中了奖，给父母每人两张"红鲤鱼"，父亲接过钱高兴地说："哈，我又有钱了。"然后就把钱藏了起来。有一回，子云和姐姐约好一起回娘家，听母亲说起父亲见钱眼开时，为了逗他高兴，姐姐掏出两张十元和一张一元的小票，子云也掏出两张五元的小票，一并递到父亲手里。父亲接过时，并没有上次接两张"红鲤鱼"的神态，也没有那句"我又有钱了"的高兴劲儿，只淡淡地说："只要你们给的，我都要。"说完就把钱装进一个专门放小票的口袋里。

当时子云的判断是错误的，以为父亲患有老年痴呆症，不可能认出大票和小票，只要给他张数越多，他就越高兴。没想到，母亲就故意问他："那天俩姐妹给你那么多钱，你也不分给我一点？"父亲金鱼眼一瞪，说："总共才三十一块钱，怎么分？"母亲暗叹不已，这老头，不是说脑子不灵光了吗，咋还认得钱？

下次见面时，母亲把这事告诉了子云姐妹。"糟了，老爷哩居然还认得钱，早知这样，再苦也得给他一张百老，真不该糊弄他。"子云懊悔不已，内心非常不安。姐姐笑骂道："都是你自作聪明，想出这个歪主意，这下好了，爷哩会以为两个女儿都小气。"

子龙夫妻每次回来都会给父母不少钱，每次也都叮嘱他们大方花，莫去省钱，以前受了钱的亏，如今有钱了，就要把日子过好，把以前的损失补回来，要钱用时，打个电话说一声，马上就给。父母每次也都点头说好，可是父亲还是舍不得花大钱，他把钱都存进信用社。患病后，他突然似乎大彻大悟起来，抽烟要抽红狼，母亲买便宜些的白狼给他，他骂道："你也真恶，一块钱一包的烟买给我抽，我不要，我要抽红双喜、大中华，我要抽好烟。"红狼因为是红盒子，他就以为是大中华，就自己去买。有时说要买一条红狼，却给人家一百，人家说不够，他说咋那么贵？有时又给人家两张百老，买一条红狼也不用人家找钱，拿了烟就走。人家把钱找给他，他还会高兴地说："咦，真好，买烟不用钱，还有钱入手。"聪明得秃了顶的父亲，到了这种时候已经对钱没有清晰的概念了，尽管他在晚年对钱有了深厚的感情，说他见钱眼开都不过分。

父亲最后一次取钱，是二〇〇六年，坐王忠东的小车去赴圩。王忠东是子瑜和子龙共同的朋友，对老人一向尊重，父亲也信得过他，那天父亲要他帮忙取钱，王忠东满口答应了。

因为怕不设密码的存折被几经治疗不见好转的父亲弄丢，老伴哄小孩一样把存折"拐骗"到手。她并不知道父亲到底有多少钱，一次子龙他们回来，她把存折拿出来给儿子看，儿子告诉她，存折上还有一万七千多元。当时，大家都不敢相信，这么多年，父亲还是如此节省，舍不得花钱。

存折被老伴掌控后，父亲又不甘心了，经常逼她把存折交出来："我的存折做什么要你保管？害得我身上有个'刮痧钱'。"

其实，父亲身上一直不缺钱，老伴会给他钱，父亲也可以不花一分钱，完全过着老爷生活，饭菜每餐母亲都帮他打好，亲自端到他手中，想吃什么老伴也会买给他，子女们也不断买他想吃的东西，他完全可以坐享其成。可是，从前父亲一直掌控家中的财政大权，连老伴的钱也是他亲手存进信用社的，如今形势颠倒过来，局面被扭转，财政大权被"睁眼瞎"的老伴接管，这叫什么事？父亲当然还没傻到连钱是个最好的东西都不晓得。在这种时候，金婚的老伴和万能的钞票，父亲八成会站在钱堆上，爹亲娘亲不如钞票亲呢，父亲始终无法接受被剥夺掌控存折的权力，尽管老伴并没有对他实施残酷的经济封锁，他的心里仍然也存在着巨大的落差。

人老了，不中用了，父亲多次这样感叹，子女听着也怪不是滋味。人老了，连家庭权力也在衰弱中，在金钱的作用下发生了移位，这也许是每一个老人都会感叹的事。如果钱能买回青春，相信世上没有一个人会吝啬，不管是西方巴尔扎克笔下的葛朗台还是中国古人蒲松龄《儒林外史》里的严监生。谁愿意老，谁不希望永远年轻？钱，并不是万能的。

做母亲的身兼数病，因骨质疏松住了十几天医院，但还是一直惦记着父亲的饮食起居。回家后，病还没好，需要适当休息的她照样无怨无悔地照顾着父亲。可是，原本脾气就不好的父亲，如今更是好比吃了火药，变得特别挑剔，每次都把老伴递上的饭用筷子挑起，似乎要检查她有没有在饭碗里埋地雷，而且不是嫌多就是嫌热，就那么两汤匙的饭，还要倒一点给老伴，似乎这就是他对老伴的回报。老伴要是说"才两汤匙的饭，你慢慢吃，不要倒给我，确实吃不完时留在碗里，吃多点才有精神"，父亲脾气坏得就连关心他的话，也能找到是非的关键所在："你嫌弃我吗？我又没有吃过的！你想撑死我吗？我死了你有什么好处！人家吃不完硬要人家吃，你安的什么心！"老伴听了，委屈得泪水扑簌簌滚下。可是，父亲已经是个身在福中不知福的人了，哪里还会顾及到老伴的感受？子女们有时为母亲打抱不平，却又能怎样？

当母亲在子女面前诉苦时，子女只能尽力安慰："父亲脾气不好，这点我们都晓得，确实多亏了你，但是几十年你都忍过来了，一百岁命长又还有多少年？父亲头脑不正常了，说什么你也不必介意，他现在的智力相当于四五岁的小孩子，你难道会和小孩子一般见识吗？"

母亲是个坚强、吃苦耐劳的女性，虽说是个文盲，但并不土气，性格开朗，且善解人意，包容万象，而且有一颗感恩的心，对别人的困难和遭遇怀有同情，只要能力允许，她也尽可能帮助。因此，不管是在老家，还是如今迁居在村部，很多过去的梓嫂，现在房前屋后的叔婆伯媚，都喜欢与她这个从不搬弄口舌、挑拨离间的老人一起拉家常。在拉家常的行列中，母亲总是充当和稀泥的角色。所以，对父亲的苛刻也就尽量包容、承受，实在忍不住就低声发泄几句，或在子女面前抱怨。

子女设身处地为母亲想想，真为她感到委屈。父亲脾气不好，且体弱多病，动不动就对她吹胡子瞪眼，几乎没让她享过什么福。就存折问题，父亲不知惹她流了多少泪。她每次和子女说起，都让子女非常担心，子女真的怕这样下去，身兼数病的母亲会被父亲气死。那么，父亲的日子就会更糟糕，子女再贤孝，也比不上老伴，父亲已经这样了，如果父亲先她而去，母亲是有可能再享几年福的。

子云说："不是我偏袒母亲，而去报复重男轻女的父亲，如果有可能挽留父亲，就是让我减寿十年，我也愿意！"身体发肤，受之父母，父母之恩比天高，父母之情海样深，生命为父母所赐，用十年的寿命去报答父母，子云真的不会吝啬。

子云多次听母亲诉说存折的事，却无能为力，有一次父亲又要母亲把存折拿出来，交给子云去取钱。可是，因为各种担心，子云并不想过手父母的钱。父亲"逼"母亲交出存折的次数不断增加："交给我，我要把钱都取出来用完。"急中生智，子云想了一个办法，就是和姐姐、姐夫轮番问父亲，存折上还有多少钱。

第一次问他时，他说还有五六百，第二次问他时则说有四五百，还是他在老人协会帮忙时赚下的。姐姐和姐夫问时，他也没个明确的答复，从来就没说过还有一万多。

父亲总说钱不多了，而母亲问他时，他却生气地一瞪眼："存折在你手上，你还爱诈痴诈癫。"想必，父亲对母亲"强行"掌管存折，心里产生了"仇恨"。母亲伤心之余，差点就把存折交给了他，"如果才那几百，鬼才去管他的衰事，弄丢就弄丢了，真会被他气死。"

有一天，子云和姐姐、姐夫一起去看望父母，母亲又流着泪说了这件事。子云终于下定了决心，要把她的办法实施，看有没有效果。吃过饭后，她又问父亲："满，你是不是真的要把存折里的钱取出来用，存折里到底还有多少钱？"

父亲爽快地说："还有四百。"

"真的吗？"

"骗你干啥。"

"那等下叫姐夫帮你取出来好不好？"

"当然好，我早就叫你取出来，你就不帮我取，存折在你娌哩手上，你叫她给你。"父亲说完，用怨恨的眼神扫了母亲一眼，不，应该是瞪了母亲一眼更为合适。

姐姐和姐夫也证实了父亲的"口供"只有四百元。于是，姐夫特意骑上摩托出去闲逛了一会儿，回来时把四百元交到父亲手上，说："满，你的钱全部取出来了，四百元一分不少。不过，钱取出来了，存折就没了。"

父亲满脸的高兴溢于言表，马上接过四百元："钱都取出来了，存折当然就会被收回去。"

听了父亲的话，大家相视一笑，这下母亲就不会被父亲逼交"财政大权"了。但是，在如释重负之下，他们又感到有种负罪感，如果不是怕母亲承受不了父亲的"威逼"，他们又怎么会合伙"欺骗"父亲呢？

在父亲百年归仙后，姐夫突然对子云说："我不该做傻瓜，听你的馊主意，去骗满满，四百元和一万七相差太远，他肯定不会忘记。"

子云说："满满都已经糊涂到忘记自己的年龄了，哪还晓得存折里还有多少钱？你放心，他在天堂不会责怪你的。"

姐夫却一直摇着头，好像做了回亏心事："我从来都没有做过对不起满满的事，可这回做了，他再痴呆也不会呆到连自己亲自存进银行的钱有多少都不晓得。"

听到姐夫一个劲儿地说做了回傻瓜，子云感到既好笑又郁闷，父亲到底晓不晓得他还有多少钱？想起和姐姐用三十一块钱糊弄父亲然后被他算出，她确实有点担心，这主意是她出的，是她对不起姐夫和父亲，父亲在天堂知道了，会不会责怪她？她心里也没个底，姐夫心有不安，子云在安慰姐夫的同时，其实也在安慰自己："这是一个善意的欺骗，因为考虑到母亲的处境，我们并没有做亏心事，也没有占用父亲的钱，问心无愧。"

不过，为了让姐夫安心，在父亲归仙后给他做三七时，子云对着父亲的遗照说："满，存折的事是我出的主意，与姐夫无关，你如果要怪就怪我好了。"

有段时间，父亲老对母亲说："我就这几天的时间了，你帮我买烟也不要买一整条了，一包一包买吧，我抽不了那么多了。"

"呸，你这张衰嘴，每次都吓死人。我没有那么好的精神，一包一包买，要买就买一条，我自家都背驼腰腿痛。"

"我的病，我自己晓得，这回真是就这几天时间了。两个妹子若在家，你就叫她们再来见一面吧。"

母亲多次听父亲胡说八道，根本就没在意这次。前两天子云和丈夫刚去看过他们，丈夫还去超市买了父亲平常最爱吃的早餐奶和香蕉。那天，子云发现父亲的脸和眼睛有点虚，母亲说，可能是每天都吃药的原因，这几天饭量比平时好一些了，而且还会吃些点心。子云听了，心又放下了，每次父亲饭量好了，精神就会好一些。

十月初七晚，姐姐子珍给子云打来电话，问她什么时候去看过父母，她说就前两天。子珍问两个老人的情况，子云如实相报。姐姐约她，"明天是星期六，想和你姐夫带涵涵和佳佳去看望老人，你也一起去吧，热闹些。"子云答应了。

姐妹俩做梦都想不到，这次预约，已经没有了任何意义！那晚子云看了一会儿书，就感到累了，于是睡下，可心里一直很烦躁，七上八下的，怎么都睡不着，喉咙里好像被骨头鲠住，右眼皮又一直跳。听老人们说，女人是左眼跳财，右眼跳灾。于是，又遵老人吩咐，默念三句，"好事来坏事走……"不管有没有用，但听老人们这么说，肯定有利没弊。

然而该发生的事还是要发生。凌晨三点多，子云睡得蒙蒙眬眬，一直在噩梦中，突然被一阵急促的电话铃声吵醒。她大惊，忙揉了揉惺忪的眼睛，拿起手机一看，显示了哥哥子瑜的电话，她的心被刀刺了一下，马上意识到为什么右眼皮跳得厉害，为什么一个晚上都在噩梦中，原来并不是火气重的原因。

"哥，怎么了，满满有什么事吗？"

电话的那头传来子瑜的哭腔："老人家不对劲儿了，你赶快过来。"

"好，我马上起床，你过来等我！"半夜三更，丈夫出车未回，子云又不会骑自行车，只能叫哥哥来接了。

十多分钟后，子瑜骑了摩托过来，子云和公公打了声招呼就走了。路上，她慌乱地问："到底怎么了，前两天还见满满精神不错。"

"昨天下午还坐在门口晒太阳呢，刚才老妈把我们叫起，我下楼进他们房间一看，满满嘴巴张得老大，叫他也不应，我来时还有点气。"

子云一听，心都凉了，一股寒气从脚底直涌头顶，眼泪如决了堤的洪水，汹涌而下，想到可能要失去父亲了，她的心里有种撕心裂肺的痛，脑子里在不断演绎着各种画面。她幻想父亲只是被一口气暂时哽住了，他正张开嘴巴在困难地呼吸，呼吸畅通后，他又恢复了精神，于是拿过口杯，喝了几口水，又拿过一支事先插在易拉罐上的红狼香烟抽了几口又吹灭，插回原地，然后又惬意地舒展了一下身体，现在正躺在床上打着因年老而失去节奏的呼噜。

十来分钟的时间，就在子云的幻想和摩托车飞驰的轰隆声中溜过。还没等车子停稳，子云就跳下摩托车，跑到父母的床前，扑到父亲的床头，大喊："满，你怎么了，你怎么了？满，你睁开眼睛看看我呀！你的子云来了，来看你了呀，你快问我吃过饭没有。满，满呀！你不能就这样离我们而去，满呀！"

可是，无论她怎样哭喊，无论她怎么样抚摸父亲慈祥的脸，无论她怎样疯狂地用双手扳开父亲紧闭的双眼，父亲都不回答。子云的心碎了，时而跪在地上，双手捏住父亲还有微温的右手，时而扑在父亲的身上用力地摇晃，父亲都绝情地不再作任何回应。透过泪水蒙眬，子云看到父亲的嘴巴张得老大，像是要向她讨些吃的。母亲告诉她，父亲十一号也就是农历初七只在早上吃了一点点，中午和晚上都没进食。

子云的心再次被刺痛，在流血，在颤抖。农村有句话说得很玄乎，但又似乎很有道理：如果老人离世那天，把一天三餐的饭都吃了，那就是不爱子孙后代；吃两餐对子孙后代不利；只一餐或一餐都不吃，那么就是至死都还疼爱子孙后代，还考虑到子孙后代。这样的说法有没有科学根据，无从得知，但农村人都愿可信其有，不愿信其无。她相信父亲一直都关心、疼爱儿女们，因为在他病重之时，他还总是念叨着子孙后代的工作、生活、婚事和学业，却从来不向儿女们提什么要求。

母亲在另一头伤心地哭喊，子云顾不上安慰她，忘乎所以呼天抢地地哭，喊着父亲，哭得肝肠寸断，声音嘶哑。母亲知道子云患有高血压，也知道她曾因婆婆的过世而过度悲伤，哭坏了嗓子，治了几年如今才有好转，见她这样，强忍悲痛，反过来安慰女儿："你自己的身体不好，别太伤心了，得注意自己的身体，老爷哩走了，怎么哭都哭不回来了。他生前就一直吩咐我，要我们在他走后不要太伤心，他说这条不归路每个人都有一次，逃都逃不掉。"

母亲还说，丧事要两三天时间，得省点精神，再说三更半夜的，大家还在睡觉，别吵醒人。善良的母亲，都到这份上了，还在考虑邻里乡亲的休息问题。说实话，与那些赌博的年轻人相比，母亲真是太高尚了，处处为别人着想，那些头脑正常、读死过老师的年轻人，死赌烂赌时谁想过别人的休息，恶习一发作，高声吵闹，收都收不回。

母亲告诉子云，她一个晚上都没睡着，看到父亲翻来覆去，一副难受之样，叫他也不应，问他怎么了也不说，时而坐起喘大气，时而躺下喘小气，到凌晨三点钟左右，他就把头往里弯了，这是一个不祥的预兆，因为老人到了这时把头往里弯，说明坏事就出来了。等子瑜听到母亲的叫声急急下楼，父亲已经驾鹤西去了。

姐姐子珍因涵涵、佳佳两孙女还小，缠着脱不开身，就让姐夫一个人先过来。姐夫来后，和子瑜商量着找来两条长凳和一块门板，按乡村风俗，把父亲的遗体移至厅堂一角。堂哥的儿子细荣子也过来了，他扶起子云，劝慰着，说要抓紧帮叔公擦身子、穿衣，不然等时间长了就更加麻烦。

子云只好强忍悲痛，找出和姐姐早就为父亲准备好的长衫，然后叫嫂子打来半桶热水为父亲擦洗身子。细荣子则拿来一把剪刀，把父亲身上的几套衣服都剪开脱掉。父亲怕冷，晚年一向有穿几件衣服睡觉的习惯。他们一起为父亲擦洗身子后，又马上把准备好的衣服穿上，因为要几套衣服一起穿，所以很费劲儿。子云和细荣子口中一直叫唤着父亲，请他配合，如果不把手脚放软来，就很难穿上衣服。在她和细荣子的叫唤下，父亲僵硬的手脚果然放软了。忙活了一阵子，才为他穿好衣服，然后又为他穿好布鞋。

农村风俗特别琐碎，也不知是哪朝哪代哪个好事者规定的，为死者穿衣服，得先把衣服上的纽扣和口袋统统撕下，说是不让他把人间的东西带走。所以父亲穿上的，也是被剪掉了纽扣和口袋的衣服，名为新衫新裤，实则被剪得留下了许多口子。最可惜的是，上年子龙夫妇为父亲买的名牌衣服，老人一次都没有穿，如今穿在他身上，却没了纽扣和袋子。

衣服鞋袜穿好后，子瑜和姐夫就把父亲抬至厅堂的门板上，盖上被子毯子。母亲也要和他们一起守着父亲，子云怕她着凉，不让。但母亲说，这是最后一次陪你们的父亲，我一定要守着他。无奈，只好让她多穿一件厚衣。

人生的痛苦，莫过于永远失去亲人，昨天还坐在屋门前晒了太阳的人，今天说没就没了，这让人很难接受。父亲是解脱了，却留给亲人们无穷无尽的伤痛和怀念。

子云和母亲哭了一阵又一阵，越想越伤心，只要一想到父亲今天一别就永远不再相见，就算是金山银山堆屋顶，都不能买回慈父，失而复得在这件事情上根本用不上，想到这里，就是肝肠寸断的痛楚，泪水难以抑制。此情此景可真是：天子一光哭到暗，夜晡愁闷到天光，哭到鸡毛沉落水，哭到河水往上流，哭到月尾出月光，哭到星星归地府，哭哑声音哭断肠，流干眼泪跪烂膝，全家大小泪汪汪，阵阵悲声上天庭，我亲爷我亲爹呀你今一别永不回乡……

子云一边哭，一边打电话给外出的亲人们。这天刚好是星期六，大家都不用上班，他们接到电话后，都非常悲痛，表示马上动身回来。

说起星期六，母亲告诉子云，父亲一直强调他就在这几天了。母亲对他说，不管还有多少天，你千万要选个好日子，不要在初一、十五，一定要选礼拜天，这么多子孙都出门工作了，好让他们少请两天假。这件事情按理是不能左右的，可是，敬爱的父亲却能左右，也许，在以往的几十年里，父亲很少听从母亲的"命令"，唯独在和我们永别这事上，父亲做了一件令母亲，令子孙们感动涕零的事。

母亲还告知，父亲在前两天太阳快下山时，突然说："月头又要落山了。"母亲说："月头落山怕什么？天光朝晨又会出来。"父亲又说："日落西方有见面，水流东海不回头。"没文化的母亲听了，问他是什么意思，父亲解释说："月头今天傍晚从西边下去了，天光朝晨它又会从东边出来，不是还可以见到吗？可是水向东流了就不可能再流过来，这就是不回头。"母亲听了，觉得父亲真是太神了，平时呆得连自己的年龄都不记得了，没想到他还会兴口作诗。在这一句话中，想必大家也都理解它的含义。最让母亲感动的，就是平时对她吹胡子瞪眼的父亲，那天晚上不但把身上的八百元现金交给了她，那是他视为命根子的东西啊！还一再嘱咐母亲，在他走后，一定要尽量照顾好自己，不要太伤心，太难过，这是没办法的事。

父亲还对母亲说："要是可能的话，咱们一起去就好了。"唯有这个愿望，子女们坚决反对，坚决不能让父亲遂愿。

外出亲人中，最早回来的是子云丈夫。他在县车队开客车，本来车票都卖出去了，看到子云的短信，就向领导报告，领导说那就转到下一班，把那辆车子停了。子云丈夫是骑摩托从几十里外的县城回来的，大清早的，天气又冷，他一下摩托就奔向厅堂大哭着双膝跪下，还那么高的距离就"扑通"一声跪下，膝盖肯定很痛。他的哭喊又勾起了子云和母亲的伤痛，又陪着他哭，他不但感动了子云和母亲，也感动了在场的人。如果不是情到深处，他不可能哭得如此痛心，事实上，也很少女婿会这么动情，丈夫一向很孝顺岳父岳母，岳父岳母也都很爱他。

父亲走的那天晚上，远在福州的子龙心一直痛着，整晚都不得安生。这是他年届不惑后极为痛苦的一次，自忖怕是体质的分水岭。凌晨四时许，电话铃骤响，这在平时很少见的，冷不丁地吓他一跳，话筒里的声音更让他心痛加剧，子云姐泣告"从此我们再也没有父亲了"。怔了好半晌。知道会有这一天，也早早有了心理准备，但当这天真的突如其来时，泪水还是像决堤的江河，拦不住，收不了。大清早携妇将雏，从省城急急奔赴五百公里外的闽西大山。和以往在村头、门口笑迎游子归来不一样，父亲这次以完全冰冷的容颜面对儿孙，任是亲人呼天抢地，就是安详如故，再不睁开双眼。

所有的子孙一回到家，都大哭着跪在老人家的遗体前痛哭。那时，子云几乎麻木了，好像眼泪也哭干了，母亲一再劝她要注意身体，可在那种情景下，怎么个注意法？从此，自己就没有了父亲啊，她无法接受这个事实，却又不得不接受。

所有的子孙都回来见了老人最后一面。父亲有七个姐妹，如今只剩了五姑和七姑两个，她们也都七老八十了，执意要见兄弟最后一面。姑姑们也都在父亲遗体前恸哭。父亲众多的外甥、外甥女，大都也赶来见了老人一面。

本队理事的见时间不早了，就和家人商量，问什么时候送去火化，要是今天，那就现在打个电话给殡仪馆。子龙说："至亲们都见到了老人家最后一面，那就今天吧。"

殡仪馆的车子不到一个小时就来了，眼看父亲就要被送去火化，儿女们再次跪在父亲遗体前呼天抢地、撕心裂肺地恸哭。子云掀开父亲的红布盖头，那是她和姐姐给父亲剪的遮面布。农村风俗，老人走后，就要女儿剪一尺九寸的红布，盖住老人的脸，名为遮面布。掀开红布，父亲还是张大着嘴巴，好像要儿女们给他吃的，子云曾多次用手为他捂住，让他合上，并哭劝父亲："满，你把嘴合上吧，不是我们不给你吃，而是你自己吃不下呀！"

但父亲还是张大着嘴。有人提议，用两个硬币塞到口中，他自然就会合上。大家又傻乎乎地照办，结果还是没用。事后子云才想到，"如果当时把父亲的枕头垫高一点，就不会这样了，失去父亲的伤痛使我变得与笨猪一样。"

那时，子云的心剧烈地抽搐，思维就像倒进脱粒机里的一碗面条，被旋转的高速搅和成一团糨糊：我敬爱的父亲，生我养我，给我讲了许多人生大道理的多才多艺的父亲，马上就要被殡仪馆的车子，送到那个人人最后都要去的、那个最无情的地方，他的身躯就要变成一撮灰了，我再也看不到他慈祥的笑容了……她发疯似的扑在父亲身上，死命地拦腰抱住他，一声亲爹，一声亲爷，哭喊得声音嘶哑，浑身伤痛。然而，平时一直安慰她，要她在他走后不要太伤心太难过的父亲，再也不会怜惜她了。

子云的手不知被谁扳开，身体不知被谁抱住，她拼命地挣脱，伸手抓住父亲身上的被子不让他们抬走。父亲呀，我的亲爷，我的亲爹，你咋就那么狠心，不和我们再说几句话就偷偷地走了呢？你咋就把这最苦情的日子留给我们呢？你看到了吗？你的儿孙都流干了眼泪，哭哑了嗓子，跪烂了膝头！你使我们失去了一片天，使我们失去了赖以乘凉的大树！父亲，你太过分了，你狠心地抛弃了我们，把最深最浓的怀念留给了我们，把无尽的伤痛和哀伤留给了我们，今后的日子，我们都将在怀念你的时光里度过。父亲呀，你睁开眼睛再看看我们吧，亲爷子呀……

有人狠心地又扳开了子云抓住被子的手，有人死命抱住了她，父亲便被他们抬到了铁板推车上，子云想跑过去再看一眼父亲，可是怎么也拼不开。泪眼蒙眬中，她看到他们把父亲用一块白布缠住，然后两边系紧。殡仪馆这些无情的人，难道他们还会怕父亲突然醒过来找他们算账？

就在他们将父亲抬出门的那一刻，子云拼尽全力挣脱那双抱紧她的手，奔向父亲，哭倒在地。她多么希望自己的哭喊声感动上苍，放过父亲，让父亲再回到亲人们的身边！她失去了所有的思维，只知道在地上翻滚。子云被两个人拽起后，还想冲向铁板床，可是铁板床被推进了车，门"哐啷"一声被无情地关上，车子呼呼呼地开走了。

子云的心往下沉，往下沉，沉到深井，这下，就永远失去了父亲，再也见不到父亲了，再也听不到他的笑声了！她一下子全身瘫软，站立不稳，如果不是有两个人架住，八成便虚脱了过去。到了这时，她反而没了泪水，被她那正大哭着的未过门的媳妇抱紧着。

子云实在不能接受父亲就这样离开的现实！前两天她还和父亲说说笑笑，父亲还问她每天在家干什么，为什么那么久都不去看他。每次见到父母，她是既幸福又感伤，父母都老了，他们的头发白了，背也佝偻了，又都有这病那病，和他们在一起，有幸福有伤感，有欢笑有眼泪，但每次见到她眼泪汪汪的，都是父母安慰她，劝导她。

父亲虽然有病，但每次见女儿回去，总忘不了问一句："吃了吗？没吃就去吃，饭菜还热着呢！"回家时和他告别，他也会说，"吃过饭再回去吧。"今后回娘家，就再也听不到父亲的声音，再也看不到父亲的音容笑貌了！想起这些，子云又是泪如雨下。

子龙送父亲前往县殡仪馆时，夕阳西下，泪水在初冬的风中已然凝固，脑海一片空白，只在路经武平一中时，才油然想及二十六年前的往事。父亲年轻时有几分帅气，但不惑之年便开始谢顶。有好长一段时间，臭美心理使子龙觉得这有碍观瞻，每每带同学到家，事先总恳求父亲戴帽遮颜。到县城上高中后，父亲曾多次坐长途汽车给子龙送钱粮。青春期正躁动的子龙，选进了学校团委，大小是个名人，父亲的每次亮相，总让他难为情，好像在同学尤其是女生面前丢了份。只是在望着父亲渐渐远去的羸弱身影时，心里头才会酝酿出朱自清笔下的"背影"情愫来。如今，父亲的背影真的已远去，眼前的幻觉也只能登上记忆之舟。想当年父亲满脸含笑把自己接到世间，如今，自己却泪水盈盈把父亲送离这世界，当子龙在火化登记表上签下名字，送父亲火化往生归真那刻，忍不住再一次拥抱了父亲僵硬的躯体，仿佛还感受到了体温。哦，子龙想起来了，他现存最早的一张照片，是上世纪八十年代第一春全家乔迁时的全家福，图中父亲抱着刚满一个本命年的子龙，那份恬静的神态，分明还传递着永恒的温度。有多少个夜晚，子龙在父亲床前摇曳的油灯和翻书声中醒来，或是枕着父亲的鼾声入梦，梦和醒都沾着父亲的体温啊。记忆中的油灯和你的鼾声，和着子龙的泪，和着晚风，一起装入了骨灰盒，"父亲，我没有为你选用豪华昂贵的骨灰盒，你该不会责怪吧。你一向节俭，打小就教育我们勤俭持家。你的节俭是出了名的，一支烟常常要分作两三次抽。就连最后一刻，你也给殡仪馆省事不少，一般人火化需要五十分钟，而瘦弱的你，却用了不过三十九分钟。"暮色沉沉中，子龙抱起父亲的骨灰盒告别冰冷而沉寂的殡仪馆，送父亲回家。过了一座山又是一座山，过了七八个星天外，到家已是晚上七点。下车落地，在掌灯的家门口把骨灰盒交给哥哥姐姐那刻，子龙的心突然不痛了，他突然看到了父亲的眼睛！

那些年，子龙每次回家，父亲总要在离家数里远的公路旁迎接，不管天晴还是下雨，有时一等就是半天。这些年父亲不能出远门了，便在家门口等候，知道子龙要走了，就早早搬了把椅子在门口坐着，名曰晒太阳，其实是送别。每次离开，子龙都不忍面对父亲的眼睛，汪汪的泪水总要在父亲皱纹纵横的眼眶周围打转。

晚上，大家争着为老人家守灵。子龙十二岁的儿子九九生活在大城市，从没经历过生离死别的场面，却一点也不害怕，坚持要为慈爱的爷爷守灵，哭得泪眼婆娑，让人看了心怜。家里的子孙不少，还有两个堂兄的儿子，也来守灵。子龙的一位朋友得知情况，说什么也要连夜从千里外的省城赶来，在灵前陪到天亮，如此情谊，让一家人终生难忘。子龙怕亲人们身体吃不消，就说父亲生前这么爱我们，我们也尽到了孝心，父亲也不希望我们太过悲伤，大家还是要节哀顺变。

说得也是，父亲已经走了，就是把地板跪到穿了孔，把头磕破了出了血，父亲也活不过来了，而大家的日子还得过下去，生活的担子还很重。只是，每每看到镜框中父亲的遗照，想到前两天还有父亲，想到几个小时前父亲还是一具躯体，而现在却烧成了骨灰被装在冰冷的骨灰盒里，能不悲伤流泪吗？

那晚大家都被伤痛折磨得睡不好，即便躺下也毫无睡意。次日，更是一天胜似一年的折磨，亲朋好友，左邻右舍，不下几百号人，陆续都来烧香吊唁。

农村风俗，到了这种时候，所有的子孙必须守在灵堂前，逢人来烧香，均须跪伏在地大声哀哭。来烧香的人，如果发现孝子孝孙不哭拜，有些人就不进来烧香，说是不烧冷香。因此，不管来几个人，都得跪哭，有些人体谅孝子孝孙，约好一起来烧香，省得孝子孝孙不停哀号。一些感情好的邻里乡亲，还一起跪在灵位前痛哭流泪。

村民小组每家每户至少一个来家帮忙，他们各就各位，理得条条是道。在农村，会不会做人，这一次最能表明。一个人如果平时目中无人，狂妄自大，不管他人瓦上霜，那么自家发生什么大事，就会搞得措手不及，无人援手。鸡肠小肚、鼠目寸光之人，总以为自家了不起，啥事都不用求人，可到父母过世这一天，人们就会躲在家里吊目光，谁也不愿去帮忙，死者的子孙下跪求情，说尽赔礼道歉的话，才考虑上门，但还是心不甘情不愿，懒洋洋地爱理不理。跟死者之间的恩怨还好说，人死了，人世间的恩德旧情也就没了，来家帮忙，一般还要看生人的面子。如果跟死者的交情很好而跟他子孙的交情很糟，那么他也只会来烧炷香以示哀悼。父亲生前，最乐意帮这个忙，本队但凡有红事白事，他都会被安排到最重要的工种，不是理财就是写对子，因为他对称呼很在行，抄抄写写都是他。即使身体不好，还是有求必应，母亲心疼他，担心他，阻拦他，他会说："人家有困难，用得着我，也说明人家看得起我，不去就对不起人家。"别说本队，就是外队有人来请父亲帮忙，他也欣然前往，从不拖泥带水。

由于平时积下的功德和善缘，在父亲百年归仙后的这两三天，来哀悼和烧香的人络绎不绝。大家看到大厅里摆放不下的花圈，有的还是省里一些重要人物所送，都由衷地对钟家姐弟说，你们的父亲死得值，本村哪个老大过身有这么隆重？

父亲驾鹤西游的次日一大早，子龙和哥哥子瑜踏着露水，扛着锄头，前往老屋后山向阳处选了块地，按乡村的风俗让父亲落地为安。归途中，子龙折了一束鲜艳的野菊花，置于父亲的遗像前。

老屋拆迁那些年，父亲在福州最放心不下的就是建房，对子龙说，我可能早逝，但你们的母亲不能没房住。有一年原打算在福州过年，可他大年二十七还是执意要回老家，哪怕住风雨扑窗的土坯房也安心。父亲心心念念的新房建起来了，为何不多住上几年啊?！兄弟俩给父亲选的地方，有青山相依，有翠柏相偎，可以看见阳光，看见新房，山下的高速公路通着福州呢，父亲你的魂儿可以随时回来！

从初八凌晨到初九下午，子云哭得肝肠寸断，浑身无力，眼睛痛得老想睡觉，却无论如何睡不着。大家劝她休息一会儿，哪怕是闭目养神也行，她就偷空在父母的床上眠一会儿。在没人来烧香的当儿，亲人们陆续也会抽空在母亲床前逗留一下子，陪母亲说话。

母亲把父亲的本本找了出来，子孙们各拿一本认真地看，有财政收支的，有草药应用的，有择时看日的，有画符驱邪的。父亲的字写得很好，翻看那些大大小小的本本，看到上面的笔迹跟女孩子的字一样清秀、漂亮，令子孙们不停地咋舌。父亲把化骨符、驱邪符一一注解，而且画在本本上，草药的应用说明也认真细致，把草药的适用范围、用量、服法一一注明，还把草药画在本本上，根茎、叶形画得惟妙惟肖。大家翻开一本又一本、一页又一页，在收支本上，看到父亲从一九八〇年开始就有记载，不管收入多少、付出多少，哪怕是买了一盒火柴，他都有记载，父亲的认真使子孙们加深了对他的敬重。

以前，子女们对父亲的这种认真视为闲人打发时日的一种消磨，子云还曾笑过父亲："满，你这么认真，踩死了只蚂蚁也要验尸，被蛇咬了还要查看它是公是母，这样有多累啊。"父亲笑笑，还是那句"心中有数"，其实他完全可以这么骂她，"你懂得个屁！"可文明的父亲从来都没有骂过自己的孩子。

子龙对父亲的这些遗物爱不释手，再三叮嘱要保存起来，还说要带几本回福州。在子龙的身上，让人看到了父亲的执着和细心。一般老人家的生前衣物，都被子女们收拾到蛇皮袋里，挑到三岔路口焚烧，有谁会把死者的东西视同宝物？换作别人，或许看都不看一眼，人生中的很多事情和对某个人的评价上，都展现在某些细节上。子龙还把父亲那句"日落西方有见面，水流东海不回头"记在心中。子孙们都在心中感叹，感叹父亲的认真执着，感叹父亲的才华，感叹父亲的豁达。

随着生活的改善，爱面子、讲排场这些铺张浪费的现象越来越严重，红好事白好事的席面已没有太大的差距。父亲的后事，光吃喝就花了两万多元，两三天都那么多人来帮忙，餐餐鱼鱼肉肉，还要新鲜，帮忙的人谁愿意吃旧的？于是，上顿吃剩的，就统统倒掉。这种暴殄天物的现象日益突出，有些生活还处于贫困状态的人，见状都会吓得摇头，兄弟多的还好说，大家共同负担，但那些无兄无弟的就要心慌意乱了，真不敢想象，到了父母百年归仙的那种日子，该怎么应付？

最后那天中午的席面更令人咋舌。本队理事者看到"香仪钱"多，就毫不客气地把菜单开到最高档，比结婚的席面更胜一筹。蛇肉、乌龟等高档次的菜肴其实是没必要上的，谁家都有爷老娭老①的时候，能省则替人省省，人们事后在背后这么议论。不过，如果贫困家庭，理事者也会量钱而行。在这事上，理事者从不问孝家，一切开销由他们筹划，孝家也不能管，如果孝家事事过问，理事者就会不满意。农村有这一说法，"死娭哩怕大外②，死爷哩怕本家。"其意是说，母亲死了，就怕母亲的娘家人来耍蛮，如果在母亲生前尽到了孝心，那就别怕，否则到了那天就麻烦了，大外在那天发脾气，不爽快，就够你呛的，你又发作不得。孝子孝孙都得跪拜大外，求他们早点来，如果他们不来，就不能把母亲送去火化，更别说送上山让她入土为安。即使他们来了，也会当着所有人的面，列举孝子孝孙的种种罪行，让孝子孝孙忍声吞气，颜面尽失，反正他们也已打好了算盘，自家的姑子走了，她的子孙可以对母亲不孝，这种人就没有必要再来往下去。死了父亲，最怕平时不会做人，会做人的只要孝子打电话给村民小组长，本组人就由小组长去通知，大家知道后就自觉前往，看香仪钱多少，理事者就会考虑提高或降低茶叶、香烟、伙食的质量，一般困难之家几天的开销也就几千元。

父亲的丧事，整体办得顺当、得体，帮忙的也很满意，好烟由着抽，好茶由着泡，有些爱贪小便宜的，甚至还会趁机捞上几包香烟。光香烟，除别人送来的外，子云他们还花了大几千元。有些烟鬼时不时拿上几包，说是拿到外面给来人抽，其实又都塞进自己的口袋里了。不过，在这种时候，谁都不能说他们，更不能生气，死父亲怕本组就是这个意思。让人担心的是，这种不成文的规矩使不少不良习气不断扩散，始终也将害那些爱贪小便宜的人。

初九那天傍晚，请来为父亲做"半夜光"的唢呐班到位了，一共九人。刚吃完晚饭，他们就忙开了，刚好当时十多桌的人还没回家，都在看唢呐班的表演。他们一个换一个唱，一班接一班地跳，有的表演也算精彩独到，令人看了哭笑不得，有人说，比县里的文艺晚会还有看头。

农村风俗，花上两千来元请来唢呐班，一是为了替过世的亲人开开门路，请各路神仙指引他去天堂，死者才不至于做孤魂野鬼。当然，作恶者是没有资格去天堂的，他们的去向是地狱；二也是为了减轻子孙们的负担，热闹热闹场面，子孙们都哭得精疲力竭了。得人钱财为人消灾，他们代死者子孙哭灵，是

---

① 爷老娭老：父母过世。

② 死娭哩怕大外：母亲过世，家里人再怕母亲的娘家人问情况。

理所应当的，为了日后的饭碗和生意，他们个个很卖力，哭得也凄婉，当哭道"我的爸爸，你一路走好……"时，亲人们又情不自禁地跟着哭了起来。

农村越来越讲究这些，大家都很在意面子的问题。如果为了省钱，不请唢呐班，那么别人就会在背后议论，某某家死了人，好比死了只黄毛鸡。其实这些体面的事，大都是生前不孝顺，死后奉鬼神了，有些不孝者在父母生前连个鸡蛋都舍不得给老人吃，平时有酒有菜倒给狗吃也不让父母享用，而父母死后在每个七时，却都会买来三牲去坟前祭挂，香纸蜡烛天国银行的纸票，烧了一把又一把，又有何意义呢？如果在父母吃得走得时，多给予一点关心，甚至多说几句胜过金钱的好言好语，比什么都要强！

唢呐班的喇叭鼓手又唱又跳，到凌晨时分才停下。他们唱得的确很悲哀，很动情，那些伤感得令人掉泪的词语，他们早就背得滚瓜烂熟。

"爸爸呀爸爸，我的亲爸爸，年轻的时候，你省吃省穿吃苦又受累，天子一光做到暗，烂衫烂裤烂鞋烂袜烂蓑衣，唔愿①过上一日好日子；养大子女乐心中，送到学堂学知识，望子成龙期望高；盼望子女成家立业添丁又添财，子孙绕膝享天伦，心愿已了来享福；可惜今日别阳间，爸爸呀，我的亲爷我的亲爹，子孙还未把恩报，你不该撒手人寰驾鹤西去；爸爸呀，没有你的日子叫我们怎么过……"唢呐班班头的声声哀哭，牵引起亲人们心底的伤痛，令他们再次流泪哭喊。

唢呐班班主年龄可能六十多了，他创导了这一行业，赚钱不少，他还开了一个小店，专门卖那些天国和阴间的东西，人间有的都有，而且做得非常相似。他非常看重这一行业，亲身教会了儿子，教会了不少愿意做这行的人。但听说要进这行也有潜规则，男的要交学费，女的如果愿以身相许，不但可免学费，且可当主角，这跟导演选演员一样。当主角很出风头，收入也高，唱完一首，若能感动孝家子孙，又有红包到手。其实，孝家何必做傻瓜再给红包，他唱得再好，也是应该的，因为本身得了钱。

"缴官钱"一场由一个五六十岁的女人唱。她身材肥胖，但红皮白肉，风韵犹存，动作和表情唱调令人想哭哭不成，想笑不敢笑。这是一个快节奏的节目，看到她摇头晃脑，左晃右摆，又是扭屁股，又是摆手踢腿，在场的人最后想不笑都难，有人说她的姿态，跟媒人没两样。

---

① 唔愿：没有。

"南无阿弥陀，东海观世音，初一初二玉帝请人饮酒又看戏，不知你老去不去？福老公公真得福，田地三百六，耙子一耘，锄头一碌，全部莳个早禾谷，小鸟不敢食。老鼠爱来偷，土地公公拿根棍来足^①，一足足到茅寮屋，撞到一只大肥猪；上屋足下屋，撞到一只大鸡公，送给阿公去煮粥，吃了身康体健添福又添寿。足到东足到西，捡到一块好东西，金光又闪闪，珍珠玛瑙值钱货，一称足足有八两，送给嫂嫂二两多；嫂嫂拿去分老公，老公是个聪明人，买田买屋又买牛，半年养出水牛王，称都称唔起；八九个人扛，扛呀下，扛呀上，撞到一个老姑丈；姑丈扛呀下，撞到一个学老妈^②，讲话唧唧呱呱，听都听唔识^③，人讲鸡公，她讲鸭嫲，斗笠搭簸箕^④……"

当唱道"官钱足不足"时，她会做手势把秤尾翘上天，大家大声回答"足"，她又接着唱："官钱足，秤尾翘上天，代代儿孙买田买大屋，生意兴隆通四海，子孙代代做总督，荣华富贵年年在，世世代代享清福……"

唢呐班的任务，把死者送到三岔路口后，返回死者家门口除灵^⑤，再和死者儿孙们去祠堂上香，才算完成。如果时间还早，他们一般都马上走人，到午饭时，他们也会留下一起吃饭，领了工钱再走。唢呐班的工钱是最现的，没有人会去欠他们的钱。

亲人离世是最苦情的日子，几百号人来烧香哀悼，作为子孙都得跪着哭灵，不管一个人来还是一群人来，大家都得大哭，即使实在哭不出声了，也得跪在地上干号几声，然后让来烧香的人扶起。

既要考虑民俗，也得移风易俗。子龙和兄长及母亲商量，出殡时不用披麻戴孝，佩戴黑纱即可。如此从简，这是本村办丧新风第一起，父亲当不会责怪！如此这般把父亲送到老家靠阳的后山入土为安后，回到家把父亲的遗照一路鞭炮送往祠堂，摆下三牲、斋果，烧香点烛，算是送父亲去本家祠堂报了到，回来后再到父亲坟前祭挂。

父亲乃平凡乡民，钟家乃平凡人家，他道山遽返后，邻里乡亲、亲朋好友前来躬奠灵帏者络绎接踵，还陪同守夜，回忆逝者的音容笑貌，盛赞逝者的

---

① 足：赶。

② 学老妈：外地女人。

③ 听都听唔识：听不懂。

④ 斗笠搭簸箕：牛头不对马嘴。

⑤ 除灵：把灵屋烧掉。

为人和慈爱乡梓、传承文脉的情怀。"高风传乡里，亮节昭后人"，父亲尽可无愧地收下这副挽联。

　　父亲永远离开了，于他是一种解脱，于母亲也可以说是一种轻松。在父亲患病的近两年时间里，母亲总是任劳任怨地照顾着他。母亲属牛，是一头伟大的老黄牛，在默默无闻地做着她认为该做的每一件事。身兼数病的她，不但力所能及地操持着家务事，还要全职照顾一个病人，所承受的身体和心理的双重压力可想而知。

　　在儿女们的心中，父亲并没有弃他们而去。子云每次回娘家，都会走进父母的房间，好像看到父亲正坐在床沿上抽烟，或和她们说笑，说他今年一百多岁了，甚至又从一百多岁跃到一千多岁，惹得她们又哭又笑。

　　子龙怕母亲难过，在洒了头七[①]后，就把她接到了福州。因此，父母的房间就显得冷清。洒三七时，子云和姐姐走到房间，在父亲的遗照前念阿弥陀佛。父亲遗像的上端，挂着一幅佛家弟子送的阿弥陀佛像。端详着照片上的父亲，姐妹俩又忍不住大哭一场。

　　子云嫁到夫家，先后失去了两个亲人，八十多岁的老祖母和六十多岁情同母女的婆婆，那种撕心裂肺的痛她领略过，如今再次遭遇丧亲之痛，而且是生身父亲，无疑是在心灵的伤口上再撒上一把盐，情何以堪。前段时日，大侄女打来电话，说她梦见了爷爷，说爷爷去了新加坡，治好了病，活得挺潇洒，让家人不要担心，有空打个电话给他。因此，在为父亲做满七时，子云写了一封家书，装在百宝箱里烧给了他："满，今天是你离开我们的七七四十九天，我们又来看你了，还带来了你生平喜欢的东西，你在天堂看到了吗？"

　　心有灵犀，无独有偶，子龙那天也情满于怀地作文祭父：

　　　　当所有的繁杂都沉淀时，心中只有对你的思念。人说"父爱如山"，是啊，除了"山"字，世界上恐怕很难再找出任何一个辞藻来形容我挚爱的父亲了。

　　　　小时候，父亲，你是座山，是座年轻富于生命力的山，我觉得这座山就像是阿拉丁的神灯一样，能帮我解决世上所有的问题。我

---

① 头七：做完丧事的第一个七天。

要是走累了，你就会把我顶在瘦弱但坚实的肩膀上；我要是饿了，你就不动声色地把自己那份饭往我碗里多扒些；我要是去上学，再穷的家底你也能筹到学杂费；破败的老屋只要有你在，任凭雷电交加狂风骤雨，我们都感到安全……

青年时，父亲，你还是座山，这座山依旧苍翠，虽难掩迟暮，但仍是我避风的港湾、前行的灯塔……

父亲，我看着你这座山在我眼前渐渐老去，渐渐矮去，却依然是那座守望的山，期待自己的儿女走得更远、更好，也能站成一座山。

……父亲，你无声地走了，但在我的有生之年，你依然年年岁岁活着，那座山，那座延续着我血脉骨骼的山，在我心里屹立不倒。

父亲，送你上山回来，我静静地站在阳台上眺望。阳光灿烂，天圆地方，万物丰泽，哦，我望见了那座山，那座长眠着你的青山，那座在我心中永远塌不了的图腾！

二〇一一年八月初稿
二〇一二年六月定稿
于闽西——福州苦乐斋

后　记

　　辛卯年把《乡亲们》书稿交给作家出版社时，我忽然感到还有很多东西没写完，弄不好会有个续集。这不，由着自己的喜好，受着友朋的鼓励，时隔两载，就有了这部堪称《乡亲们》姊妹篇的《邻里》。

　　依旧是和二姐巧云合作。虽然基本上仍由二姐根据"作业"提供毛坯，但较之于写第一部书时的磕磕绊绊，她现时的写作水平已有可喜的提高。《乡亲们》的出版，在文章不值钱的今天，不能说改变了二姐的命运，但确实给她带来了些许惊喜。一个初中没毕业的农家妇女，种了几十年的粮食，哪个谷粒上写有她的名字？闲时能写写"豆腐块"已是村中一奇，却做梦也想不到，还能把自己的名字刻在一本书之上。当初她还不好意思署名，坚持要退到幕后，但我岂能掠人之美，而且，我们这部书，就像是围棋中的黑子与白子一样，无论是少了哪一子，都无法成就一盘好棋。因为此书，她第一次参加了规模盛大的作品研讨会，第一次接受采访，第一次走上文学的领奖台，还戴上了农民作家的桂冠，当选为市作协理事、县政协委员，事迹上了报刊。这给了她一个信心，一份鼓励，因为文学的滋润，因为写作的相伴，农妇的人生也活出精彩。从这个方面上来说，我算是把二姐带上文学之路的"恩人"吧；二姐于我的帮助也很大，也是我文学路上的携手者和"恩人"。我们一起并进着，除了这部《邻里》，我们还考虑再写一部长篇，构成"乡亲们三部曲"。

　　鲁迅笔下有"故乡"旧事，沈从文笔下有"边城"美景，赵树理笔下有"三里湾"民俗……农村是作家笔下写不尽的题材，农村风光的恬静优美，农民性格的纯朴或愚昧，让一代一代文人墨客咀嚼不尽，书写不完。对农村、农民、

557

农业，我们都有着刻骨铭心的体验并愿意继续体验。就我来说，在写作中深深感到对这片生养之土地饱含感情，对父老乡亲深为牵挂。二姐亦然。这样的情感，成为我们生命中相同且不可分割的重要组成部分，深入骨髓，水乳交融，是故能从眼到心，从心到笔，从容书写。以此题材写作为始，今后我们将更坚实地踏在生存的地平线上，决不截断与"三农"的血肉联结，努力透视底层百姓的疾苦和内心世界，由表及里探寻，揭示这一生命群体的存在形式，以及在历史前进的车辙中的抗争、奋斗、冲突诸面，有担当地负起"文以载道"的大纛，以作品方式给予读者和当政者关于"三农"问题重新审视和思考的空间。农民可以脱离文学，但文学永远不能不关心农民。

小说是想象的艺术，虚构是突显创作思想、突出创作主题的一种艺术手段。但虚构并不等于虚假、脱离现实，一部小说大抵只有符合历史的真实、生活的真实、情感的真实，才能有读者并获认可。写作来源于生活而高于生活。过于虚构，或过于现实，往往就不是文学，难以牵引人，因此，这两者之间的桥梁，还就是文学。

"对号入座"是作家的一种担心和顾虑，钱锺书写完《围城》后对号入座者多矣哉。在创作《乡亲们》时，我倒不加顾虑，鼓励二姐照实写来，还经常指名道姓要以谁为原型。修改时，我一般不去除"毛边"，根据既有记忆和听闻，一方面艺术地强化了这种真实，一方面为避是非，有时又把多人合一或把一人化众。出版前才觉得困惑，生怕被对号入座，更担心一些人断章取义，倘若真是伤害了他们或是影响了他们，那可是罪责不轻，为此，我在后记里特别作了"如有雷同，纯属巧合"之类的说明。书出后，村里人也抢着看，有人读后着实有所异议，经过解释，也就化了。但兄长还是希望不要声张，特别是不要在本村散发。这次创作《邻里》，心绪倒是十分平静，因为我们确实没有挖苦或丑化乡亲之意，平常人物的行为方式皆有美与丑，在两者中，我们既不想拔高，也不想丑化，还是尽力纯天然，靠近新写实主义吧。这是一个乡村的传记，一群村民的传记，一部乡亲人物的大辞典，大凡传记和辞典，真实是生命力。

在感谢朋友们的帮助时，还是要给二姐足够的鼓励和掌声。当同时代的乡民驾着犁铧沦陷于田耕劳作时，她一介升斗农妇，却从繁重农事的缝隙中搜罗时间用以笔耕，热爱并信任文字的力量，在不变的坚守中，以笔画撩开了乡村生活的底色，描摹出"躯壳"与"血肉"达到均衡融合的客家浮世绘卷。在写《乡亲们》时，她曾几次想着打退堂鼓，但最终还是坚持了下来，随后又铁心开始了同样不足为稻粱谋的《邻里》写作，为此情愿放弃麻将爱好，并忍受寂寞，忍受腰椎劳损等肉体和精神的痛楚……没有二姐的携手，可能就没有《乡亲们》，也没有《邻里》，她的贡献是至关重要的！

诺贝尔文学获得者、法国著名作家萨特曾说："刀光剑影总要消失，文字著作则与世长存。"我们虽然还不敢奢望自己的作品有如斯生命力，但可以坚信：当权力和财富等许多东西随着时间的流逝而一去不返时，那些曾经滋润过心灵的文字，多少还留存在岁月的记忆里。是的，只要人类存在，文学就不会消亡，作品的力量就将继续引领和照亮人心！

钟兆云
癸巳春于苦乐斋